KARL MAY

Der Spion von Ortry

Die Liebe des Ulanen

Der Originalroman aus der Zeit
des Deutsch-Französischen Krieges

Band 1 – Die Herren von Königsau
Band 2 – Napoleons letzte Liebe
Band 3 – Der Kapitän der Kaisergarde
Band 4 – Der Spion von Ortry
Band 5 – Durch Kampf zum Sieg

Es war ein wunderschöner Morgen über der Gegend von Ortry aufgegangen. Die Sonne hatte den Tau von den Blättern und Halmen verschwinden lassen, nur hier und da glänzte noch ein silberner Tropfen aus dem tiefen Kelch einer Blume hervor.

Um diese Zeit pflegte Marion de Sainte-Marie dem Unterricht beizuwohnen, welchen Doktor Müller ihrem Bruder Alexander gab. War es die Schwesterliebe oder das Interesse an den Lehrgegenständen, was sie zu diesem Opfer veranlaßte? Sie wußte es sich vielleicht selbst nicht zu sagen.

Nanon aber benutzte diese Zeit meist zu einsamen Spaziergängen im Wald. Da war es freier, besser und schöner als im Zimmer bei den Büchern – da draußen gab es allerlei Kräuter und Gräser, und zuweilen kam einer, um dieselben abzupflükken und in seinen großen Sack zu stecken.

Ein Plätzchen gab es, wo sie gar zu gern verweilte. Es war der Ort, an welchem sie zum ersten Mal mit Fritz ausgeruht hatte. Und wunderbar. So oft Fritz in den Wald kam, er streckte sich gewiß nicht eher in das Moos oder in die Heide nieder, als bis auch er dieses Fleckchen erreicht hatte.

So strich sie leise und langsam zwischen den Bäumen dahin und trällerte vor sich hin:

„Fern im Süd', das schöne Spanien,
Spanien ist mein Heimatsland,
Wo die Schatten der Kastanien,
Rauschen an des Ebrostrand,
Wo die Mandeln rötlich blühen,
Wo die süße Traube winkt,
Wo die Rosen schöner glühen
Und das Mondlicht goldner blinkt."

Sie blieb stehen und lauschte. Kein Echo! Und sie war doch eine so große Freundin des Echos; sie hörte es so gern. Sie setzte also ihren Weg fort und sang weiter:

„Längst schon wandr' ich mit der Laute
Traurig hier von Haus zu Haus,
Doch kein einzig Auge schaute
Freundlich noch zu mir heraus.
Spärlich reicht man mir die Gaben;
Mürrisch heißet man mich gehn.
Ach, mich armen, braunen Knaben
Will kein einziger verstehn!"

Sie hielt abermals inne, um zu lauschen. Über ihr allerliebstes Gesichtchen glitt ein glückliches Lächeln, denn jetzt, ja jetzt ließ sich ein Echo hören. Aber kam das von einem Berg oder von einer Felswand zurück? Wohl nicht, denn die Töne lagen um eine volle Oktave tiefer, und die Worte waren auch ganz andere. Gibt es denn auch Echos, welche nicht von Felswänden zurückgeworfen werden und die ihre eigenen Töne und Worte haben? Jedenfalls, denn das Echo, welches sich jetzt hören ließ, sang:

„Als beim letzten Erntefeste
Man den großen Reigen hielt,
Habe ich das allerbeste
Meiner Lieder aufgespielt.
Doch, als sich die Paare schwangen
In der Abendsonne Gold,
Sind auf meine dunklen Wangen
Heiße Tränen hingerollt!"

Eine volle, kräftige Baritonstimme sang diese Verse. Nanon lauschte, und erst als das letzte Wort verklungen war, setzte sie sich wieder in Bewegung, aber schneller als vorher. Sie kam dem erwähnten Plätzchen immer näher, und als sie es erreichte, da — da lagen zwei im Moos, nämlich der volle Kräutersack und Fritz, der jetzige Besitzer dieses medizinisch und offiziell höchst wichtigen Gegenstandes.

Er hatte natürlich nicht die mindeste Ahnung, daß außer ihm noch irgendwer im Wald sein könne; ebensowenig hatte er jemand singen gehört. Er lag eben da und blickte zum Himmel auf wie einer, der sich auf der Erde sehr wohl befindet und dies denen, die da oben wohnen, von ganzem Herzen auch wünscht.

„Guten Morgen, Herr Schneeberg!" erklang es hinter ihm.

Wäre es möglich, daß er sich getäuscht hätte? Wunderbar? Er sprang auf und tat, als ob er ihm höchsten Grad überrascht worden sei.

„Ah, Sie sind es!" meinte er dann beruhigt. „Guten Morgen, Mademoiselle Nanon. Ich dachte, ich wäre ganz allein."

„Darum haben Sie auch so schön gesungen."

„Schön? Wohl kaum leidlich, denn ich habe niemals Gesangunterricht gehabt."

„Aber Ihre Stimme ist hübsch."

„Oh, wie eben die Stimme eines Kräutermannes sein kann."

„Sie sind sehr bescheiden. Und was Sie da sangen, das war mein Lieblingslied."

„Wirklich? Das hätte ich wissen sollen."

Und doch hatte er es gewußt, denn sie hatte es ihm bereits einige Male gesagt, ganz mit denselben Worten wie jetzt.

„Ich habe sogar, ehe ich Sie hörte, auch zwei Strophen desselben Liedes gesungen."

„Drum! Drum hörte ich so etwas aus der Ferne, gerade wie wenn es vom Himmel käme. Es war so schön."

„Gehen Sie! Sie schmeicheln."

Er legte die Hand auf das Herz und beteuerte eifrig:

„Gewiß nicht! Ich sage die reine Wahrheit. Wenn Sie singen, so klingt es ganz anders als bei andern Leuten. Es muß bei Ihnen da drin ganz anders beschaffen sein. Viel zierlicher und akkurater."

Dabei deutete er auf seine Brust. Sie war ihm jetzt ganz nahe gekommen und reichte ihm ihr kleines weißes Händchen.

„Wie weich und fein", sagte er, indem er es leise und vorsichtig ergriff. „Gerade wie seidener Samt, aber von der besten und allerteuersten Qualität. So ein Händchen ist doch etwas recht Wunderbares."

„Wieso, Herr Schneeberg?"

„Es ist ein Meisterstück aus Gottes Hand und muß doch so viele irdische, dumme Arbeit vornehmen. Ein solches Händchen sollte immer ruhen dürfen. Es sollte nur da sein zum Entzücken dessen, der ein Recht darauf hat. Meinen Sie nicht auch?"

„Sie sprechen stets in einer Weise, daß es einem leid tut, das Geringste dagegen zu sagen."

„Und sie zeigen in Ihren nachsichtigen Worten eine Güte, über welche ich erröten möchte."

Sie standen voreinander und blickten sich in die Augen, so offen, so treuherzig, so redlich, der hohe, starke Mann und sie, das liebliche, sonnige Mädchen. Sie betrachteten sich, als ob sie sich noch gar nicht gesehen hätten. Sie lächelten und sagten nichts dazu, bis Fritz endlich dachte, daß er nun doch wieder etwas reden müsse. Darum fragte er:

„Sind Sie nicht ermüdet, Mademoiselle Nanon?"
„Eigentlich nicht sehr, nur ein wenig."
„Wollen Sie nicht die Güte haben, Platz zu nehmen?"
„Wieder auf den Kräutern? Ich werde Ihnen noch den Sack durchsitzen, und dann wird Ihr Doktor zanken."
„Oh, haben Sie keine Sorge. Der zankt nicht mit mir."
„Weil Sie so gut und so treu sind."
„O nein, sondern weil er meint, das Zanken doch nichts helfen und bessern würde. Kommen Sie! Er ist so weich, und ich habe ihn so gelegt, daß er bequem ist wie ein vornehmer Thronsessel."
Sie setzte sich auf den Kräutersack und meinte lächelnd:
„Sie werden mich gewiß noch ganz und gar verwöhnen."
„Ich wollte, ich könnte das! Dann möchte ich den ganzen Tag und das ganze Jahr bei Ihnen sein, um Ihnen alles so sanft und weich wie möglich zu machen."
„Ja, so sind Sie. Nur immer für andere sind Sie besorgt. Und wir andern mißbrauchen das nur zu sehr."
„Oh, mißbrauchen Sie das nur getrost", lachte er ganz glücklich. „Ich wollte, ich könnte Ihnen noch weit mehr dienen, als ich es vermag."
„Wirklich? Meinen Sie das wirklich?"
„Gewiß! Wollen Sie das etwa nicht glauben?"
„Ich glaube es, denn ich weiß, daß Sie niemals die Unwahrheit sagen. Aber gerade weil Sie so gütig sind, habe ich gar nicht das Herz, eine Bitte auszusprechen, von der ich heute eigentlich reden wollte."
Er blickte ihr so selig entgegen; er nickte ihr aufmunternd zu und sagte:
„Das ist es ja gerade, was ich wünsche. Ich wollte, Sie hätten alle Tage tausend Bitten, die ich gewähren könnte."
„Das ist es ja eben. Ich weiß nicht, ob Sie imstande sind, mir die gegenwärtige zu gewähren."
„Ist's denn gar so schwer? Versuchen Sie es doch einmal."
„Schwer ist's nun gerade nicht; aber Zeit gehört dazu, und die wird Ihnen wohl nicht zur Verfügung stehen."
„Warum nicht? Zeit habe ich stets."
„Ja, für Ihr Geschäft, aber nicht für mich."
„Für Sie am allermeisten. Doktor Bertrand läßt mich machen, was ich will. Also bitte, sagen Sie mir ja, womit ich Ihnen dienen kann."
„Nun, so will ich es wagen. Ich muß Ihnen nämlich sagen, daß mein Vater gestorben ist."

„Ihr Vater?" fragte er erschrocken. „Herrgott, das ist ja ganz und gar traurig."

„Allerdings, obgleich er nicht mein eigentlicher Vater, sondern nur mein Pflegevater, mein Vormund war."

„So haben Sie keine rechten Eltern mehr, Mademoiselle?"

„Nein. Ich bin ein Waisenkind."

„Gerade so wie ich."

„Ja, gerade so wie Sie."

Da ergriff er ihr Händchen, streichelte es, aber vorsichtig, um ihr ja nicht wehe zu tun oder etwas an der Herrlichkeit dieses „Meisterstückes" zu verändern und sagte:

„Gott schütze Sie. Man sagt, daß ein jedes Kind einen Engel habe, ein Waisenkind aber drei, nämlich zwei an Stelle des Vaters und der Mutter."

„Das ist ein sehr lieber und schöner Glaube, aus dem man reichen Trost zu schöpfen vermag. Also mein Pflegevater ist gestorben und soll morgen beerdigt werden. Ich will hin, und auch meine Schwester kommt."

„Eine Schwester haben Sie, eine Schwester?"

„Ja, ein gutes, heiteres, herziges Wesen. Ich habe ihr telegrafiert, und sie wird morgen auf dem Bahnhof sein. Dort empfange ich sie, und wir fahren weiter, nach Metz und von da nach Etain. Denken Sie sich, so weit wir zwei."

„Ja, das ist nun freilich schlimm. Zwei Damen, so allein."

„Zwar fürchte ich keine Gefahr; aber man weiß doch niemals, was geschehen kann. Denken Sie, damals auf der Mosel."

„Ja, wer sollte meinen, daß man da Schiffbruch leiden könne."

„Und doch mußten Sie mich aus dem Wasser retten. Seit jener Zeit ist es mir, als ob ich nur dann sicher sein könne, wenn ich bei Ihnen bin. Darum kommt nun meine heutige Bitte, lieber Schneeberg – aber es fällt mir wirklich schwer, sie auszusprechen."

Er lächelte ihr freundlich entgegen und sagte:

„Nun, da muß ich sie Ihnen leichtmachen. Wissen Sie, was mich recht froh und glücklich machen könnte?"

„Nun, was?"

„Wenn ich Sie begleiten dürfte. Aber so eine Dame wie Sie wird sich mit so einem armen Kräutersammler nicht abgeben wollen. Nicht wahr?"

„Wo denken Sie hin? Das war es ja gerade, um was ich Sie bitten wollte."

„Wirklich? Dann hätten sich unsere Wünsche ja recht schön begegnet!"

„So wie immer. Aber, werden Sie denn auch Zeit haben?"

„So viel Sie wünschen. Ich werde es meinem Herrn melden, und dann wird alles abgemacht sein."

„Gut. Werden Sie mit dem Vormittagszug fahren können?"

„Das versteht sich ganz von selbst."

„So treffen wir uns auf dem Bahnhof. Wie freue ich mich, meine Schwester wiederzusehen! Es sind Jahre vergangen, seit wir uns trennten. Wissen Sie, daß ich ihr von Ihnen geschrieben habe, von Ihnen und dem Löwenzahn? Ich dachte, sie könne sich erkundigen; sie wohnt in Berlin."

Er horchte auf.

„In Berlin?" fragte er. „Ist sie da verheiratet?"

„O nein; sie ist Gesellschafterin gerade wie ich. Es geht ihr sehr gut. Ihre Herrin ist eine Gräfin von Hohenthal."

„Von Hohen–Hohenthal?" fragte er, indem er Mühe hatte, seinen Schreck zu verbergen.

„Ja. Ihr Sohn ist Husarenrittmeister."

„So, so! Darf ich ihren Namen wissen?"

„Madelon heißt sie. Also Sie kommen gewiß?"

„Ganz gewiß."

„Dann will ich wieder gehen. Marion wird mich erwarten."

Sie erhob sich und reichte ihm die Hand.

„Wollen Sie allein gehen?" fragte er.

„Ja. Ich nehme morgen so viel von Ihrer Zeit in Anspruch, daß ich Sie nicht auch noch heute berauben will. Leben Sie wohl, mein bester Herr Schneeberg!"

„Adieu, Fräulein Nanon!"

Sie trennten sich; sie ging, und er blieb zurück. Als sie sich entfernt hatte, schüttelte er den Kopf und sagte:

„Na, na, was soll daraus werden! Hohenthals Madelon ist ihre Schwester! Die kennt mich ganz genau; sie wird gleich ahnen, weshalb wir uns hier befinden. Was ist da zu tun? Es wird am besten sein, ich frage den Herrn Rittmei . . . wollte sagen, den Herrn Doktor Müller. Was der sagt, das wird gemacht. Auf mich allein kann ich es nicht nehmen."

Er nahm seinen Sack auf die Achsel und schritt davon. Er war allerdings keineswegs wirklich verpflichtet, für Doktor Bertrand Pflanzen zu sammeln; oft aber, wenn es seine eigenartigen Geschäfte zuließen, brachte er offizielle Kräuter mit heim. Auch heute sagte er sich, daß er Muße zum Sammeln solcher Tees habe, und so verweilte er noch längere Zeit in Wald und Feld. Es war bereits weit über Mittag, als er mit den Ergebnissen seines Botanisierens nach Thionville kam. Er begab sich, als er dieselben abgeliefert hatte, nach dem Gasthof, in welchem damals die Seiltänzer logiert hatten und in dessen kleinem Zimmer er den Auftritt mit dem nachher verunglückten Mädchen erlebt hatte.

Als er quer über die Straße hinüberschritt, erblickte er Müller, seinen Herrn, welcher langsam, mit den Schritten eines Spaziergängers, dahergeschlendert kam. Ein kurzer Wink zwischen beiden genügte zum Verständnis, daß Fritz mit dem jetzigen Erzieher zu sprechen habe. Der erstere trat in den Gasthof ein. In dem Gastzimmer befand sich kein Mensch; dennoch aber begab er sich nach dem erwähnten kleinen Stübchen, um vor etwa noch ankommenden Gästen ungestört zu sein. Müller war so vorsichtig, die Straße vollends hinaufzugehen und durch zwei Nebengassen zurückzukehren. Auch er begab sich nach dem hinteren Zimmerchen, da er in der vorderen Stube niemanden erblickte. Gerade als er dort eintrat, erhielt Fritz die bestellte Flasche Wein. Er grüßte, als ob er den letzteren nicht kenne, und bestellte sich ebenso Wein. Als derselbe gebracht worden war und die Kellnerin sich entfernt hatte, fragte er in halblautem Ton:

„Du hast mir etwas zu sagen?"

„Ja, Herr Doktor."

„Etwas Wichtiges?"

Fritz zuckte die Achsel, machte ein schelmisches Gesicht und antwortete:

„Hm! Für mich vielleicht, für Sie aber wohl weniger. Es ist eine private Angelegenheit."

„So, so! Laß doch einmal hören!"

„Ich brauche sehr notwendig einen kurzen Urlaub."

„Weshalb?"

„Na, weil der Pflegevater gestorben ist!"

„Der Pflegevater?" fragte Müller erstaunt. „Doch wohl nicht der Deinige?"

„Nein. Zweimal stirbt bekanntlich keiner. Ich meine nämlich den Pflegevater von Mademoiselle Nanon."

„Ah! Das verstehe ich nicht!"

„Nun, sie hat in der Gegend von Etain einen Pflegevater, welcher gestorben ist. Sie will ihn begraben helfen, und ich soll die Ehre haben, sie zu begleiten."

„Du, du!“ drohte Müller mit dem Finger. „Was soll ich davon denken? Ich will doch nicht hoffen, daß ...“

Er hielt inne, und Fritz fiel schnell ein:

„Daß ich etwa nicht der Kerl bin, eine Dame zu begleiten und zu beschützen?“

„Eine alte, eine recht sehr alte, ja; aber eine so junge und zugleich hübsche? Nein!“

„Donnerwetter! Ein königlich-preußischer Ulanenwachtmei ...“

„Pst!“ warnte Müller.

„Ach so! Ich wollte sagen, ein französischer Kräuterfex, der mit Blumen und Blüten umzugehen weiß, wird wohl auch verstehen, eine junge Dame zart genug anzufassen!“

„Also beim Anfassen bist du schon?“

„Warum nicht?“

„Duldet sie das?“

„Was will sie machen!“

„Hm! Wie kommt sie denn gerade auf dich?“

„Da ist jedenfalls nur der Kräutersack schuld.“

„Wieso?“

„Weil der ihr stets als Kanapee dient.“

„Ach so! Ich beginne zu begreifen! Ihr trefft euch zuweilen im Wald?“

„Freilich.“

„So ganz zufällig?“

„Ganz und gar.“

„Dann setzt ihr euch nieder und plaudert?“

„Natürlich.“

„Sie sitzt auf dem Sack?“

„Gewöhnlich.“

„Und du daneben?“

„Zuweilen. Es kommt auch vor, daß ich liege. Wir haben nämlich auf unseren so wichtigen Konferenzen jede Etikette verbannt.“

„Das ist sehr praktisch. Und wovon unterhaltet ihr euch dann die ganze Zeit?“

„Vom Wetter, von Frostballen, von Klarinetten und auch wohl von sauren Gurken und hölzernen Pantoffeln.“

„Schlingel! Gibt es keinen besseren und interessanteren Unterhaltungsstoff?“

„O doch!“

„Nun?“

„Wir gucken uns an. Das ist das Liebste und Interessanteste, was wir machen können."

„Fritz, du bist verliebt!"

„Donnerwetter, ja, das ist wahr!"

„Und sie, die Nanon?"

„Die wohl schwerlich. Leider! So ein kleines Mäuschen wird sich in so einen großen Bären vergaffen!"

„Das ist richtig. Du hast übrigens auch ganz und gar nichts an dir, was geeignet sein könnte, das Herz eines jungen, hübschen Mädchens zu erobern!"

„Ah! Wirklich? Ja, das kann wahr sein. Es fehlt mir das Haupterfordernis, um Liebe und Anbetung zu erwecken."

„Was?"

„Der Buckel, den Sie haben."

„Du bist ein Galgenstrick! Aber lassen wir diese heikle Angelegenheit. Deine Bekanntschaft mit Nanon Köhler kann uns sehr nützlich werden. Wie lange soll der Urlaub währen?"

„Das weiß ich nicht. Doch wohl nicht länger als bis übermorgen abend oder den nächsten Vormittag."

„Wann fahrt ihr ab?"

„Morgen mit dem Mittagszug."

„Nun gut! Du sollst den Urlaub haben, und hier auch das Reisegeld. Da, nimm!"

Er zog die Börse und reichte dem Wachtmeister einige Goldstücke; dieser nahm sie lächelnd in Empfang und sagte:

„Großen Dank, Herr Doktor! Auf diese Weise kann ich nobel auftreten und mich sehen lassen. Das ist mir besonders deshalb lieb, weil eine alte, gute Bekannte mitfahren wird."

Müller horchte auf.

„Eine Bekannte?" fragte er. „Von hier?"

„Nein, sondern von Berlin."

„Das wäre?" fragte Müller erstaunt.

Fritz streckte behaglich die Beine aus, machte ein höchst wichtiges Gesicht und sagte:

„Ja, mein verehrtester Herr Doktor, das ist eine ganz verteufelte Geschichte. Wir können gewaltig in den Käse fliegen. Wer hätte aber auch so etwas denken können."

„Du machst mich besorgt. Was gibt es denn?"

„Hm. Sie kennen doch die Familie des Herrn Husarenrittmeisters von Hohenthal?"

„Natürlich! Ich bin ja mit dem Rittmeister innig befreundet. Wir besuchen uns sogar."

„Das weiß ich. Sie kennen also auch die Gesellschafterin seiner gnädigen Frau Mutter?"

„Die kleine Madelon? Ja."

„Fällt Ihnen nicht auf, daß sie gerade Madelon heißt?"

„Warum sollte mir das auffallen? Wohl weil dieser Vorname ein französischer ist?"

„Ja. Nanon und Madelon, Madelon und Nanon. Ist Ihnen der Familienname dieser kleinen Dame bekannt?"

„Hm. Ich glaube, ihn gehört zu haben. Ah, jetzt fällt er mir ein. Ich glaube, daß der Rittmeister ‚Fräulein Köhler' zu ihr sagte."

„So ist es. Und Nanon heißt auch Köhler. Daraus folgt, daß . . ."

„Daß sie verwandt sind?" fiel Müller schnell ein.

„Sogar daß sie Schwestern sind."

„Sapperment. Ist das wahr?"

„Ja. Nanon hat es mir selbst gesagt."

„Und ich habe keine Ahnung davon gehabt. Wer hätte das denken können. Du willst doch nicht etwa sagen, daß diese Madelon kommen wird?"

„Gerade das will ich sagen. Auch sie ist von dem betreffenden Pflegevater erzogen worden. Nanon hat ihr telegrafiert, und nun wird sie morgen mit dem Mittagszug in Thionville eintreffen, um sich ihrer Schwester anzuschließen."

„Das ist unangenehm, höchst unangenehm."

„Allerdings!"

„Du wirst Nanon nicht begleiten können."

„Das habe ich mir auch gesagt. Man dürfte sich eigentlich gar nicht sehen lassen; aber – hm – ich habe mir das Ding genau überlegt; ich habe es nach rechts und links gewendet und bin da zu der Ansicht gekommen, daß es doch wohl besser ist, wenn ich mich vor ihr zeige. Erstens habe ich Nanon mein Wort gegeben. Es ließe sich zwar eine Ausrede nicht schwer erfinden, aber es könnte auffallen und, aufrichtig gestanden, fahre ich doch gar zu gern mit."

„Deine persönlichen Gefühle müssen hier vor den Rücksichten der Klugheit zurücktreten."

„Das wäre richtig, wenn es richtig wäre. Aber die beiden Schwestern haben einander seit Jahren nicht gesehen. Madelon wird dieser kleinen Nanon einige Tage widmen; sie wird nach dem Begräbnis ganz sicher mit nach Schloß Ortry kommen, und dann ist es ja gar nicht zu vermeiden, daß Sie von ihr bemerkt und gesehen werden."

„Das ist leider sehr richtig."

„Das kann gefährlich werden; das kann alles verraten. Im Augenblick des Erkennens hat man sich nicht so wie zu anderer Zeit in der Gewalt. Wie nun, wenn die kleine junge Dame vor Überraschung mit Ihrem wirklichen Namen herausplatzte?"

„Das wäre verteufelt."

„Das meine ich auch, und darum ist es besser, daß ich mich vor ihr sehen lasse und sie vorbereite."

„Das mag sein. Aber womit wollen wir unsere Anwesenheit, unser Inkognito begründen?"

„Dies zu bestimmen überlasse ich Ihnen. Die Wahrheit dürfen wir auf keinen Fall sagen."

„Natürlich nicht. Du kennst wohl einiges aus der Vergangenheit meiner Familie?"

„Ja, was ich so hier und da gehört und weggeschnappt habe."

„Der alte Kapitän spielt da eine große Rolle . . ."

„Ich weiß es. Sie meinen, daß ich ihr auf diese Weise unsere Anwesenheit erklären soll?"

„Ja, es wird dies das beste sein."

„Jedenfalls. Aber, was soll ich ihr da sagen?"

„Das überlasse ich dir. Du bist klug und vorsichtig genug, um das Richtige zu treffen und weder zu viel noch zu wenig zu sagen. Ich kann dir keine Vorschriften machen, da ich ja nicht weiß, wie sich euer Zusammentreffen gestalten wird."

„Und darf Nanon davon hören?"

„Kein Wort!" antwortete Müller schnell.

„Sie darf also gar nicht wissen, daß ihre Schwester mich kennt? Das erschwert die Sache."

„Ich halte diese Madelon für klug, verschwiegen und gewissenhaft."

„Ich auch. Ich hoffe, daß sie selbst gegen ihre Schwester nicht plaudern wird. Aber, hm, da macht mir eben der Augenblick des Zusammentreffens Sorge."

„Du hast dich mit Nanon auf den Bahnhof bestellt?"

„Freilich. Ihre Schwester weiß, daß sie dort von ihr erwartet wird. Da wird sich die Coupétür öffnen; die beiden Schwestern fliegen sich in die Arme; ich stehe dabei wie ein Ölgötze, Madelon erkennt mich und schreit: Ei potz Blitz, bist du nicht die Gustel von Blasewitz? Ich bin erkannt und entlarvt; die Butter fällt mir vom Brot; Nanon staunt mich an und fragt nach meinem Heimatsschein – es wird eine Szene, welche wir auf alle Fälle vermeiden müssen."

„Sehr richtig."
„Aber das Mittel. Es will mir augenblicklich nichts einfallen."
„Es gibt da nur ein einziges Mittel, vorzubeugen, daß wir nicht verraten werden."
„Und das wäre?"
„Du mußt ihr entgegenfahren."
„Alle Wetter. Das ist richtig. Und ich Dummkopf komme nicht selbst darauf. Aber wie weit fahre ich?"
„Der Zug trifft nach zwölf Uhr hier ein. Auf einem kleinen Anhaltepunkt, wo es keinen Aufenthalt gibt, hast du keine Zeit, ihr Coupé zu entdecken. Du mußt ihr unbedingt bis Trier entgegenfahren, und das ist nur mit dem Morgenzug möglich."
„Gut. In Trier hält der Zug zehn Minuten; das genügt, um einen Passagier ausfindig zu machen, zumal ich annehmen kann, daß sie nicht in dritter Klasse fahren wird."
„Du brauchst dich nur an die Schaffner zu wenden. Du steigst bei ihr ein, und bis du hier ankommst, ist die Angelegenheit in Ordnung gebracht. Ich weiß, daß ich keine Befürchtung zu hegen brauche, da ich mich auf dich verlassen kann."
„Keine Sorge, Herr Doktor. Aber wie kommt es, daß Sie sich jetzt in der Stadt befinden?"
„Ich kam, um beim Buchhändler einige Bücher zu kaufen. Horch! Es scheinen Gäste gekommen zu sein."
Die Kellnerin hatte die nach dem großen Zimmer führende Tür nicht fest zugemacht, sondern nur angelehnt. Die beiden hörten Schritte, und eine Stimme fragte:
„Ist der Wirt zu Hause?"
„Ja", antwortete das Mädchen.
„Gib mir einen Absinth und rufe ihn. Dich aber brauchen wir nicht dabei."
Das Mädchen ging.
„Ah, eine heimliche Unterredung, wie es scheint", flüsterte Müller.
Er trat an die Tür, warf einen Blick durch die Spalte und gewahrte einen Mann, dessen Gesicht durch einen dunklen Vollbart verhüllt war. Er trug ganz gewöhnliche Kleidung, doch war der Eindruck, den er machte, ein martialischer. Er hatte sich auf einen Stuhl gesetzt und trank von dem Schnaps, den ihm das Mädchen gegeben hatte, ehe es aus der Stube gegangen war.
Müller und Fritz verhielten sich unwillkürlich ganz schweigsam. Es währte eine ziemliche Zeit, bis der Wirt eintrat.

„Du läßt mich lange warten", sagte der Mann zu ihm. „Und meine Zeit ist kurz bemessen."

„Kann ich dafür? Was gibt's?"

„Versammlung."

„Ach so. Dann hast du allerdings gehörig zu laufen. Versammlung für alle?"

„Nein, nur die Anführer sollen kommen."

„Wann?"

„Punkt elf Uhr."

„In den Ruinen?"

„Nein; das ist nicht mehr möglich, seit wir damals belauscht worden sind. Möchte nur wissen, welchem Subjekt es gelungen ist, sich einzuschleichen. Einen Verdacht hat man."

„Ah. Wirklich? Wer?"

„Es läuft ein fremder Kerl den ganzen Tag im Walde herum, um Kräuter zu sammeln. Man hat ihn auch bei den Ruinen gesehen. Vielleicht ist der es gewesen."

Der Wirt schüttelte den Kopf und antwortete:

„Der? Das fällt ihm gar nicht ein."

„Kennst du ihn?"

„Ja. Er ist der Pflanzensammler von Doktor Bertrand. Ich kenne ihn genau, da er bei mir viel verkehrt."

„Was ist es für ein Mensch?"

„Der ist ebenso dumm, wie er lang und stark ist. Saufen kann er, wie ein Loch. Aber sonst ist ganz und gar nichts mit ihm. Er tut das Maul nicht auf, spielt weder Billard noch Karte; der hat für nichts Sinn als für seinen Kräutersack."

„Das ist sein Glück. Wollte er seine Nase in unsere Angelegenheit stecken, so würde sie ihm bald breit gedrückt werden. Woher stammt er?"

„Aus Genf, überhaupt aus der französischen Schweiz, glaube ich. Um den brauchen wir uns nicht zu grämen."

„Schön. Der Kapitän hat ihm mißtraut und will ihn beobachten lassen. Ich werde ihn also beruhigen."

„Das kannst du getrost tun. Also in den Ruinen kommen wir nicht zusammen? Folglich beim alten Turm?"

„Auch nicht. Wo denkst du hin. Wie können wir so etwas wagen! Hast du denn die Kerle vergessen, welche damals das Grab geöffnet haben?"

„Ah, richtig. Ihr hättet sie erschießen sollen."

„Pah. Du hast gut reden. Der Kapitän hatte den Klingeldraht falsch angebracht; es läutete zu spät. Wir waren nur drei Personen am Wachen, und als wir kamen, ging eben der Spektakel los, mit dem Donnern und Blitzen."

„Diese Kerle mögen schön erschrocken sein."

„Und wie! Der eine riß sofort aus. Der schrie etwas in einer fremden Sprache, welche der Teufel vielleicht versteht, ich aber nicht."

„Habt Ihr keinen erkannt?"

„Nein. Es waren drei. Also einer riß aus, aber die beiden anderen blieben furchtlos stehen. Natürlich kam der Kapitän dazu, von den Glockenzeichen herbeigerufen. Er befürchtete, daß diese zwei bleiben würden, um zu lauschen, was nun von unserer Seite geschehen werde; darum mußten wir uns vollständig still verhalten. Und wirklich. Ein Rascheln, welches später zu hören war, überzeugte uns, daß sie sich zwar entfernt hatten, aber wiedergekommen seien."

„Schlauköpfe."

„Ja. Ich möchte wissen, wer es gewesen ist. Erst am Morgen entfernten sie sich, und von da an hatten wir Gelegenheit, das Loch wieder zuzuwerfen und die Zerstörung, welche sie angerichtet hatten, zu beseitigen."

„Hoffentlich aber ist der Alte so klug gewesen, das Arrangement verändern zu lassen!"

„Jedenfalls. Er schweigt natürlich darüber; aber ich vermute, daß einige Kameraden, welche ich mehrere Tage lang nicht zu Gesicht bekam, heimlich bei ihm arbeiten mußten."

„So bleibt uns nur noch das Trou du bois, wo wir uns versammeln könnten?"

„Jetzt ja. Also heut abend zehn Uhr im Trou du bois. Jetzt muß ich weiter."

„Ist etwas mitzubringen?"

„Nein. Wir werden einige Befehle erhalten; das ist alles. In einer Viertelstunde ist's abgemacht. Adieu!"

Er gab dem Wirt die Hand und ging. Der letztere begleitete ihn hinaus und kehrte nicht wieder zurück.

Die beiden Lauscher blickten einander an. Dann nickte Fritz wohlgefällig vor sich hin und sagte mit gedämpfter Stimme:

„Bon! Das war famos! Nicht?"

„Sehr gut!"

„Der Wirt muß von unserer Anwesenheit gar nichts wissen."

„Jedenfalls. Darum wollen wir die Tür zumachen, damit er, wenn er unsere Gegenwart bemerkt, nicht auf die Vermutung kommt, daß wir etwas hören konnten."

Fritz drückte die Tür ins Schloß, nahm wieder Platz und sagte:

„Also auf mich haben diese Kerle Verdacht! Wie gut, daß ich dies weiß! Jetzt kann ich mich darnach verhalten."

„Und ich freue mich sehr, daß nicht ich es bin, auf den ihr Augenmerk gefallen ist. Seit mich der Kapitän mit dir in den Ruinen sah, war ich überzeugt, daß der Verdacht sich einzig gegen mich richten werde."

„Heut abend wieder eine Zusammenkunft! Alle Wetter! Wenn man die belauschen könnte!"

„Den Ort wüßten wir. Im Trou du bois."

„Das heißt auf deutsch im Waldloch. Kennen Sie vielleicht diesen Ort, Herr Doktor?"

„Nein; aber ich muß ihn zu erfahren suchen."

„Die Erkundigung könnte auffallen!"

„Nein. Ich spreche auf dem Nachhauseweg beim Förster vor."

„Wenn nun der mit ihnen unter der Decke steckt?"

„Ich halte mich an den Forstgehilfen. Dieser ist ein junger unerfahrener Mensch, vor dem mir nicht bange zu sein braucht."

„Was werden Sie tun, wenn Sie erfahren, wo dieses Waldloch sich befindet?"

„Das kann ich jetzt noch nicht sagen; ich muß die Umstände berücksichtigen."

„Vielleicht kommen Sie auf den Gedanken, die Versammlung zu belauschen?"

„Möglich!"

„Donnerwetter! Das ist gefährlich!"

„Allerdings", antwortete Müller, indem er die Achsel zuckte.

„Es kann Ihnen an den Kragen gehen!"

„Das kann mich nicht abhalten, meine Pflicht zu tun!"

„Aber Sie haben sich vor allen Dingen zu erhalten, schon um Ihre Aufgabe zu erfüllen."

„Die erfülle ich ja eben, indem ich horche!"

„Aber man jagt Ihnen unter Umständen eine Kugel durch den Kopf!"

„Ich bin auch bewaffnet. Übrigens wirst du mir wohl die nötige Vorsicht zutrauen."

„Man kann bei aller Klugheit und Vorsicht in die allerdickste Tinte geraten!"

„Ich danke dir für die Besorgnis, welche du für mich zeigst! Aber denke an dich selbst! Hast du etwa gezaudert, als du damals des Nachts dich bei der Ruine befandest?"

„Nein. Ich habe allerdings meine Nase, die sie mir so gern breit schlagen möchten, sofort in die Ruine gesteckt."

„Und das Leben dabei gewagt!"

„Pah! Man hat mir nichts getan!"

„Aber man hätte dich beinahe ergriffen, und dann wäre es jedenfalls aus mit dir gewesen."

„Aber ich hätte mich doch vorher ganz gehörig meiner Haut gewehrt, und es ist doch auch ein Unterschied zwischen Ihnen und mir zu machen!"

„Das sehe ich nicht ein!"

„Oh! Ein Rittmeister und ein Wachtmeister, oder ein Doktor der Philosophie und ein Kräutermann! Wenn sie mich wegputzen, so sind Sie immer noch Manns genug, Ihre Aufgabe zu lösen, dreht man aber Ihnen den Kopf auf den Rücken, so ist's aus mit der Laterne. Also, lieber Herr Doktor, schicken Sie lieber mich nach dem Trou du bois!"

„Das geht nicht. Ich muß selbst da sein."

„So nehmen Sie mich wenigstens mit."

„Du mußt ausschlafen."

„Pah! Etwa der morgenden Reise wegen?"

„Natürlich!"

„Das fehlte noch. Ich bitte wirklich von ganzem Herzen, nicht ohne mich zu gehen."

Das klang so treu und dringend, daß Müller nicht zu widerstehen vermochte. Er antwortete:

„Gut! Wenn ich dir damit einen so großen Gefallen tue."

„Einen sehr großen. Wo treffen wir uns?"

„Punkt zehn Uhr da, wo vom Schloß aus der Fußweg in den Wald führt."

„Werden Sie bis dahin wissen, wo das Waldloch zu suchen ist?"

„Ich hoffe es. Natürlich bewaffnest du dich."

„Das versteht sich ganz von selbst. Befehlen Sie vielleicht, daß ich mich nun zurückziehe?"

„Nein. Wir warten noch. Gehen wir jetzt und der Wirt erblickt uns, so schöpft er Verdacht. Sieht er uns aber erst später, so meint er vielleicht, daß wir erst später gekommen sind. Apropos! Hast du Abu Hassan wiedergesehen? Er ist seit jener Nacht spurlos verschwunden."

„Aber seine Requisiten befinden sich noch hier im Gasthof."

„So kehrt er sicher zurück."

„Auf alle Fälle. Er müßte sonst gewärtig sein, daß man ihn

steckbrieflich verfolgt. Er hat ja vor Gericht seine Aussage über den Tod der Schauspielerin zu tun. Bleibt er damit im Rückstand, so wird er gesucht."

„Solltest du ihn sehen, so benachrichtigst du mich sofort."

„Sie haben mit ihm zu sprechen?"

„Ja. Ich muß mir über einiges klarwerden. Ich bedaure jetzt, nicht aufrichtiger mit ihm gewesen zu sein. Übrigens möchte ich jetzt am Schluß ein aufrichtiges Wort mit dir reden, Fritz."

„Ganz wie der Herr Doktor befehlen."

„Sage mir einmal ohne allen Rückhalt: Liebst du diese Nanon wirklich?"

Der Gefragte wurde rot. Er blickte eine Weile vor sich nieder, hob dann den Kopf, richtete seine treuherzigen, guten Augen auf Müller und antwortete:

„Herr Doktor, das ist eine ganz und gar verdonnerte Frage! Man ist so manchem Gesicht gut gewesen; aber was Liebe ist, wirkliche, richtige Liebe, hm! Wenn Sie mir doch sagen könnten, was das ist?"

„Nun", antwortete Müller lächelnd, „in diesem Punkt bin ich gerade ebenso gescheit wie du. Auch ich bin nicht imstande, eine Definition von diesem Wort zu geben."

„Nicht? Da will ich es doch einmal versuchen."

„Laß dich hören."

„Ist das Liebe, wenn man ein Mädchen zum ersten Mal sieht und sie doch gleich mit Haut und Haar fressen möchte?"

„Nein; das ist vielmehr der Heißhunger eines Menschenfressers."

„So! Oder ist das Liebe, wenn man so ein Mädchen an das Herz nehmen und gar nicht wieder von sich lassen möchte?"

„Vielleicht."

„Wenn man für sie durchs Feuer gehen und tausend Mal für sie sterben möchte, wenn das möglich wäre?"

„Hm! Hübscher ist es doch jedenfalls, für die Geliebte zu leben als für sie zu sterben."

„Das leuchtet auch mir ein. Aber, alles in allem gerechnet, bin ich doch wohl auf der richtigen Fährte, wenn ich annehme, daß ich dieser Nanon von ganzem Herzen gut bin."

„Hast du dir aber auch überlegt, was daraus folgen kann?"

„Eine Hochzeit oder ein alter Junggeselle."

„Unsinn."

„Herr Doktor, das ist kein Unsinn. Wenn dieses Mädchen meine Frau nicht werden will, so bleibe ich ledig."

„Und da tust du noch zweifelhaft, ob du sie wirklich liebst?“
„Gut, so will ich den Zweifel zur Tür hinauswerfen.“
„Dann bedenke, wer sie ist.“
„Ein wunderbar gutes und liebes Mädchen.“
„Eine Gesellschafterin, ohne Familie und Vermögen.“
„Habe ich etwa Vermögen oder Familie?“
„Fritz! Du weißt ja, daß ich daran arbeite, das Geheimnis deiner Geburt zu enthüllen.“
„Lassen Sie lieber den Vorhang drüber. Ich bin jetzt ein ganz und gar glücklicher Kerl. Ich habe sie; ich habe meine Uniform – wollte sagen, meinen Kräutersack; ich kann zuweilen einige Augenblicke mit Nanon sprechen; ja, ich darf sogar morgen mit ihr verreisen. Das ist bereits mehr, als dazu gehört, zufrieden zu sein.“
„Aber wenn du doch der Sohn eines Grafen, eines Generals wärst?“
„Dieses Glück wäre wohl nicht so groß wie dasjenige, der Mann dieser Nanon sein zu dürfen.“
„Nun gut, sprechen wir jetzt nicht weiter darüber. Wenn es mir gelingt, diesen Bajazzo ausfindig zu machen, so ...“
„So werden Sie vielleicht erfahren“, fiel Fritz ein, „daß wir Spinnwebe gesponnen haben.“
Da wurde die Tür geöffnet; der Wirt blickte herein.
Er machte, als er die beiden sah, ein finsteres Gesicht, trat näher und fragte, sich an Fritz wendend:
„Sind Sie schon lange hier?“
Fritz machte das dümmste Gesicht, welches er fertigzubringen vermochte, und antwortete:
„Sie wissen es ja.“
„Ich? Ich sah Sie nicht kommen.“
„O doch! Als ich zum ersten Male bei Ihnen einkehrte, standen Sie unter der Tür.“
„Ah, wer fragt denn darnach.“
„Sie doch.“
„Ist mir nicht eingefallen.“
„Donnerwetter! Sie fragten mich doch, wie lange ich bereits hier bin, in Thionville.“
„Da haben Sie mich falsch verstanden. Ich meine, wie lange Zeit Sie bereits hier sitzen, nämlich heute.“
„Hm! Ich habe nicht nach der Uhr gesehen.“
„War jemand im vorderen Zimmer?“
„Die Kellnerin.“

„Kein Gast?“
„Nein.“
Jetzt schien der Wirt beruhigt zu sein. Er wendete sich an Müller und fragte diesen:
„Sie waren noch nie bei mir, Monsieur. Darf ich fragen, wer Sie sind?“
„Aus welchem Grund fragen Sie. Muß man, um ein Glas Wein bei Ihnen zu trinken, sich legitimieren?“
„Nein; das nicht, aber ich liebe es, die Herren zu kennen, welche bei mir verkehren. Sie wissen ja, Monsieur, es ist Pflicht eines Wirtes, jeden nach seinen begründeten Ansprüchen zu behandeln.“
„Möglich. Was mich betrifft, so sind meine Ansprüche nicht groß. Ich bin Erzieher. Auf Schloß Ortry.“
Ein leises Zucken ging über das Gesicht des Wirtes. Er ließ sein Auge von dem einen auf den andern herüber und hinüber schweifen und fragte:
„So sind Sie Herr Doktor Müller? Sie haben das gnädige Fräulein gerettet? Und auch den jungen Baron Alexander?“
„Es gelang mir, ihn vor dem gefährlichen Sturz zu bewahren.“
„Sie müssen ein sehr mutiger Mann sein.“
Dabei musterte er ihn mit offenbar mißtrauischem Blick.
„Pah! Man tut sein Pflicht“, meinte Müller kalt.
„Haben diese Herren sich zufällig getroffen?“
„Zufällig“, nickte der verkleidete Offizier, der damit ja auch die Wahrheit sagte.
„Kennen Sie sich vielleicht?“
Das war denn doch zu unverschämt. Müller stand auf, warf ein Geldstück auf den Tisch und antwortete:
„Bringen Sie Ihre Fragen bei Schulknaben an, nicht aber bei einem, der selbst gewohnt ist, Antworten zu hören. Hier die Bezahlung. Adieu!“
Er ging. Der Wirt blickte ihm nach und sagte dann, zu Fritz gewendet:
„Ein grober Mensch.“
„Ja“, meinte der Kräutersammler kurz.
„Finden Sie das nicht auch?“
„Sogar sehr. Ich hätte ihn beinahe ohrfeigen mögen.“
„Wieso?“
„Er trat hier ein, als ich mich eben niedergesetzt hatte. Meinen Sie etwa, daß er grüßte?“
„Nicht?“

„Fiel ihm gar nicht ein. Ich wollte ein Gespräch beginnen . . .“

„Er mochte nicht?“

„Nein. Ich fing vom Wetter an; er aber gönnte mir nicht einmal einen Blick. Ich brachte verschiedenes vor, lauter prächtige und interessante Sachen; wissen Sie, was er da zu mir sagte?“

„Nun?“

„Ich sollte meinen Schnabel halten.“

„Das ist allerdings sehr stark.“

„Sehr! Mich wundert es, daß er es nicht auch zu Ihnen gesagt hat. Schnabel! Als ob man ein Star oder eine Blaumeise wäre. Dieser Kerl wird dem jungen Baron eine schauderhafte Bildung beibringen.“

„Ja, das scheint so! Aber, sagen Sie: Ist wirklich niemand in der vorderen Stube gewesen? Sie haben nicht gehört, daß jemand gesprochen hätte?“

„Kein Wort.“

„So ist's also doch gut. Ich erwarte nämlich den Briefträger; er ist aber, wie ich nun höre, noch nicht dagewesen. Waren Sie heute bereits nach Pflanzen aus?“

„Allüberall, im Wald und im Feld.“

„Wo sind da Ihre liebsten Stellen?“

„Wie meinen Sie das?“

„Ich meine, wo Sie sich am allerliebsten aufhalten?“

„Hm! Im Bett.“

Fritz sagte das, indem seine Miene die größte Unbefangenheit zeigte. Der Wirt warf ihm einen zornig forschenden Blick zu und fragte:

„Monsieur, wollen Sie mich etwa zum Narren haben?“

Fritz sah erstaunt zu ihm auf und antwortete:

„Wieso? Sie fragten mich, wo ich mich am allerliebsten aufhalte, und ich sage es Ihnen. Was ist da weiter daran?“

Der Wirt sah ein, daß er es mit einem Menschen zu tun habe, dem die Intelligenz nicht mit Scheffeln zugemessen worden sei. Er beruhigte sich also und erklärte:

„Ich meine, ob Sie im Wald vielleicht ein Plätzchen haben, an welchem Sie sich am liebsten aufhalten.“

„Ich gehe dahin, wo ich meine Pflanzen finde; andere Plätze können mich gar nicht interessieren.“

„Sind Sie oft beim alten Turm?“

„Brrr! Dort geht es ja um.“

„Wer sagte Ihnen das?“

„Alle Welt weiß es ja.“

„Oder gehen Sie zuweilen nach der großen Ruine, welche mitten im Wald liegt?“

„Was soll ich in Ruinen? Dort wächst das, was ich suche, jedenfalls nicht.“

„Oder halten Sie sich öfters am Trou du bois auf?“

Fritz merkte natürlich, daß er ausgehorcht werden solle. Je mehr der Wirt in ihn drang, ein desto dümmeres Gesicht machte er. Jetzt freute er sich innerlich, daß der Ort erwähnt wurde, von dem er gern wissen wollte, wo er liege. Er fragte darum:

„Am Trou du bois? Was ist das?“

„Ein Loch im Wald.“

„Das heißt, ein Ort, an welchem sich keine Bäume befinden?“

„Nein. Es ist ein großes Loch in der Erde.“

„Es gibt viele Löcher im Wald, bei denen ich gewesen oder vorübergekommen bin.“

„Es ist, wenn Sie von dem großen Steinbruch aus über die nächste Waldecke eine gerade Linie ziehen.“

„Was verstehe ich von dem Steinbruch, der Waldecke und der Linie! Wer soll das begreifen!“

„Ich meine, wenn Sie auf dieser Linie fortgehen, so gelangen Sie in Zeit einer guten halben Stunde nach dem Loch.“

„Meinetwegen. Fällt mir gar nicht ein, eines alten Loches wegen, welches mich gar nichts angeht, eine Linie durch den Steinbruch und den Wald zu ziehen. So eine Heidenarbeit! Da habe ich mehr zu tun.“

Der Wirt lachte laut auf. Er fühlte sich außerordentlich befriedigt und sagte, noch immer lachend:

„Aber, Monsieur, ich habe doch auch gar nicht gemeint, daß Sie eine wirkliche Linie ziehen sollen.“

„Na also! Da lassen Sie mich auch mit dieser Linie in Ruhe. Warum reden Sie überhaupt von ihr, wenn Sie gar nicht verlangen, daß ich sie ziehen soll.“

„Sie sind köstlich, wirklich köstlich. Also Sie waren noch nicht an dem Loch? Sie kennen es nicht?“

„Nein.“

„Finden Sie nicht, daß der Wald, gerade dieser Wald, sehr einsam ist?“

„Wie jeder andere auch.“

„Oh, es gibt doch Wälder, in denen viel Verkehr ist. Dieser Wald wird aber wohl nicht viel von Menschen besucht?“

„Ich weiß nichts davon. Wenigstens habe ich nicht gefunden,

daß dort so viele Menschen verkehren, daß sie geradezu mit den Köpfen zusammenrennen."

„Aber zuweilen trifft man jemand?"

„Das schon."

„Wen denn zum Beispiel?"

„Den Förster, einen Holzhauer oder auch einen Handwerksburschen."

„Sonst niemanden?"

„Ich kann doch nicht wissen, wer da herumläuft. Ich habe verteufelt wenig Personen gesehen."

„Aber man spricht davon, daß besonders zur Nachtzeit zuweilen viele Menschen dort zu treffen sind."

„Unsinn. Welcher vernünftige Kerl läuft des Nachts im finsteren Wald herum?"

„Oh! Man redet Eigentümliches."

„Dummheiten redet man! Gäbe es hier eine Grenze, die sich durch den Wald zieht, so wäre es möglich, daß sich Pascher an derselben herumtreiben. Wenn man aber da von Leuten redet, welche sich des Nachts im Wald herumtreiben, so befindet man sich gehörig auf dem Holzweg. Ich weiß das viel besser."

Der Wirt stutzte. Sollte dieser dumme Bursche dennoch vielleicht etwas ahnen? Er fragte darum:

„Nun, wer könnte es denn sonst sein, wenn es keine Leute sind, Monsieur?"

„Hm! Ja. Davon darf man eigentlich nicht sprechen."

„Nicht? Warum nicht?"

„Es ist gefährlich!"

„Wieso gefährlich?" fragte der Wirt, dessen Mißtrauen wieder zu wachsen begann.

„Weil sie einem sonst erscheint, sogar wenn man gar nicht in den Wald geht, sondern im Bett liegt."

„Wer denn? So reden Sie doch."

„Na, leise darf man schon davon sprechen. Also wissen Sie, was sich des Nachts im Wald herumtreibt? Menschen sind es nicht."

„Nun, wer sonst?"

„Kommen Sie her."

Der Wirt trat ihm näher. Fritz faßte ihn am Arm, zog seinen Kopf zu sich nieder und flüsterte ihm in das Ohr:

„Die Wilde Jagd."

Dann ließ er den Arm des Wirtes wieder los, schüttelte sich, als ob es ihn schaure, machte ein höchst ernstes Gesicht, nickte einige Male sehr bedeutungsvoll und fügte dann hinzu, indem er drei Kreuze schlug:

„Ja, so ist es, wenn man auch nicht laut davon sprechen darf. Aber des Nachts brächte mich keine Macht der Erde in den Wald, selbst wenn man zehn Pferde vorspannte!“

Jetzt fühlte sich der Wirt vollständig überzeugt, daß er es mit einem höchst unschädlichen und im Superlativ harmlosen Menschen zu tun habe. Er nickte, indem er innerlich sehr belustigt war, dem Pflanzensammler verständnisinnig zu und sagte:

„Ja, so ist es! Ich habe auch bereits davon gehört.“

„Wissen Sie auch, wer während der Wilden Jagd in den Wald geht, dem dreht der Wilde Jäger das Gesicht auf den Rücken!“

„Ich habe es gehört.“

„Und dann muß er mitjagen und -hetzen in alle Ewigkeit. Der Himmel behüte mich davor.“

„Ja, das ist schlimmer als selbst das Fegefeuer und die ewige Verdammnis. Es graut einem, wenn man nur daran denkt. Ich will lieber an meine Arbeit gehen.“

Er ging; aber als er sich in dem vorderen Zimmer befand und die Tür hinter sich zugemacht hatte, drehte er sich um, schlug ein Schnippchen und brummte vergnügt:

„O du tausendfacher Dummkopf du! Du bist im ganzen Leben nicht zu kurieren. Und diesen albernen Menschen haben wir für gefährlich gehalten! Sind wir da nicht noch viel dümmer gewesen als er?“

Und drinnen im kleinen Zimmer lächelte Fritz leise vor sich hin und sagte zu sich selbst:

„Jetzt wird er da draußen lachen und seine Glossen reißen. Dieser Franzmann ist doch ein unendlich gescheiter Kerl! Er hat die Güte gehabt, mir die allerbeste Auskunft zu geben. Nun weiß ich genau, woran ich bin. Diese Linie vom Steinbruch aus über die Ecke des Waldes ist ganz famos. Ich werde den Herrn Doktor erfreuen, wenn ich ihm heute abend sagen kann, wo sich dieses Waldloch befindet. Ich breche sofort auf, um es mir anzusehen. Aber vorher muß ich nach Hause, erstens um beim Wirt keinen Verdacht zu erregen, und zweitens, um mir noch eine Waffe zu holen. Man weiß nicht, ob ich gleich draußen bleiben muß.“

Er ging, um einen Revolver zu sich zu stecken, und verließ dann die Stadt, indem er die Richtung nach dem ihm sehr wohl bekannten Steinbruch einschlug.

Müller war froh gewesen, vom Wirt loszukommen. Er nahm

sich vor, nicht direkt nach Schloß Ortry zu gehen, sondern das Forsthaus aufzusuchen und lenkte also von der Straße ab.

Unterdessen hatte sich auf dem Schloß eine aufregende und etwas stürmische Szene ereignet.

Noch befanden sich nämlich die beiden Raillons hier, Vater und Sohn. Die Wunde, welche Fritz bei seiner Flucht aus der Ruine dem ersteren in die Hand beigebracht hatte, war als nicht bedeutend erkannt worden. Der Schnitt jedoch, welchen der Deutsche dem Sohn versetzt hatte, war fataler. Erstens verursachte er eine heftige Entzündung und große Schmerzen, und sodann entstellte er das Gesicht, auf welches der Oberst stets sehr eitel gewesen war.

Es verstand sich ganz von selbst, daß die beiden Grafen sich nicht in der allerbesten Laune befanden. Ihre heimlichen Angelegenheiten befanden sich zwar scheinbar im besten Gang, aber in Beziehung der beabsichtigten Verbindung des Obersten mit Marion wollte sich kein erfreulicher Fortschritt zeigen. Darum war Raillon, der Vater, am Morgen, als Marion beim Unterricht ihres Bruders zugegen war, zu dem alten Kapitän gegangen.

Er fand denselben über Briefen und Berechnungen sitzend. Der Alte reichte ihm die Hand und fragte ihn nach dem Grund des unerwarteten Besuches.

„Hier“, sagte Rallion, „lesen Sie die Botschaft, welche mir durch die Morgenpost zugegangen ist.“

Der Kapitän nahm das Papier. Es enthielt nur wenige Zeilen, welche also lauteten:

„Dem Grafen Jules Rallion auf Ortry!

Kommen Sie sofort. Ihre Gegenwart ist dringend notwendig, um Gegenströmungen zu bekämpfen.

Herzog von Gramont.“

Der Befehl war also von dem Minister des Auswärtigen unterzeichnet, welcher, der Kaiserin zur Seite stehend, zu der Kriegspartei gehörte.

„Was sagen Sie dazu?“ fragte Rallion.

„Daß Sie reisen müssen. Wer mag der Urheber dieser Gegenströmung sein?“

„Das ist mir hinlänglich bekannt, interessiert mich aber augenblicklich gar nicht. Sie selbst sagen, daß ich reisen müsse. Aber denken Sie dabei auch an die Absichten, welche mich zu Ihnen führten?“

„Natürlich.“

„Sie sind unerfüllt geblieben."

Der Alte blickte verwundert auf. Er legte die Feder weg, zupfte an den Spitzen seines Schnurrbartes und sagte:

„Daß ich nicht wüßte. Sie haben gesehen, daß unsere Organisation nahezu vollendet ist. Sie haben ferner die Vorräte gesehen, welche sich täglich vergrößern und ..."

Rallion schnitt ihm mit einer raschen Handbewegung das Wort ab und fiel ein:

„Das ist es nicht, was ich meine; ich denke vielmehr an unsere Privatangelegenheit."

„Nun, ist diese nicht in Ordnung?"

„Was nennen Sie in Ordnung, bester Kapitän?"

„Den gegenwärtigen Zustand der Dinge."

„Pah, ich finde ihn sehr unbefriedigend, also nicht in Ordnung!"

Der Alte sah ihn groß an; auf seiner Stirn zeigte sich eine Falte des Unmuts.

„Mein lieber Graf", sagte er, „wenn ich von Ordnung spreche, so weiß ich, was ich sage. Ich hoffe, Sie kennen mich."

„Ja, ich kenne Sie allerdings; aber selbst der sorgfältigste Rechner irrt sich einmal. Vielleicht nähern wir uns einem Fazit, an welches wir nicht gedacht haben."

„Wieso? Es gibt Gründe, welche uns eine Verbindung unserer Kinder dringend wünschen lassen. Ich habe Ihnen gesagt, daß Marion die Gemahlin Ihres Sohnes wird. Beide haben sich hier eingefunden, um sich kennenzulernen. Ist das nicht genug?"

„Nein, das ist es nicht."

Da zog ein eigentümliches Lächeln über das Gesicht des Alten.

„Hm!" sagte er. „Sollten Sie so heißblütig sein, an eine sofortige Vermählung zu denken?"

„Das kann mir nicht einfallen. Aber eine Sicherheit wünsche ich doch zu erhalten."

„Sie haben mein Wort. Genügt Ihnen das nicht?"

„Nein."

Der Graf sagte das ruhig, konnte sich aber doch nicht enthalten, einen ängstlichen Blick auf den Kapitän zu werfen. In den Augen desselben leuchtete es zornig auf.

„Wie?" fragte er. „Was sagen Sie? Mein Wort, mein Versprechen, mein Ehrenwort genügen Ihnen nicht?"

„Wie hoch Ihr Wort mir steht, das wissen Sie. Sie haben es oft und zur Genüge erfahren. Aber in diesem Fall kommt es in eben dem Grade, vielleicht noch mehr, auf das Wort einer anderen Person an."

„Wen meinen Sie? Den Baron? Oder die Baronin?"

Der Graf kannte die Verhältnisse des Hauses genau. Er lachte verächtlich und sagte:

„Pah! Nach dem Willen oder den Wünschen dieser beiden fragen Sie doch auf keinen Fall!"

„Allerdings. Sie können also nur Marion selbst meinen."

„Ja, sie ist es."

„Nun, da beruhigen Sie sich sehr. Marion wird gehorchen!"

„Sie erlauben mir, das zu bezweifeln."

„Wieso? Haben Sie Gründe?"

„Beobachten Sie doch die Dame, wie sie sich meinem Sohn gegenüber verhält."

„Nun, wie denn?"

„Kalt, abweisend, fast möchte ich sagen verächtlich."

„Ja, das Mädchen hat Temperament, und Ihr Sohn gibt sich keine Mühe, sich ihrem Ideal zu nähern. Denn ein Ideal, so ein lächerliches Phantom, schafft sich ja jedes junge Ding. Er mag versuchen, sie zu gewinnen!"

Der Graf schüttelte den Kopf.

„Dazu habe ich keine Zeit. Ich bin gekommen, Sicherheit mitzunehmen. Jetzt muß ich reisen. Was bieten Sie mir?"

„Ah! Denken Sie vielleicht an eine Verlobung?"

„Vielleicht!"

„Bei dem Zustand Ihres Sohnes? Er hütet das Bett; er ist Patient; er ist entstellt!"

„Nun, so mag mir die Zusage Marions genügen. Diese aber muß ich haben, wenn ich beruhigt abreisen soll."

„Sie ist nicht nötig, Graf!"

„Und dennoch verlange ich sie. Wie nun, wenn Marion bereits gewählt hätte?"

Da zogen sich die Spitzen des weißen Schnurrbartes in die Höhe. Der Alte hatte jetzt jenes bissige Aussehen, welches man in den Augenblicken des Zornes an ihm zu beobachten pflegte.

„Die?" fragte er in verächtlichem Ton. „Was hätte denn die zu wählen?"

„Und wenn es nun doch so wäre?"

„So bin ich doch derjenige, dem sie zu gehorchen hat und dem sie gehorchen muß."

„Überzeugen Sie mich!"

„Graf, Sie sind wirklich unbegreiflich! Aber aus alter Freundschaft will ich Ihnen den Willen tun. Ich werde mit Marion sprechen."

„Wann?"

„Wann reisen Sie?"

„Morgen früh."

„Ihr Sohn bleibt hier?"

„Ja. Sein Zustand verträgt nicht, daß er seinen hiesigen Aufenthalt unterbricht."

„Nun gut, so werde ich nach der Tafel mit Marion reden, und dann können Sie deren Zustimmung aus ihrem eigenen Mund vernehmen."

„Ich will es hoffen!"

„Übrigens habe ich Ihnen auch außer dieser Angelegenheit eine höchst erfreuliche Mitteilung zu machen. Ich erhielt, gerade wie Sie, heute Briefe; darunter befindet sich einer, den wir längst mit Sehnsucht erwartet haben."

Der Graf horchte auf.

„Doch nicht aus New Orleans?" fragte er rasch.

„Ja, doch."

„Gott sei Dank! Wie lautet er? Zustimmend?"

„Ja. Die Firma sendet uns einen ihrer Beamten, einen Master Deephill, welcher den Auftrag hat, mit uns abzuschließen. Der Mann hat die Millionen bei sich und wird morgen mit dem Mittagszug hier eintreffen."

„Von Trier oder Luxemburg aus?"

„Auf der ersteren Linie."

„So haben wir gewonnen! Das gibt mir die Hoffnung, daß auch die Privatangelegenheit sich glücklich ordnen lassen wird."

„Verlassen Sie sich auf mich!"

Damit war diese Besprechung zu Ende.

An der Mittagstafel ging es sehr einsilbig, fast möchte man sagen, düster her. Der Baron speiste wie ein Automat; er war geistesabwesend und sprach kein Wort. Der junge Graf konnte nicht erscheinen; sein Vater hatte keine Lust, ein Gespräch zu beginnen. Der alte Kapitän konnte es noch immer nicht verwinden, daß er gezwungen worden war, den Erzieher mit an dem Tisch zu sehen. Die Baronin, Marion und Nanon berücksichtigten diese Verhältnisse durch tiefes Schweigen, und wenn ja ein lautes Wort gehört wurde, so waren es nur Müller und Alexander, welche miteinander sprachen.

Nach Tisch, als sich alle erhoben, beorderte der Kapitän Marion und die Baronin auf sein Zimmer. Dies geschah in jenem harten, befehlenden Ton, welcher nie etwas Gutes verhieß.

Der Alte ging langsam in dem Raum auf und ab. Die Baronin erschien zuerst.

„Wo ist Marion?" fragte er.

„Ich weiß es nicht", antwortete sie. „Ich hatte natürlich Grund, sie hier zu vermuten."

Sein Schnurrbart zuckte, aber er sagte doch nichts. Die Baronin nahm Platz, und beide warteten, bis endlich Marion in das Zimmer trat.

Der Alte lehnte sich an seinen Schreibtisch, musterte sie eine Weile und begann dann:

„Warum kommst du nicht sofort?"

Ihr Gesicht war bleich, aber ruhig. Sie ahnte den Gegenstand der Unterhaltung, und sie hob ihr Auge unerschrocken zu ihm auf und antwortete:

„Ich mußte erst Papa nach seinem Zimmer bringen."

„Pah! Er kann selbst gehen! Du hast meinen Befehlen stets ohne alles Zaudern nachzukommen. Ich habe sehr Wichtiges mit dir zu besprechen."

„So erlaube, daß ich mich setze."

Sie machte Miene, nach einem Sessel zu greifen; er aber hielt sie durch eine gebieterische Handbewegung davon ab.

„Das ist nicht nötig!" sagte er. „Was ich dir zu sagen habe, ist zwar wichtig, aber kurz. Du wirst gehorchen, und so ist die Unterredung in einer Minute beendet.

Er fuhr sich mit der Hand über die kahle, glänzende Stirn, wendete sich an die Baronin und fragte:

„Sie wissen, Madame, weshalb ich Marion heimgerufen habe?"

„Ja, Herr Kapitän", antwortete sie.

Auf ihrem Gesicht lag ein Lächeln nicht zurückzuhaltender Befriedigung. Sie wußte, worüber jetzt gesprochen werden sollte. Sie haßte Marion, haßte sie von ganzer Seele und freute sich, sie loszuwerden, und ebenso großes Vergnügen gewährte ihr der Gedanke, daß das schöne Mädchen einem Mann gehören werde, den es nicht liebte.

„Und weshalb Graf Rallion mit seinem Sohn sich gegenwärtig auf Ortry befindet?" fragte der Alte weiter.

„Auch das weiß ich."

„Ich denke mir, daß dieses Arrangement nicht gegen Ihren Geschmack sein wird?"

„Ich fühle mich vielmehr sehr befriedigt von demselben. Oberst

Rallion hat eine Zukunft und ist überdies eine sehr interessante Persönlichkeit."

„Hörst du, Marion! Der Brief, mittelst dessen ich dich zurückrief, enthielt bereits einen ziemlich deutlichen Wink. Seit deiner Rückkehr wirst du die Güte und Zweckmäßigkeit meiner Absichten erkannt haben, und so bin ich überzeugt, daß du dem Grafen eine freudige Antwort geben wirst, wenn er dich jetzt besucht, um dich zu fragen, ob er dich von heute an als die Verlobte seines Sohnes betrachten darf."

Das ernste, blasse Gesicht Marions war sich während dieser Rede vollständig gleichgeblieben. Noch stand sie an der Tür. Sie hatte auf ihre Absicht, einen Sessel zu nehmen, verzichtet. Auf ihre Stiefmutter hatte sie nicht einen einzigen Blick geworfen. Dem Alten aber blickte sie voll, fest und offen in die Augen, und auch ihre Stimme klang fest und sicher, als sie jetzt fragte:

„Du meinst, daß ich den Obersten Rallion heiraten soll? Welche Gründe hast du dazu?"

„Viele Gründe habe ich, verstanden? Doch du hast nichts darnach zu fragen."

Sie nickte leise vor sich hin und sagte:

„Nun, so will ich die kurze Unterhaltung nicht unnützerweise in die Länge ziehen und dir sagen, daß ich zweierlei einzuwenden habe."

Das war doch ein ganz und gar eigentümliches Verhalten!

Es zuckte über des Alten Gesicht wie Wetterleuchten, dann fragte er:

„Nun, was ist es, was meinst du?"

Seine Stimme hatte einen wegwerfenden, beleidigenden Ton.

„Zweierlei, woran du gar nicht zu denken scheinst", antwortete sie; „nämlich meine Menschenrechte und meinen persönlichen Willen!"

Da zog sich sein Bart drohend empor. Er fragte:

„Was soll das heißen?"

„Daß ich den von dir anbefohlenen Bräutigam zurückweise. Ich werde den Obersten Rallion nie heiraten!"

„Ah! Das ist lustig", lachte er. „Wie willst du das anfangen, Marion?"

„Frage dich vielmehr, wie du es anfangen willst, mich zur Frau eines Mannes zu machen, den ich verabscheue!"

„Das kannst du dir denken! Ich werde dich zwingen!"

Sie zuckte die Achsel, und dieses charaktervolle, feste Achselzucken stand ihr gar prächtig zu dem ernsten, bleichen Gesicht.

„Auch das begreife ich nicht, wie du mich zwingen willst", antwortete sie. „Ich bin kein Kind. Die Obrigkeit gewährt mir ihren Schutz. Wenn ich einem Mann gehöre, so wird es nur derjenige sein, den ich mir selbst wähle. Ich räume in dieser Angelegenheit weder dir noch einem anderen Menschen einen Einfluß oder gar ein Recht über mich ein!"

Das war dem Alten zuviel. Er trat einen Schritt auf sie zu und donnerte:

„Das wagst du mir zu sagen, mir, mir."

„Ja, dir", antwortete sie kalt.

„Du ahnst es nicht, welche Mittel ich habe, dich zu zwingen!"

„Du kannst nicht ein einziges haben!"

„Du bist ruiniert, wenn du nicht gehorchst!"

„Wohl! Ich werde das zu tragen wissen!"

„Deine Familie ist ebenso ruiniert!"

Da schüttelte sie mit einer wahrhaft königlichen Bewegung den Kopf und antwortete, indem sich ein geringschätziges Lächeln um ihre Lippen zeigte:

„Ich bitte dich dringend, solche verbrauchte Theatercoups zu vermeiden. In Romanen und auf der Bühne kommt es vor, daß eine Tochter, welche ihre Familie liebt, um diese vor dem Untergang zu retten, ihre Hand einem ihr verhaßten Mann gibt. Hier aber spielen wir nicht Theater, und sodann habe ich auch keine Veranlassung, meiner Familie ein solches Opfer zu bringen."

„Ungeratene Person! Weißt du, daß wir dich aus dem Hause stoßen können?"

„Tut es! Dann bin ich frei! Das ist es ja, was ich wünsche!"

„Ah!" knirschte er. „Frei! Frei willst du sein. Du gibst mir da gerade das Mittel, dich zu zähmen, in die Hand. Ich werde dich einsperren, bis du dich fügst!"

„Das darfst du nicht. Das Gesetz bestraft die unerlaubte Freiheitsberaubung."

„Was frage ich nach dem Gesetz. Hier gilt einzig und allein mein Wille. Den deinigen werde ich zu brechen wissen. Du hast mir sofort zu sagen, ob du mir gehorchen willst."

Die Baronin hatte Widerwillen erwartet, aber keinen Widerstand. Sie erhob sich, besorgt über die Szene, welche sich jetzt entwickeln werde. Der Alte hatte sich bei den letzten Worten Marion noch um einen Schritt genähert. Sie zeigte dennoch keine Spur von Furcht, sondern sie antwortete ohne die mindeste Scheu:

„Es bleibt bei dem, was ich gesagt habe."

„So kommen die Folgen über dich! Zeig her, Mädchen!"

Er wollte mit beiden Händen nach ihr fassen, fuhr aber mit einem lauten Schreckenslaut zurück. Auch die Baronin sprang in die äußerste Ecke des Zimmers. Marion hatte die rechte Hand in der Tasche gehabt. Als der Alte sie erfassen wollte, zog sie dieselbe hervor: Eine große Brillenschlange fuhr ihm mit weit geöffnetem Rachen entgegen.

„Was ist denn das?" rief er. „Woher ist diese Bestie?"

„Ein Gruß aus Algerien ist es", antwortete sie. „Fasse mich an, wenn du den Mut dazu hast."

„Ah! Du hast mit Abu Hassan, dem Zauberer, gesprochen!"

„Ja", antwortete sie.

„Wohin ist er?"

„Suche ihn! Und nun zwinge mich, den Obersten zu heiraten."

Sie drehte sich um und verließ das Zimmer. Jetzt erst atmete die Baronin wieder auf.

„Mein Gott", sagte sie. „Welch ein Auftritt. Welch ein Affront. Dieses Mädchen wagt es, ein so giftiges, scheußliches Tier anzurühren."

Der Alte wendete sich zu ihr und sagte:

„Jammern Sie nicht. Dieses Mädchen hat mich überrumpelt. Es ist das erste Mal in meinem Leben, daß es geschehen ist. Die Schlange ist nicht giftig; die Zähne sind ihr genommen; sie würde zunächst ihre Trägerin beißen und töten."

„Warum flohen Sie denn?"

„Die Überraschung. Aber es soll ihr nichts nützen. Wann und wo hat sie mit diesem Abu Hassan gesprochen? Was hat er ihr erzählt? Das muß ich wissen; das muß ich erfahren."

„Kennen Sie diesen Menschen?"

Jetzt erst merkte er, daß er sich eine Blöße gegeben hatte. Darum fuhr er sie zornig an:

„Was geht Sie das an! Gehen Sie! Gehen Sie zu der Dirne, und sagen Sie ihr, daß ich ganz bestimmt erwarte, daß sie bis zur Dämmerung des heutigen Tages ihren Entschluß ändere. Tut sie das nicht, so wird sie einsehen müssen, daß ich viel mächtiger bin, als sie."

Er schob die Baronin zur Tür hinaus und verschloß die letztere hinter sich. Niemand wußte, was er jetzt vorhatte. Und selbst, als nach einiger Zeit der Graf klopfte, wurde nicht geöffnet, sondern es ertönte nur die Frage:

„Wer ist draußen?"

„Ich, Graf Rallion."

„Was wollen Sie?“

„Antwort!“

„Warten Sie bis zur Dämmerung. Ich habe jetzt keine Zeit.“

Der Graf mußte ohne Resultat zurückkehren.

Als Marion in ihr Zimmer kam, fand sie dort Nanon, ihrer harrend. Diese hatte natürlich den Befehl des Alten vernommen und ahnte, daß die Freundin des Trostes bedürfen werde.

„Mein Gott, wie bleich du bist!“ rief sie ihr entgegen. „Was ist geschehen?“

„Was ich längst erwartete.“

„Oberst Rallion?“

„Ja, liebe Freundin.“

„Dein Großvater verlangte es, und was hast du geantwortet?“

„Das, was ich mir vorgenommen hatte: Ich werde nie Gräfin Rallion sein.“

Sie setzte sich neben Nanon auf das Sofa. Die Freundin brannte vor Begierde, über die stattgefundene Szene unterrichtet zu werden, sagte aber doch vorher:

„Weißt du, was du über den Obersten sagtest, als du ihn zum ersten Mal gesehen hattest?“

„Nun?“

„Er sei nicht übel.“

„Weiter nichts?“

„Er erscheine galant, ja chevaleresk. Und nun?“

„Das war nicht ein Urteil von mir, sondern ich hatte nur die Absicht, den ersten Eindruck zu bezeichnen, den er auf mich machte.“

„Und dieser Eindruck hat sich verwischt?“

„Vollständig. Der Oberst ist ein Laffe, und nicht nur das, sondern er erscheint mir jetzt als ein herz- und gewissenloser Mensch. Und sein Vater macht einen Eindruck auf mich, der mich zum Fürchten bringen könnte. Denke an das Verhalten des Obersten gegen diesen armen, braven Doktor Müller.“

Nanon nickte.

„Ihm sein Gebrechen vorzuwerfen, an welchem er so schuldlos ist!“

„Müller hat die Beleidigungen nur aus Rücksicht für mich so ruhig hingenommen. Er ist ein außerordentlicher Mensch. Er zwingt mir, trotzdem er bloß Lehrer ist, die allergrößte Achtung ab.“

„Und dazu seine sonderbare Ähnlichkeit mit – mit deinem Ideal“, bemerkte Nanon lächelnd.

„Es mag sein, daß dieses Naturspiel einen ganz unwillkürlichen Eindruck äußert; aber auch abgesehen davon, ist dieser Müller ein Mann, den man achten und vielleicht sogar – lieben könnte, wenn . . ."

„Nun, wenn?"

„Wenn er nicht – nicht . . ."

„Wenn er nicht nur Lehrer und noch dazu bucklig wäre?"

„Das allerdings. Er hat einen ganz eigenartigen Eindruck auf mich gemacht. Es ist mir oft, als wenn ich ihn umarmen müsse. Dir als meiner innigsten Freundin darf ich das sagen. Ich könnte ihm mein Leben, meine Seele anvertrauen."

„Oh weh! Und das Ideal?"

Marion blickte trübe vor sich hin.

„Es wird mir unerreichbar bleiben", sagte sie. „Wo ist er, den ich damals gesehen habe? Wo ist er? Ist er Mann, ist er Jüngling? Es ist eine Torheit, sein Herz an ein Phantom zu hängen. Ich bestehe jetzt aus zwei Einzelwesen, die ich beide nicht begreife. Die Wirklichkeit wird mich leider bald zur Selbsterkenntnis bringen. Ich fürchte, daß ich einer trüben Zeit entgegengehe."

Da legte Nanon den Arm um die Freundin und sagte:

„Ich werde mit dir dulden, ich werde dich nicht verlassen."

„Ja, du Liebe, du Gute, das wirst du. Ich muß leider annehmen, daß der Großvater auf Schlimmes sinnt. Er ist höchst rücksichtslos und gewalttätig. Er wollte mich einsperren."

„Einsperren? Mein Gott, wie bist du dem entgangen?"

„Ich habe ihm gedroht."

„Womit?"

„Mit dem Gesetz."

Das war allerdings wahr, aber die volle Wahrheit wollte sie doch nicht sagen. Der Besitz der Schlange war der Freundin bisher noch Geheimnis geblieben.

„Dieses Gesetz wird dich schützen", sagte Nanon.

„Wenn ich Gelegenheit habe, es anzurufen. Wenn man sich meiner aber plötzlich bemächtigt, wie will ich da Zuflucht zu dem Richter finden?"

„Ich würde Anzeige machen."

„Wer weiß, ob es fruchten würde. Wie waren wir vor kurzer Zeit noch so glücklich. Und jetzt? Weißt du, wie Müller mit mir ins Wasser sprang?"

„Und der andere mit mir", fügte Nanon schnell hinzu.

„Jetzt ist es mir, als ob mir ein ganz ähnliches Unwetter, eine ganz gleiche Gefahr nahe sei. Und wenn ich während des Unterrichtes bei dem Bruder sitze und des Müllers Augen ruhen forschend auf mir, so ist es mir, als ob ich mich ihm auch in dieser Gefahr anvertrauen könne und müsse."

„Ist das nicht phantastisch, liebe Marion?"

„Was nennst du phantastisch? Gehören Gefühle in das Reich der Wirklichkeit oder der Phantasie? Willst du mich deswegen belächeln, weil ein einfacher Hauslehrer einen solchen Eindruck auf mich macht, daß ich stets und immer an ihn denken muß?"

„Nein. Er ist ja dein Lebensretter und hat auch deinen Bruder gerettet."

„Und sodann, wenn er so still an der Tafel sitzt oder wenn er sich so sicher mitten unter uns bewegt, so ist es mir, als ob er alles beherrsche und als ob selbst der Großvater Furcht vor ihm haben müsse. Ich begreife mich eben nicht – ich, und er, ein Lehrer."

Da legte Nanon das Köpfchen an ihre Schulter und sagte halblaut, fast im Ton der Verschämtheit:

„Wenn du dich nicht begreifst, ich begreife dich, Marion."

„Du? Bist du so plötzlich eine so große Menschenkennerin geworden?"

„Ja, eine sehr große. Mein Beispiel erklärt mir nämlich das deinige."

„Du sprichst von einem Beispiel."

„Ja. Auch ich habe jemand, an den ich immer denken muß."

„Du? Du?" fragte Marion überrascht.

„Ja, ich."

Da schob Marion die Gesellschafterin sanft von sich fort, um ihr in das erglühende Gesichtchen blicken zu können und fragte, während aus ihrem Ton fast eine Art Entzücken klang:

„Du? Du? Kleine Nanon, du liebst?"

Die Gefragte senkte die Augen und antwortete:

„Ich weiß es nicht."

„Aber du denkst an ihn?"

„Oft, sehr oft."

„Und gern?"

„Mit Freuden. Und dann, wenn ich ihn treffe und mit ihm spreche, so . . ."

„Ah, du triffst ihn, du sprichst sogar mit ihm? Wo?"

„Denke dir, im Wald."

„Im Wald? Das ist ja ganz und gar romantisch. Du hast einen Geliebten, ohne daß ich es weiß!"

„Ich kann es ja selbst nicht sagen, ob ich ihn liebe."
„Das mußt du doch wissen."
„Ich weiß nur, daß ich ihm gut bin, herzlich gut."
„Nun, dann liebst du ihn auch. Darf ich vielleicht wissen, wer er ist? Oder muß es ein Geheimnis bleiben?"
„Vielleicht ist es besser, daß ich es verschweige. Du würdest dich wundern, du würdest mich schelten oder gar auslachen."
„Denke das ja nicht. Warum sollte ich denn das tun?"
„Weil er kein vornehmer Herr ist, den ich meine."
„Dann irrst du sehr. Der, für welchen ich mich in neuerer Zeit so sehr interessiere, ist ja auch nur ein Lehrer."
„Aber der meinige ist noch viel weniger."
„So sage es doch."
Da drängte sich Nanon ganz an die Freundin heran, verbarg das Gesicht ganz an deren Brust und sagte:
„Denke dir, er ist nur ein Kräutersammler."
Marion machte eine Bewegung des Erstaunens. Sie fragte: „Ein Kräutersammler? Wohl gar dein Lebensretter, und du triffst ihn im Wald?"
„Ja, ganz unwillkürlich."
„Wie wunderbar", sagte Marion. „Aber doch wie leicht erklärlich! Derjenige, dem man das Leben verdankt, hat jedenfalls das Verdienst, daß man oft und gern an ihn denkt. Weiß er, daß du ihn liebst?"
„Er bemerkt jedenfalls, daß ich ihn gut leiden kann. Und, meine liebe Marion, ich muß dir etwas gestehen, aber wirst du mich nicht auslachen, wirklich nicht?"
„Nein, meine Liebe, ganz gewiß nicht. Das sind so ernste Sachen, daß ich ans Lachen gar nicht denken werde."
„Nun, so will ich dir gestehen, daß – daß ich ihn – daß ich ihn bereits geküßt habe!"
„Wirklich? Wirklich? Ist das möglich!"
„Ja", antwortete Nanon, bis in den Nacken erglühend.
„Er hat dich geküßt, willst du wohl sagen?"
„Nein, sondern ich ihn!"
„Das ist ja unbegreiflich! Wie ist denn das gekommen?"
„Ich muß es dir erzählen. Wir trafen uns im Wald, zufällig, wirklich ganz zufällig. Ich hatte mich verirrt und rief aus Angst laut um Hilfe. Da kam er des Weges daher."
„Und rettete dich abermals!" lächelte Marion.
„Ja, er kam. Ich war müde und setzte mich, und er ließ sich neben mir nieder. Hast du ihn genau betrachtet?"

„Nein."

„Nun, als er so vor mir im Moos lag, da fiel es mir auf, was für eine prächtige Gestalt er hat, so stark, so kräftig und doch so proportioniert. Seine Hände und Füße sind so klein, wie bei einem Aristokraten und gar nicht wie bei einem gewöhnlichen Pflanzensammler."

„So genau hast du ihn betrachtet?"

„Ja; aber geh! Du lachst doch! Und sein Gesicht, so lieb und gut, seine Augen so treu und ehrlich! Wir spachen viel; wir kamen auch darauf, daß er mich aus dem Wasser gerettet hatte, und da redete ich von Dankbarkeit, die ich gar nimmer abtragen könne. Da sagte er, daß ich mit einem Male die ganze Schuld bezahlen könne, und zwar so, daß nun er mein Schuldner werde."

„Was verlangte er? Ich ahne es! Einen Kuß."

„Nein. Er ist gut und bescheiden! Er bat mich um die Erlaubnis, meine Hand küssen zu dürfen."

„Das erlaubtest du ihm natürlich!"

„Nein. Ich weiß gar nicht, wie mir wurde und was mich da überkam. Es war eine große, gewaltige Rührung. Ich hätte weinen mögen, ob vor Freude oder vor Schmerz, das weiß ich nicht. Es war mir, als sei es geradezu eine Beleidigung, eine Herabsetzung, wenn ich ihm meine Hand zum Kuß gäbe, und da – da hielt ich ihm lieber den Mund hin."

„Ich kann mir's denken; das war wie Inspiration. Du konntest nicht anders?"

„Ja, so ist es. Hast du so eine Eingebung auch an dir erfahren?"

„Oft; aber ich habe ihr nicht Folge geleistet."

„Warum nicht?"

„Dieser – dieser – o bitte, laß das sein! Wenn ich so seine Gestalt betrachte und seine Züge, so ist es mir, als ob ich ihn gleich küssen möge; aber dann fällt mein Auge auf – auf – auf den ..."

„Ich verstehe! Du meinst den Doktor Müller?"

„Ja. Also er küßte dich auf den Mund?"

„Ja und auch nein; denn diese Berührung war so zaghaft, so vorsichtig, so zart! Und dann war er so glücklich und sagte, daß er nun niemals wieder küssen werde, denn der Mund, der mich geküßt hätte, dürfe keine anderen Lippen wieder berühren. Das klang so lieb und wahr und aufrichtig. Und dabei wurden seine Augen feucht. Ich sah, daß er mich anbetete und sich doch nicht getraute, mich liebzuhaben."

„Wie herzig!"

„Ja. Und da ging mir abermals das Herz auf. Ich weiß nicht, wie es kam und geschah, aber ich faßte ihn ganz herzhaft beim Kopf und küßte ihn nun selbst auf den Mund, ich glaube gar, dreimal!"

„Nanon, ich glaube, das ist Liebe, wirkliche Liebe!"

„Meinst du?"

„Ja. Und du hast ihn dann wiedergesehen?"

„Einige Male."

„Nur zufällig?"

„Ganz zufällig! Aber es ist mir, als spräche eine innere Stimme zu mir: Jetzt mußt du in den Wald, denn er ist dort."

„Und dann findest du ihn auch wirklich?"

„Jedes Mal."

„Ich möchte das beinahe begreifen. Aber, liebste Nanon, wir wollen einmal recht aufrichtig und ernst sein! Was soll aus dieser Liebe werden?"

„Weiß ich es?"

„Ein Kräutersammler!"

„Ah, das meinst du? Du glaubst, ich stehe zu hoch für ihn? Da täuschst du dich! Jetzt, ja, jetzt ist er ein gewöhnlicher Arbeiter; aber – doch, da hätte ich beinahe mein Wort gebrochen!"

„Welches Wort?"

„Zu schweigen. Ich soll auch nicht das mindeste davon erzählen."

„Wovon denn? Das klingt ja ganz außerordentlich geheimnisvoll!"

„Das ist es auch. Nicht einmal zu dir darf ich davon sprechen. Ich habe es meiner Schwester geschrieben, aber darüber ist er beinahe zornig geworden. Es ist so rührend, wenn er zornig werden möchte und doch nicht kann!"

„So handelt es sich also wirklich um ein Geheimnis!"

„Und sogar um ein ganz außerordentliches! Sobald ich wieder mit ihm spreche, werde ich fragen, ob ich es dir sagen darf."

„Tue das! Wann triffst du ihn wieder?

„Morgen mittag."

„Ich denke, da verreist du!"

„Ja freilich! Aber er fährt ja mit!"

Da schlug Marion die Hände zusammen und sagte:

„Nun seht mir einer diese Nanon! Sie bestellt den Geliebten, um sie auf der Bahn zu begleiten!"

„Geh! Das ist anders, als du denkst! Er ist gar nicht so wie andere Männer. Ihm darf man sich gern anvertrauen!"

Eben wollte Marion eine weitere Bewegung machen, da klopfte es an die Tür, und dann trat die Baronin ein.

„Fast hätte ich es vergessen," sagte sie. „Mich sendet der Herr Kapitän."

Marion erhob sich, blieb aber in reservierter Haltung stehen. „Da ist der Bote dessen würdig, der ihn sendet."

Die Baronin tat, als ob sie die Beleidigung nicht vernommen hätte, und fuhr fort:

„Er gibt dir bis zur Dämmerung Zeit zum Überlegen."

„Danke!"

„Gehorchst du dann noch nicht, so hast du dir selbst die Folgen zuzuschreiben!"

„Ich werde sie nicht mir, sondern euch zuschreiben. Hoffentlich ist diese Angelegenheit nun für immer erledigt!"

Die Baronin verließ das Zimmer. Marion trat an das Fenster und blickte hinaus. Sie konnte nicht sagen, welche Gefühle sie bewegten. Sie hatte ja vorhin selbst gestanden, daß sie jetzt aus zwei Wesen bestehe, die sie nicht begreifen könne.

„So hat man dir also noch eine Frist gegeben!" sagte Nanon.

„Eine sehr unnötige Frist, denn ich werde meinen Entschluß auf keinen Fall ändern."

„Aber was wird dann geschehen?"

„Das mag Gott bestimmen. Mir ist so eigentümlich zumute. Ich muß denken, muß mir klarwerden. Ich werde einen Spaziergang unternehmen."

„Wohin? Darf ich dich begleiten?"

„Ich setze mir kein Ziel. Willst du recht freundlich sein, so laß mich allein gehen. Es gibt Zeiten, in denen man nur mit sich selbst zu Rate gehen darf."

„Aber dann bitte ich, daß du dich sogleich nach deiner Rückkehr bei mir sehen läßt!"

Sie verabschiedete sich und ging.

Erst jetzt griff Marion in die Tasche und zog die Schlange hervor. Damen hegen gewöhnlich eine unüberwindliche Abneigung gegen Reptilien. Es war wunderbar, daß das schöne Mädchen keinen Abscheu fühlte.

„Er hat recht gehabt: du hast mich geschützt!" sagte sie. „Komm, ich werde dich wieder verbergen."

Sie trat zu ihrer kleinen Bibliothek und versteckte das Tier hinter die Bücher, wo sie von Watte ein Lager für dasselbe bereitet hatte. Dann kleidete sie sich zum Ausgehen an und verließ das Schloß, ohne am Spaziergang gehindert zu werden.

Ihr Weg führte sie in den Wald, zum alten Turm, an das Grab der Mutter. Dort im Turm, auf den Stufen, hatte sie mit Müller gesessen an jenem Gewittertag!

Wie kam es doch nur, daß sie immer und immer an den Erzieher denken mußte. Machte die Art seines Unterrichts einen solchen Eindruck auf sie? Gab es gewisse sympathische Beziehungen, die ja kein Mensch begreifen kann? Sie überließ sich diesen Regungen, ohne sich über dieselben Rechenschaft zu geben.

Am Grab kniete sie nieder und betete. Sie ahnte nicht, daß es geöffnet worden war. Während des Gebetes fiel ihr Blick auf die eingefallene Zinne des Turms, und es war ihr, als müsse jene geheimnisvolle Gestalt erscheinen, welche damals das islamitische Gebet hinaus in Wind und Wetter gerufen hatte. Es war darauf heller Sonnenschein geworden.

Gibt es auch Gebete, welche die Stürme des Herzens und des Lebens beschwichtigen können?

Fast war es so; denn als sie sich jetzt erhob, war eine wunderbare Ruhe über sie gekommen. Sie schritt weiter, aus dem Wald hinaus, über das freie Feld. Der Weg senkte sich, und dann stand sie unten im Steinbruch, dessen Wände senkrecht in die Höhe stiegen. Sie maß mit ihrem Auge den jähen Absturz. Da oben auf diese fürchterliche Kante war ihr Bruder zugeflogen. Sie schauderte. Müller hatte ihn gerettet! Wieder dieser Müller! Warum doch?

Ein großer Stein lag in der Nähe. Sie ließ sich auf demselben nieder. Sie hatte dasselbe Täschchen am Gürtel hängen wie damals auf dem Dampfschiff. Sie öffnete es und langte hinein. War es unwillkürlich oder mit Absicht? Sie zog die Fotografie hervor, welche sie sich in Berlin erbeutet hatte.

Das Bild hatte selbst im Wasser der Mosel nicht gelitten, da der Verschluß ein dichter war. Sie richtete ihr Auge auf die Fotografie. Wie oft, wie unzählige Male war dies in letzter Zeit geschehen! Und dann war es nicht jener glänzende Reiter gewesen, an den sie dachte, sondern Müller, der unscheinbare Erzieher.

Da hörte sie nahende Schritte. Schnell steckte sie die Fotografie wieder ein und wendete sich um, dem Mann entgegen, welcher soeben um die Ecke trat. Es war – Müller.

Sie erhob sich. Eine tiefe Röte verbreitete sich über ihr Gesicht. Er war überrascht, aber nicht verlegen, als er sie erblickte.

Er zog den Hut, grüßte und sagte:

„Sie hier, gnädiges Fräulein? Verzeihung! Gestatten Sie mir, mich zurückzuziehen."

Sie schüttelte leise mit dem Kopf und antwortete:

„Sie verursachen mir keine Störung, Monsieur Müller."

„Und doch ist die Einsamkeit ein Heiligtum, welches man nicht entweihen soll, Fräulein."

„Suchten vielleicht Sie, allein zu sein?"

„Nein. Mein Weg führte zufällig hier vorüber, und da trat ich in den Bruch, um . . ."

„Um den Schuplatz einer kühnen Tat wiederzusehen", fiel sie ihm in die Rede. „Ich sehe erst jetzt, was wir Ihnen zu danken haben. Wissen Sie, daß Sie ein verwegener Mann sind, Monsieur Müller?"

Er verbeugte sich und antwortete höflich ablehnend:

„Man handelt im Drang des Augenblickes."

„Ja, ein jeder Mensch tut das. Aber der eine kämpft, und der andere flieht im Drang dieses Moments. Und hierbei fällt nur ein, daß ich Sie um Verzeihung zu bitten habe."

Er blickte sie fragend an, und sie fügte hinzu:

„Erinnern Sie sich meiner Verwunderung darüber, daß Sie die Beleidigung des Obersten Rallion so ruhig hinnahmen?"

„Es ist mir gegenwärtig", antwortete er.

„Was ich damals für Mangel an Mut hielt, war Heldentum: Sie siegten über sich selbst."

Da trat eine freudige Röte in sein Gesicht; seine Augen blitzten auf, und er sagte im Ton herzlicher Freude:

„Nehmen Sie meinen Dank, Mademoiselle. Sie bieten mir da eine Gabe, welche für mich von höchstem Wert ist."

„Und Sie brachten mir ein Opfer, welches Ihnen große Überwindung kostete. ohne mir eine Freude zu machen."

„Wie! Sollte es Ihnen lieber gewesen sein, wenn ich den Obersten niedergeschlagen hätte?"

„Ich hätte Ihnen nicht gezürnt."

Er blickte sie forschend an. Tief, tief hinten in seinem blauen Auge funkelte etwas, als ob die helle Sonne durch dunkle Wolken brechen möchte und doch nicht dürfe.

„Das konnte ich nicht denken", sagte er. „Es wurde mir gesagt, daß der Oberst im Begriff stehe, zu Ihrer Familie in Beziehungen zu treten . . ."

„Die niemals existieren werden", unterbrach sie ihn. „Bitte setzen Sie sich hier neben mich, Monsieur! Ich möchte eine Frage an sie richten."

Er gehorchte ihrem Befehl. Der Stein war von keinem bedeutenden Umfang; er mußte ganz dicht bei ihr Platz nehmen. Sie langte in die Tasche und zog ein Papier hervor, aber nicht nur dieses, sondern auch die Fotografie mit, welche zur Erde fiel. Sie hatte dies gar nicht bemerkt; er aber sah es und bückte sich nieder, um sie aufzuheben.

Sein Blick fiel auf das Bild. Was war denn das? Ein gewaltiger Schlag durchzuckte ihn, aber nicht ein schmerzender, sondern es war, als ob die Seligkeit eines ganzen Himmels ihn durchflute.

Sein Bild! Wie kam sie in den Besitz desselben?

Jetzt erst bemerkte sie es. Sie erglühte, wurde aber nicht verlegen. Sie streckte die Hand aus und sagte:

„Ah, da ist mir die Fotografie mit in die Hand gekommen. Ich danke! Bitte, betrachten Sie sich dieses Bild."

Er tat, als habe er noch keinen Blick darauf geworfen, und musterte sein eigenes Konterfei.

„Wie finden Sie es?" fragte sie.

„Hm! Ein preußischer Offizier." sagte er.

„Höchstwahrscheinlich. Ich kenne ihn nicht. Halten Sie das für möglich?"

„Wenn Sie es sagen, so ist es wahr."

„Ich ließ mich in Berlin fotografieren. Der Fotograf hat mir aus Versehen das Porträt dieses Offiziers mit unter meine Abzüge gesteckt."

Es war ein feines Lächeln, welches um die Lippen Müllers spielte. Eine Fotografie, welche man nur dem Zufall verdankt, trägt man nicht beständig mit sich herum.

„Bemerken Sie nichts Auffallendes an dem Bild?" fragte sie.

Er forschte nach dem, was sie meinte, schien es aber nicht finden zu können.

„Ich gestehe meine Insolvenz ein", lächelte er

„Das ist wunderbar. Finden Sie nicht die große Ähnlichkeit heraus?"

„Mit dem Original? Wie sollte ich diesen Offizier kennen."

„Nein, mit Ihnen, mit Ihnen selbst. Bemerken Sie das wirklich nicht?"

Er betrachtete die Fotografie jetzt scheinbar aufmerksamer als vorher und sagte dann:

„Es gibt allerdings einige ähnliche Züge. Die Natur treibt oft das gleiche Spiel."

„Einige Züge? Das ist zu wenig gesagt. Es ist ganz genau Ihr

Gesicht. Nur Ihr Haar ist ein anderes, und Ihr Teint ist dunkler, auch tragen Sie keinen Bart, während dieser Offizier einen solchen von seltener Schönheit besitzt. Aber nicht dieses Bild ist es, über welches ich mit Ihnen sprechen wollte, sondern dieses Papier. Bitte, wollen Sie es sich einmal ansehen."

Es war nicht ein einfaches Papier, sondern es waren zwei zusammengefaltete und vollgeschriebene Bogen.

„Kennen Sie diese fremde Schrift?"

„Ja, es ist Arabisch."

„Verstehen Sie diese Sprache?"

„So weit, daß ich diese Zeilen lesen kann, ja."

Ihr Auge ruhte mit einem bewundernden Blick auf ihm.

„Monsieur Müller, ich erstaune", sagte sie. „Bis jetzt fand ich nichts, was Sie nicht kennen und verstehen. Wie kommen Sie zur Kenntnis dieser Sprache?"

„Mein Vater ist in der Sahara gereist. Der Sohn pflegt von den Kenntnissen des Vaters zu profitieren."

„Das ist richtig. Ich muß Ihnen zunächst sagen, daß diese Zeilen ein Geheimnis enthalten, welches, das weiß ich selbst nicht. Ich will es kennenlernen; ich habe Veranlassungen dazu. Kennenlernen aber kann ich es nur durch Sie. Werden Sie es bewahren?"

„Mademoiselle!" rief er. „Ich bitte dringend, nicht an meiner Verschwiegenheit zu zweifeln."

„Gut. Ich vertraue Ihnen. Wollen Sie einmal lesen?"

„Gern. Doch erlauben Sie mir zuvor, diese Zeilen einmal zu überfliegen."

Sie nickte ihm zu, und er las. Unterdessen ruhte ihr Auge auf ihm. Hätte er sich nicht mit Walnußabkochung einen falschen Teint gemacht, so hätte sie bemerken müssen, daß er tief, tief erbleichte. Aber auch so glaubte sie zu gewahren, das die Schrift einen ungewöhnlichen Eindruck auf ihn machte. Sie fragte:

„Verstehen Sie diese Worte?"

„Vollkommen, nur zu sehr, Mademoiselle", antwortete er, indem er tief Atem holte.

„Und was enthalten sie? Bitte, übersetzen Sie es mir."

Er schüttelte langsam den Kopf, las noch bis zu Ende, faltete dann das Papier zusammen und fragte:

„Haben Sie eine Ahnung von der Wichtigkeit, welches dieses Dokument für Sie hat?"

„Das es wichtig ist, wurde mir gesagt, in welchem Grade aber, das ist mir nicht bekannt."

„Von wem haben Sie es?“

Sie machte eine abwehrende Handbewegung und antwortete:

„Ich glaube nicht, dies sagen zu dürfen.“

„So glaube ich aber auch nicht, es übersetzen zu dürfen.“

„Ah! Sie wollen sich weigern?“

„Ja“, antwortete er einfach.

„Aus welchem Grund?“

„Wenn Sie kein Vertrauen zu mir haben, so darf auch ich Ihnen keins schenken.“

Da nahmen ihre Züge eine Strenge an, welche man diesem engelschönen Gesicht wohl schwerlich zugetraut hätte. Sie sagte:

„Monsieur, was soll ich von Ihnen denken. Ist das Höflichkeit? Heißt das Wort halten? Ich sehe, daß ich mich in Ihnen geirrt habe. Geben Sie mir das Papier zurück.“

Er erhob sich und verbeugte sich.

„Hier, Mademoiselle!“ sagte er. „Sie haben sich keineswegs in mir geirrt. Der Inhalt dieser Zeilen ist für mich vielleicht von größerer Wichtigkeit als für Sie. Indem ich sie Ihnen zurückgebe, bringe ich Ihnen ein Opfer, von dessen Größe Sie gar keine Ahnung habe. Adieu!“

Er drehte sich zum Gehen. Sie blickte ihm bestürzt nach, ließ ihn einige Schritte tun und rief aber dann:

„Monsieur! Halt!“

Er hielt an und wendete sich ihr wieder zu.

„Sie befehlen?“

„Kommen Sie wieder her.“

Er gehorchte ihr.

„Sollte wirklich das Wunder stattfinden, daß diese Schrift auch für Sie von Wichtigkeit ist?“

„Ganz gewiß.“

„Inwiefern?“

„Das darf ich nicht sagen, da auch Sie kein Vertrauen zeigen.“

„Mein Gott! Ist es denn so schwer, an mich zu glauben?“

Er hätte ihr zu Füßen sinken mögen, so schön und hoheitsvoll stand sie vor ihm. Er antwortete:

„Ich glaube Ihnen, und ich vertraue Ihnen, Mademoiselle. Ich bin bereit, Ihnen alle, alle meine Geheimnisse anzuvertrauen, aber ich darf es doch nicht tun.“

„Sie glauben an mich, Sie vertrauen mir, und dürfen mir dieses Vertrauen doch nicht schenken? Das verstehe ich nicht, ganz und gar nicht.“

„Und doch ist es sehr leicht erklärlich. Diese Geheimnisse sind nämlich nicht allein mein Eigentum."

„Das lasse ich gelten."

„Und sodann würde Ihnen die Enthüllung Schmerzen bereiten, gnädiges Fräulein."

„Wirklich?"

„Ja, gewiß!"

„Nun, so bitte ich um so dringender um diese Enthüllung. Ich bin keineswegs ungewohnt, Schmerzen zu ertragen."

Da nahm er sie bei der Hand, führte sie zu dem Stein und sagte in bittendem Ton:

„Nehmen Sie wieder Platz, Mademoiselle, und haben Sie die Güte, mir einige Fragen zu beantworten."

Sie gehorchte seiner Bitte und sagte:

„Fragen Sie, Monsieur. Sie werden jede Antwort erhalten, die mir möglich ist."

„Dann muß ich Ihnen zuvor eine Bemerkung machen, welche mir Ihren höchsten Zorn zuziehen wird; aber ich kann nicht anders; ich muß sprechen."

„Ich glaube schwerlich, daß ich zornig über Sie werden kann. Ich habe Sie als einen Mann kennengelernt, der nichts ohne gute Gründe tut."

„Und dennoch wird es so sein. Mademoiselle, erschrecken Sie nicht, wenn ich Ihnen sage, daß es einen Menschen gibt, der Sie liebt, wie wohl noch selten ein Mensch geliebt hat. Sie sind sein Abgott, sein Leben, seine Seligkeit. Er ist bereit, für Sie alles, alles, aber auch alles zum Opfer zu bringen, nur seine Ehre nicht. Er würde gern tausend Schmerzen erdulden, nur um Ihnen eine kleine Freude zu machen. Er sollte von seiner Liebe nicht sprechen, denn sie ist unbeschreiblich. Dieser Mann bin ich."

Er hielt inne. Sie war bleich, sehr bleich geworden. Sie blickte ihn mit großen Augen an und sagte kein Wort. Er nahm dies für die Erlaubnis, fortfahren zu dürfen.

„Dies mußte ich voraussenden, Mademoiselle", sagte er. „Ein Mann, der keinen anderen Gedanken hat, als nur Sie, Sie allein, wird es ehrlich mit Ihnen meinen. Wenn ich frage, so habe ich die triftigsten Gründe dazu, selbst, wenn ich dieselben noch nicht angeben darf. Bitte, von wem haben Sie die Schrift erhalten? Von Abu Hassan, dem Zauberer?"

„Ja."

„Hat er Ihnen gesagt, in welcher Beziehung er zu dem Inhalt dieser Zeilen steht?"

„Nein."
„Und zu Ihrer Familie?"
„Nein", antwortete sie, ihn erstaunt anblickend.
„Wann sprachen Sie mit ihm?"
„Am Abend des zweiten Tages nach jener unglücklichen Vorstellung in Thionville."
„Wo trafen Sie ihn?"
„Im Garten von Ortry. Er hatte mich da abgelauert."
„Darf ich das Gespräch erfahren, welches er mit Ihnen führte?"
„Ich befand mich allein im Garten, da trat er zu mir. Ich erschrak, aber er beruhigte mich ."
„Er erwähnte Liama, Ihre Mutter?"
„Ja. Er sagte mir, ihr Geist sende ihn zu mir, mich zu beschützen."
„Er meint es gut mit Ihnen, er ist ein braver, ein ehrlicher Mann. Bitte, weiter."
„Er sagte mir auch, daß mir vom Kapitän Unheil drohe."
„Da hatte er recht."
„Um dieses Unheil abzuwenden, vertraute er mir zwei Talismane an."
„Welche?"
„Diese Schrift und eine Schlange."
„Ah! Eine von seinen Brillenschlangen?"
„Ja. Er sagte mir, wenn der Kapitän mich zu etwas zwingen wolle, was gegen mein Glück sei, so solle ich mich mit dieser Schlange verteidigen. Ihr bloßer Anblick sei geeignet, einen Angriff zurückzuweisen. Sie sei zwar nicht mehr giftig, aber ihr Mund sei doch mit Zähnen besetzt, welche Wunden verursachen, die nur sehr schwer heilen."
„Sie haben die Schlange wirklich in Empfang genommen, ohne sich vor ihr zu fürchten?"
„Dieser Mann flößte mir ein großes, unbeschreibliches Vertrauen ein."
„Er hat es verdient. Haben Sie die Schlange noch?"
„Ja. Ich habe ihr ein verborgenes Nestchen hergestellt. Sie ist bereits ganz und gar an mich gewöhnt."
„Und niemand hat sie gesehen?"
„O doch! Der Kapitän und die Baronin haben sie heute nach Tisch gesehen. Ich ahnte, daß mir Gefahr drohe, und nahm das Tier mit."
„Und diese Gefahr trat auch wirklich ein?"
„Leider. Der Kapitän wollte mich zwingen, mich dem Oberst

Rallion zu verloben. Ich widerstand; der Kapitän wollte mich, wie es schien, der Freiheit berauben. Er streckte die Hände nach mir aus, um sich meiner zu bemächtigen; da hielt ich ihm die Schlange entgegen, und er ließ ab von mir."

Wie wohl, wie unendlich wohl tat ihm diese Nachricht und diese Aufrichtigkeit. Er sagte:

„Ich danke Ihnen für das Vertrauen, welches sich in dieser Mitteilung ausspricht. Aber werden Sie nicht auch noch weiterhin des Schutzes bedürfen?"

„Ich habe Grund, dies zu vermuten, denn man hat mir nur eine Bedenkzeit bis heute zur Dämmerung gestellt."

„Ah! Dann wird die Schlange Ihnen nichts mehr nützen. Der Kapitän wird denken, daß sie nicht giftig ist."

„So greife ich zum zweiten Talisman."

„In welcher Weise soll er helfen?"

„Abu Hassan sagte, wenn ich in eine sehr große Gefahr käme soll ich die Schrift der Obrigkeit übergeben."

„Er ist Orientale, also mehr oder weniger Phantast. Er kennt die hiesigen Verhältnisse nicht. Die Zeilen sind nicht imstande, als Deus ex machina zu Ihren Gunsten zu wirken."

„Er versprach es mir aber."

„Das glaube ich gern. Aber wie nun, wenn der Kapitän Sie einsperrt, so daß Sie die Schrift gar nicht an die Obrigkeit gelangen lassen können? Wie nun, wenn er sie Ihnen abnimmt und vernichtet?"

„Ah, daran dachte ich nicht."

„Abu Hassan hat ebensowenig daran gedacht. Und selbst wenn diese Zeilen in die Hände des Anklägers oder Richters gelangen, sind sie vollständig wertlos. Es ist da eine Geschichte erzählt, aber es fehlt vollständig die Garantie der Wahrheit derselben. Ich glaube, ein Rat von mir ist Ihnen nützlicher als diese beiden Talismane. Erwarten Sie heute einen abermaligen Angriff?"

„Mit voller Bestimmtheit."

„Dann gibt es ein prächtiges Mittel, den Angreifer sofort niederzuschmettern. Aber bitte, erlauben Sie mir die Frage, ob sie den Alten lieben?"

„Mir graut vor ihm. Ich berühre lieber die Brillenschlange als die Hand dieses Mannes. Und doch ist er mein Verwandter."

„Vielleicht täuschen Sie sich da. Lieben Sie vielleicht die Baronin?"

„Nein, ich verachte sie."

„So haben Sie auch durchaus keine Veranlassung, diese beiden zu schonen. Hören Sie also meinen Rat. Wenn heute der Kapitän einen Zwang auf Sie äußern will, so fragen Sie ihn, ob er folgende Personen gekannt habe: den Hadschi Omanah, den Sohn desselben, den Fruchthändler Malek Omar und den Gefährten desselben, welcher sich Ben Ali nannte. Haben Sie sich diese Namen gemerkt, Mademoiselle?"

„Ja. Hadschi Omanah, seinen Sohn, den Fruchthändler Malek Omar und dann Ben Ali, seinen Gefährten."

„Gut. Die beiden ersten wurden eines Abends von den beiden letzteren ermordet, gewisser Papiere willen, welche die Mörder an sich nahmen."

„Mein Gott! Steht der Kapitän vielleicht in einer Beziehung zu diesem Mord?"

Der Gefragte wiegte den Kopf hin und her und erkundigte sich anstatt der direkten Anwort:

„Halten Sie ihn eines Mordes fähig?"

„Ich weiß es nicht zu sagen."

„So lassen wir es einstweilen dahingestellt sein, warum ich Ihnen diese Namen nenne. Kennen Sie die Vergangenheit des Kapitäns?"

„Ja. Er ist pensionierter Offizier der alten Kaisergarde."

„Hm! Haben Sie einmal den Namen Goldberg gehört?"

„Nein."

„Oder Königsau?"

„Ja. Ich entsinne mich, daß dieses Wort von dem Grafen Rallion ausgesprochen wurde, und daß der Kapitän darauf in eine entsetzliche Aufregung geriet."

„Hat der Kapitän Geschwister gehabt?"

„Ich weiß es nicht."

„Hat Ihr Papa, der Baron, in Deutschland vielleicht Verwandte?"

„Auch das ist mir völlig unbekannt."

„Das ungefähr sind die Fragen, die ich an Sie zu richten hatte. Ich habe mich orientiert, so weit dies notwendig war, und ich möchte nur noch wissen, wohin der Zauberer gegangen ist."

„Nach der Sahara, sagte er."

„Wird er wiederkommen?"

„Ja. Er sprach von Beweisen, welche er bringen wolle."

„Wofür oder wozu?"

„Das verschwieg er mir."

„So will ich Ihnen ein großes Geheimnis mitteilen. Erinnern Sie sich des Gewitters, währenddessen wir uns im alten Turm befanden?"

„Noch sehr genau", antwortete sie.

Sie hatte doch erst noch vorhin an dieses Ereignis gedacht.

„Wir sahen da die Gestalt, welche an uns vorüberging und die Turmtreppe bestieg?"

„Den Geist meiner Mutter", nickte Marion, indem ein leiser, wie geistiger Schimmer ihr Gesicht überflog.

„So dachten Sie; ich aber teile Ihnen mit, daß ich nicht an die überirdische Natur dieser Erscheinung glaube. Ich wollte die Gestalt verfolgen, aber Sie hielten mich zurück."

„Ich weiß dies noch sehr genau. Alle Welt erzählt sich, daß meine arme Mutter im Grab keine Ruhe habe, weil sie nicht die Anhängerin des allein seligmachenden Glaubens gewesen sei."

„Und alle Welt täuscht sich; denn Ihre arme Mutter ist gar nicht gestorben. Und ist sie ja gestorben, so hat sie ihre Ruhestätte in einer anderen Gegend gefunden. Wahrscheinlicher aber ist mir der erstere Fall. Ich möchte wetten, daß Liama, die Tochter der Beni Hassan, noch am Leben ist."

Marion hatte ihm zugehört, die weit geöffneten Augen starr auf ihn gerichtet.

„Großer Gott!" sagte sie jetzt. „Haben Sie vielleicht Gründe zu dieser Vermutung?"

„Sogar sehr triftige. Ich will Ihnen aufrichtig gestehen, daß ich der Verbündete des Zauberers war. Er kam von Afrika, um Liama, die Tochter seines Scheichs, zu suchen. Er hörte, daß sie tot sei, und er wollte sich überzeugen, ob man ihre Überreste wirklich bestattet habe. Wir haben des Nachts ihr Grab geöffnet."

Marion stand da, selbst starr wie eine Tote. Ihre Lippen bebten, und erst nach längerer Pause stieß sie hervor:

„Das haben Sie getan? Und was haben Sie gefunden?"

„Einen mit Steinen gefüllten Sarg, eine Leiche hat nie darin gelegen."

„Mein Heiland! Das ist ja entsetzlich. Sollte sie anderswo begraben sein?"

„Das glaube ich nicht. Welchen Grund hätte man dann gehabt, dieses Grab als das ihrige auszugeben?"

„Ja. Ich war ja als Kind selbst dabei, als man ihren Sarg hier in die Erde senkte. Es geschah das ohne Sang und Klang, ohne Predigt und Segen, weil sie ja eine ‚Heidin' gewesen war. Sie ist nirgends anderswo begraben."

„So bleibt nur die Annahme, daß sie damals gar nicht gestorben ist."

„Sie lebt also noch. Aber wo? Wo, Monsieur Müller?"

Das schöne Mädchen befand sich in einer unbeschreiblichen Aufregung, er legte ihr beruhigend die Hand auf den Arm und antwortete:

„Ich vermute, daß Liama ihre Zustimmung zu dem Coup gegeben hat, welcher da ausgeführt worden ist. Welche Gründe sie dabei gehabt hat, das werden wir jedenfalls noch erfahren."

„Und mein Vater weiß es auch?"

„Vielleicht. Ich möchte behaupten, daß sein gegenwärtiger Geisteszustand zu diesem Geheimnis in inniger Beziehung steht. Man hat Ihre arme Mutter veranlaßt zu verschwinden, damit die jetzige Baronin ihre Stelle einnehmen könne. Warum, das werden wir vielleicht noch entdecken."

„Aus alledem ersehe ich, daß ich die Verhältnisse meiner eigenen Familie nicht kenne, und daß ich von Geheimnissen und von — Verbrechen umgeben bin."

„Wahrscheinlich vermuten Sie da das Richtige."

„Gott, mein Gott! An wen soll ich mich denn da halten?"

„An den, den Sie da soeben genannt haben, nämlich an Gott. Und wenn es Ihnen möglich sein sollte, zu mir ein wenig Vertrauen zu fassen, so stelle ich mich Ihnen mit Leib und Leben, mit allem, was ich habe und bin, zur Disposition."

Da streckte sie ihm ihre beiden Hände entgegen und sagte:

„Ich danke Ihnen von ganzem Herzen. Ich habe die Meinigen nie lieben und achten und mich nie in der Heimat wohlfühlen können. Ich bin mir vorgekommen, wie ohne Halt und Wurzel im Leben. Es hat in mir gelegen wie eine Ahnung, daß alles um mich her eine einzige große Lüge sei. Und nun geben Sie mir Gewißheit und zugleich die Hoffnung, daß alles Dunkel klar werden könne. Ja, ich habe Vertrauen zu Ihnen. Sie selbst kommen mir vor wie ein Rätsel, welches ich noch zu lösen habe, aber Sie werden mir dabei helfen."

Er trat zurück, ohne die ihm dargebotenen Hände zu ergreifen und antwortete:

„Sie haben in allen Ihren Vermutungen recht. Aber wenn auch ich Ihnen ein Rätsel bin, so werde ich Sie doch wenigstens überzeugen, daß Sie mir vertrauen können."

„Ich bedarf keines Beweises", fiel sie ein

„Nun, so möge das, was ich sage, als einfache Bemerkung gesprochen sein. Ich habe Ihnen anvertraut, wie teuer Sie mir sind;

dieses Geständnis, welches mir nur durch die augenblickliche Situation entlockt werden konnte, hat nicht im mindesten den Zweck, mir gegenüber die Freiheit Ihres Fühlens und Handelns zu beschränken."

„Wie verstehen Sie das?"

„Ich weiß, daß meine Liebe eine hoffnungslose ist, ja, eine hoffnungslose sein muß; nur daher konnte ich von ihr sprechen, ohne lächerlich zu werden. Sie sind der Gedanke meiner Tage und der Traum meiner Nächte; ich bete zu Ihnen wie zu einer Heiligen, aber zu einer Heiligen kann man nicht gelangen. Sie sind die Sonne, welche den fernen Planeten erwärmt und erleuchtet, das ist alles, was er sich wünscht; in ihre Nähe wird er nie gelangen. Mein aufrichtiges Geständnis wird nur die Folge haben, daß ich mich noch mehr zurückziehe, aber sobald Sie meiner bedürfen, werde ich mit Freuden, ja, mit Entzücken alles tun, was meinen Kräften möglich ist. Das mag der Pakt sein, den wir schließen."

Sie zauderte eine Weile. Dann ging ein eigentümliches Leuchten über ihr Gesicht; sie streckte ihm abermals die Hände entgegen und sagte:

„Nun gut! Ganz, wie Sie wollen. Sie erlauben mir also, Sie für meinen Freund zu halten?"

„Ich bitte inständig, dies zu tun."

„Ein solcher Vertrag muß aber bekräftigt werden, wenigstens durch einen Handschlag. Wollen Sie mir wirklich Ihre Hand verweigern?"

„Gegen Ihre Befehle kann ich nicht! Hier ist meine Hand. Verfügen Sie über mich!"

„Zunächst muß ich mich für heute abend rüsten. Glauben Sie wirklich, daß die Namen, welche Sie mir nannten, geeignet sind, den Kapitän zurückzuweisen?"

„Ich hoffe es, ja, ich bin überzeugt davon!"

„Und diese arabische Handschrift. Darf ich nicht erfahren, was sie enthält?"

„Für jetzt liegt es in Ihrem eigenen Interesse, daß ich Ihnen die Übersetzung vorenthalte. Auch möchte ich das Dokument nicht sofort in Ihre Hand gelangen lassen, weil es mir da nicht sicher scheint."

„Sie meinen, die Schlacht, welche ich dem Kapitän zu liefern habe, könne einen für mich unglücklichen Ausgang nehmen?"

„Heute werden Sie siegen, was aber dann geschieht, ist bei dem Charakter dieses Mannes nicht vorauszusehen."

„Ich werde tapfer sein!"
„Aber Vorsicht ist ebenso nötig wie Tapferkeit. Übrigens dürfen Sie überzeugt sein, daß ich über Sie wachen werde. Also, darf ich dieses Schriftstück behalten?"
„Ja", nickte sie; „behalten Sie es. Ich vertraue mich Ihnen an wie damals, als Sie mit mir ins Wasser gingen. Leben Sie wohl, mein Freund!"
Sie reichte ihm das schöne Händchen, welches er an seine Lippen zog. Als sie sich entfernte, blickte er ihr nach, so lange er nur konnte. Dann legte er beide Hände auf das Herz und jauchzte:
„Sie liebt mich! Sie liebt mich! Sie hat meine Fotografie! Aber woher hat sie dieselbe?"
„Vom Fotografen gemaust!" erklang es hinter ihm.
Rasch und betroffen drehte er sich um. Fritz kam hinter einem Felsenstück hervorgekrochen, in diesem Augenblick seinem Herrn denn doch nicht sehr willkommen.
„Donnerwetter!" sagte er „Mensch, du hast gehorcht!"
„Ja", nickte Fritz ganz unverfroren.
„Warum bist du mir nachgeschlichen?"
„Ich Ihnen nachgeschlichen? Habe keine Idee davon!"
„Aber wie kommst du denn nach dem Steinbruch?"
„Um die Linie zu suchen."
„Sprich nicht in Rätseln! Welche Linie meinst du?"
„Die, welche von hier aus über die nächste Waldecke nach dem Trou du bois führt."
„Ah, du kennst die Richtung nach dem Waldloch?"
„Sehr genau."
„Von wem hast du es erfahren?"
„Vom Wirt. Herr Doktor, dieser Kerl ist ein Erzschlingel. Ich bin überzeugt, daß er in der Franktireursgeschichte keine gewöhnliche Rolle spielt. Er wollte mich ausfragen, ich aber habe mich so dumm und albern gestellt, daß ihm vor Vergnügen das Herz überlief. Er kam ins Reden und beschrieb mir die Lage des Loches."
„Das ist prächtig! Ich habe mich noch nicht darnach erkundigen können. Wo finden wir dasselbe?"
„Auf der geraden Linie von hier nach der Waldecke hat man gegen dreiviertel Stunden zu gehen, bis man es erreicht."
„Du wolltest es aufsuchen?"
„Ja. Ich wollte heute abend au fait sein. Ich eilte durch dick und dünn und war eher da als Sie. Eben als ich mich zwischen

diesem Steingewirr durchwinden wollte, kam die Dame. Ich wollte mich nicht sehen lassen und steckte mich hinter den Felsen. Dann kamen Sie, und so war ich gezwungen, alles anzuhören."

„Ein anderes Mal jedoch wirst du ein anderes Arrangement treffen, hoffe ich!"

„Ich hoffe es auch!" rief Fritz mit gewisser Betonung. „Ich werde dann die Sache so arrangieren, daß ich bei der Dame bin und Sie gucken zu, Herr Doktor!"

„Kerl!"

„Na, ich meine ja meine Dame und nicht die Ihrige! Aber, mit Verlaub, Herr Doktor, ein Prachtfrauenzimmer ist sie! Sie hat so etwas Fremdländisches an sich. Ich glaube, man kann fürchterlichen Staat mit ihr machen!"

„Mit dir weniger, Luftikus! Also, wir wollen aufbrechen!"

Sie klommen an der Seite des Bruches hinauf, gerade wie Müller damals, als er Alexander rettete, und sahen die betreffende Ecke des Waldes in der Ferne. Sie hielten gerade auf dieselbe zu und folgten auch dann noch ganz derselben Richtung, als sie sich im Wald befanden.

So mochten sie wohl eine halbe Stunde durch Büsche und Sträucher gestrichen sein, als Müller sagte:

„Nach deinem Rapport müssen wir in der Nähe sein."

„Ich denke es. Von der Richtung sind wir nicht abgekommen."

„So laß uns jetzt größere Vorsicht anwenden. Ein Ort, der zu heimlichen Versammlungen dient, ist wichtig genug, um bewacht zu werden. Wir müssen immer annehmen, daß irgend jemand hier steckt, vor dem wir uns nicht sehen lassen dürfen."

„Wollen wir uns nicht lieber teilen?"

„Du meinst trennen? Ja. Aber verlieren dürfen wir uns trotzdem nicht. Wer das Loch zuerst findet, der gibt dem anderen ein Zeichen."

„Welches?"

„Kannst du Vogelstimmen nachmachen?"

„Nur den Kuckuck.

„Das genügt. Also wer das Trou zuerst findet, der schreit kukkuck."

Sie trennten sich und schlichen sich nun so vorsichtig wie möglich weiter. Die Bäume traten dichter zusammen, und zwischen den Stämmen wucherte üppiges Unterholz. Nach einer Weile ertönte der Ruf des Kuckucks. Müller wandte sich nach der Seite zu, von der er erschollen war, und stieß bald auf Fritz, welcher vor einem Gebüsch stand, dessen Zweige er auseinandergeschoben hatte.

„Hast du es?“ fragte Müller.

„Ja. Das muß es sein!“

Sie standen vor einer ziemlich tiefen, trichterförmigen Bodensenkung, welche einen Durchmesser von wenigstens sechzig Meter hatte. Der Rand derselben war von Strauchwerk eingefaßt, und selbst bis auf den tiefsten Punkt hinab standen Baum an Baum, und zwischen den Bäumen wucherten Brombeerranken und Farnkräuter. Hier und da war ein großer, mit grünem Moos bedeckter Stein zu sehen. Das Ganze hatte das Aussehen, als sei vor Jahrhunderten hier das Mundloch eines Schachtes zugefüllt worden und die Erde dann nachgesunken.

„Ja, es ist's! Wir sind an Ort und Stelle“, sagte Müller. „Nicht übel als Versammlungsort!“

„Ja; er liegt tief und faßt mehrere hundert Menschen, die von oben von einem, der nichts ahnt, gar nicht bemerkt werden.“

„Und wie prächtig läßt es sich da lauschen! Man steckt sich einfach in das Gebüsch ...“

„Und wird erwischt und tüchtig durchgeprügelt!“ fiel Fritz ein.

„Da müßte man es dumm anfangen.“

„Ob man gut herankommen kann? Diese Leute werden wohl klug genug sein, Wachen auszustellen!“

„So sputet man sich, eher hier anzukommen als sie.“

„Hm! Da wäre es ja am besten, wir blieben gleich da.“

„Allerdings. Aber leider muß ich heim, da man von meinen nächtlichen Exkursionen keine Ahnung haben darf.“

„Mich erwartet kein Mensch; ich kann also bleiben.“

„Recht so. Es ist jedenfalls besser, den Ort gleich von jetzt an im Auge zu behalten, damit uns nichts zu entgehen vermag. Vorher aber laß uns genau nachsehen, ob wir auch wirklich die einzigen Menschen sind, welche sich hier befinden.“

Sie suchten erst die Umgebung ab, konnten aber nichts Verdächtiges bemerken. Dann stiegen sie in die Vertiefung hinunter, und auch hier war keine Spur zu finden, daß sich jemand vielleicht versteckt habe.

„Ob man hier öfter Versammlungen abhält?“ fragte Fritz. „Wohl nicht.“

„Warum nicht?“

„Sonst müßte das Moos und das Gerank mehr niedergetreten sein.“

„Das ist richtig. Aber schau! Siehst du, wie regelmäßig hier auf dieser Seite alles wächst und wie jedes Blättchen liegt, als ob es gerade so und nicht anders stehen dürfe?"

„Wahrhaftig! Es ist, als ob man alles mit der Hand geordnet habe."

„Nun, mit der Hand wohl nicht, aber mit einem Rechen."

„Das ist wahr, Herr Doktor! Hier wird sehr oft gerecht, das sieht man ganz genau."

„Die Entdeckung ist sehr wichtig. Erstens läßt sich daraus schließen, daß derartige Versammlungen häufiger vorkommen, als wir erst dachten, und sodann geht man dabei so vorsichtig um, das niedergetretene Gepflänz mit dem Rechen wieder aufzurichten."

„Aber warum nur auf dieser Seite und nicht auch anderswo? Die Rechenspur ist nur hier zu bemerken, und auch sie ist kaum zwei Ellen breit. Sie kommt von dem Rand des Loches herab, und hier hört sie schon auf."

„Das bringt mich auf den Gedanken, daß es hier einen Weg gibt, der nach dem Gebrauch stets wieder maskiert wird. Das kann uns heute Abend von Nutzen sein. Jetzt aber wird es unter den Bäumen bereits dunkel. Ich muß aufbrechen."

Nachdem sie aus dem Loche gestiegen waren, fragte Fritz: „Aber wo treffen wir uns am Abend?"

„Das läßt sich nicht auf die Elle bestimme. Stelle dich hier an den Rand und blickte gerade nach der Blutbuche hinüber. Auf dieser geraden Linie werde ich mich anschleichen. Ich hoffe, daß ich halb elf Uhr an der Buche sein werde. Finde ich dich nicht da, so bin ich überzeugt, daß du dich auf der angegebenen Linie dem Loche genähert hast, ich werde dann folgen, bis ich dich finde."

„Und ein besonderes Erkennungszeichen?"

„Brauchen wir nicht. Es könnte uns gefährlich werden. Du hast Waffen bei dir?"

„Genug."

„Und etwas gegen den Hunger?"

„Das habe ich vergessen."

„So werde ich dir etwas mitbringen. Also, halte gute Wacht, aber laß dich ja nicht erblicken!"

Sie trennten sich. Fritz suchte sich ein möglichst gutes Versteck unter den Sträuchern, und Müller wanderte raschen Schrittes dem Schloß zu. Die Dämmerung war angebrochen, und als er die Freitreppe emporstieg, sah er Marion aus der Tür ihres Zimmers treten. Indem sie an ihm vorüberschritt, raunte sie ihm zu:

„Zum Kapitän befohlen!"

„Nur Mut!"

Dann begab er sich hinauf in sein Zimmer, ließ aber die Tür offen, um hören zu können, wenn Marion den Alten wieder verließ.

Als das mutige Mädchen bei dem letzteren eintrat, befand sich, gerade wie früher, die Baronin bei ihm. Er zeigte eine womöglich noch finsterere Miene und sagte in zornigem Ton:

„Weißt du, was nach unserer Unterredung zwischen dir und der Baronin in deinem Zimmer gesprochen worden ist?"

„Ja, sehr genau."

„Und zwar in Gegenwart deiner Gesellschafterin."

„Nanon war allerdings bei mir."

„Du hast gesagt, daß wir beide einander wert seien?"

„So war es."

„Wie hast du das gemeint?"

„Genau so, wie ich es gesagt habe."

„Diese Worte sind höchst zweideutig. Wüßte ich, daß du die weniger gute Bedeutung beabsichtigt hättest, so würdest du deiner Strafe nicht entgehen."

„Ich überlasse es euch beiden, die Bedeutung herauszulesen."

„Du hast gehört, daß ich dir nur bis zu dem gegenwärtigen Augenblick Zeit zur Entscheidung gegeben habe."

„Das war überflüssig."

„Ich werde dir das Gegenteil beweisen. Also, was hast du beschlossen?"

„Ich habe meinen Entschluß nicht geändert."

„So werde ich ihn zu ändern wissen."

Sie wendete sich nach der Tür und fragte:

„Hast du noch etwas zu bemerken?"

„Jawohl!" donnerte er sie an. „Ich habe dir nämlich zu bemerken, daß ich dich heute abend mit dem Oberst Rallion in aller Form und Gültigkeit verloben werde!"

Da zuckte sie ganz stolz und kalt die Achseln und sagte:

„Ich möchte doch wissen, wie du das fertigbringen wolltest."

„Ich werde es dir beweisen."

„Pah! Ich will dich nicht in Verlegenheit bringen. Ich würde ‚Nein' sagen, und dann wollte ich den Frechen doch sehen, der es wagte, mich als seine Verlobte zu bezeichnen!"

„Ich werde dich sogar zwingen, mich in diese Verlegenheit zu bringen. Du bleibst jetzt hier bei mir, bis ich dich selbst in den Salon führe. Setz dich."

Da klang ein kurzes, silbernes Lachen von ihren Lippen.

„Mach dich nicht lächerlich", sagte sie. „Heute mittag war es mir nicht erlaubt, Platz nehmen zu dürfen, und jetzt beliebt es dir, mich zum Sitzen zu befehlen. Wann wirst du nur endlich einmal einsehen, daß ich nicht mehr buchstabieren gehe! Solche Fehler solltest du unterlassen!"

„Das ist stark! Das ist zu stark!" rief die Baronin, zitternd vor erkünstelter Empörung.

Der Alte stand starr und steif mitten im Zimmer. So etwas war ihm noch nicht passiert, so etwas wagte man, ihm in seinem eigenen Zimmer zu sagen. Die Haare seines Schnurrbartes sträubten sich empor, wie die Mähnenborsten eine Hyäne, seine Zähne knirschten aufeinander, und dann stieß er mit vor Grimm heiserer Stimme hervor:

„Das wagst du mir, mir, mir zu sagen, Mädchen! Auf der Stelle kniest du nieder, um mir Abbitte zu tun!"

Er deutete mit der Hand auf den Boden, gerade vor sich hin. Er zitterte am ganzen Körper vor Wut.

„Ich knie vor Gott", antwortete sie, „nie aber vor einem Menschen, am allerwenigsten vor dir."

Da stieß er einen geradezu tierischen Laut aus, faßte sie am Arm und schrie:

„Gut, nicht hier, nicht hier! Ganz wie du willst! Aber unten, unten sollst du kniend Abbitte leisten, öffentlich vor den Gästen und vor aller Dienerschaft. Du sollst gezwungen werden, laut zu erzählen von . . ."

Mit einem kräftigen Ruck zog sie den Arm aus seiner Hand und fiel mit lauter, drohender Stimme ein:

„Gezwungen werden? Ich brauche zum Erzählen nicht gezwungen zu werden. Ich werde freiwillig erzählen, laut und öffentlich, ganz so, wie du es hier verlangt hast, so laut, daß jedermann es hören kann, von dem Fruchthändler Malek Omar . . ."

Sie machte hier mit Bedacht eine Kunstpause. Die Baronin blickte erstaunt auf. Der Alte aber fuhr erschrocken zurück.

„Von Ben Ali, seinem Gefährten", fuhr sie fort.

„Was weißt du von Malek Omar!" rief er.

„Gerade so viel wie von Hadschi Omanah, der mit seinem Sohn ermordet wurde!"

Da fuhr er sich mit beiden Händen nach dem Kopf. Die Haare, so wenige er ihrer hatte, wollten ihm schier in die Höhe stehen. Es wurde ihm blau und rot vor den Augen, es summte und brummte ihm um die Ohren, und er griff nach dem Tisch, um nur einen Halt zu finden.

Aber seine eiserne Konstitution war des Anfalles bald Herr geworden. Er wendete sich zur Baronin:

„Bitte, verlassen Sie uns. Es ist nicht nötig, daß Sie Zeuge der Züchtigung sind, welche ich dieser Person erteilen werde."

Das war der Baronin genug. Marion gezüchtigt! Vielleicht gar körperlich! Welch eine Genugtuung für die Frau, welche so eifersüchtig auf die Schönheit ihrer Stieftochter war. Sie erhob sich von ihrem Stuhl, warf einen schneidend höhnenden Blick auf das Mädchen und sagte:

„Verdient hat sie die schärfste Strafe. Nachsicht wäre hier Sünde."

Damit rauschte sie zur Tür hinaus.

Der Alte wartete wortlos, bis ihre Schritte verklungen waren, sodann kreuzte er die Arme über der Brust und fragte in einem Ton, der fast pfeifend aus der Kehle drang:

„Jetzt heraus! Was weißt du von Hadschi Omanah!"

„Daß er ermordet wurde, er und sein Sohn!"

„Ah! Von wem? Von wem?"

„Von Malek Omar und Ben Ali."

„Das ist Lüge, dreifache, zehnfache Lüge!"

„Das ist Wahrheit, die lautere Wahrheit."

„Welchen Grund sollten sie gehabt haben, ihn zu ermorden?"

„Der Dokumente wegen, welche sie ihm abnehmen wollten."

Er holte tief und ängstlich Atem.

„Woher weißt du das?" fragte er. „Wer hat es dir gesagt?"

„Das ist mein Geheimnis."

„Oho! Ich muß es wissen!"

„Du? Du weißt mehr, als ich dir zu sagen brauche. Aber sprich noch einmal von meiner Verlobung oder gar von einer Züchtigung, so wird auch der Richter alles erfahren. Du hast niemals Erbarmen gehabt, nun erwarte auch keins von mir!"

Bei diesen Worten drehte sie sich um und verließ das Zimmer. Die Tür der Baronin war geöffnet, sie hatte hören wollen, welcher Art die angedrohte Züchtigung sein werde. Sie fand gar nicht Zeit, zurückzutreten, als Marion vorüberging, von der sie keinen einzigen Blick erhielt. Sie begann zu ahnen, daß der Alte dieses Mal unterlegen sei.

Auch jetzt fand Marion die Freundin wartend. Nanon hatte jedenfalls mehr Angst ausgestanden als Marion.

„Nun, wie ist es abgelaufen?“ fragte sie.
„Sehr gut. Ganz zur Zufriedenheit“, antwortete Marion.
„Das war ja kaum zu denken, da du beschlossen hattest, dich nicht zu fügen.“
„Ich habe mich nicht gefügt und dennoch gesiegt.“
„In Folge des guten Gedankens, von dem du vorhin sagtest, daß er dir während des Spazierganges gekommen sei?“
„Ja.“
„Welcher Gedanke war das?“
„Doktor Müller.“
„Ah! Du hast ihn getroffen?“
„Im Steinbruch.“
„Und der Gedanke kam von ihm?“
„Ja. Er hat mir einen Rat gegeben, ich befolgte ihn und habe alle Ursache, mit der Wirkung zufrieden zu sein.“
„Wenn er dir einen Rat gegeben hat, so mußt du ihn doch um einen solchen gebeten haben?“
„Allerdings.“
„Du hast ihm doch von der geplanten Verlobung erzählt? Das scheint mir aber sehr vertraulich, sehr intim zu sein.“
„Vielleicht doch nicht. Er ist der Mann, dem man ganz unwillkürlich mehr erzählt als jedem anderen. Ich wiederhole es: Man muß ihn nicht nur achten, sondern man könnte ihn sogar lieben.“
„Lieben und – küssen, wie du heute sagtest!“
„Oh, gerade jetzt könnte ich ihm einen Kuß geben, einen wirklich herzlichen Kuß für den Rat, mit dem er mich aus dieser drohenden Verlegenheit befreit hat.“

Droben ging der Alte zähneknirschend in seiner Stube auf und ab. Er ballte die Fäuste, stieß halblaute, deutliche und undeutliche Flüche aus und murmelte dabei:
„Sie ist mir entgangen, aber nur für heute, höchstens noch für morgen! Wer hat ihr zu diesem Schachzug verholfen? Wer weiß von jener Nacht am Aurasgebirge? Kein Mensch! Kein Mensch war dabei. Sollte er selbst geplaudert haben, der Baron, der Verrückte? Ich glaube es nicht. Er verrät nie etwas, nie, selbst in seinen schwächsten Stunden nicht. Aber sie wird beichten müssen, und dann wehe ihr! Ich werde sie doch einsperren, um sie unschädlich zu machen, und dann wird sie nur als Gräfin Rallion ihre Freiheit wiedererlangen!“

Unterdessen lag Fritz im Wald und wartete der Dinge, die da kommen sollten. Es war dunkel geworden. Zeit um Zeit verrann; es mochte gegen zehn Uhr sein, da ließ sich ein Rascheln hören, und nahende Schritte waren zu vernehmen. Zwei Männer kamen, gingen an Fritz vorüber und blieben dann am Rand der Schlucht stehen. Der eine stieß einen ziemlich lauten Pfiff aus. Als keine Antwort erfolgte, meinte er zu dem anderen:

„Wir kommen zu zeitig; es ist noch kein Mensch da."

„Das ist gut, denn so können wir vorher mit unserer Angelegenheit fertig werden."

„Also, du stimmst bei?"

„Wieviel pro Mann?"

„Fünftausend Franken."

„Das ist wenig. Der Kerl soll ja Millionen bei sich haben!"

„Aber das Geld kommt ja alles in unsere Kasse."

„Und gefährlich ist es!"

„Schwachkopf! Welche Gefahr bringt es denn, einem Verwundeten in die Taschen zu greifen, um ihm das Portefeuille wegzunehmen!"

„Mag sein! Wie viele sind wir?"

„Drei Personen; das ist genug."

„Das genügt allerdings. Doch wißt ihr auch genau, mit welchem Zug er kommt?"

„Mit dem Mittagszug von Trier aus. Er kommt aus New Orleans, hat einen englischen Namen und heißt, glaube ich, Deephill."

„Wunderlicher Name!"

„Na, also, machst du mit? Oder soll ich einen anderen engagieren?"

„Hm! Fünftausend Franken sind ein schönes Geld!"

„Das versteht sich. Es ist ein großer Unterschied, sie zu haben oder nicht. Entschließe dich kurz, ehe die anderen kommen."

„Also der Alte will es haben?"

„Er hat es sogar befohlen."

„Na, da mag es denn gewagt sein. Ich werde mich beteiligen."

„Endlich bist du klug. Na, so komm hinab. Ich glaube, ich höre Schritte."

Sie stiegen miteinander in das Loch hinab. Jetzt kamen nach und nach andere. Fritz hatte bereits über zwanzig gezählt, als er plötzlich am Arm gezupft wurde. Er lag am Rand des Loches unter dem Gebüsch.

„Fritz?" flüsterte es.

„Herr Doktor?"

„Bereits viele hier?"

„Vierundzwanzig."
„Man hört sie doch nicht reden."
„Ja, das weiß der Teufel. Sobald sie da hinunter sind, merkt man gar nichts mehr von ihnen."
„Vielleicht verhalten sie sich still, bis alle beisammen sind."
„Das ist möglich. Dann aber können wir wohl lauschen."
„Von welcher Seite kommen sie?"
„Von dieser. Alle hier hart an mir vorüber."
„Ah, wo der abgerechte Weg hinunterführt! Donner! Hast du das jetzt gesehen?"
„Was?"
„Ein Lichtschein."
„Man wird eine Laterne anbrennen."
„Nein. Das kam wie aus der Erde. Wenn ich es mir so recht überlege, daß ein richtiger Weg hinunterführt und man doch im ganzen Loch keine Spuren findet, so komme ich auf den Gedanken, daß es da eine Höhle oder irgendein Versteck geben muß."
„Der Gedanke ist nicht schlecht. Dann aber stäken jetzt alle in der Höhle, während wir denken, sie sitzen unten zwischen den Bäumen."
„Freilich. Wir müssen uns überzeugen, es ist keine Zeit zu versäumen. Ich krieche leise hinab."
„Ich auch?"
„Ja, komm. Aber vorsichtig, damit wir nicht bemerkt werden. Das kleinste fallende Steinchen kann uns verraten."
„Und wenn sie uns doch bemerken, was tun wir denn da?"
„Fliehen und wehren. Ergreifen laß ich mich auf keinen Fall. Eher schieße ich einige nieder."
„Ich einige und mehrere, je nachdem sie es haben wollen."
Sie legten sich auf den Bauch und krochen nach Indianerart an der Seite des Loches hinab, nach jedem Fuß breit, welchen sie zurücklegten, wartend und lauschend, ob sie sich weiter wagen könnten. So hatten sie beinahe den tiefsten Punkt erreicht, als sie beide erschrocken anhielten. Ein rascher, aber scharfer Lichtstrahl war über sie hinweggeglitten.
„Sapperment! Woher kam er?" flüsterte Fritz.
„Da, gerade vor uns! Halten wir weiter links, damit er uns nicht trifft. Schau!"
Wirklich fiel jetzt aus der Erde heraus ein ziemlich greller Blitz gerade auf die Stelle, an welcher sie sich eben jetzt befunden hatten.
„Ob man uns bemerkt hat?" fragte Fritz.

„Nein. Daß uns das Licht berührte, war sicherlich nur Zufall. Aber da haben wir es: Hier ist eine Höhle. Der Eingang ist nur für einen Mann zu passieren und wird durch diesen Stein verschlossen."

„Aber auf welche Weise?"

„Irgendwelche Mechanik gibt es, das ist sicher. Ich werde morgen hergehen und untersuchen."

„Schade, daß ich nicht dabeisein kann. Übrigens finde ich vielleicht auch Gelegenheit, ein Abenteuer zu erleben."

„Wo?"

„Auf dem Bahnhof zu Diedenhofen. Es kommt nämlich ein Verwundeter, der Millionen bei sich führt, dem soll dieses Geld abgenommen werden."

„Von wem?"

„Von drei von diesen Burschen hier. Zwei belauschte ich. Es soll jeder fünftausend Franken von dem Raub erhalten. Der Verwundete ist aus New Orleans und heißt Deephill."

„Das hast du alles ganz deutlich gehört?"

„Ja. Der Alte hat es anbefohlen."

„Der Alte? Das wäre ja der Kapitän. Ich wollte bereits sagen, daß du die Polizei requirieren mögest. Hat jedoch der Alte seine Hand im Spiel, so lassen wir die unserige davon weg. Höchstens kannst du dich auf dem Bahnhof nach diesem Mann aus New Orleans erkundigen und ihn privatim und unbemerkt warnen. Horch! Hörst du reden? Sie scheinen beisammen zu sein, denn es kommt keiner mehr, und nun hat die Verhandlung begonnen."

Man hörte durch die Öffnung, aus welcher das Licht fiel, ein dumpfes Stimmengewirr. Dann plötzlich verschwand der Lichtschein, und es war gar nichts mehr zu hören.

„Man hat den Eingang verschlossen", flüsterte Müller. „Es war ein Geräusch zu vernehmen, als ob Steine aneinandergestoßen würden."

„Es befindet sich kein Mensch im Freien", antwortete Fritz. „Nicht einmal eine Wache hat man hier ausgestellt."

„Desto leichter wird es uns sein zu untersuchen, in welcher Weise der Verschluß stattfindet."

„Man wird es innen doch nicht etwa bemerken?"

„Wie sollte man es? Wir vermeiden jedes Geräusch. Und selbst wenn dieses letztere nicht ganz zu umgehen wäre, würde man es kaum gewahren, da ja laut gesprochen wird. Komm."

Sie schlichen sich zu der Stelle hin, an welcher der Schein aus der Erde gedrungen war. Dort befand sich einer jener mit Moos bewachsenen Steine, welchen sie bereits am Tage bemerkt hatten.

„Dieser Stein scheint die Tür zu sein“, sagte Müller, indem er das Felsstück vorsichtig mit den Fingern betastete.

Auch Fritz tat dasselbe und bemerkte dabei ganz leise:

„Der Stein steht nicht frei, sondern er blickt nur mit der einen Seite aus der Wand des Loches hervor. Man muß also annehmen, daß er beweglich ist und demnach mit seiner Umgebung nicht fest verbunden sein kann.“

„Ist er wirklich beweglich, was man allerdings glauben muß, so ist er nicht nach außen, sondern nach innen fortzunehmen.“

„Natürlich. Würde er herausgezogen, so wäre ja eine Spur davon zu bemerken. Er würde mit seiner Schwere das Moos zerdrücken. Aber wie bewegt man ihn? Wollen wir es einmal versuchen?“

„Ja, aber höchst vorsichtig. Wir dürfen ihn nur ein ganz klein wenig von seiner Stelle rücken. Komm, stemme an und laß uns schieben.“

Sie knieten nieder, legten die Achseln an und schoben: aber der Stein bewegte sich nicht im mindesten.

„Es muß inwendig einen Verschluß geben“, meinte Müller. „Es bleibt uns nichts übrig, als den Schluß der Versammlung ruhig abzuwarten. Vielleicht hören wir dann, wenn die Leute gehen, etwas, was uns auf die Spur bringt.“

„Oder sehen wir es sogar. Wir müssen uns nur so nahe wie möglich verbergen. Etwa hier unter die Büsche?“

„Ja. Sie stehen kaum eine Elle entfernt und sind so dicht, daß man uns wohl schwerlich bemerken wird.“

„Ich hätte nicht gedacht, daß diese Franzosen gar so dumm sind, daß sie keine Wache stellen. Bei so geheimen Zusammenkünften ist das unumgänglich notwendig. Nicht einmal auf den Gedanken sind sie gekommen, einen Hund mitzubringen!“

„Der könnte alles verraten.“

„Es müßte nur der richtige sein. Sie brauchten ihn gar nicht außen zu lassen. Sie könnten ihn mit hineinnehmen und dann, wenn sie gehen, würde er uns ganz sicher entdecken.“

„Hm, ja! Wünschen wir, daß auch im Kriegsfall von den Soldaten der großen Nation kein größerer Scharfsinn entwickelt wird. Komm, verstecken wir uns!“

Sie krochen miteinander unter die erwähnten Büsche. Das Versteck war so gut, daß man nichts von ihnen bemerkt hätte, selbst wenn es nicht so ganz und gar dunkel gewesen wäre wie am heutigen Abend.

Eine Stunde verging, vielleicht auch eine etwas längere Zeit. Da ließ sich ein leises, knirschendes Geräusch vernehmen. Die beiden stießen einander an.

„Jetzt! Paß genau auf!" raunte Müller seinem Diener zu.

Wirklich erschien im nächsten Augenblick der Lichtschein wieder. Man gewahrte ganz genau, daß der Stein weg war, und zwar war er nach innen verschwunden. Der Ausgang verdunkelte sich in kurzen Zwischenräumen. Die Leute kamen einer nach dem andern herausgekrochen und entfernten sich dann.

Da sie mit den Köpfen zuerst erschienen, so konnten die zwei Lauscher nicht ein einziges der Gesichter erkennen.

Zwei nur waren stehengeblieben. Zuletzt kam noch einer hervorgekrochen und trat, nachdem er sich aufgerichtet hatte, zu ihnen.

„Nun", sagte er vernehmlich; „glaubt Ihr nicht, daß alles so richtig arrangiert ist?"

„Der alte Kapitän!" flüsterte Müller seinem Nachbar zu.

„Ganz gewiß", antwortete der eine. „Die Leute brauchen eine große Übung, und Waffen sind nebst Munition ja mehr als reichlich vorhanden."

„Sobald etwas passiert und ich Euch brauche, werde ich Euch das Zeichen geben. Wir kommen von heute an stets nur hier zusammen."

„Ich wollte, es ginge bald los!"

„Man hat leider noch keinen Grund zur Kriegserklärung gefunden!"

„Sollte das so schwierig sein?"

„Hm!" brummte der Alte. „Ich halte es nicht für sehr schwer, und so wird ja auch der Kaiser bald finden, was er sucht. Er will den Krieg; die Kaiserin wünscht ihn noch viel mehr. Gramont steht an der Spitze der auswärtigen Angelegenheiten; er ist ein ausgemachter Feind der Deutschen; er haßt sie und tut alles mögliche, um das Feuer zu schüren. Daher haben wir allen Grund zu erwarten, daß unsere Hoffnungen sich baldigst erfüllen werden."

„Und dann! Sacre bleu! Dann marschieren wir nach Deutschland!"

„Nicht wir zuerst. Die glorreiche Armee hat die internationalen Gesetze der Kriegführung zu respektieren: der Franktireur aber ist ein freier Mann. Wir werden tun, was uns beliebt!"

„Donnerwetter wir werden reiche Leute!"

„Hoffentlich machen wir unser Geschäft. Wir haben bisher nur Ausgaben gehabt, und zwar höchst bedeutende. Der Deutsche wird bezahlen müssen, und zwar nicht nur mit hundert Prozent! Ich wollte, daß in diesem verdammten Germanien nicht ein Stein auf dem andern bliebe! Ich habe allen Grund, die Rasse zu hassen!"

„Aber man sagt, daß Preußen jetzt sehr stark sei!"

„Wer das sagt, ist ein Dummkopf!"

„Aber die Ulanen!"

„Die Ulanen? Pah! Die haben wir nun erst recht nicht zu fürchten! Der Preuße hat sie von den Russen geborgt."

„Wieso?"

„Die Ulanen sind die Nachkommen von den asiatischen Reitern, welche sich Anno vierzehn und fünfzehn bis an die Seine wagen konnten, weil das Glück zufälligerweise den großen Kaiser verlassen hatte. Ihr habt doch von ihnen gehört?"

„Ja. Es sind kleine Kerle mit großen Bärten."

Der dritte, welcher bisher geschwiegen hatte, wollte auch etwas sagen; er ließ also sein Licht leuchten, indem er hinzufügte: „Sie haben kleine Pferde mit großen Mähnen und Schwänzen."

„Sie stinken nach Talg und stecken voll Ungeziefer!"

„Sie fressen Pfeffer und saufen Schwefelsäure!"

„Ihre Hosen und Röcke sind aus Schweinsleder!"

„Ihre Lanzen gebrauchen sie nur, um Kinder damit aufzuspießen und in das kochende Wasser zu halten!"

„Ja, es ist ein grausames, gottvergessenes Volk; aber es ist dem Aussterben nahe. Das Lazarettfieber hat die meisten hinweggerafft; im Krieg von Schleswig-Holstein sind sie massenhaft erfroren, und Anno sechsundsechzig haben die Österreicher jämmerlich unter ihnen aufgeräumt."

„So hätten wir sie ja gar nicht zu fürchten!"

„Nicht im geringsten! Es sind ihrer bloß noch einige Hundert vorhanden, die in Zeit von einigen Minuten von unseren Mitrailleusen niedergeschmettert werden. Es ist geradezu lächerlich von dem König von Preußen, sich auf dieses Gezücht zu verlassen!"

„Aber tüchtige Artillerie soll er haben!"

„Pah! Eine einzige Mitrailleuse bringt drei oder vier ganze Batterien zum Schweigen!"

„Und die Zündnadel!"

„Die ist zum Totlachen! Hat man je gehört, daß man mit Nadeln Krieg führt?"

„Das ist wahr!"

„Und unser Chassepot! Dem ist kein Gewehr gewachsen!"

„Aber ich las da vor kurzem in der Zeitung, daß der König von Preußen große Generäle habe!"

„So? Wen denn zum Beispiel?" fragte der Kapitän im verächtlichsten Ton.

„Steinmetz!"

„Der ist altersschwach geworden. Er ist bereits achtundneunzig Jahre alt und kann nur noch mittels Ziegenmilch am Leben erhalten werden."

„Sodann Seydlitz!"

„Seydlitz ist ein ganz junger, unerfahrener Oberst der Artillerie. Mit dem schießt jeder französische Kanonier um die Wette!"

„Und Ziethen!"

„Ziethen! Was Ihr Euch einbildet! Sollen wir uns vor Ziethen fürchten! Ihr wißt wohl gar nicht, was er ist?"

„Nun, ein berühmter Husarengeneral. Er soll bereits sehr alt sein und bei dem König von Preußen in großer Gunst stehen. Er hat sogar die Erlaubnis erhalten, an der königlichen Tafel zu schlafen."

„Das ist wahr; das steht in allen Büchern. Aber ein Husarengeneral ist er nicht, obgleich man es Euch weisgemacht hat. Er stammt aus Roßbach und ist Marineleutnant. Weiter hat er es trotz seines Alters nicht gebracht. Überhaupt braucht man nur zu hören, daß preußische Offiziere an der Tafel schlafen dürfen, so weiß man sofort, was man von der ganzen Armee zu halten hat. Wie soll das während eines Feldzuges werden, wo es ja noch größere Anstrengungen gibt als Essen und Trinken."

„Aber Moreau soll sehr berühmt und tapfer sein!"

„Das ist er auch. Er ist ein geborener Franzose; aber er ist abtrünnig geworden und zu den Preußen übergegangen. Die Österreicher haben ihm bei Königsgrätz die beiden Beine weggeschossen. Nun könnt Ihr Euch denken, ob wir diesen Krüppel zu fürchten haben."

„Und der Generalstabs-Chef der Preußen!"

„Moltke? Der ist ein Phantast und Träumer. Er soll nicht einmal einen Bart haben! Der ist am allerwenigsten schuld, daß die Österreicher in der Schlacht an der Alma geschlagen worden sind. Daß die Österreicher verloren, daran waren nur die Russen schuld, welche es nicht litten, daß die Österreicher durch Rußland in Preußen einfielen."

„Und sodann sagt man, daß wir es nicht mit Preußen allein zu tun haben werden!"

„Mit wem noch?"

„Sachsen, Bayern . . ."

„Unsinn!" fiel der Alte ein. „Das kenne ich besser! Die Sachsen sind stets unsere Verbündeten gewesen: sie sind durch Verträge an uns gebunden, denn Napoleon hat Anno dreizehn und vierzehn ihr Land fast um das Zehnfache vergrößert. Bayern, Württemberg und Baden wagen es nicht, gegen uns zu sein, weil wir dort zuerst einfallen würden. Wer soll sonst noch der Verbündete von Preußen sein?"

„Hessen."

„Das haben wir nicht zu fürchten. Es liegt ganz gegen Rußland hin. Ehe der erste Hesse erscheint, haben wir längst die entscheidenden Schlachten gewonnen und den Feind vor uns hergetrieben."

„Dann gibt es ein Land, Waldeck genannt!"

„Das liegt ja in England!"

„Reuß!"

„Das gehört zu Norwegen!"

„Und Lippe!"

„Was ihr für Geographen seid! Lippe ist ein Kanton in der Schweiz. Es liegt gegen Italien hinunter! Lassen wir das! Wir werden siegen und brauchen darüber kein Wort zu verlieren! Bleiben wir lieber bei der Gegenwart! Ihr beide habt morgen einen Coup auszuführen, welcher wichtiger ist, als so unbegründete Bedenken. Habt Ihr meine Anordnungen kapiert?"

„Vollständig!"

„Also brecht recht zeitig auf, daß Ihr ja nicht etwa den Zug versäumt!"

„Das versteht sich ja ganz von selbst!"

„Lefleur wird bereits vor Euch dasein, um seine Pflicht zu tun. Die Hauptsache ist, daß er sich schnell zurückzieht und daß Ihr dafür sorgt, daß kein Verdacht auf Euch fällt."

„Dafür lassen Sie uns sorgen, Herr Kapitän! Wir werden den Bahnwärter aufsuchen."

„Ah! Warum? Das wäre unvorsichtig!"

„Grad das Gegenteil! Es ist das gewiß eine Schlauheit. Wir werden mit ihm sprechen."

„Aus welchem Grund?"

„Wenn wir uns mit ihm unterhalten, wird Lefleur desto ungestörter seine Schuldigkeit tun können."

„Ah, das ist richtig!"

„Und der Bahnwärter kann bezeugen, daß wir bei ihm gewesen sind. Dadurch würde aller Verdacht von uns abgelenkt werden."

„Nun, ich will zugeben, daß Ihr Euch das gut überlegt habt. Ihr haltet Euch aber nicht unnötig auf!"

„Wir kommen sofort nach Ortry!"

„Ich werde Euch erwarten. Mach Ihr Eure Sache gut, so könnt Ihr auch auf eine Extragratifikation rechnen. Ihr wißt, daß ich nicht knausere, wenn ich sehe, daß meine Leute ihre Pflicht erfüllen. Jetzt will ich mich zurückziehen. Gute Nacht!"

„Gute Nacht, Herr Kapitän!"

„Zieht den Keil richtig an, damit der Stein gut schließt!"

„Ihr braucht keine Sorge zu haben!"

Der Alte bückte sich nieder und kroch in das Loch zurück, welches sich dann hinter ihm schloß. Einer der beiden Männer kauerte sich nieder und machte sich mit dem Stein zu schaffen. Als er sich wieder erhoben hatte, sagte der andere, indem er viel leiser redete, als bisher gesprochen worden war:

„Also eine Extragratifikation."

„Ja. Er ist doch zuweilen splendid."

„Pah! Das kann er auch. Was bekommen wir? Welchen Teil des Ganzen wird er uns auszahlen? Gib dir einmal die Mühe, es auszurechnen."

„Ich habe auch bereits daran gedacht."

„Wir holen die Kastanien aus dem Feuer."

„Und wagen dabei Freiheit, Ehre und Leben."

„Er bleibt auf dem Sofa sitzen und wartet ruhig, bis wir ihm die Millionen bringen."

„Verdammt! Man müßte sich eigentlich ganz gewaltig darüber ärgern.

„Ärgern? O nein! Ich freue mich im Gegenteil."

„Wieso? Warum?"

„Ahnst du das denn nicht? Das heißt, ich freue mich, weil ich voraussetze, daß du doch kein Dummkopf sein wirst."

„Habe ich dir jemals Veranlassung gegeben, mich für einen solchen zu halten?"

„Allerdings nicht. Und darum denke ich auch, daß du mit mir einverstanden sein wirst."

„Das klingt ja gerade, als ob du mir einen Vorschlag zu machen hättest."

„So ist es auch. Einen Vorschlag. Und zwar was für einen!“
„So laß hören.“
„Hm! Eigentlich ist es gefährlich, sich einem andern mitzuteilen, von dessen Zustimmung man noch nicht überzeugt ist.“
„Traust du mir etwa nicht?“
„Du weißt bereits, daß ich dir mehr traue, als jedem anderen; aber die Sache ist wirklich mit einer ganz außergewöhnlichen Gefahr verbunden.“
„So solltest du auch nicht hier an diesem Ort, im offenen Wald, von ihr sprechen.“
„Oh, hier sind wir sicherer als sonst irgendwo. Oder denkst du etwa, daß der Alte hier mit uns gesprochen hätte, wenn er nicht vollständig überzeugt gewesen wäre, daß es keinen Lauscher gibt?“
„Es kann einer zurückgeblieben sein.“
„Das wagt keiner. Sie haben alle einen viel zu großen Respekt vor dem Kapitän.“
„Wir aber doch nicht. Da konnte es auch anderen einfallen, sich ein wenig zu emanzipieren.“
„Ich sage dir, daß keiner dies wagen wird. Bei uns beiden ist dies etwas anderes. Uns läßt er zuweilen einen Blick in seine Karten tun; das schadet dem Respekt. Ich denke wirklich, daß es keinen besseren Ort gibt, von einem Geheimnis zu sprechen, als dieses Loch.“
„Und wenn der Alte noch anwesend wäre?“
„Er kann uns nicht hören. Der Eingang ist verschlossen.“
„Na, meinetwegen. Also, was hast du vor?“
„Zunächst noch nichts. Ich denke nur daran, daß der Alte alles bekommen soll und wir nichts.“
„Wenigstens fast so viel wie nichts.“
„Wäre es nicht sehr prächtig, wenn er gar nichts erhielte?“
„Hm! Wer soll es denn erhalten?“
„Wir.“
„Donnerwetter! Welcher Gedanke!“
„Ist er etwa schlecht?“
„Nein, famos, sogar höchst famos.“
„Was sagst du dazu?“
„Ich muß mir Zeit nehmen. Der Gedanke ist so großartig, daß man sich nicht sofort an ihn gewöhnen kann.“
„Nun, so beeil dich möglichst.“
„Es sind Millionen.“
„Der Alte sagte dies allerdings.“

„Bedenke! Millionen! Herrgott! Und jetzt sind wir solche armen Teufel, daß hundert Franc ein Vermögen für uns bilden."

„Aber gefährlich ist es, verteufelt gefährlich."

„Wir haben es da ganz mit derselben Gefahr zu tun. Ob wir das Geld für uns nehmen oder für den Alten, das bleibt sich in dieser Beziehung ganz gleich."

„Das ist wahr. Aber dann die Folgen!"

„Ich kenne andere Folgen nicht, als daß wir sehr reich sein werden und das Leben genießen können. Sage mir überhaupt, weshalb du gerade unter die Franktireurs gehen willst?"

„Nun, der Beute wegen."

„Richtig! Ich auch. Warum aber willst du bis später warten, wenn du gleich jetzt eine Beute in Aussicht hast, wie dir eine zweite gar nicht geboten werden kann?"

„Ich gebe dir ja ganz recht; aber der Alte, der Alte."

„Nun, was ist mit ihm?"

„Er wird uns töten."

„Pah! Dagegen können wir uns sichern. Haben wir das Geld, wer hindert uns, fortzugehen? Nach Amerika oder sonstwohin, wo er uns gar nicht erreichen kann."

„Der? Nicht erreichen? Ah, er wäre imstande, uns nachzukommen und zur Rede zu stellen."

„Das verbieten wir ihm."

„Er wird von uns Befehle annehmen. Glaube nur das nicht."

„Er muß sie wohl annehmen. Es kommt dabei nur darauf an, wie er sie erhält."

„Nun, wie denn?"

„Durch ein Messer oder eine Kugel."

„Verdammt. Du würdest ihn töten?"

„Warum nicht? Er selbst wird sich keinen Augenblick bedenken, uns eine Kugel durch den Kopf zu jagen, falls er zu der Ansicht käme, daß es ihm vielleicht Nutzen bringt."

„Aber wir haben ihm Treue geschworen."

„Dummkopf! Ist dieser alte Kapitän berechtigt, uns einen Schwur abzufordern? Unser Eid hat weder vor Gericht, noch vor sonstwem die geringste Gültigkeit. Aber ich sehe, daß du dich fürchtest. Lassen wir den Gedanken also fallen. Du bist ein Hasenfuß. Wirf dem Alten die Millionen an den Kopf. Du wirst dafür tausend Jahre vom Fegefeuer erlassen bekommen."

Er tat, als ob er gehen wollte. Der andere ergriff ihn beim Arm und sagte schnell:

„Halt, halt! Ich habe mich ja noch nicht dagegen entschieden. Ich habe nur ein Bedenken."

„Welches denn?"

„Daß er uns vielleicht beobachten und beaufsichtigen läßt."

„Durch wen?"

„Durch Lefleur."

„Pah! Dem geben wir einen Schlag auf den Kopf, so sind wir die Aufsicht los. Überhaupt habe ich gar nicht beabsichtigt, mit dir jetzt einen vollständigen Plan zu spinnen. Ich wollte nur wissen, ob du unter Umständen geneigt sein würdest, auf meine Absicht einzugehen."

„Nun, abgeneigt bin ich nicht."

„Das ist es, was ich hören will. Das weitere können wir unterwegs oder auch erst morgen früh besprechen. Es ist dazu noch Zeit, wenn wir das Geld bereits in den Händen haben. Ich glaube, daß du in diesem Fall ganz gern geneigt sein wirst, es zu behalten."

„Wollen sehen. Aber, ob dieser – dieser – wie war doch der fremde Name?"

„Dieser Deephill."

„Ja, ob dieser Deephill auch wirklich kommen wird, wollte ich sagen."

„Sicher. Der Kapitän hat es gesagt, und der ist stets ganz genau unterrichtet. Man muß zugeben, daß in allem, was er vornimmt, eine genaue und untrügliche Berechnung vorhanden ist."

„Aber wie erkennen wir ihn?"

„Das wird nicht schwer sein. Ein Amerikaner ist sehr leicht zu erkennen oder zu erfragen."

„Aber nehmen wir an, daß er noch Leben hat."

„Nun, so tun ein Messerstich, ein Griff an die Gurgel das übrige. Lassen wir für jetzt solche unnütze Fragen. Wenn der Augenblick des Handelns gekommen ist, so wird sich alles ganz von selbst ergeben."

„Gehen wir also?"

„Ja. Komm."

Sie entfernten sich. Erst als ihre Schritte bereits seit Minuten nicht mehr zu hören waren, flüsterte Müller Fritz zu:

„Komm. Jetzt können wir von der Stelle."

Sie krochen unter den Büschen hervor und dehnten ihre Glieder, welche sich in einer so unbequemen Lage befunden hatten.

„Zwei schöne Kerle", flüsterte Fritz dabei.

„Galgenvögel."

„Eigentlich wäre es unsere Pflicht gewesen, sie unschädlich zu machen."

„Wie wolltest du das anfangen, ohne uns zu verraten?"

„Sie einfach niederschlagen."

„Dadurch wäre es doch herausgekommen, daß sich Lauscher hier befunden haben. Nein. Wir mußten sie unbedingt laufenlassen."

„Vielleicht kann ich sie doch fassen. Was sie eigentlich beabsichtigen?"

„Nun, einen Mordversuch auf diesen Amerikaner Deephill."

„Das versteht sich ganz von selbst, Herr Doktor. Aber wann und wie soll er ausgeführt werden?"

„Hm! Das ist eben die Frage. Er kommt mit dem Mittagszug in Thionville an?"

„Ja, das habe ich genau gehört."

„Auf dem Bahnhof können sie ihn doch nicht überfallen."

„Ganz unmöglich. Aber dann unterwegs."

„Wie es scheint, wird er sich nach Ortry zum Kapitän begeben."

„Sicher. Und bis dahin will man ihn überfallen. Man muß das auf alle Fälle verhindern."

„Natürlich! Das wirst du tun."

„Es wird schwer gehen. Ich fahre ja mit demselben Zug weiter und habe also eigentlich keine Zeit."

„Es ist leichter, als du denkst. Du fährst ja mit dem Frühzug nach Trier. Dabei meldest du die Angelegenheit der Bahnpolizei. Die wird den Amerikaner bei seiner Ankunft ausfindig zu machen wissen und ihn warnen. Übrigens ist es ja leicht möglich, daß du ihn während der Fahrt erfragen und dann sogar selbst unterrichten kannst."

„Wollen sehen. Aber, hm!"

„Was hast du noch für Bedenken?"

„Ich muß dieser lieben Nanon mein Wort halten; ich muß mit ihr fahren; aber ich kann sehr leicht daran verhindert werden."

„Wieso?"

„Es ist möglich, daß die Polizei mich zurückhält, wenn ich anzeige, was geschehen soll."

„Wohl schwerlich."

„Man wird mich ausfragen, auf welche Weise ich von dem Mordanschlag erfahren habe. Wie soll ich da antworten?"

„Nun, die Polizei weiß, daß du Kräutersammler bist. Da kann es ja gar nicht auffallen, wenn du berichtest, daß du dich heute nach Hereinbruch der Dunkelheit noch im Wald befunden hast. Dort hast du zwei Männer belauscht."

„Schön! Ich kannte sie nicht, und ich getraute mich auch nicht, etwas gegen sie zu unternehmen, da sie bewaffnet waren, ich aber nicht. Jedoch, soll ich den Kapitän erwähnen?"

„Nein. Wer weiß, ob man dir dann noch glauben würde."

„Schön! So ist das also abgemacht. Gehen wir jetzt?"

„Nein. Es kann mir gar nicht einfallen, diesen Ort zu verlassen, ohne mich ein wenig umgesehen zu haben. Wer weiß, wozu es gut ist, wenn ich mich orientiere. Wollen einmal nach dem Eingang sehen."

„Ah, nach dem Keil, von dem der Alte sprach?"

„Ja. Aus seinen Worten schließe ich, daß das Loch nur mittelst eines Keiles verschlossen und geöffnet werden kann. Dieser Keil muß sich also wohl in einer Ecke des Steines befinden. Suchen wir darnach."

Sie traten an das Felsstück, der eine rechts und der andere links und betasteten die Kanten desselben mit möglichster Genauigkeit.

„Sapperlot! Hier muß es sein!" sagte nach kurzer Zeit Fritz.

„Wo?"

„Da unten in der Ecke. Ich drückte, und da gab es nach."

„Laß sehen."

Müller untersuchte die Stelle, an welche Fritz ihm die Hand leitete und fand allerdings, daß etwas dem Druck seines Fingers nachgab.

„Das ist's!" sagte er. „Das ist ein Keil, den man zurückschieben kann. Es ist das Ende einer Schnur an ihm befestigt, um ihn wieder heranziehen zu können. So! Jetzt habe ich ihn hineingeschoben. Und nun wollen wir sehen, ob auch der Stein zu bewegen ist."

Er schob an dem Felsstück, es ließ sich durch einen ganz leichten Druck aus seiner Lage bringen und wich zurück.

„Auf!" flüsterte Müller. „Jetzt können wir hinein. Komm, Fritz. Das Sesam ist geöffnet."

„Aber vorsichtig, Herr Doktor!" meinte der treue Diener. „Nehmen Sie den Revolver heraus."

„Habe ich schon bei der Hand. Ich krieche voran, und du folgst mir."

Die Öffnung war groß genug, um einen Mann einzulassen. Das Loch ging kaum drei Fuß tief, dann fühlte Müller, daß er sich erheben könne. Einige Augenblicke später stand Fritz neben ihm.

„Haben Sie Ihre Laterne mit?" flüsterte er.

„Natürlich! Aber wir müssen uns erst überzeugen, ob wir Licht machen dürfen."

„Es scheint niemand hier zu sein."

„Wir wissen ja gar nicht, wo wir uns befinden. Es kann ein tief fortreichender Gang, ein Stollen sein. Machen wir hier Licht, so kann es im Hintergrund bemerkt werden. Untersuchen wir also vorher den Raum im Finstern. Ich rechts und du links. Aber leise und auch mit aller Vorsicht, damit wir nicht irgendwie verunglücken."

Er tastete sich fort, fühlte eine steinerne Wand, kam an eine Ecke, glitt über dieselbe hinweg und traf dann mit Fritz zusammen.

„Du schon hier!" sagte er. „Wir befinden uns also in einem viereckigen Keller, wie es scheint. Nicht?"

„Ganz sicher. Haben Sie eine Tür bemerkt?"

„Nein."

„Ich auch nicht."

„Aber es muß dennoch eine solche da sein. Der Kapitän kann doch nicht durch die Mauer verschwinden. Brennen wir an."

Er zog die Blendlaterne aus der Tasche und machte Licht. Jetzt sahen Sie, daß ihre Vermutungen richtig gewesen waren. Sie befanden sich in einem viereckigen Raum; die Mauern bestanden aus hartem, gut zusammengekitteten Gestein. Eine Tür war nicht zu sehen.

„Wollen wir sie suchen?" fragte Fritz.

„Natürlich!"

„Wo mag sie sich befinden?"

„Das ist nicht schwer zu sagen. In der Decke natürlich nicht."

„Richtig!" lachte Fritz. „Also auf dem Fußboden?"

„Schwerlich! Es muß einen Gang hier geben. Dieser führt in der einzig möglichen Richtung, also geradeaus fort. Folglich kann die verborgene Tür sich nur in der Rückwand befinden, dem Loch gegenüber, durch welches wir hereingekommen sind."

„So werden wir sie wohl auch finden."

„Hoffentlich! Vorher aber wollen wir den Stein zurückschieben und den Keil ins Loch stecken. Verschließen wir das Loch, so können wir von draußen nicht beobachtet werden."

Dies wurde getan. Es ließ sich ganz leicht ausführen. Dann untersuchten sie den Fußboden mit den Absätzen ihrer Stiefel und sogar auch mit den Händen.

„Der Boden ist wirklich massiv", sagte Fritz. „Es gibt keine leere Stelle, und eine Falltür ist also nicht vorhanden. Nun aber die hintere Mauer."

Er trat hinzu und begann zu klopfen.

„Halt!" sagte da Müller rasch. „Nicht klopfen. Wir wissen ja gar nicht, was sich hinter dieser Mauer befindet."

„Aber wie wollen wir entdecken, wo eine hohle Stelle ist, Herr Doktor?"

„Denke nur nach, lieber Fritz. Du hast hier Stein und überall Stein. Eine Tür im gewöhnlichen Sinn kann es also gar nicht geben. Ich vermute vielmehr, daß der Eingang, den wir suchen, gerade so in einem Loch besteht, wie das ist, durch welches wir hereingekrochen sind."

„Hm! Ein Stein zum Zurückschieben und ein Keil dabei?"

„Vermutlich. Ein Keil mit einer Schnur daran, um sich seiner auch dann noch bemächtigen zu können, wenn er zurückgezogen ist. Suchen wir."

„Also unten am Boden."

„Und so ziemlich gewiß in der Mitte der Mauerbreite."

Er leuchtete in der angedeuteten Richtung bis nahe an die Erde herab, und sofort rief Fritz:

„Sapperlot! Das nenne ich Scharfsinn!"

„Siehst du etwas?"

„Ja. Hier gibt es eine Schnur. Bitte, halten Sie das Licht näher heran."

Müller tat dies und bemerkte nun allerdings die dünne Schnur, welche da befestigt war.

„Siehst du!" sagte er erfreut. „Das ist der Keil. Und hier dieser Mauerstein bildet die Tür. Er geht jedenfalls auch auf einer Rolle wie der andere Eingang. Versuchen wir, ob sich beides bewegen läßt."

Der Versuch gelang. Sie standen jetzt vor einer Öffnung, welche fast genau derjenigen glich, durch welche sie gekommen waren.

„Kriechen wir hindurch?" fragte Fritz.

„Natürlich! Doch will ich vorher die Laterne verbergen. Man weiß ja nicht, ob es da drüben offene Augen gibt."

Er verschloß das Laternchen, dessen Licht jedoch fortbrannte, und kroch voran. Fritz folgte ihm. Drüben fühlten beide, daß sie sich in einem schmalen Gang befanden.

„Wohin wird er führen?" flüsterte Fritz.

„Wir müssen es zu erfahren suchen. Dazu brauchen wir die Laterne, müssen aber erst wissen, ob ich das Licht zeigen darf. Horchen wir einmal."

Erst nachdem sie sich einige Minuten ganz lautlos verhalten und trotzdem nichts Beunruhigendes gehört hatten, zog Müller die Laterne hervor und ließ das Licht derselben vor sich hinfallen.

„Man sieht kein Ende", sagte Fritz im leisesten Ton.

„Der Gang führt geradeaus. Folgen wir ihm; aber ganz leise. Und vorher machen wir hier dieses Loch zu."

Der Stein wurde zurückgeschoben, und dann schritten sie vorwärts, aber so leise, daß kaum sie selbst das Geräusch vernahmen, welches sie verursachten. Nach einiger Zeit bemerkten sie rechts eine Tür, welche aus starkem, harten Holz gefertigt war, dann zur linken Hand eine zweite, später eine dritte und vierte. Diese Türen waren mit Eisen beschlagen und mit sehr festen Schlössern versehen.

„Was mag dahinter stecken?" flüsterte Fritz.

„Das interessiert mich auch. Wir müssen es erfahren, wenn auch nicht sogleich heut. Für jetzt ist mir die Hauptsache, zu sehen, wo dieser Gang mündet."

Sie setzten ihren Weg fort. Dabei gebrauchte aber Müller die Vorsicht, nur zuweilen einen blitzartigen Lichtstrahl vor sich hin zu werfen. Er mußte ja immer den Fall annehmen, daß sich vor ihnen Menschen befinden könnten.

So waren sie eine ganz beträchtliche Strecke vorwärts gekommen, als Müller plötzlich stehenblieb und, nach rückwärts greifend, Fritzens Hand erfaßte.

„Pst!" wisperte er. „Was ist das?"

Sie waren abermals an einer Tür angelangt. Diese war nicht verschlossen, sondern geöffnet und angelehnt. Müller steckte schnell die Laterne in die Tasche und zog die Tür ein wenig zurück. Er erblickte nichts; es befand sich tiefes Dunkel vor ihm. Er öffnete die Tür noch etwas weiter und trat ein. Fritz folgte ihm auf dem Fuß.

„Still!" flüsterte Müller und lauschte.

Wieder verging eine Weile, dann bemerkte Fritz:

„Da hinten links wird gesprochen."

„Ja. Ich höre es auch."

„Ob das ein Zimmer ist oder wieder ein Gang?"

„Ein Gang wohl nicht; ich fühle keine Seitenwände. Aber doch. Nein, das ist keine Mauer; das sind Kisten, welche übereinanderstehen."

„Hier rechts bei mir auch."

„Wagen wir es einmal."

Er zog die Laterne hervor und ließ einen schnellen Schein vor sich hinfallen.

„Hast du gesehen?" fragte er.

„Ja. Es muß ein großes Gewölbe sein. Kisten stehen bis zur Decke empor. Der Gang führt gerade zwischen ihnen hindurch."

„Ja. Und dann scheint er sich nach links zu biegen, nach der Richtung, in welcher gesprochen wird."

„Wollen wir es wagen, Herr Doktor?"

„Ja. Komm."

Die aufeinandergeschichteten Kisten bildeten einen Gang, den die beiden verfolgten. Dieser Gang bog plötzlich links ab. Und als sie dort anlangten, gewahrten sie, ziemlich weit entfernt von sich, eine erleuchtete Stelle.

„Auch das wird gewagt", entschied Müller. „Ich muß wissen, was hier getrieben wird."

Sie schritten leise, leise weiter. Sie näherten sich der hellen Stelle mehr und mehr, und nun drangen auch die Stimmen immer deutlicher an ihr Ohr. Noch konnten sie keinen Menschen sehen, aber Müller raunte doch seinem Gefährten zu:

„Der alte Kapitän und Graf Rallion, der Vater. Ich erkenne sie an ihren Stimmen. Bleib hier stehen."

„Um Gottes willen! Wollen Sie allein vorwärts?"

„Ja. Es gibt keine Gefahr. Sollte ich aber rufen, so kommst du sofort nach."

Er setzte den Weg Schritt um Schritt fort, bis er bemerkte, daß sich zwischen dem Kistenlager ein Viereck öffnete. Dort saßen auf einer Truhe die beiden Genannten. Auf einem Brett vor ihnen standen Wein und die brennende Laterne. Sie rauchten Zigarren und unterhielten sich in ziemlich lautem Ton. Sie ahnten ja gar nicht, daß sie sich nicht allein befanden. Sie hätten das gar nicht für möglich gehalten. Müller hörte, daß der Graf sagte:

„Und dadurch wollen Sie das Mädchen wirklich zwingen?"

„Sicher."

„Sie wird, befürchte ich, nur obstinater werden."

„Das treibe ich ihr aus. Finsternis, Durst und Hunger brechen auch den stärksten Willen. Sie muß ja sagen."

„Vielleicht tut sie das, wird aber ihr Versprechen wohl nicht halten."

„Da kennen sie ihren Charakter nicht. Was sie einmal verspricht, das hält sie auch, und sollte es zu ihrem größten Unglück sein.“

„Und wann soll es geschehen?“

„Sobald es paßt. Heute, morgen, übermorgen.“

„Und wenn sie sich dennoch nicht entschließt?“

Da deutete der Alte mit dem Daumen über seine Achsel nach rückwärts und sagte, höhnisch lachend:

„Da drinnen? Sich nicht entschließen? Sie wird mir noch gute Worte geben, mir meinen Willen tun zu dürfen. Darauf gebe ich Ihnen mein Wort. Aber lassen wir das. Ich bin meiner Sache sicher, und Sie können ruhig abreisen.“

„Leider muß ich. Wer weiß, wann wir uns wiedersehen werden. Jeder Tag kann jetzt das Erwartete und auch das Unerwartete bringen.“

„Nun, wir sind gerüstet, wie Sie sehen. Alle diese Gewölbe sind voller Waffen und Munition, ich wollte, es ginge bereits morgen los.“

„Man wird nicht ermangeln, sich zu beeilen. Man fängt keinen Krieg im Dezember an, und jetzt haben wir bereits den Sommer vor der Tür.“

„Nun, Sie können melden, daß wir hier so ziemlich gerüstet sind. Ich bin bereit, die Rechnung mit Deutschland, welche so lange unberichtigt geblieben ist, einzufordern. Nun aber trinken wir aus und gehen. Es gab heute viel zu schaffen, viel Ärger und Verdruß. Ich bin müde.“

„Ja, gehen wir. Schließen Sie aber die Lieferbücher und den Wein hier vorher in den Kasten.“

„Natürlich! Ah, wo habe ich denn nur die Schlüssel?“

Müller hatte genug gehört. Er kehrte, so eilig dies möglich war, zu Fritz zurück und zog denselben mit sich fort.

„Rasch! Sie gehen.“

Als sie um die Ecke gebogen waren und sich der Tür näherten, konnte Müller es wagen, einen Schein aus der Laterne fallen zu lassen, um den Weg ohne Anstoß finden zu können. Da flüsterte Fritz:

„Sapperment! Zwei Schlüssel!“

„Wo?“

„Hier auf dem Kistenrand, welcher hervorragt.“

„Her damit.“

Müller griff zu, nahm die Schlüssel an sich und trat durch die Tür, welche sie offengelassen hatten, in den Gang hinaus.

Fritz lehnte sie wieder an, so wie sie dieselbe gefunden hatten.

„Jetzt schnell zurück!“ gebot Müller.

Er ließ jetzt die Laterne voll auf den Weg scheinen. Sie eilten den Weg zurück, den sie gekommen waren, aber nur bis zur nächsten Tür, an welcher sie vorhin vorüberpassiert waren. Dort zog Müller die Schlüssel hervor.

„Sie wollen doch nicht gar hier hinein?“ fragte Fritz.

„Natürlich! Ob er schließen wird?“

Er probierte in fieberhafter Eile. Welch ein Glück! Der eine der Schlüssel öffnete das Schloß. Müller zog die Tür auf und den Schlüssel ab, trat mit Fritz in den Raum, der ihnen finster entgegengähnte, und schloß die Tür von innen wieder zu.

„Was wollen wir denn hier?“ fragte Fritz.

„Der Kapitän suchte die Schlüssel, und wir haben sie. Es ist möglich, daß er glaubt, sie verlegt zu haben; aber ebenso möglich ist es auch, daß er Verdacht schöpft. In diesem Fall kehrt er sicher zurück, um zu sehen, ob sich eine Spur davon finden läßt, daß ein Unberufener hier gewesen ist. Dann muß ich möglichst wissen, was er denkt, und darum verstecke ich mich hier. Wenn wir sofort fliehen, weiß ich doch nicht, welche Ansicht er über das Verschwinden der Schlüssel hat.“

„Aber wir spielen ein gewagtes Spiel.“

„Nicht so sehr, wie du denkst. Hier herein kann er nicht, und übrigens sind wir bewaffnet.“

„Na, ich fürchte mich auch nicht etwa, aber, Herr Doktor, Sie hatten es so eilig; ich dachte, die beiden Kerle wären hart hinter ihnen her, und nun hört man nichts von ihnen.“

„Sie werden eben nach den Schlüsseln suchen. Horch!“

Er drehte den Schlüssel im Schloß um und öffnete die Tür ein wenig. Durch diese Lücke bemerkte er den Grafen und den Kapitän, welche jetzt in den Gang hinausgetreten waren. Sie sprachen laut miteinander, jedenfalls ein gutes Zeichen für Müller. Hätten sie Verdacht gehabt, so wäre ihre Unterhaltung jedenfalls eine leisere gewesen.

Die beiden Türen waren vielleicht fünfzig Fuß voneinander entfernt. Diesem Umstand war es zu danken, daß Müller hörte, was gesprochen wurde.

„Nein“, sagte der Kapitän, „ich habe sie nicht hierher gelegt. Ich habe sie mit hinter genommen. Ich mußte doch die Zelle und auch die Truhe aufschließen.“

„Ja. Aber dann gingen wir vor nach der Tür, um die Kisten zu zählen."
„Da hätte ich die Schlüssel mitgehabt?"
„Sie haben sie da auf eine der Kisten gelegt, wie ich glaube."
„Dann müßten sie noch da liegen."
„Hm? Befinden wir uns wirklich ganz allein hier?"
„Ohne allen Zweifel."
„Nun, Sie müssen am besten wissen, ob jemand Zutritt hat. Ich glaube mich in Beziehung der Schlüssel nicht zu irren."
„Und doch irren Sie sich. Ich habe sie mit ganz hinten gehabt. Sie sind mir jedenfalls zwischen zwei Kisten hinabgefallen. Es ist mir unangenehm, aber ich habe keine Zeit zu suchen und alles umzustürzen."
„Aber was wird hier mit der Tür?"
„Die bleibt einstweilen angelehnt. Ich muß wieder zurück, um sie zu verschließen."
„Haben Sie denn noch andere Schlüssel?"
„Gewiß. Ein Schlüssel geht leicht verloren, ich befinde mich darum im Besitz doppelter Hauptschlüssel."
„Donnerwetter! Hauptschlüssel waren es? Ist das nicht ziemlich unvorsichtig von Ihnen?"
Die Frage mochte den Alten wohl ärgern. Er antwortete:
„Lassen Sie mich in Ruhe. Ich bin kein Schulknabe, sondern alt genug, um zu wissen was ich tue. Wenn sich unser Lager leert, werden sich die verlorenen Schlüssel ganz sicher wiederfinden. Basta! Gehen wir."
Der Alte zog den Grafen mit sich fort. Da sagte Fritz leise:
„Gratuliere, Herr Doktor! Hauptschlüssel! Donnerwetter!"
„Ja, das ist ein Zufall, dem wir vielleicht sehr viel zu verdanken haben werden. Wie gut, daß du sie bemerktest."
„Und ebensogut, daß Sie gerade dort die Laterne aufmachten. Ich hätte übrigens den Alten für klüger gehalten. Er ist wirklich leichtsinnig."
„Das denke ich nicht. Er kann es wirklich nicht für möglich halten, daß jemand in seiner Gegenwart in diesen unterirdischen Raum eindringt, um ihm seine Hauptschlüssel zu stehlen."
„Nun können wir alles genau durchsuchen."
„Für heute werden wir das unterlassen."
„Ah! Wie schade! Warum?"
„Hast du nicht gehört, daß der Alte zurückkehren wird? Ich werde mich sehr hüten, mich von ihm überraschen zu lassen."
„Wir müssen nur vorsichtig sein."

„Aber wir wissen nicht, ob diese Vorsicht hinreichend sein wird. Die beste Vorsicht ist jedenfalls, für heute auf alles Weitere zu verzichten. Wir kennen die Räumlichkeiten nicht. Es ist sehr leicht möglich, daß man in eine Falle gerät, von der man keine Ahnung hatte."

„So gehen wir also?"

„Nein, wir bleiben."

„Sapperment! Diese beiden sind ja fort!"

„Ganz richtig. Aber ich bleibe dennoch, bis der Alte wieder da gewesen ist. Ich muß sehen, ob er zuschließt und dann beruhigt ist. Es kommt für mich viel darauf an zu wissen, ob er Unruhe oder gar Bedenken hegt."

„Schön! So können wir uns einstweilen hier umsehen."

Müller schloß die Tür wieder zu und öffnete dann die Laterne vollständig. Auch hier befanden sie sich in einem großen Gewölbe, welches bis an die Decke mit Kisten und Fässern angefüllt war.

„Jedenfalls Waffen und Pulver", meinte Fritz. „Donnerwetter! Ein einziges Lichtfünkchen in eines dieser Fässer und die ganze Prosit die Mahlzeit flöge in die Luft. So eine Güte möchte ich mir tun."

„Und mit in die Luft fliegen."

„Oho! Ich würde mich beizeiten retten. Man müßte eine Zündschnur legen, welche lang genug wäre, so, daß man sich bis zum Augenblick der Explosion in Sicherheit befände."

„Es wäre jammerschade um diese reichen Vorräte."

„Jawohl. Welch eine Beute für uns."

„Und doch kann, selbst wenn wir Sieger wären, sehr leicht der Fall eintreten, daß uns diese Beute verlorengeht."

„Wieso? Lieber würde ich sie in die Luft sprengen als zugeben, daß sich die Franktireurs mit diesen Gewehren gegen uns bewaffnen."

„Eben diesen Fall meine ich ja."

„Also doch in die Luft. Hm. Wir müssen auf alle Fälle sehen, aus was diese Vorräte bestehen."

„Ja, wir werden diese Gänge und Gewölbe genau untersuchen. Freilich gehört dazu viel Zeit."

„Und dabei werden wir von dem Alten überrumpelt."

„Ich dachte eben auch daran. Man müßte ein Mittel finden, ihn abzuhalten, herunterzukommen."

„Welches Mittel meinen Sie?"

„Man müßte darüber nachdenken."

„Warum erst viel nachdenken? Ein solches Mittel ist sehr leicht gefunden."

„Bist du wirklich so außerordentlich scharfsinnig?"

„Ja. Ich habe bereits eins."

„Das geht ja außerordentlich schnell."

„Schnell denken und gut denken, das ist ein Vorzug, den der Soldat haben muß."

„Nun, so sage dein Mittel."

„Man macht den Alten krank und bettlägerig, so daß er sein Zimmer nicht zu verlassen vermag."

„Der Gedanke ist nicht schlecht. Aber wie willst du eine Krankheit hervorbringen?"

„Sie vergessen, daß ich Kräutersucher bin."

„Ja, und außerordentlicher Pflanzenkenner. Aber ich weiß denn doch nicht, ob man sich auf dich verlassen könnte. Du wirst deine Studien wohl schwerlich weiter gemacht haben als bis zum Wegebreit und zur Brennessel."

„Oho! Ich kenne meine Mittel. Ich würde dem Alten ein Tuch voll Stechapfel geben."

„Nicht übel."

„Oder eine Schürze voll Tollkirschen."

„Das wirkt."

„Einen Tragkorb voll Taumellolch – Gras mit giftigem Samen –."

„Immer besser."

„Oder einen Sack voll Bovist und Fliegenschwamm."

„Dann wären wir den Kapitän ganz und gar los. Nein, eines solchen Radikalmittels wollen wir uns ja nicht bedienen."

„Nun, so weiß Doktor Bertrand etwas Besseres. Ich wende mich an ihn und bitte ihn um ein Mittel, durch welches der Mensch absolut unfähig wird, das Bett zu verlassen."

„Das ist zu gefährlich."

„O nein. Das Mittel soll nur auf einige Tage wirken."

„Gewiß. Ich würde vor der Anwendung eines solchen Medikamentes auch gar nicht zurückschrecken. Aber ich meine, daß es für uns gefährlich ist."

„Wir nehmen die Medizin doch nicht ein."

„Nein. Ich weiß nicht, ob ich mich dem Doktor anvertrauen möchte."

„Oh, der ist verschwiegen. Ihm können Sie Ihr ganzes Vertrauen schenken."

„Möglich. Aber er gehört jetzt zur hiesigen Bevölkerung, und da ist es jedenfalls besser, daß man sich gar nicht an ihn zu wenden braucht. Aber horch! Man kommt."

Er öffnete leise die Tür. Er hatte sich nicht geirrt, denn er sah den Kapitän zurückkehren. Dieser trug eine Laterne in der Hand und einen Schlüssel in der anderen. Er schloß die betreffende Tür zu und entfernte sich dann.

„Ob er wirklich ganz ohne allen Verdacht ist?" fragte Fritz.

„Ganz und gar. Er hat ganz das Aussehen und Tun eines Mannes, welcher nicht die geringste Ursache zu irgendeiner Befürchtung hegt."

„Nun, dann segne ihn der Himmel für dieses Vertrauen. Wir werden uns alle Mühe geben, es zu täuschen. Gehen wir nun?"

„Warten wir einige Augenblicke. Ich muß, ehe ich von hier aufbreche, erst überzeugt sein, daß er sich vollständig zurückgezogen hat."

„Und wann untersuchen wir diese Räume?"

„So bald wie möglich."

„Das ist mir unangenehm, da ich morgen und übermorgen nicht anwesend bin."

„Nun, es ist mir auch lieber, dich dabeizuhaben. Wenn also nicht ein Grund zur Eile eintritt, so werde ich warten, bis du zurückgekehrt bist."

„Ich danke! Wissen Sie, welche Ansicht ich über den Gang da draußen hege?"

„Nun?"

„Daß er in kerzengerader Richtung nach Schloß Ortry führt!"

„Das ist auch meine Meinung. Das Schloß und das Waldloch liegen gerade in derselben Richtung auseinander, welche der Gang einschlägt. Meine Vermutung geht sogar noch weiter als die deinige."

„Daß der Gang noch weiter als bis zum Schloß führt?"

„Nein, weiter nicht. Ich meine aber, daß er zwei Seitengänge in sich aufnimmt."

„Ah! Woher oder wohin?"

„Rechts nach dem alten Turm und links nach der Ruine, in der du beinahe ergriffen worden wärst."

„Sapperlot! Das ist sehr leicht möglich. Es hat früher eine Ritterburg hier gegeben, und man weiß ja, daß sich unter diesen Raubnestern gewöhnlich viele Gänge, Gewölbe und Verließe befanden. Wie gut, daß wir die Schlüssel haben."

„Die werden hierbei nur wenig nützen, wenn mich meine Vermutung nicht täuscht."

„Es sind ja Hauptschlüssel, die alles schließen."
„Doch nur Türen."
„Nun ja, das meine ich ja."
„Ich aber denke, daß die Gänge geradeso durch einen Stein verschlossen werden, wie derjenige, in dem wir uns gegenwärtig befinden."
„Das kann allerdings zutreffen. Übrigens ist uns das so ziemlich gleich. Wir kennen ja das Geheimnis."
„Und werden es auszunützen wissen. Halte dich nur nicht zu lange bei dem Begräbnis auf. Man weiß nicht, was passieren kann, und in unserer Lage muß jede einzelne Minute ausgenützt werden."
„Das weiß ich. An dem Begräbnis liegt mir eigentlich gar nichts. Viel lieber säße ich mit Nanon im Wald beisammen."
„Auf dem Kräutersack."
„Ja, Herr Doktor. Jedenfalls ist mir dies noch angenehmer, als mit ihr bei Sturm und Donner durch die Mosel zu schwimmen."
„Glaub's, lieber Fritz. Nun aber wird der Alte völlig verschwunden sein. Wir wollen also gehen."
Sie brachen auf. Müller verschloß die Tür und steckte die Schlüssel ein. Auf dem Rückweg bediente er sich ganz ohne Scheu der Laterne; er war überzeugt, daß jetzt ein Grund zu weit getriebener Vorsicht nicht vorhanden sei. Sie gelangten, nachdem sie den beiden Zugangssteinen ihre ursprüngliche Lage wiedergegeben hatten, in das Freie und traten den Heimweg an.
An dem Ort, wo dies schon einige Male geschehen war, trennten sie sich. Dabei wurden nicht viele Worte gemacht, da alles Nötige bereits besprochen worden war.
Müller gelangte auf seinem gewöhnlichen Weg, nämlich dem Blitzableiter, in sein Zimmer, wo er sich zur Ruhe legte.
Fritz hatte einen weiteren Weg. Er ging mit sich über sehr verschiedenes zu Rat. Besonders ging ihm der Gedanke an das Mittel, den alten Kapitän krankzumachen, im Kopf herum, und als er bei der Heimkehr noch Licht in der Studierstube des Doktors Bertrand bemerkte, klopfte er leise an die Tür desselben und trat dann ein.
Der Arzt wunderte sich nicht wenig, noch mitten in der Nacht diesen Besuch zu erhalten.
„Monsieur, Sie?" fragte er. „Es muß etwas sehr Notwendiges sein, was Sie zu mir führt. Ist jemand krank?"
„Nein, Herr Doktor", lächelte der Wachtmeister. „Es ist viel-

mehr sogar jemand ganz tot, und eine andere Person soll erst krank werden.“

„Ganz tot? Ah! Eine Leichenschau? Und krank werden? Das verstehe ich nicht.“

„So muß ich mich verständlicher machen.“

„Ich bitte Sie darum. Setzen Sie sich, und stecken Sie sich hier eine von diesen Zigarren an.“

„Mit Vergnügen, denn sie pflegen nichts Schlechtes zu rauchen.“

Fritz wußte ganz genau, wie er mit dem Arzte hielt. Dieser hatte ihm genug Andeutungen gegeben, daß er sich gegebenenfalls auf ihn verlassen könne. Der Wachtmeister brannte sich ganz ungeniert eine Zigarre an, nahm Platz und sagte:

„Ich bin Ihr Diener, Herr Doktor, Ihr Kräutermann, also Ihr Untergebener und da . . .“

„Ah pah, lieber Herr“, fiel da der Doktor schnell ein. „Sie beginnen mit vollständig falschen Prämissen. Ich bin nicht Ihr Herr, Ihr Prinzipal, sondern Ihr Freund und stelle mich Ihnen zur Verfügung.“

„Danke bestens! Würden Sie mir einen Urlaub von zwei Tagen geben?“

„Gern. So lange Sie wollen. Sie wissen ja ebensogut wie ich selbst, daß Sie nicht von mir abhängig sind. Sie wollen reisen?“

„Ja. Zu dem Toten, von welchem ich sprach und den Sie glücklicherweise nicht zu beschauen brauchen. Er wird nicht wieder lebendig. Er ist ein Verwandter von Mademoiselle Nanon, nämlich ihr Pflegevater. Sie will beim Begräbnis gegenwärtig sein, und da hat sie mich gebeten . . .“

„Sie zu begleiten?“ fiel der Arzt ein.

„Ja, so ist es.“

Bertrand lächelte vielsagend, verbeugte sich und meinte:

„Gratuliere.“

„Zu der Leiche? Ah, das ist nicht gebräuchlich.“

„Nein, sondern zu der Eroberung.“

„Hm. Das ist eine zweifelhafte Geschichte. Nicht ich habe sie, sondern sie hat mich erobert.“

„Es ist ganz das gleiche Glück. Wie ich Mademoiselle Nanon kenne, so würde ich sie selbst heiraten, wenn . . .“

„Wenn ich es mir gefallen ließe, Herr Doktor. Da ich das aber auf keinen Fall tun werde, so – verstanden?“

„Verstanden“, lachte Bertrand. „Also über das eine sind wir uns klar. Wie nun das andere?“

„Der, welcher krank werden soll? Na! Hm! Ich kenne nämlich einen Menschen, einen schlechten Kerl, um den es gar nicht schade wäre, wenn ihn der Teufel holte."

„Das ist sehr unchristlich gedacht."

„Sehr christlich sogar, denn das Christentum lehrt ja von einem Teufel, welcher umhergeht und die Menschen verschlingt. Übrigens war dieses ‚Teufel holen' nur ein bildlicher Ausdruck. Ich meinte den Tod anstatt den Teufel und wollte sagen, daß es nicht schade wäre, wenn dieser Mensch zu seinen Ahnen versammelt würde."

„So, so. Weiter."

„Dennoch will ich ihn nicht ganz und gar totmachen."

„Sehr mild und liebenswürdig."

„Ja; ich finde das auch. Er soll nämlich nur für kurze Zeit krank werden."

„Das ist ein ganz eigentümlicher Vorsatz, lieber Herr."

„Ich habe nämlich alle Gründe dazu."

„Und ich errate, warum Sie zu mir kommen, um es mir zu sagen."

„Das ist mir lieb. Ich wünsche nichts Unbilliges; ich verlange und beabsichtige nichts, was verbrecherisch wäre. Der Mann, von welchem ich spreche, hat nämlich gewisse Absichten, welche ich nicht zustande kommen lassen darf. Ich kann sie aber nur dann verhindern, wenn es mir möglich ist, ihn für einige Tage an das Zimmer, an das Bett zu fesseln."

„Hm! Er ist es also, der krank werden soll? Ich will nicht fragen, von wem Sie sprechen. Ich kenne Sie und vertraue Ihnen. Aber eins muß ich fragen: Weiß der Herr Doktor Müller von der Sache und billigt er sie?"

„Ganz und gar."

„Hat er gesagt, daß Sie sich in dieser Angelegenheit an jemand, an mich wenden sollen?"

„Nein. Ich selbst habe ihm diese Proposition gemacht."

„Und er hat seine Genehmigung erteilt?"

„Er hat sie mir nicht gerade verweigert; er hat das Gespräch abgebrochen."

„Ich verstehe das. Er hat gewußt, daß ich Ihnen nicht zu Diensten stehen darf."

Er machte bei diesen Worten eine so eigentümliche Miene, daß Fritz ein geistig wenig begabter Mensch gewesen wäre, wenn er ihn nicht sofort verstanden hätte. Er sagte darum:

„Das weiß auch ich. Es war auch gar nicht meine Absicht, eine

Bitte an Sie zu richten. Aber die Sache begann, mich zu interessieren, und da ich noch Licht bemerkte, glaubte ich, Sie für einen Augenblick stören zu dürfen. Gibt es wirklich Mittel, Krankheiten hervorzurufen?"

„Gewiß!"

„Aber diese Mittel sind gefährlich?"

„In der Hand des Laien, ja. Der Arzt ist öfterer in der Lage, sie anzuwenden."

„Sapperlot! Der Arzt macht also öfters seine Patienten krank?"

„Ja, und zwar, um Schlimmeres abzuwenden. Ich werde Ihnen dies an einem Beispiel erklären. Ich impfe eine Person, das heißt, ich bringe einige vorübergehende unschädliche Pusteln hervor, damit diese Person vor der oft lebensgefährlichen Blatternkrankheit bewahrt bleibe."

„Das ist leicht einzusehen. Ich bin ebenso. Ich habe im Krieg als Soldat einem Feind mit dem Säbel eins in den Arm versetzt, damit ich ihn nicht den Kopf entzweizuhauen brauchte. Auch mein Mittel ist, wie Sie zugeben werden, in der Hand des Laien gefährlich. Ihre Mittel sind nur in der Apotheke zu haben?"

„Eigentlich. Doch gibt es auch Ärzte, welche eine Hausapotheke besitzen."

„Das ist bequem."

„Und zuweilen auch notwendig. Es gibt mitunter Patienten, denen man den Gang in die Apotheke oder die Geldausgabe ersparen will oder ersparen kann. Kommt zuweilen jemand zu mir, den der Zahn schmerzt, warum soll ich ihn erst in die Apotheke schicken, wenn ich selbst ein Mittel habe, welches fast augenblicklich hilft?"

„Sapperlot! Das ist gut. Das freut mich. Weil ich gerade fürchterliche Zahnschmerzen habe."

„Seit wann?"

„Seit drei Tagen."

„Wo sitzen sie denn?"

„Rechts im Schneidezahn und links in den zwei hintersten Backzähnen."

„O weh! Wollen Sie einmal zeigen?"

„Ja. Hier!"

Er trat mit der ernsthaftesten Miene vor den Arzt hin und öffnete den Mund so weit er konnte. Bertrand nahm mit ebenso ernster Miene das Licht zur Hand, leuchtete in die Mundhöhle, führte den Finger ein und fragte:

„Ist das der betreffende Schneidezahn und sind dies die beiden Bachzähne?"
„Ja, sie sind es."
„Nun, dann haben Sie die Güte, einen Augenblick zu warten. Ich werde Sie sofort bedienen. Zahnschmerz ist ein böses Ding. Man kann ihn nicht schnell genug loswerden."
„Das ist wahr. Ich will Vivat rufen, wenn er endlich einmal vorüber ist."
„Das wird in zwei Minuten der Fall sein."
Der Arzt hatte, als er in die Mundhöhle leuchtete, zwei glänzende Reihen der prachtvollsten, gesundesten Zähne gesehen, dennoch brachte er jetzt einen Kasten herbei, welcher ein sehr verhängnisvolles Äußere hatte. Er öffnete ihn, und Fritz erblickte eine Sammlung jener allerliebsten Instrumente, Schlüssel und Geißfüße, bei deren bloßem Anblick der Schmerz zu verschwinden pflegt.
„Was ist das?" fragte er, einigermaßen bestürzt.
„Das sind meine Zahnbrecher."
„Alle Teufel! Sind denn die bei mir notwendig?"
„Leider sehr."
„O weh! Das ist eine verdammte Geschichte."
Es war dem Wachtmeister jetzt zumute, als ob ihn alle zweiunddreißig Zäne schmerzten.
„Es muß aber überstanden werden", meinte Bertrand. „Der Schneidezahn wird wohl noch zu retten sein; aber die beiden Backzähne sind unwiderruflich hin und verloren. Die müssen heraus."
„Das brauchen sie mir aber nicht anzutun, nachdem sie bereits so lange Zeit mit mir zusammen gelebt haben."
„Sie sind ganz angefressen."
„Das ist eigentümlich. Wer soll sie angefressen haben, da sie es doch sind, deren größte Leidenschaft das Fressen war? Gibt es denn nicht eine friedlichere Auskunft? So eine Art freiwillige Vereinbarung?"
„Die gibt es allerdings."
„So möchte ich bitten!"
„Ich muß Ihnen aber sagen, daß Ihnen damit nicht gedient sein kann."
„Warum?"
„Diese Vereinbarung hat keinen langen Bestand. Der Zahnnerv läßt sich vorübergehend betäuben, fängt aber bald wieder an."

„Aber es ist doch humaner, menschlicher gehandelt, wenn ich diesen Nerv nicht sofort töte, sondern ihm vor der Hand einen kleinen Klaps gebe, damit er gewarnt ist."

„Das ist Ihre Ansicht, aber die meinige nicht. Also, wollen wir?"

Er zog den größten seiner Schlüssel hervor und machte eine Bewegung, als gälte es, einem Elefanten den Stoßzahn aus dem Kopf zu drehen.

„Danke bestens!" wehrte Fritz ab. „Lassen Sie die Zange, wo sie ist, und versuchen wir es lieber einmal mit einigen Tropfen. Haben Sie nicht Zimttinktur oder Odontine?"

„Ich habe beides, kann Ihnen aber den Schmerz nicht lindern. Ein ganz neues Mittel gibt es allerdings, welches den Zahnschmerz augenblicklich und für immer stillt; aber ich kann dieses Mittel nur genauen Bekannten geben."

„Warum?"

„Es hat eine gefährliche Seite. Ein Tropfen auf den Zahn stillt alles Weh; eine größere Quantität aber in das Essen oder Trinken macht den, der es genießt, tagelang zum Patienten, der das Bett nicht verlassen kann."

„Das ist heimtückisch."

„Ja. Und wie leicht kommt eine Verwechslung vor."

„In das Essen, anstatt auf den Zahn", nickte Fritz verständnissinnig."

„Und vierzig Tropfen, anstatt eines einzigen."

„Ja; man verzählt sich zuweilen. Man müßte also mit diesem Mittel sehr vorsichtig sein. Riecht es stark?"

„Nein, gar nicht."

„Welche Farbe hat es?"

„Es ist hell wie Wasser."

„Schmeckt es schlecht?"

„Es hat gar keinen Geschmack. Gerade darum ist es so außerordentlich gefährlich, weil es von dem, der es genießt, also gar nicht bemerkt wird."

„Sind die Nachwehen schlimm?"

„Die gibt es nicht. Das ist wieder eine gute Seite dieses Mittels."

„So ist es mir doch noch lieber als alle Ihre Zangen und Bohrer. Darf ich es versuchen?"

„Ja. Hier haben Sie das Fläschchen. Also einen einzigen Tropfen, nicht aber vierzig."

„Sapperlot! Wenn ich mich nun verzähle und gar achtzig nehme?"

„Das ist unmöglich, es enthält nicht mehr als vierzig Tropfen."

„Wie gescheit. Da bin ich beruhigt. Und die Rechnung?"

„Ich nehme nichts, stelle aber die Bedingung, daß ich Ihnen die beiden Backzähne ziehen darf, wenn diese Tropfen nicht helfen sollten."

„In diesem Fall helfen sie sicher. Gute Nacht, mein bester Herr Doktor."

„Gute Nacht, und glückliche Reise, mein Lieber."

Als Fritz sich in dem Stübchen befand, welches er bewohnte, warf er einen Blick auf die farblose Flüssigkeit, welche sich in dem Fläschchen befand.

„Gewonnen", sagte er. „Man muß das Eisen schmieden, so lange es heiß ist. Dieser gute Doktor ist doch ein braver Kerl. Der alte Kapitän aber wird dran glauben müssen. Nun lege ich mir den Reiseanzug bereit und schlafe noch ein Stündchen."

Er tat dies, ohne zu besorgen, daß er die Zeit verschlafen werde. Er war Soldat und hatte die Gewohnheit, stets dann zu erwachen, wenn es notwendig war. Während er sich ankleidete, unterhielt er sich mit sich selbst.

„Und nun soll ich bei der Polizei Anzeige machen. Es ist vielleicht besser, ich unterlasse es. Ich muß wirklich gewärtig sein, man hält mich fest. Vielleicht treffe ich diesen Amerikaner unterwegs. Und ist dies nicht der Fall, so gebe ich, wenn ich in Thionville auf dem Bahnhof eintreffe, einen Zettel mit der Warnung ab. Ehe sie mich da festhalten, bin ich wieder fort. Ja, so und nicht anders wird es gemacht. Der Herr Rittmeister wird es mir wohl verzeihen, wenn ich diese Mal nicht ganz nach Ordre handle."

Jetzt war Fritz reisefertig. Er hatte einen neuen Anzug angelegt und machte darin eine sehr gute Figur. Er begab sich nach dem Bahnhof und löste sich ein Retourbillett zweiter Klasse. Er konnte sich dies bieten.

In Trier angekommen, hatte er so viel Zeit, daß es ihm nicht einfallen konnte, auf dem Bahnhof zu warten. Er machte also einen Rundgang durch die Stadt und begab sich dann in das erste Hotel derselben, wo er sich eine Flasche Wein geben ließ. Außer ihm befand sich nur noch ein Gast im Zimmer.

Dieser war ein Mann von entschieden fremdländischem Aussehen. Sein Teint war dunkel und sein Haar kraus. Ein stattlicher Schnurrbart zierte seine Oberlippe. Der Fremde machte einen hocharistokratischen Eindruck und war ein wirklich schöner Mann. Sein Auge war feurig, und seine Bewegungen zeugten von Kraft und Gewandtheit. Seine Kleidung und Wäsche war die eines reichen Mannes, der sich zu tragen weiß. Er mochte vierzig oder wenig mehr Jahre zählen, hätte aber, um das Herz einer Dame zu erobern, getrost mit einem Jüngling in die Schranken treten können.

Er las die Zeitung, langweilte sich jedoch offenbar, denn er legte das Blatt von Zeit zu Zeit fort und warf einen Blick zum Fenster hinaus. Während einer solchen Lesepause musterte er Fritz. Dieser schien einen befriedigenden Eindruck auf ihn zu machen, denn er erhob sich, schritt einige Male im Zimmer auf und ab und wendete sich dann mit der Frage an den Wachtmeister:

„Entschuldigung, Monsieur, auch Sie scheinen hier nicht geboren zu sein?"

„Nein. Ich bin hier fremd", erwiderte Fritz sehr höflich.

„Sind Sie aus dem Süden oder dem Norden?"

„Aus dem Süden, Monsieur."

„Weit von hier?"

„Nicht sehr."

„Dann sind Sie zu beneiden. Das Reisen ist zuweilen eine viel größere Anstrengung für den Geist als für den Körper. Die Einförmigkeit der Fahrt, die Gleichheit des Hotellebens ist geradezu schrecklich. Da sitze ich und warte, bis der Zug nach Metz abgeht. Welche Langeweile. Was tut man dagegen?"

Seine rasche Sprache, seine ungeduldigen Bewegungen, das reiche, interessante Spiel seiner Mienen, alles dies zeigte den Südländer an.

„Sie reisen nach Metz?" fragte Fritz.

„Nicht ganz. Ich steige in Thionville aus."

„Dorthin gehe ich zunächst auch. Ich bin aus Thionville, obgleich ich heute weiterfahre."

„Aus Thionville, Monsieur? Ah, erlauben Sie, daß ich mich zu Ihnen plaziere?"

„Gewiß. Man langweilt sich zu zweien weniger."

„Mit welchem Zug fahren Sie?"

„Halb zwölf."

„Ich ebenso. Ist Ihnen die Umgegend von Thionville bekannt?"

„Einigermaßen."

„Kennen Sie den Namen Ortry?"

„Ja. Es ist ein Schloß in der Nähe der Stadt."

„Wem gehört es?"

„Einem Baron de Sainte-Marie."

„Wohnt dort nicht auch ein alter Herr, welcher Kapitän der Garde des ersten Kaiserreiches gewesen ist?“

„Jedenfalls meinen Sie Kapitän Richemonte?“

„Ja, diesen.“

„Er wohnt allerdings auf Schloß Ortry.“

„Ist er jetzt dort anwesend?“

„Ja. Ich habe ihn erst gestern gesehen.“

„Das ist mir lieb. Ich muß zu ihm. Sind Sie ihm vielleicht persönlich bekannt?“

„Nein. Wir stehen einander ziemlich fern.“

„Aber seine Verhältnisse kennen Sie?“

„Nur vom Hörensagen.“

„Ist er reich?“

„Darüber wage ich nicht, ein Urteil zu fällen.“

„Er soll ein großer Patriot sein?“

„Das ist wahr; vornehmlich ein Feind der Deutschen.“

„Das hörte ich. Man sagt, daß er sogar mit Personen des kaiserlichen Hofes in Verbindung stehe?“

„Haben Sie dabei einen gewissen Namen im Sinn?“

„Graf Rallion.“

„Ja; sie kennen sich. Der Graf war jetzt einige Tage hier, wird aber heute abgereist sein.“

„Wie schade.“

„Sein Sohn, der Oberst, ist noch anwesend.“

„Nun, das beruhigt mich. Es wurde mir erzählt, daß der alte Kapitän Richemonte den Mittelpunkt gewisser Agitationen bilde.“

Bei dieser Frage blickte er Fritz durchdringend an.

„Ja. Er versammelt alle um sich, welche sich auf einen Krieg mit Deutschland freuen.“

„Sind Sie auch bei diesen Versammelten?“

„Nein.“

„Warum nicht?“

„Weil ich nicht zu denen gehöre, welche sich überhaupt über einen Krieg freuen können, Monsieur.“

„Aber man ist doch Patriot.“

„Und kann dabei die schönsten Hiebe erhalten.“

„Pah! Frankreich wird siegen!“

„Möglich.“

Fritz sagte das, indem er so gleichgültig mit der Achsel zuckte, als ob ihm das alles ganz und gar nichts angehe.

„Möglich, sagen Sie?“ fuhr der Fremde fort. „Wahrscheinlich, ja, sogar gewiß ist es, daß Frankreich siegt. Wer das Gegenteil sagt, der kennt die Franzosen nicht."

„Und die Deutschen wahrscheinlich noch weniger."

Der Fremde fuhr ganz erschrocken auf.

„Was!" rief er. „Meinen Sie etwa, daß die Preußen den Franzosen überlegen seien?"

„Was läßt sich da sagen? Sie haben sich noch nicht gemessen. Der Preuße hat sich mit dem Dänen und dem Österreicher gemessen und hat gesiegt. Der Franzose hat sich dem Österreicher, dem Russen, dem Mauren, dem Chinesen und Mexikaner als überlegen gezeigt. Nun aber lassen wir diese beiden wirklich aneinandergeraten, so wird sich zeigen, wer den anderen niederringt."

„Monsieur, Sie sind ein schlechter Patriot."

„Wir befinden uns hier auf deutschem Boden. Man muß vorsichtig sein."

„Pah! Wir sprechen unter uns, und niemand weiter ist zugegen. Ich bin so überzeugt von dem Krieg zwischen Frankreich und Preußen und von unserem Sieg, daß ich von sehr weit herkomme, um dem Vaterland meine Kräfte anzubieten."

„Vielleicht bringen Sie da ein Opfer, welches Sie später bereuen werden."

„Ich werde es nicht bereuen. Ich bin stolz auf mein Vaterland, obgleich ich in demselben sehr unglücklich gewesen bin. Ich hasse die Deutschen, ich hasse sie."

Sein schönes, großes, dunkles Auge schleuderte dabei einen Blitz, vor welchem man hätte erschrecken können. Dann fragte er:

„Sie sind wohl ein Freund der Deutschen?"

Fritz streckte behaglich seine starke, kräftige Gestalt, zog die Achseln empor und antwortete:

„Ich lasse alle Nationalitäten gelten. Ich bin kein Menschenfresser. Jedes Individuum und so auch jedes Volk hat die Berechtigung zu existieren. Man verkehrt, wenn man ein gebildeter Mann ist, mit jedem Menschen höflich; in ganz derselben Weise verkehren so auch die Völker untereinander."

„Was Sie da sagen, klingt ganz gut, ganz schön, ganz vortrefflich. Aber dazu gehört ein Blut, welches sehr, sehr langsam durch die Adern rollt. Sie sind nicht im Süden geboren?"

„Nein."

„Nun, dann haben Sie keine Ahnung von der Glut unseres

Pulsschlages. Wir Südländer lieben mit Feuer und hassen mit verzehrenden Flammen. Haben Sie einmal geliebt?"

„Hm! Ja!"

„Sind Sie verheiratet gewesen oder noch verheiratet?"

„Nein."

„Haben Sie Kinder gehabt, schöne, liebe, herzige Kinder, die Ihre Abgötter gewesen sind?"

„Folglich auch nein."

„Nun, dann dürfen Sie auch nichts sagen, dann müssen Sie schweigen; dann können Sie zwischen Frankreich und Deutschland nicht unterscheiden."

Er war aufgesprungen und schritt erregt im Zimmer auf und ab. Er war der echte Typus des Südländers: schön, rasch, glühend, mutig, sogar herausfordernd, aufrichtig, unmittelbar, sich ohne Rückhalt und Bedenken gebend.

Fritz dagegen ließ ein breites, behagliches Lächeln sehen und fragte:

„Welchen Unterschied gibt es denn eigentlich zwischen diesen beiden? Ist das eine verheiratet und das andere nicht? Hat das eine schöne, liebe, herzige Kinder, die man wie Abgötter liebt, und das andere dumme, häßliche Kretins und Wechselbälge, welche nicht wert sind, daß man sie anblickt?"

„Sie übertreiben! Sie verstehen mich falsch! Wissen Sie, ich hatte eine Frau, ein Weib; sie war eine Deutsche. Ist damit nicht alles gesagt?"

„Ja. Man sagt, daß die deutsche Frau ein Muster der Treue, Häuslichkeit, Sparsamkeit und Unbescholtenheit sei, eine zärtliche Frau und eine liebevolle, verständige Mutter, die sich allerdings keine Abgötter erzieht."

„Monsieur, da haben Sie mit schlechten Pferden gepflügt. Die, welche mein Weib wurde, trug allerdings einen französischen Namen, war aber trotzdem eine Deutsche. Ich liebte sie abgöttisch und ..."

„Ah, wieder ein Abgott", lächelte Fritz.

„Ja, sie war mein Idol. Ich sollte meinem Vater eine andere bringen; ich gehorchte ihm nicht, da ich diese Deutsche liebte, und wurde verstoßen."

„Bloß deshalb, weil sie eine Deutsche war? Da möchte ich ein Wörtchen mit Ihrem Vater sprechen, aber im Vertrauen, so unter vier Augen, ohne Zeugen, damit man später nicht in Ungelegenheiten kommt."

„Herr, er hatte recht."

„Wieso?“

„Sie schenkte mir zwei Töchter, wahre Bilder, sonnige, liebliche Töchter . . .“

„Nun, das war ja sehr schön und lobenswert von ihr.“

„Hören Sie weiter. Eines Tages mußte ich verreisen. Ich blieb lange Zeit abwesend, monatelang, fast ein ganzes Jahr.“

„Das ist freilich unangenehm, wenn man die Seinen liebhat; das kann ich mir denken.“

„Als ich zurückkehrte, war meine Frau verschwunden.“

„Donnerwetter!“

„Und die Kinder mit.“

„Himmeldonnerwetter! Wohin?“

„Weiß ich es?“

„Haben sie nicht gesucht und geforscht?“

„Monatelang, jahrelang, Tag und Nacht.“

„Und nichts gefunden?“

„Keine Spur.“

„Da haben sie jedenfalls nicht richtig gesucht. Eine Frau und zwei Kinder verschwinden nicht, ohne so eine Art von kleiner Fährte zurückzulassen.“

„Sie hatte alle Ursache, jede Spur zu verbergen und zu vertilgen.“

„Wieso?“

„Sie ging mit einem anderen durch.“

„Alle Teufel!“

„Ja; sie war eben eine Deutsche.“

„Hören Sie, Monsieur, haben Sie etwa die Ansicht, daß alle deutschen Frauen ihren Männern durchgehen?“

„So ziemlich.“

„Dann sind Sie es freilich wert, daß Ihnen die Ihrige durchgebrannt ist.“

„Monsieur!“ rief der Fremde drohend.

„Ach was, Monsieur hier und Monsieur dort! Sie sagen, was Sie denken, und ich sage, was mir beliebt, damit sind wir fertig. Haben Sie denn übrigens Beweise, daß Ihre Frau mit einem anderen durchgegangen ist?“

„Ja.“

„Welche?“

„Mein Vater und andere sagten und bewiesen es mir.“

„Ihr Vater? Der Sie wegen ihr verstieß? Ah, das ist ja recht interessant. Wer war denn der Halunke, der sie Ihnen entführte?“

„Ein Unbekannter.“

„Sehr schön! Also der berühmte Unbekannte, der alles tut, was dann anderen aufgebürdet wird. Und die Kinder nahm sie mit?"

„Ja, beide."

„Hören Sie, Monsieur, ich glaube, daß da Ihre südliche Natur Ihnen mit dem Verstand fortgelaufen ist. Haben Sie denn alles reiflich und weislich geprüft?"

„Alles, alles!"

„Na, dann werde der Teufel daraus klug. Ich will mich fressen lassen, wenn eine Deutsche so leicht durchbrennt, wie eine Südländerin! Mir würde meine Frau nun erst gar nicht abhanden kommen. Sodann ist Ihr Vater Ihr Zeuge und Gewährsmann, Ihr Vater, der nicht gewollt hat, daß Sie diese Deutsche heiraten sollten? Das ist wenigstens bedenklich. Und endlich hat Ihre Frau die Kinder mitgenommen? Eine leichtsinnige Frau, die ihrem Mann davonfliegt, pflegt ihm die Kinder zurückzulassen."

„Sie hat sie eben liebgehabt."

„Schön; sie hat also Herz besessen, sie ist eine Mutter gewesen. Eine brave Frau aber nimmt einem guten Mann seine Kinder nicht weg, zumal wenn sie eine Deutsche ist. Geht sie mit den Kindern von ihm fort, so hat sie ihre Gründe dazu und tut es sicherlich mit blutendem Herzen. Hat sie Ihnen denn nichts, gar nichts zurückgelassen?"

„Einen Brief, ein elendes, kaltes, nichtssagendes Schreiben."

„Das haben Sie sich natürlich heilig aufgehoben?"

„Wozu? Das ist mir ganz und gar nicht eingefallen. Ich habe ihr Porträt und ihren Brief meinem Vater zum Vernichten zurückgelassen und bin ausgezogen, meine Kinder zu suchen."

„Ohne sie zu finden."

„Wie ich bereits sagte."

„Verzeihung! Wie alt waren Sie, als Sie heirateten?"

„Zwanzig Jahre."

„Und als Ihre Frau Sie verließ?"

„Zweiundzwanzig."

„Und Ihre Frau war noch jünger?"

„Zwei Jahre."

„Ja, so etwas kann, wie es scheint, einem Südländer recht gut passieren. Er verliebt sich mit achtzehn Jahren, macht seinem Mädchen Wunder was vor, heiratet mit zwanzig gegen den Willen des Vaters, verreist mit einundzwanzig auf ein Jahr, läßt die arme Frau mit zwei Kindern während dieser langen Zeit schutzlos zurück, allen Angriffen und Intrigen preisgegeben, findet sie dann verschwunden, glaubt den Schwindel, den man ihm vormacht, und schimpft nun auf Deutschland, daß es pufft! Hören Sie, Monsieur, ich bin jedenfalls ein anderer Kerl, als Sie damals waren, aber solche Dummheiten sind mir denn doch nicht eingefallen."

„Monsieur!" rief der Fremde abermals drohend.

„Ach was. Wollen Sie mich wirklich fressen, so wünsche ich Ihnen gesegneten Appetit. Etwas unverdaulich bin ich aber, das muß ich Ihnen bemerken. Wohin sind Sie denn gelaufen, um Ihre Kinder zu suchen?"

„Durch ganz Frankreich, durch England und Amerika."

„Ohne allen Anhalt? Ohne den Namen des sogenannten Verführers zu kennen?"

„Wie sollte ich ihn erfahren haben?"

„Hm! Die reine Flamme, der reine Wind und das reine Wasser. Wenn das zusammenkommt, so kocht und zischt und sprudelt es über den Rand und Deckel hinweg, und wenn dann die Suppe fertig ist, so ist sie angebrannt, und man verdirbt sich den Magen. Und nachher? Was haben Sie dann angefangen?"

„Interessiert Sie das?" fragte der Fremde, der es nicht leiden mochte, daß Fritz sein Verhalten in dieser Art und Weise beleuchtete.

„Hm, ganz und gar nicht", antwortete dieser.

„Warum fragen Sie da?"

„Weil Sie selbst mit diesem Gespräch begonnen haben. Habe ich Sie etwa aufgefordert, mir die Geheimnisse Ihres Herzens und Lebens mitzuteilen? Sie haben das Gespräch angefangen. Sie haben mich nach allem möglichen gefragt, und nun ich aus reiner Höflichkeit an der Unterhaltung festhalte, tun Sie pikiert und beleidigt! Ist das im Süden so gebräuchlich?"

„Monsieur, sparen Sie Ihre Fragen."

„Gut, so brauchen Sie nicht zu antworten. Gehen Sie zu Ihrer Zeitung zurück, und lassen Sie mich in Ruhe!"

„Sie werden grob?"

„Ja; das ist so meine Gewohnheit! Wenn ich mich über einen Menschen freue, so werde ich grob."

„Gut! Brechen wir ab! Sie sind mit den Regeln des Anstandes und der Höflichkeit noch nicht bekannt."

„Das ist Ihr Glück, denn sonst würde ich mich versucht fühlen, Ihnen diese Regeln beizubringen."

Er wendete sich kaltblütig ab. Der Fremde aber konnte nicht zu Ruhe kommen. Er ging im Zimmer auf und ab; seine Brust arbeitete, und seine Augen sprühten Blitze, endlich setzte er sich doch wieder zu seiner Zeitung nieder.

Fritz trank langsam seine Flasche aus, rief den Kellner, um zu zahlen und ging fort, ohne dem andern einen Gruß zu gönnen.

Er begab sich auf den Bahnhof, um die Ankunft des Zuges zu erwarten.

Einige Zeit, nachdem er es sich im Wartezimmer bequem gemacht hatte, kam auch der Südländer. Beide nahmen keine Notiz voneinander.

Das Zeichen ertönte: Der Zug nahte, und die Glocke läutete zum ersten Mal. Alles eilte nach dem Perron. Fritz nahm sich Zeit. Er wußte, daß der Bedächtige und dabei Umsichtige immer am besten kommt. Der Zug fuhr vor, und die Coupés wurden geöffnet.

„Fünf Minuten Aufenthalt!" riefen die Schaffner.

Eben wollte Fritz auf den Bahnsteig treten, als ein anderer durch die Tür geschossen kam. Es war ein kleiner, sehr dicker Kerl mit einem riesigen Kalabreserhut auf dem Kopf. Er hatte es so eilig, daß er sich gar keine Zeit nahm, Fritz zu bemerken. Darum rannte er mit aller Gewalt gegen diesen an, taumelte zurück, glitt aus, stürzte zur Erde und setzte sich dabei auf seinen goldenen Klemmer, der ihm bei der Karambolage von der Nase gerutscht war.

„Himmeldonnerwetter!" fluchte er. „Was stehen Sie denn da, wie ein Ölgötze! Können Sie nicht Platz machen?"

„Männchen, Männchen", antwortete der Wachtmeister lachend. „Stehen Sie auf, gehen Sie heim, und sündigen Sie hinfort nicht mehr, sonst wird Ihnen etwas noch viel Ärgeres widerfahren. Dieses Mal ist nur der Klemmer zum Teufel gegangen."

Der Dicke blickte nieder, erhob sich einen Zoll und zog das optische Instrument unter sich hervor.

„Himmelelement!" rief er. „Beide Gläser in Stücke! Da muß der Teufel drinnensitzen! Sie alter, großer Urian sind an dem ganzen Unglück schuld!"

„Das ist wahr, denn wenn ich nicht dagestanden hätte, so wären Sie so gütig gewesen, an einen anderen zu rennen. Welchen Namen darf ich denn eigentlich beim heutigen Datum in mein Stammbuch schreiben?"

„Ich heiße Hironymus Aurelius Schneffke; das ist doch klar wie Pudding! Ich bin – Herrjesses, ich soll ja einen kleinen Imbiß für die Damen bestellen. Es läutet bereits zum zweiten Mal!"

Er raffte sich, so schnell als es ging, vom Boden auf und eilte in gerader Richtung weiter, auf die nächste Tür zu. Er öffnete und rief hinein:

„Zwei kalte, deutsche Beefsteaks mit Zubehör! Aber schnell! Es hat Eile!"

„Wollen Sie das telegrafieren, mein Lieber? Wohin denn?" so fragte eine Stimme.

Er blickte auf und sah zu seinem Schreck, daß er in das Telegrafenbüro geraten war.

„Heiliges Pech! Rechtsumkehrt!" rief er und warf die Tür zu. „Aber wo ist denn ...? Ah, hier! Da steht es: Re-re – ja ja, das muß die Restauration sein! Schon vier Minuten vergangen!"

Er riß diese andere Tür auf und befahl, indem er eintrat:

„Zwei deutsche Beefsteaks nebst Zubehör! Aber fürchterlich schnell! Es hat die höchste Eile!"

Dabei zog er sein Portemonnaie hervor, öffnete es und erkundigte sich, indem er sich gleich mit der bloßen Hand den Schweiß von der Stirn wischte:

„Was kosten beide?"

Keine Antwort.

„Was sie kosten!"

Er vernahm keine Antwort. Nun strengte er seine Äuglein, welche er nicht mit Gläsern bewaffnet hatte, weil diese zerbrochen waren, an und sah zu seinem Schreck, daß sich kein einziger Mensch in dem Raum befand. Er fuhr also wieder hinaus und versuchte, die Schrift zu enträtseln.

„Re-re-reser-reserviertes Zimmer", las er. „Da hört doch alles und verschiedenes auf! Denke ich da, weil es mit Re anfängt, muß es Restauration heißen! Nun aber eiligst, eiligst!"

Unterdessen war Fritz auf den Bahnsteig getreten und hatte sich nach den Waggons erster und zweiter Klasse umgesehen. Er schritt auf dieselben zu. Ein Coupé stand offen; er warf einen Blick hinein und erkannte – Madelon. Ja, das war sie, an der Seite einer anderen, aber verschleierten Dame. Rasch stieg er ein.

„Ihr Diener, Fräulein Köhler!" grüßte er.

„Ihr – Herr Wachtmeister!" rief sie. „Ist's möglich! Was tun Sie hier in Trier?"

„Fritz, Fritz", rief da die andere, indem sie schnell den Schleier zurückwarf.

„Gnädiges Fräulein! Wie, Sie hier? Oh, das ist eine Überraschung! Aber, wie ich sehe, sind Sie nicht allein? Hier befindet sich ein fremder Handkoffer."

„Ein kleiner Maler reist mit uns. Er will uns mit kalten Beefsteaks ergötzen."

„Ah, der Dicke, der mit mir zusammenrannte, zu Boden stürzte und seinen Klemmer zerquetschte?"

„Ist er wieder gestürzt?"

„Ja."

„Von Berlin aus das achte Mal! Aber, Fritz, ist Ihre Anwesenheit eine zufällige?"

„Nein. Ich habe von Mademoiselle Nanon den Befehl, Fräulein Madelon zu empfangen und – ah, da kommt noch ein Passagier! Unterwegs das Weitere! Erlauben Sie mir, mich Ihnen gegenüber zu setzen, Fräulein Köhler!"

Der, welcher jetzt in das Coupé stieg, war der Fremde, welcher mit Fritz im Hotel die Unterredung gehabt hatte. Er grüßte artig und nahm Platz.

Der dicke Maler hatte während dieser Zeit endlich glücklich die Worte „Wartezimmer zweiter Klasse" gefunden.

Eben wollte er die Tür öffnen, da läutete es zum dritten Mal, und die Maschine ließ einen gellenden Pfiff hören.

„Donner und Doria, jetzt pressiert's bedeutend!" rief er und stürzte in das Zimmer. Er riß einen Stuhl um und segelte in größter Angst und Eile auf das Bufett zu.

„Zwei deutsche Beefsteaks mit Zubehör! Aber schnell, schnell! Es ist keine Sekunde zu verlieren!"

„Warm oder kalt?" fragte man.

„Donnerwetter! Kalt natürlich! Was kosten sie?"

„Zwölf Groschen beide."

„Hier!"

Er warf das Geld auf den Tisch.

„Das langt nicht, Verehrtester!"

„Nicht? Wieso?"

„Das ist kein Achtgroschenstück, sondern ein Dreier."

„Der Kuckuck hole alle Dreier und Achtgroschenstücke!"

Er verbesserte den Fehler und griff nach den Tellern.

„Adieu!" rief er und sprang davon.

„Halt! Sollen die Beefsteaks ins Coupé?"

„Ja!" brüllte er zurück.

Seine Stimme klang vor Angst und Wut wie diejenige eines angeschossenen Löwen.

„So lassen Sie das Porzellan und Messer und Gabel hier, mein Herr!"

„Habe keine Zeit!"

Damit war er zur Tür hinaus. Ein Kellner lief ihm nach. Sämtliche Coupés waren bereits geschlossen, und der Zug setzte sich eben in Bewegung. Die beiden Damen hatten dem Schaffner gemeldet, daß ein Passagier fehle; er hatte auch so lange wie möglich gewartet, aber nun ging es nicht länger. Den Mädchen tat der eigentümliche, aber doch herzensgute Reisegefährte leid. Sie standen am Fenster. Da kam er aus der Tür gesprungen, mit gleichen Beinen und in jeder Hand einen Teller.

„Halt! Halt! Die Beefsteaks!" brüllte er mit Riesenstimme. „Ich muß auch noch mit!"

Alle Köpfe fuhren neugierig an die Fenster.

„Zurück!" rief der Inspektor. „Es ist zu spät!"

„Unsinn! Ich habe bezahlt!"

Er stürzte vorwärts.

„Die Teller her, die Teller!" rief es hinter ihm.

Der Kellner war es, der ihn einzuholen trachtete. Herr Hieronymus Aurelius Schneffke blickte sich wütend um; das war die Ursache, daß ihn sein Verhängnis abermals ereilte. Der pflichteifrige Schaffner hatte nämlich, als der Maler nicht erschien und es die höchste Zeit gewesen war, den Koffer des Säumenden aus dem Coupé gerissen und ihn auf den Bahnsteig gestellt. Gerade als Hieronymus angesichts seiner beiden Damen den bereits sich bewegenden Wagen erreichte, blickte er sich nach dem Schaffner um; er sah den Koffer nicht und stolperte über denselben weg. Hut, Teller, Messer und Gabeln, Senfbüchse und Beefsteaks flogen fort; er selbst aber kollerte eine ganze Strecke auf dem Boden hin. Als er endlich fest auf dem Bauch lag, kam ihm die oft bewährte Geistesgegenwart. Er richtete sich halb empor und rief, indem er den Blick auf das offene Fenster seines verlorenen Paradieses richtete:

„Meine verehrtesten Damen, ich ergreife mit Freuden die Gelegenheit, mich Ihrem geneigten ..."

Die übrigen Worte konnte man nicht hören. Sie verhallten im Kreischen der Räder und im Gelächter der zahlreichen Zeugen seiner spaßhaften Niederlage.

„Zum neunten Mal!" sagte Emma, indem sie wieder Platz nahm.

Ihr gegenüber saß der Fremde, während Fritz bei Madelon Platz genommen hatte. Diese letztere konnte sich noch immer nicht das Wunder seiner Anwesenheit erklären, während er nicht wußte, wie er es sich zu deuten habe, daß Fräulein von Königsau mitgekommen war.

„Sie sagen, daß Nanon Sie geschickt habe?“ fragte Madelon in gedämpftem Ton.
„Ja, so ist es, Fräulein“, antwortete er.
„Kennen Sie sie denn?“
„Ja, sehr gut.“
„Sind sie etwa in Ortry gewesen?“
„Vorübergegangen bin ich. Werden Sie hingehen?“
„Auf der Rückreise, ja.“
„Dann bin ich gezwungen, Ihnen ein Geheimnis mitzuteilen. Wollen Sie mir ihr Ehrenwort geben, es zu verschweigen?“
„Gern!“
„Herr Rittmeister von Königsau ist dort.“
„Ich weiß es bereits.“
„Wirklich? Wer hat es Ihnen gesagt?“
„Fräulein Emma.“
„Wissen Sie auch die Gründe seiner Anwesenheit dort?“
„So ziemlich.“
„Um Gottes willen!“
„Haben Sie keine Sorge! Ich halte es mit Deutschland, lieber Herr Wachtmeister!“
„Pst! Ich bin nicht Wachtmeister, sondern Pflanzensammler! Die Hauptsache ist, daß Mademoiselle Nanon keine Ahnung haben darf, wer ich bin und wer der Herr Rittmeister ist!“
„Darf Sie auch nicht wissen, daß wir uns kennen?“
„Auf keinen Fall!“
„Ich habe sie nach dem Bahnhof von Thionville bestellt.“
„Sie wird Sie dort erwarten.“
„Und gleich mitfahren?“
„Ja. Ich werde das Vergnügen haben, Sie zu begleiten.“
„Ah! Schön! Aber wie kommt das?“
„Mademoiselle Nanon war so gütig, sich meinem Schutz anzuvertrauen.“
„Das sind Rätsel, auf deren Lösung ich gespannt bin.“
„Ich hoffe, daß diese Lösung nicht übermäßig lange auf sich warten lassen wird. Aber bitte, sagen Sie mir, was die Gegenwart des gnädigen Fräuleins zu bedeuten hat.“
„Das ist ein Rätsel für Sie, auf dessen Lösung Sie ebenso warten müssen wie wir.“
„Schön! Ich füge mich. Aber, will sie nach Ortry?“
„Ich glaube.“
„Sapperment! Das ist gefährlich. Weiß der Herr Rittmeister, daß sie kommt?“

„Kein Wort!"

„So ist das – verzeihen Sie mir – eine Unvorsichtigkeit. Ah, dieser Kerl macht sich an sie!"

„Wer ist er?"

„Ein Südländer, der die Deutschen haßt, weil seine Frau eine Deutsche war und ihm mit zwei Kindern davongelaufen ist."

„O weh! Der Arme!"

Sie warf dabei einen mitleidigen Blick zu dem hinüber, von welchem die Rede war, was dem guten Fritz nicht gar sehr gefallen wollte.

Der Fremde hatte bisher Emma gemustert. Ihre Erscheinung machte einen augenblicklichen, unmittelbaren und tiefen Eindruck auf ihn. Sie war schön. Sie glich ganz der Figur eines Germaniabildes. Sie saß da so rein, so mild und doch so selbstbewußt und kräftig. Er konnte das Auge nicht von ihr wenden.

Und ihr erging es mit ihm ebenso. Dieses Eigenartige in seiner Erscheinung frappierte sie. Er hatte etwas Leidendes und doch auch wieder Trotziges an sich und war dabei ein selten schöner Mann. Auf sein Alter hin taxierte sie ihn gar nicht. Ein Mann fragt sich beim Anblick einer Dame fast stets, wie alt sie ist. Eine Dame tut dies einem Herrn gegenüber nicht, wenigstens nicht sogleich. Sie läßt das Wesen und nicht das Alter auf sich einwirken. Ein junger Backfisch kann sich sterblich in einen silberhaarigen Mann verlieben.

So trafen und begegneten sich ihre Blicke, bis Emma sich an Madelon mit der Frage wendete:

„Wie heißt die nächste Station?"

„Wellen, mein Fräulein", antwortete schnell der Fremde. „Über Karthaus sind wir bereits hinweg."

„Ich danke Ihnen Monsieur!"

Sie verneigte sich bei diesen Worten leicht. Er zog sogleich sein Täschchen und reichte ihr eine Visitenkarte. Sie las den Namen: „Benoit Deephill, New Orleans."

Auch sie griff in ihr Täschchen. Aber durfte sie ihren wirklichen Namen merken lassen? Es war leicht möglich, daß dieser Herr nach Thionville ging oder gar mit Ortry in Beziehung stand. Sie hatte noch die Karte einer Freundin, einer Engländerin, bei sich und reichte ihm diese hin. Er las: „Miß Harriet de Lissa, London."

„Ah, Sie sind Engländerin, Mademoiselle?" fragte er, sichtlich erfreut über diese Entdeckung.

„Ja", antwortete sie, indem sie leicht errötete.

„Das weckt sehr liebe Erinnerungen in mir. So oft ich in London war, habe ich mich der wahrhaft großartigen Gastfreundschaft Ihrer Landsleute zu erfreuen gehabt. Das tut so wohl, wenn man ein Fremdling ist allüberall."

Das klang so traurig, und sein Auge nahm dabei einen so trüben Ausdruck an. Sie fühlte, daß dieser Mann sehr viel gelitten haben müsse.

„Sollte Ihnen die Heimat verlorengegangen sein, Monsieur?" fragte sie.

„Leider! Die Heimat und die Familie."

„Dann beklage ich Sie! Wer dieses beides missen muß, dem ist das Edelste und Beste versagt. Doch kann man Verlorenes ja wiederfinden und Eingestürztes von neuem errichten!"

„Wer baut gern auf Trümmern! Ein Glück ist da nicht mehr zu erwarten!"

Er wendete sich halb ab und richtete den Blick durch das Fenster. So konnte sie sein Profil bewundern. Was war es doch, das an diesem Mann einen solchen Eindruck auf sie machte? Sie bemerkte, daß auch Madelon den Blick kaum von ihm wendete.

Sie spielte mit seiner Karte; dabei entglitt dieselbe ihrer Hand, ohne daß er es bemerkte. Fritz sah es und bückte sich rasch, um sie diensteifrig aufzuheben. Dabei fiel sein Auge auf den Namen. Er machte eine Bewegung der Verwunderung und gab die Karte dann zurück. Der Fremde war nun doch aufmerksam geworden; er bemerkte den Blick, welchen Fritz auf ihn warf, und zuckte, aber kaum bemerkbar, die Achsel. Das konnte der ehrliche Wachtmeister nicht auf sich sitzen lassen.

„Entschuldigung!" sagte er. „Ist das Ihre Karte, Monsieur?"

„Wessen sonst?" antwortete der Gefragte rauh.

„Sie heißen wirklich Deephill?"

„Ja."

„Sie kommen aus New Orleans?"

„Ja. Aber was berechtigt Sie zu diesen Fragen, nachdem wir uns bereits zur Übergenüge ausgesprochen haben?"

„Sie werden mir schon erlauben müssen, mich für sie zu interessieren!"

„Ich kann sie nicht hindern, aber verbieten kann ich es Ihnen, mir dieses Interesse zu zeigen."

„Verbieten können Sie es; ich werde mich aber nach diesem Wunsche ganz und gar nicht richten."

„Monsieur!"

„Pah! Geraten wir nicht wieder aneinander! Ich habe Sie gesucht, und jedenfalls ist es ein Glück für Sie, daß ich Sie gefunden habe."

Der Amerikaner konnte sein Erstaunen nicht verbergen.

„Ein Glück für mich, daß ich Sie treffe?"

„Allerdings."

„Das ist ja interessant! Sie haben meine Karte gelesen. Darf ich wissen, wer Sie sind, Monsieur?"

„Eine Karte kann ich Ihnen nicht geben. Mein Stand rechnet solche Dinge zu den Luxussachen; aber sagen kann ich Ihnen, daß ich als Pflanzensammler bei Doktor Bertrand in Thionville engagiert bin."

Das Erstaunen des Fremden verdoppelte sich. Sein südliches Wesen, welches gewohnt war, sich rücksichtslos ganz so zu geben, wie es war, konnte auch hier nicht widerstehen.

„Glückliches Land, wo die Kräutersammler erster und zweiter Klasse fahren können und dürfen", sagte er.

„Das gebe ich zu. In anderen Ländern fahren flüchtige Bankdirektoren und ruinierte Ölprinzen erster Klasse, Monsieur. Übrigens ist zwischen einem Pflanzensammler und einem Dollarsammler kein gar so großer Unterschied. Es muß eben jeder Mensch das Recht haben, seine eigenen Liebhabereien derjenigen anderer Leute vorzuziehen. Meine Passion ist nun einmal das Pflanzensuchen, und das ist ein großes Glück für Sie."

„Aber Sie glauben wohl, daß ich das nicht begreife?"

„Ich glaube es und fordere daraus für mich das Recht und die Pflicht, mich Ihnen zu erklären. Nicht wahr, Sie werden in Ortry von dem Kapitän Richemonte erwartet, und Sie kommen im Interesse Frankreichs?"

„Monsieur, eine solche Frage darf ich Ihnen nicht gestatten, zumal Sie kein guter Franzose zu sein scheinen."

„Ich sympathisiere mit allen braven Franzosen, mein Herr! Sie tragen Millionen bei sich?"

Der Amerikaner fuhr überrascht zurück.

„Wer sagt das?" fragte er.

„Ich weiß es. Wollen Sie es bestreiten?"

„Ich kann es zugeben und dennoch bestreiten. Warum beschäftigen Sie sich mit dieser Tatsache?"

„Weil dieselbe für Sie verhängnisvoll werden kann; denn Sie kann Ihnen das Leben kosten."

„Herr, Sie scherzen!"

„Ich spreche im vollsten Ernst."

„Wie kommen Sie zu Ihrer Behauptung?"

„Ich weiß ganz genau, daß man Sie töten will, um Ihnen Ihr Geld abzunehmen."
„Ah! Das sollte einem doch schwer werden."
„Auch zweien oder dreien?"
„Ich bin bewaffnet!"
„Was hilft Ihnen ein Revolver gegen die List und bei einem plötzlichen, unerwarteten Überfall?"
„Das ist wahr. Aber wer ist es, der mich töten will?"
„Vielleicht könnte ich Ihnen antworten, aber ich ziehe es vor, Tatsachen sprechen zu lassen. Ich glaube nicht, daß Sie Ortry lebendig erreichen würden, wenn ich Sie nicht getroffen hätte. Ich bin Ihnen ja entgegengereist, um Sie zu treffen und zu warnen."
Die beiden Damen wußten nicht, was sie dazu sagen sollten. Sie schwiegen. Der Amerikaner wurde bedenklicher und sagte:
„Aber wie haben Sie von dem Anschlag erfahren?"
„Ich befand mich gestern abend im Wald. Ich hatte mich verspätet und belauschte zufällig das Gespräch zweier Männer, welche in meine Nähe kamen. Sie sprachen davon, daß ein Master Deephill aus New Orleans heute mit dem Mittagszug in Thionville eintreffen werde und Millionen bei sich trage. Sie redeten von einem Messerstich, einem Griff an die Kehle. Der Raub sollte geteilt werden. Sie sprachen ferner von einem dritten, der bereits vor ihnen an Ort und Stelle sein sollte."
„An welcher Stelle?"
„Das weiß ich leider nicht. Das Gespräch bewegte sich meist in Ausdrücken, welche nicht vermuten ließen, daß der Plan bereits bis ins einzelne vorher besprochen worden war."
„Haben Sie nicht sofort die Polizei benachrichtigt?"
„Nein."
„Warum nicht?"
„Konnte sie mehr tun, als das, was ich getan habe, nämlich Ihnen entgegenzufahren, um Sie zu warnen?"
„Aber man konnte die Kerle ergreifen."
„Das können wir jetzt wohl auch noch."
„Mir ist es ein Rätsel, wie diese Strolche erfahren haben können, daß ich mit Millionen komme. Nur zwei Personen haben davon gewußt."
„Ich kenne diese beiden."
„Wirklich? Wer sind sie?"
„Der alte Kapitän und Graf Rallion."
„Monsieur, wenn Sie das wissen, so sind sie ganz sicher einer der unserigen!"

„Darüber habe ich mich nicht zu äußern", antwortete Fritz zurückhaltend.

„Und sind vielleicht noch mehr eingeweiht, als der Kapitän selbst."

„Ich habe keinen Grund, Ihnen zu widersprechen oder Ihre Vermutung zu bestätigen; aber ich nehme an, daß Sie nicht vergessen werden, daß ich Ihre Angelegenheit zu der meinigen gemacht habe."

„Sicherlich nicht! Aber wie haben die Leute, von denen Sie sprachen, von mir erfahren können? Richemonte und Rallion sind beide verschwiegene Charaktere!"

„Vielleicht sind sie belauscht worden!"

„Das ist das Wahrscheinliche."

„Ich denke es auch."

„Aber der Ort, an welchem ich überfallen werden soll! Das wäre die Hauptsache! Haben Sie darüber gar keinen Wink aufgefangen?"

„Hm! Man sprach von einem Bahnwärter."

„Bahnwärter gibt es auf der Strecke, nicht aber auf dem Bahnhof. Gibt es zwischen Thionville und Ortry dergleichen Beamte?"

„Nein. Es gibt da keine Bahn."

„Sonderbar! In welcher Weise wurde dieses Bahnwärters Erwähnung getan?"

„Die beiden wollten zu ihm gehen und sich mit ihm unterhalten, um dann beweisen zu können, daß nicht sie die Tat begangen hätten."

„Und doch wollen sie mich berauben."

„Es schien ganz so, als ob vor der Beraubung etwas zu geschehen habe. Die beiden Männer schienen anzunehmen, Sie bereits in einem Zustand zu finden, welcher die Beraubung erleichtert! Für den Fall, daß Sie noch lebten, wurde der Messerstich und der Griff an die Gurgel erwähnt."

Da erbleichte der Amerikaner.

„Herrgott!" rief er entsetzt. „Jetzt wird es licht; ich beginne zu ahnen. Aber das wäre ja fürchterlich."

„Was, was, was?" fragten die drei wie aus einem Mund.

„Sollte der dritte, von dem Sie sprechen, den Zug entgleisen lassen wollen?"

Da fuhr Fritz auf, daß er mit dem Kopf an die Decke stieß und rief:

„Das ist's; das ist's! Er will Steine auf die Schienen legen. Die beiden anderen kommen wie ganz zufällig hinzu. Wagen werden zertrümmert, Menschen verwundet und getötet. In der dabei entstehenden Verwirrung ist es nicht schwer, den Amerikaner herauszufinden. Man nimmt ihm die Brieftasche aus dem Rock. Ist er tot, so geht das sehr leicht; ist er nur verwundet, so genügt ein Druck auf die Gurgel, ihn vollends kaltzumachen."

Die Damen waren sprachlos vor Schreck gewesen. Jetzt aber rief Emma:

„Jetzt gilt es zu handeln! Man darf um Gottes willen keine Zeit verlieren. Wo befinden wir uns?"

Fritz riß sein Fenster hüben und der Amerikaner das seinige drüben auf.

„Königsmachern ist schon vorüber!" rief der erstere.

„Wie viele Stationen haben wir noch?"

„Königsmachern ist die letzte vor Thionville. Wenn etwas geschieht, so geschieht es hier, bald, gleich. Wo ist die Notleine? Wir müssen ein Zeichen geben!"

Er langte hinaus, Deephill drüben. Sie fanden die Leine nicht.

„Auf mit den Coupés", sagte Fritz. „Ich laufe auf dem Trittbrett hin."

Er langte zum Fenster hinaus und öffnete die Tür. Der Amerikaner tat auf seiner Seite ganz dasselbe. Sie traten auf die Trittbretter hinaus, und ganz in demselben Augenblick ertönte von der Maschine das schrille, bekannte und entsetzliche Not- und Warnungssignal.

Der Zug passierte eine Kurve. Fritz befand sich an der inneren Seite derselben und konnte infolgedessen einen Teil der Bahnstrecke, welche vor der Maschine lag, übersehen.

„Herrgott Steine, große Steine auf den Schienen!" rief er. „Der Zug kann bis dahin nicht halten. Es gibt ein entsetzliches Unglück. Monsieur, hinaus mit den Damen. Abspringen und sofort zur Seite eilen."

Er langte in das Coupé, erfaßte Madelon und riß sie hinaus. Er war stark und sie schmächtig und nicht schwer. Er tat einen Satz vorwärts. Es gelang. Noch einige Sprünge, und er rutschte mit dem Mädchen die hohe Böschung hinab.

Der Amerikaner war ebenso geistesgegenwärtig und entschlossen wie der Deutsche.

„Heraus, Miß!" rief er.

Emma erkannte, daß es keine andere Rettung gäbe und überließ sich seinem Arm. Er war nicht von riesenhaftem Körperbau, aber er entwickelte in diesem Augenblick eine Riesenkraft. Die

Maschine heulte; die Bremsen kreischten; die Räder brüllten. In den Coupés ertönten vielstimmige Rufe des Entsetzens. Deephill umfaßte Emma mit seiner Linken, hielt sich mit der Rechten an der Griffstange fest, holte aus und tat den entscheidenden Sprung. Er kam auf die Füße, knickte zwar unter seiner Last zusammen, raffte sich aber sofort wieder empor und schoß mit ihr die hohe Böschung des Dammes hinab.

Es geschah dies keine Sekunde zu früh.

Ein Krach, ein fürchterlicher, entsetzlicher Krach, als seien Berge von Erz und Stein zusammengebrochen, ertönte. Ein rasendes Rollen, Pfeifen, Heulen, Wogen, Dröhnen und Stampfen folgte. Das Entsetzliche war geschehen: Der Zug war entgleist und krachte, sich überstürzend, den Damm hinab.

Was nun geschah, läßt sich unmöglich beschreiben. Ein ganzer Berg von Trümmern bedeckte die Stelle. Die Wagen hatten sich geschlagen, waren ineinandergerannt, lagen auf der Seite, auf dem Rücken oder standen hinten oder vorn in die Höhe.

Von Menschenstimmen war wohl eine Minute lang gar nichts zu hören. Dann aber begann ein Wimmern, Stöhnen, Rufen, Schreien, Heulen, Beten und Brüllen, welches jeder Schilderung spottet.

Hart hinter der Unglücksstelle waren zwei Paare zu sehen, das eine auf der rechten und das andere auf der linken Seite des Dammes. Emma lag ohnmächtig im Gras, und der Amerikaner kniete bei ihr. „Hat sie Schaden genommen?" fragte er sich. Er hoffte jedoch, diese Frage mit nein beantworten zu können. Er öffnete ihr das Kleid, damit die Lunge freiere Bewegung erhalten möge. Dabei sah er, von welcher Schönheit dieses reizende Mädchen war.

„Herrlich, herrlich!" flüsterte er. „So vollkommen, so tadellos kann nur eben eine Engländerin sein. Was war Amély dagegen, der kleine Kolibri. Könnte ich die Liebe dieser Göttin erringen."

Und auf der anderen Seite kniete Fritz bei Madelon. Auch sie hatte die Augen geschlossen, öffnete sie aber jetzt und blickte verwirrt um sich.

„Lebe ich noch?" fragte sie.

„Ja, Sie leben, Fräulein", antwortete Fritz. „Wir sind der Gefahr noch im letzten Moment entronnen. Gott sei Dank für diese Rettung."

„Und wo ist Fräulein Emma?"

„Drüben auf der anderen Seite jedenfalls."

„Ist auch sie gerettet?"

„Ich hoffe es."
„Sie hoffen es nur? Sie wissen es nicht genau?"
„Nein. Ich konnte ja noch nicht hinüber. Der Zug ist da drüben hinabgestürzt. Gott! Er wird sie doch nicht dennoch gepackt und zerschmettert haben."
„Wir müssen sehen. Hinüber, hinüber."
Sie hatte im Moment alle Spannkraft zurückerhalten. Sie klomm mit einer Eile den Damm hinan, als ob sie nicht soeben den fürchterlichsten Schreck erlebt habe, den man sich nur denken kann.
Fritz vermochte kaum, ihr zu folgen, hielt sich aber doch an ihrer Seite. Droben angekommen, erblickten sie die beiden anderen. Emma lag noch immer bewußtlos.
„Sie ist tot!" rief Madelon erschreckt.
„Nein", antwortete der Amerikaner laut, „sie lebt; sie atmet. Kommen Sie!"
Jetzt ging es schnell hinab. Madelon kniete nieder, beschäftigte sich eine Minute mit der Freundin und sagte dann:
„Es scheint nur eine Ohnmacht zu sein. Lassen Sie uns allein, Messieurs. Ihre Hilfe wird auch anderweit gebraucht."
„Das ist wahr. Kommen Sie!" sagte Fritz.
Sie eilten der Schreckensstelle zu. Es war ein Anblick zum Grauen. Die Lokomotive hatte sich tief in die Erde gewühlt. Sie zischte, dampfte und ächzte noch jetzt, wie ein sterbender Drache, der seine Wut gefesselt fühlt. Die Körperteile des Heizers und Maschinisten lagen in der Nähe, fast bis zur Unkenntlichkeit entstellt.
Auch in und bei den Waggons sah es fürchterlich aus. Die Geretteten und nur leicht Verwundeten hatten sich unter den Trümmern mühsam hervorgearbeitet; die übrigen aber waren noch von den Lasten gebannt, die auf ihnen lagen. Die Geretteten und die Leichtverletzten begannen nun die Nachforschung nach den Armen, welche weniger glücklich gewesen waren. Fritz arbeitete mit dem Amerikaner allen voran.
Da blickte er zufällig auf. Von weiter vorn kamen drei Männer gerannt, einer in der Uniform eines Bahnwärters, die beiden anderen in Zivil.
„Monsieur", raunte er dem Amerikaner zu, „jedenfalls sind das die beiden."
„Ja, sie müssen es sein. Wir nehmen sie fest."
„Aber auf frischer Tat."
„Wieso? Die Tat ist vorüber und wird ihnen wohl kaum bewie-

sen werden können, wenn Sie sie nicht genau zu rekognoszieren vermögen."

„Ihre Gesichtszüge habe ich nicht gesehen; aber dennoch werden wir sie überführen."

„Auf welche Weise?"

„Haben Sie den Mut, den Toten zu spielen?"

„Das wäre nicht schwer; aber der Messerstich, der Griff an die Gurgel."

„Pah! Ich werde sie scharf überwachen."

„Gut! Dann habe ich Ihren Plan verstanden und bin bereit, ihn mit auszuführen."

„Nehmen Sie vorher die Wertpapiere aus der Brieftasche."

„Das ist nicht nötig. Diese teuflischen Schufte haben sich getäuscht. Meine Papiere haben nur in meinen eigenen Händen Wert. Selbst wenn ihnen der Coup gelungen wäre, hätten sie keinen Centime erhalten."

„Dann also rasch! Sie sind vorn bei der Lokomotive, Sie aber, Monsieur, dürfen von ihnen vorher nicht bemerkt werden."

„Wohin aber?"

„Hier in dieses Coupé erster Klasse. Es ist ziemlich demoliert. Ich bedecke den Körper mit den Trümmern; so bemerkt man nicht, daß Sie unverletzt sind. Durch das Lampenloch von oben beobachte ich die Kerle. Tut einer etwas nur im geringsten Bedrohliches für Sie, so schieße ich ihn mit dem Revolver über den Haufen. Also hinein!"

Der Amerikaner kroch in das arg beschädigte Coupé, und Fritz bedeckte ihn mit den Trümmern, so daß nur der Kopf und ein Teil des Oberkörpers zu sehen war.

„So! Warten Sie", sagte er dann. „Jetzt hole ich vorerst noch einen Zeugen."

Der Oberschaffner war unbeschädigt geblieben. Er leitete jetzt die Rettungsarbeit, während man die Hilfe erwartete, nach welcher gesendet worden war. Fritz näherte sich ihm und gab ihm einen Wink, abseits hinter einen umgestürzten Waggon zu kommen, wo sie von den beiden zukünftigen Franktireurs nicht beobachtet werden konnten.

„Was wünschen Sie?" fragte der Beamte.

„Wollen Sie die Verbrecher haben, welche diesen Unfall hervorbrachten?"

„Herr, wenn Sie die mir verschaffen könnten!"

„Sie sind hier."

„Hier? Unmöglich!"

„Und doch! Es ist keine Zeit zu langen Auseinandersetzungen; hören Sie nur kurz folgendes: Ich belauschte gestern im Wald zwei Männer, welche davon sprachen, daß mit diesem Zug ein Amerikaner komme, welcher ein Vermögen in seiner Brieftasche trage. Sie wollten ihn ermorden – nach seiner Ankunft in Thionville, wie ich vermutete. Ich fuhr ihm entgegen, um ihn zu warnen. Ich traf ihn. Aber diese Schurken hatten einen anderen Plan, als ich erraten konnte. Sie ließen den Zug entgleisen und sind jetzt gekommen, scheinbar um Hilfe zu leisten, in Wirklichkeit aber, um den Amerikaner zu suchen und ihm noch rechtzeitig die Brieftasche abzunehmen."

„Ah, wir werden sie bedienen. Wo ist der Herr?"

„Er hat sich dort in das Coupé erster Klasse gesteckt, um den Toten zu spielen."

„Ich muß ihn sehen."

Der Beamte trat zu dem Amerikaner und bat, das Taschenbuch sehen zu dürfen. Deephill zog es hervor und reichte es ihm hin.

„Gut", meinte der Oberschaffner. „Jetzt kenne ich es. Wollen sehen, ob sie die Probe bestehen."

„Aber warten Sie noch einen Augenblick", bat Fritz. „Ich muß auf den Wagen, um zu verhindern, daß sie ihn töten."

„Das ist vorsichtig und löblich gehandelt. Da liegt ein Fetzen Wachsleinwand. Werfen wir ihn hinauf, damit Sie sich darunter verstecken können. Ich werde es bewerkstelligen, daß die Schufte hierherkommen. Das Weitere wird sich dann finden."

Der Oberschaffner entfernte sich. Fritz kroch auf den Wagen, unter das Glanzleinen und zog den Revolver. Er konnte durch das Laternenloch alles genau beobachten. Der Amerikaner lag wirklich wie eine Leiche unter den Trümmern. Sein Rock war vorn geöffnet, so daß man sehr leicht zur Tasche gelangen konnte.

Der Beamte war an seinen früheren Standort zurückgekehrt, um seines Amtes zu walten. Er beobachtete die beiden Männer, welche sich scheinbar eifrig bei der Rettungsarbeit beteiligten, sich aber nur wenige Augenblicke an einer und derselben Stelle verweilten. Jetzt, da er aufmerksam gemacht worden war, mußte er bemerken und überzeugt sein, daß sie nach einem Gegenstand suchten. Er trat ihnen näher, sagte einige lobende Worte und fügte dann hinzu:

„Da hinten gibt es auch noch Arbeit, Leute. In der zweiten

Klasse saßen einige Weinreisende, und in der ersten Klasse fuhr ein Amerikaner. Man hat noch nichts von ihnen erblickt."

Er sah ganz deutlich, wie sie sich erfreut ansahen. Sie wurden da gerade auf das, was sie suchten, hingewiesen; darum ließen sie sich den Befehl nicht zum zweiten Mal geben. Der Beamte wendete sich ab und tat gar nicht so, als ob er sie beobachte.

„Das trifft sich gut!" flüsterte der eine dem andern zu. „Also in der ersten Klasse liegt er. Ich brenne vor Begierde, ob er das Geld bei sich hat."

„Das wird sich sofort zeigen. Komm!"

Sie traten an das Coupé und blickten hinein.

„Donnerwetter! Der muß ganz zerquetscht sein", sagte der eine.

„Man sieht es, daß er tot ist."

Die meisterhaft verteilten Trümmer täuschten sie.

„Oben ist er noch gut erhalten. Also, zugegriffen."

Der Sprecher fuhr nach der Rocktasche und zog das Buch hervor. Er öffnete es und sagte, beinahe zu laut für die Lage, in der sie sich auch ohne Beobachtung befunden hätten:

„Alle tausend Teufel! Sieh, diese Zahlen. Lauter Zehn-, Zwanzig- und Fünfzigtausend."

„Rasch weg damit."

„Schön! Da hab ich's nun in meiner Tasche. Aber was nun? Gehen wir?"

„Nicht gleich. Das würde auffallen. Sehen wir erst in die zweite Klasse. Man hat nach Thionville und Königsmachern Nachricht gegeben. Es kann jeden Augenblick Hilfe kommen. Sobald diese eingetroffen ist, machen wir uns davon."

„Bleibt es bei unserem Plan?"

„Ja. Der Alte bekommt keinen Heller."

„Und Lefleur?"

„Der mag im Buchsbaum jetzt auf uns warten. Was geht er uns an? Wir haben nichts gefunden."

„Dann vorwärts also."

Sie entfernten sich und machten sich an anderen Wagen zu schaffen. Dabei gelang es Fritz, unbemerkt von dem seinigen herabzukommen und wieder zu dem Oberschaffner zu gelangen.

„Haben Sie es?" fragte dieser.

„Ja."

„Das paßt! Hören Sie! Man sendet von Thionville Hilfe. Ich

höre das Rasseln der Räder. Warten wir, bis diese da ist, und dann nehmen wir die Teufel fest."

„Auch sie wollen nur das Nahen der Hilfe abwarten, um sich dann sogleich zu entfernen."

„So ist es notwendig, sie zu bewachen. Wollen Sie das tun?"

„Gern."

„Sie haben einen Revolver, wie ich bemerkte, Monsieur? So schießen Sie, ehe Sie einen der Kerle entkommen lassen, ihn lieber kaputt. Ah, da kommt eine Maschine mit Waggons. Gott sei Dank! Diese Hilfe ist sehr nötig."

Er eilte fort. Fritz aber machte sich an die beiden Männer und tat, als ob er sie bei ihrer Arbeit unterstützen wolle.

Auf die Nachricht von dem Eisenbahnunfall war von Thionville sofort ein Zug abgelassen worden. Er enthielt Beamte, Militär und einige Ärzte. Diese Passagiere sprangen sofort aus den Waggons, als die Maschine vor der Unglücksstelle hielt. Der Oberschaffner eilte sofort auf den Offizier zu, welcher die Truppen anführte, und sagte:

„Mein Kapitän, ich ersuche Sie dringend, zunächst dafür zu sorgen, daß von den Personen, welche bisher hier gegenwärtig gewesen sind, keine den Ort verlassen darf."

„Warum dies?" fragte der Hauptmann.

„Die Urheber des Unglückes befinden sich unter ihnen."

„Sacre bleu! Ist denn dieser gräßliche Sturz des Zuges vom Damm beabsichtigt worden?"

„Ja. Man hat Steine auf die Schienen gelegt."

„Und Sie kennen die Täter?"

„Ja. Ich werde sie Ihnen nachher bezeichnen."

„Gut, mein Lieber. Dieser Kerle werden ihren Lohn finden."

Die Maschine wurde ausgehängt und ging nach Thionville zurück, um die Wagen, welche man dort schleunigst von der Richtung nach Metz her requiriert hatte, nachzuholen. Die Soldaten, welche ausgestiegen waren, erhielten den gegebenen Befehl so laut, daß es jedermann hören konnte, jeden niederzuschießen, welcher ohne Erlaubnis ihres Kommandanten versuchen sollte, den Platz zu verlassen. Sie verteilten sich infolgedessen so, daß sie das ganze Terrain vollständig beherrschten.

Die beiden Kerle, welche den Amerikaner ausgeraubt hatten, waren gerade jetzt beschäftigt, einen Toten unter den Trümmern eines Wagens hervorzuziehen. Fritz stand an der anderen Seite dieser Trümmer, um zu versuchen, dieselben ein wenig emporzuheben. Er konnte also gerade in diesem Augenblick nicht hören, was sie sprachen.

„Tausend Donner!" fluchte der eine halblaut. „Hast du es gehört?"

„Natürlich! Der Kerl schreit ja laut genug. Was sagst du dazu?"

„Verdammt unangenehm."

„Sie müssen der Ansicht sein, daß das Unglück mit Absicht hervorgebracht worden ist."

„Ja, und daß die Täter sich noch hier befinden."

„Was ist da zu machen?"

„Pah! Sie können nichts, gar nichts wissen."

„Aber wenn sie die Brieftasche bei uns finden."

„Wie können sie denn wohl auf die Idee kommen, uns zu durchsuchen? Das ist unmöglich."

„Sehr möglich sogar ist es. Es gibt hier unter den zerstreut herumliegenden Gegenständen manches, was zum Einstecken reizt. Wie nun, wenn man den Gedanken faßt, alle, welche mithelfen, dann zu durchsuchen?"

„Das wird man nicht tun. Das wäre eine Schande, eine Beleidigung, ein monströser Undank gegen diejenigen, welche herbeigeeilt sind, um zu retten und zu helfen."

„Meinetwegen! Aber besser ist besser. Ich werde doch lieber versuchen, mich davonzumachen."

„Das ist allerdings das sicherste. Aber wie wollen wir es bewerkstelligen, ohne daß es auffällt?"

„Sehr einfach: Wir tragen einen der Verwundeten nach den Waggons, welche droben auf dem Damm stehen. Jenseits desselben gleiten wir hinab und schleichen uns davon."

„Sollte da oben nicht auch ein Wächter stehen?"

„Bis jetzt noch nicht."

„Gut! Komm. Der Kerl hier ist tot. Unsere Bemühung um ihn ist völlig nutzlos. Heda, Kamerad!"

Dieser Ruf war an Fritz gerichtet. Dieser hatte sie nicht aus den Augen gelassen. Wenn er auch zwar ihre Worte nicht zu verstehen vermochte, so konnte er doch zwischen den Trümmerstücken hindurch ihre Gestalten bemerken und sich also von ihrer Anwesenheit überzeugen. Er antwortete:

„Was gibt es? Zieht doch! Bringt Ihr ihn nicht heraus?"

„Nein. Übrigens ist er tot. Gehen wir also dahin, wo unsere Hilfe nötiger ist."

Sie entfernten sich, indem sie gedachten, von ihm fortzukommen. Aber im nächsten Augenblick stand er bei ihnen und sagte:

„Recht habt Ihr. Da vorn sind wir notwendiger. Also kommt."

„Verdammter Kerl!" fluchte der eine, sah sich aber doch gezwungen, gute Miene zum bösen Spiel zu machen.

Unterdessen hatte Emma von Königsau ihre Besinnung wiedererlangt. Es war ein wahres Wunder, daß es den Rettern der beiden Mädchen geglückt war, den gefährlichen Sprung vom Trittbrett herab ohne Schaden zu vollführen. Dies war nur dem Umstand zu verdanken, daß die Bremsen bereits gegriffen hatten und die Wagen also bereits langsamer gegangen waren.

Als sie die Augen aufschlug, erblickte sie Madelon. Ein zweiter Blick zeigte ihr nach vorwärts die gräßliche Verwüstung, und sofort war ihr das letzte Erlebnis wieder gegenwärtig.

„Gott, mein Gott!" rief sie. „Du bist gerettet."

„Und du auch!" jubelte die Freundin. „Dem Allmächtigen sei Dank! Kannst du dich erheben?"

Emma versuchte, sich aus ihrer liegenden Stellung emporzurichten. Es gelang. Zwar war es bei dem blitzschnellen Herabgleiten vom Bahndamm nicht sanft hergegangen, und sie fühlte an mehreren Stellen ihres Körpers Schmerzen, doch waren dieselben nicht bedeutend, und sie erkannte, daß sie sich im vollständigen Gebrauch ihrer Glieder befand.

„Ja, es geht; dem Himmel sei Dank!" antwortete sie, indem sie ihre Gelenke prüfend bewegte. „Aber, wo ist er?"

„Wer?"

„Der Fremde, welcher mit mir vom Wagen sprang. Ist auch er gerettet?"

Es lag im Ton ihrer Frage und ihrem schönen, jetzt so bleichen Gesicht ein Ausdruck von Besorgnis, wie man sie fremden, gleichgültigen Personen gegenüber nicht zu hegen pflegt.

„Ja, er ist gerettet", antwortete Madelon.

„Und Fritz?"

„Der Brave, Kühne! Auch er ist ohne Schaden davongekommen."

„Aber die anderen armen Menschen! Himmel, wie sieht es dort aus! Schrecklich! Entsetzlich!"

„Man wird dort weibliche Hilfe recht sehr bedürfen."

„So müssen wir eilen! Komm schnell, liebe Madelon."

„Gern, gern! Vorher aber wollen wir uns über dich erst klarwerden. Das ist notwendig."

„Wieso klarwerden?"

„Du hast dem Amerikaner nicht deine richtige Karte gegeben, wie ich bemerkte?"

„Nein. Ich glaubte, vorsichtig sein zu müssen."

„Welche denn? Ich muß wissen, wie ich dich zu nennen habe."

„Es stand auf dem Kärtchen: Harriet de Lissa, London."

„Gut, so bist du also eine Engländerin, und wir haben uns zufälligerweise im Coupé getroffen. Aber, weiß Fritz auch davon?"

„Nein. Unterrichte ihn, wenn du eher mit ihm sprechen solltest, als ich!"

Sie verwendeten noch einen kurzen Augenblick dazu, ihr Reisegewand, welches beschädigt worden war, in Ordnung zu bringen, dann begaben sie sich nach den Trümmern des verunglückten Zuges, wo ein allerdings nicht für jedermann zu ertragender Anblick ihrer wartete.

Nanon hatte sich nach Thionville fahren lassen, um dort ihre Schwester zu erwarten und zu ihr gleich in dasselbe Coupé zu steigen. Der Zug war signalisiert worden, aber die bestimmte Zeit verging, ohne daß er eintraf. Es mußte unbedingt etwas geschehen sein, und zwar in nicht großer Entfernung von der Stadt.

Da plötzlich hörte sie laute Rufe, die sich wiederholten und im Ton des Schreckens beantwortet wurden:

„Der Zug ist verunglückt! Zwischen hier und Königsmachern!"

Diese Worte konnte sie verstehen. Das Bewußtsein schwand ihr. Als sie es wiedererlangte, sah sie einige Personen um sich beschäftigt, von denen eine jetzt die Frage aussprach:

„Sie erwarteten wohl Bekannte?"

„Ja, meine Schwester", hauchte sie.

„Gerade mit diesem Zug?"

„Ja. Und ich hörte, er sei verunglückt."

„Das ist allerdings wahr. Es soll entsetzlich sein."

„Gott, mein Gott. Ich muß hin."

Sie wollte fort, aber sie zitterte an allen Gliedern und sank wieder auf ihren Sitz nieder.

„Fassen Sie sich, Mademoiselle!" sagte der Mann in beruhigendem Ton. „Jedenfalls sind nicht alle verletzt, und man darf hoffen, daß Ihre Schwester sich unter den Unverletzten befindet."

Das gab ihr einigen Trost und auch die verlorene Kraft.

„Ich danke, Monsieur", sagte sie. „Aber ich muß fort; ich muß hin und zwar sogleich."

Sie erhob sich, um fortzueilen, er aber hielt sie mit sanfter Gewalt zurück und sagte:

„Warten Sie, Mademoiselle. Man hat bereits nach Hilfe geschickt. Es wird Militär kommen, auch Ärzte werden gesucht. Glücklicherweise ist eine geheizte Maschine vorhanden. In einigen Minuten werden einige Wagen nach der Unglücksstätte gehen."

„Aber wird man mich mitnehmen?"

„Eigentlich würde man dies wohl kaum tun; aber ich werde dafür sorgen, daß Sie einen Platz finden."

Der Mann war Bahnhofsbeamter und hielt Wort. Er selbst brachte Nanon in ein Coupé. So kam es, daß sie mit dem Militär zugleich an dem Schreckensort ankam. Als sie die dortige Verwüstung erblickte, brach sie in die Knie, und es dauerte einige Zeit, ehe sie wieder so viel Kraft gewann, die Böschung herunterzuklettern. Sie hätte laut jammern mögen; da aber erblickte sie einen, den sie hier nicht erwartet hätte, zumal sie auf dem Bahnhof vergeblich nach ihm gesucht hatte, obgleich er von ihr dorthin bestellt worden war – Fritz Schneeberg, den Pflanzensammler.

Das gab ihr ihre ganze Beweglichkeit zurück. Im Nu stand sie bei ihm. Er kniete mit zwei Männern bei einem Verwundeten an der Erde. Sie ergriff ihn beim Arm und sagte:

„Monsieur Schneeberg! Sie hier? Gott sei Dank! Wo ist meine Schwester?"

Er erhob sich mit vor Freude glänzendem Gesicht, deutete den Damm entlang und antwortete:

„Keine Sorge, Mademoiselle Nanon! Dort kommt sie eben!"

Sie stieß einen Schrei des Entzückens aus und eilte mit weit geöffneten Armen der Geretteten entgegen, welche mit Emma soeben sich näherte.

„Madelon, Madelon! Meine Schwester! Du bist gerettet!"

Die Angerufene warf einen scharfen Blick auf die so eilig Herbeifliegende, breitete ebenso wie diese ihre Arme aus und jauchzte:

„Nanon! Du hier! Gott, welch ein Wiedersehen!"

Sie lagen sich in den Armen; sie herzten und küßten sich; sie streichelten einander liebkosend die Wangen und schluchzten dabei vor Freude und Glück.

„Ich glaubte dich tot und verloren", sagte Nanon.

„Gott sei Dank! Ich bin gerettet."

„Ohne mit zerschellt zu werden! Welch ein Wunder!"

„Ja, es war ein Wunder, welches nur die Kühnheit vollbringen konnte."

„Die Kühnheit? So ist es nicht ein Zufall, daß ich dich so unversehrt vor mir sehe?"

„Nein. Der Zug war noch im Gehen, und die Maschine gab das Notsignal, da ergriff mich einer der Passagiere, riß mich aus dem Wagen und sprang mit mir vom Trittbrett herab."

„Welch eine Verwegenheit! Und welch eine Geistesgegenwart! Ist dieser Held ebenso unverletzt wie du?"

„Ja, und ich danke Gott und allen Heiligen dafür."

„Ich ebenso. Vor allen Dingen aber gehört auch dem mutigen Mann unser Dank. Wo ist er?"

Über Madelons Gesicht breitete sich ein fröhliches, erwartungsvolles Lächeln, als sie, vorwärts deutend, antwortete:

„Der hohe, kräftige Herr, welcher dort bei den Verwundeten beschäftigt ist."

Nanon blickte nach der bezeichneten Stelle und fragte:

„Der? Wirklich der?"

„Ja, freilich."

Da schlug sie in höchster Überraschung und Freude die Händchen zusammen und rief:

„Das ist ja Monsieur Schneeberg, mein Freund und Bekannter."

„Allerdings, liebe Nanon."

„Und der hat dich gerettet, der? Das ist ja gar nicht möglich."

„Warum sollte es nicht möglich sein?"

„War er denn im Zug? War er mit in deinem Coupé?"

„Ja. Er stieg in Trier zu uns ein."

„Das begreife ich nicht. Ich hatte ihn doch nach dem Bahnhof in Thionville bestellt. Ich muß hin zu ihm, sofort, um ihm zu danken."

„Ja, tue das; aber laß dir vorher diese Dame vorstellen. Meine Schwester Nanon – Miß de Lissa aus London, welche auf ganz dieselbe Weise gerettet worden ist wie ich."

Fragen und Antworten waren einander so schnell gefolgt, daß vom ersten bis zum letzten Wort nur Sekunden vergangen waren. Erst jetzt nahm Nanon Notiz von Emma von Königsau. Sie verbeugte sich vor ihr und fragte:

„Auch Sie sind durch Schneeberg gerettet worden, Miß?"

„Wenn auch nicht direkt, aber doch mittelbar", antwortete die Gefragte. „Wäre er nicht in unser Coupé gestiegen, so lägen auch wir beide zerschmettert unter den Wagen."

„Der brave, gute Mensch! Ich muß wirklich sogleich hin zu ihm."

Sie eilte fort, und die beiden anderen folgten ihr.

Fritz war eben beschäftigt, bei dem Verband eines Verunglückten mit Hand anzulegen, als Nanon seinen Arm ergriff.

„Monsieur, Sie sind es gewesen, der Madelon gerettet hat?" fragte sie. „Das werde ich Ihnen nie, niemals vergessen."

Er nickte ihr freundlich zu und antwortete:

„Es war kein Verdienst von mir, sondern der reine Zufall, Mademoiselle. Sprechen wir später davon. Jetzt müssen wir diesen armen, beklagenswerten Leuten unsere ganze Aufmerksamkeit zuwenden."

„Ja, ja, Sie haben recht. Jetzt ist der Schreck vorüber, und ich kann helfen."

Die drei Mädchen wendeten sich an die beiden Ärzte, welche mit dem Zug gekommen waren, und baten sich deren Befehle aus.

Die beiden Franktireurs befanden sich noch bei Fritz, oder vielmehr, dieser befand sich noch bei ihnen; er war ihnen nicht von der Seite gewichen. Jetzt hatten sie den Verwundeten ergriffen, um ihn nach dem Coupé zu tragen. Fritz wollte jetzt mit angreifen, allein der eine sagte abwehrend:

„Das ist nicht nötig. Wir bringen ihn allein fort."

„Den steilen Damm hinauf?"

„Ja. Wir sind keine Schwächlinge."

„Aber nicht in das Coupé hinein. Dazu gehören drei."

Bei diesen Worten faßte er mit an. Es fiel ihm gar nicht ein, zurückzubleiben, und die beiden anderen konnten nichts dagegen tun, obgleich sie ihn innerlich verwünschten. Aber sie verständigten sich gegenseitig durch einen kurzen Blick, daß jetzt die geeignetste oder wohl gar die höchste Zeit zu ihrer Entfernung gekommen sei.

Sie glaubten ganz und gar nicht, daß Fritz alles wisse. Er aber hatte auch diesen Blick aufgefangen und fühlte sich Manns genug, ihre Flucht zu vereiteln. Als sie langsam mit dem Verwundeten die Böschung emporstiegen, trat der Oberschaffner, der erst jetzt Zeit dazu fand, zu dem Offizier:

„Kapitän", sagte er, „die beiden Männer dort sind es, welche ich meine."

Dabei deutete er nach den dreien.

„Ah! Der hohe, starke Mensch nicht, der mit bei ihnen ist?"

„Nein. Ihm vielmehr haben wir ihre Entdeckung zu verdanken. Er hält sich zu ihnen, um sie zu beobachten."

„Schön! Sie werden den Blessierten ins Coupé schaffen. Dabei können sie aber Gelegenheit zum Entkommen suchen. Ich werde das verhindern."

Er winkte zweien seiner Untergebenen und gab ihnen einen leisen Befehl. Sofort machten sie ihre Gewehre schußfertig.

„Aber nur dann, wenn sie auf meinen Zuruf nicht achten", fügte er hinzu. „Sucht dann, sie nur zu blessieren, nicht aber zu töten. Wir müssen sie lebendig haben."

Die drei waren beim Coupé angekommen. Einer der beiden Männer sagte zu Fritz:

„Es kann nur einer voran. Sie sind der stärkste von uns, wie es scheint. Steigen Sie ein, indem Sie den Verwundeten bei den Schultern nehmen".

„Hm!" dachte Fritz. „Wartet, Ihr Burschen. Mich betrügt Ihr schon lange nicht. Ich will Euch zum Spaß den Willen tun; das wird eine Falle, in die Ihr selbst springt."

Es faßte den Blessierten an und stieg langsam und vorsichtig, um ihm keine Schmerzen zu verursachen, rückwärts hinauf in das Coupé. Die beiden anderen hoben und schoben nach. Aber als der Verunglückte nun noch nicht ganz auf der Bank lag, flüsterte der eine:

„Jetzt oder nie. Vorwärts!"

Er wendete sich um und schritt langsam und sich ganz unbefangen stellend, die Waggons entlang, um dann um den letzten derselben herumzubiegen und auf die andere, unbewachte Seite zu kommen. Der Offizier aber bemerkte es.

„Halt, Ihr beiden da oben!" rief er. „Bleibt stehen."

Sie taten, als ob sie den Ruf gar nicht gehört hätten, und schritten weiter.

„Halt! Steht, oder es gibt Feuer!"

Da blickte der eine rückwärts und raunte dem anderen zu:

„Donnerwetter! Sie haben uns im Verdacht. Da sind wir verloren, wenn wir gehorchen. Der Kerle mögen nur zielen. Zwei oder drei schnelle Sprünge, so sind wir um die Wagen herum und den Damm drüben hinab. Vorwärts!"

Im nächsten Augenblick flogen sie am letzten Wagen vorüber.

„Feuer!" kommandierte der Kapitän.

Fritz hatte, im Coupé noch mit dem Verwundeten beschäftigt, das Verschwinden der beiden sofort bemerkt. Rasch warf er ihnen zur offenen Tür hinaus einen Blick nach.

„Richtig! brummte er vergnügt. „Sie wollen auf die andere Seite. Wartet! Dort werde ich Euch ‚Guten Tag' sagen."

Er öffnete die jenseitige Tür, sprang hinaus, zog den Revolver und eilte bis zur Ecke des letzten Wagens. In demselben Augenblick hörte er das letzte Kommando des Kapitäns. Die Schüsse krachten, aber die Kugeln schlugen durch die beiden Wagenwände, ohne zu treffen, und dann kamen die Flüchtigen um die Ecke gesprungen.

„Willkommen!" rief Fritz ihnen entgegen. „Habt Ihr es so eilig? Halt! Stehenbleiben."

Die beiden erkannten die Gefahr, in welcher sie schwebten. Der vordere holte aus, um Fritz den Revolver aus der Hand zu schlagen, empfing aber noch eher einen solchen Fausthieb, daß er zu Boden stürzte und für einige Augenblicke seine Beweglichkeit verlor. Der andere riß sein Messer heraus und stürzte sich auf Fritz; aber der tapfere Ulanenwachtmeister empfing ihn mit einem Fußtritt in den Unterleib, so daß auch er niederstürzte und das Messer fallenließ. Im Nu hatte Fritz seinen Revolver in die Tasche gesteckt und kniete auf den beiden, ihnen mit seinen kraftvollen Fäusten die Kehlen zusammenpressend.

In diesem Augenblick kamen mehrere Soldaten und auch der Kapitän um die Wagenecke gerannt.

„Ah!" rief dieser letztere ganz außer Atem. „Da sind sie ja."

„Ja, da liegen sie", lachte Fritz. „Die Arbeit ist bereits getan. Am besten ist's, Sie lassen sie binden."

Dieser bestimmte Ton mißfiel dem Offizier.

„Ich denke, daß ich es bin, der zu bestimmen hat, was hier geschehen soll."

„Ich habe nichts dagegen", antwortete Fritz, indem er die Hände von den Gefangenen nahm, seinen Hut, der ihm entfallen war, wieder aufsetzte und sich erhob. „Aber bitte, keine Unvorsichtigkeit wieder, Herr Kapitän."

„Was meinen Sie mit Ihrer Unvorsichtigkeit?" fragte dieser in zornigem Ton.

„Die beiden Kugeln, welche diese Männer treffen sollten, sind durch den Wagen gegangen. Wie nun, wenn ich getroffen worden wäre?"

„Pah! Sie selbst wären schuld gewesen. Wußten wir, daß Sie hinter dem Waggon steckten? Wer hat Ihnen überhaupt geheißen, nach dieser Seite zu gehen?"

„Ich, Herr Kapitän! Hätte ich das nicht getan, so wären die beiden Schurken entkommen. Ehe Ihre Leute erschienen wären, hätten diese Kerle da unten im Gebüsch Deckung gefunden."

„Das fragt sich sehr, Monsieur."

„Und überdies liegen in dem Waggon, durch den die Kugeln gegangen sind, Verwundete, welche sehr leicht getroffen werden konnten. Das hätte man sich überlegen sollen."

„Ah, wer sind Sie, daß Sie es unternehmen, einen solchen Ton anzuschlagen?"

„Das tut hier nichts zur Sache. Die Hauptsache ist vielmehr, daß Sie sich dieser zwei Männer versichern, sonst gehen sie abermals durch."

Er nickte dem Offizier grüßend zu und kletterte wieder den Damm hinab. Der letztere aber gab sich Mühe, seinen Ärger zu verbeißen und ließ die Gefangenen binden und in ein leeres Coupé bringen, vor welches er eine Wache stellte.

Die beiden Franktireurs meinten, daß sie sich nur durch die größte Dreistigkeit zu retten vermöchten.

„Herr Kapitän", fragte der eine. "Was haben wir getan, daß sie auf uns schießen und uns dann ergreifen und fesseln lassen? Wir sind uns keines Unrechts bewußt."

Aber in diesem Augenblick brachte Fritz den Oberschaffner und den Amerikaner herbei.

„Fragt diese Herren", antwortete der Offizier.

Als sie den Amerikaner sahen, war es ihnen, als ob sie einen Geist erblickten.

„Ihr habt diesen Herrn bestohlen", sagte der Oberschaffner, indem er auf Deephill deutete.

„Wir wissen nichts davon."

„Oho!" meinte Fritz. „Gerade der, welcher das behauptet, hat die Brieftasche dort auf der Brust stecken."

Er stieg in das Coupé und zog sie ihm heraus.

„Hier ist sie, Monsieur Deephill. Sehen Sie nach, ob etwas fehlt. Diese beiden Spitzbuben sprachen von hohen Banknoten."

Deephill öffnete das Portefeuille, zählte nach und antwortete lächelnd:

„Es fehlt nichts. Übrigens hätten die Räuber sich wohl sehr geirrt. Das hier sind keine Banknoten, sondern Anweisungen an meinen Kassierer, die ich erst noch zu unterschreiben hätte, ehe sie honoriert würden. Jetzt sind sie keinen Sou wert."

„Das vermindert aber nicht die Schuld dieser Menschen", bemerkte der Oberschaffner. „Sie haben Steine auf die Schienen gelegt, um den Zug entgleisen zu lassen und dann diese Tasche zu stehlen. Sie sind schuld an dem Tode und der Verwundung so vieler Menschen. Sie sind ohne Gnade dem Tode verfallen!"

„Man beweise uns das!" rief der eine. „Wir können unser Alibi bringen. Wir haben beim Bahnwärter gestanden, als das Unglück geschah."

„Das wissen wir bereits. Aber Euer Kamerad legte die Steine, während Ihr um das Alibi besorgt wart. Ihr werdet uns nicht entgehen. Wo ist dieser Kamerad?"

„Wir haben keinen."

„Schön! Man wird Euch schon zum Geständnis bringen! Mein Kapitän, bitte, sorgen Sie dafür, daß diese Menschen nicht abermals einen Fluchtversuch unternehmen können."

„Das sollen sie wohl bleibenlassen!"

Sie begaben sich alle wieder hinab zu den Wagentrümmern, wo es noch so vieles zu tun gab; vorher aber postierte der Offizier einen Soldaten an das offene Coupéfenster. Dieser Posten mußte sich auf das Trittbrett stellen, um die Verbrecher unausgesetzt im Auge zu haben, und erhielt den strengen Befehl, sofort auf sie Feuer zu geben, wenn sie die geringste verdächtige Bewegung machen sollten. Hören aber konnte er doch nicht, was sie leise, ganz leise einander zuraunten:

„Du, wir sind verloren!"

„Der Teufel hole den Hund, der uns angehalten hat! Wer mag er sein?"

„Ich kenne ihn nicht!"

„Ich auch nicht! Es wäre gelungen! Nun aber ist's aus!"

„Man scheint alles zu wissen!"

„Auch von Lefleur, der im Buchsbaum jetzt auf uns wartet. Wie mag man das erfahren haben?"

„Es gibt nur eine Möglichkeit: Wir sind belauscht worden!"

„Aber von wem?"

„Das werden wir vor dem Gericht erfahren."

„Hölle und Teufel! Sind wir einmal dort, so gibt es keine Rettung mehr!"

„Hier auch nicht!"

„Oho!"

„Ah! Hast du einen Gedanken?"

„Ja; aber leiser, viel leiser. Wir dürfen die Lippen gar nicht bewegen, sonst merkt dieser vermaledeite Posten, daß wir uns unterhalten!"

„Na, die da unten machen genug Lärm, so daß unser Flüstern

unhörbar wird. Also, welchen Gedanken hast du? Strenge dich an! Wir gehen einem schauderhaften Tod entgegen."

„Hm! Bisher scheint uns niemand erkannt zu haben. Wenn wir entkämen, wüchse mit der Zeit Gras über die Geschichte. Wir müßten auf einige Jahre verschwinden."

„Natürlich! Aber wie hier hinaus und fort?"

„Wir werden nur auf der einen Seite bewacht, da auf der andern aber nicht . . ."

„Was nützt uns das?"

„Wenn wir öffnen könnten!"

„Der Kerl wendet doch kein Auge von uns!"

„Man müßte ihm Veranlassung dazu geben!"

„Das wäre zwar eine Möglichkeit; aber wir sind gefesselt. Wie wollen wir das Coupéfenster niederlassen, um die Tür aufzubekommen!"

„Das ist wahr. Und selbst wenn wir hinauskönnten, zu entkommen wäre doch nicht möglich, da wir mit diesen gefesselten Händen nicht rasch genug laufen könnten."

„Hölle! Hätten wir ein Messer!"

„Das ist's ja! Das meinige ist mir entfallen. Laß uns nachdenken! Jetzt ist die einzige, die letzte Zeit zur Rettung!"

„Du! Ah, da fällt mir etwas ein!"

„Wirklich? Was?"

„Denkst du, daß uns der Alte im Stich lassen wird?"

„Der Kapitän? Meinst du ihn?"

„Ja, natürlich!"

„Hm! Eigentlich sollte man denken, daß ihm an unserer Befreiung ebensoviel liegen sollte als uns selbst."

„Freilich! Aber dieser Kerl ist unberechenbar."

„Er muß sich doch sagen, daß wir ihn verraten werden, wenn er uns aufgibt!"

„Es fragt sich, ob er sich etwas daraus macht. Er hat zu viele Mittel in den Händen, sich rauszureden!"

„Still!" gebot jetzt der Posten, der nun doch bemerkt haben mußte, daß die beiden miteinander sprachen.

„Wir reden ja nicht!" erhielt er grob zur Antwort.

„Ich habe es gesehen und gehört. Sprecht Ihr noch einmal, so erhaltet Ihr einen Knebel in den Mund!"

Sie warfen ihm wuterfüllte Blicke zu, mußten aber seinem Befehl Gehorsam leisten.

Die Frau Baronin de Sainte-Marie hatte sich gestern sehr geärgert. Sie hatte sich darauf gefreut gehabt, daß ihre Stieftochter sich dem Willen des alten Kapitäns werde fügen müssen. Hierin war sie getäuscht worden, und nun hatte sie Migräne. Sie hatte deshalb eine Boten nach Thionville zu Doktor Bertrand gesandt um diesen zu sich zu rufen.

Bertrand, als Hausarzt auf Schloß Ortry, hatte diesem Ruf Folge geleistet. Er befand sich noch da, als ein Mann auf schäumendem Pferd in den Hof sprengte und nach dem Doktor fragte; zu ihm geführt, berichtete er:

„Herr Doktor, Sie sollen sofort kommen. Es werden alle Ärzte gebraucht. Es ist ein Zug entgleist."

Man hatte sich gerade beim zweiten Frühstück befunden; darum waren alle zugegen außer der Baronin, welche sich ja angegriffen fühlte. Jedermann erschrak. Auch der alte Kapitän erhob den Kopf und blickte den Boten mit gespannter Erwartung an.

„Ein Zug entgleist?" fragte der Arzt. „Wo?"

„Kurz vor der Stadt, hinter Königsmachern. Es hat jemand Steine auf die Schienen gelegt."

„Herrgott! Welch ein Verbrechen! Ist das Unglück groß?"

„Es sollen nur wenige Menschen davongekommen sein."

„So muß ich fort, augenblicklich! Herr Kapitän, Sie werden entschuldigen, daß ich mich so sans façon entferne."

In den Augen des Alten glühte ein eigentümliches Flackern. Man wußte bereits, daß das Unglück ein beabsichtigtes sei. Hatten diese Kerle ihre Sache nicht klug gemacht? Dann stand sehr, sehr viel auf dem Spiel. Er mußte sich selbst überzeugen, ob der Anschlag geglückt sei oder nicht.

„Gehen Sie immerhin!" antwortete er. „Sie bedürfen keiner Entschuldigung. Ihr Pferd steht noch im Stall?"

„Ja", antwortete der Gefragte, sich nach der Tür wendend.

„So können Sie noch einen Augenblick verziehen. Ich reite mit. Bei einem solchen Fall können nicht Helfer genug sein. Wir reiten gleich querfeldein, nicht nach der Stadt, sondern auf die Unglücksstätte zu!"

Er öffnete das Fenster und rief den Befehl hinab, sein Pferd schleunigst zu satteln.

Marion de Sainte-Marie war tödlich erschrocken.

„Mein Gott!" sagte sie jetzt. „Das ist ja der Zug, mit welchem Madelon kommt!"

„Madelon? Wer ist das?" fragte der Alte scharf.

„Nanons Schwester."

„Ah! Die Germanisierte? Die deutsche Gouvernante? Um sie ist es nicht schade, wenn sie verunglückt ist!"

Da stand Marion vom Stuhl auf und antwortete:

„So sollte nur ein Teufel sprechen!"

„Schweig, Mädchen", drohte er.

Sie aber schob ihren Stuhl kräftig beiseite und entgegnete: „Hier kann ich nicht schweigen! Madelon ist in Gefahr. Auch ich eile nach der Bahn. Man wird mir satteln."

„Du bleibst!" gebot er.

„Ich reite!" beharrte sie in festem Ton. „Du weißt, was ich dir gestern gesagt habe! Herr Doktor, begleiten Sie mich?"

Müller verbeugte sich und antwortete:

„Ich stehe zur Verfügung, gnädiges Fräulein!"

Das wendete der Alte sich ihm drohend zu:

„Wenn ich es Ihnen nun verbiete?"

„Wollen Sie die gnädige Komtesse ohne Begleitung nach einem solchen Ort gehen lassen, Herr Kapitän?"

Der Alte griff an den Schnurrbart, zupfte heftig an den Spitzen desselben und antwortete dann:

„Gut! Es mag sein! Läßt sie sich nicht halten, so ist es allerdings besser, Sie reiten mit. Aber in Zukunft werde ich mir besseren Gehorsam zu verschaffen wissen. Kommen Sie, Doktor!"

Zwei Minunten später ritten sie im Galopp davon. Sie schlugen einen Feldweg ein, der sie viel schneller zur Bahn brachte, als die Straße, welcher sie durch die ganze Stadt hätten folgen müssen. Sie erreichten den Damm an der Unglücksstätte, sprangen von den Pferden, ließen diese unten stehen und stiegen hinauf und drüben wieder hinab, wo sie empfangen wurden, der alte Kapitän von dem Offizier, der ihn natürlich kannte, und der Doktor von seinen beiden Kollegen, welche sich freuten, an ihm eine so bewährte und höchst notwendige Hilfe zu finden.

Bertrand hatte sein Besteck stets bei sich, so auch jetzt. Er griff sofort mit zu.

Vor einem Mann, dem das Bein schauderhaft zerquetscht war, kniete die Gestalt eines schönen Mädchens. Er trat hinzu und ließ sich neben ihr nieder.

„Der Ärmste" sagte sie. „Er ist vor Schmerz besinnungslos."

„Wohl ihm!" antwortete Bertrand. „Lassen wir ihn! Hier können wir ihm nicht helfen. Das Bein muß amputiert werden."

Er erhob sich wieder, und sie tat dasselbe. Jetzt erst konnte er ihr voll in das Gesicht blicken.

„Ist es möglich!" sagte er im Ton höchster Überraschung. „Das kann keine bloße Ähnlichkeit sein. Sie sind . . ."

Er stockte, blickte sich vorsichtig um, ob seine Worte gehört werden könnten, und fuhr dann leise fort:

„Sie sind Fräulein von Königsau?"

„Ja", nickte sie lächelnd. „Und Sie sind Herr Doktor Bertrand, der im unglücklichen Jahr sechsundsechzig . . ."

„Von Ihrem Herrn Bruder gerettet wurde und dann auch die Ehre hatte, Sie zu sehen. Aber, um Gottes willen, dürfen Sie wagen, nach hier zu kommen?"

„Ich muß es wagen und habe, offen gestanden, dabei auch ein wenig auf Sie gerechnet."

„Ich stelle mich Ihnen ganz und gar zu Verfügung!"

„Ich wollte zu Ihnen nach Thionville, litt aber hier leider diesen entsetzlichen Unfall, dessen Folgen . . ."

„Wie?" unterbrach er sie erschrocken. „Sie waren mit in dem verunglückten Zug?"

„Allerdings, Herr Doktor. Aber ziehen wir meine persönlichen Angelegenheiten nicht diesen Unglücklichen vor, welche unserer Hilfe so sehr bedürfen! Darf ich um eine kurze Gastfreundschaft in Ihrem Haus bitten?"

„O gewiß, mein gnädiges Fräulein."

„So wissen Sie zunächst, daß ich eine Engländerin aus London bin und Harriet de Lissa heiße."

„Weiß Ihr Herr Bruder, daß Sie kommen?"

„Kein Wort."

„Und sein Diener, mein Kräutersammler, den ich dort sehe?"

„Mit ihm habe ich mich bereits verständigt. Nun aber zunächst zu unseren Hilfsbedürftigen."

Nach diesen kurzen Unterhaltungsworten, welche allerdings höchst notwendig gewesen waren, nahmen sie ihre erstere Beschäftigung wieder auf.

Der Offizier hatte dem Alten die Hand entgegengestreckt und nach dem gewöhnlichen Gruß die Frage ausgesprochen:

„Auch Sie haben bereits von dem Unfall gehört?"

„Ja. Leider ist es nicht nur ein Unfall zu nennen. Die Bezeichnung, welche hier die richtige wäre, kann gar nicht gefunden werden."

Dabei blickte er sich um und tat, als ob er sich eines Schauderns gar nicht erwehren könne.

„Leider!" antwortete der Offizier. „Diese Leiden und diese Verstümmelungen! Es ist schauderhaft!"

„Wer hat das Unglück verschuldet? Das Zugpersonal?"

„Nicht im geringsten! Man hat Steine auf die Schienen gelegt, eine ganze Anzahl großer Steine."

„Entsetzlich! Gewiß nur Buben, welche ihre teuflische Freude an solchen Zerstörungen haben. Und da mußte es einen Personenzug treffen!"

„Das war ja beabsichtigt!"

„Beabsichtigt?" fragte der Alte im Ton des Erstaunens.

„Ja. Der Zug sollte verunglücken, damit man einen geplanten Raub ausführen könne."

„Ist so etwas möglich?"

„Ja, es gibt solche Teufel! Aber wir haben die Kerle glücklicherweise gefangen."

Die Augenwinkel des Kapitäns zogen sich für einen kurzen Augenblick zusammen, aber eben nur für einen ganz kurzen Augenblick; dann sagte er:

„Das wäre recht! Aber sind es die Richtigen?"

„Ja. Wir haben ihnen den Raub wieder abgenommen."

„Kennen Sie sie?"

„Sie sind keinem Menschen bekannt."

„Ah! Darf man sie einmal sehen? Vielleicht könnte es mir gelingen, Ihnen Auskunft zu geben."

„Sollte mich freuen, ganz außerordentlich freuen."

„Wo befinden sie sich?"

„Im hintersten Coupé des vorletzten Wagens. Ich stehe sofort zur Disposition, Herr Kapitän! Habe nur da drüben vorher eine Kleinigkeit zu ordnen."

Er entfernte sich für eine kurze Zeit. Der Alte warf einen scharf forschenden Blick nach dem bezeichneten Coupé. Er sah die Wache auf dem Trittbrett, und da er, tieferstehend, unter dem Wagen hindurchblicken konnte, bemerkte er, daß drüben auf der anderen Seite sich kein Posten befand. Sofort war sein Plan gemacht. Und ebenso resolut ging er an die Ausführung desselben.

Er griff in die Tasche seines Überrockes. Dort steckte ein kleines Einschlagemesser. Er öffnete es und hielt es so in der rechten Hand, daß es von dem Ärmelaufschlag vollständig verdeckt wurde. Ein Blick nach dem Offizier zeigte ihm, daß dieser in einiger Entfernung mit einem Sergeanten sprach.

Er stieg langsam die Böschung hinan, als ob ihm die Rückkehr des Kommandanten zu lange dauerte. Aber anstatt dann zu dem Posten zu treten, ging er um den letzten Wagen herum, indem er denselben betrachtete, als ob er sich von der Festigkeit der Transportmittel überzeugen wolle.

Drüben war kein Mensch. Ein rascher Umblick überzeugte ihn, daß er unbeobachtet sei. Er trat an die verschlossene Tür des Coupés, in welchem sich die Gefangenen befanden und öffnete es schnell, aber leise und nur so, daß ein Stoß von innen nötig war, um die Tür aus ihrer Lage zu bringen.

Dann schritt er weiter und kehrte auf die andere Seite zurück, immer mit der Miene eines Mannes, welcher die Festigkeit der Wagen prüfen will.

Kein Mensch hatte sein Tun beachtet, und das Öffnen des Schlosses war so leise geschehen, daß auch der Posten nicht imstande gewesen war, es zu bemerken. Aber die beiden im Coupé Sitzenden hatten das Geräusch doch hören können.

„Du, was war das?" flüsterte der eine.

Und da er sich dabei die größte Mühe gab, die halb geöffneten Lippen nicht zu bewegen, so merkte auch das der Soldat nicht.

„Die Tür ist auf", antwortete der andere.

„Donnerwetter! Wirklich?"

„Ja. Ich sehe die ganz schmale Spalte, die sich gebildet hat."

„Wer mag das gewesen sein?"

„Wer weiß es."

„Jedenfalls zu unserer Rettung."

„Möglich! Passen wir auf! Ich denke, es geschieht bald etwas!"

In diesem Augenblick näherte der Alte sich dem Coupé nun von diesseits. Der Posten bemerkte ihn und machte das Honneur.

„Kennen Sie mich?" fragte Richemonte.

„Zu Befehl, Herr Kapitän."

„Lassen Sie einmal die Gefangenen sehen, ob ich sie kenne!"

Der Posten sprang vom Trittbrett herunter, und der Alte trat hinauf. Als ob er sich mit derselben festhalten müsse, langte er mit seiner rechten Hand zum geöffneten Fenster hinein und rückte dann so nahe heran, daß sein Oberkörper die ganze Öffnung erfüllte.

„Also diese Halunken sind es, welche solches Unheil angerichtet haben", sagte er laut. „Die sollten mit glühenden Zangen gezwickt werden."

Während dieser Worte hatte er mit einem Ruck seiner Hand, welche von außen gar nicht bemerkt werden konnte, das Messer auf den Schoß des einen der Gefangenen geworfen. Dann sprang er wieder ab. Im nächsten Augenblick nahm der Posten wieder den Platz ein, hielt es aber für eine Pflicht militärischer Aufmerksamkeit, seine Augen auch mit auf den einstigen Offizier der Kaisergarde gerichtet zu halten.

Dies gab den beiden Verbrechern Spielraum zu einem abermaligen Gedankenaustausch.

„Der Alte“, flüsterte der eine.

„Das konnten wir uns denken.“

„Wir sind gerettet.“

„Hast du das Messer?“

„Ja. Wie gut, daß sie uns die Hände nur vorn, aber nicht auf dem Rücken gefesselt haben.“

„So kannst du erst meinen Strick durchschneiden und ich dann den deinigen.“

„Dann aber hinaus! Wenn nur der verteufelte Soldat auf zwei Augenblicke verschwinden wollte.“

„Keine Sorge! Der Alte ist klug. Er wird es machen, daß dies geschieht. Da kennen wir ihn.“

Jetzt kam auch der Offizier die Böschung des Dammes heraufgestiegen.

„Nun, Herr Kapitän“, fragte er. „Haben Sie sich diese Kerle betrachtet?“

„Nur einen kurzen Augenblick lang.“

„Kennen Sie sie?“

„Ich glaube nicht.“

„Aber vielleicht sind Sie von ihnen gekannt. Will sie einmal fragen. Vielleicht fangen sie sich.“

Er schob den Posten auf die Seite und nahm auf dem Trittbrett Platz.

„Hört, Kerle,“ meinte er, „kennt Ihr den Herrn, der jetzt hereingesehen hat?“

Keiner antwortete.

„Wenn Ihr nicht reden lernt, werde ich Euch die Zunge lösen. Hier gibt es Haselsträucher! Ich frage Euch, ob Ihr den erwähnten Herrn kennt?“

„Nein“, wurde jetzt geantwortet.

„So seid Ihr nicht aus der hiesigen Gegend. Woher denn?“

Ehe er eine Antwort vernehmen konnte, ertönte ein lautes Rollen, und der Alte rief warnend:

„Herr Kapitän, der Zug.“

Der Offizier blickte sich um. Die vorhin wieder abgegangene Lokomotive kehrte mit mehreren Wagen zurück.

„Pah! Ich stehe fest!“ antwortete der Kommandant.

Er hatte die Verbrecher zum Sprechen gebracht, und so wollte er diese gute Gelegenheit nicht unbenützt vorübergehen lassen. Er wendete sich also in das Innere des Wagens zurück.

„Also, woher Ihr seid, frage ich.“

„Aus der Gegend von Verdun.“

„Ihr habt Komplizen?“

„Nein.“

„Lügt nicht.“

„Wie können wir Komplizen haben, wenn wir unschuldig sind!“

„Man wird Euren Mitschuldigen zu finden wissen! Wo ist er?“

„Wir haben keinen. Wir haben nichts getan!“

In diesem Augenblick schob die Maschine die neu angekommenen Wagen an die bereits dastehenden an. Dies geschah allerdings in der gewöhnlichen vorsichtigen Weise, gab aber doch einen Stoß, dem der Offizier, der das nicht gewöhnt war, nicht widerstehen konnte. Er sprang ab und lief, da die Wagen sich eine kurze Strecke weit bewegten, neben dem Coupé her.

„Jetzt!“ sagte drin der eine zum anderen.

„Her, deine Hände mit dem Strick.“

„Hier! So! Und nun die deinigen.“

Abermals ein Schnitt, und die beiden konnten ihre Arme und Hände gebrauchen.

„Ist jemand hüben auf dieser Seite?“

Der, welcher an der jenseitigen Tür saß, öffnete ein wenig und blickte hinaus. Er sah niemanden.

„Kein Mensch“, antwortete er. „Komm! Schnell!“

Er sprang hinaus, und der andere folgte ihm. Dieser letztere schlug, da die Wagen jetzt wieder ins Stehen kamen, wobei die Räder und Bremsen kreischten, die Tür zu, ohne daß dies gehört wurde. Dann flohen beide den Bahndamm hinab und unten zwischen die Büsche hinein.

Gerade in diesem Augenblick referierte der Offizier dem Alten.

„Aus der Gegend von Verdun wollen sie sein. Glauben Sie das?“

„Möglich ist es. Aber bitte, fragen Sie doch weiter, Herr Kamerad! Die Kerle scheinen einmal im Sprechen zu sein.“

Dabei zuckten seine Schnurrbartspitzen eigentümlich auf und nieder. Der andere antwortete:

„Sie haben recht. Man muß das Eisen schmieden, so lange es heiß ist. Ich werde dem Untersuchungsrichter vorarbeiten."

Er stieg wieder auf das Trittbrett. Zwischen jetzt und vorhin waren kaum einige Sekunden vergangen.

„Hört, Ihr Halunken, Ihr sollt mir – Heiliges . . .!"

Er hielt inne, und man konnte sogar von außen bemerken, daß er sehr bestürzt war.

„Nun?" fragte der Alte. „Was gibt es?"

„Fort", antwortete der Gefragte, noch immer unbeweglich in das Innere des Coupés starrend.

„Fort? Wer denn?"

„Die beiden Kerle!"

„Unmöglich!"

Erst jetzt drehte der Offizier sich um. Sein Gesicht war kreideweiß geworden. Er blickte den Alten mit weit geöffneten Augen an und fragte:

„Können Sie das begreifen?"

„Daß sie fort sind? Nein. Das kann ich gar nicht glauben!"

„Aber sie sind doch fort!"

„Zeigen Sie."

Der Alte schob ihn fort, stellte sich hinauf und blickte in das Coupé.

„Unmöglich!" rief er. „Ich glaube, die Kerle haben sich unter die Sitze verkrochen."

„Unter die Sitze?" fragte der andere, dem bei diesen hoffnungsreichen Worten das Blut in die Wangen zurückkehrte.

„Jedenfalls", antwortete Richemonte.

Er gab sich Mühe, die Szene zu verlängern, damit die beiden Flüchtlinge Zeit zu einem genügenden Vorsprung finden möchten.

„Weshalb aber?"

„Das ist doch leicht einzusehen: damit wir glauben sollen, daß sie fort sind. Während wir nun auf der einen Seite suchen, würden sie auf der anderen ausreißen."

„Ah! So dumm sind wir nicht! Holen wir sie unter den Sitzen hervor!"

„Ja, machen wir auf."

Sie öffneten die Tür, und der Kommandant blickte unter die Bänke. Als er den Kopf wieder hervorzog, war sein Gesicht abermals blaß geworden.

„Vergebens! Sie sind fort", sagte er.

„Donnerwetter! Sie können sich doch nicht unsichtbar machen!"
„Das scheinen sie allerdings gekonnt zu haben."
„Ist denn das Fenster drüben offen? Doch nicht?"
„Nein; es ist zu."
„Oder wohl gar die Tür?"
Er stieg in das Coupé und untersuchte die Tür.
„Sie ist noch gerade so verschlossen wie vorher", sagte er.
„Daraus werde der Teufel klug. Oder können Sie sie da drüben vielleicht laufen sehen?"
Der andere ließ das Fenster herab, blickte hinaus und antwortete:
„Nein. Es ist kein Mensch zu sehen."
„So stehen wir vor einem blauen Wunder. Wer kann es erklären?"
„Ich nicht, Herr Kapitän", antwortete der andere, indem er aus dem leeren Coupé sprang.
„Na, ich auch nicht. Geht mich überhaupt gar nichts an!"
„Aber mich desto mehr", antwortete der andere, vor Verlegenheit schwitzend. „Man hat mir die Gefangenen zur Bewachung anvertraut."
„Sie haben sie ja auch bewachen lassen und sodann gar selbst bewacht."
„Und gerade da, als ich sie unter meinen Augen hatte, sind sie spurlos verschwunden. Das muß während der zwei Augenblicke geschehen sein, in denen ich neben dem Wagen herging, weil er in Bewegung war."
„Aber drüben sind sie nicht hinaus. Es ist ja alles noch gerade so verschlossen wie vorher."
„Hüben können sie aber noch viel weniger entkommen sein. Da standen ja wir!"
„Durch die Decke oder den Boden oder die Seitenwand?"
„Ist alles fest und unverletzt."
„Nun, ich zerbreche mir den Kopf nicht."
Er wollte sich abwenden, wurde aber daran verhindert. Mit den neuen Wagen war nämlich nebst einem zahlreichen Helferpersonal auch die Gerichtskommission gekommen, welche die Pflicht hatte, den Tatbefund aufzunehmen. Die Herren hatten sich sofort nach der Unglücksstätte verfügt; da sie dort aber hörten, daß die Täter entdeckt und in ein Coupé eingesperrt worden seien, kamen sie zurück, und zwar gerade in dem Augenblick, als der Alte sich entfernen wollte. Er hatte sie vorher

gar wohl gesehen, aber gar nicht getan, als ob er sie bemerkt habe. Jetzt zog er höflich grüßend den Hut.

„Ah, Herr Prokurator, Sie!“ sagte er.

„Ja, ich, Herr Kapitän. Eine der traurigsten Pflichten hat mich herbeigerufen. Ergebener Diener, Herr Kapitän!“ grüßte er auch den jüngeren Offizier. „Man hat die fürchterlichen Frevler bereits ergriffen?“

„Allerdings, Herr Prokurator“, antwortete der Gefragte, indem er das Tuch zog, um sich den Schweiß abzuwischen.

„Dieselben sind Ihrer Obhut anvertraut worden?“

„Ja – leider – gewiß!“ stotterte der Arme.

„Leider?“ fragte der Prokurator verwundert.

„Allerdings, leider!“

„Wieso? Warum?“

„Ich habe sie nicht mehr.“

„Ah! Sie haben sie einem anderen anvertraut?“

„Nein.“

„Ich verstehe Sie nicht. Sie haben sie nicht mehr und haben sie doch auch keinem anderen zur Bewachung übergeben?“

„So ist es. Nämlich, sie – sie – sie sind – fort“, stotterte er in höchster Verlegenheit.

„Fort? Bereits abgeführt also?“

„Nein, sondern entflohen“, fiel der Alte ein.

„Entflohen?“ fragte der Prokurator. „Meine Herren, ich hoffe, daß dies auf einem Irrtum beruht! Oder sollte ich gar etwa annehmen, daß bei dem Jammer da unten hier oben ein Scherz . . .“

„Kein Scherz! Die Verbrecher sind in Wirklichkeit entflohen.“

„Herr Kapitän!“

„Ja, es ist so!“ nickte der Alte in seiner sicheren, bestimmten Weise. „Lassen Sie sich erzählen!“

Da zog der Prokurator die Stirn in Falten und sagte in einem hörbar strengen Ton:

„Ich sehe mich da allerdings genötigt, um Auskunft zu ersuchen!“

„Nun“, fuhr der Alte fort, „ich hörte von dem Unglück und ritt herüber, weil ich einen Herrn mit diesem Zug erwartete. Die Angst und Sorge trieb mich her. Hier angekommen erfuhr ich, daß man die Täter gefangen habe. Der Herr Kapitän war so gütig, sie mir zu zeigen. Sie saßen bei verschlossenen Türen hier in diesem Coupé, an beiden Händen gefesselt und von diesem Posten bewacht. Der Herr Kapitän legte ihnen einige Fragen vor, mußte aber abspringen, weil gerade in diesem Augenblick die Wagen zusammenprallten. Als er nach einer Viertelminute wieder aufstieg, waren sie fort."

„Wohin?"

„Das wissen wir nicht."

„Sie müssen doch wissen, wie sie entkommen sind?"

„Eben das ist uns unbegreiflich. Drüben war zu; hüben standen wir, und dennoch sind sie fort."

„Die Flucht ist ihnen nur drüben möglich gewesen!"

„Aber Tür und Fenster waren verschlossen."

„Vielleicht die Tür nicht hinlänglich."

„O doch! Ich selbst habe mich davon überzeugt!" suchte sich der Kommandant zu verteidigen.

„Nun, es wird wohl ein Licht für dieses Dunkel geben. Die Verbrecher sind fort; das ist Tatsache. Herr Kapitän, haben Sie die Güte, in der Umgegend, besonders auf der anderen Seite, nach Spuren suchen zu lassen. Ich begebe mich zunächst wieder an die Stätte des Grauens hinab."

Er hatte diese Worte im strengsten Ton gesprochen. Es war ja klar, daß ein Fehler vorgefallen war. Die Herren wendeten sich ab und ließen die beiden Offiziere stehen. Der Kommandant eilte fort, um der erhaltenen Weisung zu gehorchen, und der alte Kapitän stieg zu den Trümmern nieder, um seinen weiteren Zweck zu verfolgen.

Da unten erblickte er Nanon, welche bei einem Verwundeten beschäftigt war. Er trat zu ihr und fragte:

„Nun, ist Ihre Schwester auch tot?"

„Nein. Sie lebt. Dank sei den Heiligen!"

„Pah, die Heiligen! Wissen Sie nicht, ob sich ein Herr aus Amerika in dem Zug befunden hat?"

„Ja, ein Herr Deephill."

„Den meine ich. Ist er noch da?"

„Dort neben der Engländerin steht er eben im Begriff, einen der Verwundeten zu verbinden."

„Ah, jener schwarzlockige Herr!"

Emma von Königsau hatte den Reiseüberwurf abgelegt. Da sie sich nun im bloßen Kleid bewegte, trat die Schönheit ihrer Formen um so deutlicher hervor. Der Alte erblickte sie. Er war auch ein Bewunderer weiblicher Schönheit gewesen und noch heute ein Kenner derselben.

„Eine Engländerin?" fragte er, indem er sein Auge musternd auf der Genannten haften ließ.

„Das ist die Dame!“
„War sie mit in dem Zug?“
„Sie hat mit meiner Schwester in einem Coupé gesessen.“
„Ah! Und beide sind gerettet worden! Das Unglück ist galant gewesen, indem es die Schönheit verschont hat.“
Er bewegte sich auf die Gruppe zu. Dort angekommen, zog er den Hut und sagte in höflichem Ton:
„Man sagt mir, daß ein Monsieur Deephill hier zu finden sei. Darf ich vielleicht fragen, ob man mir recht berichtet hat?“
Der Amerikaner erhob sich, entblößte ebenso höflich seinen Kopf und antwortete:
„Allerdings, Monsieur. Der Name, den Sie nannten, ist der meinige.“
„Sie sind aus New Orleans?“
„Ja.“
„Und an einen Kapitän Richemonte adressiert?“
„So ist es.“
„Nun, so sind Sie am Ziel angelangt. Mein Name ist Richemonte. Ich wußte den Zug, der sie bringen sollte, ich hörte vor wenigen Minuten, daß er verunglückt sei, und eilte natürlich sofort herbei, um zu erfahren, ob man auch Ihren Tod zu beklagen habe. Zu meiner unendlichen Freude aber höre ich, daß Sie gerettet sind. Lassen Sie sich aus vollstem Herzen gratulieren!“
Er reichte dem Amerikaner die Hand entgegen, derselbe ergriff sie, verbeugte sich und sagte:
„Herr Kapitän, Ihre Besorgnis um mich ist mir eine sehr hochgeschätzte Ehre. Darf ich bitten, Ihnen heute oder morgen einen Besuch machen zu dürfen?“
„Einen Besuch? Ah, nicht nur das, sondern mein Gast werden Sie sein. Ich hoffe, daß Sie meine Einladung auf Schloß Ortry annehmen werden.“
„Wie Sie befehlen! Ich stehe ganz zu Ihrer Disposition.“
„Ich kam, Sie abzuholen und Sie zu geleiten. Wann dürfen wir aufbrechen?“
„Für jetzt werde ich wohl noch um Urlaub bitten müssen!“
Dabei fiel sein Auge unwillkürlich auf Emma. Diese hatte bei dem Namen Richemonte aufgehorcht und einen raschen Blick in das Gesicht des Alten geworfen, sich dann aber wieder ausschließlich mit dem Verwundeten beschäftigt. Der Alte merkte den Blick, welcher auf sie gefallen war. Er deutete ihn nach seiner Weise und sagte:
„Ah, die Schönheit hat doch stets ihre Fesseln!“

Emma errötete, tat aber nicht, als ob sie diese etwas dreisten Worte auf sich bezöge. Der Amerikaner zog die Augenbrauen zusammen und antwortete in einem Ton, welcher beinahe verweisend klang:

„Wollen Sie hier von Schönheit sprechen, hier, unter Toten, Verwundeten und Trümmern? Das Unglück hat stärkere Fesseln als das Glück. Es hält mich hier zurück. Ich kann unmöglich diesen Ort eher verlassen, als bis ich überzeugt bin, gegen diese Unglücklichen meine Pflicht getan zu haben."

Der Alte zuckte die Achsel und meinte kühl:

„Es sind genug andere Retter da!"

„Das ist kein Grund, mich zurückzuziehen. Je mehr Hände tätig sind, desto eher werden die Schmerzen gestillt!"

„Sie mögen recht haben, aber ich muß vermuten, daß diese Dame zu Ihnen gehört. Wollen Sie die Güte haben, mich ihr vorzustellen?"

„Wir sahen uns erst im Coupé, Herr Kapitän. Diese Dame ist Miß de Lissa aus London."

„Ah, eine Engländerin!"

Er zog den Hut und verbeugte sich tief.

Emma hatte sich natürlich erhoben und zu ihm gewendet. Jetzt stand sie Auge in Auge mit dem langjährigen Todfeind ihrer Familie, aber ihrem Gesicht war keine Spur der Gefühle anzumerken, die sie gegen ihn hegte. Sie sah ihm voll, groß und forschend in das Angesicht, als ob sie sich dessen Züge fürs ganze Leben einprägen wolle, verneigte sich unter einem feinen, verbindlichen Lächeln und sagte:

„Es bereitet mir eine wirkliche Genugtuung, den Herrn kennenzulernen, von dem ich so oft sprechen hörte!"

Es war ihr nämlich in diesem Augenblick ein Gedanke gekommen, ein Gedanke gleich einer Eingebung, der sie sofort und unbedingt Folge leisten müsse.

Er aber blickte ihr überrascht in das schöne Angesicht und sagte im Ton des Zweifels:

„Von mir hörten Sie sprechen, Miß? Sollte das nicht eine Verwechslung sein? Der Name Richemonte scheint nicht selten vorzukommen."

„Ich meine Kapitän Albin Richemonte auf Schloß Ortry."

„Nun, der bin ich allerdings. Darf ich fragen, bei welcher Gelegenheit und wo mein Name Ihnen genannt wurde?"

„Darüber später einmal, falls wir uns wiedersehen sollten. Ich bin Mitglied des Clubs der Barmherzigen."

Das Auge des Alten leuchtete auf.

„Ah!" sagte er. „Reisen Sie vielleicht im Interesse dieses Clubs, Miß de Lissa?"

„Allerdings."

„Das ist mir freilich interessant, höchst interessant! Darf ich nach dem Ziel Ihrer Reise fragen?"

„Thionville."

„Sapper – Entschuldigung! Thionville! Sind Sie da vielleicht an eine bestimmte Adresse gebunden?"

„Nein; ich besitze meine völlige Selbstbestimmung, werde aber bei Herrn Doktor Bertrand absteigen."

„Steht Ihre Familie in Beziehung zu ihm?"

„Nein. Er wurde mir empfohlen."

„Sind Sie ihm avisiert? Denn er befindet sich hier; augenblicklich steht er da oben auf dem Damm bei den Wagen."

Er deutete nach der betreffenden Stelle. Sie nickte freundlich und antwortete:

„Ich weiß es, Herr Kapitän. Ich habe bereits mit ihm gesprochen."

Der Alte konnte seine Augen kaum von ihren schönen Zügen wenden. Es wurde ihm ganz eigentümlich zumute.

„Verzeihung, daß ich so viele Fragen an Sie richtete", bat er. „Es ist in Ihren Zügen, in Ihrer Gestalt, in Ihrer Sprache, in ihrem ganzen Wesen ein Etwas, was mich zu dem Gedanken zwingt, als hätten wir uns bereits gesehen, oder als müßten wir zueinander in Beziehung treten, und zwar in eine freundliche. Waren Sie bereits in Frankreich?"

„Noch nie."

„So irre ich mich. Aber vielleicht habe ich das Glück, Ihnen wieder zu begegnen. Verweilen Sie längere Zeit in Thionville?"

„Das ist unbestimmt. Jedenfalls aber reise ich erst dann ab, wenn der Zweck meiner Anwesenheit erreicht ist."

„Ah, Sie haben einen besonderen Zweck?"

„Allerdings."

„Vielleicht geschäftlich?"

„So ähnlich könnte man es nennen. Jetzt aber bitte ich um die Erlaubnis, zu meiner Pflicht zurückkehren zu dürfen."

Sie machte dem Alten eine wahrhaft königliche Verbeugung und wendete sich dann dem Verwundeten wieder zu.

Der Kapitän trat mit dem Amerikaner einige Schritte abseits und fragte:

„Sie haben die Worte dieser Dame gehört?“
„Natürlich, Kapitän!“
„Sie kommen in politischen Beziehungen zu mir?“
„Gewiß.“
„Fast scheint es, als ob diese Engländerin aus ähnlichen Gründen nach Frankreich gekommen sei.“
„Man möchte es beinahe vermuten.“
„Sie haben sich jedenfalls im Coupé mit ihr unterhalten. Gab es da keinen Anhaltspunkt, um bestimmen zu können, ob diese meine Vermutung die richtige sei?“
„Nein, gar nicht.“
„So werde ich sie in Thionville wiederfinden müssen. Aber ich dächte, daß selbst die kürzeste Unterhaltung einen Punkt bietet, welcher geeignet ist, auf anderes schließen zu lassen.“
„Wir haben von ihr gar nicht gesprochen. Ich stellte mich ihr vor, und dann kam die Rede sofort auf die Entgleisung, welche wir zu erwarten hatten.“
Der Alte horchte erstaunt auf:
„Zu erwarten hatten?“ fragte er. „Das klingt ja gerade, als ob Sie gewußt hätten, daß der Zug entgleisen werde!“
„So ist es auch.“
„Aber, bitte, das ist ja unmöglich.“
„Ich habe es aus verschiedenem geschlossen, kam aber allerdings mit meinem Schluß erst dann zustande, als wir uns dem Ort bereits so nahe befanden, daß das Unglück nicht mehr zu verhüten war.“
Des Alten bemächtigte sich eine Aufregung, welche er nur durch seine ganze Selbstbeherrschung verbergen konnte.
„Darf ich wissen“, fragte er, „welche Prämissen Sie hatten, um diesen Schluß zu ziehen?“
Der Amerikaner zögerte mit der Antwort, er blickte ein kurzes Weilchen lang hinaus ins Weite. Seine Züge hatten einen Ausdruck der Starrheit angenommen, wenn man überhaupt von einem solchen sprechen kann. Er ging mit sich über das zu Rate, was er beantworten solle. Endlich sagte er:
„Man hatte es bei dieser Entgleisung nicht auf den Zug, sondern auf mich abgesehen.“
Der Kapitän erschrak, versuchte aber, dies zu verbergen.
„Auf Sie?“ sagte er. „Unmöglich!“
„Sogar ganz gewiß.“
„Das ist nicht denkbar!“
„Oh, im Gegenteil leicht erklärlich! Man wußte, daß ich mit

diesem Zug kommen werde und daß ich sehr bedeutende Summen bei mir trage."

„Nun? Weiter!"

„Man beschloß, den Zug entgleisen zu lassen, um dann bei meiner Leiche die volle Brieftasche zu finden."

Jetzt mußte der Alte sich aufs äußerste anstrengen, um sich nicht zu verraten. Er räusperte sich, er zog an den Spitzen seines Schnurrbartes. Endlich stieß er hervor:

„Das klingt wie Wahnsinn!"

„Ist aber die nackte, wahre Wirklichkeit!"

„Beweise!"

„Man hat mich ja bereits für tot gehalten und mir, während ich im umgestürzten Coupé lag, die Brieftasche abgenommen."

„Alle Teufel!"

„Ja, so ist es!"

„Aber das beweist ja noch nichts. Man hat die Brieftasche wahrscheinlich zufällig bei Ihnen gefunden."

Der Amerikaner zögerte, mehr zu sagen. Die Physiognomie des Alten gefiel ihm ganz und gar nicht. Dieser aber meinte nun im zuversichtlichen Ton:

„Sie sehen also, daß Ihre Vermutung hinfällig ist."

„Möglich. Übrigens hätte ich mir nicht erklären können, wie man von meiner Brieftasche erfahren konnte."

„Es wissen ja nur zwei, daß Sie erwartet werden, nämlich Graf Rallion und ich."

„Und Sie beide werden sich jedenfalls gehütet haben, unser Geheimnis auszuplaudern!"

„Gewiß. Aber, Sapperment, wie steht es denn da mit Ihrem Portefeuille? Es ist fort?"

„Es war fort. Ich habe es wieder."

„Ah! Man hat es dem Dieb abgenommen?"

„Den Dieben. Es waren zwei."

„Ah! Dieselben, welche entkommen sind?"

Der Amerikaner blickte erstaunt auf. Er war in Gesellschaft von Emma von Königsau so sehr mit Hilfeleistungen beschäftigt gewesen, daß er auf die anderen Vorgänge gar nicht geachtet hatte.

„Entkommen sind die beiden da oben im Coupé?" fragte er.

„Ja. Der Offizier hat sie entkommen lassen. Jetzt steht man im Begriff, ihnen nachzujagen."

„Welch eine unbegreifliche Nachlässigkeit! Das ist ..." Er

hielt inne und blickte nachdenklich vor sich hin, dann fuhr er fort: „Doch, ich hoffe, daß man sie wieder ergreift!"

„Jedenfalls, Monsieur! Also, Sie werden mein Gast sein. Leider habe ich nicht Zeit, mich länger hier zu verweilen. In welcher Weise werden Sie diesen Ort verlassen?"

„Jedenfalls in einem der Bahnwagen da oben."

„Schön! Werden Sie mir erlauben, Ihnen meinen Kutscher zum Bahnhof zu senden?"

„Ich werde diese Aufmerksamkeit zu würdigen wissen."

„Dann adieu für jetzt!"

Sie reichten sich höflich die Hände, und dann entfernte sich der Alte, um zu seinem Pferd zurückzukehren, welches jenseits des Dammes ruhig graste.

Als sich die Nachricht verbreitete, daß die Gefangenen verschwunden seien und eine Anzahl Soldaten abgeschickt wurden, ihre Spur zu suchen, schloß Fritz sich ihnen an. Er fühlte sich in einer geradezu wütenden Stimmung über diesen Streich, mußte aber bald einsehen, daß er zur Wiederhabhaftwerdung der Entsprungenen nichts beizutragen vermöge. Er hatte keine Zeit, nach ihnen in der Gegend herumzulaufen. Er kehrte also nach der Unglücksstätte zurück.

Gerade als er zwischen den Büschen hervortreten wollte, erblickte er den alten Kapitän, welcher vom Damm herabkam, um zu seinem Pferd zu gehen. Zu gleicher Zeit sah man einen Reiter und eine Reiterin quer über die Wiese herbeigesprengt kommen. Es war Doktor Müller mit Marion.

Der Alte bemerkte diese beiden und blieb stehen, um sie zu erwarten. Sie hielten vor ihm, und Müller sprang ab, um der schönen Baronesse beim Absteigen behilflich zu sein.

„Lassen Sie das, wenn ich da bin", herrschte ihm der Alte zu.

Er half seiner Enkelin ab und gab ihr den Arm, um sie den Damm hinaufzuführen. Sie tat gar nicht, als ob es vorher zwischen ihm und ihr eine Szene gegeben hätte.

„Da oben ist's?" fragte sie ihn im Emporsteigen.

„Jenseits unten! Du hast deinen Willen durchgesetzt; aber wirst du auch stark genug sein, den Anblick zu ertragen?"

„Ich denke es!"

„So komm!"

Oben angelangt, blieb er halten, um ihr einen Überblick zu lassen. Sie schauderte zusammen. Er fühlte es.

„Nun, jetzt kommt die Ohnmacht?" höhnte er.

„Wohl nicht", antwortete sie. „Es gehört jedoch ein ganz und

gar gefühlloses und entmenschtes Herz dazu, hier nicht zu erschrecken!"
„Schön! Ich verstehe dich, ein solches Herz habe ich."
„Wie es scheint."
„Pah! Ich finde mich wohl dabei. Was aber nun?"
„Was nun? Was ist da noch zu fragen? Ich werde mithelfen Verbände anlegen."
„Du?" fragte er zornig. „Die Baronesse de Sainte-Marie?"
„Ja, ich! Eine Baronesse hat dieselben Menschenpflichten wie jedes andere Weib."
„Das klingt ganz nach Sozialdemokratie und Kommune. Aber, hm, ich will nichts dagegen haben, stelle jedoch eine Bedingung."
„Bei der Erfüllung meiner Pflicht lasse ich mir natürlich keine Bedingungen stellen."
„Teufel! Du bist seit einigen Tagen ganz außerordentlich emanzipiert. Ich werde Sorge tragen, daß dir die Flügel etwas beschnitten werden."
„So werden sie mich fortgetragen haben, ehe die Schere sie berührt!"
„Werden sehen! Da du auf keine Bedingungen eingehen willst, gebe ich dir einen Befehl. Verstanden?"
„Ja. Der Befehl imponiert mir nicht, und dir wird er nicht viel nützen."
„Oho. Ich werde ihm Nachdruck zu geben wissen."
„Das ist entweder unnötig oder erfolglos. Verlangst du etwas, was ich nicht tun kann, so werde ich es eben unterlassen; ist es aber etwas, was sich mit meinen Anschauungen vereinbaren läßt, so wäre gar kein Befehl nötig; eine Bitte, ein Wunsch würde genügen."
„Sapperment! Befehlen darf ich also nicht mehr. Nur Bitten oder Wünsche darf ich dem gnädigen Fräulein unterbreiten?"
„So ist es allerdings. Höflichkeit ist das erste Gesetz des geselligen und also noch vielmehr des familiären Lebens. Das solltest du endlich einmal wissen. Alt genug bist du dazu!"
Da schleuderte er ihren Arm aus dem seinigen, drehte sich ihr gerade entgegen und wollte losdonnern. Sie aber machte eine so hoheitsvolle und gebieterische Handbewegung, daß ihm das Wort auf den Lippen erstarb.
„Still", sagte sie. „Hier gibt es Leute, welche nicht zu ahnen brauchen, welcher Tyrann du bist. Also was verlangst du von mir?"

Er würgte seinen Zorn mit aller Gewalt hinab und antwortete: „Blicke einmal gerade von uns hinab. Siehst du den Herrn und die Dame, welche soeben einen gebrochenen Arm in die Binde legen? Der Herr ist ein Amerikaner Namens Deephill. Er wird bei uns wohnen, und ich hoffe, daß du dich ihm gegenüber eines freundlicheren Verhaltens befleißigen wirst, als gegen mich."

„Das wird auf ihn ankommen. Grobheit kann nie Liebe und Höflichkeit ernten."

„Schön! Doch laß das Philosophieren. Die Dame neben ihm ist eine Engländerin."

„Verheiratet?"

„Nein, da sie sich Miß nennen läßt."

„Von Stande?"

„Jedenfalls, denn ihr Name ist de Lissa. Sie wird bei Doktor Bertrand wohnen. Ich habe Grund zu der Vermutung, daß sie in diplomatischen Aufträgen hier ist."

„Eine Dame?"

„Hat es noch keine Diplomatinnen gegeben?"

„In Thionville und auf Ortry nicht!"

„Da war auch kein Kapitän Richemonte vorhanden. Ich wünsche nun" – und dieses Wort „wünschen" betonte er jetzt ganz besonders – „also ich wünsche nun, daß du ihre Bekanntschaft zu machen suchst . . ."

„Ah, ich soll auch Diplomatin sein?"

„Hast du etwa kein Geschick, die Bekanntschaft einer Dame zu machen?"

„Nein, wenn sie mir nicht gefällt!"

„Diese wird dir zusagen. Sie ist eine große Schönheit."

„Wollen sehen."

„Also du machst ihre Bekanntschaft und versuchst, sie auszuhorchen. Verstanden?"

„Sehr gut. Aber gehorchen werde ich nicht."

„Teufel! Warum?"

„Wenn dein Wunsch mich zum Horchen und Aushorchen veranlassen soll, so werde ich nicht gehorchen. Das ist dreimal Horchen. Dazu habe ich entschieden kein Talent."

„Ich werde dafür sorgen, daß du Talent bekommst! Jetzt verlasse ich dich. Ich hoffe, bei deiner Heimkehr zu hören, daß du mit dieser Dame gesprochen hast. Adieu!"

Er ging.

Als er unten beim Pferd ankam, war Doktor Müller verschwunden, das kümmerte ihn aber nicht. Er stieg auf sein

Pferd, ließ dasjenige Doktor Bertrands weiter grasen und ritt davon.

Vorher, als der Alte mit Marion die Böschung emporgestiegen war, hatte Müller folgen wollen. Er hatte also die beiden Pferde an die Sträucher geführt, um sie mittels der Zügel an einen der Bäume zu befestigen. Noch war er damit beschäftigt, da horchte er auf.

„Pst!" hatte es geklungen.

Er trat zwischen das Gebüsch hinein und erblickte Fritz, welcher hier stehengeblieben war.

„Du hier?" fragte er. „Es ist dir also nicht gelungen, das Unheil zu verhüten?"

„Nein. Wer hätte an eine Entgleisung des Zuges gedacht?"

„Das ist richtig. Bist du mit dem Hilfswagen gekommen?"

„Nein, sondern mit dem Zug selbst."

„Was? Wie? Mit dem Zug, der verunglückt ist?"

„Ja. Ich bin nämlich heute früh nach Trier gefahren, um Madelon eher zu treffen als ihre Schwester."

„Das war gut."

„Zugleich dachte ich mir, daß ich in einem der Wagen diesen Deephill finden könne."

„Das war nicht schwer, falls er sich wirklich in dem Zug befand."

„Ich traf ihn aber zufälligerweise in einem Hotel in Trier", fuhr Fritz fort.

„Da benachrichtigtest du ihn von der Gefahr, die ihm drohte?"

„Nein, sondern ich zankte mich im Gegenteil sehr gehörig mit ihm, da er sich als Deutschenfresser entpuppte. Ich kannte seinen Namen nicht. Ich erfuhr ihn erst, als wir im Coupé zusammentrafen."

„So seid Ihr also miteinander gefahren?"

„Ja. Wir beide und zwei Damen."

„War Madelon dabei?"

„Ja, sie war eine dieser Damen."

„Und die andere?"

„Eine Engländerin namens Miß de Lissa aus London."

„Weiter."

„Er stellte sich dieser Engländerin vor. Dabei las ich den Namen Deephill auf seiner Karte und wußte nun, daß er mein Mann sei. Ich machte ihn sofort mit der ihm drohenden Gefahr bekannt."

„Glaubte er es?"

„Nein. Aber als ich seine Brieftasche und seine Millionen erwähnte, besonders als ich den Alten und Graf Rallion nannte, da war er überzeugt."
„Und dann?"
„Ich sagte ihm einige Worte über das Erlauschte, und da kam er auf den Gedanken, daß man den Zug entgleisen lassen wolle, um zu seinem Geld zu gelangen."
„Herrgott", sagte Müller, „jetzt fällt es mir wie Schuppen von den Augen!"
„Mir ging es ebenso."
„Mir wird bange! Schnell, schnell! Was tatet ihr?"
„Wir befanden uns bereits hier in der Nähe. Sollte wirklich eine Entgleisung bewirkt werden, so geschah sie sicher noch vor Thionville!"
„Natürlich, natürlich! Weiter!"
„Wir hatten also keinen Augenblick Zeit zu verlieren. Wir stießen die beiden Türen auf und traten auf das Trittbrett, er drüben und ich hüben. Wir wollten ein Zeichen geben, da wir nicht zu der Signalleine gelangen konnten. Aber es war bereits zu spät. Das Notsignal erscholl bereits. Auf den Schienen lag ein großer Haufen von Steinen."
„Gott, was wird nun geschehen!"
„Wir konnten die beiden Damen unmöglich zerschmettern lassen. Ich riß also die Madelon aus dem Coupé und er die Engländerin. Dann sprangen wir beide von den Trittbrettern herab, jeder mit seiner Last natürlich und gerade zur rechten Zeit, um nicht mit in die Tiefe gerissen zu werden."
„Gott sei Dank! Wie wird es dort drüben aussehen?"
Dabei deutete er an den Damm empor.
„Schrecklich, schrecklich!" antwortete Fritz.
„Sind viele verletzt?"
„Sehr viele; aber doch gibt es noch mehr Tote. Nur außerordentlich wenige sind leidlich weggekommen."
„Aber wenn das so geplant gewesen ist, so muß ich vermuten, daß die beiden Kerle gekommen sind, um nach dem Amerikaner zu suchen!"
„So war es auch!"
„Ah! Wirklich, sie kamen?"
„Ja. Der Amerikaner stellte sich tot. Sie nahmen ihm die Brieftasche, und dann, gerade als sie entfliehen wollten, hielt ich sie fest. Sie wurden gebunden und in ein Coupé da oben gesteckt."
„Gott sei Dank, daß sie ergriffen wurden."

„Prosit die Mahlzeit! Man hat sie zwar ergriffen, aber man hat sie leider nicht mehr!"

„Nicht mehr? Du willst doch nicht etwa sagen, daß . . .?"

„Daß sie entflohen sind? Gerade das will ich sagen. Soeben komme ich von ihrer Verfolgung zurück. Es ist keine Spur von ihnen zu sehen."

„Aber wie gelang es ihnen denn zu entkommen? Es muß da oben und drüben doch so viele Menschen geben, daß eine solche Flucht ganz unmöglich erscheint!"

„Massenhaft sind die Menschen da, und zu Hunderten strömen sie noch, die Neugierigen aus den umliegenden Ortschaften. Freilich darf nicht jeder herantreten. Aber denken Sie sich: Man setzte die beiden Kerle in ein Coupé und stellte auf der belebten Seite desselben einen Posten auf, auf der anderen Seite aber, nach uns zu, wo sich kein Mensch befand, da ließ man sie ohne Wache."

„Schrecklich dumm!"

„Ja. So etwas bringt nur so ein glorioser Franzose fertig! Und der diese Vorsichtsmaßregel traf, war sogar ein Kapitän! Bei uns daheim hat jeder Gänsejunge mehr Grütze im Kopf. Na, freue dich, Frankreich, auf deine Siege! Ich denke mir immer, deine Heldensöhne werden ganz gewaltige Keile kriegen!"

„Nicht so laut, nicht so laut, Fritz! Du bist nicht daheim im Tiergarten oder in deinem Stall."

„Ja, die Galle läuft einem doch einmal über, wenn man nichts als Dummheit sieht."

„Also bist du der Retter der schönen Madelon?"

„Ja. Und der Amerikaner ist der Retter der Engländerin."

„Das gönne ich ihm und ihr, es interessiert mich aber weniger."

Fritz machte ein höchst erstauntes Gesicht und fragte:

„Weniger?"

„Ja. Das ist nicht unmenschlich. Ich kenne beide nicht."

„Das möchte ich doch bezweifeln!"

„Wieso?"

„Hm! Diese Engländerin reist nämlich inkognito."

„Unter falschem Namen?"

„Ja."

„Aber eine Engländerin ist sie trotzdem wohl?"

„Nein, obgleich sie das Englische spricht wie die feinste Lady. Denken Sie sich, sie ist aus . . ."

„Nun, aus?"

„Aus Berlin!"

„Aus Berlin? Und reist als Engländerin? Da muß sie ganz eigentümliche Gründe haben."
„Sicher! Wenn man diese Gründe doch nur erfahren könnte."
„Nun, sollte ich mit ihr bekannt sein?"
„Das ist sehr leicht möglich. In Berlin sehen sich die Leute."
„Anderwärts auch, lieber Fritz! Aber sie kann mich in der Hauptstadt gesehen haben; jetzt erblickt sie mich – ich kann auf der Stelle verraten sein!"
„Wohl schwerlich. Es gibt gute Gründe dagegen."
„Welche?"
„Ihr Buckel."
„Pah, auf den fallen die Augen nicht sogleich."
„Ihre dunkle Gesichtsfarbe und Ihr schwarzes Haar."
„Auch darüber kann man im Augenblick des Erkennens hinwegsehen. Die Züge sind die Hauptsache. Also dir kommt sie bekannt vor?"
„Ja."
„Wie ist sie? Häßlich?"
„Schön, sehr schön!"
„Sapperlot! Schwarz oder hell?"
„Blond, gerade wie Sie, Herr Doktor, wenn Sie diese Perücke . . ."
„Pst, pst! Man braucht selbst unter vier Augen das nicht zu erwähnen. Ihren Namen – na, den kennst du natürlich nicht."
„Ihren Vornamen habe ich erfahren."
„Wie lautet er?"
„Emma."
„Wie meine Schwester."
„Sie ist von Adel. Und Ihr eigentlicher Familienname klingt ganz wie Herzogswiese."
„Herzogswiese. Eine adelige Familie dieses Namens gibt es ja gar nicht!"
„So verwechsele ich die Ausdrücke. Vielleicht soll es nicht Herzogs-, sondern Fürstenwiese heißen."
„Auch diesen Namen kenne ich nicht."
„Dann wohl Königswiese."
„Hm. Auch unbekannt."
„Sapperment! Ich dachte, Sie sollten den Namen kennen! Vielleicht ist das mit der Wiese auch eine Verwechselung. Wie sagt doch gleich der Dichter anstatt Wiese?"
„Gefilde?"
„Dann hieß es Königsgefilde? Nein!"

„Welches Wort sollte es sonst sein?“
„Ich muß nachdenken. Wie war doch nur der schöne Reim, in dem die Wiese und die Frau vorkam! Ah, da fällt er mir ein. Er heißt:

Ich flieg’ mit meiner ersten Frau
Und dreizehn Kindern durch die Au’.

Ja, das ist der Reim, und das ist auch das Wort. Nicht Wiese, oder Gefilde darf es heißen, sondern Au.“
Müller machte ein etwas betroffenes Gesicht.
„Verstehe ich recht, was du meinst?“ fragte er. „Nicht Königswiese soll es heißen, sondern Königsau?“
„Ja, ja, so war es“, meinte Fritz.
„Mensch, was fällt dir ein! Aus Berlin ist sie? Und Emma heißt sie? Und mit dieser Madelon saß sie in einem Coupé?“
„Jajaja!“
Das Gesicht Fritzens wurde bei jedem Augenblick sonniger und heller.
„Das wäre ja meine Schwester!“
„Donnerwetter!“ fluchte Fritz. „Jetzt hab’ ich’s also heraus! Darum also kam sie mir so bekannt vor!“
„Mensch, Fritz, Kräutermann! Bist du verrückt?“
„Fällt mir gar nicht ein.“
„So sei ernst und laß den Witz! Sag aufrichtig: Wer ist die Dame, von der du sprichst?“
„Nun, es bleibt doch dabei, wie ich gesagt habe: Es ist das liebe, gnädige Fräulein Schwester.“
„Emma, meine Emma?“
Bei dieser Frage machte Müller ein Gesicht, welches keineswegs außerordentlich intelligent genannt werden konnte.
Fritz weidete sich an der Verlegenheit Müllers und antwortete ruhig:
„Ja, Fräulein Emma von Königsau.“
„Herrgott! Was will denn die hier?“
„Ich weiß es nicht.“
„Hast du auch keine Ahnung?“
„Nein, nicht die mindeste.“
„Ich könnte mir keine andere Erklärung machen, als daß sie ihre Freundin zum Begräbnis begleitet. Aber Großvater . . .!“
„Der gnädige Großpapa würde dem gnädigen Fräulein wegen eines Trauerfalles bei einer Gouvernante, obgleich dieselbe Freundin wäre, keine so weite Reise gestatten.“

„Das ist sehr richtig. Es muß also einen anderen Grund geben."
„Ich denke, daß wir ihn erfahren werden."
„Das ist sicher. Aber wenn ich ihr jetzt begegne, wird sie sich durch ihre Überraschung verraten."
„Ganz gewiß nicht. Sie wird vielmehr befürchten, daß der Herr Doktor Müller sich aus Überraschung verraten könne."
„Dem hast du vorgebeugt. Aber welchen Schaden konnten wir haben, wenn wir uns ganz unvorbereitet in Gegenwart anderer trafen. Ich muß hinüber zu ihr. Ich muß erfahren, was sie zu dieser Reise bewogen hat."
Er wollte gehen. Fritz hielt ihn zurück.
„Vorher erst noch eins, Herr Doktor."
„Wir haben dann auch noch Zeit."
„Für das, was ich meine, vielleicht Zeit, aber keine Gelegenheit. Man muß es unter vier Augen besprechen."
„Nun, so laß es mich wissen."
„Ich hatte heute nacht schreckliche Zahnschmerzen . . ."
„Bei deinem kerngesunden Gebiß?"
„Tut nichts. Kurz und gut, ich hatte fürchterliches Zahnreißen. Darum ging ich zu Doktor Bertrand, der noch auf war und bei den Büchern saß. Erst wollte er mir drei Zähne ziehen . . ."
„Unsinn. Dir Zähne ziehen."
„Das dachte ich auch. Darum bat ich ihn um eine Tinktur oder Mixtur, welche gegen das Zahnweh hilft. Er gab mir dieses Fläschchen. Hier ist es."
Er gab Müller die Phiole. Dieser betrachtete sie und sagte: „Aber das Fläschchen ist doch voll, Fritz?"
„Allerdings."
„So hast du die Tropfen gar nicht gebraucht?"
„Werde mich hüten! Sie sind zu gefährlich."
„Wieso?"
„Fünf Tropfen helfen gegen das Zahnweh; nimmt man aber aus Versehen mehr, so ungefähr vierzig, da . . ."
„Oho! Wer fünf Tropfen nehmen soll, wird sich doch nicht so sehr verzählen, daß er vierzig nimmt."
„Hören Sie nur, Herr Doktor. Man könnte ja die schönste Veranlassung bekommen, sich zu verzählen. Also wer vierzig nimmt, der wird krank."
„Krank? Wie meinst du das?"
„Nun, der wird so krank, daß er für mehrere Tage das Bett gar nicht verlassen kann."
Jetzt erst fiel Müller der Gegenstand seiner gestrigen Unter-

haltung mit Fritz ein. Über sein Gesicht ging ein Lächeln befriedigenden Einverständnisses.

„Schlauberger", sagte er.

„Schön. Den Namen lasse ich gelten."

„Von Doktor Bertrand hast du es?"

„Ja."

„Kennt er den Zweck?"

„Natürlich. Es soll einer für mehrere Tage an das Bett gefesselt werden."

„Ich meine, ob er weiß, daß der alte Kapitän es ist?"

„Gewiß weiß er das."

„Und er hat dir das Mittel sofort gegeben?"

„Sogar sehr gern. Natürlich hat er sich dabei sehr in Reserve gehalten. Er hat mir das Mittel für mein Zahnweh gegeben, mir aber die Wirkung der vierzig Tropfen mitgeteilt."

„So glaubt er wohl, daß ich dich zu ihm geschickt habe?"

„Nein. Er ist der festen Überzeugung, daß ich aus eigenem Entschluß zu ihm gekommen bin."

„Dann mag es gehen. Wir sind diesem Herrn sehr großen Dank schuldig. Vielleicht kommt die Zeit, in welcher es uns möglich ist, diese Schuld abzutragen."

„Das ist sehr einfach und leicht: Wir hauen ganz Frankreich in die Pfanne und lassen nur Doktor Bertrand leben."

„Pah! Du würdest der erste sein, der sich dagegen sträubte."

„Gewißlich nicht."

„Wie stände es denn da mit Nanon?"

„Alle Wetter! Ja, das wäre dumm. Ebenso mit einer gewissen Marion, die den jungen Rallion partout nicht heiraten mag."

„So ist es, mein Lieber. Also, um zu Ende zu kommen, das Unglück hat den Zug aufgehalten. Jedenfalls fahrt Ihr erst mit dem nächsten?"

„Ja, nach vier Uhr."

„So bin ich neugierig, ob meine Schwester noch weiter mitfährt. Ich muß zu ihr. Uns beide, lieber Fritz, braucht man nicht beisammenzusehen. Laß mich vorangehen."

Er stieg die Böschung empor. Oben wollte man ihn zurückweisen, da jetzt der Volksandrang zu groß geworden war; als er aber sagte, daß er der Erzieher auf Schloß Ortry sei, ließ man ihn passieren.

Er hatte Schlachten mitgemacht. Der Anblick, der sich ihm hier bot, war ihm also nichts Neues. Sein Auge suchte nach Marion. Er sah sie neben einer hellen, blonden Frauengestalt knien. Beide waren mit der Leiche eines Kindes beschäftigt.

Er trat näher. Als sie seine Schritte hörten, drehten sie sich um. Ja, die Blonde war seine Schwester. Sie tat aber nicht im mindesten, als ob sie ihn kenne. Beider Augen standen voller Tränen.

„Sehen Sie, Herr Doktor!“ schluchzte Marion, indem sie auf die Leiche deutete.

„Der arme Knabe“, sagte er im Ton herzlichen Mitgefühles.

„So schön, so blond und lieblich“, fügte sie hinz. „Es hat ihm die kleine Brust eingedrückt.“

„Wer mögen seine Eltern sein?“ fragte Emma.

„Die sind jedenfalls mit verunglückt“, bemerkte Müller.

„Mein Gott! Woher vermuten Sie dies?“

„Vater oder Mutter würden, wenn eins von beiden mit dem Leben entkommen wäre, nach dem Kind suchen und fragen, bis die kleine Leiche gefunden wäre.“

„Das ist richtig“, meinte Marion. „So lange noch Leben im Elternherzen ist, bleibt es demselben unmöglich, das Kind zu verlassen oder zu vergessen.“

Müller warf einen teilnehmenden Blick auf die Sprecherin. Was sie da sagte, das wurde ihr von ihrem eignen Herzen eingegeben; an sich selbst erfahren hatte sie es nicht. Wieviel Vater- und Mutterliebe hatte sie denn kennengelernt?

„Wenn sich niemand des Knaben annimmt, werde ich ihn zur letzten Ruhe legen“, sagte sie.

„Ja“, fügte Emma hinzu, „dem Knaben sollen nicht die Blumen am Hügel fehlen. Sie erlauben mir, liebe Baronesse, mit Ihnen zugleich seine Mutter zu sein.“

Da streckte Marion ihr das schöne Händchen entgegen und antwortete:

„Gewiß, meine liebe Miß Harriet! Wie viel besser wäre es, wenn wir für ihn im Leben sorgen könnten, anstatt nun im Tode. Wie doch das Leid und das Mitgefühl die Herzen schnell verbindet. Wir haben uns kaum eine halbe Stunde gesehen, so — so — so . . .“

Sie stockte. Emma verstand sie. Sie ergriff die Hand der verlegenen Sprecherin und fuhr an deren Stelle fort:

„So haben wir uns doch schon recht herzlich liebgewonnen, wollen Sie sagen? Nicht?“

„Ja, das wollte ich sagen. Auf Friedhöfen blühen die Blumen oft am schönsten, und hier auf dem Acker des Jammers ist es, als ob die innigen Gefühle sich am schnellsten entwickeln wollten."

„Lassen wir dieser Entwicklung Raum, liebe Baronesse. Oder erlauben Sie mir nicht gern, Ihre Freundin zu sein?"

„Oh, wie sehr gern."

Sie legten die Arme umeinander und küßten sich.

Es gibt Seelen, welche füreinander bestimmt zu sein scheinen. Sie erfassen sich sofort, sobald sie sich finden, während andere jahrelang einander sehen können, ehe sie ein Bedürfnis der Annäherung empfinden.

Müller stand einige Schritte rückwärts. Er betrachtete mit Rührung das schöne Paar, welches da vor ihm kniete. Beide von gleicher Schönheit, hatte doch jede ihre eigene Art.

Da fiel der Blick Marions rückwärts auf ihn. Sie errötete ein wenig und erhob sich.

„Verzeihung, Herr Doktor, daß ich meine Pflicht versäumte. Herr Doktor Müller, Erzieher meines Bruders – Miß Harriet de Lissa aus London."

Beide verneigten sich voreinander, ganz so, als ob sie sich noch gar nicht gesehen hätten. Emma wußte für den ersten Augenblick wirklich nicht, was für eine Bemerkung sie machen solle; aber Müller, der geistesgegenwärtige Offizier, war sofort mit der Frage bei der Hand:

„Ich vernahm, daß die Damen für diese kleine Leiche sorgen wollen. Es gibt aber dabei behördliche Schritte und dergleichen zu tun, welche für eine Dame nicht immer angenehm sind. Darf ich bitten, mich mit diesen Arrangements zu betrauen?"

„Gern, sehr gern, lieber Herr Doktor", antwortete Marion. „Wir verstehen von solchen Dingen nichts und überlassen sie darum sehr gern Ihnen. Ah, dort kommt einer der Retter. Ich muß ihm Dank sagen, daß er der Schwester meiner Nanon einen außerordentlichen Dienst erwiesen hat!"

Sie eilte Fritz entgegen, welcher vorübergehen wollte. Müller blieb allein mit Emma zurück.

„Emma!" sagte er. „Ich war im höchsten Grade erstaunt, als ich hörte, daß du hier seist. Ich darf dich leider nicht umarmen."

„Wer hat dich auf meine Anwesenheit vorbereitet?"

„Fritz."

„Zürnest du?"

„Noch kenne ich den Grund deiner Reise nicht. Hat Großpapa dir die Erlaubnis gegeben?"

„Natürlich!"

„Wie sollte ich denn da Grund haben, dir zu zürnen!“
„Ich habe zwei Veranlassungen.“
„Welche?“
„Erstens Fritz und zweitens Marion.“
„Weshalb Fritz?“
„Er hat den Löwenzahn.“
„Ich weiß es.“
„Himmel! Du weißt es und hast es uns noch nicht geschrieben!“
„Durfte ich euch in Unruhe versetzen? Kennst du den Zusammenhang?“
„So ziemlich.“
„Durch wen?“
„Nanon hat ihrer Schwester davon geschrieben.“
„Nun, ich wollte erst den Bajazzo auffinden und ihn zum Geständnis bringen. Dann war es die richtige Zeit, mit unserer Entdeckung hervorzutreten.“
„Haben deine Nachforschungen Erfolg gehabt?“
„Noch nicht. Nun aber auch der zweite Grund deiner Anwesenheit. Der soll in Marion bestehen?“
„Ja, lieber Richardt.“
„Inwiefern?“
„Du mußt verzeihen! Ich habe nämlich an Großpapa geplaudert.“
„O weh! Was sagte er?“
„Er duldet keine Französin als Großschwiegertochter!“
Müller nickte lächelnd vor sich hin und sagte:
„Ich habe, so lange ich lebe, eine Französin als Großmutter dulden müssen. Mama war und Tante ist auch eine Französin.“
„Das habe ich ihm auch gesagt.“
„Was antwortete er?“
„In Frankreich seien die Frauen mehr wert als die Männer, in Deutschland aber die Männer mehr als die Weiber.“
„Ja, das klingt ganz wie Großpapa Königsau. Übrigens habe ich gar keine Sorge. Er mag Marion kennenlernen!“
„Oh, gerade deshalb bin ich eben hier!“
„Sapperlot! So, so steht die Sache! Guckt der Vogel da heraus? Spionin, die du bist! Aber hast du dir auch überlegt, welche Störung du mir bereiten kannst?“
„Gewiß! Übrigens kannst du ohne Sorge sein; ich werde mich sehr in acht nehmen und überhaupt gar nicht lange hierbleiben.“
„Ah, du gedenkst in Thionville abzusteigen?“

„Ja. Wo sonst?"
„Ich dachte, der Zweck deiner Reise sei, Madelon zu begleiten."
„Das hätte Großpapa nicht zugegeben."
„Aber wo wirst du wohnen?"
„Bei Doktor Bertrand."
„Ah, warum bei ihm! Ich bin ihm bereits zu sehr verpflichtet."
„Es geht nicht mehr zu redressieren. Er hat mich eingeladen, und ich habe angenommen. Aber, lieber Richardt, wenn wir uns nicht an einem so schrecklichen Ort befänden, ich würde endlos über dich lachen müssen."
„Wieso?"
„Dieser Buckel."
„Oh, der kleidet mich gut!"
„Und dieses Zigeunergesicht!"
„Das macht mich männlich."
„Dieses falsche Haar!"
„Die Damen mögen sich an ihrem eigenen Haar zupfen."
„Du bist nicht gut zu sprechen!"
„Meine körperlichen Vorzüge lasse ich nicht mit Ironie behandeln; das ist eine schwache Seite von mir. Ich werde versuchen, dich bei Doktor Bertrand sprechen zu können."
„Oh, nicht nötig!" meinte sie mit großer Entschiedenheit. „Wir werden uns auf Ortry sprechen."
„Nein; das nicht! Das ist zu gefährlich! Wenn dich der Alte erblickt und die Familienähnlichkeit erkennt!"
„Keine Gefahr! Er hat bereits mit mir gesprochen."
„Wirklich? Welches Wagnis!"
„Er hält mich für ein Mitglied des Frauenclubs der Barmherzigen in London."
„Ah, vielleicht denkt er, daß du eine Abgesandte desselben bist, um dir Klarheit über die Kriegsabsichten zu holen!"
„So etwas scheint er anzunehmen."
„Wie verhielt er sich?"
„Ich habe Eindruck auf ihn gemacht. Er sprach die Hoffnung aus, mich wiederzusehen. Und nun, da ich mit Marion bekannt bin, werde ich ganz sicher nach Ortry eingeladen."
„Dann habe aber die Güte, die allergrößte Vorsicht zu beachten!"
„Das versteht sich ganz von selbst!"
„Sei nicht so siegesgewiß! In Ortry gibt es Gefahren, welche du noch nicht kennst, die ich dir erst erklären muß. Doch da

kommt Marion. Wir werden nicht mehr lange bleiben können. Soeben gibt die Maschine das Zeichen zum Einsteigen."

Er hatte richtig gesagt. Die Coupés waren gefüllt; der Interimszug ging in kurzer Zeit ab, um nochmals zurückzukehren und die Übriggebliebenen nachzuholen – Lebende, Verwundete und Tote.

Man arbeitete an den Trümmern, um die Gepäckstücke zu sortieren, und während dieser Zeit wurden die zerstörten Dammteile wenigstens so weit wiederhergestellt, daß ein Gleis zu befahren war.

Als Emma mit Nanon und Madelon einstieg, ahnte Marion de Sainte-Marie nicht, daß jene beiden Freundinnen seien. Sie nahm von Emma herzlichen Abschied und stellte ihr einen sehr baldigen Besuch bei Doktor Bertrand in Aussicht. Dann ritt sie mit Müller nach Ortry zurück.

Als sie dort ankam, trat ihr der Kapitän entgegen.

„Hast du den Amerikaner und die Engländerin gesehen?" fragte er.

„Ist eine feine Dame von hoher Bildung."

„Ah, sie gefällt dir? Schön! Gut!"

„Sie wohnt bei Doktor Bertrand. Ich werde sie vielleicht morgen schon besuchen."

„Das rate ich dir."

„Und wenn du es erlaubst, so bitte ich sie um einen Gegenbesuch bei mir."

„Natürlich. Ich habe auch ganz und gar nichts dagegen, wenn du sie einladest, unser Gast zu sein. Welhalb soll sie beim Doktor wohnen? Wir haben Zimmer genug."

Als Herr Hieronymus Aurelius Schneffke auf dem Bahnhof zu Trier mit seinen beiden deutschen Beefsteaks hinstürzte, blieb er ruhig liegen, bis der Zug vorüber war. Um ihn herum lagen die Scherben des Porzellanzeuges. Da ertönte hinter ihm eine Stimme:

„So stehen Sie doch endlich auf!"

Er blickte sich um und erkannte den Kellner, der ihm so nachgelaufen war. Dieser Mensch war eigentlich schuld an dem verhängnisvollen Sturz.

„Aufstehen sollen Sie, Sie Esel!" wiederholte der Mann.

Da aber flog Hieronymus zehnmal schneller empor, als man es seiner kurzen, dicken Gestalt zugetraut hätte.

„Was war das?" fragte er. „Esel?"

„Ja", bestätigte der erboste Kellner.

„Da, dummer Junge!"

In demselben Augenblick explodierte auf der Wange des Kellners eine solche Ohrfeige, daß jetzt dieser auf das Pflaster fiel.

„So!" meinte Herr Hieronymus Aurelius Schneffke. „Nun lies die Scherben zusammen! Dazu bist du da!"

Er ging nach der Restauration, um das zerbrochene Geschirr zu bezahlen; dann begab er sich in die Stadt, um sich einen neuen Klemmer zu kaufen und ein Glas Bier zu trinken, welches dazu dienen sollte, den Ärger über das verlorene Coupé hinabzuspülen. Als er nach dem Bahnhof zurückkehrte, war es bereits über drei Uhr.

Da erst fiel ihm ein, daß er ja seine Mappe im Coupé zurückgelassen habe. Er begab sich in das Telegrafenbüro und fragte um Auskunft. Er erhielt den Bescheid und telegrafierte nun nach Thionville:

„Mittagszug Wagen Nummer 125 eine Malermappe zurückgelassen. Werde sie 4 Uhr 31 abholen.

Hieronymus Aurelius Schneffke,
Kunstmaler aus Berlin."

Als der nächste Zug angekündigt wurde, traf zugleich von Süden her die telegrafische Nachricht ein, daß der vorige verunglückt sei und daß man die meisten Passagiere tot oder verwundet unter den Trümmern hervorgezogen habe.

Das versetzte den guten Hieronymus in die größte Aufregung. Er schritt auf dem Bahnsteig hin und her, gestikulierte wie ein Wütender und sagte immer:

„Die Gouvernante! Die Gouvernante? Wie haben sie die herausgezogen? Tot, halbtot, verwundet, ohnmächtig, lebendig oder gesund? Dieser verdammte Zug will immer noch nicht kommen. Wenn die Gouvernante tot ist, sprenge ich sämtliche französische Bahnen in die Luft!"

Endlich kam der Zug. Er rannte gegen das geöffnete Coupé, daß er beinahe einen Purzelbaum schlug und freute sich dann, daß er es allein behalten durfte. Seine Angst ließ ihm keine Ruhe. Er schritt in dem engen Raum hin und her wie ein Menagerietier im Käfig.

„Verdammter Bummelzug!" fluchte er ein über das andere Mal. „Ich laufe zehnmal schneller!"

Karthaus, Wellen, Wincheringen, Nennig, Sierck wurden mit der Zeit passiert, und endlich auch Königsmachern. Da öffnete er das Fenster und blickte hinaus.

Der Zug begann noch langsamer zu fahren als bisher. Er hatte das kaum wiederhergestellte eine Gleis erreicht. Unten am Damm standen die Menschen Kopf an Kopf, oben auf dem Damm waren noch immer Bahnarbeiter beschäftigt.

„Heda!“ rief der Maler bereits von weitem diesen letzteren zu.

„Was denn?“ brüllte einer.

„Eine Gouvernante zerquetscht?“

„Ja, sogar gleich fünf!“

„Gouvernanten?“

„Ja, drei alte und zwei junge!“

„Heiliges Pech!“ rief er, den Kopf wieder hereinziehend, da der Zug während dieser Zurufe vorübergerollt war. „Fünf Gouvernanten! Da ist sie ganz sicher dabei. Und ich darf nicht in Thionville bleiben, sondern ich muß noch heute nach Metz. Aber ich werde die Geschichte so kurz wie möglich machen und dann eilig zurückdampfen. Sehen muß ich sie noch, ehe sie begraben wird.“

Und jetzt setzte er sich wieder, stemmte den Kopf in die Hände und summte vor sich hin:

„Wenn sich zwei Herzen scheiden,
Die sich dereinst geliebt,
Das ist ein großes Leiden,
Wie's größer keines gibt!“

Da hörte er eine Bahnsteigglocke zweimal läuten; die Maschine pfiff, die Räder kreischten – der Zug hielt in Thionville.

„Thionville! Eine Minute Aufenthalt! Schnell einsteigen!“ wurde kommandiert.

Der Maler hörte nur das erste Wort, das andere ging ihn nichts an. Er mußte auch nach seiner Mappe fragen. Er sprang heraus, als geöffnet wurde.

„Herr, es ist nur eine einzige Min . . .“ rief der Schaffner.

Schneffke beachtete es gar nicht. Er eilte in den Flur des Bahngebäudes. Dort stand ein Mann mit weißen Tressen an der Mütze.

„Sind Sie der Portier?“

„Ja, mein Herr.“

„Meine Mappe!“

„Welche Mappe?“

„Ich habe sie im vorigen Zug liegenlassen.“

„Ach so! Sie hatten sich verspätet und haben dann nach hier telegrafiert?“

„Ja."
„Dort ist das Büro."
Er trat ein und grüßte.
„Ist meine Mappe da?"
Der anwesende Herr blickte ihn forschend an, griff nach einem Papier, blickte darauf und fragte dann:
„Sind Sie Herr Hieronymus Aurelius Schneffke ..."
„Kunstmaler aus Berlin, von Trier aus telegrafiert", fiel der Gefragte ein.
„Schön. Die Mappe ist gerettet worden. Hier ist sie!"
Er griff in einen Kasten und zog etwas hervor, was ungefähr aussah wie Schnitzel von Papier und Pappe, die mit einem alten Strick umwunden sind. Schneffke griff zu, starrte das Ding mit weit geöffneten Augen an, öffnete den Mund noch weiter und fragte dann:
„Wa- wa- was ist das?"
„Ihre Mappe, Herr Schneffke!"
Mei- mei- meine Ma- ma- ma-ppe? Aber das ist ja gar keine Mappe!"
„O doch. Sie ist freilich ein ganz klein wenig beschädigt, weil sie mit verunglückt ist, aber Sie müssen froh sein, daß wir sie noch gerettet haben."
„Na, das ist eine schöne Christbescherung. Hören Sie einmal, Herr, Herr – Herr ..."
„Halt, mein bester Herr Schneffke, keine Expektorationen. Bleiben Sie in Thionville, oder wollen Sie weiter?"
„Weiter!"
„Wann?"
„Nun jetzt, mit diesem Zug."
„O weh! Der Zugführer hat ja bereits das Signal gegeben. Eilen Sie gleich zu dieser Tür hinaus!"
Schneffke ließ vor Eile den Hut liegen und sprang hinaus. Kein Coupé war mehr offen und alle Räder in Bewegung.
„Halt! Halt!" brüllte er. „Ich gehöre noch mit dazu."
„Zurück!" rief ihm der Stationschef zu. „Es ist zu spät!"
„Herr Schneffke!" hörte er da eine laute, weibliche Stimme rufen.
Er blickte hin und erkannte Madelon, welche am Fenster stand und ihm ein Taschentuch herauswarf. Er tat einige fürchterliche Sätze, um in ihre Nähe zu kommen, und fragte:
„Ist sie mit unter den fünf Zerquetschten?"
„Wer?"

„Die Gouvernante."

Da antwortete sie lachend:

„Sie ist nicht zerquetscht. Sie lebt; sie wohnt in Thionville bei Herrn ..."

Das Übrige wurde von dem Rollen der Räder verschlungen, da der Zug sich gerade jetzt in schnellere Bewegung setzte.

Schneffke blieb stehen und holte Atem.

„Gott sei Dank, sie lebt!" sagte er. „Sie ist mir nicht verloren. Eine Schickung Gottes vielleicht, daß ich diesen Zug auch noch versäumt habe."

Er sah sein Taschentuch liegen, ging hin und hob es auf. Es war ihm von dem Springen heiß geworden. Er wollte sich die Stirn abwischen; darum griff er nach dem Kopf, um den Hut abzunehmen. Er hatte keinen.

„Sapperment, wo ist mein Kalabreser?"

Er blickte sich um. Keine Spur von einem Hut.

„Ah! Der ist beim Telegrafisten liebengeblieben."

Er trat bei dem letzteren abermals ein.

„Was wollen Sie?" fragte der Mann.

„Verzeihung. Ich vergaß, meinen Hut mitzunehmen."

„Dort liegt er. Sie haben also doch den Zug versäumt? Seien Sie froh, denn wenn Sie mit fortgekommen wären, hätten Sie wegen des Hutes abermals telegrafieren müssen."

„Das ist allerdings wahr. Wann geht der nächste Zug nach Metz ab?"

„Neun Uhr dreizehn Minuten, also in beinahe fünf Stunden. Sie können sich die Stadt mit Bequemlichkeit betrachten."

„Das werde ich tun. Würden Sie die Güte haben, eine kleine Gratifikation dafür anzunehmen, daß ich Sie gleich zweimal belästige?"

Das Gesicht des Beamten erheiterte sich zusehends.

„Eigentlich tue ich das nicht", sagte er; „aber um nicht unhöflich zu erscheinen, will ich mich bewegen lassen."

„Sehr verbunden. Ich erlaube mir also, Ihnen die Überreste meiner selig heimgegangenen Mappe in aller Ehrfurcht zu verehren. Wenn Sie die Fetzen richtig zusammenkleben und von einem guten Maler sich dann etwas draufmalen lassen, erwarten Sie Kunstgenüsse, von denen Sie jetzt gar keine Ahnung haben. Leben Sie wohl!"

Er hatte dem Telegrafisten das unglückselige Paket unter den Arm geschoben und beeilte sich, zur Tür hinauszukommen. Der Beamte stand ganz steif und blickte nach der Stelle, hinter welcher der Wohltäter verschwunden war. Dann schleuderte er die einstige Mappe in den entferntesten Winkel und fluchte:

„Verdammter Kerl! Komme mir nicht etwa wieder herein! Sonst sollst du sehen, daß ich dich mit dem Stock bearbeite, und zwar mit keinem selig heimgegangenen."

Schneffke beschloß nun, die fünf Stunden zu Nachforschungen nach seiner „Gouvernante" zu benützen. Er durchlief Straße auf Straße, er kehrte in allen Kneipen ein, er ging hinaus nach der Unglücksstelle, wo es noch Menschen in Masse gab – es gelang ihm nicht, von der Gesuchten ein einziges Wörtchen zu erfahren.

So nahte die Zeit des Zuges. Es war bereits neun Uhr, und er hatte nur noch dreizhen Minuten. Er lenkte nach dem Bahnhof ein und gelangte dabei in die Straße, in welcher Fritz Schneeberg wohnte. Zwei Damen kamen ihm entgegen. Er blieb stehen. Wahrhaftig! Die eine war seine Gouvernante.

Er eilte auf sie zu, zog den Hut und sagte:

„Tausendelement, Fräulein, Sie leben noch? Ich hörte, Sie wären zerquetscht, und da bin ich vor Schmerz . . ."

Er hielt inne. Sie hatte einen kleinen Blick auf ihn geworfen, mit der Achsel gezuckt und war dann mit ihrer Begleiterin in das nächste Haus getreten.

Dieses Haus hatte zwei Türen: den eigentlichen Eingang und dann noch eine Glastür, über welcher das Wort „Apotheke" stand. Diese Glastür war offen, und unter ihr lehnte ein halbwüchsiger Bursche, welcher den Vorgang mit beobachtet hatte. Schneffke trat zu ihm, grüßte herablassend und sagte:

„Haben Sie die beiden Damen gekannt, mein Lieber?"

„Ja", antwortete der Gefragte, indem er den Dicken neugierig musterte.

„Wer waren sie?"

„Hm!" brummte der Mensch, indem er sich den Rücken an dem Türpfosten rieb.

„Nun, ich denke, Sie haben sie gekannt?"

„Allerdings. Aber – wollen Sie vielleicht etwas kaufen?"

„Ich brauche nichts."

„Dann gute Nacht!"

Er trat zur Tür hinein und wollte dieselbe zumachen. Schneffke aber griff schnell zu. Er sah ein, daß es besser sei, eine Kleinigkeit zu kaufen, als ohne Auskunft fort zu müssen.

„Halt!" sagte er. „Da fällt mir ein, daß ich doch ein Bedürfnis habe."

Dabei trat er in den Laden.
„Womit kann ich dienen?"
„Mit rotrussischem Seifenpflaster und nebenbei mit der erbetenen Auskunft."
„Für wieviel?"
„Fünf Sous."
„Schön."
Während nun der Provisor das Pflaster einpackte, fragte der Maler:
„Wer wohnt hier?"
„Herr Doktor Bertrand."
„Wer noch?"
„Ich und der Pflanzensammler Schneeberg."
„Also Sie kennen jene beiden Damen wirklich?"
„Ja. Hier haben Sie. Ist auf Papier zu streichen, auf die kranke Stelle zu legen und nicht wegzunehmen. Wenn Besserung eintritt, fällt es von selbst herab."
„Schön. Wer war die blonde Dame?"
„Brauchen Sie noch etwas?"
„Für heute nicht."
„Dann empfehle ich mich Ihnen. Gute Nacht, Monsieur."
„Halt! Ich will mir noch ein Viertelpfund gelben Zug mitnehmen."
„Sehr wohl."
„Also diese blonde Dame?"
„Ist bei uns auf Besuch."
„Wie heißt sie?"
„Miß de Lissa."
„Das ist unmöglich!"
„Ich weiß es nicht anders. Hier ist der gelbe Zug. Wird am besten auf Schafleder gestrichen. Sobald es wirkt und das Loch groß genug ist, zieht man den Eiterstock mittelst eines geeigneten Instrumentes heraus."
„Das kenne ich bereits. Wo ist die Dame?"
„Brauchen Sie noch etwas?"
„Donnerwetter! Meinen Sie, daß ich die ganze Apotheke auskaufen soll?"
„Nein. Aber ich darf mit den Herrschaften nur dann verkehren, wenn sie geschäftlich hier sind."
„Nun gut. Geben Sie mir eine Tüte Wurmhütchen. Aber sagen Sie mir dabei gefälligst, was die Dame ist!"
„Eine Engländerin."

„Auch das ist unmöglich. Wer war die andere Dame?"
„Die Frau Doktor Bertrand."
„Ist die Blonde heute mit dem Zug verunglückt?"
„Ja. Hier sind die Hütchen, Monsieur. Drei auf einmal. Besser aber ist es, Sie nehmen vorher eine Obertasse Rizinusöl und nachher eine tüchtige Abkochung von Aloe und Sennesblättern."
„Wenn ich dies beides nehme, brauche ich jedenfalls Ihre Hütchen nicht. Wie lange wird diese Dame hierbleiben?"
„Ich weiß es nicht. Brauchen Sie noch etwas?"
„Nun wirklich nichts mehr."
„Macht zwei Franken achtzig Centimes."
„Sakkerment! Teure Erkundigungen! Ich brauche ja diese Medikamente eigentlich gar nicht."
Dabei legte er das Geld hin. Der Provisor griff zu und sagte dann gleichmütig:
„Warum haben Sie dieselben denn da verlangt?"
„Um nur mit Ihnen sprechen zu können."
„Gut. Wenn Sie die Waren nicht brauchen, so will ich sie Ihnen für fünfzig Centimes wieder abnehmen."
Schneffke riß den Mund auf, starrte den Sprecher eine Weile an und sagte dann:
„Kerl, dich sollte man vergolden! Auf Ehre und Pudding! Wenn ich wüßte, daß du dich dieser Pflaster und der Hütchen gleich selbst bedientest, würde ich auf deinen Vorschlag eingehen; aber vielleicht kann ich diese schönen Sachen selbst noch brauchen. Gute Nacht!"
Er ging, und das war sein Glück, denn er kam gerade noch zur rechten Zeit, in das Coupé zu springen. Keine halbe Minute später setzte sich der Zug in Bewegung.
Auch jetzt hatte er das Glück, ganz allein zu sein. Er streckte sich lang aus und schlief, bis der Zug in Metz hielt. Dort begab er sich in den nächsten Gasthof, wo er übernachtete. Früh fragte er nach der Gelegenheit nach Etain. Die Post war bereits abgegangen, und der Hausknecht meinte, daß es am besten sei, von hier bis Etain zu laufen, da es eine sehr kurze Tagestour sei und man dabei die herrliche Gegend genießen könne.
Schneffke ließ sich verleiten. Er kaufte sich eine neue, kleinere Mappe zum Umhängen und einen Feldstuhl. Mit beiden ausgerüstet, machte er sich auf die Wanderung. Abends spät kam er in Etain an, so sehr ermüdet, daß er sich sofort ein Zimmer anweisen ließ und sich zur Ruhe legte. Er hat niemals einem

Menschen von dieser Partie erzählt. Vielleicht war sie so kostbar, daß er selbst den Nachgenuß durch die Schilderung niemandem gönnte.

Fritz hatte auf der Unglücksstätte der Gerichtskommission seine Aussage zu Protokoll geben müssen, und dann war er mit den beiden Schwestern und Emma nach der Stadt gefahren. Auf dem Bahnhof hatte sich die letztere von den anderen getrennt, um sich zu Doktor Bertrand zu begeben, welcher seine Frau durch einen Boten von dem Eintreffen eines Gastes benachrichtigt hatte.

Fritz wartete mit Nanon und Madelon, bis der Zug aus Trier anlangte. Sie stiegen in das nächste offenstehende Coupé zweiter Klasse. Da lag ein gelb und rot kariertes seidenes Taschentuch.

„Dieses Tuch kenne ich", sagte Madelon. „Das wird jedenfalls einen Spaß geben."

„Wem gehört es?"

„Herrn Hieronymus Schneffke, von dem ich Euch erzählt habe. Er ist mit diesem Zug nachgekommen und hier ausgestiegen. Hoffentlich versäumt er die Gelegenheit nicht abermals."

Aber diese Hoffnung wurde doch zuschanden. Madelon mußte ihm das Tuch hinauswerfen.

„Den Mann muß ich mir betrachten", meinte Fritz, indem er einen Blick über die Schultern des Mädchens hinausgleiten ließ.

„Ah, den kenne ich", sagte er.

„Wirklich? Nicht wahr, der ist köstlich?"

„Ja. Aber ich kann Ihnen sagen, daß er ganz und gar nicht so befangen ist, wie er scheint. Er liebt es, sich für dumm halten zu lassen, ist es aber nicht."

„Wo haben Sie ihn kennengelernt?" fragte Nanon.

Diese durfte noch nicht wissen, was und woher Fritz eigentlich war; daher brachte diese Frage ihn einigermaßen in Verlegenheit, doch zog er sich schnell aus derselben durch die Antwort:

„Ich habe ihn während meiner Wanderjahre getroffen. Er war damals auf Studienreisen unterwegs."

Der Umstand, daß die beiden Schwestern nicht offen über Fritzens Verhältnisse verkehren konnten, war ein Hemmnis der Unterhaltung. Die drei jungen Leute legten sich in die Ecken zurück und warfen einander nur hier und da eine Bemerkung zu.

Aber immer wieder suchte Nanons schönes, mildes Auge den Ulanenwachtmeister. Er hatte heute ein fast nobles Aussehen. Er saß da gerade wie ein vornehmer Herr, so selbstbewußt. Sie hatte ihn noch nicht in so feiner Kleidung gesehen; es wurde ihr fast schwer, den Blick von ihm abzuwenden.

Madelon bemerkte dies, und mit dem feinen Instinkt, der den Frauen eigen zu sein pflegt, erriet sie, daß das Verhältnis dieser beiden kein alltägliches sein könne.

Sie erreichten Metz gegen sechs Uhr. Hier sorgte Fritz sofort für ein Privatfuhrwerk nach Etain. Da die beiden Mädchen immerhin einiges Gepäck bei sich hatten, so sah der Pflanzensammler sich genötigt, auf dem Bock neben dem Kutscher Platz zu nehmen.

Die Pferde waren frisch, griffen gut aus, und so gelangten die Reisenden noch vor Mitternacht an ihr heutiges Ziel. Sie stiegen im besten Gasthof des Ortes ab, wo Fritz zwei Zimmer bestellte, eins für sich und das andere für die beiden Schwestern.

In diesem letzteren wurde das Abendbrot eingenommen, dann zog sich Fritz zurück.

„Endlich sind wir seit unserem heutigen Zusammentreffen einmal allein", sagte Madelon. „Und nun können wir ungestört miteinander sprechen."

„Oh", meinte Nanon, „vor Herrn Schneeberg brauchen wir kein Geheimnis zu haben."

„Meinst du? Du schenkst ihm also dein volles Vertrauen?"

Nanon errötete ein wenig, antwortete aber doch:

„Ja. Und dieses verdient er auch im vollsten Maße."

„Was ist er denn eigentlich?"

„Ein Waisenknabe, gerade so wie auch wir beide Waisen sind. Ich habe dir einiges über ihn geschrieben, was ich heute vervollständigen will."

Sie erzählte nun ausführlich, was sie von ihm wußte und wie sie mit ihm zusammengetroffen war. Doch war sie ihrer Schwester gegenüber nicht ganz so aufrichtig wie gegen ihre Freundin Marion de Sainte-Marie.

„Eigentümlich", sagte Madelon. „Ich habe vor einigen Tagen einen Menschen kennengelernt, der ihm ganz außerordentlich ähnlich sieht."

„Ich auch. Welch ein Zusammentreffen!"

„Wer war das?"

„Ein Maler, namens Haller, der für einen Tag bei uns auf Ortry war."

Madelon nickte leise vor sich hin und fragte:

„Hat dir dieser Mann gefallen?"

„Warum nicht?"

„Es ist derselbe, den ich meine."

„Wie? Derselbe? Dieser Haller ist jetzt in Berlin?"

„Ja. Wüßte ich, daß du verschwiegen sein könntest, so würde ich dir ein Geheimnis mitteilen."

„Madelon! Willst du mich beleidigen? Glaubst du, daß ich das, was mir die Schwester anvertraut, nicht zu bewahren verstehe? Wir sind durch alles Unglück des Lebens miteinander gegangen, unsere Herzen haben sich nie entzweit, wollen wir jetzt beginnen, Mißtrauen zu hegen?"

„Nein, nein, meine liebe Nanon. Dieser Haller ist nämlich kein Maler, sondern ein französischer Offizier."

„Was du sagst!" rief Nanon überrascht.

„Ja, ein Offizier und Spion. Frankreich will Krieg mit Deutschland beginnen, darum sendet es solche Leute zu uns, welche die Aufgabe haben, unser Land und unsere Verhältnisse zu erkunden."

„Das hätte ich ihm nicht zugetraut."

„Mir hat es ganz besonders leid getan. Er wohnt mit mir in demselben Haus."

„Was du sagtst!"

„Ich habe ihn freundlich und mit Vertrauen empfangen, und denke dir, unsere Verhältnisse scheinen ihm nicht ganz unbekannt zu sein."

„Das wäre wunderbar."

„Er sprach von Aufklärungen, die er mir nach meiner Rückkehr geben will."

„Glaubst du daran?"

„Ich weiß allerdings nicht, was ich denken soll. Man muß es geduldig abwarten. Ich habe einige Hoffnung auf morgen gesetzt."

„Ich gar keine."

„Warum? Ich kann mich des Gedankens nicht erwehren, daß der Pflegevater doch gewußt hat, wer wir sind. Er wird nicht gestorben sein, ohne es seinem Sohn mitgeteilt zu haben. Das ist so meine Meinung."

„Und du denkst, daß dieser uns das Geheimnis offenbart?"

„Ja."

„Das wird er nicht tun. Diesen Charles Berteu kenne ich besser als du."

„Er war zwar immer ein eigenwilliger, sprachfauler Knabe, aber wirklich zuleide getan hat er uns mit Absicht wohl nichts Bedeutendes."

„Bis zu unserer Trennung, ja. Du gingst eher in Stellung als ich. Ich blieb auf Schloß Malineau zurück. Kannst du dich erinnern, daß er mich immer auszeichnete?"

„Das weiß ich allerdings noch sehr genau."

„Nun, nach deiner Entfernung trat das noch viel bestimmter hervor. Er machte mir – Liebesanträge."

„Liebesanträge?" fragte Madelon erstaunt. „Er, der Pflegebruder?"

„Ja. Ich wies ihn natürlich zurück. Das nahm er mir übel und warf seinen Haß auf mich. Auch später noch verfolgte er mich. Er hat mir nach Ortry oft geschrieben, immer nur von Liebe und Seligkeit, von Lust und Glück, von Himmel und Hölle. Ich habe ihm einmal geantwortet, um ihn zum Schweigen zu bewegen, dann aber nicht wieder, weil es vergeblich war."

„Das hätte ich von diesem Pflegebruder Charles nicht geahnt."

„Oh, noch viel mehr! Er ist nach Ortry gekommen und hat mich während meiner Spaziergänge abgelauert. Es ist mir nur mit äußerster Anstrengung gelungen, ihm zu entfliehen."

„Der Schändliche!"

„Dann ging ich mit Marion auf Reisen. Kurz nach meiner Rückkehr bekam ich abermals einen Brief, der mich benachrichtigte, daß er nächstens kommen werde, um mündlich mit mir zu sprechen. Ich würde nicht wagen, einen Schritt vor die Tür zu tun, aber ich habe einen Schutz, auf den ich mich verlassen kann."

„Wer ist das?"

„Fritz Schneeberg, der Kräutersammler."

„Ah, dieser!"

„Ich weiß ganz genau, daß er stets in meiner Nähe ist, wenn ich ausgehe. Wir haben nicht etwa eine Vereinbarung getroffen, aber es ist, als ob dieser treue Mensch allwissend wäre. Sobald ich spazierengehe, sehe ich ihn. Ich würde ganz gewiß nicht wagen, zum Begräbnis zu kommen, wenn ich diesen Schutz nicht hätte."

„Denkst du, daß Charles seine Angriffe erneuern wird?"

„Ich befürchte es."

„Und daß Herr Schneeberg dich beschützen kann?"

„Das hoffe ich."

„Wie soll er das anfangen?"

„Ich weiß es nicht."

„Willst du ihn mit in das Schloß nehmen?"

„Das wird nicht gehen."

„Nein, das geht nicht. Wie also soll er dich beschützen?"

„Ich muß es ihm überlassen. Es ist am besten, ich spreche ganz aufrichtig mit ihm, und zwar noch heute abend."

„Heute abend noch? Wo denkst du hin?"

„Warum nicht?"

„Nach Mitternacht! Ein junges Mädchen zu einem einzelnen Herrn im Gasthof!"

„Liebe Madelon, bei euch in Berlin muß es doch recht schlimme Menschen geben, weil du so wenig Vertrauen hast. Dieser Herr Schneeberg ist so gut, so ehrlich und bescheiden. Er wird nicht ein Wort sagen, was mir unangenehm sein könnte."

Madelon konnte natürlich nicht sagen, daß gerade dieser gute, bescheidene und ehrliche Herr Schneeberg aus Berlin sei, noch dazu von den Ulanen. Sie meinte also nur:

„Tue, was dir recht und klug erscheint! Du kennst ihn ja besser als ich."

„So gehe ich zu ihm. Wer weiß, ob ich morgen Zeit finde, unter vier Augen und vertraulich mit ihm zu sprechen."

„Dann säume nicht, bis es zu spät wird. Ich gehe schlafen. Ich bin so sehr müde. Ich habe von Berlin bis hierher kein Auge schließen können."

Nanon verließ das Zimmer und begab sich einige Türen weiter. Dort saß Fritz am offenen Fenster und blickte in die milde Nacht hinaus. Er hatte während der vorigen Nacht nicht schlafen können, aber er fühlte trotzdem keine Müdigkeit. Sein Licht war verlöscht, und nun blickte er nach den Sternen des Himmels, welche alle er nicht vertauscht hätte gegen den Stern, welcher ihm seit kurzem hier unten aufgegangen war.

Da klopfte es leise, leise an seine Tür. Er fuhr erstaunt herum und gebot:

„Herein."

Die Tür wurde ein wenig geöffnet, und er hörte:

„Sind Sie noch munter – o nein, Sie haben ja kein Licht."

Er kannte diese Stimme. Er sprang wie elektrisiert auf und antwortete:

„Ich bin noch nicht zur Ruhe, Mademoiselle Nanon! Ich werde gleich Licht anbrennen. Bitte, kommen Sie."

Er zündete das Streichholz an, und als dann die Lampe brannte, sah er sie lauschend unter der halbgeöffneten Tür stehen, gerade wie zur Flucht bereit.

„Fürchten Sie sich vor mir, Mademoiselle?" sagte er.

„O nein! Aber es ist so spät; da macht man keine Besuche. Bei

Ihnen war es dunkel, und übrigens wußte ich nicht genau, ob ich auch die richtige Tür getroffen hatte."

„Nun, es ist die richtige. Bitte, setzen Sie sich auf das Sofa! Ich nehme hier auf dem Stuhl Platz!"

Das war so bescheiden und vertrauenerweckend. Der Stuhl, von dem er sprach, stand fast in der entgegengesetzten Ecke des Zimmers. Sie setzte sich also auf das Sofa. Er schloß das Fenster und nahm dann auch Platz. Sie blickte ihm mit mildem, freundlichen Lächeln entgegen und fragte:

„Sie hatten kein Licht. Wird Ihnen da die Zeit nicht lang?"

„Ganz und gar nicht."

„Was taten Sie denn in dieser Dunkelheit?"

Eine leise Röte flog über sein Gesicht, als er antwortete:

„Oh, ich tat etwas sehr Leichtes und Ungefährliches. Ich guckte die Sterne an."

„Die Sterne? Ei, ei, Monsieur Schneeberg. So sind Sie wohl gar ein Dichter?"

„Oh, nichts weniger als das. Ich habe im ganzen Leben noch keinen Vers gemacht."

„Oder ein Astronom?"

„Das noch weniger. Astronomen müssen große Rechner sein, und bei langen Zahlen vergesse ich stets das kleine Einmaleins, um wieviel mehr das große!"

„Wissen Sie denn, daß man ein Dichter sein kann, ohne Reime zu machen? Eine brave Frau, welche ihr Heim mit der Harmonie des Glücks und des Friedens ausgestattet, ist vielleicht eine bessere Dichterin als eine andere, welche ganze Bände von Liedern schreibt."

„Sie haben recht. So eine Frau ist mehr wert als alle Schätze der Erde."

„Und ebenso kann man Astronom sein, ohne viel rechnen zu können!"

„Daß dies wahr ist, habe ich an mir erfahren."

„Ah! Wieso?"

„Nun, ich richte mein Augenmerk nur auf einen einzigen Stern; dem aber widme ich mein ganzes Leben."

„Welcher wäre das?"

„Es ist weder der Morgen- noch der Abendstern, obgleich ich des Morgens und des Abends an ihn denke. Sie dürfen ihn nicht da draußen am Himmel suchen. Er ist mir näher, viel, viel näher, Mademoiselle Nanon."

Sie erglühte; denn sein Auge ruhte mit einem tiefinnigen, fast anbetenden Ausdruck auf ihr. Aber ihr Vertrauen zu ihm war so groß und unerschütterlich, daß es ihr nicht als eine Gefahr erschien, das Thema fortzusetzen:

„Also Astronom sind Sie. Das ist mir lieb, denn wenn Sie weder Dichter, noch Astronom wären und dennoch die Sterne anguckten, so bliebe nur noch ein drittes möglich."

„Was wäre das?"

„Nun, man sagt, daß Verliebte den Himmel anlächeln."

„Wirklich? Das muß eine eigentümliche Liebe sein. Ich würde mein Lächeln lieber der Dame widmen, der ich mein Herz geschenkt habe."

„Ja, das würden Sie, denn Sie sind kein Schwärmer. Sie sind so praktisch, so sicher, so entschlossen, obgleich ich gefunden habe, daß Ihr Gemüt eigentlich recht weich und zart ist."

„Ich danke Ihnen, Mademoiselle. Scheint Ihnen das ein Widerspruch zu sein?"

„O nein. Ein reines, gutes, weiches Gemüt ist eine große Gnadengabe Gottes; dabei aber kann der Wille doch ein fester und energischer sein. Dieses beides, nämlich ein tiefes Gemüt und einen starken Charakter, denke ich mir an dem Mann, der ein Mädchen glücklich machen kann. Sie haben heute wieder eine Probe Ihrer Energie und Entschlossenheit gegeben, indem Sie Madelon vom Tode erretteten. Wie sollen wir Ihnen dies vergelten, Monsieur Schneeberg!"

Er sah fast beschämt vor sich nieder. Dann gestand er:

„Mademoiselle Nanon, ich wollte, ich könnte Ihnen täglich solche und noch viel gefährlichere Dienste leisten. Ich höre nie gern von Dank sprechen; aber ich fühle mich so glücklich, wenn Ihr Auge mir sagt, daß Sie mit mir zufrieden sind."

„So viele Dienste? Und doch kam ich zu Ihnen, um Sie wieder um eine Gefälligkeit zu bitten, die Ihnen jedenfalls unangenehm sein muß."

„Unangenehm? O nein. Jede Gefälligkeit, die ich Ihnen erzeigen kann, ist mir hochwillkommen!"

„Wenigstens wird sie Ihnen Störung und Unbequemlichkeiten bereiten."

„Das achte ich nicht, wenn ich Ihnen nützlich sein kann."

„Nun gut, lieber Monsieur Schneeberg; ich werde einmal recht aufrichtig mit Ihnen sein. Es gibt nämlich einen Menschen, den ich nicht leiden kann, und der mich nämlich zwingen will, seine Frau zu werden."

Das offene Gesicht von Fritz verfinsterte sich.

„Der soll sich sehr in acht nehmen, Mademoiselle Nanon. In dieser Hinsicht verstehe ich keinen Scherz!“ sagte er.

„Und leider“, fuhr sie fort, „ist dies gerade derjenige, bei welchem ich morgen sein werde!“

„Darf ich erfahren, wer es ist, Mademoiselle?“

„Der Sohn des Toten.“

„Also Ihr Pflegebruder?“

„Ja.“

Sie erzählte ihm von den Briefen, die sie erhalten hatte, und auch, daß er einige Male gewalttätig hatte werden wollen.

„Das ist auch in Ortry geschehen?“ fragte Fritz.

„Leider!“

„Ein Glück für ihn, daß ich nicht dazugekommen bin.“

„Oh, da waren Sie noch gar nicht in Ortry.“

„Ah, so!“

„Aber er hat mir gedroht, nächstens zu kommen.“

„Das soll er lieber bleibenlassen.“

„Oh, es ist ein sehr starker Mensch!“

Fritz warf einen Blick an sich selbst hinab, verzog seinen Mund zu einem leisen, mitleidigen Lächeln und sagte dann:

„Ich wollte nur, daß er sehr stark wäre!“

„Warum?“ fragte sie verwundert.

„Damit ich einmal einen Menschen fände, mit welchem anzubinden es sich in Wirklichkeit verlohnte. Was ich bisher gehabt habe, war nur Spielerei. Man will sich doch gern einmal kennenlernen.“

Sie blickte lächelnd zu ihm hinüber und meinte:

„Ja, Sie müssen eine fürchterliche Körperkraft besitzen. Wissen Sie, daß ich mich gefürchtet habe, als Sie mir zum ersten Mal Ihre Hand reichten.“

„Gefürchtet? Herrgott, sich gefürchtet!“

„Ja, wirklich. Ich dachte, es würde um meine Hand geschehen sein, Monsieur Schneeberg.“

„Wie könnte ich Ihnen auch nur im entferntesten wehe tun.“

„Ja, als Sie dann meine Hand so leise in die ihrige nahmen, so vorsichtig und leise, als ob ich aus lauter Flaumfedern bestände, da merkte ich allerdings, daß ich mich geirrt hatte.“

„Man darf nicht immer nach der Gestalt gehen. Ich kenne einen Herrn, einen Ulanenoffizier, mit dem ich nicht in die Schranken treten möchte.“ Er meinte damit seinen Rittmeister und fuhr fort: „Ist Ihr Pflegebruder auch so lang und stark?“

„Nicht so lang, aber sehr breit und stark. Das sollen ja die Gefährlichsten sein. Nun denken Sie sich, daß ich morgen den ganzen Tag bei ihm sein muß!"

„Wann ist die Begräbnisfeierlichkeit?"

„Um drei Uhr nachmittags."

„So ist es ja Zeit, wenn Sie kurz vorher erscheinen."

„Als Pflegetochter? O nein, da muß man eher kommen. Die Leute würden erfahren, daß wir zögerten, obgleich wir anwesend waren."

„Es sind doch jedenfalls andere Trauergäste auch vorhanden?"

„Sehr viele jedenfalls."

„So brauchen Sie ja nichts zu fürchten."

„Meinen Sie das nicht. Er wird ganz gewiß die Gelegenheit ergreifen, mich allein zu sprechen."

„Und das fürchten Sie?"

„Am Tage nicht."

„Sie bleiben auch des Abends dort?"

„Ja, wenn auch nicht bis zur Nacht. Es wird ein Trauermahl gegeben, und wir dürfen nicht eher gehen, als bis dieses beendet ist."

„Hm! Ich verstehe, Mademoiselle Nanon. Wie weit ist es von hier bis nach Schloß Malineau?"

„Noch anderthalb Stunden."

„Steht dieses Gebäude ganz allein?"

„Zehn Minuten davon steht eine alte Pulvermühle einsam im Wald, und auf der andern Seite, ebensoweit vom Schloß, liegt das Dörfchen, welches zum Schloß gehört."

„Wie heißt dasselbe?"

„Auch Malineau. Man kommt hindurch, wenn man von hier nach dem Schloß will."

„Gibt es einen Gasthof dort?"

„Nein, aber eine Schänke mit Ausspannung."

„Wie wollen Sie morgen von hier nach dem Schloß gelangen?"

„Zu Fuß. Irgend jemand könnte unser kleines Gepäck, dessen wir bedürfen, nachbringen."

„Ich bitte Sie, das anders zu machen!"

„Es wird wohl kaum anders gehen."

„Und doch. Sie nehmen von hier eine Kutsche für den ganzen Tag und fahren mit derselben direkt nach dem Schloß. Wenn Sie ausgestiegen sind, kehrt der Kutscher in der Schänke ein und wartet, bis Sie ihm einen Boten schicken, daß er Sie abholen und nach Etain zurückbringen soll."

„Und Sie fahren mit?"

„Nein, das werde ich nicht tun!“

„Warum nicht? Gerade weil ich nicht auf Ihren Schutz verzichten wollte, kam ich heute so spät noch zu Ihnen.“

„Haben Sie keine Soge. Ich werde viel eher als Sie an Ihrem Ziel sein, wenn mich auch niemand bemerken sollte, und Sie werden den ganzen Tag unter meinem Schutz stehen.“

„Wirklich? Versprechen Sie mir das?“

„Ja. Hier meine Hand.“

„So bin ich beruhigt in Beziehung auf mich, nicht aber in Beziehung auf Sie, mein lieber Monsieur Schneeberg.“

„Haben Sie um mich keine Sorge. Ich bin überzeugt, daß wir den morgenden Tag ebenso friedlich beschließen werden wie den heutigen!“

„Das gebe Gott! Und da Sie so gut und freundlich gegen uns sind, will ich Ihnen auch eine Hoffnung mitteilen, welche wir für morgen hegen.“

„Möge sie in Erfüllung gehen.“

„Wir denken nämlich, daß unser Pflegevater von unserer Abstammung unterrichtet gewesen ist, und daß er das darauf Bezügliche vor seinem Tode dem Sohn mitgeteilt hat.“

„Und Sie meinen, daß dieser es Ihnen nun seinerseits morgen offenbaren wird?“

„Ja. Madelon gegenüber habe ich allerdings einige Zweifel geäußert, damit sie nicht allzusehr enttäuscht wird, wenn sich unsere Hoffnung nicht erfüllen sollte. Was denken Sie davon?“

„Ich will Ihnen keine Unwahrheit sagen: Sie werden nichts erfahren.“

„Aber was kann ihm das Geheimnis nützen?“

„Viel, sehr viel!“

„Ich sehe es nicht ein!“

„Weil Sie eben das Geheimnis nicht kennen, Mademoiselle. Eins aber ist sicher: Es bildet in seiner Hand eine Waffe gegen Sie, sogar eine sehr gefährliche Waffe.“

„Gott! Wollen Sie mir bange machen?“

„Nein. Ich meine nicht eine Waffe, welche Ihnen körperlich gefährlich werden kann, sondern ich denke, daß er sie in Anwendung bringen wird, um Ihren Widerstand gegen seine bisher erfolglose Werbung zu besiegen.“

„Es wird ihm nicht gelingen!“

„Das kann man nicht wissen. Wie nun, wenn er Ihnen Reichtümer verspricht?“

„Er ist nicht reich!“

„Oder Ehren?"

„Die Ehre, welche er besitzt, ist nichts wert."

„Oh, ich spreche nicht von seinem Reichtum und seiner Ehre, sondern ich meine damit das, was Ihnen gehört. Ihr Vater kann ein Edelmann gewesen sein."

„Meinen Sie?"

„Es ist sehr leicht möglich. Wenn ich Sie so ansehe, Mademoiselle, so ist es mir, als ob Sie nur die Tochter einer ausgezeichneten Familie sein könnten. An Ihnen ist alles so fein, so schön, so hell, so licht. Sie sind wie ein Stern, dessen Strahl einem jeden, den er trifft, doppeltes Leben geben muß."

Sie legte die Hände ineinander, blickte ihn treu und gut an, und sagte:

„Monsieur, Sie lassen da Ihr Herz Dinge sagen, welche Sie ihm eigentlich verbieten sollten."

„Nun gut! Wie nun aber, wenn Ihr Vater reich gewesen wäre?"

„Das ist allerdings möglich, denn Mutter hat so viele wertvolle Sachen gehabt, welche sie nach und nach verkaufen mußte."

„So sehen Sie! Nun fordert dieser Charles Berteu Ihre Liebe oder wenigstens Ihre Hand. Sagen Sie ja, so enthüllt er Ihre Abstammung, und Sie werden reich; sagen Sie aber nein, so teilt er Ihnen nichts mit, Sie bleiben arm."

„Das zöge ich alsdann vor!"

„Und müssen Sie nicht auch auf Mademoiselle Madelon Rücksicht nehmen?"

Sie blickte nachdenklich vor sich nieder und antwortete dann:

„Madelon wird lieber arm bleiben, als mich unglücklich sehen wollen!"

„Gott segne Sie beide! Noch eins. Wo wohnt dieser Charles Berteu? Im Schloß selbst?"

„Nein, sondern in einem Nebengebäude, welches für den Verwalter bestimmt ist."

„Kennen Sie dieses Gebäude?"

„Sehr gut, denn wir sind ja in demselben erzogen worden."

„Ist es bedeutend?"

„Neun Fenster in der Front und vier Fenster in der Tiefe."

„Wie hoch ist es?"

„Parterre und ein Stockwerk."

„Hat es Läden?"

„Nur im Parterre."

„Blitzableiter?"

„Ja, der ist vorhanden."

„Balkon?"
„Nein, aber eine Veranda, welche um das ganze Gebäude führt und mit Wein bepflanzt ist."
„Ah, diese reicht bis an das Stockwerk? Das Haus steht also frei und hat keinen Garten?"
„So ist es. Warum fragen Sie aber nach all diesen Dingen?"
„Nur aus Vorsicht, nicht nach einem bestimmten, fertigen Plan. Man muß sich bei solchen Veranlassungen alles zu vergegenwärtigen suchen. Wieviel Uhr beabsichtigen Sie morgen aufzubrechen?"
„Um die Hälfte des Vormittags."
„So werde ich Ihnen einen Wagen besorgen."
„Ich wußte es, daß Sie sich unserer noch weit mehr annehmen würden, als wir höflicherweise verlangen dürfen. Wir wachsen von Stunde zu Stunde in Ihrer Schuld, mein lieber Monsieur Schneeberg."
„Ich würde ganz glücklich sein, wenn diese Schuld so groß werden könnte, daß Sie sich fürchteten, von ihr zu sprechen."
„Aber was kann ich Ihnen dafür bieten!"
Er schüttelte den Kopf, machte mit der Hand eine abwehrende Bewegung und sagte:
„Man sagt, daß es Geschöpfe gibt, welche ihre Kraft gar nicht kennen. So ist es auch mit den Menschen. Es gibt Menschen, welche unendliche Reichtümer besitzen, ohne daß sie es ahnen. Ich kenne eine junge Dame, welche so reich ist, daß jeder freundliche Blick ihres Auges aus lauter Diamanten zusammengesetzt ist. Soll mir ein solcher Blick nicht tausendmal mehr wert sein als das, was Sie mein Guthaben nennen?"
Da ließ sie ein leises, goldenes Lachen hören und antwortete:
„Darf ich wissen wer diese junge Dame ist?"
„Sie selbst sind es, Mademoiselle Nanon."
„So werde ich Sie von nun an nur mit diamantenen Blicken bezahlen."
„Tun Sie das, und ich werde nicht wünschen, seliger zu sein!"
Da stand sie vom Sofa auf, und auch er erhob sich von seinem Stuhl. Sie reichte ihm die beiden kleinen, weißen Händchen dar, welche er vorsichtig und leise ergriff.
„Wissen Sie, was Sie sind, Monsieur Schneeberg?" fragte sie.
„Ich möchte es von Ihnen hören!"
„Ein Kind sind Sie, ein kleines, allerliebstes, folgsames und zufriedenes Kind, welches man immer und immer wieder küssen und herzen möchte."

„Gott, wäre es doch so!" antwortete er, indem seine breite Brust sich unter einem tiefen Seufzer dehnte.

„Und wissen Sie, was Sie noch sind?"

„Noch etwas?"

„Ja. Ein Mann sind Sie, ein stolzer, starker, mutiger und treuer Mann, ohne Fehl und Falschheit, ein Mann, dem man den Kopf an das Herz legen möchte, um ihn immer und ewig dort liegen zu lassen. Das sage ich Ihnen, weil ich Sie kenne. Ein anderer würde mich nun gleich in seine Arme nehmen und liebkosen: aber Sie tun das nicht; Sie machen da trotz Ihrer Einfachheit viel höhere Ansprüche. Sie wollen mit der Seele, mit dem Gemüt genießen. Sie wollen mit dem Herzen liebkosen und küssen. Monsieur Schneeberg; ich bin ein armes dummes Mädchen; ich weiß nicht, was eine andere an meiner Stelle tun würde, aber ich wollte, Sie würden einmal recht sehr glücklich, unendlich glücklich! Und heute will ich noch eine letzte große Bitte aussprechen. Wollen Sie sie mir erfüllen?"

„Es ist so gut, als hätte ich sie schon erfüllt!"

„Gut! Denken Sie einmal, daß ich jetzt Ihr kleines gutes Weibchen wäre, nicht?"

„O Gott, wie gern!"

„Nun will ich einmal meinen Kopf an Ihr Herz legen. So! Nicht wahr, ich darf?"

„Tausend und tausend Mal."

„Nun legen Sie mir Ihre rechte Hand auf den Kopf. Bitte, lieber Monsieur Schneeberg."

„So?" fragte er, indem er ihren Wunsch erfüllte.

Es war ihm, als ob ihm das Herz vor Seligkeit zerspringen wolle.

„Ja, so", antwortete sie. „Nun beugen Sie sich ein wenig herab zu mir und sagen mir ganz genau die Worte nach, welche ich Ihnen vorsagen werde. Wollen Sie das?"

„Ich muß, ich habe ja versprochen, Ihren Wunsch zu erfüllen."

„Ja, Sie müssen gehorchen", sagte sie unter einem glückseligen Lächeln, „Sie, der große, starke Mann mir, dem kleinen Mädchen. Also, nun sagen Sie."

Und leise und langsam, sehr langsam sprach sie ihm die Worte vor:

„Meine liebe, liebe, gute Nanon."

Es traten ihm die Tränen in die Augen. Er hätte am liebsten vor Glück und Seligkeit laut aufweinen mögen; aber er bezwang sich und sagte es nach:

„Meine liebe, liebe, gute Nanon."

Und nun plötzlich ergriff sie seinen Kopf, zog ihn noch ein Stück niederwärts und preßte ihre Lippen nur einmal zwar, aber so recht warm und innig auf seinen Mund.

„Gute Nacht, mein lieber, lieber, guter Fritz."

Das hörte er noch, dann war sie plötzlich zur Tür hinaus. Er blieb stehen, als ob er kein Glied bewegen könnte, und erst nach einer längeren Pause wendete er sich ab.

„Welch ein Mädchen", flüsterte er. „Wie ein Engel des Himmels. Und welch ein Glück. Es wäre für einen Fürsten zu köstlich und zu groß. Und da fällt es mir zu, mir, dem Waisenknaben, dem Ulanenwachtmeister, der keine andere Zukunft hat, als die gar nicht glanzvolle Anwartschaft auf eine Anstellung als Gendarm oder Steueraufseher."

Schloß Malineau war gegen Ende des vorigen Jahrhunderts niedergebrannt und wurde von dem damaligen Besitzer im Renaissancestil schöner und größer wieder aufgebaut, als es vorher gewesen war.

Der Eigentümer, ein stolzer Aristokrat, hatte nicht gewollt, daß ein Untergebener mit ihm unter demselben Dach wohne. Er sorgte dafür, daß die Wohnung des Inspektors oder Verwalters von dem Hauptkomplex getrennt und, etwas entfernt vom eigentlichen Schloß, dafür ein Gebäude errichtet wurde.

Dieses letztere war ganz so, wie Nanon es beschrieben hatte; höchstens muß noch hinzugefügt werden, daß es ein glattes Dach besaß, gerade wie das Schloß selbst.

In dieser Wohnung herrschte heute ein Geruch, welcher lebhaft an Firnis oder Kienöl erinnerte. Es war jener Geruch, welcher neuen Särgen zu entströmen pflegt.

In einer zweifenstrigen Stube saß ein junger Mensch, der vielleicht sechsundzwanzig Jahre zählen mochte. Seine Gestalt war nicht hoch, aber außerordentlich breit und kräftig gebaut. Ein dicker Kopf, ein Stiernacken und kleine, starre Augen machten zwar den Eindruck des körperlich Kräftigen, aber des geistig Niedrigstehenden.

Er hatte ein Buch vor sich liegen. In demselben standen Ziffern, mit denen er sich beschäftigte.

Dieser junge Mensch war Charles Berteu, der Sohn des verstorbenen Verwalters, welcher heute beerdigt werden sollte. Der Sohn schien sehr übler Laune zu sein.

Da öffnete sich die Tür, und eine Frau in Trauer trat ein. Sie war klein, aber starkknochig, hatte keine Zähne mehr – und eine lederartige, gelbe Haut machte ihr Gesicht sehr unangenehm.

„Nun, Charles", sagte sie. „Wieviel Wein?"

„Schon wieder dieser verdammte Wein", fuhr er auf. „Wir selbst haben keine einzige Flasche."

„Aber drüben im herrschaftlichen Keller."

„Nun, ich rechne ja bereits seit einer Stunde, wieviel wir nehmen könnten und wie viel Dreien aus Fünfen zu machen wären; aber es ist verteufelt schwierig."

„So berechne es später. Heute ist keine Zeit dazu."

„Aber wenn uns nun die Herrschaft plötzlich überfällt, und die Bücher sind nicht in Ordnung."

„Man kommt nicht sogleich."

„Oho! Der General hat geschrieben, daß er in vier Wochen kommen werde. Das wäre ja gut und schön. Aber nun haben wir den Tod des Vaters melden müssen, und da steht zu erwarten, daß er viel eher eintreffen wird, um die Bücher und Bestände zu untersuchen."

„Auch das würde uns nicht in Verlegenheit bringen. Der General ahnt doch nicht im entferntesten, daß Vater zweierlei Buchführung eingeführt hatte, eine für sich und eine für den gnädigen Herrn."

„Das ist's ja eben, was mir Schmerzen macht. Vater war äußerst bewandert in solchen Finessen; da er mir aber stets nur halben Einblick gestattete, so ist mir jetzt die Sache fast zu schwierig. So viel habe ich herausgefunden, daß wir Ersparnisse nicht gemacht haben."

Die Frau stieß einen Seufzer aus.

„Reich sind wir nicht", sagte sie.

„Ganz und gar nicht. Ehe der General kommt, müssen neunhundert Franken in die Kasse. Woher aber nehmen?"

„Ich denke, der alte Kapitän . . .?"

„Nun ja, diese Pulverbestellung wird Geld bringen, doch ist das auch nur ein größeres Loch, welches man gräbt, um ein kleines auszufüllen."

„Ich hatte mir das anders gedacht. Wir hätten beim Tode des Vaters unsere Wolle trocken haben können."

„Das war ja stets seine Absicht auch – aber diese verdammten Geburtsscheine und Taufzeugnisse. Wo in aller Welt sie nur stecken müssen."

„Wir finden sie nicht, nachdem wir bereits alles umgestürzt haben."

„Sie waren aber da, wirklich da?"

„Ja. Die Mutter der beiden Mädchen hat sie selbst aufbewahrt, und zwar an einem sicheren Ort."

„Vater hat diesen Ort gewußt?"

„Natürlich."

„Wußte er auch, welches der wirkliche Name der beiden Mädchen ist?"

„Er wußte alles."

„Desto ärgerlicher, daß er so schnell sterben mußte, ohne noch ein Wort sprechen oder schreiben zu können."

„Was könnten wir für die Dokumente bekommen. Gewiß große, sehr große Summen", sagte die Frau.

„Dummheit!" antwortete der Sohn. „Du würdest wohl wirklich die Dokumente an die beiden Mädchen verkaufen. Das fehlte noch. Ich will alles haben, alles."

„Und nun hast du nichts."

„Unsinn! Die Schriftstücke werden sich früher oder später doch noch finden; die Hauptsache sind die Mädchen. Ich heirate Nanon; dann bin ich des Erbes sicher."

„Seit wann hast du sie denn eigentlich heiraten wollen, ohne daß sie ja gesagt hat?"

„Halte den Mund! Sie wird mich doch noch nehmen müssen."

„Pah! Ich glaube nicht daran."

„Ich werde es dir beweisen. Wäre Vater nicht gestorben, so hätte ich mich jetzt zu ihr nach Ortry auf den Weg gemacht, da wir sowieso den Pulvertransport haben. Der Alte hätte mir geholfen, denn es kann ihm nur lieb sein, daß die Nanon von der Baronesse wegkommt, die in ihr eine Stütze hat. Da jedoch der Todesfall eingetreten ist, kann ich es anders anfangen. Geht es nicht im guten, so geht es im bösen. Heut aber muß es sich entscheiden. Heut wird sie mein, freiwillig oder mit Gewalt."

„Nur Vorsicht, Charles!"

„Pah! Wer zum Anführer der Franktireurs mit gewählt wurde, kann kein unebener Kerl sein."

„Aber wenn sie nun nicht kommt?"

„Sie kommt. Sie hat nicht gewußt, was der Vater war und darum sehr viel auf ihn gehalten."

„Und wenn sie nun deine Frau ist – was dann?"

„So wird das ganze Haus umgerissen, um die Dokumente zu finden."

„Dann erbt aber die Madelon die Hälfte."

„Keinen Centime; dafür laß mich sorgen. Mein Plan ist bereits gemacht. Übrigens sage ich dir offen, daß ich die Nanon nicht nur des Geldes wegen haben will. Sie ist ein verdammt maulrechtes Mädchen, ein Bissen, wie man feiner keinen bekommen kann. Ich lecke alle Finger nach ihr. Horch!"

Man hörte von unten her das Rollen eines Wagens und das Getrappel von Pferden.

„Wer mag das sein?" fragte die Mutter.

„Geh hinab und sieh nach."

„Wenn sie es nun ist, willst du sie nicht selbst empfangen?"

„Nein. Das paßt nicht in meine Hausrolle. Sie ist das Ziehkind, und ich bin der richtige Sohn. Sie hat zu mir zu kommen, um mich zu begrüßen."

Die Frau ging; dann hörte man unten helle Mädchenstimmen erschallen. Nach einer Weile nahten Schritte. Die Mutter machte die Tür auf und sagte:

„Hier hast du eine Überraschung – alle beide."

Er drehte sich rasch um; er erblickte Nanon und Madelon. Seine Stirn wurde kraus. Das war nicht nach seinem Sinn. Madelon war ihm im Wege. Er stand auf, reichte beiden die Hand und sagte:

„Es ist ein Trauerhaus, in dem ihr seid; aber trotzdem will ich euch willkommen heißen. Auf Nanon hatte ich gerechnet, auf dich nicht, Madelon. Wie kommst du aus Deutschland, von Berlin hierher?"

Die beiden Mädchen waren sehr ernst. Man sah es ihnen an, daß sie sich in der Nähe dieses Menschen nicht wohl befanden.

„Nanon hatte mir telegrafiert, und ich bin sofort auf die Bahn gestiegen", antwortete die Gefragte.

„Das konntet ihr beide bleibenlassen, nämlich du das Telegrafieren und du das Reisen."

Da antwortete Nanon herzhaft:

„Deinetwegen ist es auch nicht geschehen. Wir selbst wollten uns gern einmal wiedersehen."

„Schau, welches Mundwerk du dir angeschafft hast. Na, geht hinunter; ich habe Ruhe notwendig, und unten gibt es Arbeit für euch. Mutter wird euch anstellen."

Sie wendeten sich bereits zum Gehen; da aber rief er noch:

„Halt! Ihr seid mit dem Fuhrwerk gekommen?"

„Ja", antwortete Nanon.

„Wem gehört es?"

„Einem Kutscher aus Etain."

„Er fährt doch sogleich wieder fort?"

„Nein. Er wartet bis heute abend in der Schänke."

„Sapperlot! Wollt Ihr heute abend wieder fort? Daraus wird nichts. Ihr bleibt länger da."

„Das geht nicht. Unser Urlaub ist so kurz, daß wir schon heute wieder fortmüssen."

„So. Der Kutscher bleibt also wirklich in der Schänke, und wer bezahlt ihn?"

„Wir."

„Gut. Ihr könnt gehen."

Sie gehorchten diesem Gebot, und er schrieb und rechnete weiter. Nach längerer Zeit kam seine Mutter, um nach etwas zu fragen. Er gab ihr Auskunft und sagte ihr dann, daß sie Nanon zu ihm schicken solle.

„Du willst sie jetzt um ihre Einwilligung fragen? Sie wird sich weigern."

„Das werde ich abwarten."

„Sie scheint ein ganz anderes Mädchen geworden zu sein, viel fester, sicherer und verständiger."

„So bin auch ich ein anderer Kerl geworden. Wollen doch sehen, wer da Herr bleiben wird."

Sie ging, und gleich darauf trat Nanon ein. Sie wußte natürlich, um was es sich handelte, doch zeigte sie nicht die geringste Spur von Verlegenheit oder gar von Furcht.

Er hatte auf dem Sofa Platz genommen; er zeigte neben sich hin und sagte:

„Da bist du ja. Schau, so gefällt es mir. Den Weisungen des Hausoberhauptes muß augenblicklich gefolgt werden. Komm, setz dich her zu mir."

„Danke!" antwortete sie. „Ich mache leichte, schnell zu erledigende Angelegenheiten gern im Stehen ab."

„Du denkst, es handelt sich um eine so leichte Sache? Da irrst du dich. Es ist vielmehr eine sehr ernste und wichtige Angelegenheit, welche ich mit dir zu besprechen habe. Setz dich also nieder."

„Gut, so nehme ich Platz."

Sie setzte sich auf einen Stuhl, welcher fern von ihm stand.

Er zog die Stirn in Falten und musterte ihre Gestalt vom Kopf bis zu den Füßen herab.

„Das muß man sagen", begann er dann, „ein sauberes Mädchen bist du geworden. Meinst du nicht auch?"

In ihren Augen leuchtete es auf. Was sie sonst nie getan hätte, heut und ihm gegenüber tat sie es – sie antwortete:

„Ja, das meine ich allerdings."

Er war ganz frappiert von dieser unerwarteten Antwort.

„Donnerwetter!" stieß er hervor. „Wirklich? Du weiß, daß du schön bist? Da bist du wohl von deinem Wert ganz außerordentlich überzeugt?"

„Ganz ebenso wie du von dem deinigen."

„Gut, so passen wir zusammen. Zwei sehr wertvolle Personen. Wollen wir uns zusammentun?"

„Danke!" antwortete sie schnippisch.

„Nicht? Warum nicht?"

„Du meinst mit dem nicht sehr ästhetischen Ausdruck ‚Zusammentun' doch das, was man gewöhnlich verehelichen, verheiraten, vermählen nennt?"

„Ja, natürlich."

„So ist es zu verwundern, daß du anstatt eines edlen Ausdrukkes gerade den dümmsten und gemeinsten wählst! Nicht daß sich jeder Teil selbst für wertvoll hält, gibt eine glückliche Ehe, sondern daß jeder Teil von dem Wert des andern überzeugt ist. Übrigens habe ich noch gar nicht an meine Vermählung gedacht; von einem Zusammentun aber kann überhaupt keine Rede sein; das versteht sich ja wohl ganz von selbst."

„Du sprichst wie ein Buch! Also gegenseitige Wertschätzung. Wie hoch schätzt du da wohl meinen Wert?"

„Ich habe an dir noch keinen Wert bemerkt, konnte also auch keine Schätzung vornehmen."

„Nun, du wirst ihn schon noch erkennen. Die höchsten Werte sind die verborgenen. Zutage liegt nur das taube Gestein; nach Diamanten aber muß man graben. Ich werde dir Gelegenheit geben, bei mir nachzugraben, und du sollst dich wundern über die Schätze, welche du finden wirst."

„Zum Graben habe ich keine Lust. Es werden einem Steine genug angetragen, die bereits geschliffen sind."

„So meinst du, daß ich ungeschliffen bin?"

„Nein, denn ich weiß ja überhaupt nicht, ob bei dir ein Stein gefunden werden könnte, der sich des Schleifens verlohnte."

„Hölle und Teufel! Du bist wahrhaftig eine Katze, welche es versteht, ihre Krällchen zu gebrauchen!"

„Sie sind ja dazu da."

„Schön! Machen wir also nicht unnütze Worte; sie führen doch zu nichts! Behandeln wir die Sache vollständig objektiv und geschäftsmäßig! Ich habe nämlich Lust, dich zu heiraten!"

„Ich glaube es. Zu verdenken ist es dir nicht. Ich aber habe keine Lust."

„Das ist sehr offen. Ich hoffe, daß du auch ferner so aufrichtig bleibst. Dann kommen wir schneller zur Klarheit. Hast du etwa bereits einen Bräutigam?"

„Nein. Zwar bin ich dir keineswegs eine Antwort schuldig, aber ich will sie dennoch geben, damit wir früher zu Ende kommen."

„Warum also magst du mich nicht?"

„Weil du nicht nach meinem Geschmack bist!"

„Ah. Du heiratest nach Geschmack?"

„Ich halte dich überhaupt nicht für den Mann, bei dem ich glücklich sein kann."

„Pah! Man täuscht sich! Weißt du, was mein Vater an euch beiden getan hat?"

„Es ist uns so oft vorgerechnet worden, daß diese Frage sehr überflüssig ist. Ich weiß alles auswendig."

„Du solltest dankbar sein."

„Ich sehe keinen Grund dazu. Mutter hat ihre Juwelen und alles verkauft, um euch zu bezahlen. Ich hege sogar die Vermutung, daß sie irgendeine Summe bei euch deponiert hat, die aber unterschlagen worden ist!"

„Donnerwetter! Das nenne ich ebenso kühn wie aufrichtig!"

„Ich habe keinen Grund zur Furcht; dich aber brauche ich am allerwenigsten zu scheuen."

„Lassen wir das! Also du heiratest mich weder aus Liebe noch aus Dankbarkeit. Wie steht es denn mit der Klugheit? So eine recht schlau angelegte Verbindung muß doch eine sehr glückliche sein!"

„Danke."

„Ihr kennt euren Namen nicht . . "

„Kennst du ihn?" fragte sie schnell.

„Hm."

„Gib eine bestimmte, deutliche Antwort."

„Gut. Wenn du meine Frau wirst, gebe ich euch euren Namen, eure Legitimationen und somit die Ansprüche auf die Erbschaft, die ihr zu erheben habt."

„Ah, du willst durch mich erben?"

„Natürlich. Das leugne ich gar nicht."

„Beweise mir erst, daß du im Besitz unserer Dokumente bist."

„Ah. Du glaubst mir nicht?"

„Nein. Ich kenne dich als Lügner."

„Dich werde ich nie betrügen."
„Spare diese Versicherungen. Zeige die Dokumente her!"
„Fällt mir nicht ein."
„Nun, so sind wir fertig!"
Sie erhob sich, um zu gehen. Er sprang auf und sagte:
„Also du magst mich nicht?"
„Nein."
„Selbst wenn ich die Dokumente besitze?"
„Beweise, daß du sie hast, und dann will ich mit dir verhandeln, eher aber nicht!"
„Zeigen kann ich sie nicht."
„Brechen wir also ab."
Da flammte eine wilde, begehrliche Glut in seinen Augen auf. Er trat herzu, faßte sie beim Arm und sagte:
„Ich will dich aber haben und werde dich haben, so oder so. Verstehst du mich?"
„Wenn du noch eine einzige derartige Drohung ausstößt, verlasse ich augenblicklich das Haus."
„Nun, so will ich mir wenigstens den Kuß nehmen, den die Schwester dem Bruder zu geben hat!"
Er versuchte sie zu umschlingen; aber noch bevor ihm dies gelang, erhielt er einen Schlag ins Gesicht, daß er mit einem Schrei zurücktaumelte. Auf dem Tisch, Nanon gleich zur Hand, hatte ein Teller gestanden. Sie hatte ihn blitzschnell ergriffen und dem Zudringlichen in das Gesicht geschlagen, daß die Scherben zu Boden fielen. Im nächsten Augenblick hatte sie das Zimmer verlassen.
Er ballte die Fäuste drohend und knirschte:
„Das sollst du mir entgelten! Ich liebe sie rasend! Mein muß sie werden, aus Berechnung, aus Liebe und auch zur Strafe!"
Die übrige Zeit verging wie an jedem Trauertag, Verwandte und Bekannte kamen, um an dem Leichenbegängnis teilzunehmen, und als der Sarg in die Grube gesenkt worden war, kehrte man in das Trauerhaus zurück, um sich zur Tafel zu setzen.
Als Pflegekinder des Verstorbenen hatten Nanon und Madelon die Verpflichtung, die Gäste zu bedienen.
Kurz nach der Rückkehr vom Kirchhof hatte Charles Berteu den Kutscher aufgesucht, welcher seine Stube in einem nur zum Gebrauch des Verwalters errichteten Stallgebäude hatte. Dieser Kutscher war ganz gleichen Schlages mit seinem Herrn; sie hatten schon manchen Streich miteinander ausgeführt.

„Hast du den fremden Kutscher gesehen, welcher die beiden Schwestern gebracht hat?“ fragte Berteu.
„Nein.“
„Auch Geschirr und Pferde nicht?“
„Ebensowenig.“
„So geh zur Schänke, wo er ausgespannt hat, und siehe dir alles an – die Pferde, das Geschirr, den Kerl, seine Kleidung, kurz alles!“
„Wozu? Gibt es einen lustigen Streich?“
„Ja, einen Streich und zwanzig Franken für dich!“
„Alle Wetter! Da bin ich sehr gern dabei!“
„Es liegt mir nämlich daran zu erfahren, ob du abends in der Dunkelheit für diesen Kutscher gelten könntest, unser Wagen für den seinigen und so weiter.“
„Also eine Komödie der Verwechselungen? Das wird drollig! Ich gehe; ich gehe. Aber, Monsieur, einige Franken pränumerando! Ich muß in der Schänke einkehren. Sie werden Einsicht haben!“
Der Kutscher sackte das Draufgeld schmunzelnd ein und entfernte sich, um nach der Schänke zu gehen.
Dort saß unter den wenigen anwesenden Gästen – Fritz. Er war zu Fuß hergekommen, hatte das Schloß umschlichen und wollte nun, nachdem er einen Labetrunk zu sich genommen hatte, die Pulvermühle aufsuchen, von welcher Nanon gesprochen hatte.
Er bemerkte, daß der Eingetretene den Kutscher Nanons ganz auffällig musterte, dann längere Zeit im Stall verweilte und endlich auch den vor der Tür stehenden Wagen betrachtete.
Das fiel ihm natürlich auf. Als der Mann wieder Platz genommen hatte, trank er ihm zu und zog ihn in ein Gespräch, währenddessen er hörte, daß er der Kutscher von Charles Berteu sei.
Nun schöpfte er Verdacht. Hier war höchstwahrscheinlich etwas in Vorbereitung, ein Streich, welcher das Kutschgeschirr betraf.
Er glaubte, der Spion würde bald nach dem Schloß zurückkehren, dies war aber nicht der Fall, vielmehr setzte er sich zu den anderen Gästen, um ein Kartenspiel mit ihnen zu machen.
Die Sache war langweilig, und so brach Fritz auf, um sich noch ein wenig in der Gegend umzusehen. Es war sicher, daß, wenn etwas gegen die Schwestern geschehen sollte, dies erst abends vorgenommen werden würde.
Er entdeckte die Pulvermühle mitten im Wald. Es war eine

Walzmühle, die ein ziemlich breiter Fahrweg mit dem Schloß verband. Das Werk stand heute still. Am Tag der Beerdigung des Verwalters wurde nicht gearbeitet.

Nun begann es dunkel zu werden, und er kehrte nach der Schänke zurück. Dort saß der Kutscher zwar noch immer, aber er blieb nicht mehr lange. Fritz folgte ihm bis nach dem Schloß. Er hatte sich mit einigen Instrumenten versehen, für den Fall, daß er sie bei seinem Lauscher- und Wächterwerk brauchen sollte.

Der Kutscher verschwand, und Fritz begab sich auf Rekognoszierung. Es war jetzt so finster, daß man schon etwas wagen konnte. Er kletterte an den Stangen der Veranda, welche sich um das ganze Gebäude zog, empor und befand sich nun auf einer mit Zinkblech gedeckten Plattform, von welcher aus man in jedes Fenster des Stockwerkes zu blicken vermochte.

Er schlich sich von einem Fenster zum andern, rundherum.

Er sah und zählte die Trauergäste und auch die beiden Mädchen, von denen dieselben bedient wurden; er betrachtete sich alle erleuchteten Zimmer genau, und er erkannte auch sofort, welches von den letzteren dasjenige von Charles Berteu sei.

Dieser saß bei seinen Gästen. So lange er sich dort befand, stand nichts zu befürchten; darum hielt Fritz ihn von draußen aus scharf im Auge.

Erst nach langer Zeit erhob sich Berteu und ging zur Tür hinaus. Fritz bückte sich nieder und kroch auf der Veranda leise nach der Gegend hin, in welcher sich das Zimmer befand, welches er für dasjenige Berteus gehalten hatte. Er hatte diesen Punkt noch nicht erreicht, als aus dem geöffneten Fenster ein Ruf erschallte:

„Mathieu!"

„Ja, Herr!"

Diese Antwort kam von der Kutscherwohnung herauf.

„Schnell zu mir!"

Fritz blieb vorsichtig liegen. Unten hörte er die Schritte des Gerufenen. Nachdem diese im Innern des Hauses verklungen waren, kroch er weiter und gelangte an das Fenster, welches der warmen Abendluft wegen geöffnet war. Er bemerkte, daß Berteu, eine Zigarre rauchend, an dem offenen Fenster saß. Der Kutscher trat ein. Fritz konnte von dem nun folgenden Gespräch jedes Wort verstehen.

„Nun, hast du die Augen aufgetan?" fragte Berteu.

„Und wie! Je besser man bezahlt wird, desto schärfer kann man sehen!"
„War das Geschirr fein?"
„Na, Mittelforte, so ungefähr wie das unserige."
„Die Pferde?"
„Zwei Braune, grad wie wir auch haben."
„Der Kutscher?"
„Von meiner Statur, lang und stark."
„So glaubst du also, daß es beim Dunkel der Nacht möglich ist, unser Gespann mit dem fremden zu verwechseln?"
„Ganz sicher. Nur müßte man sich vor Beleuchtung hüten."
„Das versteht sich ganz von selbst! Kannst du dir vielleicht denken, um wen es sich handelt?"
Der Kutscher zog eine Grimasse und antwortete:
„Natürlich um diejenigen, welche mit dem fremden Geschirr gekommen sind. Wenn es anders wäre, müßte ich mich außerordentlich irren."
„Du hast allerdings ganz richtig geraten, alter Schlaukopf. Es handelt sich um einen Streich, den ich meinen Pflegeschwestern spielen will, von dem aber niemand etwas ahnen und erfahren darf. Wir wollen ihn beraten. Deine Rechnung wirst du schon dabei finden."
Der Kutscher knurrte etwas, was der Lauscher nicht verstehen konnte. Jedenfalls aber sollte es etwas wie eine Zustimmung bedeuten. Charles Berteu fuhr fort:
„Ich muß dir nämlich sagen, daß ich etwas von den beiden Mädchen erfahren will, was sie mir nicht freiwillig mitteilen wollen. Ich muß sie also dazu zwingen. Dies kann aber nur dadurch geschehen, daß ich sie in Furcht jage, natürlich ohne ihnen wirklich ein Leid widerfahren zu lassen. Solchen Mädchen öffnet die Furcht den Mund am leichtesten. Dabei nun sollst du mir behilflich sein."
„Gern, wenn ich nämlich keinen Schaden davon habe", antwortete der Mann.
„Schaden ganz und gar nicht. Du sollst ja nicht einmal wissen, welchen Scherz ich mit ihnen vornehmen will."
„Das ist mir lieb, denn Ihre Scherze pflegen zuweilen nicht sehr spaßhaft zu sein."
„Soll das ein Vorwurf sein oder vielleicht selbst ein Scherz?"
„Keins von beiden. Was ich sagte, sollte nichts sein als eine einfache Bemerkung, welche mir von der Erfahrung diktiert wurde."

„Ich will nicht untersuchen, wie weit du als mein Diener zu einer solchen Einschaltung berechtigt bist. Heute handelt es sich um einen wirklichen Scherz, nämlich um so eine Art von Entführung."

„Donnerwetter. Ist das nicht gefährlich?"

„Nein. Die beiden Mädchen kommen ja sofort wieder frei."

„Das lasse ich eher gelten. So einen Spaß kann sich ein Bruder mit seinen Schwestern schon erlauben."

„Gut. Wir sind also ganz einer Meinung. Nämlich die Schwestern wollen heute bereits abreisen. Ich habe sie gebeten, länger zu bleiben; sie aber wollen nicht. Sie werden ihren Wagen kommen lassen und wegfahren. Da ist nun mein Plan, daß sie nicht nach der Stadt gefahren werden, sondern an einen Ort, von welchem aus sie gezwungen sind, wieder nach hier zurückzukehren. Auf diese Weise setze ich meinen Willen durch, sie länger hier in der Heimat zu behalten."

„Da sehe ich noch nicht ein, was ich dabei tun könnte. Sie werden den Kutscher aus Etain kommen lassen, und dieser fährt die Mädels natürlich dahin, wohin sie wollen."

„Dummkopf! Siehst du denn nicht ein, weshalb ich dich in die Schänke geschickt habe?"

„Nun, um zu sehen, welche Ähnlichkeit zwichen ihrem Geschirr und dem unsrigen ist."

„Und weshalb habe ich mich darüber unterrichten wollen?"

„Das weiß ich nicht."

„Und kannst es auch nicht erraten?"

„Das Raten ist niemals meine starke Seite gewesen."

„Nun, so muß ich dir allerdings zu Hilfe kommen. Du sollst an Stelle ihres Kutschers fahren."

„Sapperlot! Das wird schwer gehen."

„Sogar sehr leicht. Sobald ich merke, daß sie abreisen wollen, lasse ich es dich wissen. Du spannst ein und bringst dein Geschirr an einen Ort, den wir verabreden werden. Hast du das verstanden?"

„Sehr gut sogar."

„Die Schwestern werden in das Dorf nach ihrem Geschirr senden. Der Bote aber geht nicht dorthin, sondern zu dir."

„Ah, jetzt beginne ich zu begreifen. Ich fahre hier vor. Sie müssen denken, ich sei ihr Kutscher."

„So ist es. Darum muß alles ähnlich sein."

„Gut. Ich werde also meinen alten Mantel umnehmen müssen, da ihr Kutscher auch einen solchen hat."

„Ja. Du nimmst natürlich den Kragen hoch. Wenn du dann so verfährst, daß dich der Schein der Laterne nicht treffen kann, so werden sie sich leicht täuschen lassen."

„Wohin aber fahre ich sie?"

Berteu tat, als ob sein Plan noch nicht ganz fertig sei, als ob er selbst sich erst einen passenden Ort erdenken müsse.

„Wohin?" fragte er sinnend. „Hm, das ist eben die Frage. In das Dorf natürlich nicht, da könntest du ihrem Kutscher in die Hände geraten. Es muß eben ein Ort sein, an welchem sie diese Nacht nicht bleiben können, so daß sie gezwungen sind, wieder nach hier zurückzukehren."

„Das stimmt. Aber außerhalb des Dorfes gibt es ja keinen solchen Ort, kein Haus, wo man anhalten und sagen könnte, daß man in die Irre gefahren ist. Finster genug dazu ist es heute."

„Hm. Sollte sich denn gar nichts finden lassen?"

„Freilich wohl; aber das liegt zu nahe. Man könnte nicht sagen, daß man sich verirrt hat."

„So macht man einen Umweg hin. Welchen Ort meinst du denn?"

„Die Pulvermühle."

Das war es, was Berteu haben wollte. Er sagte in nachdenklichem Ton:

„Die Pulvermühle. Ja, das ginge. Meinst du nicht auch?"

„Es wäre das beste. Aber es ist ja heute kein Mensch dort."

„So geht man hin. Wenn die Schwestern einsteigen, nehme ich von ihnen Abschied und begebe mich sodann schnell nach der Mühle. Ich nehme Freund Ribeau mit, damit es nicht so sehr einsam ist. Wenn du dann nach einem Umweg dort ankommst, sind wir bereits dort."

„Ah, gut. Ich werde so tun, als ob ich gar nicht wüßte, wo ich mich befinde. Ich klopfe also an, und Sie öffnen."

„Ja. Wir öffnen dir die Durchfahrt. Du fährst herein, und hinter dir schließen wir wieder zu, so daß uns die Mädchen nicht entwischen können. Wir haben natürlich kein Licht, während wir euch öffnen. Wir führen die beiden nach meiner Schreibstube, in welcher Licht brennt. Sie erkennen mich, und die Überraschung, die es dabei geben wird, kannst du dir denken."

„Und ich?"

„Nun, du wartest eine Weile, bis ich dich benachrichtige, ob wir mit dir nach Hause fahren oder ob wir gehen. Im letzteren Fall fährst du natürlich eher zurück, denn wir werden den

Scherz mit einigen Flaschen Wein begießen, welche wir mitnehmen."

„So handelt es sich nur noch um den Ort, an welchem ich mit dem Geschirr zu warten habe."

„Nun, auf dem Weg nach der Pulvermühle. Da sieht dich kein Mensch. Es kommt niemand hin, und sodann ist ja rechts und links der hohe, dunkle Wald, so daß dich einer, der zufälligerweise hinkäme, gar nicht erkennen könnte."

„Na, mir recht. Meine Instruktion habe ich. Ich möchte nur die Gesichter der beiden Damen sehen, wenn sie denken, sich an ein einsames Waldhaus verirrt zu haben und dann ihren Bruder erkennen."

„Ja, es wird jedenfalls köstlich! Also mache deine Sache gut. Auf keinen Fall aber darfst du die Mädchen aussteigen lassen, bevor du die Mühle erreicht hast. Es ist ja möglich, daß sie Verdacht schöpfen. Da mußt du klug sein."

„Keine Sorge. Ein Frauenzimmer steigt so leicht nicht aus, solange die Kutsche in Bewegung ist."

Er ging fort, und Berteu begab sich zu der Gesellschaft zurück.

Fritz hatte jedes Wort verstanden. Er erriet die Absicht dieses Franzosen. War der Kutscher wirklich so dumm, den Plan seines Herrn nicht zu durchschauen, oder stellte er sich nur so? Fritz sagte sich, daß Berteu heute jedenfalls die Gelegenheit ergriffen habe, Nanon seine Liebesanträge zu erneuern; höchstwahrscheinlich aber war er abgewiesen worden, und nun wollte er Nanon mit List nach der Mühle bringen lassen, um sie dort in seine Gewalt zu bekommen. Freilich, Nanon allein konnte er nicht haben; Madelon war dabei. Daher nahm er einen jedenfalls gleichgesinnten Freund mit. Wehe den Mädchen, wenn sie wirklich in die Hände dieser beiden gewissenlosen Schurken fallen sollten!

Fritz hatte genug gehört; er brauchte nicht mehr zu lauschen. Daher kletterte er an dem Spalier wieder hinab und entfernte sich so vorsichtig, daß ihn niemand bemerkte. Dann blieb er überlegend stehen.

„Hm!" sagte er sich. „Ich könnte den Streich vereiteln, ohne die beiden Damen in Gefahr zu bringen. Ich brauchte ihnen denselben einfach nur zu verraten. Wenn ich jetzt zu ihnen gehe und ihnen erzähle, was ich gehört habe, so werden sie das Schloß sofort mit mir verlassen. Wir gehen in das Dorf, steigen in den Wagen und fahren nach Etain. Berteu hat dann den Ärger und das Nachsehen. Aber soll er wirklich so billig davonkommen? Eine kräftigere Lehre ist ihm recht gut zu gönnen, und die möchte ich ihm herzlich gern geben. Übrigens spricht mich diese alte Mühle außerordentlich an. Es ist mir, als ob dort etwas zu holen sei. Und der Kutscher hat auch einen anderen Lohn verdient, als er sich einbildet."

Der brave Fritz war ein verwegener Charakter, aber doch nicht unvorsichtig. Er legte sich alle Gründe für und wider zurecht und kam endlich zu dem Entschluß:

„Gut, es wird gewagt. Zwei Revolver und zwei kräftige Fäuste sind genug, um mit diesem Berteu und seinem Freund Ribeau fertigzuwerden, den Spaß, den ich mir persönlich machen werde, gar nicht mit in Rechnung gebracht."

Er begab sich in das Dorf und suchte wieder die Schänke auf. Dort versah er sich mit einem Licht und sagte dem wartenden Kutscher, daß er ein Bote der beiden Damen sei, die ihn ersuchen ließen, von jetzt an in einer Stunde mit dem eingespannten Geschirr auf sie zu warten. Es war das eine Vorsichtsmaßregel, welche er für etwaige Eventualitäten traf. Sein Plan konnte ja auch anders ausfallen, als er dachte.

Nun begab er sich nach dem Schloß zurück und bog da in den Fahrweg ein, welcher nach der Pulvermühle führte und wo der Kutscher warten sollte. Der letztere war noch nicht da, doch dauerte es gar nicht sehr lange, so hörte Fritz Pferdegetrappel und das leise, langsame Rollen von Rädern. Er war im Stall der Schänke gewesen und hatte da noch einige kurze Stricke gesucht, die er zu sich gesteckt hatte.

Er befand sich an einer etwas breiten Stelle der Straße, weil er sich gesagt hatte, daß hier der Kutscher jedenfalls umlenken und dann warten werde. Das geschah auch. Der Mann stieg vom Bock, befestigte die Zügel und öffnete den Kutschenschlag, um hineinzusteigen und es sich dort bequem zu machen.

Das war der geeignete Augenblick. Fritz huschte unhörbar unter dem Baum, hinter dem er sich versteckt gehabt hatte, hervor und legte dem Kutscher die beiden Hände so fest um die Kehle, daß der so unerwartet Überfallene keinen Laut ausstoßen konnte. Der Mann war vor Schreck ganz steif und bewegungslos, und als Fritz seine Finger noch fester zusammenschloß, stieß der Franzose ein tiefes Röcheln aus und sank zur Erde. Er war beinahe erwürgt und hatte die Besinnung verloren.

Fritz nahm ihm den Mantel und den breitkrempigen Hut ab, legte beides einstweilen zur Seite, faßte den Mann dann und schleifte ihn eine ziemliche Strecke in den Wald hinein. Dort fesselte er ihn mit Hilfe seiner Stricke an einen Baum und band ihm sein eigenes Taschentuch vor den Mund, damit er, zur Besinnung zurückgekehrt, sich nicht durch Rufen Hilfe verschaffen könne.

Dann kehrte er zu dem Wagen zurück, nahm den Mantel um, vertauschte den breitkrempigen Hut mit dem seinigen, den er einstweilen in dem Sitzkasten versteckte, machte die Zügel los, griff zur Peitsche und stieg auf den Bock.

Nun war er bereit und wartete auf den Boten, der ihn holen sollte. Dieser kam nach vielleicht einer Viertelstunde.

„Pst!“ sagte er, als er die Kutsche erreicht hatte.

„Ja“, antwortete Fritz halblaut. „Ist's Zeit?“

„Ja, aber nicht zu schnell, denn vom Dorf ist es weiter hin als von hier.“

Die Pferde zogen an. Nach kurzer Zeit hielt Fritz vor der Tür, aber so, daß ihn das Licht nicht treffen konnte. Er hatte den Kragen aufgeschlagen und die Hutkrempe ziemlich weit heruntergebogen, so daß man sein Gesicht gar nicht erkennen konnte.

Nanon und Madelon traten aus der Tür, von Berteu, seiner Mutter und einigen Gästen begleitet. Sie nahmen Abschied und stiegen ein. Berteu näherte sich den Pferden und flüsterte dem Kutscher zu:

„Umweg wenigstens eine halbe Stunde.“

Fritz nickte mit dem Kopf und fuhr dann ab, natürlich in der Richtung nach dem Dorf zu. Die beiden Damen hatten wirklich nichts gemerkt und waren ganz ohne Ahnung der Gefahr, welche ihnen gedroht hatte. Eine kurze Strecke vor dem Dorfe hielt der Wagen, und sie bemerkten, daß der Kutscher vom Bock stieg. Nanon öffnete das Fenster und fragte:

„Was gibt es? Warum halten Sie?“

„Weil ich mit Ihnen zu sprechen habe.“

Sofort wurde es den beiden angst. Was konnte dieser Mensch hier mit ihnen zu sprechen haben?

„Steigen Sie nur wieder auf“, gebot Madelon. „Im Dorf ist es auch noch Zeit uns Ihre Mitteilungen zu machen.“

„Nein, Mademoiselle Madelon“, antwortete er, näher tretend, mit seiner richtigen Stimme.

„Mein Gott!“ rief Nanon. „Das ist ja nicht der Kutscher! Diese Stimme kenne ich; das ist ein anderer!“

„Nun, wer bin ich, Mademoiselle Nanon?“

„Sie sind – ah, Monsieur Schneeberg, sind Sie es?"
„Ja, kein anderer. Fürchten Sie sich nicht."
„Gott sei Dank! Mir begann bereits angst zu werden. Aber, Monsieur, wo ist denn unser Kutscher?"
„Im Dorf wartet er auf Sie mit seinem Wagen."
„Ah! Ist denn dieser nicht der seinige?"
„Nein. Dieser Wagen nebst Pferden gehört Ihrem lieben Bruder Charles Berteu."
„Gott, was hat das zu bedeuten? Der Wagen des Bruders! Laß uns sofort aussteigen, Madelon!"
„O bitte, warten Sie noch", bat Fritz.
„Aber das geht nicht mit rechten Dingen zu."
„Allerdings nicht. Sie sollten entführt werden."
„Entführt!" riefen beide.
„Ja. Aber ich hatte Ihnen doch versprochen, über Sie zu wachen."
„Ich danke Ihnen, Monsieur. Aber inwiefern sollten wir denn entführt werden?"
„Sie sollten nach der Pulvermühle geschafft werden, wo Sie von Berteu und Ribeau erwartet werden."
„Ribeau, dessen ich mich kaum erwehren konnte!" sagte Madelon.

Fritz erzählte ihnen alles, bis der Plan ihres Bruders klar vor ihren Augen lag. Sie schauderten.
„Welche Schlechtigkeit!" meinte Nanon. „Ich hätte diesen Tag nicht überlebt."
„Ich auch nicht", fügte Madelon hinzu. „Herr Schneeberg, Sie haben uns das Leben gerettet. Fahren wir eilig nach dem Dorf!"
„Fürchten Sie sich wirklich so sehr vor diesen beiden Menschen?" fragte er.
„Nun Sie bei uns sind, haben wir keine Angst mehr."
„Das ist mir sehr lieb; denn das gibt mir den Mut, eine recht große Bitte auszusprechen."
„Reden Sei, lieber Monsieur Schneeberg", sagte Madelon.
„Ich möchte am liebsten nicht nach dem Dorf."
„Wohin sonst?"
„Ich möchte Sie lieber nach der Mühle fahren."
„Mein Gott! Zu diesen beiden Menschen? Warum? Ich begreife das nicht."
„Um sie vor Ihren Augen zu bestrafen. Und außerdem habe ich noch einen besonderen Grund, mir das Innere dieser Mühle einmal anzusehen."

„Aber, Monsieur, welche Gefahr für uns!"
„Nicht die mindeste! Oder haben Sie kein Vertrauen zu mir?"
„Gewiß vertrauen wir Ihnen. Sie sind stark, mutig und treu!"
„Und vorsichtig!" fügte er hinzu. „Ich werde Sie ganz gewiß nicht einer Gefahr aussetzen, welcher ich nicht zu begegnen vermag."
„Davon sind wir überzeugt. Aber die einsame Mühle. Und diese beiden Menschen dort."
„Sollen sie nicht bestraft werden?"
„Eigentlich, ja. Was sagst du dazu, Madelon?"
„Ich würde ihnen eine Strafe gönnen."
„Du hast also Mut, mit hinzufahren?"
„Ja, da Herr Schneeberg uns versichert, daß er uns schützen werde."
„Aber was wird dort geschehen? Was haben wir zu tun?"
„Ich werde", antwortete Fritz, „die Rolle des instruierten Kutschers spielen. Ich fahre bei der Mühle vor und tue so, als ob wir uns verirrt haben. Man wird uns im Dunklen öffnen und dann hinter uns die Tür verschließen."
„Dann sind wir gefangen."
„Das ist mir lieb. Man wird Sie sodann nach der Schreibstube Ihres Bruders bringen."
„Uns allein? Ohne Sie?"
„Allerdings; aber Sie stehen trotzdem unter meinem Schutz. Haben Sie bereits einmal einen Revolver in der Hand gehabt?"
„Ja", antworteten beide.
„Hier sind zwei; stecken Sie dieselben zu sich, um sie im Notfall zu gebrauchen. Schießen Sie in Gottes Namen jeden nieder, der Sie nicht mit Achtung behandelt. Ich werde die Folgen auf mich nehmen."
„Einen Menschen erschießen!" sagte Madelon schaudernd.
„Oh, so weit wird es gar nicht kommen. Wenn diese beiden Kerle die Waffen sehen, werden sie den Mut verlieren. Diese Sorte von Menschen pflegen Feiglinge zu sein. Wo liegt die Schreibstube? Sie haben ja hier gewohnt. Sie werden es wissen."
„Entgegengesetzt der Durchfahrt. Sie werden also nicht in unserer Nähe sein."
„Haben Sie keine Sorge. Ich werde auf jeden Fall bei Ihnen sein, sobald Sie meiner bedürfen. Also, wollen Sie sich mir anvertrauen?"
Sie zögerten mit der Antwort. Dann fragte Nanon:

„Also Sie geben uns Ihr Wort, daß Sie uns beschützen werden?“

„Mein festes Wort. Es soll Ihnen kein Mensch ein Haar krümmen.“

„Nun, so fahre ich sogar gern mit, um diesen beiden Menschen zu sagen, wie sehr ich sie verachte. Die Gefahr scheint mir allerdings nicht sehr groß, seit wir die Revolver haben. Brechen wir also auf, Monsieur Schneeberg.“

Fritz stieg wieder auf, lenkte um, kehrte auf der Dorfstraße zurück und lenkte dann in den nach der Mühle führenden Fahrweg ein. Er war am Tage hiergewesen und hatte sich bei dieser Gelegenheit genugsam orientiert. Als er das Gebäude erreichte, so daß die Pferde mit ihren Köpfen beinahe an das Tor stießen, klatschte er einige Male mit der Peitsche.

„Heda! Holla! wohnt hier jemand?“ rief er dann.

Erst als er diesen Ruf, natürlich mit verstellter Stimme, wiederholt hatte, ließ sich im Inneren des Gebäudes eine Bewegung vernehmen. Dann wurde das Tor ein wenig geöffnet, und man fragte:

„Wer ist denn hier draußen?“

„Verirrte. Wo befinden wir uns hier?“

„Alle Teufel! Verirrte! Und zwar mit einer Equipage! Wohin wollen Sie denn?“

„Nach Etain.“

„Und woher kommen Sie?“

„Von Schloß Malineau.“

„Da sind Sie allerdings bedeutend abseits geraten. Wenn Sie für eine Viertelstunde absteigen wollen, werde ich mich nachher gern auf den Bock setzen, um Sie auf den richtigen Weg zu bringen.“

„Das werden wir tun. Die Damen werden es erlauben.“

„Ah, Damen sind es! Um so mehr ist der kleine Unfall zu bedauern. Bitte, fahren Sie herein. Wir haben leider hier kein Licht; aber wir werden die Damen führen, nachdem sie ausgestiegen sind.“

Diese Verhandlung zwischen Ribeau und Fritz, denn jene waren die Sprecher, war natürlich beiderseits mit verstellter Stimme geführt worden. Jetzt wurde das Tor weit geöffnet, dann aber, nachdem Fritz eingefahren war, sogleich hinter dem Wagen wieder verschlossen.

Die beiden Damen stiegen aus, jedenfalls jetzt mit dem innigen Wunsch, daß sie sich doch lieber nicht in diese Gefahr begeben haben möchten. Jede von ihnen fühlte sich bei der Hand ergriffen und durch eine Tür gezogen.

Fritz blieb scheinbar auf dem Bock sitzen. Aber als er die Schritte der sich Entfernenden nicht mehr hörte, stieg er ab, band die Zügel fest und zog dann das Licht hervor, um es anzubrennen. Beim Schein desselben bemerkte er, daß das Tor durch einen langen, hölzernen Riegel verschlossen war, den er leicht entfernen konnte.

Nun trat er durch die Tür, durch welche die Damen geführt worden waren. Er befand sich in dem eigentlichen Mühlenraum; er durchschritt denselben der Länge nach und vernahm sehr laute männliche und weibliche Stimmen, welche auf einen sehr ernsten Wortwechsel deuteten. Als er die Tür erreichte, hinter welcher sich die sprechenden Personen befanden, verlöschte er sein Licht und begann zu lauschen.

Als vorhin nach der Unterredung Berteus mit seinem Kutscher der letztere sich entfernt hatte, war der erstere zu seinen Gästen zurückgekehrt. Unter diesen befand sich ein junger Mann, der sich eigentlich durch seine Figur und die Regelmäßigkeit seiner Gesichtszüge vorteilhaft auszeichnete, wenn nicht darin die verheerenden Spuren schlimmer Leidenschaften zu finden gewesen wären. Er hatte sich etwas abseits der übrigen Anwesenden gehalten, um – Madelon beobachten zu können, welche seine Aufmerksamkeit auf sich gezogen hatte.

Sie hatte dies gar wohl bemerkt, aber doch so getan, als ob sie von derselben nicht die geringste Notiz nehme. Sie hatte es auch so eingerichtet, daß er stets von Nanon bedient wurde; einmal aber konnte sie es doch nicht vermeiden, daß er ihr sein leeres Glas entgegenhielt, um es sich von ihr füllen zu lassen.

Dieser junge Mann war Ribeau, von dem Berteu zu seinem Kutscher gesprochen hatte.

„Mademoiselle", sagte er, indem sie ihm den Wein eingoß, „wissen Sie, daß Sie ein reizendes Wesen sind?"

„Soll das ein Kompliment sein?" fragte sie frostig.

„Nein, es ist die reine Wahrheit. Werden Sie länger hierbleiben?"

„Ich reise bereits heute wieder ab."

„Wie schade!"

„Wie gut!"

Sie hätte sich entfernen können, aber es drängte sie, ihn für seine auffällige Beachtung zu bestrafen; darum blieb sie diese kleine Weile bei ihm stehen.

„Wie gut, sagen Sie!" fuhr er fort. „Haben Sie mit Ihrer Heimat gebrochen? Gefällt es Ihnen hier nicht?"

„Allerdings nicht."

„Aber Schloß Malineau ist doch schön."

„Das ist wahr. Aber die Menschen hier sind mir nicht sympathisch."

„Darf man die Gründe davon wissen?"

„Gewiß. Es gibt nur einen einzigen: Man weiß hier nicht die Augen zu beherrschen. Auch Blicke können unhöflich und beleidigend sein. Haben Sie das nicht gewußt?"

„Ah! Sie sind eine kleine, allerliebste Schlange! Aber ihr Gift tötet nicht; es wirkt vielmehr berauschend."

„Nun, so nehmen Sie sich vor dem Katzenjammer in acht!"

Jetzt ging sie von ihm fort, gerade in dem Augenblick, in welchem Berteu zurückkehrte und auf ihn zugeschritten kam.

„Was hast du?" fragte der letztere. „Du siehst ein wenig echauffiert aus."

„Ich bin es auch. Ich hatte ein kleines Intermezzo, welches mich erregt hat."

„Mit wem?"

„Mit deiner Schwester Madelon."

„Ah! Einen galanten Wortwechsel?"

„Von meiner Seite, ja; sie aber war wenig höflich, das muß ich aufrichtig gestehen."

„Du darfst es ihr nicht übelnehmen. Sie wohnt ja in Deutschland!"

„Allerdings. Im Land der Bären und Ochsen. Wie kann man da Umgangsform erwarten. Aber ein schönes Mädchen ist sie doch."

Er folgte ihr auch jetzt noch mit begierigem Blick. Berteu bemerkte das mit innerer Befriedigung.

„Sie gefällt dir?" fragte er.

„Ausnehmend. Alle Teufel! Du kennst mich. Sie ist zwar deine Schwester, aber eigentlich geht sie dich doch nichts an, und so glaube ich sagen zu dürfen, daß . . ."

„O bitte, geniere dich nicht. Wir sind Freunde. Diese beiden Schwestern sind mir fremd. Übrigens kann ich dir sagen, daß mir Nanon ebensosehr gefällt, wie dir die andere."

„Ah! Könnte sich nicht ein kleines Abenteuer entwickeln lassen?"

„Wie wir es gewohnt sind? Hm!"

„Nicht? Ja? Nein?"

„Vielleicht doch; aber es handelt sich dabei um die allergrößte Verschwiegenheit."

„Pah, Alter! Ich dächte, daß du mich genugsam kennengelernt hättest! Übrigens höre ich, daß die beiden Mädchen heute schon wieder abreisen wollen?"

„Das haben sie sich allerdings vorgenommen."

Ribeau sah seinen Freund mit einem fragenden, gespannten Ausdruck an.

„Aber sie reisen doch ab."

„Ich sehe, daß ich dir mein Projekt erklären muß. So höre", sagte dieser.

Er detaillierte seinen Plan. Jener hörte aufmerksam zu. Am Ende sagte er:

„Höre, Charles, wir haben manchen Streich ausgeführt, der heutige aber macht deiner Erfindung alle Ehre."

„So bist du mit dabei?"

„Das versteht sich ganz von selbst. Aber ich verlange diese kleine Schlange Madelon für mich."

„Sie ist dein, notabene, falls du es verstehst, ihr Interesse zu erregen."

„Keine Sorge; sie ist grob gegen mich gewesen. Das ist ein sicherer Beweis, daß sie sich für mich interessiert. Mit einem gleichgültigen Menschen ist man nicht grob; mit ihm spricht man gar nicht."

Damit war das Abenteuer besprochen. Und als dann später die Schwestern erklärten, daß sie aufbrechen wollten, war Ribeau überzeugt, zu seinen vielen Siegen einen neuen verzeichnen zu können.

Nachdem die Kutsche mit Nanon und Madelon abgegangen war, erklärte Berteu seiner Mutter, daß er sich für einige Zeit entfernen wolle.

Er steckte hierauf einige Flaschen Wein und vier Gläser zu sich und machte sich mit Ribeau auf den Weg. Indem sie nebeneinander durch das nächtliche Dunkel schritten, war es Berteu, als ob er einen eigentümlichen, menschlichen Laut vernommen habe.

„Horch!" sagte er. „War das nicht wie ein Stöhnen hier links im Wald?"

„Pah! Der Wind geht durch die Äste."

Sie setzten ihren Weg fort. Das Stöhnen aber hatte der gefesselte Kutscher verursacht, welcher mit Anwendung seiner ganzen Kraft daran arbeitete, sich aus seiner Lage zu befreien.

In der Pulvermühle angekommen, zu welcher Berteu den Schlüssel bei sich führte, begaben sie sich sogleich nach der Schreibstube, wo sie die dort vorhandene Lampe anzündeten und sodann die Flaschen und Gläser auf den Tisch stellten. Der Raum war nicht groß und recht behaglich eingerichtet.

„Nicht übel hier“, meinte Ribeau mit einem zynischen Lächeln. „Zwei solche Zimmer aber wären besser.“

„Wegen Trennung der Paare?“

„Gewiß! Nicht?“

„Pah! Zwei Freunde und zwei Schwestern! Laß uns zunächst eine Zigarre anbrennen.“

„In einer Pulvermühle?“

„Es ist jetzt keine Gefahr vorhanden. Die Vorräte sind in dem Keller aufbewahrt, und in den oberen Räumen gibt es keine gefährlichen Stoffe.“

Er öffnete das Schreibpult, in welchem sich auch die Zigarren befanden, und nachdem sie sich je eine angesteckt hatten, nahmen sie nebeneinander Platz.

„Ich bin wirklich ungeheuer gespannt auf die erstaunten und betroffenen Gesichter, welche wir sehen werden“, meinte Berteu.

„Wir müssen den ersten Schreck benutzen. Der Schreck lähmt den Widerstand. Ich wette, daß Madelon von mir zehn Küsse erhalten hat, ehe sie nur zu Wort kommt.“

„Vielleicht geht es anders, als du denkst.“

„Wie anders soll es gehen? Sie werden erst zürnen, dann bitten und zuletzt die liebevollsten Damen sein. Horch!“

„Das ist der Kutscher mit der Peitsche.“

„Gehen wir!“

Sie begaben sich nach der Einfahrt, wo Ribeau die Unterredung mit dem Kutscher führte. Nachdem die Schwestern ausgestiegen waren, geleiteten sie dieselben durch den dunklen Mühlenraum nach der Schreibstube.

Berteu öffnete dieselbe, und die beiden Damen traten ein, die Männer hinter ihnen. Die letzteren hatten sich eingebildet, nun die verworrensten Ausrufe des Schreckens und der Angst zu hören; darum waren sie nicht wenig erstaunt, als die Mädchen wortlos nach dem kleinen Sofa schritten und sich nebeneinander auf demselben niederließen.

Dies war eine gute Berechnung. Sie hatten da die eine Wand im Rücken, die andere an der Seite und den Tisch vor sich.

Berteu blickte Ribeau an und dieser ihn. Einer geradeso verwundert wie der andere. Sie vergaßen ganz, sich den beiden Damen zu nähern. Endlich sagte Berteu:

„Donnerwetter, ihr seid es? Wer hätte das gedacht! Aber sagt doch nur, wie ihr euch verirren konntet?"

„Und zwar nach rückwärts verirren!" fügte Ribeau hinzu.

„Die Schuld liegt jedenfalls am Kutscher", antwortete Nanon.

„So habt ihr euch einen sehr dummen Menschen gemietet."

„Oder du hast uns einen sehr verschlagenen Kerl auf den Bock gesetzt!"

Er lachte laut auf.

„Denkst du?" fragte er.

„Ja, das denke ich! Entweder sehr verschlagen oder sehr stupid!"

„Jedenfalls das erstere!"

„Ich denke vielmehr das letztere."

„Was kann das Leugnen nützen! Wäre er stupid, so hätte er meine Befehle nicht so gut ausgeführt. Wir wollten euch für einige Stunden hier bei uns sehen. Nun können wir es euch erzählen, wie wir das angefangen haben. Natürlich aber nehmen wir bei euch Platz. Ich hoffe, daß ihr nichts dagegen habt."

Er schickte sich an, den Tisch zur Seite zu schieben.

„Nein", antwortete Nanon, „vorausgesetzt, daß ihr auch nichts hiergegen habt!"

Sie zog dabei ihren Revolver hervor, und Madelon tat dasselbe.

„Alle Teufel!" rief Berteu. „Sie sind bewaffnet!"

„Das habt ihr nicht erwartet, nicht wahr? Ich sage euch, daß wir den, der uns anzurühren wagt, niederschießen werden!"

„Unsinn! Wo habt ihr diese Waffen her? Ihr hattet sie doch am Tage nicht."

„Leuten eures Schlages gegenüber muß man stets bewaffnet sein!"

„Aber", bemerkte Ribeau, „man muß auch verstehen, mit den Waffen umzugehen."

Er schien ein gewandter Turner zu sein. Ein rascher Schritt an den Tisch, und sich schnell überbiegend, hatte er mit einem kühnen Griff seiner Hände die beiden Revolver gepackt und den schwachen Frauenhänden entrissen. Ein zweistimmiger Schrekkensschrei erscholl. Die beiden Männer lachten.

„So", sagte Ribeau, „jetzt sind wir die Herren der Situation und werden unsere Gesetze vorschreiben."

„Noch nicht!"

Diese beiden Worte wurden hinter ihm gesprochen. Er wollte sich umdrehen, kam aber nicht dazu, denn ein gewaltiger Faustschlag sauste auf seinen Kopf herab, so daß er wie ein Klotz zu Boden fiel. Berteu fuhr zurück, er glaubte seinen eigenen Kutscher vor sich zu haben.

„Mensch! Schurke!" rief er. „Was fällt dir ein? Ich jage dich auf der Stelle aus . . ."

Er sprach nicht weiter, denn ein ebensolcher Faustschlag hatte ihn getroffen, so daß er nun neben seinem Kumpan auf der Diele lag. Jetzt erst legte Fritz den Hut und den Mantel ab.

„So!" sagte er. „Diese beiden Messieurs werden einige Zeit lang kein Wort mehr reden. Ich kenne meinen Hieb. Zunächst wollen wir einmal von dieser Sorte kosten!"

Er öffnete eine der Flaschen, goß sich ein Glas voll ein und trank es aus. Dann hob er die beiden Revolver auf, welche Ribeau entfallen waren.

„Wie gut, daß Sie kamen!" sagte Nanon. „Wir waren nun ohne Waffen. Was tun wir jetzt? Am besten wird es sein, daß wir uns sofort entfernen."

„Ich bitte, doch noch ein wenig zu warten", sagte Fritz dann.

Er öffnete das Pult und blickte hinein. Zunächst zog er ein Paket starker Bindfaden hervor, mit welchen er die beiden besinnungslosen Franzosen band. Dann legte er sie so, daß sie, selbst wenn sie erwachen würden, nicht sehen konnten, was im Zimmer vorging.

Nun untersuchte er den Inhalt des Pultes sorgfältig. Dabei nahm sein Gesicht den Ausdruck steigender Genugtuung an. Madelon wußte, daß er preußischer Wachtmeister war; sie kannte also auch den Grund, weshalb er diese Bücher und Papiere so genau durchsuchte. Nanon hatte aber keine Ahnung davon. Sie war ganz erstaunt über das Interesse, welches er für diese Skripturen zeigte.

„Interessieren Sie sich so sehr für die Pulverfabrikation?" fragte sie.

„Nein, aber desto mehr für die Handschriften, welche ich hier finde. Ist Ihnen diese Unterschrift bekannt?"

Er legte ihr einige Briefe hin.

„Ah, der alte Kapitän!" sagte sie.

„Und hier?"

„Graf Rallion."

„Diese Sachen interessieren mich so, daß ich wünsche, eine Abschrift von ihnen zu haben. Ich werde Ihre Geduld nicht lange auf die Probe stellen."

Er nahm Bleistift und Papier und begann zu schreiben. Nanon verwunderte sich schier über die Umsicht, welche dieser Pflanzensammler besaß. Es war eine eigentümliche Situation: Dort die beiden Gefesselten, denen die Besinnung noch nicht zurückgekehrt war; hier die beiden Mädchen, soeben aus einer großen Gefahr errettet und an diesem greulichen Ort dem schreibenden Kräutermann mit einer Ruhe zusehend, als wenn sie sich in bester Sicherheit befänden.

„So!" sagte Fritz nach einiger Zeit. „Jetzt bin ich fertig, und wir können aufbrechen."

Er steckte die Abschriften zu sich und brachte die Originale wieder an Ort und Stelle. Eben wollte er sein Licht anstecken, um dann die Lampe verlöschen zu können, als er aufhorchte.

„Man klopft!" sagte Nanon.

„Das ist kein Klopfen", meinte Fritz. „Man hämmert förmlich gegen die Tür. Und da, dieses Rufen! Ich glaube gar, man belagert uns. Sollte es dem Kutscher gelungen sein, sich zu befreien und die Gäste zu alarmieren?"

„Das kann uns nichts schaden!" meinte Nanon. „Öffnen wir!"

Aber Madelon verstand die Situation besser. Fritz befand sich in größter Gefahr.

„Nein, nicht öffnen!" sagte sie.

„Aber, warum nicht?"

„Davon später!"

Fritz nickte ihr beistimmend zu.

„Sie beide befinden sich wohl weniger in Gefahr", sagte er. „Aber wenn man sich meiner bemächtigt, so erwartet mich nichts Gutes. Ich habe den Kutscher gefesselt und diese beiden Messieurs niedergeschlagen."

„Das ist schlimm, sehr schlimm!" sagte Madelon. „Was ist da zu tun? Man klopft und ruft immer stärker."

„Kommen Sie!" meinte Fritz. „Man muß sehen, was sie wollen."

Er ließ Hut und Mantel des Kutschers liegen. Die Revolver hatte er zu sich gesteckt. Er nahm die beiden Damen bei den Händen und führte sie im Dunkeln fort bis vor, wo die Pferde mit dem Wagen standen. Es waren draußen viele Menschen beschäftigt, das Tor aufzusprengen.

„Hätten Sie doch Ihr Gepäck nicht mit im Wagen!" flüsterte er.

„Lassen wir es im Stich!“ antwortete Nanon.

„Nein. Man wird doch sehen, ob diese Messieurs es fertigbringen werden, uns festzuhalten. Ein Glück, daß dieser Raum hier groß genug ist, um den Wagen umlenken zu können. Bitte, steigen Sie ein!“

„Herrgott!“ sagte Nanon. „Es wird wohl gefährlich?“

„Für Sie nicht!“

„Aber für Sie?“

„Auch das befürchte ich nicht. So! Jetzt sitzen Sie fest. Jetzt wollen wir ein Wort mit diesen Leuten reden.“

„Wer ist draußen?“ fragte er laut.

„Ich, ich, ich, wir, wir!“ antworteten viele Stimmen.

„Was wollt ihr denn eigentlich!“

„Wo ist Monsieur Berteu?“

„Im Schreibzimmer.“

„Und Monsieur Ribeau?“

„Auch dort.“

„Und der Fremde, der mich gewürgt und gebunden hat?“

„Das war der Kutscher.“

„Der bin ich.“

„Also auf! Auf! Auf!“

„Sogleich! Im Augenblick!“

Er hatte den Wagen umgelenkt und die Zügel fest in der Hand. Das Tor ging nach auswärts auf; daher gelang es den Leuten nicht, es mit Gewalt zu öffnen. Während sie erfolglos pochten und hämmerten, konnten sie nicht hören, daß er den Holzriegel zurückschob. Im nächsten Augenblick saß er auf dem Bock, die Peitsche in der Rechten, die Zügel und den einen Revolver in der Linken. Ein Hieb mit der Peitsche, und die Pferde zogen an; das Tor prallte auf und riß mehrere der Draußenstehenden über den Haufen.

„Zurück! Platz gemacht!“ kommandierte er.

Sechs Revolverschüsse krachten; die erschrockenen Pferde bäumten sich; aber er hatte sie fest im Zügel. Noch einige Peitschenhiebe, und die Kutsche flog zum Tor hinaus und im Galopp auf dem Waldweg dahin.

Hinter ihr ertönten Flüche.

„Nach, nur immer nach!“ hörte man rufen.

Fritz lachte laut und fröhlich auf. Seine Pferde konnte kein Fußgänger einholen. Er lenkte im Galopp aus dem Waldweg heraus und in die Straße ein, welche nach dem Dorf führte. In kaum fünf Minuten war das letztere erreicht.

Vor der Schänke hielt der Kutscher.
„Schnell umsteigen und dann fort!“ befahl Fritz.
In kaum einer Minute saß er mit den beiden Schwestern im andern Wagen, der sich in rascheste Bewegung setzte. Berteus Kutsche aber blieb stehen, nachdem vorher Fritz seinen Hut wieder an sich genommen hatte.
Es war nicht geraten, heute nacht in Etain zu bleiben. Darum beschlossen sie, als sie dort ankamen, sofort wieder abzureisen. Der Kutscher aus Metz, mit dem sie gekommen waren, mußte sofort anspannen.
Das ging nicht ohne einiges Geräusch ab. Eben wurde das Gepäck aufgeladen; Fritz stand mit den Damen am Wagen, beleuchtet von der Hauslaterne. Da wurde über ihnen ein Fenster geöffnet, und ein Kopf erschien, um herunterzublicken. Madelon war im Begriff, einzusteigen.
„Halt! Heda! Halt!“ rief es da oben.
Fritz blickte empor, um zu sehen, ob der Zuruf ihnen gelte.
„Halt! Heda! Warten!“ wiederholte es.
Dann verschwand der Kopf.
„Es scheint doch, daß wir gemeint waren“, sagte Nanon.
„Wahrscheinlich. Warten wir also!“
Der Hausflur war sehr hell erleuchtet, und die Treppe ebenso. Die Stufen der letzteren kam eine kurze, dicke Gestalt herabgeeilt, in eine rote Tischdecke gewickelt und einen riesigen Kalabreserhut auf dem Kopf. In der Eile verwickelte sich der Mann mit den Füßen in die Decke; er verlor die Balance und fiel die letzten Treppenstufen herab.
Bei dieser Gelegenheit flog die Tischdecke auseinander, und man sah, daß der Mann nur Unterhose und Hemd trug. Sogar barfuß war er. Er raffte sich schnell wieder empor, stülpte den Hut wieder auf den Kopf, schlang die rote Decke wieder um seine umfangreiche Gestalt und rief:
„Halt! Warten! Nur einen Augenblick!“
Nun kam er herbei.
„Meinen Sie uns, Monsieur?“ fragte Fritz.
„Natürlich!“
„Wer sind Sie?“
„Ich bin Hieronymus Aurelius Schneffke, Kunstmaler. Ich . . .“
„Ah, kenne Sie bereits sehr gut!“ lachte Fritz.
„Wie? Sie kennen mich?“
„Ja, per Renommee und per Distanz.“
„Freut mich, freut mich! Gehören Sie zu diesen Damen,

und erlauben Sie mir vielleicht, mit der einen ein Wort zu sprechen?"

„Gern, sobald es der Dame selbst genehm ist."

Hieronymus trat an den Wagenschlag zu Madelon.

„Oh, bitte, Fräulein, ich möchte mir gern eine Erkundigung gestatten!"

„Ich stehe zu Diensten!"

„Ist sie wirklich eine Engländerin?"

„Wen meinen Sie denn eigentlich?"

„Nun, die Gouvernante!"

„Ach so!" lachte sie. „Ja, sie ist eine Engländerin."

Sie sah sich durch die Verhältnisse zu einer Unwahrheit gezwungen.

„O weh! Das ist so dumm wie Pudding! Und sie heißt auch wirklich Miß de Lissa?"

„Allerdings."

„Dann hole der Teufel sämtliche Gouvernanten!"

Er wandte sich zornig ab, um in sein Zimmer zurückzukehren; kam aber doch noch einmal zurück und fragte:

„Darf ich fragen, wo Sie jetzt gewesen sind?"

Das war allerdings eine etwas zudringliche Frage; aber sie hatte den eigentümlichen Menschen beinahe liebgewonnen. Darum antwortete sie bereitwillig:

„In Schloß Malineau."

„Alle Wetter! Wer hätte das gedacht!"

„Kennen sie diesen Ort?"

„Ich will ja hin!"

„Ah! Haben Sie die lange Reise nur um dieses Zieles willen unternommen?"

Er besann sich doch, ob er die Wahrheit sagen dürfe. Er hate seinem Auftraggeber versprochen, sehr vorsichtig zu sein; darum antwortete er:

„Nein. Ich will das Schloß abzeichnen, da ich einmal in dieser Gegend bin. Wohnt nicht dort ein Monsieur Berteu?"

„Was soll er sein?"

„Schloßverwalter."

„Der ist gestorben und heute begraben worden."

„Hm, hm! Waren Sie mit bei diesem Begräbnis?"

„Ja. Ich habe die Reise nur deshalb unternommen."

Es war ein eigentümlicher, verständnisinniger Blick, den er auf sie warf. Dann sagte er:

„Sie waren wohl mit Monsieur Berteu verwandt?"

„Er war unser Pflegevater. Hier ist meine Schwester."
„Und wohin reisen Sie jetzt?"
„Wieder zurück. Vorher aber gehe ich mit meiner Schwester nach Schloß Ortry bei Thionville."
„Ortry, hm! Mademoiselle, nehmen Sie einmal hier meine Hand! Ich mag Ihnen unbequem geworden sein; ich bitte sie um Verzeihung. Es ist mir, als ob wir uns wiedersehen müßten, und zwar unter Verhältnissen, welche für Sie erfreulich sein werden. Gute Nacht und gute Reise!"

Er kehrte in sein Zimmer zurück und sah durch das geöffnete Fenster den Wagen fortfahren. Dann entfernte er die Spuren der Zerstörung, welche er angerichtet hatte! Er war nämlich trotz seiner Müdigkeit vom Bett aufgestanden, um zu sehen, was es mit dem da unten stehenden Wagen für eine Bewandtnis habe, und dabei hatte er Madelon erkannt. Sie wollte abreisen, das hatte er gesehen; sprechen wollte er vorher mit ihr, und da er keine Zeit fand, sich anzukleiden, so hatte er schnell den Kalabreser aufgestülpt und die Decke vom Tisch gerissen, um sie als Nachtmantel um sich zu schlagen. Dabei aber hatte er alles, was auf dem Tisch stand, heruntergerissen. Als er dann am folgenden Morgen sein Portemonnaie suchte, fand er es in Gesellschaft mit dem goldenen Klemmer in dem jenigen Geschirr, aus welchem man weder zu essen noch zu trinken pflegt. Er hatte beides mit vom Tisch herabgerissen.

Es war ein schöner Tag geworden, und Herr Hieronymus Aurelius Schneffke benutzte gleich den Vormittag, um zu Fuß nach Schloß Malineau zu wandern. Da er sich Zeit nahm, kam er erst um die Mittagszeit dort an.

Er war sich einer Art von diplomatischer Sendung bewußt, und da Diplomaten schweigsame Leute sein sollen, so ließ er sich, als er in der Schänke sein Mahl einnahm, mit dem Wirt in kein Gespräch ein, obgleich dieser sich Mühe gab, sich über die Naturgeschichte des dicken Männchens Aufklärung zu verschaffen.

Nach Tisch nahm er Mappe und Feldstuhl und spazierte nach dem Schloß. Es fiel ihm gar nicht ein, dasselbe zu betreten und seine Erkundigungen zu beginnen. Nach seiner Ansicht mußte man mit ihm selbst anfangen, und damit hatte er recht.

Er suchte sich also einen passenden Punkt, plazierte sich dort auf den Feldstuhl, öffnete die Mappe und begann zu zeichnen.

Es dauerte nicht lange, so kam ein junger Mann daher. Er näherte sich, grüßte und trat nach rückwärts, um einen Blick auf das begonnene Bild zu werfen.

„Ah, Sie sind Maler, Monsieur?" fragte er.

„Ja", nickte Schneffke.

„Sind Sie Franzose?"

Sollte er sagen, daß er ein Deutscher sei? Nein, das fiel ihm gar nicht ein.

„Pole."

„Ihr Name?"

„Schneffka."

„Nehmen Sie das Schloß in irgendeinem Auftrag auf?"

„Nein, ich male nur zum Vergnügen."

„Verzeihen Sie, daß ich so zudringlich frage. Mein Vater ist gestern beerdigt worden und hat uns einige kleine Gemälde hinterlassen, deren Wert wir nicht kennen. Ein wirklicher Künstler hat sich hier noch niemals sehen lassen. Darum wäre es mir lieb, wenn Sie mir erlaubten, Ihnen die Bilder einmal zu zeigen."

„Wo befinden sie sich?"

„Im Arbeitszimmer meines Vaters. Mein Name ist Berteu. Würden Sie sich vielleicht einmal in meine Wohnung bemühen?"

„Meinetwegen."

Er klappte seine Mappe zu, griff zum Feldstuhl und folgte dem Voranschreitenden nach der Verwalterswohnung. Er tat, als sei ihm an der Inkommodität gar nicht viel gelegen, freute sich aber doch im stillen über dieselbe.

Charles Berteu führte ihn in das Zimmer, in welchem er gestern über den Rechnungsbüchern gesessen, dann die Schwester empfangen und endlich auch die Unterredung mit dem Kutscher gehabt hatte.

Es hingen da drei kleine Landschaften, von Anfängern gemalt. Sie waren fast gar nichts wert, aber Hieronymus nahm doch eine Miene an, als ob es sich um nichts Unbedeutendes handle. Es war ihm darum zu tun, einen Tag oder einige Tage hier verweilen zu dürfen.

„Nun?" fragte Berteu.

„Schade! Sehr schade!"

„Wieso?"

„Ich taxiere das Stück auf durchschnittlich fünfhundert Franc."

„Alle Wetter! Wirklich?"

„Das haben sie jedenfalls gekostet, vielleicht noch mehr. Man hat es aber nicht verstanden, sie zu behandeln. Sie haben sehr gelitten."

„O weh!"

„Ja, leider. Jetzt sind sie zusammen kaum zehn Franken wert, könnten aber leicht auf ihren früheren Wert und auch höher kommen, wenn sie gereinigt und renoviert würden. Das muß aber von einem guten Meister geschehen."

„Ist das teuer?"

„Gewiß. Doch gibt es Maler, welche eine gewisse Leidenschaft für dergleichen Arbeiten haben. Sie arbeiten dann oft ohne Honorar."

„Ah, so einer sollte sich hier einfinden."

Schneffke nickte leise vor sich hin, tat aber, als ob er die Andeutung gar nicht verstanden habe, sondern beschäftigte sich noch weiter mit den Bildern.

„Renovieren Sie auch?" fragte Berteu.

„Nur aus Liebhaberei, und dann auch nur Landschaften."

„Das hier sind ja Landschaften."

„Allerdings."

„Sagen Sie, Monsieur, ob Sie diese Gegend vielleicht bald wieder verlassen!"

„Ich bin Herr meiner Zeit; ich kann kommen und gehen, ganz wie es mir gefällt und beliebt."

„So würde ich wünschen, daß es Ihnen hier bei uns gefallen möchte. Vielleicht würden Sie sich entschließen, sich ein wenig mit diesen drei Landschaften zu beschäftigen."

„Das wäre möglich. Nur glaube ich nicht, daß ich länger als einen Tag hierbleibe."

„Darf ich den Grund wissen?"

„Sagen Sie selbst, ob ein Künstler in Ihrer Schänke Wohnung nehmen kann!"

„Oh, wenn es das ist, so wäre ja ganz leicht geholfen. Ich würde Ihnen hier bei mir ein helles, freundliches Zimmer anbieten. Und wenn Sie mich mit dem Honorar nicht zu sehr anstrengen, so – ich gehöre nämlich nicht zu den reichen Leuten."

„Na, wollen einmal sehen. Zeigen Sie mir das Zimmer!"

Berteu führte ihn nach dem besten Raum, der ihm zur Verfügung stand und worin es dem guten Hieronymus ganz gut gefiel.

„Nun, Monsieur, wie werden Sie sich entscheiden?"

„Ich will Ihnen sagen, Monsieur, eigentlich macht man so etwas nicht; man vergeudet seine Zeit und seine Kraft; aber Sie selbst gefallen mir, und Ihre drei Bildchen sind wirklich nicht übel; ich werde hierbleiben und sie Ihnen renovieren, ohne Bezahlung von Ihnen zu nehmen, vorausgesetzt, daß Sie mich nicht geradezu verhungern oder verdursten lassen."

„Topp, Monsieur! Das soll ein Wort sein!"

Sie schlugen ein. Charles Berteu freute sich bei dem Gedanken, wertvolle Bilder zu erhalten. Er nahm sich natürlich vor, sie sofort zu verkaufen. Der dicke Maler hatte mit einem Schlag seine ganze Zuneigung gewonnen. Er mußte gleich dableiben.

Schneffke begann auch bereits an diesem ersten Tag an den Bildern zu arbeiten, doch nahm er sich vor, sich nicht etwa zu beeilen. Er wollte hier so viel wie möglich für seinen alten Herrn Untersberg erfahren, der ihm ja ein so reichliches Reisegeld gezahlt hatte. Übrigens hatte sich seine Gouvernante ganz plötzlich in eine Engländerin verwandelt. Das mußte verschmerzt werden, und das vergißt sich ja bekanntlich am leichtesten und schnellsten entweder bei fleißiger Arbeit oder regem gesellschaftlichen Verkehr.

Am anderen Morgen saß er an der Staffelei, welche er sich improvisiert hatte, als Frau Berteu bei ihm eintrat, um ihm das Frühstück zu bringen. Er hatte eins ihrer drei Bilder vorliegen, und da er gerade darüber war, das Gras noch grüner, den Himmel noch blauer und die Sonne noch gelber zu machen, so war sie ganz entzückt von der prächtigen Akquisition, die ihr in diesem großen Künstler geradezu in das Haus gelaufen war.

Er hatte das Fenster offen, und vor seinem Auge lag die wunderbar entworfene Seitenfassade des Schlosses.

„Madame", fragte er, „wem gehört eigentlich dieses Schloß?"

„Dem Herrn General Grafen von Latreau."

„Das muß ein sehr reicher Herr sein!"

„Steinreich."

„Wo wohnt er?"

„In Paris."

„Solche reiche Herren von Adel pflegen sehr oft Freunde der Kunst zu sein. Befinden sich hier im Schloß Gemälde?"

„Einige."

„Ah, die möchte ich mir einmal ansehen. Würden Sie nicht die Gewogenheit haben, mir die Erlaubnis dazu zu erteilen?"

Ihr Gesicht nahm sofort einen ganz anderen, abstoßenden Ausdruck an.

„Dazu habe ich nicht das Recht", sagte sie.

„Wer sonst?"

„Der Beschließer."

„Es gibt also außer dem Verwalter hier noch extra einen Beschließer, selbst wenn die Herrschaft sich nicht hier befindet, und wo wohnt der Mann?"

„Drüben im Parterre des rechten Flügels."

„Und wie heißt er?"

„Melac."

„Pfui Teufel!"

Sie blickte ihn erstaunt an.

„Was war Ihnen da?" fragte sie.

„Ich kann diesen Namen nicht leiden."

„Und ich die Personen nicht."

„Die Person des Beschließers?"

„Ja, die seinige und auch die andern."

„So hat er Familie?"

„Ja; aber bitte, wir hier sprechen niemals von diesen Leuten!"

„Aber ich müßte doch zu ihnen gehen, wenn ich die Bilder einmal sehen wollte."

„Allerdings; aber ich rate Ihnen, es lieber zu unterlassen; Sie würden die Erlaubnis dazu doch nicht bekommen. Wir wohnen hier auf dieser Seite, und die Leute bleiben stets drüben auf der anderen. Wir haben nichts, gar nichts miteinander zu tun."

Damit ging sie fort. Sie hatte zuletzt in einem beinahe rücksichtslosen, ja groben Ton gesprochen; doch kümmerte ihn das nicht. Was gingen ihn solche Familienzwistigkeiten an!

Nach Tisch steckte er sein Skizzenbuch zu sich und ging in den Park, welcher zu dem Schloß gehörte, spazieren. Er war, wie jeder echte Künstler, ein Freund und Kenner der Natur. Er konnte bei einem Baum, einem Strauch stehenbleiben, um seine Eigenart, seine Individualität zu studieren. Daher kam es, daß er gar nicht auf die Richtung achtete, welcher er zuletzt folgte, bis er plötzlich, aus einem Buschwerk tretend, überrascht stehenblieb.

Ihm gegenüber, am anderen Saum der kleinen Lichtung, stand eine Bank, und auf derselben saß ein Greis, wie so schön der Maler noch keinen gesehen hatte. Diese hohe Stirn, dieser ideale Schnitt des Gesichtes, dieser prachtvolle, schneeweiße Bart, welcher ihm weit über die Brust herabfloß!

Im Nu saß Schneffke hinter einem verbergenden Strauchwerk, im Nu war das Skizzenbuch geöffnet, und der Stift arbeitete an dem Porträt dieses edlen Greisenangesichtes.

Und als dann des Tages Arbeit vollbracht war, saß er am Abend noch wach, die angefangene Skizze zu vollenden. Er sagte sich selbst, daß sie zum Besten gehöre, was er je gezeichnet hatte.

Am frühen Morgen des anderen Tages zog es ihn wieder hinaus in den Park, und ganz unwillkürlich suchte er den Ort, an welchem er gestern den Greis bemerkt hatte. Die Bank war leer, und er setzte sich darauf. Nicht lange aber war das geschehen, so hörte er eine volle, frische Mädchenstimme singen:

„Der Mensch soll nicht stolz sein
Auf Gut und auf Geld;
Es lenkt halt verschieden
Das Schicksal die Welt.

Dem einen sind die Gaben,
Die gold'nen, beschert;
Der and're muß sie graben
Tief unter der Erd'!"

Ein Lied in deutscher Sprache, hier in Frankreich, mitten unter einer französischen Bevölkerung. Das war seltsam. Er mußte die Sängerin sehen. Er stand also von der Bank auf und schritt der Gegend zu, aus welcher das Lied erschollen war.

Dort gab es auch eine Bank, und auf derselben saß die Sängerin, ein Mädchen im Alter von etwas über zwanzig Jahren vielleicht. Sie war sehr einfach gekleidet – weißen Rock und weißes Jäckchen. Sie war nicht hoch und schlank, sondern von kleiner Statur, aber ihre Formen waren voll und versprachen, mit der Zeit noch an Fülle zuzunehmen. Die hatte blondes Haar und ein allerliebstes, rundes, herziges Gesichtchen, blaue Augen, ein kleines Näschen und einen Mund, der wie zum Küssen gemacht war. Ihr Schoß lag voller Blumen, aus welchen sie bemüht war, ein Bukett zu formen. Dazu sang sie jetzt:

„Auf d' Alma geh i aufi;
Es brummelt scho die Kuh.
Und wann der Bu zum Dirndl geht,
Da singt er au dazu.
Auf d' Alma is ka Polizei',
Da is die schönste Ruh.
Nur wann der Bu zum Dirndl geht,
Da singt er au dazu!"

Und nun trillerte sie einen Jodler hinaus, hell und goldrein, daß sie von einer Tirolerin hätte beneidet werden können.

„Bravo! Bravissimo!“

So mußte Schneffke rufen; er konnte seinen Enthusiasmus nicht zurückhalten und schritt auf das Mädchen zu.

Es errötete, zeigte aber keine Verlegenheit, sondern sah mit hellen Augen seinem Kommen entgegen.

„Verzeihung, Mademoiselle, daß ich Sie störe!“ bat er. „Aber wenn ich so fröhlich singen höre, so geht mir das Herz auf, und ich möchte auch gern mit fröhlich sein.“

Er hatte, jetzt an das Französische gewöhnt, ganz unwillkürlich auch diese Worte in derselben Sprache gesprochen. Sie antwortete ebenso:

„Und Sie kommen herbei, weil Sie meinen, daß man zu zweien fröhlicher sein kann als allein?“

„Ja, so scheint es mir. Sie wenigstens, Mademoiselle, haben ganz das Ansehen, als ob man in Ihrer Nähe niemals traurig sein könne.“

Sie strich mit den kleinen, quatschigen Händchen die Blumen, welche sich zerstreuen wollten, zusammen, lachte, daß ihre perlenweißen Zähne erglänzten, und antwortete:

„Sie mögen recht haben; es ist das eine Gottesgabe. Der eine ist glücklich, wenn er weint, und der andere, wenn er lacht. Gehören Sie zu den ersteren oder zu den letzteren?“

„Zu den letzteren, also zu Ihnen, Mademoiselle!“

„Wirklich? So setzen Sie sich her. Hier, ich mache Platz!“

Sie rückte zu, daß auch für ihn noch Platz wurde. Das geschah so ungesucht, so einfach, so selbstverständlich, so ohne Absicht und Koketterie, daß ihr der gute Hieronymus am liebsten gleich einen Kuß gegeben hätte.

„Danke!“ sagte er. „Nun sollte ich Ihnen helfen können; aber ich habe wohl gar kein Geschick dazu.“

„Das braucht's gar nicht, denn ich werde sogleich fertig sein. Es ist das eigentlich kein Geburtstagsstrauß; aber Großvater liebt die Feld- und Waldblumen mehr als alle anderen.“

„Heute ist der Geburtstag Ihres Großvaters?“

„Ja, heut!“ nickte sie.

„Sie wohnen wohl nicht weit von hier?“

„Nein, gar nicht weit.“

„Vielleicht sehen wir uns da noch einmal wieder, ehe ich wieder fortgehe.“

„Fortgehen? Sie sind nicht von hier? Und doch sprechen Sie so gut den Dialekt dieser Gegend!“

„Und Sie sind Französin und singen deutsche Lieder.“

„Großvater hat die Deutschen gern."
„So ist er wohl ein Deutscher?"
„Nein. Das sagt bereits unser Name."
„Ah, wenn ich den doch hören dürfte!"
„Warum nicht? Wir heißen Melac."
„Pfui Teufel!" entfuhr es ihm, geradeso wie gestern.

Und wunderbar, sie nahm ihm das nicht übel: sie zuckte mit keiner Wimper, sondern sie sah ihm offen in das Angesicht und fragte:

„Nicht wahr, Sie denken an den Pfalzverwüster?"

„Ja. Nach ihm nennt man sogar die bissigsten Bluthunde Melac."

„Wir stammen von ihm ab; er ist unser Ahn. Und gerade darum hält Großvater so viel auf die Deutschen. Er denkt, er soll wenigstens mit dem Herzen die Sünden des Ahnen gutmachen, da er sie anders doch nicht sühnen kann."

„Dann ist Ihr Großpapa ein sehr braver Mann."

„Ja, das ist er. Ich habe ihn sehr lieb und bin ganz stolz auf ihn. Der gnädige Herr General ist ihm auch gewogen."

„So ist Ihr Großpapa Beschließer des Schlosses? Und Ihr Vater?"

„Ich habe nicht Vater und Mutter, darum bin ich bei den Großeltern."

„Ich wohne bei dem Verwalter Berteu."

„Der ist tot."

„Sind Sie mit der Familie befreundet?"

„Sie fliehen uns, und doch haben wir ihnen nichts getan. Ich habe Großvater nach der Ursache gefragt, doch der wußte es mir auch nicht zu sagen."

Das war ein gutes Zeugnis für die Familie Melac und ein schlechtes für die Familie Berteu. Die Melacs waren nicht gewöhnt, ihren Nebenmenschen Böses nachzusagen.

„Von wem haben Sie Ihre deutschen Lieder gelernt?" fragte Schneffke.

„Von den Großeltern. Beide sprechen deutsch. Wie lange werden Sie hier wohnen bleiben?"

„Nur einige Tage."

„Wie schade! Wenn ich mit Ihnen spreche, so ist es, als rede ich mit mir selbst."

„Wahrhaftig, so ist es!" stimmte der Maler ein. „Wenn ich hier wohnen bliebe, würde ich um die Erlaubnis bitten, Ihre Großeltern kennenzulernen."

„Das können Sie ohnedies. Großvater spricht gern mit Leuten, welche über andere gerecht und billig denken. Haben Sie ihn noch nicht gesehen?"

„Ich bin heute erst zum zweiten Mal hier."

„Nun, wenn Sie einen alten Herrn sehen mit langem, weißen Bart, der ist es. Sie können getrost eine Unterhaltung mit ihm beginnen; er liebt es sehr, seine Gedanken gegen andere auszutauschen, leider fehlt ihm hier die Gelegenheit dazu. Er schläft des Morgens länger als Großmama und ich. Nun aber wird er bald erwachen, und da muß ich mit den Blumen bei ihm sein."

Sie erhob sich, um zu gehen. Man bemerkte, daß sie nicht recht wußte, in welcher Weise sie sich verabschieden sollte. Er war auch aufgestanden und sagte:

„Ich hätte Ihnen gern einige Blüten mit gepflückt für den guten Papa; dazu bin ich jedoch zu spät gekommen. Eins aber könnte ich zu diesem Strauß fügen, wenn ich wüßte, daß es ihm Freude bereitete."

Sie blickte ihn erwartungsvoll an. Eine direkte Bitte oder Frage wollte sie nicht aussprechen.

„Ich bin nämlich gestern ein Dieb gewesen. Ich sah gestern einen alten, ehrwürdigen Herrn, welcher nach Ihrer Beschreibung Ihr Großpapa war. Ihm habe ich etwas geraubt. Hier ist es. Geben Sie es ihm heute zu seinem Geburtstag zurück, und bitten Sie ihn, es mir zu verzeihen!"

Er öffnete das Skizzenbuch und übergab ihr die gestern begonnene und auch vollendete Zeichnung. Als ihr Auge auf dieselbe fiel, stieß sie einen Ruf des Erstaunens aus.

„Sein Bild! Sein Bild! Wie ähnlich! Welch eine Überraschung! Sind Sie denn Künstler, Maler, Monsieur?"

„Ich male, ja."

„Das ist ein Meisterstück, ein großes Meisterstück! Ich bitte Sie dringend, Großpapa zu besuchen, damit auch er dieses Porträt einmal zu sehen bekomme!"

„Ich habe Sie bereits gebeten, es ihm zu überreichen."

„Es ihm zu zeigen, wollen Sie sagen!"

„Nein, es soll sein Eigentum sein, ein Geburtstagsgeschenk von seiner guten, liebenswürdigen Enkeltochter."

Er sah es ihr an, daß es ihr schwer wurde, an die Wahrheit einer so großen Gabe zu glauben.

„Wirklich, Monsieur?" fragte sie. „Sie sprechen im Ernst?"

„Gewiß. Das Bild gehört Ihnen."

Da ging ein Strahl unendlichen, kindlichen Glücks über ihr vor Freude und Entzücken gerötetes Angesicht.

„Monsieur, Monsieur, so etwas hätte ich nicht für möglich gehalten. Die Freude, welche Ihr Geschenk bereitet, wird eine unbeschreibliche sein! Wie soll ich Ihnen danken!“

„Wenn ich dürfte, wollte ich Ihnen sagen, wie Sie mir am besten danken können.“

„Oh, bitte, sagen Sie es! Sagen Sie es!“

Sie hatte eine einfache Federnelke an ihre Brust befestigt. Er deutete auf dieselbe und sagte:

„Gewähren Sie mir diese Blume, Mademoiselle! Ich werde sie als Erinnerungszeichen dieser Stunde, so lange ich lebe, treu bewahren.“

Sie erglühte, nahm aber die Nelke und reichte sie ihm hin. „Es ist so wenig, so sehr wenig“, sagte sie. „Ich wollte, ich könnte Ihnen noch besser dankbar sein! Aber, bitte, erlauben Sie auch Großpapa, Ihnen Dank zu sagen! Darf er hoffen, Sie heut bei sich zu sehen?“

„Falls mir der Zutritt gestattet ist, ja.“

„Sie werden sehr willkommen sein! Adieu, Monsieur!“

Sie ging, und er blickte ihr nach, so lange er sie sehen konnte. „Welch ein Mädchen!“ sagte er zu sich selbst. „Das ist so eine Sorte – unverdorben, gesund, gemütvoll und eher ein bißchen zu dick als zu dürr. Ich glaube, die wird einmal ganz meine Figur bekommen. Alle Wetter, was für ein respektables Paar würde das geben! Ich mag wirklich von keiner Gouvernante etwas wissen. Sie halten nicht Stich; sie verändern sich zu oft; sie werden zu schnell englisch und bekommen andere Namen. Dann läuft man ihnen nach und versäumt da Eisenbahnzüge. So ein Naturkind aber, wie dieses Mädchen hier, ist etwas ganz anderes. Das hat Kern und Leben; da drin steckt Saft und Kraft! Diese Parkblume von Schloß Malineau muß meine Frau werden, sonst bleibe ich ledig!“

Nachmittags, zur üblichen Visitenzeit, begab er sich in das Parterre des rechten Schloßflügels. Er sah den Namen Melac an einer der Türen stehen und klopfte. Es wurde ihm von der „Parkblume“ geöffnet, welche ihn bat, einzuteten. Sie verriet eine große Freude über seinen Besuch und führte ihn in das Nebenzimmer. Dort saß der alte, ehrwürdige Herr, dessen Porträt er aufgenommen hatte, neben ihm eine Dame wohl desselben Alters und von einer mehr als glücklichen Wohlbeleibtheit. Sie besaß eine große Ähnlichkeit mit ihrer Enkelin, und es stand zu erwarten, daß diese letztere einst ganz denselben Körperumfang wie ihre Großmutter erreichen werde.

„Das ist der Herr, den ich heute früh im Park traf", sagte das Mädchen, „und welcher die Güte hatte, mir dein Porträt zu schenken, lieber Vater."

Die beiden ehrwürdigen Leute erhoben sich und begrüßten den Maler freundlich und herzlich wie einen alten Bekannten. Sie machten den besten Eindruck auf ihn. Er nannte seinen Namen, nämlich Schneffka, wie er sich ja auch Berteu gegenüber genannt hatte, und fühlte sich sehr bald in ein recht animiertes Gespräch gezogen.

Auf dem Tisch standen Wein und eine bereits angeschnittene Torte, jedenfalls dem Geburtstag zu Ehren. Er erhielt ein Stück des Kuchens und ein Glas Wein, und die drei Leute schienen sich darüber zu freuen, daß er sich dies ohne alle Komplimente gefallen ließ.

An der Wand hing ein ziemlich großes Bild, ein Porträt in Pastell. Es stellte einen jungen Mann vor, dessen Gesichtszüge den Südländer verrieten, hatte aber, obgleich es durch ein Glas geschützt war, von seiner ursprünglichsten Frische sehr viel verloren. Die Pastellgemälde sind die vergänglichsten, weil bei ihnen die Farben nur wie zarter Staub auf der Fläche kleben. Sie müssen besonders vor der Einwirkung der Luft und der Feuchtigkeit, sowie auch vor Staub und Erschütterungen bewahrt werden.

Das Auge des Malers kehrte während der Unterhaltung immer wieder nach dem Porträt zurück. Er erkannte, daß es von einem Meister gefertigt sein müsse. Wie kam ein derartiges Kunstwerk, ein so teures Stück, in die Wohnung eines einfachen Beschließers, fragte er sich im stillen.

Melac bemerkte die Anziehungskraft, welche das Bild auf seinen Besuch ausübte, und fragte daher:

„Sie interessieren sich für dieses Porträt, Monsieur?"

„Allerdings. Es scheint ein Meisterwerk zu sein."

„Wirklich? Ich verstehe nichts davon."

„Wer hat es gemalt?"

„Das weiß ich leider nicht."

„Ist nicht der Name des Künstlers, ein Faksimile oder irgendein Zeichen zu sehen?"

„Nein, auch das nicht."

„Aber Sie wissen wenigstens, wer der Herr ist, welchen das Porträt vorstellt?"

„Auch das ist uns unbekannt. Das Bild ist nämlich ein Geschenk, oder vielleicht darf ich auch das nicht sagen, da ich noch unsicher bin, ob ich mich den Besitzer desselben nennen darf."

„Das klingt ja recht geheimnisvoll!"

„Ist es wohl auch."

„Ah, das liebe ich. Dem Maler ist nichts so interessant wie ein Bild, mit welchem irgendein Geheimnis verknüpft ist."

„Leider bin ich nicht imstande, dieses zu durchdringen. Ich erhielt das Bild von einer Sterbenden, oder doch wenigstens von einer Kranken, welche am nächsten Tag starb."

„Und Sie wissen nicht, auf welche Weise sie in den Besitz desselben gekommen war?"

„Nein. Die Dame wohnte hier. Sie hieß Charbonnier und hatte zwei Töchter . . ."

„Charbonnier?" unterbrach ihn der Maler.

Er mußte sofort an Madelon Köhler denken, Charbonnier heißt ja Köhler im Deutschen.

„Ja, Charbonnier", antwortete der Gefragte. „Sie wohnte beim Verwalter und schien bessere Tage gesehen zu haben. Sie sprach niemals von ihrer Vergangenheit, obgleich sie täglich hier bei uns war. Sie schloß sich nämlich mehr an uns, als an die Familie des Verwalters. Als sie dann krank wurde, ließ sie sich von einer Frau pflegen. Wir dachten keineswegs, daß die Krankheit zum Tode führen würde. Sie schickte mir damals das Bild und ließ mir sagen, daß sie mit mir darüber zu sprechen habe. Am anderen Tag aber war sie tot."

„Ohne Ihnen eine Aufklärung gegeben zu haben?"

„Leider. Sie hat in ihren letzten Augenblicken davon sprechen wollen, aber nur noch stammeln können. Meine Frau ist nicht imstande gewesen, ein Wort zu verstehen."

„Hm! Sie wissen also ganz und gar nichts über die Vergangenheit der Dame?"

„Nein. Sie ist eines schönen Tages nach Schloß Malineau gekommen und hat sich beim Verwalter ein Stübchen gemietet. Dann, als sie starb, hat dieser sich der Kinder angenommen. Die beiden Mädchen sind Erzieherinnen geworden."

Schneffke durfte nicht verraten, wie ganz außerordentlich er sich für diese Angelegenheit interessierte. Er sagte:

„Ein eigentümlicher Fall. Ich habe eine gewisse Leidenschaft für dergleichen geheimnisvolle Geschichten. Vielleicht könnte der Verwalter Auskunft geben. Mit ihm ist die Dame jedenfalls offen gewesen."

„Möglich, obgleich ich es nicht glaube. Übrigens wird er keine Auskunft erteilen können, denn er ist tot."

„Vielleicht hat er seinen Sohn eingeweiht."

„Das ist sehr unwahrscheinlich. Ich glaube, daß der junge Berteu nicht das mindeste weiß."

Das war es ja, was Schneffke erfahren und erkundschaften sollte!

„Sie haben den toten Verwalter mit zu Grabe geleitet?" fragte er, damit das Gespräch nicht ins Stocken gerate.

„Nein. Ich hätte es nicht wagen dürfen, da wir mit den Berteus entzweit sind. Sie wohnen bei ihnen; haben Sie nichts davon bemerkt?"

„Ich habe es ahnen können."

„Wir sind nicht schuld daran. Der junge Berteu ist ein roher, rücksichtsloser Patron. Er stellte unserer Enkelin nach, und zwar in einer Weise, daß Marie um meinen Schutz bitten mußte. Ich wies den Menschen zurecht, und seit jener Zeit leben wir in Feindschaft. Der Haß wird von unserer Seite keineswegs gepflegt, obgleich uns sehr oft Gelegenheit geboten wird, ärgerlich zu werden. Die Berteus haben sogar gewagt, dieses Bild von uns zu fordern, natürlich ohne allen Erfolg."

„Aber Berteu hat doch kein Recht daran!"

„Nicht das mindeste. Der verstorbene Verwalter ist ja zugegen gewesen, als Frau Charbonnier meine Frau gebeten hat, das Bild mitzunehmen; er hat aber stets behauptet, daß es uns nicht ausdrücklich geschenkt worden sei."

„So hat er es wohl für die beiden Mädchen reklamiert?"

„Ja, scheinbar, in Wirklichkeit aber jedenfalls für sich."

„Vielleicht hat er geahnt, daß es irgendeine Bewandtnis mit dem Bild hat."

„Es wird wohl so sein."

„Würden Sie mir erlauben, es einmal zu betrachten?"

„Sehr gern! Marie, nimm es einmal herab!"

Das Mädchen stellte sich einen Stuhl an die Wand, konnte aber das Gemälde noch nicht gut erreichen; darum nahm Schneffke einen zweiten Stuhl, um ihr zu helfen. So standen sie nebeneinander auf den Stühlen, und gerade als es ihnen gelungen war, das Bild vom Nagel zu nehmen, wackelte Mariens Stuhl. Schneffke glaubte, sie würde fallen und bog sich zu ihr hinüber, um sie zu halten. Dadurch verlor er das Gleichgewicht und – stürzte selbst herab. Er hielt selbst im Fallen das Bild noch fest. Marie ließ auch nicht los, da sie das Glas nicht zerbrechen lassen wollte, und so kam es, daß auch sie die Balance verlor und im nächsten Augenblick auf den dicken Maler fiel.

„Mein Gott!" rief der Beschließer. „Welch ein Unglück!"

Er kam herbeigeeilt.

„Es ist doch nichts zerbrochen?" fragte die Beschließerin voller Angst.

„Nein", antwortete Schneffke, am Boden liegend. „Das Glas ist noch ganz, es ist nicht zerbrochen."

„Das meine ich nicht; aber Sie, Monsieur; sind Sie noch ganz?"

„Ich werde nachsehen."

Marie hatte sich schnell aufgerafft. Ihr hübsches Gesichtchen glühte vor Verlegenheit. Schneffke stand langsam auf, betastete sich, streckte die Arme aus, hob ein Bein nach dem andern in die Höhe und sagte dann lachend:

„Unbeschädigt! Ich bin auch nicht entzwei."

„Welch ein Glück!" meinte die Frau. „Das sah wirklich ganz gefährlich aus!"

Der Maler schüttelte den Kopf, strich sich mit beiden Händen denjenigen Teil seines Körpers, auf welchem er damals in Tharandts heiligen Hallen die Schlittenpartie gemacht hatte, und antwortete gutmütig:

„Es war nicht so schlimm, wie Sie gedacht hatten, Madame. Ich falle sehr weich."

„Das scheint wahr zu sein", lachte der Beschließer. „Ich glaube, Marie ist schuld gewesen."

„Nein", meinte Schneffke. „Die Schuld liegt an mir. Nur gut, daß wir nicht das Bild zerbrochen haben. Lassen Sie es mich betrachten."

Er trug es in die Nähe des Fensters und untersuchte das Gemälde.

„Sehen Sie", sagte er nach einiger Zeit. „Hier unten in der Ecke steht ein M mit einem Strich hindurch. Es ist allerdings kaum noch zu erkennen. Das ist das Faksimile des berühmten Porzellanmalers Merlin in Marseille, der allerdings seit längerer Zeit tot ist. Das Porträt ist ein Meisterstück, hat aber sehr gelitten, da es weit transportiert worden ist. Die Farbe ist ausgestaubt."

„Geht das nicht auszubessern?"

„O doch! Soll ich es machen?"

„Ah, wären Sie bereit dazu?"

„Gewiß! Sie brauchen mich das Gemälde nur mitnehmen zu lassen. In zwei Tagen bin ich fertig."

„Mit hinüber zu Berteu? Das möchte ich unter allen Verhältnissen nicht wagen."

„Warum nicht?"

„Wer weiß, ob ich es wiederbekäme."

„Sapperlot! Mißtrauen Sie mir?"

„O nein. Aber Berteu ist gewalttätig. Er würde Sie vielleicht hindern, mir das Bild zurückzugeben."

„Hm! Was ist da zu machen?"

„Vielleicht könnten Sie sich entschließen, die Reparatur bei uns vorzunehmen."

Das war dem guten Schneffke sehr willkommen. Auf diese Weise fand er ja Veranlassung, in der Nähe der hübschen Marie zu verweilen.

„Ich bin gern bereit dazu", sagte er, „fürchte aber, Ihnen lästig zu fallen."

„Keineswegs! Sie sind uns herzlich willkommen. Aber einen Punkt müssen wir vorher besprechen . . .!"

„Ah! Sie meinen das Honorar? Sorgen Sie sich nicht. Ich unternehme diese Arbeit zu meinem Vergnügen. Ich lerne dabei; ich übe mich. Meinen Sie, daß ich mich dafür auch noch bezahlen lassen soll?"

„Sie sind sehr nachsichtig, Monsieur. Wann dürfen wir Sie da erwarten?"

„Kann ich morgen vormittag beginnen?"

„Zu jeder Zeit, und ganz nach Ihrem Belieben! Aber, Monsieur, weiß Berteu von Ihrem gegenwärtigen Besuch?"

„Bis jetzt wohl schwerlich."

„Er wird erfahren, daß Sie zu uns gehen?"

„Jedenfalls."

„Sie werden dadurch in Ungelegenheiten kommen."

„Das schadet nichts. Ich bin nämlich ein großer Freund von Ungelegenheiten, zumal von solchen. Jetzt aber erlauben Sie mir, mich Ihnen zu empfehlen."

Er reichte Marien die Hand. Sie befand sich noch immer in Verlegenheit. Er lacht fröhlich auf und sagte:

„Tut es Ihnen leid, daß wir miteinander gefallen sind, Mademoiselle?"

„Es war ungeschickt von mir!" antwortete sie.

„Nein; es war im Gegenteil sehr geschickt. Sie glauben gar nicht, wie gern ich falle, zumal mit Ihnen. Und wissen Sie vielleicht warum?"

„Wie sollte ich?"

„Nun, es gibt einen alten Glauben. Wenn ein Herr und eine Dame, welche beide unverheiratet sind, gemeinschaftlich fallen, so – so – hm, so gibt es bald eine fröhliche Hochzeit!“

„Monsieur!“

Sie sprach dieses Wort in einem Ton aus, der allerdings einigermaßen verwahrend genannt werden konnte, aber doch nicht im mindesten zornig klang. Ein liebliches Rot lag auf ihren Wangen, und ihre Augen blickten keineswegs grimmig auf den Sprecher.

„Na“, meinte der Alte, „der Herr macht ja nur Scherz! Ah, man klopft! Wer mag kommen?“

Der Maler wollte sich schnell empfehlen, aber der Beschließer winkte ihm zu bleiben und sagte:

„Bitte, Sie stören gar nicht. Es ist jedenfalls eine ganz unbedeutende Angelegenheit.“

Er ging, um zu öffnen. Ein elegant gekleideter junger Mann trat ein. Er grüßte höflich und sagte:

„Entschuldigung, meine Herrschaften! Ich heiße Martin und bin aus Roussillon. Ich reise für ein bedeutendes Weinhaus. Darf ich vielleicht fragen, ob Sie Bedarf haben?“

„Ah! Sapperment!“ klang es da von der Seite her, auf welcher Schneffke stand.

Er hielt die Augen wie in starrer Verwunderung auf den Eingetretenen gerichtet. Dieser drehte sich zu ihm, und auch sein Blick glänzte eigentümlich auf, zeigte aber bereits im nächsten Augenblick keine Spur mehr davon.

„Danke!“ sagte Melac. „Ich bin nur Beschließer dieses Schlosses. Meine Mittel erlauben mir nicht, Wein in den Keller zu legen.“

„Aber der Besitzer? Vielleicht . . .?“

„Er ist nicht anwesend.“

„Wohl verreist?“

„Nein. Er lebt in Paris. Es ist Seine Exzellenz, der Herr General Graf von Latreau.“

„General Graf von Latreau?“ fragte der Weinreisende im Ton großer Verwunderung. „Ah, bei diesem Herrn bin ich in den letzten Tagen oft gewesen, bei ihm und Komtesse Ella, seiner Enkelin.“

„Wie? Sie kennen den gnädigen Herrn?“

„Ja. Haben Sie nicht gehört, was sich mit dem gnädigen Fräulein ereignet hat?“

„O doch! Es stand ja in allen Zeitungen. Heute vormittag las ich, daß sie errettet worden ist. Ich bin fürchterlich erschrocken, und danke mit den Meinen Gott, daß dieser Anschlag zunichte wurde. Es soll ein Weinreisender gewesen sein, welcher ..."

Er hielt inne, blickte den Fremden betroffen an und fuhr dann fort:

„Ah, Sie sagten, daß Sie in den letzten Tagen bei dem General gewesen seien? Und Sie sind Weinreisender! Monsieur, Sie sind doch nicht etwa ganz derselbe?"

„Wer?" fragte der andere lächelnd.

„Der das gnädige Fräulein gerettet hat?"

„Nein; das war mein Herr, nämlich Monsieur Belmonte, aber ich war dabei und habe mitgeholfen."

„Wirklich? Wirklich? Welch ein Zufall, daß Sie nun nach Malineau kommen. Monsieur, bitte, gehen Sie noch nicht fort! Haben Sie die Güte, uns von diesem Ereignis zu erzählen!"

„Gern, wenn Sie sich so dafür interessieren, obgleich ich eigentlich meine Zeit dem Geschäft zu widmen habe."

„Das werden Sie nachholen. Haben Sie diese Gegend bereits einmal bereist?"

„Nein."

„Nun, so werde ich Ihnen die Namen aller nennen, welche Wein kaufen; auf diese Weise kann ich Ihnen erkenntlich sein, und Sie holen das Versäumte nach. Monsieur Schneffka, auch Sie dürfen jetzt nicht gehen. Sie müssen die Erzählung dieses merkwürdigen Ereignisses mit anhören. Bitte, setzen Sie sich, meine Herren!"

Man nahm am Tisch Platz; die Gläser wurden gefüllt, und der Reisende begann zu erzählen.

Eine Stunde später empfahl er sich, von dem Dank des Beschließers begleitet. Der Maler ging zu gleicher Zeit. Als sie sich im Freien befanden und sich unbeobachtet wußten, fuhr es dem Maler heraus:

„Donnerwetter! Ich dachte, nicht recht zu sehen!"

„Und ich traute meinen Augen nicht!"

„Du hier in Malineau!"

„Und du auch!"

„Du ein Weinreisender aus Roussillon, namens Martin!"

„Martin ist mein Vorname! Aber du als Monsieur Schneffka, als ein Pole! Was soll das heißen?"

„Hm! Was soll dein Weinreisender heißen. Ein Berliner Telegrafist als Weinreisender!"

„Ja, ja! Es kommen wunderbare Dinge vor in der Welt, mein

lieber Hieronymus Aurelius Schneffke. Ich glaube zu erraten, weshalb du hier bist."

„Nun, weshalb?"

„Um Tierstudien zu machen jedenfalls nicht! Also anthropologische Angelegenheiten: Menschenstudien?"

„Du triffst beinahe das Richtige."

„Diese kleine, allerliebste, dicke Marie Melac?"

„Hm! Ja!"

„Wird sie anbeißen?"

„Ich denke es."

„Ich nicht."

„Warum nicht?"

„Weil ich dein berühmtes Pech kenne."

„Unsinn! Ich lernte sogar eine Gouvernante kennen, mit welcher ich nach Frankreich fuhr."

„Du warst natürlich sofort Feuer und Flamme!"

„Ja, es wurde mir allerdings ein bißchen heiß; aber ..."

„Na, was für ein aber ist es?"

„Als wir nach Thionville kamen, war aus der Gouvernante die Tochter eines englischen Lords geworden."

„Allerdings verteufeltes Pech. Die Sache ist also, daß du eine vornehme Engländerin für eine Gouvernante gehalten hast, nicht wahr?"

„So ungefähr."

„Das kann Herrn Hieronymus Schneffke leicht passieren. Und nun bist du bereits wieder getröstet, wie ich sehe."

„Ganz und gar. Ich habe schon das Glück gehabt, mit dieser allerliebsten Marie in die Stube zu purzeln."

„Hahahaha. Ein gutes Omen."

„Welches auf Hochzeit deutet."

„Hoffentlich! Aber, nun einmal ernsthaft. Was tust du hier in Frankreich?"

„Es war eine Studienreise, während welcher ich zufälligerweise hierherkam. Und du? Du warst also in Paris?"

„Ja."

„Und die Geschichte, welche du erzähltest, ist wirklich passiert?"

„Ganz genau so."

„Wer aber ist denn dieser Belmonte?"

„Der Rittmeister von Hohenthal."

„Donnerwetter! Sollte ich das richtige ahnen?"

„Nun, was ahnst du?"

„Hm. Ich bin doch auch Soldat."
„Landwehrmann."
„Landwehrunteroffizier, willst du wohl sagen."
„Gut! Also weiter."
Der dicke Maler machte ein sehr gescheites Gesicht und fuhr fort:
„Man munkelt von Krieg."
„Man munkelt das sogar sehr vernehmlich."
„Zwischen Preußen und Frankreich."
„Natürlich nicht zwischen Preußen und Honolulu."
„Da werden sogenannte Eclaireurs geschickt."
„Vermutlich."
„So einer ist dein Rittmeister und du auch?"
„Ich bestreite es dir gegenüber nicht, da ich dich als einen verschwiegenen Jungen kenne."
„Keine Sorge! Denkt ihr wirklich, daß es losgeht?"
„Ja, und zwar bald."
„Sapperment! Da kann ich machen, daß ich nach Hause komme."
„Ja, trolle dich heim. Man wird dich brauchen."
„Einige Tage muß ich noch hierbleiben, wenigstens zwei."
„Wegen der Marie?"
„Wegen eines Bildes, welches ich auszubessern habe."
„Ach so! Dann ist deine Studienreise zu Ende, und du fährst direkt nach Berlin?"
„Nicht direkt. Ich nehme unterwegs Absteigequartier bei Thionville. Es gibt da ein Schloß, welches Ortry heißt."
Martin Tannert wurde aufmerksam.
„Ortry?" fragte er. „Ah! Was willst du dort?"
„Das weiß ich noch nicht."
„Wie? Das ist doch unmöglich."
„Ich werde jemand dort treffen."
„Wohl auch eine Dame, he?"
„Natürlich!"
„Unverbesserlicher Mädchenjäger! Aber du, nimm dich dort in acht, damit du keinen Fehler begehst."
„Wieso?"
„Es sind dort zwei Eclaireurs. Solltest du zufällig einen erkennen, so verrate dich nicht."
„Wer sind sie?"
„Der Ulanenrittmeister Königsau."
„Sapperment! Ein tüchtiger Offizier."

„Und sein Wachtmeister Schneeberg."
„Kenne ihn nicht. Woher weißt du das?"
„Wir haben es erst gestern erfahren."
„Wo ist Herr von Hohenthal?"
„In Metz. Wir müssen uns diesen Waffenplatz ein wenig genau betrachten."
„Aber warum kamst du da nach Malineau?"
„Hm! Die Umgegend von Metz ist doch auch von einiger Wichtigkeit. Wo wohnst du hier?"
„Da drüben beim Verwalter, dessen Bilder ich auch repariere. Willst du mit?"
„Danke!"
„Oder trinken wir ein Glas Wein in der Schänke?"
„Meinetwegen! Aber nimm dich in acht, daß kein Mensch Verdacht faßt."
„Pah! Ich bin kein Esel. Komm."
Am andern Morgen befand Schneffke sich wieder bei dem Beschließer Melac. Er hatte Pastellstifte mitgenommen und erhielt einen schönen Platz am Fenster. Er mußte natürlich das Glas entfernen und das Bild aus dem Rahmen nehmen. Als er das tat, sahen Marie und ihre Eltern zu.
Er trennte zunächst die Rückwand los. Kaum war dies geschehen, so fiel sein Auge auf ein großformatiges Briefkuvert, welches zwischen der Wand und dem Bild steckte.
„Ein Brief", sagte er erstaunt. „An wen?"
Er las die Adresse: „Herrn Beschließer Melac."
„An mich?" fragte der Genannte. „Mein Gott, sollte es sich um das Geheimnis handeln, von welchem wir gestern gesprochen haben, Monsieur?"
„Vielleicht. Hier, nehmen Sie."
Die vier Personen befanden sich natürlich in allergrößter Spannung. Melac öffnete das Kuvert. Es enthielt mehrere Papiere, welche er auseinander schlug.
„Das Geburtszeugnis eines Kindes, eines Mädchens, namens Nanon de Bas-Montagne."
„Himmel!" sagte seine Frau. „Das gilt unserer Nanon."
„Und hier ein zweites auf den Namen Madelon de Bas-Montagne. Ja, es gilt den beiden Schwestern. Und hier ist der Trauschein der Eltern: Baron Gaston de Bas-Montagne und Amély, geborene Rénard."
Die Beschließerin schlug die Hände zusammen und rief:
„Das ist es, wovon die Sterbende mit dir sprechen wollte."

„Ja. Hier ist eine Quittung über 15 000 Franc, welche sie dem Verwalter Berteu geborgt hat. Ah, ich habe mir gedacht, daß die beiden Mädchen nicht ohne Geld sein würden. Ihre Mutter mußte doch von etwas leben. Das Geld ist nicht zurückgezahlt worden, denn hier ist die Schuldverschreibung. Das werde ich zu ordnen haben."

„Fünfzehntausend Franc!" sagte seine Frau. „Der Berteu kann nicht fünfzehnhundert zurückgeben."

„Wir werden sehen. Und hier zuletzt ein Brief, welcher an mich adressiert ist."

Dieser Brief, welchen er erst für sich durchflog und dann laut vorlas, hatte folgenden Inhalt:

„Mein guter Herr Melac.

Wenn diese Zeilen in Ihre Hand gelangen, bin ich nicht mehr. Ich habe dann dieses Land verlassen, in welchem ich zuerst so große Liebe und dann so bittere Täuschung fand. Ich übergebe Ihnen meine beiden Töchter. Seien Sie ihnen Vormund, Freund und Vater. Beide wissen nicht, wer ihre Eltern eigentlich sind. Ob sie es einst erfahren sollen, stelle ich ganz Ihrer Klugheit und Einsicht anheim.

Die dokumentalen Unterlagen erhalten Sie hiermit; aber vielleicht ist es besser, sie erfahren nie, daß ihr Vater ein Baron ist. Lassen Sie sich von dem Verwalter das Geld geben, damit es die Kinder bekommen. Von den Zinsen habe ich bisher leben müssen.

Was soll ich noch sagen! Sie sind ein Ehrenmann und mein Freund. Sie werden tun und beschließen, was zum Besten meiner Kinder ist, deren Vater und Großvater verschollen sind.

Ich segne Nanon und Madelon. Mein letzter Gedanke wird ihnen gelten, und wenn ich bei Gott bin, der die Liebe ist, werde ich ohne Aufhören für sie beten und auch für Sie, dem ich ja anders nicht mehr zu danken vermag.

Amély de Bas-Montagne."

Als diese Zeilen vorgelesen waren, entstand eine minutenlange Pause. Die vier Personen waren tief ergriffen. Endlich nahm der Schließer das Wort:

„Also Vormund sollte ich sein, ich, aber nicht der Verwalter. Warum blieb ihr nicht Zeit, uns zu sagen, wohin sie diese Dokumente gesteckt hatte."

„Ja, nun ist alles so ganz anders gekommen", meinte seine Frau, welcher die Tränen in den Augen standen. „Wirst du den beiden Mädchen sagen, was sie eigentlich sind?"

„Das muß man noch überlegen.“

„Und hier“, sagte da der Maler, welcher die Rückseite des Bildes betrachtet hatte, „hier steht der Name ‚Baron Gaston de Bas-Montagne.‘ Sollte er es sein?“

„Natürlich ist es das Bild des Vaters der beiden Mädchen“, meinte der Beschließer. „Ihre Mutter hat es mit sich genommen. Warum aber ist sie von ihm fortgegangen?“

„Ihr Schwiegervater hat sie gezwungen.“

Da blickte der Beschließer den Maler erstaunt an.

„Der Schwiegervater?“ fragte er. „Gezwungen? Woher wollen Sie denn das wissen? Sie sind ja hier fremd. Sie haben die arme Dame nie gekannt und gesehen.“

„Das ist wahr. Aber ich habe diesen Schwiegervater gesehen.“

„Ah! Das wäre.“

„Und ich kenne ihn vielleicht heute noch.“

„Dann glaube ich noch an Wunder.“

„Ja, der liebe Gott hat die Schicksale aller Menschenkinder in seiner Hand. Ich will Ihnen sagen, daß ich dieser Angelegenheit wegen nach Malineau gekommen bin.“

Dieses Geständnis brachte eine große Wirkung hervor.

„Dieser Angelegenheit wegen?“ fragte Melac. „So war sie Ihnen bekannt?“

„Nein, sondern im Gegenteil sehr unbekannt.“

„Sie widersprechen sich.“

„Auch das nicht. Nach dem, was ich über Sie weiß, bin ich überzeugt, daß ich mich Ihnen anvertrauen kann. In Berlin lebt ein alter, reicher Sonderling, welcher sich Untersberg nennt. Sie verstehen Deutsch. Wie würden Sie diesen Namen in das Französische übersetzen?“

„Ich würde sagen – Unters – Bas-Montagne; ah, was ist das? Sollte zwischen diesem Untersberg und der Familie Bas-Montagne irgendeine Beziehung bestehen?“

„Ganz gewiß. Ich kenne diesen Herrn. Der junge Berteu hat ihm telegrafiert, daß sein Vater gestorben sei.“

„So stand er mit Berteu in Verkehr?“

„Wie es scheint. Er ist alt und schwach; er kann also nicht selbst reisen. Ich bin der einzige, mit dem er verkehrt, und er gab mir den Auftrag, nach Malineau zu gehen und auszukundschaften, ob der alte Berteu vor seinem Tode seinem Sohn ein Geheimnis mitgeteilt habe.“

„Welches Geheimnis?“

„Das wußte ich nicht; nun aber haben wir es ja erfahren. Das Geheimnis, wer die beiden Mädchen sind."

„Ich begreife immer noch nicht . . ."

„Nun, dieser Untersberg ist der Großvater der Mädchen."

„Ah! Mag er denn nichts von ihnen wissen?"

„Nein. Sie sollen nie erfahren, wer sie sind. Ihre Mutter war eine Deutsche, eine Bürgerliche, keine Katholikin. Sein Sohn sollte sie nicht heiraten, und als er dies trotzdem tat, wußte der Alte es so weit zu bringen, daß sie ihre Kinder nahm und verschwand."

„Mein Gott. Das ist ja ein ganzer Roman."

„Aber ein sehr trauriger."

„Sie hat also ihren Mann verlassen und ist zu uns gekommen."

„So ist es."

„Aber dieser, ihr Mann, hat er das geduldet?"

„Sie ging heimlich, als er verreist war. Als er zurückkehrte, war sie verschwunden."

„Hat er denn nicht gesucht?"

„O ja! Aber sein Vater hat ihn belogen und gesagt, sie sei ihm untreu geworden und mit einem andern davongegangen."

„Welch eine Schlechtigkeit."

„Er hat dann nach ihr gesucht und ist ebenso verschwunden, wie sie. Sein Vater hat Frankreich verlassen und seinen Namen verändert. Weshalb, kann ich nicht sagen."

„Aber woher wissen Sie das alles?"

„Ich vermute das meiste; einiges aber weiß ich ganz genau."

Er glaubte, das von den Kolibribildern, und was damit zusammenhing, noch verschweigen zu müssen.

„Aber Sie wissen genau, daß jener alte Untersberg der Großvater der Mädchen ist?"

„Ich würde es beschwören."

„So muß er sie anerkennen!"

„Das wird er nicht tun."

„Ich zwinge ihn."

„Wie wollen Sie das anfangen?"

„Ich lege diese Dokumente vor."

„Damit erreichen Sie doch nichts."

„Beweisen sie etwa nicht, daß er der Großvater von Nanon und Madelon ist?"

„Das Gericht verlangt Beweise; Behauptungen genügen nicht."

„Nun, wird es denn nicht möglich sein, ihm zu beweisen, daß er der Baron de Bas-Montagne ist?"

„Vielleicht gelingt es mir."

„Gut! So haben wir gewonnen."

„Noch gar nichts! Beweisen Sie mir, daß diese Frau Charbonnier wirklich die Baronin de Bas-Montagne war."

„Warum sollte sie es nicht sein?"

„Und daß Nanon und Madelon wirklich die Kinder des Barons Gaston sind."

„Aber ich begreife Sie nicht."

„Und außerdem gibt es noch weitere Lücken, welche ausgefüllt werden müßten. Man darf da nicht so sehr sanguinisch denken!"

„So sagen Sie uns, was wir tun sollen."

„Überzeugen wir uns zunächst, ob wir selbst recht haben oder unrecht. Sehen wir einmal, ob die Frau Charbonnier die Baronin de Bas-Montagne ist."

„Wie wollen wir das anfangen?"

„Sehr einfach. Sie haben Madame Charbonnier gekannt?"

„Ja, natürlich."

„Bitte, sie mir zu beschreiben."

„Es war eine sehr schöne Dame, klein, schmächtig, mit Prachtaugen und herrlichem Haar."

„Hm! Ich habe das Bildnis der Baronin gesehen. Wollen doch einmal vergleichen."

Er hatte seine Mappe mit. Er nahm aus derselben ein Blatt Zeichenpapier und griff zum Bleistift. Er schloß die Augen, um sich die Züge jenes Porträts zu vergegenwärtigen, welches er hinter dem Kolibribild gefunden hatte, und als ihm dies gelungen war, warf er den Kopf mit bewundernswerter Leichtigkeit auf das Papier.

„So", sagte er, „sehen Sie her! Ist sie es?"

Die beiden Alten stießen einen Ruf des Erstaunens aus.

„Das ist sie; ja, das ist sie!" beteuerten sie.

„Gut, sehr gut! Ich bin meiner Sache nun schon gewiß. Diese Mädchen haben eine ungemeine Ähnlichkeit mit ihrer Mutter. Aber man muß dennoch bedächtig verfahren. Ich denke, Sie verschweigen ihnen zunächst noch, wer sie sind."

„Aber etwas muß man doch tun."

„Gewiß! Ich gehe von hier nach Ortry."

„Zu Nanon?"

„Ja. Madelon befindet sich bei ihr. Mit dieser kehre ich nach Berlin zurück. Wer weiß, was unterwegs sich findet und herausstellt. In Berlin gehe ich sofort zu dem Alten."

„Um ihn zu zwingen, die Wahrheit zu bekennen?"

„Das kann ich noch nicht sagen. Ich werde Ihnen schreiben. Wir müssen Hand in Hand gehen."

„Das versteht sich! Monsieur Schneffka, wie gut ist es, daß wir Sie kennengelernt haben. Und wunderbar, Sie, ein Pole, kommen her zu uns und . . ."

Er stockte. Es kam ihm ein Gedanke. Dann fuhr er fort:

„Monsieur, seien Sie aufrichtig. Sie sind kein Pole!"

„Was soll ich sonst sein? Ein Buschneger?"

„Ein Deutscher. Gestehen Sie es!"

Da trat Marie näher, legte die Hand an seinen Arm und sagte:

„Wirklich? Sollten Sie ein Deutscher sein?"

„Mademoiselle, Sie hassen ja die Deutschen."

„Was denken Sie! Ich habe Ihnen ja im Gegenteil gesagt, daß wir uns sehr für Deutschland interessieren."

„Nun gut! So will ich es gestehen, daß ich ein Deutscher bin!"

Da streckten ihm alle drei die Hände entgegen, und Melac fragte:

„Warum haben Sie das verschwiegen?"

„Aus Vorsicht. Die hiesige Bevölkerung spricht von einem Krieg zwischen Frankreich und Deutschland."

„Glauben Sie an dieses Gerücht?"

„So ziemlich."

„So wünsche ich von ganzem Herzen Deutschland den Sieg. Möge Preußen kommen und Elsaß und Lothringen nehmen, damit das Unrecht früherer Zeiten gesühnt werde. Herr, nun sind Sie mir doppelt willkommen. Ihr Name wird nun wohl auch anders lauten?"

„Nicht viel anders: Schneffke anstatt Schneffka, Hieronymus Aurelius Schneffke; das ist so sicher wie Pudding."

„Aber lassen Sie das Berteu ja nicht wissen"!

„Fällt mir ganz und gar nicht ein! Also Sie meinen, daß er von seinem Vater nichts erfahren hat?"

„Wenigstens kurz vor dem Tode nicht, da der Verwalter ganz plötzlich gestorben ist."

„So könnte er von früher her etwas wissen!"

„Ja, und das scheint mir sogar sehr wahrscheinlich zu sein."

„Wieso?"

„Es hat sich am Begräbnistag seines Vaters etwas ereignet, was mir zu denken gibt."

„Erzählen Sie es mir, damit ich denken kann."

„Er hat die Schwestern abends in die Pulvermühle gelockt, um Nanon in seine Gewalt zu bekommen."

„Liebt er sie denn?"
„Wer weiß das?"
„Will er sie heiraten?"
„Man sagt es. Er weiß, daß das Mädchen wohl eine Zukunft hat. Er will an der letzteren teilnehmen, indem er Nanon zu seiner Frau macht."
„Aber sie will ihn nicht!"
„Um keinen Preis. Daher hat er sie in die Falle gelockt."
„Ein gottloser Mensch. Donnerwetter! Der sollte mir vor die Zündnadel kommen, wenn ich im Fall eines Krieges mal nach Malineau käme. Dann würde – Sapperment!"
Er bemerkte erst jetzt, daß er unvorsichtig gewesen sei. Melac aber beruhigte ihn, indem er sagte:
„Erschrecken Sie nicht. Sie sind nicht bei schlechten Menschen. Aber, wie ich höre, sind Sie also auch Soldat?"
„Landwehrsoldat."
Da trat ein Lächeln auf die ernsten Züge des ehrwürdigen Mannes. Er sah den Maler vom Kopf bis zum Fuß herab an und fragte dann: „Sind die preußischen Landwehrleute alle so wohl gepflegt wie Sie, Monsieur?"
„Alle! Das Kommißbrot wirkt Wunder. Sie sehen ein: Kommt ein Bataillon solcher Kerle ins Laufen, so rennt es eine ganze französische Armee über den Haufen. Lassen Sie es also in Gottes Namen losgehen. Sie werden Ihr blaues Wunder sehen! Nun aber wollen wir das Porträt vornehmen, sonst wird es nicht fertig."
Der Maler begann nun an dem Bild zu arbeiten. Die drei sahen zu und konnten sich nicht genug über seine Kunstfertigkeit wundern. Dabei wurde die Unterhaltung keineswegs ausgesetzt, und so kam es, daß, als er abends Abschied nahm, sie einander so nahe gerückt waren, als ob er bereits seit Jahren in dieser Familie verkehrt habe.
Berteu behandelte ihn mit finsterer Miene.
„Ich habe Sie während des ganzen Tages nicht gesehen", sagte er.
„Ich war nicht daheim."
„Darf ich fragen, wo Sie gewesen sind?"
„Drüben im Schloß."
„Im Schloß? Da wohnt doch nur der Beschließer. Sind Sie etwa bei dem gewesen?"
„Ja; gerade komme ich von ihm."
„Monsieur, was fällt Ihnen ein?"

Der Dicke machte ein sehr erstauntes Gesicht und sagte:

„Was ist das für ein Ton? Wie kommen Sie mir vor?"

„Können Sie sich das nicht selbst erklären? Wissen Sie nicht, daß Sie mein Gast sind?"

„Das weiß ich sehr wohl."

„Dann dürfen Sie auch nichts tun, was gegen meinen Willen ist."

„Oho! Was ist denn gegen Ihren Willen?"

„Ihr Besuch bei diesen Melacs."

„Pah! Ich bin Ihr Gast, aber nicht Ihr Sklave. Übrigens arbeite ich für Sie. Es ist eine Ehre für Sie, einen Künstler bei sich zu haben. Verstehen Sie wohl. Auch handelt es sich gar nicht um einen Besuch bei Melacs, sondern um eine Arbeit, welche ich da vorzunehmen hatte."

„Gearbeitet haben Sie drüben?"

„Allerdings."

„Das soll doch heißen, gemalt? Haben Sie vielleicht porträtiert?"

„Ja, porträtiert."

Man sah es diesem Berteu an, daß er ganz erregt war. Er vergaß alle Höflichkeit und fragte zudringlich weiter:

„Wen? Den Alten?"

„Nein."

„Die Frau?"

„Nein."

„Das Mädchen?"

„Auch nicht."

„Donnerwetter! Wen denn? Es gibt da ja nur diese einzigen drei Personen."

„Wenn ich sage, daß ich porträtiert habe, so ist das richtig, denn ich habe an einem Porträt gearbeitet, aber allerdings an einem bereits vorhandenen."

„Es gibt da nur ein Bild, welches Sie meinen können: ein Pastellbild."

„Das war es allerdings."

„Es stellt einen jungen Mann dar?"

„Stimmt auffallend."

„Wer mag das sein?"

„Ich weiß es nicht."

„Sie haben das Bild natürlich geöffnet?"

„Das versteht sich ganz von selbst."

„Hat sich nichts dabei ereignet?"

„O doch."
„Was denn? Was?" fragte Berteu schnell.
„Es fiel ein Nagel herunter, so daß Mademoiselle Marie gezwungen war, ihn aufzuheben."
„Monsieur!"
„Was wünschen Sie?"
„Denken Sie etwa, mich zum Narren machen zu wollen?"
„Pah! Ich antworte Ihnen. Kann denn ich dafür, daß Sie alles, selbst bis auf solche Kleinigkeiten, wissen wollen?"
„Nach dem Nagel habe ich Sie nicht gefragt. Aber, Sie sind Kenner. Ist das Bild wertvoll?"
„Allerdings sehr."
„Wie hoch schätzen Sie es?"
„Es kann sechstausend Franc gekostet haben."
„Sechstau –! Alle Teufel! Und jetzt? Hat es auch noch denselben Wert?"
„Den behält es."
„Also doch. Welch ein Fehler von meinem Vater!"
„Einen Fehler? Was meinen Sie?"
„Wissen Sie denn nicht, wie das Bild in die Hände der Melacs gekommen ist?"
„Ich hörte, daß es ein Geschenk sei."
„Nein, das ist nicht wahr. Jene haben es nur zur Aufbewahrung erhalten. Es gehört meinen Stiefschwestern. Vater hätte darauf bestehen sollen, es zurückzuerhalten. Haben Sie die Renovation vollendet?"
„Nein. Ich habe morgen noch einige Zeit daran zu arbeiten."
„Und meine Gemälde werden dabei vernachlässigt."
„Haben Sie keine Sorge. Ehe ich fortgehe, werde ich auch mit diesen fertig."

Es war noch nicht spät, und so hatte der Maler noch nicht Lust, schlafen zu gehen. Er befand sich in einer ganz eigentümlichen Stimmung. Es war ihm, als ob er das große Los gewonnen hätte. Er hatte sehr viele Mädchen gesehen, und keine war ohne Eindruck auf ihn gewesen, er hatte sie alle haben wollen; aber diese Marie – das war doch etwas ganz anderes. Er hatte das Gefühl, als ob er sich verloren gehabt und nun wiedergefunden habe.

Es wurde ihm in der Stube zu eng. Er brannte eine Zigarre an und begab sich in das Freie. Natürlich ging er in den Park. Es verstand sich das ganz von selbst, daß er sich nach kurzem gerade vor der Bank sah, auf welcher er mit Marie gesessen hatte. Er setzte sich nieder.

Er hatte nicht etwa erwartet, sie hier zu treffen, o nein. Aber er blieb doch eine längere Zeit, als ob er meine, daß jemand kommen solle. Und da – da hörte er Schritte. Er horchte auf. Die Schritte näherten sich. Es waren die Schritte zweier Personen.

Er wollte nicht gesehen werden, darum stand er auf und trat zwischen die Büsche, vor denen die Bank stand. Es waren zwei Männer, welche kamen. Als sie die Bank erreichten, blieben sie stehen.

„Setzen wir uns ein wenig?“ fragte der eine, in welchem der Maler seinen Wirt Berteu erkannte.

„Meinetwegen.“

„Du bist heute sehr kurz angebunden.“

„Habe auch Veranlassung dazu.“

„Wegen der Mädels?“

„Weswegen sonst!“

„Pah! Es war ein Scherz, der uns leider mißlungen ist.“

„Der mich aber um allen Kredit gebracht hat.“

„Unsinn, Ribeau. Kein Mensch weiß genau, was geschehen ist, kein Mensch.“

„Aber man hat uns doch in der Pulvermühle gefunden, gebunden und geknebelt, und zwar der Mädels wegen.“

„Mich kränkt das nicht im mindesten. Das heißt, dem Volk gegenüber. Daß mir aber die Nanon entgangen ist, darüber könnte ich verrückt werden vor Wut. Könnte man nur eine Ahnung haben, wer der Kerl gewesen ist.“

„Lang und stark war er, baumstark.“

„Blond. Bist du in Etain gewesen, und hast du nichts erfahren?“

„Na, ich will dich nicht auf die Folter stellen. Meine Erkundigungen sind von Erfolg gewesen.“

„Das wäre prächtig. Also heraus damit!“

„Am Abend vor dem Begräbnis sind sie angekommen.“

„Wer denn eigentlich?“

„Nun, Mademoiselle Nanon Charbonnier aus Ortry und Mademoiselle Madelon Charbonnier aus Berlin. Sie sind im Gasthof Napoleon abgestiegen. Sie haben eine Kutsche gehabt, welche sie in Metz gemietet hatten.“

„Das alles ist mir verteufelt gleichgültig. Der Kerl, der Kerl! Wer war der?“

„Als sie angekommen sind, hat ein langer starker Kerl neben dem Kutscher gesessen.“

„Ah! Der war es also.“

„Auch er hat seinen Namen in das Fremdenbuch eingetragen.“

„Wie heißt er?“

„Fritz Schneeberg aus Thionville.“

„Fritz Schneeberg? Ein deutscher Name! Hole ihn der Teufel! Was ist er denn?“

„Pflanzensammler.“

„Sapperment! Das ist ja etwas verdammt Vornehmes! Das stand mit im Fremdenbuch?“

„Ja, ich habe es gelesen.“

„Das ist nun alles, was du erfahren hast?“

„O nein. Ich weiß sogar, daß dieser Mensch der Geliebte deiner hübschen Nanon ist.“

„Unsinn! Die, und einen Pflanzensammler.“

„Und doch.“

„Wieso? Sprich!“

„Nun, der Kellner hat ein kleines Verhältnis mit dem Zimmermädchen. Die beiden haben im dunklen Korridor gestanden, um sich ein wenig beim Kopf zu nehmen, da ist Nanon gekommen und hat diesen Schneeberg in seinem Zimmer aufgesucht.“

„Alle Wetter! Den Kerl vergifte ich! War es denn auch wirklich Nanon und nicht die andere?“

„Es handelt sich um ein Liebesverhältnis. Da versteht es sich ja ganz von selbst, daß Nanon seine Geliebte sein muß, nicht aber Madelon, die er gar nicht kennen kann.“

„Gut, gut! Ich komme übermorgen nach Thionville. Ich werde mich einmal nach diesem Herrn erkundigen. Was weißt du weiter?“

„Die beiden Mädchen sind am anderen Morgen mit dem Lohnkutscher nach Malineau gefahren; der Kerl ist ihnen zu Fuß gefolgt. Er hat die ganze Gegend auskundschaftet.“

„Woher weiß du das?“

„Man hat ihn überall gesehen. Auch in der Dorfschänke ist er gewesen und hat mit dem Kutscher gesprochen.“

„So geht mir ein Licht auf. Er hat mich auf irgendeine Weise belauscht.“

„Jedenfalls. Des Abends spät ist er mit den Mädchen nach Etain zurückgekehrt und sofort aufgebrochen.“

„Wohin sind sie gefahren?“

„Nach Metz zurück.“

„Woher weiß man das?“

„Sie haben ja das Metzer Geschirr benutzt. Der Urian ist natürlich auch mit. Vorher aber hat es noch ein komisches Intermezzo gegeben. Nämlich, es hat da ein kleiner, dicker Kerl logiert, ein Maler . . ."

„Ah! Weißt du den Namen?"

„Schneffka, Maler aus Polen, hat im Buch gestanden."

„Donnerwetter! Das ist ja mein Maler!"

„Der deinige? Was soll das heißen?"

„Er wohnt bei mir und bessert meine Gemälde aus."

„So wird dich das Ding doppelt interessieren. Nämlich, eben, als die beiden Schwestern in den Wagen steigen wollen, kommt dieser Mensch zur Treppe herab, barfuß und im Hemd, nur eine rote Tischdecke um sich geschlungen und einen riesigen Künstlerhut auf dem Kopf."

„Verrückt! Was hat er gewollt?"

„Er hat mit den beiden Schwestern gesprochen und ist dann wieder in sein Zimmer gegangen."

„Was hat er mit ihnen zu sprechen gehabt?"

„Das konnte ich nicht erfahren, denn niemand hat so nahe gestanden, daß es zu hören gewesen wäre. Verdächtig ist es aber doch, daß dieser Kerl die Mädchen kennt und nun bei dir wohnt."

„Das ist wahr! Sollte er mit ihnen unter einer Decke stecken? Sollte er, der Dicke, Kleine, der Verbündete dieses langen, starken Flegels sein, dem wir es zu verdanken haben, daß uns die beiden Mädchen entgangen sind?"

„Ich denke es. Ja, ich bin sogar überzeugt davon."

„Dann soll den Kerl der Teufel holen."

„Pah, der Teufel! Wir selbst werden es sein, die ihn holen!"

„Allerdings. Denn in diesem Fall ist er ein gefährlicher Kerl, der noch ganz andere Absichten hat, als wir jetzt denken."

„Welche Absichten sollten das sein?"

„Nun, wo wohnt der Kräutermann?"

„In Thionville."

„Also in der Nähe von Ortry. Und wo wohnt diese Nanon?"

„In Ortry."

„Gut! Und in Ortry haben wir nicht nur unsere Niederlagen, sondern dort laufen auch alle Fäden unserer geheimen Verbindungen zusammen. Hast du denn noch nichts von der Vermutung gehört, daß geheime Emissäre diese Gegend durchstreifen?"

„Man spricht allerdings davon."

„Nun, dann möchte man fast denken, daß dieser Kräutersammler ein solcher deutscher Spion ist."

„Donnerwetter! Wenn das wäre."

„Dann läge auch die Vermutung nahe, daß der kleine Maler zu ihm gehört."

„Höre, du kannst recht haben. Man muß diesem Kerl sehr scharf auf die Finger sehen."

„Das werde ich bereits morgen tun. Ist er ein Spion, so gehört er nicht zur gewöhnlichen Volksklasse."

„Nein, sondern er ist entweder ein Offizier oder ein Diplomat."

„Dieser Schluß ist sehr richtig. Nur scheint er mir das Zeug zu einem Diplomaten nicht zu haben."

„Zu einem Offizier freilich noch weniger. Wer nackt und nur mit einem Tischtuch umwickelt mit Damen spricht, der handelt ganz und gar nicht als Kavalier."

„Allerdings. Kurz und gut, der Kerl ist mir ein Rätsel, und dieses werde ich lösen. Er wird mir gleich morgen Rede stehen müssen."

„Das mußt du aber schlau anfangen."

„Keine Angst! Ich werde mich natürlich hüten, mit der Tür in das Haus zu fallen."

„Und morgen müssen wir Gewißheit haben."

„Warum bereits morgen?"

„Narr, weil wir übermorgen nicht mehr hier sind."

„Ah richtig! Wegen des Pulvertransportes!"

„Es würde da gut sein, wenn wir dem alten Kapitän gleich etwas Positives melden könnten. Irre ich mich nicht, so haben wir das Pulver dieses Mal im Steinbruch abzuliefern?"

„Ja. Es ist das der sicherste Ort."

„Können wir mit dem Wagen hin?"

„Ja. Es geht von der Stadt ein Fahrweg hin. Dieser ist zwar alt und seit langer Zeit nicht mehr benutzt, bietet aber dem, der ihn kennt, keine allzu großen Schwierigkeiten. Es ist der einzige Steinbruch der ganzen Umgegend."

„Wann müssen wir dort eintreffen?"

„Punkt zwölf Uhr."

„Wie aber die Fässer in die Niederlage bringen?"

„Dummkopf! Das ist die Sache des Kapitäns. Ich vermute, daß es auch dort einen geheimen Gang gibt, welcher mit den unterirdischen Gewölben zusammenhängt."

„Warst du bereits einmal drin?"

„Nein. Aber nach dem, was man davon im stillen sagt und erzählt, müssen bereits fürchterliche Vorräte von Waffen und Munition vorhanden sein. Sollten die Deutschen wirklich mit uns anfangen, so sind sie verloren."

„Sie werden anfangen!"

„Dann sind sie dumm genug!"

„Sie werden dazu gezwungen. Der Kaiser ist der größte Diplomat der Gegenwart. Er will den Krieg, und da er die Schuld desselben nicht auf sich laden wollen wird, so findet er ganz sicher eine Gelegenheit, die Deutschen zu veranlassen, den Krieg zu erklären."

„Das wäre ein famoser Kniff! Wir sind vorbereitet, sie aber jedenfalls nicht."

„Nun, wir werden einen Spaziergang nach Berlin machen und unterwegs viel, sehr viel finden, was mitzunehmen ist."

„Das ist die Hauptsache! Ich freue mich auf den Augenblick, in welchem uns der Alte die Ordre schickt. Denke dir, Offizier der Franktireurs!"

„Ich ja auch! Und das beste dabei ist, daß wir nicht mit in die Schlachtlinie gezogen werden. Wir bleiben hinter den Aktiven, um – um – um . . ."

„Nun, um?"

„Um die Verbindung mit Frankreich zu unterhalten."

„Ja, und um auf Ordnung zu sehen."

„Hahahaha! Ordnung! Man schweift rechts und links ab und sucht, was zu finden ist! Also nimm zunächst gleich morgen den Maler gehörig vor und sorge, wenn er dir wirklich verdächtig vorkommt, dafür, daß er uns nicht entwischen kann."

„Habe keine Sorge! Wen ich einmal anfasse, der entgeht mir nicht. Verdächtig hat er sich bereits dadurch gemacht, daß er mit dem Beschließer verkehrt."

„Hältst du den wirklich für einen Deutschenfreund?"

„Das ist er auf alle Fälle. Weil er ein Nachkomme Melacs ist, hält er es für seine Pflicht, das zu bereuen, was sein Ahne Großes getan hat. Aber komm; wir müssen ausruhen, da wir morgen bereits mit der Dämmerung aufzuladen haben, um dann übermorgen zur angegebenen Zeit in dem Steinbruch bei Ortry einzutreffen."

Sie gingen.

Erst als ihre Schritte verklungen waren, trat der Dicke hinter seinem Versteck hervor.

„Donnerwetter!" brummte er. „Das war eine wichtige Unterredung! Da hätte mein Freund Tannert, der Telegrafist und Husarenwachtmeister, mit dabeisein sollen! Ich und ein deutscher Spion! Hahaha!"

Er setzte sich auf die Bank und dachte über das Gehörte nach.

„Na", fuhr er fort, „eine Art von Spion bin ich allerdings, da ich ja gekommen bin, diesen Berteu auszuhorchen; aber ein wirklicher – so, was man Eclaireur nennt, das bin ich nun freilich nicht. Ich stehe mich leider mit unserem Moltke nicht so familiär, daß er wissen könnte, was für ein gescheiter Kerl ich bin! Also aushorchen will er mich, ob ich Offizier oder Diplomat bin! Schön! Horche nur zu, Bursche!"

Nach einer Weile lachte er leise vor sich hin und sagte für sich:

„Vielleicht drehen wir den Spieß um, und ich horche euch aus, anstatt ihr mich. Pulver und Waffen in unterirdischen Gewölben in oder bei Ortry. Sapperment! Das ist ja so gefährlich wie Pudding, wenn er mit Dynamit gefüllt ist. Franktireurs, also Freischaren sollen gebildet werden? Von dem alten Kapitän? Wartet, ihr Kerle, euch werde ich belauschen! Und was ich erfahre, das sage ich meinem Freund Martin Tannert, der – ah, sagte er denn nicht, daß auch in Ortry bereits einer ist, nämlich der Rittmeister von Königsau? Und dann der Wachtmeister Fritz Schneeberg? Sollte das der Kräutermann sein, von dem diese beiden gesprochen haben? Sehr wahrscheinlich. An ihn oder Königsau kann ich mich doch auch wenden, wenn Gefahr im Verzug ist. Wartet, ihr Burschen, der Hieronymus Aurelius Schneffke wird euch einen Strich durch eure Rechnung machen. Übermorgen bin ich in Thionville und Ortry und suche den Steinbruch auf. Pulverlieferung. Unterirdische Gewölbe. Geheime Gänge. Vorrat an Waffen und Munition. Hinter diese Schliche und Geheimnisse muß ich kommen. Man wird dafür sorgen, daß euch euer Spaziergang nach Berlin nicht allzugut bekommen soll."

Er wanderte langsam seiner Wohnung, dem Verwalterhaus, zu. Die Tür war bereits verschlossen, und er sah sich also gezwungen zu klopfen. Charles Berteu öffnete ihm. Er machte ein sehr erstauntes Gesicht, als er ihn erblickte.

„Sie?" fragte er.

„Ja, ich", antwortete der Maler.

„So spät."

„Ich finde es nicht sehr spät."

„Nicht? Nun, dann haben wir wohl auch noch Zeit, ein Glas Wein zu trinken?"

Schneffke sah ein, daß der Wein nur als Vorwand diente. Die eigentliche Absicht des Franzosen war natürlich, ihn bereits jetzt in das Verhör zu nehmen.

„Ein Glas Wein?" sagte er gleichmütig. „Den verschmähe ich zu keiner Zeit. Da können Sie mich sogar mitten in der Nacht vom Schlaf aufwecken."

„So kommen Sie."

„Aber gut muß er sein. Fusel trinkt kein Künstler so kurz vor dem Schlafengehen."

„Haben Sie bei mir bereits etwas Schlechtes getrunken?"

„Das kann ich nicht sagen."

„Also. Folgen Sie mir."

Er führte ihn in sein Zimmer und ging dann Wein zu holen. Er kam nach kurzer Zeit zurück und schänkte ein.

„So nehmen Sie, Monsieur", sagte er. „Auf das Wohl unseres schönen Frankreichs!"

Dabei bohrte er seinen Blick in das Gesicht des Deutschen.

„Frankreich soll leben!" antwortete derselbe, indem er mit ihm anstieß.

„Und auf das Wohl und den Ruhm unseres großen Kaisers!"

„Hoch, Napoleon!"

„Trinken Sie doch aus."

„Hab schon. Sehen Sie her. Wenn es sich um den Ruhm Frankreichs und seines Kaisers handelt, da lasse ich keinen Tropfen im Glas."

Der Franzose goß die Gläser wieder voll und sagte:

„Wie ich sehe, sympathisieren Sie mit Frankreich?"

„Oh, sehr!"

„Warum?"

„Na, weil mir das Land gefällt, das Land, das Volk und auch der Kaiser!"

„Aber Sie müssen doch Gründe dieses Wohlgefallens haben."

„Pah! Warum gefällt Ihnen ein Hund?"

„Welcher Vergleich, Monsieur!"

„Oder eine Blume? Oder ein Mädchen?"

„Das ist Geschmackssache."

„Nun gut, Ihr Kaiser ist auch nach meinem Geschmack."

„Warum?"

„Donnerwetter! Warum ist das Mädchen nach Ihrem Geschmack?"

„Wir drehen uns im Kreise herum."

„Und das ist eine Dummheit. Bleiben Sie also ruhig sitzen. Übrigens wissen Sie wohl, daß Polen stets mit Frankreich sympathisiert. Wäre es nach dem Willen des großen Napoleons gegangen, so wäre Polen frei."

„Allerdings. Also, Sie sind ein Pole?"

„Natürlich!"

„Wohl ein Deutschpole?"

„Welche Frage. Gibt es wohl französische Kirgisen, oder gibt es Deutschkalmücken? Pole ist Pole. Verstanden?"

„Sie sprechen sehr kräftig!"

„Ja, wenn man mir Polen anrührt, so kann ich sehr leicht in Affekt geraten."

„Und doch sehen Sie gar nicht aus wie ein Pole!"

„Warum?"

„Ihr Bäuchlein, Monsieur . . .!"

„Mein Gott! Welch eine Vorstellung haben Sie denn eigentlich von uns. Glauben Sie, wir Polen seinen Hungerleider?"

„Das gerade nicht."

„Zaunslatten oder Hopfenstangen?"

„Auch das nicht. Aber ich stelle mir jeden Polen schlank und wohlproportioniert vor."

„Da sollte doch der Teufel dreinschlagen, Monsieur!" sagte Schneffke zornig. „Bin ich etwa nicht wohlproportioniert?"

„Nun, eigentlich doch nicht so ganz."

„Also schlecht proportioniert?"

„Das nun freilich nicht gerade."

„Aber, was meinen Sie denn eigentlich mit Ihrem proportioniert."

„Die Verhältnisse des Körpers."

Da stand Schneffke vom Stuhl auf, stellte sich breitspurig vor den Franzosen hin und sagte:

„Die Körperverhältnisse. Also gut. Sehen Sie mich doch gefälligst einmal an. Na, sehen Sie mich überhaupt?"

„Zu übersehen sind Sie nicht!"

„Gut! Einen Körper habe ich also, da Sie mich sehen. Nun kommt es darauf an, welche Verhältnisse dieser Körper hat!"

„Verhältnisse hat er auf alle Fälle."

„Ob aber gute oder schlechte. Fangen wir beim Bauch an, da der am meisten in die Augen springt. Können etwa Sie so etwas Ausgebildetes, ich möchte beinahe sagen Vollendetes, aufzeigen?"

„Nein!“ lachte der Franzose. „Sie sind mehr als wohlbeleibt; Sie sind dick.“

„Schön! Die Beine. Sind diese etwa dünn?“

„Nein.“

„Die Arme?“

„Auch dick.“

„Der Hals?“

„Dick.“

„Die Wangen?“

„Dick.“

„Und nun gar die Taille?“

„Außerordentlich dick.“

„Also wie ist alles an mir, Monsieur?“

„Dick, dick und abermals dick.“

„Und das nennen Sie nicht wohlproportioniert?“

„Ah! Meinen Sie es so?“

„Natürlich! Habe ich etwa einen aufgequollenen Leib und dazu fadenschwache Beine?“

„Nein.“

„Oder einen krummen Rücken und gerade Lenden?“

„Nein.“

„Oder kleine Augen und eine große Nase?“

„Auch nicht.“

„Nun wohl! Sie sehen also, daß kein Mensch besser proportioniert sein kann als ich. Ich will mich zwar nicht geradezu einen Adonis nennen, denn unter die Götter gehöre ich nicht, aber das Menschenmögliche in Beziehung auf Schönheit und Wohlgestalt, das leiste ich. Verstanden? Glauben Sie nun endlich, daß ich ein Pole bin?“

„Ja. Aber Ihre Sprache . . .“

„Sprache? Was denn? Natürlich habe ich mit Ihnen französisch gesprochen. Wollte ich polnisch anfangen, so glaube ich, würde es Ihnen hinter der Stirn mehr oder weniger polnisch werden.“

„Das ist's nicht, was ich meine. Ich wollte nur sagen, daß Sie kein polnisches Französisch sprechen.“

„Davor soll mich auch der liebe Gott behüten.“

„Polen pflegen eine andere Aussprache zu haben.“

„So? Haben Sie bereits einmal Polen französisch sprechen hören? Wo denn?“

„In Paris!“

„Das ist auch eine schöne Sorte von Polen gewesen, Monsieur.

Sie sind ja gar nicht imstande, einen Polen zu verstehen, wenn er französisch spricht. Das weiß ich besser, als Sie!"

Diese drastische Zurechtweisung verfehlte ihre Wirkung nicht. Die Wahrheit war, daß Berteu noch gar keinen Polen gesehen, viel weniger aber gesprochen hatte. Er antwortete:

„Sie mögen recht haben. Aber, Monsieur, da fällt mir ein, Sie sind Maler?"

„Welche Frage. Natürlich bin ich Maler."

„Bloß Maler?"

„Freilich."

„Weiter nichts?"

„Ist das etwa nicht genug? Wollen Sie mich beleidigen?"

„So meine ich es nicht. Ich wollte nur fragen, ob Sie nicht noch einen anderen Beruf haben."

„Natürlich habe ich den."

„Ah! Jetzt kommt es. Welchen Beruf haben Sie noch?"

„Nicht einen, sondern vier."

„Gar vier! Welche?"

„Ich bin erstens Mensch, zweitens Christ, drittens Bürger und viertens steht zu erwarten, daß ich auch einmal noch Familienvater sein werde."

Der Franzose fühlte sich sehr enttäuscht. Er hatte erwartet, das zu hören, was er hören wollte. Er bemerkte gar nicht, daß der Maler mit ihm spielte.

„Mille tonnerres!" fluchte er. „Das nenne ich doch keine eigentlichen Berufsarten!"

„Und doch sind sie es."

„Nun, sagen wir also Erwerbsarten."

„Das ist etwas anderes!"

„Also, haben Sie außer Ihrer Kunst noch einen anderen, zweiten Erwerb?"

„Nein."

„Und doch dachte ich . . ."

„Warum?"

„Es kommt oft vor, daß man nur zum Vergnügen malt."

„Das ist bei mir nicht der Fall."

„Sie malen also zum Erwerb und nehmen doch von mir kein Honorar!"

„Weil ich die Franzosen liebe, und Sie sind ein Franzose."

„Sehr verbunden, Monsieur! Aber gerade weil Sie sich nicht bezahlen ließen, glaubte ich, daß Sie wohl eigentlich auf eine andere Erwerbstätigkeit angewiesen seien."

„Ich male, um zu leben, und ich lebe, um zu malen! Welchen Beruf sollte ich denn außerdem noch haben?“

„Hm! Vielleicht Jurist.“

„Pah! Die Gesetze sind mir zu trocken. Meine Ölfarben kleben viel besser.“

„Oder Geistlicher!“

„Dazu bin ich zu sündhaft.“

„Oder Arzt.“

„Ich bin gesund.“

„Oder – oder Diplomat.“

„Unsinn! Wäre ich Diplomat, so setzte ich mich nicht zu Ihnen, um mich wie ein Schulknabe ausfragen zu lassen.“

„Oder Offizier!“

„Off – Off – hahahaha – Offizier! Sind Sie verrückt! Wäre ich Offizier, so hätte ich Sie bereits zehnmal auf Pistolen gefordert, da Ihre Fragen eine ganze Reihe von Beleidigungen enthalten. Das sehen Sie doch ein.“

„Ich beleidige Sie doch nicht!“

„Nicht? Ist es etwa keine Beleidigung, wenn Sie nicht glauben, daß ich das bin, wofür ich mich ausgebe?“

„Sie nehmen es zu scharf. Ich bitte Sie um Verzeihung! Eigentlich hatte ich freilich einen Grund, Sie mit Mißtrauen zu betrachten.“

„Warum?“

„Sind Ihnen die Namen Nanon und Madelon bekannt?“

„Ja.“

„Auch Charbonnier?“

„Auch der.“

„Nun sehen Sie. Sie kennen diese beiden Damen?“

„Damen? Zwei Damen? Habe keine Ahnung.“

„Und doch sagten Sie es soeben!“

„Ich? Ist mir ganz und gar nicht eingefallen.“

„Mein Herr! Sie sagten, daß Ihnen diese drei Namen bekannt seien.“

„Das sind sie allerdings. Es sind drei französische Namen, die ich kenne, weil ich sie oft gehört habe. Es gibt Personen, welche Nanon, Madelon und Charbonnier heißen.“

„Monsieur, es scheint beinahe, als ob Sie sich über mich lustig machen wollten.“

„Pah! Ich bin ein sehr ernsthafter Mensch! Sie haben mich gefragt, ob ich die Namen, nicht aber, ob ich die Personen kenne.“

„Also zwei Damen dieses Namens sind Ihnen nicht bekannt. Und dennoch haben Sie mit ihnen gesprochen."

„Das ist sehr leicht möglich. Man kann mit Personen sprechen, ohne sie zu kennen oder zu wissen, wie sie heißen."

„Aber Ihre Unterhaltung hat in einer Weise stattgefunden, welche eine nähere Bekanntschaft vermuten läßt."

„Wieso?"

„Spricht man mit unbekannten Damen nackt?"

„Nein, nicht einmal mit bekannten."

„Und doch haben Sie das getan!"

„Ich? Donnerwetter! Nackt? Das ich nicht wüßte."

„Wenigstens barfuß!"

„Kaum möglich!"

„Mit einer roten Tischdecke um den Leib gewunden."

„Ah, mir geht ein Licht auf!"

„Und Ihren Kalabreserhut auf dem Kopf."

„Ja, ja, ich besinne mich!"

„Nun, was hatten Sie mit diesen Damen?"

„Fragen Sie doch lieber, was diese Damen mit mir hatten!"

„Was denn?"

„Monsieur!"

Der Dicke sagte dieses Wort sehr laut und in strengem Ton.

„Was wollen Sie?" fragte Berteu.

„Ich möchte wissen, was Sie wollen. Seit einer halben Stunde fragen Sie mich aus, als ob ich Ihnen über jede Kleinigkeit Rechenschaft schuldig sei."

„Ich habe Veranlassung dazu!"

„Wieso?"

„Diese Damen sind meine Schwestern."

„Ach so! Ich finde aber keine Familienähnlichkeit."

„Das tut nichts zur Sache. Die beiden Mädchen haben sich unter sehr eigentümlichen, ja geradezu gravierenden Umständen von hier entfernt."

„Haben sie gestohlen?"

„Nein. Sie sind ohne meine Erlaubnis gegangen."

„Das geht mich nichts an."

„Aber Sie haben mit ihnen gesprochen!"

„Auch das geht mich nichts an!"

„Es ist ein Herr bei ihnen gewesen, der sie entführt hat, eine lange, starke, breitschulterige Persönlichkeit. Auch mit diesem Menschen haben Sie gesprochen."

„Geht mich wieder nichts an."

„Monsieur, es scheint, daß alles, was mich interessiert, Sie nichts angeht."

„Allerdings! Und ich wünsche, daß Sie es umgekehrt ebenso auch mit allem halten, wofür ich mich interessiere."

„Soll das eine Grobheit sein?"

„Nein. Sie sind grob!"

„Ich wünsche nur zu wissen, was ich wissen muß. Sie haben mit meinen entflohenen Schwestern gesprochen und sind dann zu mir gekommen. Das ist auffällig."

„Noch auffälliger würde es sein, wenn ich erst zu Ihnen gekommen und dann mit Ihren Schwestern entflohen wäre. Ich habe gar nicht die Absicht gehabt, bei Ihnen zu wohnen. Sie selbst haben mich zu sich eingeladen."

„Dann haben Sie als mein Gast jedenfalls die Verpflichtung, aufrichtig gegen mich zu sein."

„Das will ich auch; aber examinieren lasse ich mich nicht wie ein Verbrecher, welcher vor seinem Richter steht."

„Gut! Ich mag zu hastig verfahren sein. Verzeihen Sie. Also Sie kennen meine Schwestern nicht?"

„Nein."

„Wie aber kommt es dann, daß Sie sich mit ihnen in dieser auffälligen Weise unterhalten haben?"

„Ich hatte sie verkannt. Ich erwartete in Etain meine Braut, welche mir nachkommen wollte. Ich lag bereits im Bett, hörte einen Wagen und blickte durch das Fenster. Beim unbestimmten Schein der Laterne verwechselte ich die eine Dame mit meiner Braut, welche einige Ähnlichkeit mit ihr haben mag. Ich raffte in Eile um mich, was ich fand, und eilte hinab. Da bemerkte ich nun allerdings, daß ich mich getäuscht hatte."

„Ach so! Wer ist Ihre Braut?"

„Auch eine Polin, welche aus Paris kommen will."

„Hm!" Er glaubte dem Sprecher doch noch nicht; er fixierte ihn scharf vom Kopf bis zu den Füßen und fragte dann:

„Und den Menschen, welcher bei meinen Schwestern war, haben Sie auch nicht gekannt?"

„Ich habe ihn noch nie gesehen."

„Gut, ich bin gezwungen, es zu glauben!"

„Glauben Sie es oder nicht; das ist mir egal! Übrigens hätte ich wohl mehr Veranlassung, Ihnen zu mißtrauen, als Sie mir!"

„Wieso?"

„Sie heißen Berteu, und Sie nannten die Damen Nanon und Madelon Charbonnier?"

„Ja."
„So verschiedene Namen! Und dennoch wollen sie der Bruder der beiden sein?"
„Wir sind Pflegegeschwister."
„Müßte das der Fall sein! Geht mich aber auch nichts an. Sie sehen aber wohl ein, daß ich mich durch Ihre ebenso auffälligen wie zudringlichen Fragen keineswegs erbaut fühlen kann. Ich bin Künstler, aber kein Vagabund; ich werde also morgen früh Ihr Haus verlassen, da es heute doch zu spät dazu ist!"
Das lag nun allerdings nicht in Berteus Absicht. Er wollte seine Gemälde vollendet haben und den Maler auch noch weiter bewachen. Darum sagte er:
„Ich habe Sie ja bereits um Verzeihung gebeten. Sie sehen ein, daß der Bruder erregt sein muß, wenn seine Schwestern, ohne sich seiner Zustimmung zu versichern, mit einem fremden Menschen das väterliche Haus verlassen."
„Hm, ja! Mich könnte das sehr in die Wolle bringen. Ich würde es nicht dulden."
„Was würden Sie tun?"
„Ich würde diesem fremden Menschen nachreisen, um ihm die Schwestern abzujagen."
„Das beabsichtige ich allerdings, hatte aber bisher keine Zeit dazu. Morgen aber werde ich die Verfolgung antreten. Darf ich hoffen, Sie bei meiner Rückkehr hier noch anwesend zu finden?"
„Eigentlich nicht!"
„Also Sie wollen wirklich nicht verzeihen? Hier, Monsieur, stoßen wir an! Schließen wir Frieden!"
Er hielt dem Maler das Glas entgegen. Dieser tat, als werde es ihm nicht leicht, so schnell sein Bedenken zu überwinden, stieß aber doch mit ihm an.
„Na, da mag es also sein. Bleiben wir einig!" sagte er.
„Und Sie warten meine Rückkehr ab?"
„Ja, wenn auch nicht hier, so doch in Etain, wo ich, wie ich bereits sagte, mit meiner Braut zusammentreffe."
Sie saßen noch einige Zeit beisammen, sich von gleichgültigen Dingen unterhaltend; dann trennten sie sich.
Nachdem der Maler gegangen war, sagte Berteu zu sich:
„Er tut so unschuldig. Soll ich ihm trauen? Er sieht ganz und gar nicht pfiffig aus, aber dennoch kommt er mir vor wie einer, der es faustdick hinter den Ohren sitzen hat. Ich werde doch scharfe Augen auf ihn haben müssen!"

Und als Schneffke in seinem Zimmer angekommen war, brummte er vor sich hin:

„Ein wunderbar schlechter Kerl, und dabei zehnmal dümmer, als er aussieht! Der, und mich ausfragen! Da müssen doch ganz andere kommen! Übermorgen um Mitternacht bin ich in dem Steinbruch bei Ortry."

Als er am anderen Morgen aufgestanden war und sein Frühstück erhielt, hörte er, daß Berteu bereits ausgegangen sei. Er machte sich zunächst mit den alten Bildern des Verwalters zu schaffen und begab sich sodann hinüber in das Schloß zur Familie Melac.

Er wunderte sich, als er bemerkte, daß man sämtliche Fenster geöffnet und die Gardinen zurückgeschlagen habe. Als er eintrat, empfing ihn der alte Schließer mit dem freudigen Ausruf:

„Monsieur, wenn Sie wüßten, was für eine gute Botschaft wir gestern abend spät noch erhalten haben!"

„Ich errate es", antwortete er.

„Nun?"

„Sie bekommen Besuch."

„Richtig! Aber wer kommt?"

„Sie lüften das ganze Schloß, folglich kommt der Besitzer."

„Erraten, erraten. Fast gegen Mitternacht erhielten wir noch diese Depesche."

Er zeigte dem Maler dieselbe. Sie lautete:

„Morgen kommen wir. Graf Latreau."

„Was sagen Sie dazu?" fragte er dann.

„Daß Sie Ihre Herrschaft sehr liebhaben müssen. Das sehe ich an Ihrer Freude, die Sie empfinden. Und ferner sage ich dazu, daß ich nun nur gleich wieder gehen kann."

„Gehen? Warum?"

„Sie werden keine Zeit haben, sich mit einem so fremden Mann zu beschäftigen."

„Oh, wir haben die ganze Nacht gearbeitet. Mutter und Marie sind droben bei den Gardinen. Wollen Sie einmal mit?"

„Gern, sehr gern."

Der Beschließer führte den Maler hinauf in die gräflichen Gemächer, wo Mutter und Tochter beschäftigt waren. Er wurde von beiden herzlich willkommen geheißen. Er wußte gar nicht, wie es kam, aber bald stand er selbst auf der Gardinenleiter, und die alte, brave Beschließerin schlug immer die Hände zusammen und rief:

„Vater, siehst du es denn auch?"

„Was denn?“
„Dieser Unterschied.“
„Zwischen den alten Gardinen und neuwaschenen?“
„O weh! So ein Mann! Ich meine, in welcher Art und Weise Monsieur seine Arrangements trifft. Das hat Chic und Schmiß. Man merkt es, daß er ein Künstler ist.“
Der kleine, dicke Hieronymus bewegte sich in wahrhaft halsbrecherischer Weise auf seiner Leiter; heute kam es ihm kein einzig Mal in den Sinn, zu stolpern oder gar herabzufallen.
Gegen Mittag war die Arbeit getan. Die Wohnung stand zum Empfang der Herrschaft bereit. Schneffke wurde zum Essen eingeladen und machte sich dann an das Pastellbild, an welchem er noch einige vollendende Striche vorzunehmen hatte.
Vater und Mutter befanden sich in den herrschaftlichen Zimmern; nur Marie saß bei ihm, mit einer Häkelarbeit beschäftigt, wobei sie von Zeit zu Zeit einen bewundernden Blick auf das Poträt warf und auf den Maler, welcher keine Sekunde und kein Wort für sie übrig zu haben schien.
Endlich legte er den Pastellstift weg, trat vom Bild zurück und betrachtete es.
„Fertig?“ fragte sie.
„Ja“, nickte er.
Da kam sie zu ihm, stellte sich an seine Seite und ließ ihre guten Augen auch auf dem Gemälde ruhen.
„Es ist doch wunderbar, so etwas fertigzubringen“, sagte sie. „Wie macht man so ein Lächeln, so einen Blick, der sich doch eigentlich gar nicht beschreiben läßt?“
Er sah ihr in die Augen und antwortete:
„Wie bringen Sie das Lächeln fertig, welches jetzt soeben um Ihre Lippen spielt?“
Sie errötete.
„Und wie bringen Sie diesen tiefen, feuchten und doch so reinen Blick fertig, welcher jetzt aus Ihrem Auge fällt?“ fuhr er fort. „Wissen Sie, daß sie ein Auge haben, ein Auge, hm, ich finden den rechten Ausdruck nicht; aber wenn man Ihnen in dieses Auge blickt, so – so – so . . .“
Er stockte. Sie sah ihn fragend an, und darum fügte er hinzu, aber im vorsichtigsten Ton:
„So möchte man – hm! Darf ich es sagen?“
Sie nickte nur.
„Aber Sie werden mir bös werden.“
„Nein; nie!“

„Ah! Wirklich nie, Mademoiselle?"

„Ich kann mir nicht denken, daß es etwas gibt, weshalb ich Ihnen zürnen könnte", antwortete sie freundlich.

„Aber das, was ich Ihnen sagen wollte, das ist doch etwas, worüber Sie zornig werden könnten."

„Versuchen Sie es einmal!"

„Nun, ich wollte sagen: Wenn man Ihnen in diese guten, lieben Augen blickt, da möchte man Sie – küssen!"

Er mußte das letztere Wort fast mit Gewalt herausstoßen. Über ihr Gesicht flog eine dunkle Glut, und es war, als ob sie sich von ihm abwenden wolle.

„Sehen Sie, Mademoiselle", sagte er, „daß Sie mir zürnen! Sie gehen fort!"

Da wendete sie sich schnell um. Ihr Gesicht war unbefangen, und helles Lachen tönte von ihren Lippen.

„Sind denn meine Augen gar so lieb und gut?" fragte sie.

„Ganz und gar!"

„Und so ein Kuß ist wohl etwas sehr Wertvolles?"

„Ungeheuer", nickte er.

„Hm! Das habe ich bisher noch gar nicht gewußt."

„Herrgott von Mannheim! Wenn ich es Ihnen doch einmal beweisen könnte!"

„Wozu? Ich müßte es bereits längst schon wissen."

Er fuhr doch ein wenig zurück.

„Bereits wissen? Wieso? Haben Sie einen Schatz?"

„Nein."

„Aber gehabt?"

„Auch nicht, wie ich Ihnen bereits gesagt habe."

„Aber wie können Sie da sagen, daß Sie es längst wissen müßten, daß ein Kuß so kostbar ist?"

„Weil ich schon geküßt habe."

„Alle Wetter! Keinen Geliebten und doch geküßt?"

„Ja."

„Aber wen denn in aller Welt?"

„Na, den Vater und die Mutter!"

Er holte tief Atem, schlug die Hände zusammen und sagte: „Ich Esel! Das konnte ich mir doch gleich denken. Aber Mademoiselle, das ist nichts; das ist ganz und gar nichts. Was man dem Vater oder der Mutter, dem Bruder oder der Schwester gibt, daß ist niemals ein Kuß zu nennen."

„Nicht? Wie soll man es denn nennen?"

„Hm! Es heißt auch ein Kuß; aber es ist keiner."

„Das begreife ich nicht."
„Wenn ich es Ihnen nur begreiflich machen könnte. Aber mit Worten geht das nicht."
„Auch nicht mit dem Pastellstift?"
„Nein."
„Oder dem Pinsel?"
„Vollends gar nicht."
„So werde ich wohl darauf verzichten müssen."
„Das ist schade, jammerschade."
Er warf dabei einen so sehnsüchtigen Blick auf ihre vollen roten Lippen, daß sie sich dieses Mal wirklich von ihm abwendete. Sie setzte sich; er zog sich einen Stuhl in ihre Nähe und betrachtete sie, wie ihre kleinen, dicken Fingerchen so gewandt mit der Häkelnadel umgingen. Es kamen ihm da allerlei Gedanken, welche aber alle auf nur eins hinausliefen. Und da entfuhr es ihm ganz unwillkürlich:
„Es müßte herrlich sein!"
Sie hatte es doch gehört. Sie erhob das Köpfchen und fragte:
„Was müßte herrlich sein?"
Er errötete wie ein Knabe, den man auf einer unrechten Tat ertappt hat. Es dauerte eine ganze Weile, ehe er antwortete:
„Hm! Es entfuhr mir nur so."
„Aber an etwas haben Sie doch dabei gedacht."
„Gewiß."
„Nun, was war denn das Herrliche?"
„Na, Mademoiselle, ich dachte mir eine Stube . . ."
„So, so", lachte sie.
„Ja, das wäre nun ganz und gar nichts? Aber in dieser Stube stand ich . . ."
„Standen Sie", wiederholte sie, als er abermals zögernd innehielt.
„An der Staffelei. Ich malte."
„Was denn?"
„Hm! So einen allerliebsten, quatschigen, kleinen Buben, der in der Wiege lag."
„Mit dem Zulp im Mund?" fragte sie lachend.
„Nein", antwortete er. „Einen Zulp würde ich als Vater niemals erlauben."
„Ach so! Sie waren der Vater eines kleinen, quatschigen Buben?"
„Ja."

„Malten Sie weiter nichts?“
„Und doch, nämlich die Mutter.“
„Auch ohne Zulp?“
Er machte eine Bewegung der Ungeduld und sagte:
„Machen Sie mich nicht irre, Mademoiselle. Das Bild war so schön, und wenn Sie mir einen Witz darüber werfen, dann male ich es gar nicht zu Ende.“
„Gut. Malen Sie weiter.“
„Also die Mutter. Sie saß auf dem Stuhl – und – raten Sie, was sie machte?“
„Sie strickte?“
„Nein, sie häkelte, gerade so wie Sie.“
„Das ist interessant.“
„Soll ich sie Ihnen beschreiben?“
„Ja. Ich möchte die Dame doch zu gern kennenlernen, welche die Mutter eines Wesens ist, der Ihr kleiner, quatschiger Bube genannt wird.“
„Sie ist blond.“
„Ah! Blond?“
„Gerade wie Sie. Nicht hoch und nicht schlank.“
„Also kurz und beleibt.“
„Ja, gerade wie Sie. Sie hat ein Paar Wangen, gerade wie die Äpfel.“
„Borsdorfer oder Reinetten?“
„Ein paar Augen wie Himmel und Karfunkel.“
„Ah, sie muß sehr schön sein.“
„Nein. Eine Schönheit ist sie nicht, aber häßlich sieht sie auch nicht aus und gut ist sie, seelensgut. Und Lippen hat sie, Sapperment Lippen. Die möchte man . . .“
„Nun, was denn?“
„Küssen natürlich.“
„Sie haben heute, wie es scheint, eine wirkliche Passion gerade für das Küssen.“
„Allerdings. Es ist das um so eigentümlicher, als ich sonst gar nicht dafür eingenommen bin.“
„Wirklich?“
„Gewiß!“
Sie erhob den Finger drohend und sagte:
„Monsieur, Monsieur! Wer so eine Frau und so einen quatschigen Buben hat, der hat gewiß schon sehr viel geküßt!“
„Ich habe sie beide noch nicht.“
„Nicht? Ich denke, Sie malen sie bereits!“

„Ja, aus der Vogelschau oder vielmehr aus der Gedankenperspektive. Ich muß sie beide erst finden, die Frau und den Jungen. Und eigentümlich. Dieser kleine dicke Bube sieht nicht nur mir allein ähnlich."

„Wem noch?"

„Ihnen."

„Ah! Wunderbar! Wie käme das?"

„Weil auch die Mutter Ihnen ähnlich sieht, und zwar ganz und gar wie aus den Augen geschnitten."

„Vielleicht ist sie verwandt mit mir."

„Nein, nein. Ich glaube vielmehr, Sie sind es selbst. Ja, an dieses Bild dachte ich, und da entfuhr es mir: Es müßte herrlich sein! Denken Sie, daß ich da unrecht habe?"

„Ich gebe niemals jemand unrecht, bevor ich überzeugt bin, daß er sich wirklich irrt."

„Nun, ich irre mich sicherlich nicht. Schade nur, daß es ein Bild bleiben muß und keine Wirklichkeit werden kann."

Ihre Züge hatten jetzt einen ungewöhnlich ernsten Ausdruck angenommen. Sie richtete das Auge träumerisch durch das Fenster. Er wartete, ohne weiterzusprechen. Da wendete sie sich wieder ihm zu und fragte:

„Ist es nicht zuweilen ein Glück, wenn uns ein Traum nicht in Erfüllung geht?"

„Gewiß haben Sie recht; aber die Erfüllung dieses Traumes könnte nie ein Unglück sein!"

„Der Mensch darf nicht so bestimmt urteilen."

„Pah! Wenn das Herz urteilt, so glaube ich, was es sagt. Das gerade macht ja unser Glück aus, daß wir unserem Herzen Glauben schenken dürfen. Um so weher tut es, wenn man von einer Überzeugung lassen muß, nur deshalb, weil – weil – weil . . ."

„Weil?" fragte sie lächelnd.

„Sapperment! Weil ich heute schon abreisen muß."

„Heute schon?"

Ihre roten Wangen waren etwas bleicher geworden.

„Ja, heute schon, Mademoiselle."

„Muß das denn sein?"

„Leider. Es ist unaufschiebbar."

„Aber gestern sprachen Sie doch nicht in so bestimmter Weise von Ihrer Abreise."

„Es hat sich etwas ereignet, was sie beschleunigte."

„O weh! Sollten vielleicht wir Ihnen . . ."

„O nein, nein", fiel er schnell ein. „Der Grund ist ein ganz anderer, Ihnen fremder."

„Und kommen Sie wohl wieder in diese Gegend?"

„Wer weiß das. Bin ich einmal fort, so gibt es wohl keinen Grund, nach hier zurückzukehren."

„Ich glaubte, einen zu wissen."

„Welchen?"

„Unsere Angelegenheit in Beziehung auf Nanon und Madelon von Bas-Montagne."

„Wer weiß, welche Wendung diese Angelegenheit nimmt. Meine Person gehört da auf alle Fälle in den Hintergrund. Möglich ist es zwar, daß ich sehr bald nach Frankreich zurückkehre, aber – als Ihr Feind."

„Niemals. Mein und unser Feind werden Sie nicht sein."

„Selbst im Fall eines Krieges nicht?"

„Nein. Sie kennen ja unsere Gesinnung. Aber, glauben Sie denn an diesen Fall?"

„Ja. Frankreich drängt und treibt zum Krieg."

„Wie töricht. Mein Gott! Wenn ich an dieses Unglück denke. Die Kanonen brüllen; die Kugeln sausen; die Schwerter klirren. Und mitten darin sind . . ."

Sie hielt errötend inne.

„Weiter! Weiter", bat er schnell.

„Und mitten darinnen Sie – der doch nicht die mindeste Schuld daran trägt."

Sein Gesicht glänzte vor Glück und Freude.

„An mich denken Sie dabei? An mich?" fragte er.

„Ja. Ich habe sonst keinen Menschen, der durch den Krieg so direkt bedroht würde."

„Wenn ich nun fiele. Wenn Sie eines Tages die Nachricht erhielten, daß man mich in ein Massengrab gelegt und . . ."

„Bitte, schweigen Sie", wehrte sie ab. „Das wäre doch gar, gar zu traurig."

Sie legte die Hand über die Augen, als ob sie etwas Schreckliches vor sich sähe. Er trat zu ihr, zog ihr die Hand weg und sagte:

„Mademoiselle! Marie! Werden Sie mich vergessen, wenn ich heute abgereist bin?"

„Nein", antwortete sie leise.

„Werden Sie vielmehr an mich denken?"

„Ja."

„Und zwar oft, sehr oft?"

Da glitt ein schnelles, schalkhaftes Lächeln über ihr Gesicht und sie fragte:

„Soll ich denn?"

„Ja, ja. Es ist mein höchster Wunsch, daß Sie recht viel an mich denken."

„Dann muß ich mich an diesen Ihren Wunsch recht oft erinnern."

„Tun sie das, Mademoiselle."

Er legte leise und wie versuchend den Arm um ihre Taille. Sie widerstrebte nicht, sondern erkundigte sich neckisch:

„Aber was habe ich davon, Monsieur?"

„Nun, ich erinnere mich dann ebensooft und ebensogern an Sie. Oder soll ich nicht?"

„O doch! Wir wollen denken, daß unsere Gedanken zueinanderfliegen und sich unterwegs treffen."

„Unsere Gedanken bloß?"

„Was noch?"

„Nicht auch unsere Liebe?"

Da legte Marie die Hände zusammen und flüsterte:

„Liebe! Liebe! Soll das wahr sein?"

„Ja, ja, und tausendmal ja! Marie, willst du mir glauben, daß ich dich liebhabe?"

„Sie, mich? Der Maler, der Künstler, das arme, einfache Mädchen?"

„Ja, Marie! Ich habe dich lieb, recht herzlich, herzlich lieb. Und du? Willst du mir eine Antwort geben?"

Da blickte sie ihm ernsthaft in die Augen und antwortete:

„Nein."

„Wie? Nicht? Du willst mir keine Antwort geben?"

„Geben nicht; aber nimm sie dir."

Sie hielt ihm die Lippen entgegen, nach denen er sich vorhin vergebens gesehnt hatte.

„Donnerwetter!" rief er. „Das lasse ich mir gefallen. Das ist freilich die allerbeste Antwort, die es nur geben kann. Komm her."

Er zog sie an sich und küßte sie wohl volle fünf Minuten lang ohne Aufhören. Dann stieß er einen Jauchzer aus und rief:

„Das sollte er wissen. Sapperment!"

„Wer?"

„Der Haller."

„Wer ist das?"

„Ein Kollege von mir, ein Maler. Er hat die berühmte Rutschpartie mitgemacht von wegen der Gouver . . ."

Er hielt erschrocken inne. Er stand ja im Begriff, sein Liebesabenteuer zu verraten.

„Gouver – weiter!" bat sie.

„Gouvernante wollte ich sagen."

„Eine Rutschpartie wegen einer Gouvernante? Wie war denn das?"

„Hm! Das war eigentlich sehr einfach."

„Bitte, erzähle es doch."

„Nun, es war einmal eine Gouvernante . . ."

„Ach so fängt die Geschichte an. Das ist ja recht ungewöhnlich."

„Sie endet aber desto gewöhnlicher."

„Das wäre schade. Also weiter."

„Es war also einmal eine Gouvernante, und es war auch einmal ein Maler. Diesen Maler traf ich im Tharandter Wald."

„Wo ist das?"

„Bei Dresden. Man geht dorthin wegen der Pilze und der Brunnenkresse, die man dort massenhaft findet."

„Die Maler gingen wegen der Brunnenkresse?"

„Ja."

„Die Gouvernante natürlich auch?"

„Erraten."

„Ah, jetzt kommt der Roman."

„Ja, jetzt kommt er. Der Maler nämlich wollte die Gouvernante küssen; sie aber litt es nicht."

„Der, welcher sie küssen wollte, das warst natürlich du."

„Ist mir bei Gott nicht eingefallen!" beteuerte er.

„Also doch der andere?"

„Ja, Haller wollte sie partout küssen."

„Sie litt es nicht?"

„Nein. Sie wehrte sich vielmehr aus allen Kräften."

„Und du sahst ruhig zu?"

Schneffke beantwortete die Frage Mariens nicht sogleich, sondern blickte ihr freundlich ins Auge.

„Nun?" drängte sie, schelmisch lächelnd.

Endlich antwortete er mit ernster Miene:

„Gott bewahre. Ich weiß, was sich schickt und gehört. Man ist ja Künstler und Kavalier. Ich versuchte, sie in Güte auseinanderzubringen, vergebens; Haller hielt zu fest. Endlich zog und zerrte ich zu sehr. Das gab einen fürchterlichen Riß. Ich hatte die Gouvernante in den Händen; Haller aber flog und rutschte und kugelte den Berg hinab, zerriß sich die Hosen, stürzte in das Wasser, mußte halb ersaufen und ließ sich nicht wieder sehen."

„Das ist die Rutschpartie?"

„Nein, das war sie."

„Und du? Du hattest nun die Gouvernante?"

„Ja."

„War sie hübsch?"

„Sehr!"

„Weiter! Weiter!"

„Sie bedankte sich bei mir. Sie sagte mir sogar, daß sie mir einen Kuß gegeben hätte, aber nur diesem Haller nicht. Sie bot mir sogar einen Kuß an."

„O weh!"

„Ja, wirklich."

„Was tatest du?"

„Ich schüttelte den Kopf."

„Weiter nichts?"

„Was soll ich sonst noch schütteln, außer dem Kopf!"

„Ich meine, ob du sonst weiter nichts getan hast?"

„Nein. Ich war zunächst ganz perplex, so daß es mir unmöglich war, etwas zu sagen."

„Dann aber kam dir doch die Sprache wieder."

„Ja, aber erst nach ungefähr fünf Minuten."

„Und was sagtest du da zu ihr?"

„Ich danke, Fräulein! Ich mag keinen Kuß, denn ich habe sehr gute Grundsätze!"

„Solltest du dies wirklich gesagt haben?"

„Bitte, erkundige dich bei ihr!"

„Das muß sie aber doch außerordentlich geärgert haben!"

„O nein. Sie verneigte sich und sagte: Mein Herr, das tut mir leid. Ich bin Gouvernante und Schriftstellerin. Ich schreibe gerade jetzt ein Buch über das Küssen . . ."

„Ist das möglich?"

„Natürlich! Man kann über alles ein Buch schreiben, also auch über das Küssen. Natürlich aber muß man das, worüber man schreibt, aus dem Fundament verstehen, also gut gelernt und geübt haben. Gerade eben darum sagte sie weiter: Ich habe mich natürlich im Küssen üben müssen. Ich habe geküßt Arme und Reiche, Große und Kleine, Dicke und Dünne, Hohe und Niedere, Künstler und Essenkehrer, Minister und Weichensteller;

aber so ein küßlicher Mund, wie der Ihrige ist, ist mir doch noch nicht vorgekommen. Daher bat ich Sie um einen Kuß. Aber, was nicht ist, das ist nicht. Behüt' dich Gott, es wär' so schön gewesen; behüt' dich Gott, es hat nicht sollen sein!"

„Ein sonderbares Frauenzimmer!"

„Oh, Schriftstellerinnen und Gouvernanten sind alle höchst sonderbar; ist nun einmal eine Dame zufälligerweise alles beides, so ist sie zehnfach sonderbar."

„Was tat sie dann?"

„Sie bat mich, sie aus dem Wald zu bringen."

„Und?"

„Nun und? Ich mußte es tun. Draußen wurde sie von ihrer Herrschaft erwartet, einer Generalin. Es war eine ganze Gesellschaft dabei. Sie waren zu Pferde. Ich bekam auch ein Pferd, einen Schimmel aus Arabien, ein verteufelt wildes Tier."

„Gott, wenn du gestürzt wärest!"

„Ich? Stürzen? Keine Möglichkeit! Eher stürzt das Pferd als ich! Wir sind dann im Galopp heimgeritten. Als ich nach Dresden kam, sah ich mich nach der Gesellschaft um, kein Mensch war bei mir. Ich war allen vorangekommen und brachte das Pferd erst dann zum Stehen, als ich bereits wieder über Dresden hinaus war."

„Welch ein verwegener Mensch! Das wirst du später mir zu Liebe unterbleiben lassen. Nicht?"

„Dir zu Liebe? Ha! Ich bin ein leidenschaftlicher Reiter. Nichts geht mir über dieses Vergnügen. Aber dir zu Liebe werde ich allerdings – ah, wer ist da?"

Draußen ließen sich Wagenrollen und lautes Peitschenknallen hören. Eine herrschaftliche Equipage mit noch drei Kutschen und einem Küchenwagen kam angefahren.

„Der Herr! Der gnädige Herr!" rief Marie. „Ich muß hinaus!"

Im nächsten Augenblick stand Hieronymus allein im Zimmer.

„Das war aufgeschnitten!" brummte er wohlgefällig vor sich hin. „Sie wird meine Frau, und da ist es gut, wenn sie schon bei Zeiten gehörigen Respekt bekommt!"

Die Equipage hielt. Zwei Diener sprangen ab und öffneten. Ein alter Herr stieg aus.

„Jedenfalls der General selbst", sagte der Maler. „Ein prächtiger Greis! Schön, stolz, mild, prachtvolle militärische Haltung."

Nach ihm stieg seine Enkelin, Ella von Latreau, aus.

„Himmelelement!" sagte der Maler drin am Fenster. „Ein Engel! Eine Huri aus Mohammeds Himmel! Eine Kleopatra! Wer da noch?"

Die jetzt ausstieg, war – Alice, die Schwester des Sekretärs des Grafen von Rallion, die Geliebte des Telegrafisten Martin Tannert. Man wird sich erinnern, daß Ella von Latreau versprochen hatte, sie unter ihren Schutz zu nehmen.

„Ein allerliebstes Kind!" sagte der Maler. „Hübsch, kräftig, doch mild und lieblich wie Brustkanaster, Mittelsorte."

Aus den anderen Wagen stieg das Dienstpersonal.

An dem Tor stand der Schließer mit Frau und Tochter, um den Herrn zu bewillkommnen. Sie küßten ihm und Ella die Hände und führten sie hinauf in den Salon. Die Herrschaft war beliebt und verdiente dies.

Es dauerte einige Zeit, bis man so leidlich in Ordnung war. Dann zog Ella sich mit Alice in ihre Gemächer zurück und ließ dem Großpapa Zeit, an die Geschäfte zu denken.

Hieronymus Aurelius Schneffke hatte mit seinem Scharfblick erkannt, daß nicht alle Kutschen dem Grafen gehören würden. Er ging daher hinaus und machte sich an einen der Wagenführer.

„Sind sie im Dienst des Generals?" fragte er.

„Nein, Monsieur."

„Woher sonst?"

„Aus Metz."

„Ah, der Graf ist in Metz ausgestiegen, nämlich aus der Bahn, und hat Sie für den Weg nach hier gemietet?"

„Ja, so ist es!"

„Wann kehren Sie zurück?"

„Noch heute, nachdem ich in Etain gefüttert und den Pferden einige Ruhe gegönnt habe."

„Wollen Sie mich mit nach Metz nehmen?"

„Gern. Dann bitte ich aber, Ihre Angelegenheiten zu beschleunigen. In einer halben Stunde geht es fort."

Der Maler besprach noch den Lohn und eilte dann nach seiner Wohnung im Verwalterhaus. Er hatte dort nur Kleinigkeiten, welche er zu sich stecken konnte. Er nahm sich gar nicht die Mühe, Abschied zu nehmen oder ein Wort über seine Absicht fallenzulassen. Es war ihm sogar lieb, wenn Berteu heute noch nicht erfuhr, daß er fort sei.

Dann kehrte er nach dem Schloß zurück, wo er seine Mappe und den Feldstuhl gelassen hatte. Beides wurde in den Wagen getan, und dann wollte er sich verabschieden. Aber von wem?

Kein Mensch war in der Stube. Der Schließer befand sich beim Grafen, und seine Frau und Tochter waren bei dessen Enkelin. Er machte es wie stets: Er tat ganz das, was ihm in den Sinn kam. Er stieg die Treppe empor. Droben stand ein Livreediener.

„Wer sind Sie?“ fragte dieser.

„Künstler. Ich suche Monsieur Melac.“

„Der ist nicht zu sprechen. Befindet sich bei Exzellenz.“

„Madame Melac?“

„Beim gnädigen Fräulein.“

„Mademoiselle Melac?“

„Auch beim gnädigen Fräulein.“

„Donnerwetter! Ich habe keine Zeit! Ich muß Abschied nehmen. Der Kutscher wartet nicht.“

Der Diener musterte ihn und sagte dann lächelnd:

„Monsieur, ist es wirklich so eilig?“

„Sehr.“

„Herr Melac kann nicht, Frau Melac wohl auch nicht. Genügt es Ihnen vielleicht, wenn ich Fräulein Melac Ihnen sende?“

„Ja, ja; das genügt vollständig!“ beeilte sich Hieronymus zu antworten.

„Wohin soll ich sie Ihnen senden?“

„Hinunter in die Wohnung.“

„Schön! Verlassen Sie sich darauf, daß es gleich besorgt wird!“

Der Maler begab sich hinunter nach der Wohnung des Beschließers, und der Diener ging in das Vorzimmer des Fräuleins. Dort war eine Zofe beschäftigt, Servietten zu legen.

„Wer ist bei der gnädigen Komtesse?“ fragte er.

„Madame und Mademoiselle Melac.“

„Kann ich Madame einmal haben?“

Die Zofe ging hinein und brachte Frau Melac heraus.

„Madame, es war ein Herr hier, welcher Sie sehr notwendig zu sprechen hat“, meldete der Diener.

„Mich?“

„Ja. Wenigstens glaube ich richtig verstanden zu haben.“

„Wer war es?“

„Er nannte sich einen Künstler.“

„Ah, ein kleiner, wohlbeleibter Herr?“

„Ja, ja, das war er.“

„Wo ist er?“

„In Ihrer Wohnung.“

Sie ging hinab, und der Diener entfernte sich, ein lustiges Lächeln auf seinen Lippen. Herr Hieronymus Aurelius Schneffke stand unten vor dem Spiegel und betrachtete sein dickes Konterfei, welches von der Glasscheibe in sprechender Ähnlichkeit zurückgeworfen wurde.

„Ein übler Kerl bin ich nicht", meinte er. „Wer mich umarmt, der oder die hat etwas in den Händen! Donnerwetter, ich passe doch ganz prächtig zu dieser famosen Marie. Die Länge, die Breite, die Tiefe, das Gewicht, der Umfang, der Kubikinhalt, alles, alles klappt aufs beste. Darum ist ein Kuß von ihren Lippen so hübsch bequem. Man braucht nicht in die Höhe zu springen, so daß man sich die Waden dehnt, und man braucht auch nicht sich zu bücken, so daß man sich das Kreuz verstaucht. Jetzt kommt der Abschied! Der soll – ah, ich höre sie! Das sind Frauenschritte! Sie kommt. Ich werde sie sofort umfangen."

Er stellte sich neben den Eingang. Die Tür ging auf.

„Marie, meine liebe, süße – himmelheiliges Schock – Sakkerment – welch ein Heidenpech!"

Er sprang zurück. Er hatte die Mutter der Erwarteten an sein sehnsüchtiges Herz gedrückt.

Frau Melac war erstaunt, sogar mehr als erstaunt.

„Monsieur!" rief sie.

„Madame", antwortete er, da ihm in diesem Augenblick nichts anderes einfiel.

„Sie umarmen mich?"

„Ja, leider!" stieß es hervor.

„Leider! Das soll also heißen, daß ich nicht eigentlich zum Umarmen geeignet bin?"

Er schwitzte bereits vor Angst.

„Jetzt wohl nicht mehr!" antwortete er.

Erst als diese Worte heraus waren, bemerkte er, was für eine Unhöflichkeit er begangen hatte. Sie sah seine Verlegenheit, sie hielt ihn für einen guten Menschen. Ein Lächeln trat auf ihre Lippen.

„Jetzt also nicht mehr!" meinte sie. „Bin ich denn gar so abschreckend häßlich?"

„Nein. Daß Sie so ein Monstrum sind, das habe ich doch nicht gemeint!"

„Gut! Ihre Umarmung hat jedenfalls einer anderen gegolten?"

„Ja."

„Diese andere heißt Marie? Wenigstens glaube ich, diesen Namen gehört zu haben."

„Ich kann es nicht leugnen!"

„Meinen Sie meine Tochter?"

„Ja“, nickte er zustimmend.
„So, so! Also diese wollten Sie umarmen?“
„Das war allerdings mein Wunsch.“
„Warum schickten Sie aber da zu mir?“
„Zu Ihnen?“ fragte er.
„Ja. Der Diener ließ mich doch rufen.“
„Ah! Hätte ich den Kerl hier!“
„Er wird Sie falsch verstanden haben.“
„Unmöglich! Ich bin nicht stumm, und er ist hoffentlich nicht taub. Ich glaube, der Kerl hat sich einen Spaß machen wollen!“
„Wenn das der Fall ist, so ist ihm derselbe allerdings auch ganz prächtig gelungen.“
„Aber mir nicht! Ich verbitte mir solche Bedientenscherze!“
„Ich mir eigentlich auch. Da aber die Sache nun einmal nicht zu ändern ist, so wollen wir darüber hinweg zur Tagesordnung übergehen.“
„Hm!“ brummte er, indem er sie prüfend anblickte. „Was verstehen Sie unter Tagesordnung?“
„Das, was nun jetzt an der Ordnung ist. Oder sollten Sie sich das nicht selbst sagen können?“
Er hatte bereits nach seinem Hut gegriffen, um sich schleunigst zurückzuziehen, falls die Sache für ihn ein schlimmes Aussehen annehmen werde. Da aber Frau Melac sich ruhig niederließ und ein keineswegs unfreundliches Gesicht zeigte, so legte er den Kalabreser wieder fort und sagte:
„Es ist wahr, Madame; ich habe Sie zunächst herzlichst um Verzeihung zu bitten.“
„Ich verzeihe Ihnen“, antwortete sie lächelnd. „Es gibt nicht leicht eine ältere Dame, welche eine Umarmung unverzeihlich findet. Und übrigens haben Sie mir ja die freundliche Versicherung gegeben, daß ich wenigstens nicht geradezu ein Monstrum von Häßlichkeit bin.“
„Nein, das sind Sie nicht, denn sonst hätten Sie auch nicht die mindeste Ähnlichkeit mit Mademoiselle Marie.“
„Das ist’s, worauf wir kommen müssen! Also Marie war es, welche Sie umarmen wollten?“
„Ja.“
„Aber wissen Sie, welche Person man umarmt?“
„Jedenfalls nur diejenigen, welche man liebhat.“
„Damit wollen Sie sagen . . .?“
„Daß ich Marie liebhabe? Ja.“

„Aber Monsieur, Sie kennen Marie erst seit gestern. Das ist aber doch ganz ungewöhnlich schnell gegangen."

„Ja, ich kam, ich sah, und ich siegte!"

Frau Melac lachte belustigt auf und antwortete:

„Oder vielmehr, Sie kamen, Sie sahen, und Marie siegte. Ist's nicht so?"

„Auch so, ja. Wir haben einander gesehen und besiegt. Wir haben voreinander die Segel und die Flaggen gestrichen, wir werden uns Bord an Bord legen, um als einträchtige Doppelfregatte über das Meer des irdischen Lebens zu stampfen und zu dampfen."

„Sie verstehen es, sich außerordentlich poetisch auszudrücken, mein Lieber!"

„Ja, man hat das seinige gelernt", lachte er.

Sie stimmte in seine Lustigkeit ein, was ihm all seinen Mut wiedergab, und sagte dann:

„Wie es scheint, haben Sie bereits mit Marie gesprochen?"

„Vorhin, vor der Ankunft des Grafen, der mir höchst ungelegen kam. Er konnte zehn Minuten später eintreffen."

„Hat Marie Ihnen ihr Wort gegeben?"

„Nein, aber einen Kuß."

„Einen Kuß? Ah!"

„Ja, so ungefähr."

Er umarmte sie, ehe sie ihn abwehren konnte, und gab ihr einen herzhaften Kuß auf den Mund.

„Sachte, sachte!" mahnte sie, ihn von sich schiebend. „Sie sind ja ein echter Alexander der Große im Erobern."

„Das ist angeborene Gottesgabe", antwortete er lachend.

„Und dennoch kann ich diese Schnelligkeit nicht begreifen, mit welcher Sie mit Marie einig geworden sind."

„Ja, es kam auch über mich ein wenig rasch. Aber während der eine fünfzehn Jahre braucht, um nur zu erfahren, daß man lebt, um zu heiraten, hat der andere bereits die sechste Frau zu Tode geärgert. Die Liebe kommt bei dem einen wie eine Schnecke und bei dem anderen wie ein geölter Blitz. Das geht Puff auf Puff und Knall auf Knall. Es leuchtet, ein Donnerschlag, und man ist getroffen und erschlagen für die ganze Lebenszeit."

Frau Melac mußte herzlich lachen. Sie meinte:

„Ich wiederhole, daß Sie Ihre Bilder vortrefflich zu wählen verstehen. An Ihnen ist ein zarter lyrischer Dichter verdorben. Nicht?"

„Vielleicht drücke ich mich in späteren Jahren kräftiger aus.

Jetzt ist man jung und zartbesaitet. Wenn einen später das Leben in die Schule nimmt, so wird man mürrisch, bekommt das Podagra und dichtet nur noch tragische Szenen."

„So wünsche ich, daß Sie möglichst lange jung bleiben."

„Da gebe ich Ihnen ohne alle Abstimmung meine Zustimmung. Aber nun einmal ohne Scherz, Madame! Hier meine Hand. Sind Sie mir bös, daß mein Herz mich getrieben hat, zu Marie von Liebe zu sprechen?"

„Ich kann Ihnen nicht zürnen. Kein Mensch kann die Stimme seines Herzens zum Schweigen bringen. Nur hat man die Pflicht, auch den Verstand sprechen zu lassen."

„Oh, das tue ich ja."

„Und glauben Sie, daß die Stimme der Vernunft in diesem Fall mit derjenigen des Herzens im Einklang stehen werde?"

„Ich bin überzeugt davon."

„Aber wir wohnen in Frankreich, und Sie wohnen im Ausland. Wollen Sie uns das einzige Kind so weit fort entführen?"

Er schüttelte den Kopf und antwortete:

„Tragen Sie keine Sorge. Ich bin frei. Der Maler ist an keinen Ort gebunden. Überhaupt ist es mir auch noch gar nicht beigekommen, Ihnen oder Marien ein bindendes Wort abzufordern."

„Ah! Wie habe ich das zu verstehen?"

„Ich habe Marien gesagt, daß ich sie liebe, und sie hat mir das gleiche erwidert. Dann kam der Graf, und jetzt muß ich fort. Wir haben also über unsere Zukunft noch kein Wort sprechen können."

„Ich glaubte, das sei in Ordnung gebracht?"

„Nein. Ich allerdings werde mich für gebunden betrachten. Komme ich wieder, und Marie ist noch frei, dann werde ich mir Mühe geben, Ihnen zu beweisen, daß ich Ihres Kindes nicht ganz unwert bin. Sagen Sie dann ja, so werden Sie mich glücklich machen."

„Das ist ehrenwert, Monsieur. Meine Sympathie haben Sie. Weiß mein Mann davon?"

„Nein."

„Soll er es erfahren?"

„Das überlasse ich am besten Ihnen."

„Werden Sie noch vor Ihrer Abreise mit ihm sprechen?"

„Ich muß fort und weiß nicht, ob er Zeit hat."

„Ich glaube allerdings kaum, daß er eine Minute für Sie erübrigen kann. Er ist beim gnädigen Herrn und kann nicht um Entlassung bitten."

„So muß es genügen, Sie von unserer Herzensangelegenheit unterrichtet zu haben. Werden Sir mir erlauben, Marien zuweilen eine Zeile zu senden?"

„Gern, Monsieur. Hoffentlich sehen wir Sie bald wieder?"

„Ich wünsche es. Schreiben muß ich Ihnen auf alle Fälle, da ich Sie ja über die Familie Bas-Montagne unterrichten muß. Jetzt darf ich Sie nicht länger zurückhalten. Bitte, nehmen Sie eine Hand des Dankes und des Abschiedes. Seien Sie überzeugt, daß ich ein ehrlicher Mann bin und daß Sie mir das Glück Ihres Kindes anvertrauen können."

„Ich glaube es. Leben Sie wohl, Monsieur."

Sie hatte sich erhoben und reichte ihm ihre Hand, die er an seine Lippen drückte. Er wollte gehen; sie aber sagte:

„Warten Sie noch einen Augenblick. So viel kann der Fuhrmann schon noch ersparen."

Sie ging.

„Sakkerment, jetzt wird sie mir den Alten auf den Hals schikken", brummte Schneffke. „Na, mir auch recht! Es ist ganz in der Ordnung, auch mit dem Vater zu sprechen, nachdem man mit der Tochter und der Mutter gesprochen hat."

Er mußte ein Weilchen warten; dann trat – Marie ein. Das war eine frohe Überraschung.

„Marie!" rief er. „Mutter hat also bedeutend mehr Verstand als dieser Lakai, mit dem ich noch einige Worte im Vertrauen sprechen möchte."

„Zweifelst du daran?"

„Nein, nach dem, was ich mit ihr gesprochen habe. Sie hat dich geschickt?"

„Ja; aber so schnell willst du fort?"

„Ja. Draußen warten bereits die Pferde."

„Aber du wirst schreiben?"

Da zog er sie an sich und fragte:

„An wen, mein Engel? An den Vater?"

„Doch wohl auch an mich?"

„Ja, wenn ich gewiß wüßte, daß du meine Zeilen auch lesen wirst."

„Gern, herzlich gern. Ich werde täglich einen Brief erwarten."

„Kind, das ist zu viel verlangt. Sagen wir monatlich!"

„Das ist zu wenig."

„Wöchentlich?"

„Das mag eher gehen."

„Und du antwortest mir auch?"

„Ja, obgleich ich diese Art von Briefen noch nicht geschrieben habe."

„Oh, das lernt sich leicht. Übrigens will ich dir einen kleinen Fingerzeig geben: Du schickst mir allemal einen tüchtigen Kuß mit."

„Wie macht man das?"

„Man macht mit der Feder einen Kreis auf das Papier, gerade so groß, daß man den Mund, wenn man den Mund spitzt, hineinbringt. Dann schreibt man in diesen Kreis das Wort ‚ein Kuß', und wenn es trocken geworden ist, setzt man den Kuß auch wirklich hinein."

„Bleibt er drin?"

„Wenn das Kuvert gut ist, ja."

„Und was wird dann später mit ihm?"

„Ich nehme mir ihn weg."

„Womit? Mit den Fingern?"

„Nein, sondern mit der Beißzange, du kleiner, lieber Spaßvogel du!"

„Glaubst du, daß meine Küsse aus einem so harten, festen Material bestehen?"

„Das wollen wir sogleich einmal probieren."

Und sie probierten so lange, bis draußen der Fuhrmann durch ein lautes Peitschenknallen seine Ungeduld zu erkennen gab.

„Hörst du", meinte der Maler. „Dieser Mensch ist ganz sicher höchst unglücklich verheiratet, sonst würde er uns diese paar Minuten gönnen. Also, lebe wohl, mein Leben."

„Lebe wohl und – bleibe mir treu."

Eine Minuten später rollte der Wagen mit dem glücklichen Hieronymus von dannen.

Charles Berteu hatte sich während des ganzen Tages nicht zu Hause sehen lassen. Erst am Spätnachmittag kehrte er zurück. Seine Mutter kam ihm ängstlich entgegen.

„Wo bleibst du so lange?" fragte sie. „Ich habe mit größter Ungeduld auf dich gewartet."

„Warum?" antwortete er rasch.

„Das weißt du noch nicht?"

„Was soll ich wissen? Ich hatte in der Pulvermühle zu tun. Da war ich bis jetzt."

„Ohne es mir zu sagen. Hätte ich es gewußt, so konnte ich zu dir schicken, um dich holen zu lassen."

„War es so notwendig?"

„Hast du denn nicht gesehen, daß sämtliche Vorhänge des Schlosses emporgezogen sind?“

„Die Rollos? Das habe ich gesehen. Jedenfalls stäubt man die Zimmer aus.“

„Nein. Der General ist angekommen.“

Er stand starr.

„Der General?“ fragte er. „Allein?“

„Nein, sondern mit dem Fräulein und sämtlicher Dienerschaft.“

„So bleibt er hier?“

„Wie es scheint.“

„Alle Teufel! Sein Kommen war, da der Vater gestorben ist, zu erwarten; aber so bald!“

„Er hat nach dir geschickt.“

„Auch das noch.“

„Du sollst die Bücher mitbringen und das Verzeichnis der Vorräte. Er will abschließen.“

„Himmeldonnerwetter! Da geht es dem Vater noch im Grab schlecht.“

„Er ist zu unvorsichtig gewesen. Er konnte und mußte es viel klüger anfangen. Jetzt geht es auch uns an den Kragen.“

„Uns? Uns kann kein Mensch etwas tun.“

„Aber die Stelle.“

„Die wäre ja auf alle Fälle verloren gewesen. Oder glaubst du etwa, daß der General mich als Verwalter angestellt hätte?“

„Nein. Aber jetzt sei nun aufrichtig! Haben wir etwas vor uns gebracht?“

„Nein. Es ist alles verbraucht worden.“

„Dummkopf!“

„Wer? Ich?“

„Nein, der Tote.“

„Ach so! Na, fort müssen wir auf alle Fälle. Jetzt werde ich mich dieser Nanon versichern. Ich denke, daß uns dann geholfen ist.“

„Die bekommst du nicht.“

„Pah! Es gibt ein Mittel. Ich kennen einen Mann, der sie mir in die Hand geben wird.“

„Wer ist das?“

„Das ist nichts für dich! Jetzt will ich zum General!“

Er begab sich, eine Menge Bücher tragend, nach dem Schloß, von wo er erst nach längerer Zeit zurückkehrte. Sein Gesicht war finster.

„Wie ist es gegangen?“ fragte seine Mutter.
„Schlecht.“
„So hat er es bereits berechnet?“
„Nein. Den Verlust wird er erst später finden. Aber er empfing mich bereits in einer Weise, aus welcher ich ersah, daß es auch ohne dieses Defizit für uns aus sein würde. Ich mache, daß ich fortkomme.“
„Um Gottes willen! Und mich läßt du da?“
„Nein. In einigen Tagen bin ich zurück, um dich abzuholen.“
„Wohin gehst du?“
„Nach Ortry.“
„Ah, zum Kapitän? Der muß sich unserer annehmen.“
„Muß? Der ist unberechenbar!“
„Er hat dem Vater viel zu verdanken!“
„Glaubst du, daß dieser Mann dankbar ist?“
„Er ist es eigentlich gewesen, der den Vater auf Abwege gebracht hat. Er darf uns nicht fallenlassen.“
„Moralisch zwingen läßt der Alte sich nicht. Aber ich habe Geheimnisse von ihm in der Hand, die er mir abkaufen muß. Er muß sie mir bezahlen, entweder bar oder mit – Nanon; darauf kannst du dich verlassen!“
Am Nachmittag des Eisenbahnunglückes saß Doktor Müller im Garten von Ortry auf einer Bank, in tiefes Sinnen versunken, aus welchem er erst erwachte, als er Schritte vernahm, welche sich von der Seite her näherten. Er blickte auf und erkannte Deephill, den Amerikaner. Er erhob sich höflich und verbeugte sich, um ihn vorüber zu lassen; dieser aber blieb stehen.
„Wir sahen uns bereits heute?“ fragte er, indem er den Hut zog.
„Ja, Monsieur.“
„Auf dem Unglücksplatz?“
„Ja. Ich hatte die Ehre, die Aufopferung zu bewundern, mit welcher Sie für die Verunglückten tätig waren. Ich heiße Müller und bin Erzieher des jungen Barons.“
„Meinen Namen kennen Sie?“
„Ja, Monsieur.“
„Erlauben Sie, für einige Augenblicke bei Ihnen Platz zu nehmen?“
Nichts konnte dem Erzieher lieber sein. Er verbeugte sich und antwortete:
„Sie haben zu befehlen!“

„O nein“, lächelte der andere. „Die kontinentale Anschauung, daß der Erzieher gesellschaftlich unter demjenigen steht, der ihn engagiert hat, ist uns Amerikanern nicht geläufig.“

„Amerika ist zu beneiden. Es ist ein Land, welches mit den schädlichen und lächerlichen Standesvorurteilen aufgeräumt hat.“

„Gott sei Dank, daß es so ist. Ein Mann, dem ich die Erziehung, also das Glück und die Zukunft meiner Kinder anvertraue, entweder weil ich keine Zeit zu dieser Erziehung habe, oder weil mir die Fähigkeiten dazu mangeln, dieser Mann kann doch unmöglich unter mir stehen.“

„Wollte Gott, auch andere vermöchten sich zu dieser richtigen Anschauung zu erheben!“

„Dieser Seufzer läßt mich vermuten, daß Sie in Ihrer Stellung hier sich nicht ganz glücklich fühlen?“

„Ich bin zufrieden“, antwortete Müller zurückhaltend.

„Was nennen Sie zufrieden? Zufrieden ist gar nichts; Zufriedenheit ist ein Mittelding, weder warm noch kalt, weder jung noch alt, weder arm noch reich!“

„Und doch trachten Millionen darnach, nur zufrieden sein zu können.“

„Sie werden es niemals sein, weil sie es niemals sein können, weil die Ansprüche des Menschen mit seinen Erfolgen wachsen.“

„Sie sprechen von Ehrgeizigen.“

„O nein!“

„Und von Ungenügsamen.“

„Sie scheinen genügsam!“

„Mein Lebensweg ist mir vorgeschrieben. Ich tue meine Pflicht und vertraue auf Gott.“

Der Amerikaner blickte ihm forschend in das Auge.

„Herr, ist das Ihr Ernst?“ fragte er.

„Warum nicht?“

„So sind Sie – ah, ja, Sie nannten sich Müller?“

„So ist mein Name.“

„So sind Sie ein Deutscher?“

„Ja.“

„Nur ein Deutscher kann so sprechen wie Sie. Nur ein Deutscher tut seine Pflicht und vertraut auf Gott. Was macht Gott aus Ihnen, wenn Sie sich nicht selbst rühren?“

„Ich rühre mich ja, wenn ich meine Pflicht tue!“

„Sie rühren sich, aber Sie streben nicht. Sie sind Erzieher; Sie werden unter Umständen Erzieher bleiben, obgleich Sie vielleicht das Zeug haben, Professor zu werden."

Müller lächelte leise vor sich hin und antwortete:

„Haben Sie keine Sorge um uns Deutsche. Wir streben auch."

„Wonach aber? Nach Idealen."

„Das Ideale macht oft glücklicher als das Materielle!"

„Und doch – ja, nehmen Sie mir es nicht übel – ich hasse diese idealen Deutschen!"

„Alle?"

„Alle! Sie haben mich um mein Ideal gebracht. Wohin werden sie gelangen? Wohin trachten sie? Wissen Sie es? Können Sie es mir sagen?"

„Von welchem Feld sprechen Sie?"

„Zunächst von der Politik."

„Davon verstehe ich nichts."

„Das dachte ich mir. Diese Herren Erzieher sind überall zu Hause, nur in der Politik nicht, während jeder Angehörige einer anderen Nationalität es sich angelegen sein läßt, in dieser Beziehung etwas zu leisten."

„Hm! Es ist auch darnach!"

Die Augen des Amerikaners blitzten.

„Herr, wollen Sie mich beleidigen?" fragte er.

Es war ein eigentümlicher, übermächtiger Blick, welchen der Erzieher ihm zuwarf.

„Beleidigen?" fragte Müller. „Wie kommen Sie zu dieser eigentümlichen Ansicht?"

„Weil Sie mir widersprechen."

„Ist ein einfacher Widerspruch eine Beleidigung?"

„Es klang so!"

„Monsieur, Sie sind kein Amerikaner."

„Was sonst?"

„Ein Franzose. Und zwar ein Südfranzose, wohl gar ein Korse."

„Wie kommen Sie zu dieser Vermutung?"

„Infolge Ihrer Gesichtszüge und Ihres hitzigen Temperamentes. Sie erklären es für eine Beleidigung, daß ich mir erlaube, eine andere Ansicht als die Ihrige zu hegen und hatten mich doch selbst bereits vorher auf das Empfindlichste, auf das Tiefste beleidigt."

„Donner! Wieso?"

„Indem Sie mir, dem Deutschen, in das Gesicht sagten, daß Sie die Deutschen hassen, alle, ohne Ausnahme."

„Man darf die Wahrheit sagen."
„Wenn sie nicht beleidigend ist, im anderen Fall verschweigt man sie und wäre es auch nur aus reiner Höflichkeit oder aus wohl angebrachter Vorsicht."
„Vorsicht? Meinen Sie, daß eine Offenheit wie die meinige Schaden bringen könnte?"
„Gewiß!"
„Wer will mir schaden?"
„Jeder Mann, den Sie sich zum Feind machen, kann Ihnen schaden. Ein einziger solcher aber kann Ihnen mehr schaden, als alle Ihre bedeutenden und einflußreichen Freunde Ihnen Nutzen bringen können."
„Ah! Ist das nicht ein deutsches Sprichwort?"
„Jawohl."
Um die Lippen des Amerikaners spielte ein eigentümliches, selbstbewußtes Lächeln. Er musterte Müller einige Augenblicke lang und sagte dann:
„Gut! Ziehen wir einen Vergleich! Ich bin reich."
„Ich glaube es."
„Unabhängig."
„Höchstwahrscheinlich."
„Einflußreich."
„Ich gebe es zu."
„Und Sie?"
„Hm! Ich bin das gerade Gegenteil: arm, gebunden und ohne allen Einfluß."
„Ich glaube Ihnen, wie Sie mir geglaubt haben. Also, ich setze den Fall, daß ich Sie beleidige. Wie wollen Sie mir schaden?"
Müller zuckte die Achsel.
„Gar nicht, weil ich nicht rachsüchtig bin. Ich weiß meine Ehre zu verteidigen, im übrigen aber bin ich Mensch und Christ."
„Dann sind Sie ein seltenes Exemplar des Genus Homo. Aber so war es ja gar nicht gemeint. Setzen wir vielmehr den Fall, daß Sie rachsüchtig wären. In welcher Weise wollten Sie mir schaden?"
Da hoben sich Müllers Lider langsam empor; seine Augen ruhten eine ganze Weile still, fest und ernst in denen seines Nachbars; dann zuckte er kurz die Achsel und antwortete:
„Ich würde mich dadurch rächen, daß ich mich ganz und gar nicht mit Ihnen beschäftigte."
Diese Worte wurden in einem Ton gesprochen, aus welchem

eine gewisse Bedeutung klang, welche der Amerikaner nicht zu überhören vermochte. Er fragte:

„Ich verstehe Sie nicht. Wie meinen Sie das? Sie würden mich verachten?"

„Nein."

„Nun denn, ich würde für sie gar nicht existieren?"

„So meine ich es."

„Und dadurch würden Sie mir schaden?"

„Ja."

„Das ist mir ein Rätsel."

„Und doch ist es so deutlich und verständlich. Wenn ich Ihnen schade, indem ich Sie nicht beachte, bringe ich Ihnen . . ."

„Jetzt verstehe ich", fiel der Amerikaner rasch ein. „Sie meinen, daß es ein Vorteil für mich sein würde, daß Sie sich mit mir beschäftigen?"

„Ja."

Man sah es Deephill an, daß er sich von dem Verhalten und den Worten Müllers frappiert fühlte.

„Sprechen Sie noch im Beispiel, oder bewegen Sie sich bereits in der Wirklichkeit?" fragte er.

„Dies zu beurteilen muß ich Ihnen überlassen."

„Gut! Das ist genug! Sie haben etwas. Sie haben ein Geheimnis. Sie können mir nützen, indem Sie es mir mitteilen, und schaden, wenn Sie es verschweigen."

Müller zuckte die Achsel und antwortete:

„Man merkt allerdings, daß Sie eine Art Diplomat sind. Diese Herren sehen hinter jedem Wort ein Geheimnis."

„Hier aber handelt es sich in Wahrheit um ein solches."

„Vielleicht sind Sie selbst dieses Geheimnis", antwortete Müller.

„Oder Sie?"

Er fixierte den Erzieher abermals und fuhr dann fort:

„Mir ist, als ob ich Sie bereits gesehen hätte."

„Ich war nie in Amerika."

„Da nicht."

„Auch nie in Südfrankreich."

„Ich meine nicht, daß ich Sie, Ihre wirkliche Person gesehen habe, sondern ich finde in Ihren Zügen etwas, so etwas, wie nenne ich es nur? So etwas Bekanntes, Anheimelndes."

„Anheimelnd? Der Deutsche, den Sie hassen!"

„Dennoch! Ich möchte allerdings in diesem Augenblick sagen, daß ich doch nicht alle Deutschen hasse! Sie haben gewisse

Züge, die mir entweder bereits lieb sind oder lieb werden könnten, ich weiß nur nicht – ah, da fällt es mir ein."

Er faßte Müller beim Arm und drehte ihn so, daß er sein Profil vor sich hatte.

„Ja", sagte er; „so ist es! Es ist kein Irrtum. Es sind dieselben Grundzüge, nur schärfer, ausgeprägter, mit einem Wort, männlicher! Waren Sie in England?"

„Nein."

„Haben Sie Verwandte dort?"

„Auch nicht."

Müller ahnte, was kommen werde. Er war zu scharfsinnig, um es nicht sofort zu vermuten, behielt aber seine ganz und gar unbefangene Miene bei und fragte:

„Es gibt wohl irgendeine zufällige Ähnlichkeit?"

„Ja."

„Darf ich fragen, mit wem?"

„Mit einer Dame."

„Ihrer Bekanntschaft?"

„Eigentlich nicht, obgleich ich sie gesehen und gesprochen habe."

„Fast möchte ich neugierig werden."

„Auch Sie haben sie gesehen. Erinnern Sie sich Miß de Lissas, jener Engländerin, welche heute die Verwundeten mit verband?"

„Ja. Sie war meist in Gesellschaft unserer gnädigen Baronesse Marion."

„Ja, ich bin mit ihr von Trier aus gefahren und hatte das Glück, sie zu retten. Mit dieser Dame haben Sie eine Ähnlichkeit. Jetzt weiß ich es ganz genau."

„So ist es eben nur ein Zufall, wie so oft."

„Gewiß. Diese Dame hat einen eigentümlichen, ich möchte sogar sagen, einen tiefen Eindruck auf mich gemacht, und jedenfalls trägt diese Ähnlichkeit die Schuld, daß ich in Ihnen nicht den Deutschen vor mir habe."

„So bin ich dieser Dame zu großem Dank verpflichtet."

„Das soll heißen, daß Sie auch gegen mich keine Abneigung empfinden?"

„Ja, das wollte ich sagen."

„Gut, mein Lieber. Lassen Sie uns, wenn auch nicht Freunde, aber doch auch keine Feinde sein."

„Gern, gern. Und wunderbar! Was mich zu Ihnen zieht, scheint auch eine Ähnlichkeit zu sein."

„Ah! Das wäre allerdings ungewöhnlich."
„Es ist wirklich so. Ich kenne eine Dame . . ."
„Eine Dame?" fiel der Amerikaner lachend ein. „Bin auch ich einer Dame ähnlich?"
„Ja."
„Für welche Sie Sympathie hegen?"
„Gewiß."
„Das ist lustig, Monsieur Müller. Wer ist diese Dame?"
„Die Gesellschafterin der Baronesse."
„Sie wohnt also hier auf Ortry?"
„Ja, ist aber gegenwärtig verreist."
„So bin ich neugierig, sie zu sehen. Wann kehrt sie zurück?"
„Vielleicht übermorgen. Sie ging, ihren Vater zu begraben."
„Wie heißt sie?"
„Nanon Charbonnier."
„Nanon! Welch ein Name. Ich hatte einst – ah, das gehört ja nicht hierher. Also ihr sehe ich ähnlich."
„Ja."
„Das ist ebenfalls Zufall."
„Ich bezweifle es nicht. Aber die Dame, welcher ich ähnlich sehe, muß ich mir doch einmal genauer betrachten. Kennen Sie ihren vollständigen Namen?"
„Miß Harriet de Lissa aus London."
„Wo wohnt sie?"
„Bei einem Doktor Bertrand in Thionville."
„Hm! Man müßte einmal Patient sein."
„Das ist nicht nötig. Ich bin überzeugt, daß Sie diese Dame hier auf Ortry sehen werden."
„Wirklich?"
„Ja. Baronesse Marion scheint Freundschaft mit ihr geschlossen zu haben und sprach davon, sie einzuladen. Es war das heute beim Nachtisch, als Sie sich bereits von der Tafel entfernt hatten."
„Diese Einladung ist nicht so leicht; sie hängt von dem Willen des Kapitäns ab, welcher hier ein sehr strenges Regiment zu führen gewohnt ist."
„Pah! Gastfreundschaft wird doch gepflegt?"
„Auf Ortry nicht. Der Kapitän ist nicht gesellig."
„Das habe ich bemerkt. Ich bin an ihn adressiert, ich wurde nach Ortry eingeladen; der Kapitän hat mich an der Bahn gesehen und mir die Weisung gegeben, auf das Schloß zu kommen, und dennoch habe ich ihn hier noch nicht gesehen."

„Daß er sein Zimmer noch nicht verlassen hat, weiß ich, aber ich dachte, er hätte Sie zu sich rufen lassen."

„Das ist nicht geschehen."

Müller nickte leise vor sich hin.

„Diese Vernachlässigung scheint unbegreiflich; er ist aber ein vollständig unberechenbarer Charakter."

„Seine Zurückgezogenheit muß mir umsomehr auffallen, als er begründete Ursache hat, sich darüber zu freuen, daß nicht auch ich zu den Opfern der heutigen Katastrophe gehöre. Meine Rettung bringt ihm Gewinn."

Um Müllers Lippen flog ein fast unbemerkbares Zucken, doch ging er auf dieses Thema gar nicht ein, sondern sagte:

„Wie ich hörte, haben Sie Ihre Rettung einem Bürger aus Thionville zu verdanken?"

„Ich zweifle, daß er da Bürger ist. Ich saß mit ihm in einem Coupé. Er unterließ es, sich genau vorzustellen. Er sagte, daß er Pflanzensammler sei."

„Ah! Bei Doktor Bertrand?"

„Ja, wo die Engländerin wohnt. Kennen Sie vielleicht diesen Kräutermann?"

„Ich bin ihm im Wald begegnet."

„Er scheint mehr zu sein als das, wofür er sich ausgibt."

„Hm. Möglich."

Der Amerikaner fixierte Müller abermals. Er sagte:

„Sie sprechen diese Worte mit einer so eigentümlichen Betonung aus. Steckt vielleicht irgendein verborgener Sinn hinter ihnen?"

„Ja."

„Welcher?"

„Das zu erklären, bitte ich mir zu erlassen."

„Wetter noch einmal! Sie spielen den Geheimnisvollen?"

„Gerade so wie Sie."

„Monsieur! Ich begreife Sie wieder nicht!"

„Aber ich Sie. Sie werden diesen Pflanzensammler für seine Tat belohnen?"

„Ganz gewiß werde ich das."

„Sie werden ihn also aufsuchen oder ihn nach Ortry kommen lassen?"

„Jedenfalls. Ich muß doch unseren Retter dem Kapitän vorstellen. Er hat ja auch die Schwester dieser Gesellschafterin gerettet."

„Und doch werden Sie das nicht tun."

„Nicht? Ihn nicht kommen lassen und auch nicht belohnen?“
„Auch nicht. Er würde nichts von Ihnen annehmen.“
„Sie kennen ihn also genauer, als Sie vorhin ahnen ließen?“
„Ja.“
„Monsieur Müller, so habe ich mich in Ihnen getäuscht. Sie sind nicht wirklich ein Deutscher.“
„Warum nicht?“
„Weil Sie ein Freund des sogenannten Pflanzensammlers sind. Habe ich recht?“
„Ich bin allerdings sein Freund. Ich nenne ihn sogar du wenn wir uns unter vier Augen befinden.“
„Nun gut, so sind Sie auch kein Deutscher. Der Kapitän wird niemals einen Deutschen anstellen, und ein Deutscher wird, wenn er Ehre besitzt, nicht gegen sein Vaterland konspirieren.“
„Ah, ich konspiriere gegen Deutschland?“
„Ja. Der Pflanzensammler ist ein Eingeweihter, und Sie als sein Freund können nicht weniger sein.“
„Ja, er ist eingeweiht, und ich bin noch unterrichteter als er, sogar unterrichteter als der Kapitän.“
Der Amerikaner machte doch ein sehr verwundertes Gesicht. Das hatte er nicht erwartet.
„Noch mehr als der Kapitän?“ fragte er.
„Ja, sogar noch unterrichteter als Graf Rallion.“
„Donnerwetter! Sie wissen alles?“
„Alles. Zunächst erwarte ich, daß Sie ein Ehrenmann sind?“
„Zweifeln Sie etwa daran?“ brauste der andere auf.
„Nein. Es liegt in Ihrem Interesse, daß Sie mir Vertrauen schenken. Ich habe eine Bitte, versichere Ihnen aber, daß ich nichts verlangen werde, was gegen Ihre Ehre oder auch nur gegen Ihren Vorteil sein würde.“
„Was wünschen Sie?“
„Ihr Ehrenwort, über alles, was wir jetzt gesprochen haben und noch sprechen werden, zu schweigen.“
Der Amerikaner blickte nachdenklich auf die Hand, welche Müller ihm entgegenstreckte, sagte dann aber doch:
„Sie sind eingeweiht, Sie machen auf mich einen guten Eindruck, den Eindruck, daß ich Ihnen vertrauen kann; gut, hier meine Hand! Ich werde schweigen, so lange Sie es wünschen.“
Sie schlugen ein. Dann sagte Müller:
„Ich bin nicht der, welcher ich scheine . . .“
„Das habe ich mir bald gesagt“, fiel Deephill ein.
„Ich halte Fäden in der Hand, von denen Rallion und Riche-

monte keine Ahnung haben. Sie selbst, Monsieur, wissen noch weniger als diese beiden."

„Das ist richtig. Ich hoffe aber, Genügendes zu erfahren."

„Das werden Sie. Sie sind gekommen, um Frankreich mit Geld zu unterstützen?"

„Frankreich eigentlich nicht, sondern die Arrangeure des Freischarenwesens."

„Als solche sind Ihnen nur Rallion und Richemonte bekannt, wenn ich mich nicht irre?"

„Allerdings."

„Man wußte, mit welchem Zug Sie kamen?"

„Ganz genau."

„Und daß Sie das Geld bei sich hatten?"

„Auch das."

„Man wollte sich in den Besitz dieser Summen setzen, ohne sich Ihnen zu verpflichten ..."

„Mich berauben, meinen Sie?"

„Ja."

„Und töten?"

„Ja."

„Durch die Entgleisung der Eisenbahn?"

„Ja."

„Ich glaube es, denn das ist nunmehr nachgewiesen. Nur eins ist mir da unbegreiflich."

„Sie werden es wohl bald begreifen."

„Ich meine nämlich, daß die Mörder diese Umstände so genau wissen konnten."

„Darüber bin ich mir sehr im klaren."

„Aber Rallion und Richemonte waren ja ganz allein im Geheimnis!"

„Das eben beweist, wer die Mörder sind."

Der Amerikaner öffnete die Augen weit und blickte Müller erschrocken an.

„Alle Tausend, Teufel!" sagte er. „Sie meinen doch nicht etwa gar, daß ..."

„Nun, was? Aber sprechen Sie leise!"

„Daß Rallion ..." fuhr der Amerikaner fort.

Müller nickte bloß.

„Und der Kapitän?"

„Jawohl."

„Die Mörder gedungen haben?"

„Gerade das und nichts anderes meine ich."

„Das wäre ja fürchterlich!“

„Oh, diese beiden haben noch ganz anderes vollbracht! Hören Sie, was ich Ihnen sagen werde. Der Kapitän hat sich heute vor Ihnen noch nicht sehen lassen, um nicht gezwungen zu sein, mit Ihnen über den Fall zu sprechen.“

„Er ließ sich mit Unwohlsein entschuldigen.“

„Welches Zimmer bewohnen Sie?“

„Da oben die drei Fenster.“

Er deutete empor. Es war dieselbe Wohnung, in welcher der Fabrikdirektor ermordet worden war. Müller nickte, er hatte bereits seine Beobachtungen gemacht.

„Gut“, sagte er. „Denken Sie einmal, daß ich allwissend bin. Der Kapitän hat heute ein Gift präpariert . . .“

„Donnerwetter! Doch nicht etwa für mich?“

„Für Sie.“

„Ich danke sehr!“

„Keine Sorge. Sie sollen nicht sterben, wenigstens jetzt noch nicht, sondern nur fest schlafen.“

„Wozu?“

„Jedenfalls will er Ihre Brieftasche untersuchen, in welcher Weise deren Inhalt Wert auch für ihn hat.“

„Ohne meine Unterschrift gar keinen.“

„Weiß er das?“

„Ich denke.“

„Trotzdem wird er kommen. Ich habe ihn beobachtet. Er hat den Eintritt bei Ihnen ganz genau untersucht und sich dann von dem Gift in eine Phiole gegossen; also handelt es sich um Sie.“

„Ich schieße ihn nieder!“

„Das werden Sie nicht tun, denn gegenwärtig befindet sich in dieser Phiole und auch in der Flasche, aus welcher sie gefüllt wurde, nur Wasser. Ich habe heimlich Zutritt bei ihm genommen und die Umtauschung bewerkstelligt. Nun steht zu erwarten, daß er Ihnen den Inhalt der Phiole heimlich beibringt.“

„Den Teufel werde ich trinken!“

„Nein, gerade alles werden Sie trinken, was man Ihnen vorsetzt. Der Alte wird dann überzeugt sein, daß das Gift bei Ihnen wirkt und in Ihr Zimmer kommen, um Ihre Brieftasche zu untersuchen.“

„Woher wissen Sie das alles?“

„Ich weiß es nicht, sondern ich vermute es; ich kombiniere es mir. Es ist aber ebenso gewiß, als ob ich es genau weiß.“

„Ich bewundere Sie. Was aber soll ich tun? Was Sie mir da raten, ist zu gefährlich."

„Nein. Ich garantiere Ihnen mit meinem Ehrenwort, daß Sie keinen Schaden leiden werden."

„Ihr Ehrenwort? Hm! Ja. Ich kenne Sie nicht. Sie sind der Hauslehrer Müller. Kann man einem solchen Mann so mir nichts, dir nichts das Leben und Vermögen anvertrauen?"

Da kam dem Erzieher ein Gedanke. Er ließ ein überlegenes Lächeln sehen und sagte:

„Gut, Sie sollen mich kennenlernen und Vertrauen zu mir haben. Ich mußte Ihnen die Wahrheit verschweigen, weil ich Ihrer noch nicht sicher war. Ich bin in England gewesen."

Der Amerikaner horchte auf.

„Wirklich?"

„Ja. Ich bin sogar ein Engländer."

„Alle Wetter! Und diese Ähnlichkeit . . ."

„Ich heiße de Lissa."

„Welche Überraschung! Jene Dame ist Ihre Verwandte?"

„Ja, meine Schwester. Jetzt bin ich aufrichtig mit Ihnen gewesen. Werden Sie sich mir nun anvertrauen?"

Da streckte ihm der Amerikaner die Hand entgegen und sagte:

„Hier meine Hand! Ich bin der Ihrige ganz und gar, so weit Sie nur über mich verfügen wollen."

„Gut. Sagen muß ich Ihnen, daß der Kapitän Sie heimlich beobachten wird. Er vermag Ihr ganzes Zimmer zu überblicken."

„Wieso?"

„Das kann ich Ihnen nicht beschreiben, werde es Ihnen aber baldigst zeigen. Was Sie nur immer in Ihrem Zimmer tun, das tun Sie ganz in der Voraussetzung, daß der Alte Sie beobachtet. Sie werden also genießen, was man Ihnen bietet?"

„Ja, da Sie es wollen."

„Sie beschäftigen sich vor dem Schlafengehen mit Ihren Wertpapieren, damit der heimliche Beobachter sieht, wo Sie dieselben hinlegen!"

„Sie sind schlau!"

„Dann stellen Sie sich tief schlafend und bewegen sich auch nicht, solange er sich in Ihrem Zimmer befindet. Das Licht verlöschen Sie natürlich, sobald Sie sich zur Ruhe legen."

„Aber wenn er mir an das Leben will?"

„Das tut er nicht; bevor Sie die Papiere nicht mit Ihrer Unterschrift versehen haben, wird er Sie schonen. Übrigens können

Sie, wenn Sie das Licht verlöscht haben, wieder aufstehen, um sich eine Waffe, ein Messer mit in das Bett zu nehmen. Später komme ich, um mich zu überzeugen, ob meine Vermutungen in Erfüllung gegangen sind."

„So soll ich meine Zimmertür nicht verschließen?"

„Verschließen Sie dieselbe fest; ich komme trotzdem zu Ihnen, ebenso wie der Alte."

„So gibt es einen geheimen Eingang in mein Zimmer?"

„Ja."

„Nun, Monsieur, ich danke für so ein gastfreundliches Haus, in welchem man seines Lebens keinen Augenblick sicher sein kann."

„Ich wache über Sie. Jetzt sind wir fertig und können uns trennen. Adieu, Monsieur."

Er erhob sich von der Bank. Der Amerikaner tat dasselbe, faßte ihn aber bei der Hand und hielt ihn zurück.

„Halt, Mylord", sagte er, „ich will . . ."

„Pst!" fiel Müller ein. „Nicht dieses englische Wort, selbst nicht, wenn Sie denken, mit mir unter vier Augen zu sein. In diesem Hause hat alles Ohren."

„Gut, Monsieur Müller. Noch eins, ehe wir uns trennen. Ich bin reich . . ."

Müller nickte nur. Er ahnte, was nun kommen werde.

„Und unabhängig, eigentlich auch von altem, guten, makellosen Adel. Ich habe Ihre Schwester gesehen. Wollen Sie als Ehrenmann mir eine Frage beantworten?"

„Gern."

„Ist das Herz dieser Dame noch frei?"

„Ich glaube es. Ich bin überzeugt, daß sie mir, falls das Gegenteil stattfände, sofort ihr Vertrauen geschenkt hätte."

„Haben Sie oder hat Ihre Familie vielleicht irgend welche Berechnungen auf die Hand dieser Dame gegründet?"

„Nein; sie hat das Recht, ihr Herz wählen zu lassen."

„Würden Sie mir erlauben, mich ihr zu nähern?"

„Ja, wenn Sie wirklich der Ehrenmann sind, für den ich Sie halte."

„Zweifeln Sie ja nicht daran. Sie haben recht geraten. Ich bin Franzose; ich stamme aus dem schönen Süden Frankreichs. Traurige Verhältnisse, an denen ich nicht schuld war und welche nicht den geringsten Makel auf meine Ehre werfen, trieben mich in die Ferne. Ich kann in jedem Augenblick meinen wahren Namen wieder tragen. Sollte es mir gelingen, das Herz dieser

Dame zu erringen, so dürfen Sie versichert sein, in mir einen ehrenwerten Freund und Verwandten zu finden."

Müller zeigte sich keineswegs begeistert; er antwortete kalt, aber freundlich:

„Versuchen Sie Ihr Heil! Vielleicht sind Sie glücklicher als andere. Meine Schwester ist ein ernster Charakter. Sie ist nicht leicht zu erringen."

„Desto größeren Wert hat dann der Sieg. Und, Monsieur, ich darf doch erwarten, daß sie kein Wort von unserer Unterhaltung ahnen wird?"

„Gewiß. Unser gegenseitiges Ehrenwort legt uns ja das tiefste Schweigen auf. Adieu! Auf Wiedersehen heute in der Nacht!"

Er ging. Der Amerikaner blickte ihm nach und murmelte:

„Wer hätte das gedacht! Dieser Mann ist ein ganzer Mann, ein Diplomat wie selten einer. Ich bin überzeugt, daß ich ihn auch jetzt noch nicht zum kleinsten Teil durchschaue. Eine wahre Hünengestalt! Wie schade um diese häßliche Verkrümmung! Eigentümlich, daß gerade Buckelige meist so einen scharfen Geist besitzen! Ich werde ihm vertrauen, seinetwegen und seiner Schwester wegen."

Der heutige Eisenbahnunfall hatte die Bevölkerung der ganzen Umgegend in Aufruhr gebracht und auch die Tagesordnung auf Schloß Ortry gestört. Es gab keinen Unterricht. Alexander hatte sich mit einem Reitknecht nach der Unglücksstelle begeben; so war Müller also frei.

Er tat, als ob er nach dem Park spaziere, bog aber bald seitwärts ein, um auf schmalen Feldwegen die Stadt zu erreichen. Dort angekommen, begab er sich zu Doktor Bertrand, welcher ihm entgegenkam.

„Ah, Herr Doktor Müller!" sagte er. „Beabsichtigen Sie vielleicht, um eine Audienz bei Miß de Lissa nachzusuchen?"

„Ja. Ist sie zu sprechen?"

„Sie ist ganz allein in ihrem Zimmer. Soll ich Sie anmelden, oder . . ."

„Bitte, anmelden!"

Der Arzt öffnete die Tür und sagte hinein:

„Herr Doktor Müller aus Ortry. Ist es erlaubt?"

„Ja. Herein!"

Als Müller eintrat, hatte Emma sich von ihrem Sitz erhoben. Sie wartete, bis er die Tür zugemacht hatte, dann eilte sie auf ihn zu und fiel ihm um den Hals.

„Richard, lieber Richard!" sagte sie, ihn herzlich küssend.

„Endlich! Da draußen an der Bahn durfte ich ja gar nicht merken lassen, daß ich dich kenne!"

„Meine liebe, gute Emma! Wer hätte gedacht, daß ich dich hier sehen würde!"

„Kannst du mir verzeihen?"

„Nun, einen ziemlichen Strich durch die Rechnung macht mir dein Kommen!"

„Schadet es sehr?"

„Vielleicht nicht; aber wenn man dich erkennt!"

„Wer sollte mich erkennen?"

„Der alte Kapitän!"

„Oh, der soll mich gar nicht sehr zu sehen bekommen!"

„Und dann unsere große Ähnlichkeit!"

„Ähnlichkeit? O weh! Bin ich dir auch jetzt noch ähnlich? Ich danke! Dieses Haar!"

„Falsche Perücke!"

„Der prachtvolle Bart fort!"

„Er mußte weichen!"

„Dieser Zigeunerteint!"

„Abgekochte Walnußschale! Sogar hier an den Händen!"

„Und dann dieser – dieser – schauderhaftes Wort! – dieser fürchterliche Buckel!"

„Wurde für notwendig gehalten!"

„Aber ich schäme mich in deine Seele hinein!"

„Pah! Die Metamorphose wird nicht auf sich warten lassen!"

„Hoffentlich! Also setz dich und beichte! Wie steht es mit dem Krieg?"

„Er ist vor der Tür."

„Und mit dem Sieg?"

„Den erhalten wir!"

„Gott sei Dank! Nun will ich herzlich beten, daß du nicht verwundet wirst! Der Maler ist bei Großpapa."

„Ah, doch!"

„Großpapa wird ihn an der Nase führen. Schreibe nur gleich mehrere Berichte, die wir ihm in die Hände spielen."

„Das soll heute nacht geschehen. Aber nun ausführlich! Wie kommst du auf den Gedanken, mich zu überraschen?"

„Aufrichtig gestanden, zunächst aus weiblicher Neugierde."

„Wegen Marion?"

„Ja."

„Nun, wie gefällt sie dir?"

Da wurde Emma ganz begeistert.

„Ein wunderbar schönes, ganz und gar eigenartig schönes Mädchen!" sagte sie.
„Orientalisch, nicht?"
„Ja, aber keineswegs jüdisch. Und dieser Geist, dieses Gemüt! Richard, ich bin in sie verliebt, ganz und gar verliebt, mehr als du selbst!"
„Das macht mich glücklich! Denkst du, daß Großpapa ihr gut sein kann?"
„Sofort, obgleich er ganz dagegen ist, daß du eine Französin heimführst."
„Es scheint also, du hast ihm mein Geheimnis verraten?"
„Es ging nicht anders!"
„Plaudertasche! Und du? Aufrichtig! Möchtest du nicht auch so glücklich sein wie ich?"
„Wie gern! Aber ich bin nun einmal ein großes, dummes Kind; ich warte auf irgendeinen Prinzen. Der, den ich liebe, darf kein gewöhnliches Menschenkind sein."
„Was sonst? Ein Engel? Ein Halbgott?"
„Nein, nein; das nicht. Ich kann nicht das rechte Wort finden, es zu beschreiben. Ich habe eine ganze Fülle von Liebesbedürfnis in mir; ich befürchte, daß meine Zärtlichkeiten meinen Mann erdrücken möchten. Daher passe ich wohl für einen, der vorher viel gelitten hat."
„Einen Ritter!"
„Aber nicht von der traurigen Gestalt! Schön muß er auf alle Fälle sein!"
„Reich auch!"
„Nein!"
„Vornehm!"
„Nein, aber edel und gut. Wenn ich so nachdenke, so meine ich, daß er dunkel sein müßte."
„O weh!"
„Lockenköpfig! Südliches Profil!"
„O noch weher!"
„Wieso?"
„Ich habe keine Sympathie für Südländer. Sie sind wie Strohfeuer. Ein nördlicher Jüngling mit semmelblondem Scheitel und Leutnantspatent, das wäre mein Ideal, wenn ich eine junge Dame wäre."
„Dann könntest du jeden guten Pommern heiraten. Die passen alle in diesen Rahmen. Hast du heute den Amerikaner gesehen, welcher mit beim Zug war?"

„Wegen dessen das Unglück überhaupt passiert ist. Natürlich sah ich ihn. Was ist mit ihm?“

„Das war ein schöner Mann!“

„Pah! Ein Sklavenbaron!“

„Das glaube ich nicht.“

„Nun, dann ein Ölprinz oder Baumwollgraf. Oder er pflanzt Mais und Tabak.“

Sie wendete sich ab und meinte schmollend:

„Weißt du, daß ich ihm das Leben zu verdanken habe?“

„Allerdings, du wirst dich bedanken müssen.“

„Er ist auf Ortry?“

„Ja.“

„Wenn er wissen dürfte, daß du mein Bruder bist, so . . .“

„Er weiß es bereits“, fiel Müller ein.

Rasch drehte sie sich ihm wieder zu.

„Wirklich? Ist das nicht außerordentlich gewagt? Es darf doch hier kein Mensch hören, daß wir Königsau heißen.“

„Das weiß er auch nicht. Ich lebe inkognito als Doktor Müller auf Ortry, heiße aber eigentlich de Lissa und bin ein Engländer.“

„Ah. Wie bist du auf diese Idee gekommen?“

„Auf eigentümliche Weise. Du hast gehört, daß er eine Menge Geld mitgebracht hat?“

„Ja.“

„Auch zu welchem Zweck?“

„Auch das.“

„Nun, er sollte doch getötet werden.“

„Ist das wirklich wahr?“

„Ja. Ich und Fritz haben gestern die Kerle belauscht. Die Tat ist nicht gelungen. Nun will ihm der alte Kapitän ans Leben.“

„Um Gottes willen! Kannst du ihn nicht warnen, ihn retten?“ fragte sie voller Angst.

„Ich habe ihn bereits gewarnt und hoffe, in ihm einen Verbündeten zu gewinnen. Dann entgeht den Franzosen seine Hilfe. Natürlich aber hält er mich für einen Freund Frankreichs, wenn auch für einen Feind des Kapitäns.“

„Es wird ihm doch nichts geschehen?“

„Nein. Ich wache über ihn!“

„Tue das! Du weißt, ich schulde ihm mein Leben“, sagte sie, indem sie in sichtlicher Angst seine Hand erfaßte. „Wird er deiner Warnung Gehör schenken?“

„Gewiß. Er hat es mir versprochen. Es ist möglich, daß du ihm begegnest. Sei dann vorsichtig. Laß dich nicht über die Verhältnisse der Familie Lissa ausfragen. Wir könnten uns widersprechen."

„Ich glaube, Marion wird mich einladen."

„O weh!"

„Hast du wirklich solche Sorge vor dem alten Kapitän?"

„Der Mensch ist wirklich gefährlich scharfsinnig."

„Ich werde mich in acht nehmen. Ich möchte ihn doch zu gern einmal sehen."

„Emma, du spielst mit dem Feuer!"

„Also soll ich absagen, wenn Marion mich bittet?"

„Na, versuche es! Wir wollen es wagen! Aber nun die weiteren Gründe deiner Reise?"

„Schneeberg."

„Das hättet ihr mir überlassen können."

„Du weißt alles?"

„Ja."

„Hältst du ihn für einen der verlorenen Knaben?"

„Der Löwenzahn ist echt."

„Das ist die Hauptsacht."

„O nein. Dazu gehört der Beweis, daß der Zahn niemals in unrechte Hände gekommen ist. Dieser Beweis muß erst noch erbracht werden."

„Wer aber soll ihn führen?"

„Ich denke, das selbst zu tun!"

„Du? Inwiefern? Besitzest du die Unterlagen?"

„Noch nicht; ich werde sie aber besitzen. Ich muß nun erst den Aufenthalt dieses Bajazzos ausfindig machen."

„Das soll dir schwerfallen!"

„Leider! Dann aber habe ich, wenn ich mich nicht irre, noch eine weitere zweite Spur, über welche du dich nicht nur wundern, sondern geradezu erstaunen wirst."

„Du machst mich neugierig!"

„Haller!"

„Der Maler?"

„Ja."

„Mein Gott, wieso? Er hat allerdings eine ganz ungemeine Ähnlichkeit mit Fritz Schneeberg!"

„Das fiel mir auch sofort auf, als ich ihn hier in Ortry zum ersten Male erblickte. Er heißt eigentlich Bernard Lemarch und ist Chef d'Escadron, also Rittmeister. Sein Vater ist ein Graf Lemarch in Paris."

„So kann er doch kein Findelkind sein!"

„Warum nicht? Bei solchen Ähnlichkeiten glaube ich an keinen Zufall; ich glaube vielmehr, daß diese beiden Brüder sind. Ich habe auch bereits meine Maßregeln getroffen und an die Gesandtschaft nach Paris geschrieben. Ich werde bald erfahren, ob dieser Haller ein echter Sohn des Grafen Lemarch ist. Sollte dies nicht der Fall sein, so haben wir bereits sehr viel gewonnen."

„Möchten wir nicht Onkel Goldberg doch eine Mitteilung machen? Vielleicht wäre es besser."

„O nein. Regen wir ihn jetzt nicht auf. Wir müssen unbedingt schweigen, bis wir uns auf breiter Fährte befinden. Und das soll hoffentlich bald der Fall sein."

Damit waren die Hauptsachen besprochen. Die beiden unterhielten sich noch einige Zeit von anderem, gaben einander Auskunft, besprachen verschiedenes, und dann entfernte sich Müller, um nach Ortry zurückzukehren.

Er ging jetzt nicht den Feldweg, sondern die Straße. Da lag an derselben eine Schänke, deren Wirt zugleich das Recht der Ausspannung besaß. Kurz bevor er dieselbe erreichte, lag ein junger Mann jenseits des Straßengrabens im Gras. Er war beinahe elegant gekleidet und hatte zum Schutz gegen die schrägfallenden Strahlen der untergehenden Sonne den Hut auf das Gesicht gelegt. So war es unmöglich, das letztere zu erkennen, während hingegen er unter dem Hut hervor alles genau sehen konnte.

Müller hatte nur einen kurzen Blick auf ihn geworfen und wollte vorüber; da aber machte der im Grase Liegende eine Bewegung, doch ohne den Hut vom Gesicht hinwegzunehmen.

„Alle Teufel! Sehe ich recht?" rief er aus.

Müller blieb stehen. Es befand sich kein Mensch in der Nähe, folglich mußten diese Worte ihm gelten.

„Meinen Sie mich?" fragte er.

Der Fremde hatte französisch gesprochen; jetzt antwortete er in deutscher Sprache:

„Natürlich! Wen denn sonst?"

Müller erschrak. Sollte er von irgendeinem beliebigen Menschen erkannt worden sein? Fatal! Er behielt also die französische Sprache bei:

„Wer sind Sie denn?"

„Kennt mich der Mensch nicht!"

„Nehmen Sie den Hut vom Gesicht weg!"

„Komm her, und nimm ihn selber weg! Es ist nur der Überraschung wegen."

„Hol Sie der Teufel! Ich weiß nicht, was Sie wollen!“

Er wollte weitergehen, da aber rief der andere, doch ohne den Hut noch zu entfernen:

„Richard, alter Junge! Das wirst du doch gerade mir nicht antun! Komm her! Mach mir den Spaß, und nimm den verteufelten Hut weg, damit sich meine Seele an deinem Gesicht weiden kann!“

Er zögerte. Ein Bekannter mußte es sein, darüber gab es gar keinen Zweifel. Er sprang also über den Straßengraben, bückte sich über den noch immer in dem Grase Liegenden und schob den Hut zur Seite. Sein Erstaunen war allerdings ebenso groß wie freudig.

„Hohenthal! Arthur! Wer hatte das vermutet!“

„Ich dachte auch nicht, dich gleich hier zu treffen“, antwortete der angebliche Weinhändler, indem er endlich aufsprang.

„Du hier im Gras! So unverhofft!“

„Und du hier mit dem Buckel! Mensch, Kamel oder vielmehr Dromedar, denn du hast ja nur einen Höcker! Wie siehst du aus!“

„Sehr distinguiert! Nicht wahr?“

„Ja. Dieses Haar, diese Farbe! Man könnte sich totlachen, wenn man nicht da in der Nähe Franzosen wüßte!“

„Aber doch scheint meine Verkleidung höchst unzureichend zu sein.“

„Warum?“

„Weil du mich sofort erkannt hast.“

„Das bilde dir nicht ein! Ich wußte, daß du auf Schloß Ortry haust; ich wollte dich besuchen. Daher kam es, daß ich dich erkannte, sonst aber nicht.“

„Mich besuchen?“

„Ja, natürlich.“

„Du kommst aus Paris?“

„Über Metz.“

„Wo hast du Station?“

„An letzterem Ort.“

„Welche Geschäfte?“

„Sehr gute. Und du?“

„Auch nicht schlecht.“

„Ich komme, um dir einige Mitteilungen zu machen, welche für dich von allergrößter Wichtigkeit sind. Hast du Zeit?“

„Für solche Angelegenheiten und für deine Person natürlich stets, lieber Arthur.“

„Gut! Aber wollen wir unsere Konferenz gleich hier abmachen? Gibt es keinen besseren Ort?"

„Hm!" antwortete Müller, sich umblickend. „Wir müssen unbeobachtet sein!"

„Wenigstens unbelauscht!"

„Na, da an der Schänke ist eine Laube. Nicht?"

„Ja, ein Glas Wein oder Bier käme mir recht. Ich bin durstig gelaufen."

„So komm!"

Sie schritten auf die Schänke zu. Da kam eine Equipage daher gerollt. Marion saß ganz allein in derselben. Müller blieb stehen und grüßte höflich. Hohenthal tat infolgedessen dasselbe.

„Himmelelement!" sagte er, als der Wagen vorüber war. „Das war eine Schönheit!"

„Nicht wahr?"

„Pikfein! Wer das haben könnte!"

Er schnalzte mit der Zunge, wie ein Weinkenner, welcher einen guten Tropfen geschmeckt hat.

„Du hast doch stets Appetit!" lachte Müller.

„Du nicht auch? Nein, du lebst nur für den Dienst des Königs, nicht aber für den viel süßeren der Frauen. Wer übrigens war diese Fee?"

„Die Baronesse von Sainte-Marie."

„Auf Ortry etwa, deine junge Herrin also?"

„Nein, sondern die Schwester meines Zöglings."

„Sapperlot! Unverheiratet?"

„Ja."

„Verlobt?"

„Nein."

„Verliebt?"

„Nein."

„Du, Kamerad, zeige mir einmal deine Hand."

„Hier! Warum?"

„Den Puls!"

„Ach so! Brennt es?"

Hohenthal fühlte mit ernster Miene den Puls und sagte dann in kläglichem Ton:

„Aus dir wird kein Mensch gescheit. Ich wollte, ich hätte meinen Martin da; der versteht es besser."

„Allerdings, ein gelungener Kerl!"

Sie hatten jetzt die Laube erreicht und traten ein. Der Wirt fragte nach ihrem Wunsch, erfüllte denselben und entfernte sich dann. Hohenthal tat einen tiefen Zug und fragte nachher in scherzhaftem Ernst:

„Die war wirklich wunderbar schön. Aufrichtig, lieber Junge! Hast du auch hier nicht angebissen?"

Müller blickte ernst vor sich nieder und antwortete:

„Aufrichtig? Ja."

„Halleluja! Endlich, endlich! Natürlich sofort?"

„Sofort, als ich sie zum ersten Male sah. Und das war in Dresden."

„In Dresden? Nicht hier? Mensch, Richard, ich wittere einen Roman oder wenigstens eine Novelle. Erzähle!"

„Unsinn! Hier! Wir haben andere Dinge zu sprechen. Und übrigens ist mir diese Sache zu ernst, zu heilig."

„Ja, du hast die Gabe, alles von der heiligsten Seite zu betrachten. Aber, Liebster, vertraue mir nur eins!"

„Was?"

„Hat auch sie angebissen?"

Müller zuckte die Achsel und antwortete:

„Woran soll sie beißen? Etwa an diesen Buckel?"

„Pah! Dein Gesicht ist nicht das eines vergebens nach Liebe Jammernden. Sobald der Buckel fort ist, ist sie dein. Nicht?"

„Ich hoffe es. Ich sage das zu deiner besonderen Beruhigung, sonst bist du nicht von diesem Gegenstand fortzubringen."

„Das rechnest du mir doch nicht etwa als Fehler an? Gründlichkeit ist stets eine Tugend, besonders aber in so hochwichtigen Dingen. Nun aber zur Sache! Zunächst muß ich dir sagen, daß ich Monsieur Belmonte heiße und der Vertreter eines Weinhauses im Süden bin."

„Ah! Verkaufst du viel?"

„Massenhaft. Jetzt liefere ich nach Metz. Hoffentlich finde ich den Wein noch dort, wenn wir da einziehen, natürlich mit klingendem Spiel und fliegenden Fahnen."

„Brrr! Das kostet ein Geld! Natürlich gibst du den Wein auf Kredit?"

„Freilich. Sechs Monate Ziel."

„Wer bezahlt ihn?"

„Das schöne Frankreich."

„Also du bist mit deinen Erfolgen zufrieden?"

„Ich kann es ganz gern sein. Ein großer Anteil davon fällt auf meinen Wachtmeister."

„Gerade so wie bei mir. Schneeberg ist ein braver Kerl."

„Martin nicht minder. Ohne ihn stände ich nicht in dieser Weise da."

„Aber, Arthur, was suchst du in Ortry?"

„Dich natürlich Richard."

„Doch nicht bloß Besuch?"

„Wo denkst du hin! Wie dürfte ich mir so einen Abstecher erlauben, wenn ich dir nichts Wichtiges mitzuteilen hätte!"

„Ah! Etwas Wichtiges? Da sollst du mir hochwillkommen sein, lieber Kamerad. Lege dich aus."

„Da auf Ortry wohnt ein alter Kapitän, der Richemonte heißt?"

„Gerade so."

„Du, nimm den aufs Korn!"

„Warum?"

„Er läßt in Paris Franktireurs werben."

„Ah! Wirklich?"

„Ja. Ich habe es mit eigenen Ohren gehört."

„Wer es glaubt!"

„Und die Kerle mit eigenen Augen gesehen. Verstanden, ungläubiger Thomas! Ich bin eigens gekommen, um dich auf die Spur dieses Kerls zu bringen."

„Danke sehr."

Hohenthal blickte ganz erstaunt auf Müller, den diese große Neuigkeit gar nicht zu überraschen schien.

„Mensch", sagte er, „wie kommst du mir vor? Ich würde für einen solchen Wink gut und gern tausend Taler zahlen!"

„Ich werfe kein Geld zum Fenster hinaus!"

„Was? Du glaubst nicht, was ich dir sage?"

„Gerade weil ich es glaube, bezahle ich nicht."

„Dann begreife dich dieser und jener, aber ich nicht!"

„Ich glaube es, weil ich diesen alten Kapitän bereits fest habe."

„Ach – so! Das ist etwas anderes! Du kennst also die Verhältnisse bereits?"

„Vollständig. Ortry ist der Herd der Freischärleragitation. Der Kapitän ist ein wahrer Teufel. Er hat unterirdische Magazine angelegt, in denen kolossale Vorräte von Waffen und Munition liegen."

„Kennst du diese Magazine?"

„Ja."

„Glückskind! So komme ich also zu spät?"

„Ja. Aber trotzdem bin ich dir herzlich dankbar!"

„Bitte, bitte! So kann ich also mit einer anderen Nachricht vorreiten!"

„Ja. Noch eine?"

„Und zwar eine nicht ganz unwichtige. Bei euch in Ortry hält sich nämlich ein Offizier auf, auf den ich dir raten würde, ein scharfes Auge zu haben."

„Wirklich? Das ist mir neu."

„Ah, treffe ich da etwas, was du also doch noch nicht kennst? Ich denke, du wirst dich wundern."

„Wohl nicht. Er müßte inkognito da sein."

„Möglich. Ich erfuhr es beim General Latreau und dann an anderer Stelle."

„Wie heißt der Herr?"

„Lemarch."

„Lemarch? Ah!"

„Nicht wahr, der Name ist dir unbekannt? Es ist der Sohn des Grafen Lemarch in Paris."

„Er ist nicht in Ortry."

„So müßte sich meine Gewährsmann sehr geirrt haben."

„Geirrt hat er sich allerdings nicht. Lemarch war in Ortry, ist aber jetzt fort."

„Fort? Du hast ihn gesehen?"

„Ja."

„Beschreibe mir ihn. Er ist nämlich der Jugendverlobte einer Dame, für welche ich mich außerordentlich interessiere!"

„Hm. Auch angebissen?"

„Fürs ganze Leben."

„An eine Verlobte?"

„Kann nichts dafür. Übrigens hoffe ich, daß diese Verlobung sich nicht zur Verheiratung entwickeln wird. Also, bitte, beschreibe mir diesen Lemarch. Ist er ein hübscher Kerl?"

„Ja."

„Donnerwetter! Fällt er mehr in die Augen als Unsereins?"

„Freilich. Er ist länger und breiter als du, wunderbar proportioniert, wie gesagt, ein hübscher Kerl."

„Hole ihn der Teufel! Wo steckt er jetzt?"

„Bei Königsaus."

„Bei Königsaus? Wo denn?"

„In Berlin."

„Das seid ja ihr!"

„Allerdings, mein Lieber."

„Mensch, erkläre dich!"

„Nun, Graf Rallion hat ihn nach Berlin geschickt, um über unsere kriegerischen Krankheiten nach Paris zu berichten. Er ist inkognito dort, als ein Maler Haller aus Stuttgart."

„So spricht er deutsch?"

„Sehr gut."

„Hast du wohl selbst mit ihm gesprochen?"

„Ja. Er hatte großes Vertrauen zu mir und fragte mich nach dem Ulanenrittmeister Richard von Königsau."

„Also nach dir selbst?"

„Ja."

„Das ist klassisch."

„Mir kam es mehr modern vor. Rallion scheint nämlich zu wissen, daß man mir ein gewisses Vertrauen schenkt und daß man bei mir verschiedene Sekrete erfahren könnte, wenn ich plaudern wollte. Darum hat er diesen Lemarch direkt an mich adressiert."

„Und im Fall du nicht zu fangen bist?"

„Soll er sich an meine Schwester wenden."

„An Emma? Da kommt er ganz und gar an die Rechte."

„Dieser gute Maler fragte infolgedessen, ob meine Schwester hübsch sei."

„Alle Teufel! Er will ihr den Hof machen?"

„Er denkt, sie werde aus Liebe plaudern."

„Wenn diese Herren Franzosen auf solche Luftziegel bauen, wird die Geschichte bald zusammenstürzen. Also Lemarch ist jetzt bei euch?"

„Zwar nicht als Gast, aber er geht als Hausfreund da ein und aus. Unterdessen schicke ich gewisse fingierte Gutachten, Pläne und andere Arbeiten hin, welche ihm Großpapa als wirkliche Sekrete lesen läßt."

„O weh! Da wird Napoleon eine gute Meinung von uns bekommen."

„Das soll er auch. Er mag nur lachen; später lachen wir."

„Und Emma? Tut sie schön mit dem Maler?"

„Fällt ihr nicht ein. Sie ist sofort verreist, als er ankam und sich vorstellte."

„Das ist brav. Ein deutsches Mädchen ist viel zu gut, selbst zum Besten des Vaterlandes einem Franzosen gegenüber die Rolle der Gefallsüchtigen zu spielen. Also das war wieder nichts. Ich dachte, dir wenigstens in Numero Zwei etwas wirklich Neues zu bieten; nun aber hast du es bereits besser ausgebeutet, als ich für möglich hielt. Ich habe zwar noch ein Drittes, werde es aber doch lieber für mich behalten."

„Heraus damit."

„Nein. Ich will mich mit meinen alten Neuigkeiten nicht länger blamieren."

„Vielleicht taugt es doch etwas."

„Wohl schwerlich. Unsere Aufgabe berührt es übrigens ganz und gar nicht. Es handelt sich um eine Privatperson, für welche du gar kein Interesse haben kannst."

„Warum nicht, wenn sie dich interessiert?"

„Nein. Ich traf den Kerl unter eigenen Verhältnissen; sein Äußeres hat sich mir eingeprägt. Letzter Tage wurde ich an ihn erinnert, indem ich von einer Tat hörte, die er ganz sicher verübt hat; es soll hier in Thionville geschehen sein. Ich dachte nur eben daran."

„In Thionville? Was für eine Tat ist es?"

„Ein Mord."

„Wer war der Kerl?"

„Er wurde der Bajazzo genannt."

Da sprang Müller auf.

„Mensch! Hohenthal! Arthur! Ist es möglich? Diesen Kerl suche ich."

„Willst du eine Seiltänzergesellschaft etablieren?"

„Keinen Scherz! Die Sache ist von allergrößter Wichtigkeit. Erinnerst du dich, daß Onkel Goldberg seine beiden Knaben abhanden gekommen sind?"

„Natürlich. Alle Welt weiß das."

„Nun, dieser Bajazzo ist es, der sie geraubt hat."

„Donnerwetter! Wirklich?"

„Ganz zweifellos."

„Herrgott! Das hätte ich wissen sollen!"

„Du hast ihn gesehen?"

„Sogar mit ihm verkehrt und mit ihm gesprochen und auch – Himmelschwerebrett – auch mit ihm getrunken!"

„Wo denn?"

„In Paris."

„Das kann ich mir denken, aber an welchem Ort?"

„Es nützt dir nichts, den Ort zu hören, er ist von der Polizei zerstört worden. Es war in der Spitzenbubenkneipe des Vaters Main. Ich ging als Pseudogauner hin, um meine Studien zu machen und zu horchen. Da verkehrte er."

„Und jetzt?"

„Fort, weg."

„Wohin?"

„Das weiß der Teufel! Hergott, ich könnte mich ohrfeigen zehn Stunden lang! Das hätte ich wissen sollen. Was hat er denn hier in Thionville verbrochen?"

Müller erzählte den Mord an der Seiltänzerin möglichst kurz, aber doch ausführlich genug, und daran schloß Hohenthal den Bericht seiner Erlebnisse in Paris. Er war noch im Erzählen, da kehrte Marion de Sainte-Marie aus der Stadt zurück. Neben ihr im Wagen saß – Emma von Königsau. Jene hatte nicht mit Bitten nachgelassen, bis die so schnell und herzlich liebgewonnene Freundin eingewilligt hatte, den Abend mit auf dem Schloß zuzubringen.

Sie konnten im Vorüberfahren nicht in die grünumrankte Laube blicken, während die beiden Männer deutlich sahen, wer im Wagen saß. Hohenthal sprang auf.

„Sieh, Richard, sieh!" rief er ernsthaft aus.

„Was denn?" fragte Müller trocken.

„Das war die Baronesse wieder."

„Nun ja. Du bist ja ganz und gar in Ekstase."

„Hast du denn die andere gesehen?"

„Ja."

„Kanntest du sie?"

„Du etwa?"

„Natürlich. Mensch, das war ja deine Schwester!"

„Allerdings."

Hohenthal machte ein Gesicht, als ob er befürchte, daß der Freund verrückt geworden sei.

„Allerdings", ahmte er ihm ganz verblüfft nach. „Das sagst du so ruhig."

„Allerdings", wiederholte Müller gleichmütig.

„Die Gazelle in der Höhle des Löwen."

„Sie stehen unter meinem Schutz."

„Kerl, du mußt bedeutend an Macht und Selbstvertrauen gewachsen sein."

„Ja, man wächst."

„So wachse du und der Teufel!" rief Hohenthal ärgerlich. „Sagt mir dieser bucklige Erzieher vorhin, daß seine Schwester verreist sei, aber wohin, das hat er verschwiegen."

„Wozu die überflüssigen Worte? Ich ahnte, daß Marion Emma holen werde, und so verstand es sich ganz von selbst, daß du sie sehen mußtest."

„Marion? So also heißt sie?"

„Ja, zu dienen."

„Bist du schon so weit mit ihr, daß du sie bei ihrem Vornamen rufst?"

„Ja."

„Herrgott, macht dieser Mensch riesenhafte Fortschritte!"

„Es ist nicht so schlimm. Ich nenne sie beim Vornamen, aber nur ausnahmsweise, nämlich wenn sie nicht dabei ist und es also nicht hört."

„Das kann ich mit meiner Ella auch, alter Schwede."

„So tue es; ich habe nichts dagegen."

„Wollte mir es auch verbeten haben. Aber ich kann noch immer gar nicht so richtig begreifen, daß deine Schwester jetzt hier in Ortry sein soll."

„Schwester. Hm. Sie ist eine Engländerin."

„Ah! Wieso?"

„Heißt Miß Harriet de Lissa und ist aus London."

„Jetzt steht mir der Verstand still! Was will sie denn?"

„Ihre zukünftige Schwägerin kennenlernen."

„Deine Marion?"

„Ja. Du hast ja gesehen, daß sie schon ganz dicke Freundinnen sind! Aber du hast dich ganz aus der Fassung bringen lassen und den Faden deiner Erzählung verloren."

„Es ist auch darnach. Du weiß doch, daß ich deiner Schwester seiner Zeit den Hof machte."

„Und riesig!"

„Ich liebte sie."

„Unendlich."

„Ich betete sie an."

„Als wäre sie eine Göttin und du ein armer Paria."

„Ich dichtete sogar Lieder auf sie."

„Ja, Sonette."

„Hymnen und Oden."

„Die Schrift war nicht übel; aber die Gedichte taugten den Teufel; sie wanderten alle in den Ofen."

„Wirklich?"

„Gewiß."

„Ihr Barbaren! Welch ein Undank! Ich ging ganz in deiner Schwester auf."

„Und ans Billard."

„Ich schickte ihr täglich einen Strauß."

„Die Ziege unseres Wirts bekam ihn zu fressen."

„Dann stellte sich leider heraus, daß ihr Herz zu klein für mich sei."

„Weil das deinige zu groß für sie war. Es wohnten stets ein Dutzend andere darin."

„So ging die Sache futsch."

„Gott sei Lob und Dank."

„Aber dennoch halte ich noch große Stücke auf sie."

„Schneide dir nach Belieben kleine Stückchen davon herunter."

„Du bist herzlos."

„Desto entwickelter ist das deinige."

Beide lachten herzlich übereinander, und dann nahmen sie wieder Platz, damit Hohenthal in seiner Erzählung fortfahren möge. So saßen sie, bis das Dunkel des Abends hereinbrach, ihre Gedanken, Meinungen und Erlebnisse austauschend. Sie lernten voneinander, und als sie sich endlich erhoben, um zu scheiden, sagte Müller:

„Wie leid tut es mir, dich nicht zu mir einladen zu können, aber es geht ja nicht."

„Nein; das dürfen wir nicht wagen, lieber Freund. Wir müssen vorsichtig sein. Ich fahre mit dem letzten Zug nach Metz, da bin ich daheim."

„Was hättest du getan, wenn ich nicht hier vorübergegangen wäre?"

„Ich hätte bis zum Dunkel gewartet und es dann auf irgendeine Art bewerkstelligt, zu dir zu kommen."

„Ein anderes Mal gehst du zu Doktor Bertrand und fragst nach dem Kräutersammler Schneeberg."

„Werde es mir merken. Aber höre, Richard, ist es nicht eigen, daß wir zwei kleine Rittmeisterchen hier in Feindes Land stehen mit dem stolzen Bewußtsein, daß im Kriegsfall das Gelingen zum nicht geringsten Teil mit von unserer jetzigen Tätigkeit abhängt?"

„Es mag so sein. Darum wollen wir die Augen offenhalten und nicht müde werden in der Erfüllung unserer Pflicht. Gute Nacht, lieber Arthur."

„Gute Nacht, lieber Richard. Frohes Wiedersehen!"

Als Müller nach Ortry kam, fand er das Speisezimmer erleuchtet. Seit er sich seinen Platz am Tisch erzwungen hatte, hatte er dort Zutritt, und er säumte heute nicht, sich hinzubegeben. Er fand Marion, Emma, den Amerikaner und die Baronin. Letztere war von der Neugierde herbeigetrieben worden, vor Tisch die Engländerin kennenzulernen.

Emma spielte ihre Rolle ausgezeichnet und mit wunderbarer

Ungezwungenheit. Sie wäre von jeder Engländerin für eine Landsmännin gehalten worden.

Müller wurde von allen außer der Baronin höflich empfangen und als vollständig ebenbürtig behandelt. Er nahm sehr wenig am Gespräch teil und zog es vor, der Unterhaltung zu lauschen und seine Betrachtungen anzustellen.

Marion und Emma nannten sich bereits du. Der Blick des Amerikaners hing bewundernd an der letzteren. Er war ein hochbegabter und fein gebildeter, kenntnisreicher Mann und bemühte sich, Emma Gelegenheit zu geben, die Vorzüge ihres Geistes zur Geltung zu bringen.

Wenn Müller ja einmal in hochachtungsvoller Weise, wie es ihm als Erzieher zukam, sein Wort an Emma richtete und sie ihm dann in jener freundlich auszeichnenden und doch sichtlich herablassenden Weise antwortete, wie der wirklich gebildete Aristokrat einem verdienten Bürgerlichen gegenüber zu tun pflegt, dann glänzten die Augen des Amerikaners vor Freuden über die Meisterschaft, mit welcher die beiden ihre Rollen spielten.

Während dieser angeregten Unterhaltung öffnete sich leise die eine Tür, welche im Schatten lag und – der Baron trat ein, in jetziger Zeit eine Seltenheit, man hatte wohl vergessen, ihn in seinem Zimmer einzuschließen.

Niemand bemerkte ihn. Er trat leise, unhörbar näher, bis dahin, wo der volle Strahl des Lichtes auf den Kopf Emmas fiel. Er stieß einen schrillen Schrei des Entsetzens aus, so daß alle erschrocken aufsprangen.

„Das ist sein Gesicht, aber er ist es nicht ganz!“ schrie er, die Arme abwehrend vor sich streckend und die weit aufgerissenen Augen starr auf Emma gerichtet. „Ich kann ihm ja nichts tun! Er ist wieder lebendig geworden! Er wohnt da unten im Keller des Mittelpunktes!“

Diese unerwartete Szene brachte natürlich einen sehr peinigenden Eindruck hervor. Auf Marions Gesicht spiegelte sich das tiefste Mitleid ab. Der Amerikaner blickte ganz erstaunt auf den Mann, von dessen Vorhandensein er keine Ahnung hatte; Müller und Emma wechselten zwei schnelle, unbeobachtete Blicke. Das Gesicht des ersteren war leichenblaß geworden.

„Er ist der Verrückte“, sagte die Baronin kalt. „Schaffe ihn fort, und schließe ihn ein, Marion.“

Marion nahm den Kranken am Arm.

„Komm, Vater“, sagte sie in mildem Ton.

Er ließ sich von ihr leiten; aber noch unter der Tür drehte er sich einmal um und klagte:

„Ich bin nicht schuld! Er lebt ja noch! Die Kriegskasse, o die Kriegskasse!"

Die Tür schloß sich hinter ihm; aber man hörte ihn draußen noch fortwimmern, bis er sein fernes Zimmer betreten hatte und dort eingeschlossen worden war.

Die Unterhaltung war gestört und kam auch nicht wieder in den rechten Fluß, bis die Tafel gedeckt war. Der Kapitän, welcher davon benachrichtigt wurde, ließ sagen, daß man beginnen solle, er werde später kommen.

Jetzt kam auch Alexander, so daß sechs Personen soupierten.

Der Amerikaner saß neben Emma und suchte ihr auf alle Weise seine Aufmerksamkeit zu erweisen. Müller hatte die Baronin und Marion zu bedienen. Die erstere nahm dies hochmütig als etwas ganz Selbstverständliches hin; die letzere aber fühlte sich öfters bewogen, den Erzieher durch einen freundlichen Blick zu belohnen.

Da, fast am Schluß des Mahles, trat der Kapitän ein. Er wußte nichts von Emmas Anwesenheit und kam näher. Er stand gerade hinter ihr, als alle sich zum Gruß erhoben. Sie drehte sich um. Er blickte ihr in das Gesicht, fuhr entsetzt zurück und rief:

„Margot! Schwester! Hölle und Teufel!"

Alle schwiegen vor Schreck; nur zwei blieben sich gleich: Müller und Alexander. Der erstere hatte so etwas erwartet, und der Knabe sagte, halb lachend:

„Du irrst, Großpapa! Diese Dame ist ja Miß de Lissa aus London, welche mit verunglückt ist."

Wohl nie in seinem ganzen Leben hatte der Alte sich in einer solchen Verlegenheit befunden, wie gerade jetzt. Er verbeugte sich tief und stammelte:

„Miß de Lissa?"

„Ja, meine Freundin", fügte Marion hinzu.

„Aus London? Wirklich aus London?"

„Ja."

„Verzeihung, Miß! Ich bin alt und gerade jetzt so leidend. Ich sah heute die Unglücksstelle an der Bahn und kann den schrecklichen Gedanken nicht wieder loswerden. Ich bin nervös. Ich werde mich wohl bald wieder zurückziehen müssen!"

Er aß sehr wenig. Auf dem Tisch stand nur ein leichter, weißer Moselwein.

„Der Rote wird mich vielleicht stärken!"

Mit diesen Worten erhob sich der Alte und trat an das Büfett, welches an der Wand stand. Müller ließ ein leises Räuspern hören; der Amerikaner blickte zu ihm herüber, erhielt einen Wink und verstand denselben. Beide beobachteten den Alten scharf, ohne daß es den andern auffallen konnte. Er schenkte sich ein Glas Wein ein, dabei drehte er den Anwesenden den Rücken zu. Dabei zog er mit der Linken etwas aus der Tasche. Was er tat, war nicht zu sehen; aber aus seinen Bewegungen ließ sich vermuten, daß er etwas – jedenfalls eine Flüssigkeit – in eines der dort stehenden leeren Gläser fallen ließ. Dann führte er die Hand zur Westentasche zurück und setzte sich wieder an seinen Platz.

Müller ließ ein leises Lächeln sehen, welches nur von dem Amerikaner bemerkt wurde. Dieser senkte bejahend den Kopf. Er erwartete nun das neue Kommando.

Der Alte hatte ausgetrunken. Er trat abermals zum Tisch und goß sich sein Glas voll, dann ein zweites, welches er dem Amerikaner präsentierte.

„Sie müssen heute verzeihen, Monsieur Deephill", sagte er. „Morgen werde ich wieder au fait sein. Damit ich aber die Pflicht der Gastlichkeit nicht ganz und gar verletze, will ich mir erlauben, mit Ihnen auf ein herzliches Willkommen anzustoßen. Lassen Sie uns austrinken!"

Er trank aus. Der Amerikaner warf einen fragenden Blick auf Müller; dieser nickte heimlich und aufmunternd, und so hob auch er sein Glas zum Mund und leerte es mit einem einzigen Zug.

Nun nahm der Alte gute Nacht und ging. Man musizierte noch ein wenig, wobei Emma einige englische Lieder vortrug. Hier nahm Deephill Gelegenheit, an Müller heranzutreten und zu flüstern:

„Er hatte erst etwas ins Glas gegossen!"

„Ich sah es auch."

„Aber wenn es nun wirklich Gift gewesen wäre!"

„Haben Sie keine Sorge; es war Wasser!"

„Was nun?"

„Lassen Sie alles ruhig über sich ergehen. Ich wache! Während er bei Ihnen ist, stehe ich zu Ihrer Hilfe bereit. Ist es möglich, so zeige ich mich Ihnen sogar. Blicken Sie zwischen den Lidern hindurch!"

Nach einiger Zeit verabschiedete sich Emma. Sie wurde nach der Stadt gefahren. Der Amerikaner wollte sie begleiten, doch sie lehnte dankend ab und erbat sich die Begleitung Müllers. Das hatte ganz den Anschein, als treffe sie diese Wahl nur darum, weil Deephill der höherstehende und Müller doch eigentlich der Bedienstete war, doch der erstere wußte wohl, daß die beiden Geschwister jedenfalls miteinander zu sprechen hatten und nahm daher die Zurückweisung, welche übrigens gar keine war, nicht im mindesten übel.

Es war sehr dunkel geworden. Die Geschwister konnten halblaut miteinander sprechen, ohne von dem Kutscher gehört zu werden.

„Ich bebe jetzt noch", sagte Emma. „Der Kapitän hielt mich für Großmama Margot!"

„Ich hatte mir fast so etwas gedacht, obgleich ich nicht geglaubt habe, daß du ihr in diesem Grade ähnlich bist, zumal du blond bist, während sie schwarzes Haar hatte!"

„Was wird er denken?"

„Das ist mir zunächst sehr gleich. Mich interessiert jetzt nur das Verhalten des Wahnsinnigen, des Barons de Sainte-Marie."

„Was wollte er? Er sprach von der Kriegskasse."

„Er phantasiert."

„Und auch von einem, dem ich ähnlich sein muß."

„Ich werde dir später meine Vermutungen mitteilen; für heute habe ich nicht Zeit dazu."

Aber sein Schweigen hatte ein ganz anderen Grund. Er wollte der Schwester keine Herzensqual bereiten, welche zu heben er jetzt doch nicht imstande war. Er hätte darauf schwören mögen, daß sein Vater, Gebhardt von Königsau, noch lebe und da unten in den Gewölben gefangengehalten werde, weil der Kapitän glaubte von ihm erfahren zu können, wo die so oft erwähnte Kriegskasse vergraben sei.

Als er mit dem Wagen zurückgekehrt war, begab er sich in sein Zimmer, schnallte den Buckel ab, steckte Laterne, Messer und Revolver ein, verriegelte die Tür von innen und stieg zunächst durch das Fenster auf das Dach hinaus und dann an dem Blitzableiter in den Hof hinab. Dabei sah er, daß der Alte sich noch in seinem Zimmer befand, wo er lang ausgestreckt auf dem Sofa lag.

Nun begab er sich nach dem bekannten Gartenhäuschen, hinter welchem er sich niedersetzte, um zu warten.

Es war längst Mitternacht vorüber, als er leise Schritte hörte. Der alte Kapitän kam und trat in das Häuschen, in dessen Innern ein schneller Lichtschein aufzuckte, um dann gleich wieder zu verschwinden. Müller wartete, bis das Geräusch der Schritte nach unten hin verklungen war, und folgte dann ganz in derselben Weise, wie er es bereits früher getan hatte. Unten im Gang, welcher nach dem Schloß führte, hatte er den Alten mit der Laterne vor sich, konnte und mußte also die seinige in der Tasche steckenlassen.

So ging es bis an die Stelle, in welcher die vielen geheimen Gänge zusammenliefen, und dann empor, gerade wie in jener Nacht, in welcher der Fabrikdirektor ermordet wurde. Es handelte sich heute sogar auch um ganz dasselbe Zimmer, in welchem nach minutenlangem Horchen der Alte auch heute verschwand. Müller tappte sich unhörbar näher und erreichte die offene Tafeltür. Drin im Zimmer war es noch dunkel. Jedenfalls befühlte der Alte den Amerikaner, um sich zu überzeugen, daß der Trank gewirkt habe. Dann wurde es plötzlich hell. Müller steckte den Kopf vor und sah, daß der Kapitän eine Blendlaterne geöffnet hatte, jedoch nur so weit, daß der Schein des Lichtes nicht weiter als bloß auf das Gesicht des Amerikaners fiel.

Dieser lag mit geschlossenen Augen, unbeweglich, wie im Schlaf. Er hatte die Hände unter der Bettdecke. Jedenfalls hielt er da nach Müllers Rat irgendeine Waffe verborgen.

Der Alte betrachtete das Gesicht genau und schien befriedigt zu sein, denn er wendete sich von dem Bett ab, um die im Zimmer befindlichen Gegenstände zu untersuchen. Sein Blick fiel auf den Tisch, auf welchem die Brieftasche lag. Rasch, aber leise trat er hinzu und öffnete dieselbe, um ihren Inhalt in Augenschein zu nehmen. Dabei setzte er die Laterne auf den Tisch. Ihr Schein fiel auch mit in die Ecke, in welcher sich der geheime Eingang befand. Der Alte stand von dieser Ecke abgewendet.

Diesen Augenblick benützte Müller. Er war überzeugt, daß der Amerikaner, welcher im Schatten lag, die Augen geöffnet habe. Er wollte ihm zeigen, daß er gegenwärtig sei, und trat also in das Zimmer, in den Lichtkreis hinein. Es war dies ein Wagnis, er war ganz hell beleuchtet, und wenn der Kapitän jetzt nur den Kopf gewendet hätte, so wäre Müllers Anwesenheit verraten gewesen. Glücklicherweise aber war der Alte zu sehr mit den in dem Portefeuille befindlichen Papieren beschäftigt; er sah sich nicht um.

Da zog der Amerikaner den Arm unter der Decke hervor und hob ihn empor, zum Zeichen, daß er Müller gesehen habe. Dieser hatte seinen Zweck erreicht und trat wieder zurück.

Nach einiger Zeit machte der Alte die Brieftasche zu, ohne etwas aus derselben genommen zu haben. Er legte sie auf den Tisch zurück und griff zur Laterne. Er ließ den Schein derselben wieder auf das Gesicht des Amerikaners gleiten, welcher seine vorherige Stellung eingenommen hatte, und verließ dann das Zimmer auf demselben geheimen Weg, auf dem er gekommen war.

Müller war, als er bemerkte, daß der Kapitän die Brieftasche schloß, sofort und eilig die schmalen Stufen wieder hinuntergestiegen. Unten angekommen, stellte er sich auf die Seite, um den Alten vorüber zu lassen. Er fand hinter einem Pfeiler ein gutes, sicheres Versteck.

Richemonte kam langsam herabgestiegen. Er schien sehr nachdenklich zu sein. In der Nähe von Müllers Versteck blieb er stehen und brummte vor sich hin:

„Verdammt! Dieser Deephill ist ein vorsichtiger Kerl! Was können mir die Anweisungen nützen, wenn die Unterschrift der Firma fehlt! Diese Amerikaner sind höchst penible Geschäftsleute. Aber, unterschreiben wird er doch!"

Er schritt an der Säule, hinter welcher Müller stand, vorüber, als wolle er das Gartenhäuschen aufsuchen, blieb aber nach zwei Schritten bereits wieder stehen.

„Ob ich Rallion aufsuche?" fragte er sich.

Er blickte eine Weile überlegend vor sich nieder und fuhr dann fort:

„Diese Marion muß gezähmt werden, und zwar baldigst! Ich werde doch mit ihm sprechen, wenn er auch erschrecken wird darüber, mich so unerwartet vor seinem Bett zu sehen."

Er machte eine halbe Wendung, so daß Müller sich genötigt sah, dieser Wendung, um nicht endeckt zu werden, um die Säule zu folgen, und stieg dann eine andere Stufenreihe empor.

Auch diese Stufen führten zwischen zwei engen Mauern nach oben, die Wände standen so eng zusammen, daß ein Mensch nur bei schiefer Körperhaltung Platz finden konnte. Oben gab es wieder ein niedriges, schmales türähnliches Loch, welches durch Täfelwerk verschlossen war. Richemonte schob dasselbe, nachdem er einige Augenblicke gelauscht hatte, zur Seite und trat, indem er sich niederbückte, durch die entstandene Öffnung. Er befand sich im Schlafzimmer des jungen Rallion.

Er trat an das Bett und leuchtete dem Schläfer, der nichts gehört hatte, in das Gesicht. Dieses letztere war durch ein Heftpflaster entstellt, infolge von Fritz Schneebergs Messerstich. Der Alte schüttelte den Grafen leise.

„Herr Oberst!“ sagte er.

Rallion drehte sich herum und machte die Augen auf. Er sah Licht und erblickte den Alten.

„Donnerwetter!“ meinte er, indem er emporfuhr. „Kapitän! Wie kommen Sie in dieses Zimmer?“

„Zu Fuß natürlich!“ antwortete lachend der Alte.

„Die Türen sind doch verriegelt!“

„Das kann für mich kein Hindernis sein. Aber bitte, sprechen Sie ein wenig leiser! Es ist nicht notwendig, daß wir uns mit Aufbietung aller unserer Lungenkräfte unterhalten. Es kann das mehr piano geschehen.“

„Unterhalten? Ah, mir scheint, daß Sie eine eigentümliche Zeit zu dieser Konversation gewählt haben!“

„Es ist die beste; ich kann es Ihnen versichern!“

„Gut! Sie müssen das besser beurteilen können als ich. Aber die Veranlassung kann keine gewöhnliche sein!“

„Vielleicht ist sie für Sie ungewöhnlich; für mich ist sie es aber nicht. Es handelt sich nämlich um Marion.“

„Um Marion? Ah! Da könnten Sie mich zu jeder Nachtzeit wecken! Warten Sie; ich werde aufstehen.“

„Ist nicht notwendig!“

„Aber, soll ich denn im Bett . . .“

„Pah! Wir brauchen unter vier Augen uns ganz und gar nicht um die Dehors zu bekümmern. Bleiben Sie liegen!“

„Gut! Aber wie sind Sie hereingekommen?“

„Das geht Sie zunächst nichts an!“

„Meinetwegen! Also was ist mit Marion?“

„Dieses Mädchen zeigt sich höchst obstinat.“

„Leider, leider!“

„Sie haben es nicht verstanden, sich ihre Teilnahme zu erwerben!“

„Alle Teufel! Wer kann sich mit einem so bepflasterten Gesicht, wie das meinige ist, die Anbetung einer Dame erringen.“

„Damen pflegen Leidenden gegenüber doch immer mehr oder weniger Sympathie zu hegen.“

„Heftpflaster gegenüber? Hm!“

„Wer das Mitleid eines Mädchens besitzt, wird auch sehr bald die Liebe derselben besitzen.“

„Das ist Theorie. Die Praxis zeigt sich mir ganz anders!“

„Daran tragen Sie Schuld!"
„Wieso? Ich möchte das bewiesen sehen!"
„Der Beweis ist sehr leicht. Trugen Sie das Heftpflaster bereits, als Marion Sie zum ersten Male sah?"
„Nein."
„Sie dürfen also dem Pflaster nichts vorwerfen. Sie hätten die Bekanntschaft Marions in einer Weise machen sollen, welche Ihnen deren Liebe sicherte."
„Wollen Sie die Güte haben, mich über diese Art und Weise aufzuklären?"
„Wenn ich Sie aufklären soll, so brauche ich mich über Ihren Mißerfolg allerdings gar nicht zu wundern. Ein junger Mann muß ganz von selbst wissen, wie er sich eine Frau erwirbt."
„Meinen Sie etwa, ich hätte Süßholz raspeln sollen?"
„Ein wenig, ja."
„Nun, das habe ich getan."
„Das war aber nicht genug!"
„Was noch?"
„Sie hätten sich als Helden zeigen sollen."
„Auf dem Schiff?"
„Ja. Sie hatten die beste Gelegenheit dazu."
„Donnerwetter! Haben Sie etwa die Ansicht, daß ich Marion hätte retten sollen?"
„Das ist allerdings meine Ansicht. Sie hatten ja den Kahn."
„Es gab aber keine Zeit, die Dame zu holen."
„Sie hätten diese Zeit haben können, wenn Sie sich beeilt hätten."
„O nein! Ehe ich Marion aus der Kajüte gebracht hätte, wäre der Kahn bereits von anderen weggenommen worden."
„Nun, dann gab es immer noch einen Rettungsweg."
„Noch einen? Welchen?"
„Das Schwimmen!"
„Brr! Das macht naß!"
„Ich denke, Sie haben das Schwimmen gelernt?"
„Allerdings! Aber mit einer solchen Last – bei solchem Wetter – bei diesem Aufruhr aller Elemente – kein Mensch hätte das fertiggebracht."
Der Alte zog eine etwas verächtliche Miene bei der Entschuldigung Rallions, die dessen Feigheit bemänteln sollte.
„Pah!" sagte ersterer. „So hat es doch einer fertiggebracht."
„Sie meinen diesen Menschen, diesen Schulmeister Müller? Bei ihm ist das etwas anderes. Er ist buckelig, er hat den Sicherheits-

apparat auf dem Rücken; dieses Subjekt kann ja niemals untergehen."

„Sie vergessen, daß noch ein anderer mit Nanon in die Flut gesprungen ist. Er hat sie gerettet, ohne buckelig zu sein."

Der Graf machte eine ungeduldige Handbewegung und antwortete:

„Sind Sie etwa gekommen, um mich mit diesen Beispielen des Heldenmutes zu langweilen?"

„Nein. Ich wollte Ihnen nur beweisen, daß Sie selbst versäumt haben, sich Marion zu gewinnen."

„Es handelte sich um Leben und Tod. Ein Kahn war in diesen Augenblicken der Gefahr mehr wert als das schönste Mädchen der ganzen Welt."

„Ich denke, Sie lieben Marion?"

„Zweifeln Sie daran?"

„Fast möchte ich."

„Unsinn! Sie ist eine Schönheit allerersten Ranges. Und außerdem hat sie etwas an sich, was einen verrückt machen könnte. Sie muß meine Frau werden."

„Und doch war Ihnen ein Kahn lieber als sie."

„Hören Sie, Kapitän: das Leben geht noch über die Liebe. Ich glaube nicht, daß Sie mir da unrecht geben werden."

„Die kalte Berechnung sagt allerdings, daß Sie da recht haben; aber es gibt auch Charaktere, welche für ihre Liebe in den Tod gehen können."

„Zu diesen Leuten gehöre ich nicht. Ich bin weder ein Dichter, noch sonst ein Schwärmer. Es mag romantisch sein, für die Geliebte zu sterben; für sie zu leben ist aber jedenfalls vernünftiger und vorteilhafter."

„Vorausgesetzt, daß die Geliebte einwilligt. Aber gerade das tut Marion nicht."

„Das läßt mich kalt. Auf ihre Einwilligung kommt ja nicht das geringste an."

„Sie meinen, daß mein Befehl ausreichend ist?"

„Ich hoffe es."

„Aber sie weigert sich, mir zu gehorchen."

„Wirklich! Das ist fatal, aber mehr für Sie, als für mich. Sie haben uns Ihr Wort gegeben und müssen es halten."

„Das versteht sich ganz von selbst. Aber lieber wäre es mir gewesen, Marion hätte freiwillig eingewilligt. Ich glaube, sie hält Sie für feig."

„Donnerwetter. Ich feig?" fragte Rallion.

„Ja", antwortete der Alte ruhig.

Rallion fuhr sich mit der Hand nach dem blessierten Gesicht und sagte:

„Feig? Mit dieser Wunde?"

„Meinen Sie, daß Ihre gegenwärtige Verwundung ein Beweis Ihres Mutes ist?"

„Ganz gewiß."

„Sie haben den Schnitt nicht im offenen, kühnen Kampf bekommen."

„Aber doch im Kampf. Ich habe den Menschen, welcher sich eingeschlichen hatte, festhalten wollen. Haben Sie etwa die Absicht, dies eine Feigheit zu nennen?"

„Eine außerordentliche Verwegenheit gehört nicht dazu. Übrigens dürfen wir nicht vergessen, was Marion über Ihre Wunde denken muß."

„Nun, was?"

„Daß sie von einer Sense herrührt, auf welche sie in der Dunkelheit getreten sind."

„Verdammte Sense! Hätte es denn keine bessere Erklärung oder Ausrede gegeben?"

„Nein. Junge Mädchen schwärmen gern für Helden. Hätten Sie sich mit Marion in das Wasser gestürzt, so wäre sie in diesem Augenblicke die Ihrige."

„Oder wir wären beide elend ertrunken."

„Andere sind auch nicht ertrunken."

„Sie reden verteufelt eigentümlich. Also Marion wäre heute mein, wenn ich sie gerettet hätte?"

„Ich bin davon überzeugt."

„Alle Teufel. Dann müßte sie ja diesen buckeligen Schulmeister lieben."

„Unsinn!"

„Er hat sie ja gerettet."

„Und abermals Unsinn! Marion ist ein hocharistokratischer Charakter. Sie – und ein Hauslehrer; sie, eine Französin vom reinsten Wasser – und er, ein Deutscher."

„Gut! Sie sehen also, daß Ihre Prämissen sehr falsch sind. Und außerdem beweist dieser Müller, daß es keineswegs ein Zeichen von Mut ist, wenn man sich gedankenlos ins Wasser stürzt."

„Was sonst?"

„Pah! Halten Sie diesen Menschen etwa für mutig?"

„Bedeutend sogar!"

„Sapperment! Warum?"

„Er hat es mir im Fechten und Reiten bewiesen, vielleicht auch noch in anderer Weise."

Er dachte dabei mit stillem Grimm an die Festigkeit, mit welcher Müller ihm in Beziehung auf den ermordeten Fabrikdirektor entgegengetreten war.

„Das will nichts sagen", entgegnete Rallion. „Mir gegenüber ist er so feig gewesen, wie man feiger gar nicht sein kann."

„Wieso?"

„Erinnern Sie sich nicht, was ich ihm sagte, als er mir bei meiner Ankunft hier begegnete?"

„Er schwieg aus Rücksicht gegen uns."

„Das ist sehr falsch geurteilt. Bei einer solchen Beleidigung kennt ein Mann keine andere Rücksicht, als diejenige, welche er seiner Ehre schuldet. Doch streiten wir uns nicht wegen dieses mir höchst gleichgültigen Menschen. Wir wollen von Marion reden. Haben Sie deutlich mir ihr gesprochen?"

„So deutlich, daß es deutlicher gar nicht geschehen kann."

„Was antwortete sie?"

„Ein festes Nein."

„Aus welchem Grund?"

„Sie will ihre Hand nur einem Mann geben, dem es gelingt, sowohl ihre Liebe als auch ihre Achtung zu erwerben."

„Donnerwetter! Das heißt, ich besitze ihre Liebe nicht?"

„So ist es."

„Und ihre Achtung?"

„Auch nicht."

Da richtete Rallion seinen Oberkörper im Bett empor.

„Mich, einen Obersten der Garde, einen kaiserlichen Offizier nicht achten? Das ist stark! Welche Gründe hat sie, mir sogar ihre Achtung zu versagen?"

„Fragen Sie sich selbst!"

„Sie haben nicht gefragt?"

„Ich pflege nicht, Fragen zu tun, von denen ich voraussetzen muß, daß sie mir nicht beantwortet werden."

„Sie behandeln diese Dame mit unverzeihlicher Milde. Sie können befehlen. Sie können sie zwingen."

„Wohl! Das werde ich auch."

„Nun, so tun Sie es doch."

„Ich bedarf dabei Ihrer Unterstützung."

„Sie können derselben versichert sein."

„Ich bin deshalb hier. Ich habe einen Plan. Wir werden Marion zwingen, Ihnen zu gehören, Ihre Frau zu werden."

„Schön! Teilen Sie mir diesen Plan mit."
„Wir müssen ihren Widerstand besiegen."
„Womit?"
„Durch Zwang."
„Das brauchen Sie mir nicht zu wiederholen, nachdem Sie mir bereits gesagt haben, daß sie nicht freiwillig ihre Zustimmung gibt. Welche Art des Zwanges meinen Sie, Herr Kapitän?"
„Es gibt nur eine: Freiheitsentziehung!"
„Ah! Gefangenschaft?"
„Ja."
„Sollte nichts anderes vorzuziehen sein?"
„Ich habe bereits alles andere versucht."
„Das ist fatal, höchst fatal! Widerrechtliche Freiheitsentziehung kann gefährlich werden."
„In diesem Fall nicht. Ich habe erlaubte Gründe, diese obstinate Person einzusperren."
„Nun gut, so tun Sie es. Wenn wirklich nichts anderes helfen kann, so sind wir ja gezwungen, dieses letzte Mittel in Anwendung zu bringen. Wohin soll sie eingesperrt werden?"
„In eins von unseren Gewölben."
„Fi donc! Ein häßlicher Aufenthalt."
„Desto besser! Das wird sie mürbe machen."
„Wohl gar bei Wasser und Brot?"
„Bei nichts. Sie wird weder Speise noch Trank bekommen. Sie soll Hunger und Durst leiden, bis sie sich fügt."
„Hm! Eigentlich höchst deprimierend für mich."
„Wieso?"
„Ein Mädchen muß durch Hunger und Durst gezwungen werden, Gräfin Rallion zu werden."
„Machen Sie es anders."
„Was werden aber andere dazu sagen?"
„Wer?"
„Die Baronin?"
„Diese wird unser Verfahren gutheißen. Sie haßt Marion; sie wird uns sogar behilflich sein."
„Der Baron?"
„Der Verrückte? Er zählt ja nicht."
„Alexander?"
„Der Knabe? Er erfährt nichts."
„Nanon, die Gesellschafterin und alle die anderen?"
„Auch sie werden nichts erfahren."
„Aber sie werden doch Marion vermissen!"

„Nein, Marion wird verreist sein."
„Wie wollen Sie dies anstellen?"
„Das ist einfach. Davon nachher. Nicht so einfach ist die Art und Weise, in welcher wir Marion nach dem Gewölbe bringen. Ich muß dabei auf Ihre Hilfe rechnen."
„Ich sage Ihnen meine Mitwirkung natürlich zu, vorausgesetzt, daß für mich daraus keine Gefahr erwächst."
„Nicht die mindeste. Man kann von Ihrer Mitwirkung gar nichts ahnen. Man wird Sie hier in Ihrem Bett vermuten, während wir Marion nach unten schaffen."
„Sie wird sich sträuben, wird Lärm machen, um Hilfe rufen."
„Sie wird nicht den geringsten Laut ausstoßen; denn ich werde sie vorher chloroformieren."
„Chloroformieren?" fragte Rallion. „Vortrefflich! Haben Sie Chloroform?"
„Natürlich."
„Es soll des Nachts geschehen?"
„Das versteht sich ganz von selbst."
„Wie wollen Sie da zu ihr kommen? Sie wird sich vermutlich eingeschlossen haben."
„Hatten Sie sich nicht auch eingeschlossen?"
„Allerdings."
„Und dennoch stehe ich hier vor Ihnen. Auf dieselbe geheimnisvolle Weise werden wir auch in Marions Schlafzimmer Eingang finden. Freilich habe ich Sie da in bauliche Verhältnisse des Schlosses einzuweihen, von denen bisher kein Mensch wußte. Ich hoffe, daß ich Ihrer Verschwiegenheit sicher bin."
„Sie erhalten mein Ehrenwort, daß ich nicht plaudere."
„Also wir treten heimlich und leise bei ihr ein – sie schläft – sie hört uns nicht – ich lege ihr ein mit Chloroform getränktes Tuch über das Gesicht – zwei Minuten genügen, und dann tragen wir sie auf Wegen, welche Sie dann kennenlernen werden, hinab in das Gewölbe."
„Schön, sehr schön! Und dann!"
„Das Folgende versteht sich ganz von selbst."
„Wohl nicht."
„Sie hungert, bis sie einwilligt."
„Und wenn sie lieber verhungert?"
„Unsinn! Hunger tut weh!"
„Man hat aber doch Beispiele . . ."
„Nun, dann tut der Durst noch viel mehr weh. Oder zweifeln Sie auch da noch?"

„Es ist immerhin gefährlich."
„Das sehe ich nicht ein."
„Sie wird scheinbar einwilligen, dann aber alles verraten."
„Nein. Wir werden sie nicht eher freilassen, als bis sie uns ihr Wort gegeben hat, fürs ganze Leben zu schweigen."
„Pah! Ein solches erzwungenes Wort pflegt keine Geltung zu haben."
„Bei Marion doch. Sie ist ein Charakter."
„Gut. Wollen wir annehmen, daß sie ihr Wort halten werde. Wie aber nun, wenn sie uns einen Streich spielt, indem sie . . ."
Er hielt inne; der Alte fragte:
„Nun, was? Indem Sie . . ."
„Indem sie es so einrichtet, daß sie uns ihr Wort gar nicht zu geben braucht."
„Wie wollte sie das fertigbringen? Sie wird auf alle Fälle gezwungen sein, uns Stillschweigen zu versprechen."
„Einen Fall gibt es doch, an den Sie nicht zu denken scheinen."
„Welcher wäre das? Ich habe alles überlegt."
„Der Fall, daß sie – daß sie sich ein Leid antut."
Der Alte fuhr zurück.
„Alle Teufel!" sagte er. „Das wäre ihr zuzutrauen."
„Nicht wahr? Sie nannten sie ja obstinat."
„Ja, das ist sie; sie wäre wirklich imstande, uns auf diese Weise einen Strich durch die Rechnung zu machen."
„Wir dürfen also auf keinen Fall die Saiten zu sehr anspannen."
„Nun, dann gibt es ein Mittel, sie dennoch und auf alle Fälle zur Einwilligung zu zwingen."
„Ich bin neugierig, es zu erfahren."
„Wir lassen sie erst einige Tage hungern, und dann . . ."
Es fiel ihm doch nicht ganz leicht, seine Gedanken auszusprechen. Er stockte, fuhr aber dann fort:
„Und dann – nun, dann schließe ich Sie einige Stunden bei ihr ein."
Der Graf horchte auf.
„Wetter!" sagte er. „Mich mit ihr allein."
„Ja."
„Im Dunkeln natürlich!"
„Ja."
„Und Sie denken, daß Marion dann . . ."

„Das Weitere ist Ihre Sache. Sie sind doch kein Kind. Wenn ich wieder aufschließe, werden Sie als Mann und Frau das Gewölbe verlassen."

„Kapitän, dieser Gedanke ist schön, aber – teuflisch!"

„Sind Sie ein Engel? Ah . . .! Hörten Sie etwas?"

„Hm. Es war ein Seufzer!"

„Ja. Also Sie hörten es auch. Ich dachte, ich hätte mich getäuscht. Es wird doch nicht . . ."

Er zog seinen Revolver aus der Tasche, griff zur Laterne und begab sich nach dem geheimen Eingang, welcher offenstand. Er sah nichts Verdächtiges. Er trat hinaus und leuchtete die Treppe hinab – es war nichts, gar nichts zu bemerken. Er schritt schnell sämtliche Stufen hinunter und leuchtete in alle Winkel und Ekken. Er konnte nichts Beunruhigendes bemerken und kehrte zurück.

Als er wieder in Rallions Schlafstube trat, war dieser aufgestanden, hatte ein Licht angebrannt und den offenstehenden Eingang untersucht.

„Ah, so also ist es", meinte er, mit dem Kopf nickend. „Hier gibt es verborgene Türen?"

„Die wir sehr gut gebrauchen können", antwortete der Alte. „Aber warum sind Sie aufgestanden?"

„Weil man nicht wissen konnte, was passiert. Haben Sie etwas gesehen?"

„Nein. Entweder haben wir uns getäuscht . . ."

„Nein, ich hörte es deutlich."

„So ist es ein Luftzug gewesen. Es hat kein Mensch eine Ahnung von diesen Treppen und Gängen. Es muß die Luft gewesen sein. Dennoch aber wollen wir aus Vorsicht den Eingang schließen."

Er schob das Getäfel zu, dann fuhren sie in ihrer heimlichen Unterhaltung fort, indem er fragte:

„Also Sie halten meinen Vorschlag für teuflisch?"

„Ein wenig ja."

„Aber praktisch?"

„Praktisch und – interessant."

„Sie wird gezwungen sein, ja zu sagen, denn ich hoffe doch, daß Sie Ihrer Aufgabe gewachsen sind."

Rallion stieß ein häßliches Lachen aus und sagte:

„Daran dürfen Sie allerdings nicht zweifeln, obgleich Sie mich nicht für einen mutigen Menschen zu halten scheinen."

„Pah! Dazu gehört kein Mut. Dann, wenn sie ihren Widerstand aufgegeben hat, wird sie von ihrer angeblichen Reise zurückkehren dürfen."

„Wie aber wollen Sie diese Reise glaubhaft machen?"

„Nichts leichter als das. Man spannt des Nachts an und bringt Marion nach dem Bahnhof."

Rallion blickte ihn fragend an und sagte:

„Ich verstehe Sie nicht."

„Nun, nicht Marion, sondern eine andere steigt ein."

„Ah, ich vermute."

„Nun, wer?"

„Die Baronin."

„Ja."

„Sie wird also mit im Geheimnis sein?"

„So weit es notwendig ist, sie einzuweihen."

„Aber man wird die Täuschung bemerken."

„Wohl nicht; es ist dunkel."

„Der Kutscher . . ."

„Ich brauche keinen Kutscher. Ich nehme das kleine Coupé und fahre selbst."

„Aber der Diener ist dabei, wenn die Baronin einsteigt."

„Das werde ich zu vermeiden wissen."

„Und Sie kommen mit der Baronin zurück!"

„Nein. Ich bringe Marion zum Bahnhof und kehre allein zurück."

„Wie wollen Sie das anfangen?"

„Sehr einfach. Ich lasse die Baronin aussteigen, sobald wir aus dem Schloß sind, und sie kehrt im Dunkeln heimlich in dasselbe zurück."

„Schlaukopf, der Sie sind! Ja, so muß es arrangiert werden. Aber, wann soll das geschehen?"

„So bald wie möglich. Es ist Gefahr im Verzug. Das Rekontre, welches ich mit Marion gehabt habe, läßt mich befürchten, daß ich ihr in keiner Weise zu trauen habe."

„Also am besten noch heute, in dieser Nacht?"

„Dazu ist es zu spät. Ich muß doch vorher mit der Baronin darüber sprechen."

„Also morgen?"

„Ja, morgen ganz bestimmt."

„Wieviel Uhr?"

„Das läßt sich jetzt noch nicht sagen. Ich werde Sie abholen."

„Hier?"

„Natürlich."

„Auf demselben Weg?"
„Ja."
„Schön. Darf ich mir diesen Weg unterdessen einmal näher betrachten, Herr Kapitän?"
Der Gefragte zog die Augenbrauen in die Höhe, machte ein sehr eigentümliches Gesicht und sagte:
„Es wird besser sein Sie warten, bis ich Ihnen diese Geheimnisse selbst enthülle."
„Schön. Ganz wie Sie wollen."
Dabei hatte er aber doch im stillen den Vorsatz, nach der Entfernung des Alten nachzuforschen. Dieser gab ihm die Hand und sagte:
„So mag es also für heute genug sein. Oder haben Sie vielleicht noch eine Frage auszusprechen?"
„Ich wüßte nicht."
„Und mir fällt auch nichts ein, was ich vergessen hätte. Also, gute Nacht."
„Gute Nacht."
Der Kapitän schob das Getäfel zur Seite und trat durch das Loch. Draußen schob er das erstere wieder vor und lauschte. „Er ist neugierig", flüsterte er lächelnd in sich hinein. „Er wartet nicht, sondern wird die Sache untersuchen wollen. Aber, mein Bursche, das wird dir nicht gelingen."
Da, wo das Holzwerk an die Mauer stieß, gab es zu beiden Seiten einen Riegel. Der Alte schob ganz leise beide vor und nickte dann:
„So. Jetzt mag er sich Mühe geben."
Er stieg langsam die schmalen Stufen hinab.
Er hatte ganz richtig vermutet, denn drinnen in der Schlafstube lauschte Rallion, indem er das Ohr hart an das Getäfel hielt.
„Jetzt geht er", dachte er. „Wer hätte geahnt, daß hier ein heimlicher Eingang sei! Dieses Schloß ist wirklich ein ganz und gar geheimnisvolles Nest. Der, welcher es gebaut hat, ist kein dummer Kerl gewesen."
Er legte die notwendigsten Kleidungsstücke an und trat dann an die geheime Tür.
„Nach links hat er das Holzfach geschoben, ich habe es deutlich gesehen", sagte er zu sich. „Wollen einmal sehen, ob wir es ebenso bringen."
Aber er konnte machen, was er wollte, es gelang ihm nicht, die Tür aufzubringen.

„Ein schlauer Patron!“ brummte er verdrießlich. „Es gibt jedenfalls draußen einen Verschluß. Na, morgen wird es ja Gelegenheit geben, das Ding zu untersuchen.“

Müller war, als der Alte oben vorhin verschwunden war, ihm leise, ganz leise nachgestiegen. Er mußte sich sagen, daß er ein Wagnis unternehme.

„Wegen Marion“, dachte er. „Wegen ihr geht er zu Rallion. Da muß ich unbedingt hören, was es gibt.“

Er stieg also die Stufen empor; die Laterne hatte er in die Tasche gesteckt. Oben angekommen, erblickte er vor sich einen helleren Schein. Vorher aber fühlte er, daß die Stufen noch weiter in die Höhe führten.

„Da geht es nach der zweiten Etage“, dachte er. „Das gibt eine günstige Rückzugslinie, falls eine rasche Flucht nötig sein sollte. Werde mir das merken.“

Er schlich näher und erreichte die von dem Kapitän nicht wieder verschlossene Öffnung. Er horchte. Er hörte sprechen. Er erkannte Richemontes und Rallions Stimme. Soeben sagte der erstere:

„Vielleicht ist sie für Sie ungewöhnlich, für mich ist sie es aber nicht. Es handelt sich nämlich um Marion.“

Müller kauerte sich nieder, um das Ohr ganz an die Öffnung zu bringen, und verstand nun jedes Wort, welches die beiden Männer sprachen. Er erfuhr also den gegen Marion geplanten Anschlag. Er hätte hineinspringen mögen, um ihnen die Fäuste an die Köpfe zu schlagen, mußte aber seinen Abscheu niederkämpfen, um kein Wort zu verlieren.

So hörte er auch den Anschlag, daß Rallion zu Marion eingeschlossen werden solle. Das war für sein ehrliches Gewissen doch zu viel. Seine Hand, mit welcher er die Laterne in der Tasche hielt, zuckte unwillkürlich. Er kam der Blechhaube zu nahe und brannte sich. Augenblicklich entfuhr ihm jener nicht ganz zu unterdrückende Schmerzenslaut, welcher geradeso klingt, wie wenn man die Luft in den Mund zieht, indem man die oberen Zähne fest auf die untere Lippe drückt. Es klingt das etwa wie ein scharfes F.

Das war es, was die beiden drinnen gehört hatten. Müller vernahm die Worte:

„Ah! Hörten Sie etwas?“

„Hm. Es war wie ein Seufzer“, antwortete Rallion.

Jetzt war ein schleuniger Rückzug notwendig.

So eilig, wie es nur möglich war, ohne laut zu werden, suchte

Müller die Treppe auf; aber anstatt dieselbe hinabzusteigen, floh er nach dem oberen Stockwerk empor – und das war sein Glück. Denn kaum hatte er sechs oder acht Stufen hinter sich, so kam der Alte und leuchtete erst hinab, ging aber dann auch hinunter, um unten umherzuleuchten. Das gab Müller Zeit, vollends emporzukommen und droben seine Laterne hervorzuziehen, um zu rekognoszieren.

Er sah, daß er nicht weiterkonnte. Die Stufen hatten hier ein Ende.

„Gut", dachte er, die Laterne wieder in die Tasche steckend. „Nun gilt es! Nun ist alles egal. Kommt der Kapitän auch nach hier oben, so sieht er mich, und dann werden wir miteinander zu rechnen haben."

Er zog seinen Revolver hervor, bemerkte aber bald zu seiner Beruhigung, daß er die Waffe nicht brauchen werde, denn der Alte kehrte zurück und begab sich zu Rallion, ohne daran zu denken, seine Untersuchung nach oben fortzusetzen.

„Gott sein Dank!" dachte Müller, indem er einen Seufzer der Erleichterung ausstieß. „Ich will die Gefahr nicht geradezu bei den Hörnern packen. Ich habe genug gehört. Wolle nur Gott, daß mir noch Zeit bleibt, Marion zu warnen."

Er schlich sich die beiden Treppen hinab bis in den Gang, welcher nach dem Gartenhäuschen führte. Dort blieb er stehen und zog die Laterne wieder hervor. Von dort aus führten ja die verschiedenen heimlichen Treppen nach allen Seiten des Gebäudes empor.

„Bei Marion gibt es also auch einen solchen Eingang", flüsterte er. „Das ist aus den Worten des Alten zu entnehmen. Durch den Garten nach meiner Stube zurückzukehren und dann zu Marion zu gehen, um sie zu wecken und zu warnen, das wäre zu auffällig und zu zeitraubend. Bis dahin wären diese beiden Menschen längst bei ihr. Ich bin gezwungen, die geheime Tür zu benutzen. Aber wie sie finden?"

Er leuchtete umher und dachte nach.

„Hier diese vierte Treppe muß die richtige sein", dachte er. „Sie führt nach der Richtung, in welcher Marions Wohnung liegt. Ich werde es versuchen."

Mit Hilfe der Laterne gelang es ihm, rasch vorwärts zu kommen. Er hatte den weiteren Verlauf des Gespräches nicht abwarten können und glaubte infolgedessen, daß Marion bereits heute, in dieser Nacht, heimlich eingesperrt werden solle.

Im ersten Stockwerk angekommen, bemerkte er ein ganz

ebensolches Loch, wie dasjenige war, welches zu Rallions Schlafzimmer führte. Auch hier gab es zwei Riegel; aber sie waren nicht vor- sondern zurückgeschoben. Er steckte die Laterne in die Tasche und horchte.

Drinnen regte sich nicht das mindeste. Er schob das Fachwerk langsam auf. Es ließ sich bewegen, ohne daß das geringste Geräusch verursacht wurde. Er steckte den Kopf in die Öffnung und bemerkte, daß er sich vor einem ganz dunklen Raum befand. Er trat in gebückter Haltung ein, zog die Laterne hervor, öffnete sie ein Lückchen und leuchtete vorsichtig umher.

„Gott sei Dank!" flüsterte er befriedigt. „Marions Wohnzimmer. Ich habe es getroffen; nebenan schläft sie."

Er schob das Getäfel wieder zu und fühlte sein Herz erleichtert. Nun er sich bei der Baronesse befand, konnte dieser nichts geschehen. Jetzt öffnete er die Laterne vollständig und blickte sich um. Sein Auge fiel auf einen seidenen Sonnenschirm, welcher noch an der Toilette hing.

„Das paßt", dachte er. „Sie werden ihr Kommen verraten."

Er nahm den Schirm und lehnte denselben so gegen das Tafelwerk, daß er umfallen mußte, wenn dasselbe geöffnet werden sollte. Dadurch entstand ein Geräusch, welches die Ankunft der beiden verkündigen mußte.

„Jetzt nun zu ihr!"

Mit diesem Gedanken näherte er sich dem Eingang zum Schlafzimmer. Dieses war nur durch Portieren abgetrennt. Die Tür hatte man für die warme Sommerszeit ausgehoben. Bereits stand er an der Portiere, da kam ihm ein Gedanke:

„O weh! Ich habe doch den Buckel abgeschnallt! So wie ich jetzt bin, darf sie mich ja gar nicht sehen!"

Er blickte sich um. Auf einem Stuhl lag etwas, irgendein Wäsche- oder Kleidungsstück. Er untersuchte gar nicht erst, was es war, sondern stopfte es sich unter die Weste am Rücken empor. Dann schlug er die Portieren auseinander und trat leise ein.

Da lag sie, die Heißgeliebte, die Angebetete, im Schlaf! Von ihrem Köpfchen fluteten zwei lange, volle, dunkle Haarflechten hervor. Sie atmete ruhig. Die Wangen waren leicht gerötet. Die seidene Schleife des Negligés war aufgegangen – er wendete den Blick ab, um dieses Heiligtum einer schönen, reinen Jungfräulichkeit nicht zu entweihen, trat aber doch an das Bett heran. Indem er sich nach der anderen Seite drehte, faßte er die seidene Steppdecke.

„Baronesse!"

Sie regte sich nicht.
„Gnädiges Fräulein!"
Auch das hatte keinen Erfolg.
„Fräulein! Marion!"
Er zupfte stärker. Da bewegte sie sich. Er wendete unwillkürlich ganz gegen seinen Willen den Blick zu ihr. Ein schöner, voller Arm hatte sich unverhüllt unter der Decke hervorgeschoben, wie von der Hand eines Meisters aus dem reinsten, glänzenden Alabaster geformt. Es war ihm, als müsse er sich niederbeugen, um seine Lippen auf ihn zu drücken.
„Sie hört es nicht!" dachte er. „Wie wird sie erschrecken! Aber wenn ich das Licht entferne, erschrickt sie noch mehr!"
Er näherte sich ihrem Kopf, ergriff die Decke und zog sie leise, leise über Arm und Busen der Schläferin hinweg. Und nun erst, da nur der Kopf zu sehen war, bog er seinen Mund zu ihrem Ohr nieder und flüsterte:
„Baronesse Marion!"
Da schlug sie langsam die Augen auf, hielt sie einen Moment lang auf ihn gerichtet und schloß sie dann wieder. Er bemerkte keine Spur von Schreck, im Gegenteil, es glitt ein leises, glückliches Lächeln über ihr schönes Angesicht.
Dachte sie etwa, daß sie nur träume? Jedenfalls.
„Gnädiges Fräulein. Bitte, wachen Sie auf."
Da, erst jetzt zuckte sie zusammen. Ihre Lider öffneten sich – ein großer, erschrockener Blick, der sich voll auf ihn richtete, aber kein Schrei, kein einziger Laut, dann zog sie die Decke bis über das Kinn herauf. Sie war vollständig erwacht und hatte ihn erkannt.
„Verzeihung, Baronesse", flüsterte er ihr hastig zu. „Sie befinden sich in einer großen, fürchterlichen Gefahr, und ich mußte kommen, Sie zu warnen."
„Monsieur Müller!" stieß sie hervor, aber nicht laut, sondern ebenso leise, wie er gesprochen hatte.
„Ja, ich bin es! Bitte, verzeihen Sie!"
„Gott! Ich begreife nicht! Gehen Sie!"
„Nein, nein! Ich muß bleiben! Es geht nicht anders! Man will sich an Ihnen vergreifen!"
Erst jetzt schien sie die Situation erfaßt zu haben.
„Bitte, das Licht weg!" bat sie hastig.
Er schloß die Laterne und steckte sie in die Tasche.
„Jetzt setzen Sie einen Stuhl nahe, und sprechen Sie!" gebot sie.

Er zog den Sessel ganz an das Bett heran, setzte sich nieder und sagte:

„Gott sei Dank, daß es mir gelungen ist, noch zur rechten Zeit zu kommen! Man will Sie gefangennehmen!"

„Gefangen? Wer?"

„Der Kapitän und Rallion!"

„Weshalb?"

„Um Sie zu zwingen, dem letzteren Ihr Jawort zu geben!"

„Wer sagt es?"

„Ich habe sie belauscht."

„Mein Gott! Sich meiner bemächtigen! Etwa heimlich?"

„Ja."

„Ah! Sie können nicht herein! Die Tür ist verriegelt."

„Bin ich nicht auch hereingekommen?"

„Ah! Ja! Monsieur Müller, wie ist Ihnen das gelungen?"

„Ihr Zimmer hat einen geheimen Eingang."

„Das ist doch nicht möglich!"

„Meine Gegenwart beweist das zur Genüge. Wie hätte ich Zutritt finden können, da die Tür verschlossen ist?"

„Das ist wahr! Welch ein Ort! Welch eine Wohnung! Aber, wann will man mich gefangennehmen?"

„In dieser Nacht noch, baldigst, jetzt! Vielleicht sind sie bereits so nahe, daß sie uns hören würden, wenn wir ein wenig lauter sprächen."

„Mein Heiland! Was werde ich tun?"

„Nichts! Bitte, bleiben Sie liegen! Ich bin hier, Sie zu beschützen!"

„Ah, nun ich gewarnt bin, fürchte ich sie nicht. Haben Sie vielleicht Waffen bei sich?"

„Ja, einen Revolver."

„Gut! Aber was werden jene sagen, wenn sie Sie bei mir finden, Monsieur Müller?"

„Nichts, gar nichts! Sie können nur sagen, daß ich gekommen bin, Sie zu warnen."

„O nein, nein! Sie werden . . ."

Sie stockte. Wäre es hell gewesen, so hätte er die glühende Röte bemerkt, welche ihr Gesicht bedeckte. Doch erriet er, was sie sagen wollte. Darum fiel er rasch ein:

„Nein, gnädiges Fräulein! Ich werde ihnen beweisen, daß ich erst seit zwei Augenblicken hier bin. Ich werde ihnen beweisen, daß ich nicht durch die Tür, sondern durch den geheimen Gang hierherkam. Ich werde ihnen beweisen, daß ich sie belauscht habe, also auch in der Absicht, Sie zu warnen, hier sein kann."

Das schien sie zu beruhigen.

„Sie können das beweisen?" fragte sie, und als er bejahte, fuhr sie fort: „Gut! Das ist genug! Wo ist der geheime Eingang?"

„Im Wohnzimmer, zwischen dem Kamin und einem Divan."

„Ich danke! Bitte, rücken Sie ein wenig fort!"

Er gehorchte und hörte dann, daß sie sich erhob, um das Bett zu verlassen. Er vernahm ihre leisen Schritte und das Rauschen und Knittern von Zeug und Falten. Dann stand sie wieder in seiner Nähe.

„Sie wollen mich überraschen, diese beiden Menschen", flüsterte sie; „aber sie selbst werden es sein, welche überrascht werden. Daher darf ich kein Licht anbrennen. Aber sah ich nicht vorhin eine Blendlaterne in Ihrer Hand? Sie können dieselbe augenblicklich öffnen, so daß es im Zimmer hell wird?"

„Sofort."

„Das ist gut. Bleiben wir aber jetzt im Dunkeln. Zu wünschen wäre es nur, daß wir es bemerkten, wenn sie durch den Eingang kommen!"

„Wir werden es hören. Ich habe Ihren Sonnenschirm so gelegt, daß sie ihn umwerfen müssen, wenn sie eintreten. Das werden wir auf alle Fälle hören, gnädiges Fräulein."

„So bin ich befriedigt. Ich weiß nun alles, was für den ersten Augenblick notwendig war, und wir können nun in Ruhe weitersprechen. Bitte kommen Sie mit herüber auf das Sofa."

Er folgte ihr. Das Sofa war klein und für kaum zwei Personen bestimmt. Er drückte sich bescheiden ganz in die Ecke, um sie ja nicht zu berühren; da aber sagte sie:

„Wollen Sie nicht näher rücken, Monsieur Müller? Wir dürfen ja nur äußerst leise sprechen, und das ist nicht möglich, wenn Sie sich so sehr entfernen."

Er gehorchte, so weit es die Bescheidenheit ihm erlaubte.

„Noch näher!"

Er fühlte ihre Hand, welche nach der seinigen suchte. Sie bog sich ganz zu ihm hinan und sagte:

„Noch näher!"

„In einer Lage, wie die gegenwärtige ist, darf man nicht auf die schroffen Regeln der Dehors achten. So, jetzt sitzen wir nahe genug und können unser Flüstern gegenseitig verstehen!"

Die Berührung ihres warmen, weichen Händchens durchzuckte ihn elektrisch. Er fühlte, während sie, mit dem Kopf zu ihm geneigt, redete, den Hauch ihres Mundes. Welch ein Vertrauen! Sie wußte, daß er sie liebte; er hatte es ihr ja gestanden; und dennoch bat sie ihn, so nahe bei ihr zu sein! Er fühlte sich glücklich wie noch nie in seinem Leben.

Sie hatte ihre Hand wieder aus der seinigen genommen. Jetzt erkundigte sie sich:

„Und nun, bitte, wie sind Sie hinter das Geheimnis gekommen, Monsieur Müller?"

„Ich habe jene belauscht."

„Das sagten Sie bereits. Aber wo?"

„Im Zimmer Rallions."

„Wie kamen Sie dorthin?"

Er zögerte einige Augenblicke. Darum fragte sie:

„Ist das Geheimnis?"

„Ich kann das nicht leugnen. Es ist sogar ein höchst wichtiges Geheimnis."

„Welches Sie mir nicht mitteilen können?"

Obgleich sie nur ganz leise sprach, klang es doch wie ein Vorwurf von ihren Lippen.

„Ich wollte, ich dürfte Ihnen alles, alles mitteilen!" antwortete er.

„Sie dürfen also nicht?"

„Nein."

„Und dennoch müssen Sie sich sagen, daß ich Ihnen in diesem Augenblick ein Vertrauen entgegenbringe, wie es größer wohl kaum gedacht werden kann!"

„Baronesse, ich gestehe, daß ich mich tief beschämt fühle! Aber diese Geheimnisse sind nicht mein ausschließliches Eigentum!"

„Das ist allerdings ein Grund. Also sagen Sie mir wenigstens so viel, wie Sie sagen dürfen!"

„Ich will das Höchste tun, was ich darf, indem ich Ihnen erkläre, daß ich nicht nur in der Absicht, Ihren Bruder zu unterrichten, nach Schloß Ortry kam."

„Das ist mir allerdings eine große Überraschung. Sie verfolgen also noch andere Absichten?"

„Nur eine einzige noch: die Beobachtung des Kapitäns."

„Ah! Sie kamen, ihn zu beobachten! Das läßt mich vermuten, daß Sie eigentlich nicht Erzieher sind, sondern etwas anderes."

Diese Wendung war ihm sehr unangenehm. Er beschloß, lieber eine Unwahrheit zu sagen, als sich in eine schiefe Lage zu bringen. Darum fragte er:

„Was sollte ich da wohl sein?"

„Polizist vielleicht", antwortete sie zögernd.

„Nein, Polizist bin ich nicht, gnädiges Fräulein. Ich bin wirklich der, als den Sie mich kennen. Aber ich habe einen Freund, welcher, als er von meinem Engagement erfuhr, mich bat, mich nach gewissen Verhältnissen zu erkundigen."

„Darf ich diese Verhältnisse kennenlernen?"

„Sie beziehen sich auf eine Familie, über welche der Kapitän einst sehr großes Unglück gebracht hat. Diese Familie leidet jetzt noch darunter, und mein Auftrag geht dahin zu erfahren, ob nicht eine Änderung, eine Besserung möglich ist."

„Dann sehe ich allerdings ein, daß Sie nicht alleiniger Besitzer Ihres Geheimnisses sind. Sie müssen diskret sein, und ich darf nicht in Sie dringen."

„Ich danke aus vollstem Herzen, gnädiges Fräulien! Muß ich nun aber befürchten, daß Ihr Vertrauen, welches mich so sehr beglückte, erschüttert worden ist?"

„Nein. Ich vertraue Ihnen, wie ich Ihnen bisher vertraute. Hier, meine Hand darauf!"

Sie streckte ihm ihre Hand entgegen. Er führte dieselbe an seine Lippen und küßte sie. Dann fuhr er fort:

„Der Kapitän ist ein gefährlicher Mann. Ich merkte, daß er Böses sann gegen eine Person, für welche ich mich interessieren muß; daher beobachtete ich jeden seiner Schritte. So kam ich zu der Kenntnis, daß es hier im Schloß geheime Treppen und Türen gibt."

„Davon habe ich keine Ahnung gehabt!"

„Ich ahnte es gleich in der ersten Stunde meines Hierseins. Und es dauerte nicht lange, so kannte ich diese Geheimnisse. Heut nun hatte ich Veranlassung, den Kapitän auf einem seiner Schleichwege zu beobachten. Er ging zu Rallion."

„Auch durch eine geheime Tür?"

„Ja."

„So kennt auch Rallion diese Geheimnisse?"

„Zum Teil, ja."

„Gott, so ist man hier ja bei Tag und Nacht von tausend Gefahren, welche man gar nicht kennt, umgeben!"

„Es gibt Augen, welche über Sie wachen."

„Die Ihrigen! Ja, ich weiß das, und das beruhigt mich. Aber, darf ich vielleicht erfahren, wer die Person ist, für welche Sie sich so interessieren?"

„Master Deephill, der Amerikaner."

„Dieser? Kennen Sie ihn?"

„Erst seit hier und jetzt."

„Aber wie können Sie ihm dann eine Teilnahme schenken, welche Sie sogar veranlaßt, den Kapitän zu beobachten?"

„Ich habe erfahren, daß der Kapitän den Amerikaner ermorden will."

„Ermorden? Herr mein Gott! Sprechen Sie im Ernst?"

„Gewiß. Wenn ich nicht war, so wäre Deephill bereits gestern eine Leiche gewesen."

„Jesus! Ahne ich recht! Sie meinen doch nicht etwa, daß der Kapitän bei dem Eisenbahnunglück seine Hand im Spiel hat?"

„Leider ist es so. Ich gab Ihnen ja bereits einige Andeutungen. Der Kapitän ist Ihr Verwandter; leider aber kann mich das nicht abhalten, Ihnen zu sagen, daß er der größte Schurke und Bösewicht ist, den es nur geben kann."

„Ich habe Ihnen ja bereits gesagt, daß auch ich ihn fürchte und verabscheue. Ihre Aufrichtigkeit beleidigt mich also keineswegs. Darf ich erfahren, ob der Amerikaner ahnt, daß er von dem Kapitän nichts Gutes zu erwarten hat?"

„Ich habe ihn gewarnt. Ich habe natürlich nicht offen mit ihm gesprochen, sondern ihm nur Andeutungen gegeben."

„Die Anwesenheit dieses Monsieur Deephill ist mir überhaupt unverständlich. Ich habe nie von ihm gehört; ich habe nicht einmal seinen Namen gekannt. Was mag er hier in Ortry wollen?"

„Das kann ich Ihnen erklären. Man erwartet nämlich einen Krieg mit Deutschland . . ."

„Also wirklich? Ist es wahr, was man so sagen hört?"

„Ja. Frankreich, das heißt, Napoleon will den Krieg, und so wird also Krieg. Man will Freikorps bilden, Franktireurs. Der Kapitän spielt dabei eine hervorragende Rolle. Nur weiß ich nicht, inwieweit dabei das Privatinteresse beteiligt sein kann; aber das weiß ich, daß man großer Summen bedarf, um diese Aufgabe zu lösen. Der Kapitän ist zu diesem Zweck mit dem Amerikaner in Verbindung getreten."

„Dieser soll die Summen liefern?"

„Ja. Er hat sich dazu bereit erklärt. Er ist gekommen, um Zahlung zu leisten. Der Kapitän war von seiner Ankunft unterrichtet; er kannte sogar den Zug, mit welchem er kommen sollte. Es handelt sich um Millionen. Natürlich beabsichtigt Deephill, ein Geschäft dabei zu machen. Er erwartet seiner Zeit das Kapital nebst guten Zinsen zurück. Wie aber nun, wenn man ihm weder die Zinsen, noch auch das Kapital zurückzugeben brauchte?"

„Mein Gott! Sie meinen doch nicht etwa . . .!"

„Ich meine, daß es sehr vorteilhaft wäre, wenn man sich in den Besitz dieser Millionen setzen könnte, ohne einen Kontrakt oder sonst ein Dokument unterschreiben zu müssen."

„Das könnte nur dann der Fall sein, wenn . . ."

Sie zögerte, fortzufahren. Der Gedanke war ihr zu gräßlich, als daß sie ihn leicht hätte aussprechen können.

„Nun? Was wollten Sie sagen, gnädiges Fräulein?"

„Ich kann es nicht sagen. Es wäre fürchterlich."

„Und doch ist es wahr. Man kannte, wie bereits gesagt, den Zug, in welchem sich der Amerikaner befand. Dieser Zug sollte zum Entgleisen gebracht werden."

„Gott! Das ist ja auch geschehen."

„Leider! Man hoffte, daß der Amerikaner dabei getötet werde. In diesem Fall war es sehr leicht, der Leiche desselben die Brieftasche zu rauben."

„Gott sein Dank, daß dies nicht gelungen ist."

„Der Plan ging von dem Kapitän aus. Drei seiner Leute sollten ihn ausführen."

„Wissen Sie das genau?"

„Ich habe zwei dieser Leute belauscht. Leider hörte ich nicht genug, um mir über ihre Absichten klarzuwerden. Ich erfuhr nur, daß der Amerikaner beraubt und ermordet werden solle. Von einer Entgleisung aber ahnte ich nichts, bis das Unglück mir die Augen öffnete."

„Schrecklich! Schrecklich! Sie werden natürlich den Kapitän zur Anzeige bringen?"

„Würde Ihnen dies erwünscht sein?"

„Müssen Sie denn nicht?"

„Eigentlich, ja. Aber soll ich Ihre Familie . . .! Und ich habe außerdem noch andere Gründe zu warten. Seiner Strafe aber wird er auf keinen Fall entgehen können."

Sie schwieg. Was sie hörte, war so schrecklich, daß sie einer Zeit bedurfte, um es zu überwinden. Dann sagte sie:

„Aber Deephill befindet sich folglich hier in der allergrößten Gefahr."

„Er ist gewarnt."

„Der Kapitän wird ihn töten, um ihm das Geld abzunehmen."

„Das ist nicht so schnell geschehen. Der Amerikaner hat die Summe nicht bar bei sich. Er beabsichtigte, sie in Anweisungen zu zahlen, welche noch nicht unterschrieben sind. Ohne seine Unterschrift haben sie keine Geltung, und so lange er nicht unterschreibt, befindet er sich also außer Gefahr."

„Weiß er das?“

„Ich wiederhole, daß er gewarnt ist. Wenn er meine Warnung beachtet, kann ihm nichts geschehen. Also in dieser Angelegenheit war es, daß ich den Kapitän nicht aus den Augen ließ. Ich bemerkte heute abend, daß er von den unterirdischen Gängen Gebrauch machte und folgte ihm.“

„Mein Gott! Dürfen Sie sich in solche Gefahr begeben?“

Er fühlte, daß sie ihre Hand auf seinen Arm legte. Diese Besorgnis erfüllte ihn mit glücklicher Genugtuung.

„Das Wagnis ist für mich nicht so groß, wie Sie vielleicht denken“, antwortete er.

„Aber, wenn er Sie bemerkt.“

„So bin ich bewaffnet. Ich fürchte ihn nicht. Also, indem ich ihm folgte, bemerkte ich, daß er zu Rallion ging. Ich belauschte einen Teil der Unterredung, welche er mit diesem hatte.“

„Diese Unterredung bezog sich auf mich?“

„Ja.“

„Was wurde gesprochen?“

„Der Kapitän berichtete, daß Sie sich weigern, auf die beabsichtigte – Verzeihung, gnädiges Fräulein, aber ich muß es doch erwähnen – auf die beabsichtigte Verbindung mit Rallion einzugehen.“

„Ja, das tue ich allerdings. Man will mich an diesen Rallion ketten. Weshalb, das weiß ich nicht. Man will mich sogar zwingen. Aber ich werde widerstehen.“

„Man will diesen Widerstand brechen.“

„Dadurch, daß man mich meiner Freiheit beraubt?“

„Ja. Man will sich hier bei Ihnen, während Sie schlafen, einschleichen und Sie mit Chloroform betäuben.“

„Schrecklich!“ sagte sie, sich leise schüttelnd.

„Dann können Sie nicht sprechen, nicht um Hilfe rufen, sich nicht wehren. In diesem Zustand bringt man Sie in das Gefängnis.“

„Kennen Sie diesen Ort?“

„Ich vermute es.“

„Und ich sage Ihnen, daß Sie ihren Zweck doch nicht erreichen würden. Ich gehe auf ihre Absichten auf keinen Fall ein.“

„Man läßt Sie hungern und dürsten.“

„So verhungere ich.“

„Davon wurde allerdings gesprochen. Aber für diesen Fall berieten sie ein Mittel, welches . . .“

Er hielt ein. Sie fragte:

„Welches Mittel?"

„Es ist nicht nur eine Gottlosigkeit, sondern noch schlimmer. Ich sehe mich gezwungen, Ihnen auch das noch mitzuteilen. Im Fall selbst Hunger und Durst ohne Erfolg sein sollten, wollte der Kapitän seinen Komplizen Rallion bei Ihnen einschließen."

Es entstand eine Pause. Marion schwieg; sie antwortete nicht. Er hörte einen tiefen, tiefen Seufzer, und erst nach einer längeren Zeit flüsterte sie:

„Wer hätte das glauben können! Wie schrecklich! Kann es wirklich Menschen geben, welche solcher Schandtaten fähig sind? Monsieur Müller, welchen Dank, welchen großen Dank bin ich Ihnen schuldig."

Sie suchte im Dunkeln seine Hand und drückte dieselbe herzlich. Er hätte am liebsten seinen Arm um sie schlingen mögen; doch beherrschte er sich und sagte einfach:

„Hier ist der Dank bereits in der Tat enthalten, gnädiges Fräulein. Ich bin ganz glücklich, Ihnen dienen zu dürfen."

„Aber welche Dienste leisten Sie mir, welche großen, großen Dienste. Mein Gott, wie fürchterlich, wie entsetzlich, wenn es diesen beiden Menschen gelungen wäre, ihre Absicht auszuführen. Aber man mußte doch bemerken, daß ich verschwunden bin."

„Der Kapitän wollte sagen, Sie seien verreist."

„Ah, wie raffiniert. Ja, er ist zu allem fähig. Und Sie meinen, daß sie jetzt kommen werden?"

„Ja. Was ich hörte, läßt mich dies vermuten."

„So mögen sie kommen. Horch! Hörten Sie etwas?"

„Nein."

„Es war wie ein Geräusch im Wohnzimmer."

Sie lauschten, doch ließ sich nichts hören.

„Es ist nichts gewesen", flüsterte er. „Sie können nicht in das Zimmer, ohne den Schirm umzuwerfen."

„Wie werden sie erschrecken, mich gerüstet zu finden. Aber, Monsieur, Sie müssen sich zeigen, und dann wird es um Ihre Stellung geschehen sein."

„Das befürchte ich nicht. Gerade der Umstand, daß ich Mitwisser seiner Geheimnisse bin, gibt den Kapitän in meine Hand."

„Aber er wird Sie zu entfernen suchen."

„Das gelingt ihm nicht. Ich gehe nur dann, wenn ich selbst will."

„Dann befinden Sie sich aber in steter Gefahr."

„Ich fürchte dieselbe nicht. Ich habe meine Vorkehrungen getroffen. Der Alte wird sich hüten, mir nach dem Leben zu trachten."

„Sind Sie dessen sicher?"

„Ja. Ich wollte nicht davon sprechen; aber um Sie in Beziehung auf mich zu beruhigen, will ich Ihnen sagen, daß der Kapitän den Fabrikdirektor erschossen hat."

„Herrgott, das ist ja unmöglich! Der Direktor war Selbstmörder."

„O nein. Ich bin Zeuge des Mordes. Ich war dabei."

„O Himmel! Es ist zu viel, zu viel, was ich heute erfahre. Fast möchte ich denken, daß ich träume. Erzählen Sie."

Er berichtete ihr den Mord, so weit er es für nötig fand. Sie war tief ergriffen; sie schauderte.

„Es ist eine Hölle, in der ich mich befinde", sagte sie. „Und Sie machten nicht Anzeige?"

„Der Tote wäre dadurch nicht wieder lebendig geworden."

„Aber der Mörder hätte seine Strafe gefunden."

„Er findet sie sicher. Ich habe Gründe, noch nicht offen gegen ihn aufzutreten."

„Er weiß also, daß Sie Mitwisser des Mordes sind?"

„Ja."

„Das bringt Sie aber doch erst recht in Gefahr."

„Nein. Ich habe seine Unterschrift. Geschieht mir hier etwas, so wird diese Unterschrift präsentiert, und er ist verloren. Das weiß er, und darum wird er sich hüten, irgend etwas gegen mich zu unternehmen."

„Aber es gibt heimliche Gifte."

„Ich bin vorsichtig."

„Er kann sich Ihrer Person bemächtigen und Sie ebenso einsperren, wie er es mit mir zu tun beabsichtigt."

„Das ist allerdings wahr; aber ich bin auf meiner Hut und werde, so weit dies noch nicht geschehen ist, meine Vorkehrungen treffen, um selbst für den Fall, daß es ihm gelänge, mich einzusperren, meine Freiheit sofort wiederzuerlangen."

„Wie wollen Sie das anfangen?"

„Es gibt einen, welcher mich befreien würde."

„Wirklich? Dieser eine müßte auch wissen, wo sich Ihr Gefängnis befindet!"

„Allerdings."

„Müßte also auch die unterirdischen Gänge und Gewölbe kennen."

„Das ist der Fall.“
„Wie? Sie haben einen Vertrauten?“
„Ja. Wünschen Sie zu wissen, wer er ist?“
„Ja, freilich! Kenne ich Ihn?“
„Sie kennen ihn. Es ist Doktor Bertrands Pflanzensammler.“
Marion war außerordentlich überrascht.
„Dieser! Ah, dieser!“ sagte sie. „Der, welcher meine Nanon aus dem Wasser gerettet hat!“
„Derselbe.“
„So sind Sie mit ihm bekannt?“
„Gewiß. Wir waren ja zusammen auf dem Schiff. Ich traf ihn dann hier im Wald, und ihm habe ich es zu verdanken, daß ich in die Geheimnisse des Kapitäns eingedrungen bin.“
„Wunderbar, wunderbar!“
„Sollte ich ja verschwinden, so würde er alles aufbieten, um mich zu retten.“
„So können Sie ihm vertrauen?“
„Ich kann mich vollständig auf ihn verlassen.“
„Eigentümlich! Auch Nanon hat ihn im Wald getroffen; auch sie scheint ein ungewöhnliches Vertrauen in ihn zu setzen. Wissen Sie, wo er sich jetzt befindet?“
„Ja.“
„Oh, Sie können das wohl schwerlich wissen!“
Wäre es hell gewesen, so hätte sie ihn lächeln sehen. Er sagte:
„Er ist mit Nanon nach Schloß Malineau.“
„Wahrhaftig, Sie wissen es!“
„Er selbst hat es mir mitgeteilt.“
„So sind Sie allerdings mehr als nur bekannt mit ihm.“
„Wir sind geradezu Verbündete. Ich sagte Ihnen bereits, daß ich das Grab Ihrer Mutter geöffnet habe. Er war dabei.“
„Dieser Monsieur Schneeberg?“
„Ja. Er hat dann auch Ihre Mutter gesehen.“
„Wirklich? Ah! Wann?“
„Sie erschien uns, um uns zu drohen.“
„Es war ihr Geist.“
„Nein. Gnädiges Fräulein, ich wiederhole Ihnen, daß ich fest überzeugt bin, daß Ihre Mutter noch am Leben ist.“
„Sie meinen, daß sie da unten eingesperrt wurde?“
„Ja.“
„Schrecklich! Entsetzlich! Aber wir sahen sie im Turm. Sie sahen sie dann wieder. Sie hätte da ja Gelegenheit gehabt, ihre Freiheit wiederzuerlangen.“

„Hm! Ich vermute, daß sie nicht frei sein will."
„Nicht will? Das ist ja gar nicht denkbar!"
„Ich vermute sogar, daß sie ganz freiwillig in die Gefangenschaft gegangen ist."
„Das kann doch nicht möglich sein!"
„O doch! Es gibt ein Mittel, ein solches Wesen zu zwingen, der Welt und allem zu entsagen."
„Ich kenne kein solches Mittel."
„Es gibt welche, zum Beispiel die Mutterliebe."
„Wieso?"
„Es wird der Mutter gesagt, daß ihr Kind getötet werden soll, daß sie es nur dadurch retten kann, daß sie selbst in den scheinbaren Tod geht."
„Das wäre schrecklich! Aber warum nicht in den wirklichen Tod! Warum läßt man sie leben?"
„Es muß doch Gründe geben, wenn es mir auch jetzt noch unmöglich ist, darüber klarzuwerden."
„Monsieur Müller, je länger ich Sie höre, desto mehr muß ich mir denken, daß Sie recht haben können. Aber der Gedanke, daß meine Mutter noch lebt, ist so ungeheuerlich, daß es mir doch beinahe unmöglich wird, ihn zu fassen."
„Mir ist er geradezu Gewißheit."
„Dann wäre der Kapitän ein Teufel."
„Das ist er. Ich habe zum Beispiel die Ahnung, daß da unten Gefangene stecken, welche bereits lange, lange Jahre das Licht der Sonne nicht mehr gesehen haben."
„Fürchterlich! Aber, Monsieur, wenn es wahr ist, daß meine Mutter noch lebt, so ist es meine heiligste Pflicht, sie aus den Banden zu befreien, in denen sie schmachtet."
„Ich habe mir bereits diese Aufgabe gestellt."
„Ich danke Ihnen! Sie sind ein ungewöhnlicher, außerordentlicher Mann. Glauben Sie, Erfolg zu haben?"
„Ich hoffe es."
„Und dennoch darf ich diese Aufgabe nicht allein in Ihren Händen lassen. Wollen Sie mir erlauben, mitzuwirken?"
„Oh, gern!"
„Nun gut, seien wir Verbündete und Vertraute! Hier ist meine Hand. Verschwören wir uns gegen den Kapitän. Bitte, schlagen Sie ein!"
„Topp, gnädiges Fräulein! Ihre Hilfe wird mir jedenfalls von großem Vorteil sein."
„Ich wünsche und hoffe es. Zunächst gilt es zu erfahren, ob

jene Erscheinung im alten Turm ein Geist oder ein körperliches Wesen ist."

„Ich bin bereits überzeugt, daß sie das letztere ist."

„Aber auch ich will diese Überzeugung haben!"

„Sie hätten diese bereits, wenn Sie mir nach jenem Gewitter erlaubt hätten, dem vermeintlichen Geist nachzugehen."

„Ja, ich habe diesen Fehler begangen; aber ich wußte da noch nicht, was ich jetzt weiß. Er muß gutgemacht werden. Aber in welcher Weise soll das geschehen?"

„Es ist nur eins möglich: Wir müssen diesen Geist aufsuchen."

„Gewiß! Wir müssen in jene unterirdischen Gänge eindringen, und zwar baldigst."

„Das wird geschehen, sobald der Pflanzensammler wieder zurückgekehrt ist."

„Warum das?"

„Ich habe ihm versprochen, so lange zu warten."

„Hätten Sie das doch nicht getan! Nun ich einmal denken muß, daß meine Mutter noch lebt, möchte ich keinen einzigen Augenblick unnütz verschwinden lassen."

„Ich muß Sie dennoch um Geduld bitten. Ich bedarf der Hilfe meines Verbündeten. Er ist stark und mutig. Ohne ihn darf ich es nicht wagen, in jene Gewölbe einzudringen. Es gibt da Gefahren, von denen man vorher keine Ahnung haben kann. Ein einzelner kann verloren sein, während die Anwesenheit eines zweiten ihn zu retten vermag."

„Gut. Ich muß mich fügen, denn ich erkenne Ihre Gründe an. Aber was veranlaßt denn eigentlich diesen Monsieur Schneeberg, sich für Schloß Ortry so zu interessieren, daß er sich selbst in solche Gefahren wagt?"

„Vielleicht die Freundschaft zu mir, vielleicht auch die Feindschaft gegen Rallion."

„Gegen Rallion? Was hat er mit diesem?"

„Er hatte bereits ein Renkontre mit den beiden Grafen, infolgedessen beide verwundet wurden."

„Verwundet? Geschah das nicht durch eine Sense?"

„Nein, es geschah durch Schneebergs Messer."

„Wieder ein neues Geheimnis!"

„Ja, meine Gnädige, es gibt hier Geheimnisse ohne Ende; aber wir werden seinerzeit die Rätsel alle lösen. Doch, es wundert mich, daß der Kapitän noch nicht erschienen ist. Seit ich ihn belauschte, ist bereits über eine Stunde verflossen."

„Vielleicht haben Sie sich getäuscht?"

„Schwerlich."
„Man hat etwas ganz anderes gemeint!"
„Nein, nein! Ich habe Wort für Wort verstanden. Es könnte höchstens der Fall sein, daß ich mich in der Zeit getäuscht hätte."
„Wieso?"
„Daß man Sie erst morgen und nicht bereits heute überfallen will."
„Meinen Sie? Dann also würden wir uns heute ohne allen Grund geängstigt haben."
„Ich möchte allerdings nun annehmen, daß das Vorhaben auf morgen verschoben worden ist. Die beiden Männer müßten nun bereits da sein. Ich werde mich überzeugen."
Er wollte sich erheben. Sie hielt ihn zurück und fragte:
„Wie wollen Sie dies anfangen?"
„Ich gehe auf dem heimlichen Weg nach dem Schlafzimmer Rallions."
„Aber wenn jene Ihnen begegnen. Das ist doppelt gefährlich!"
„Nein. Sie würden Licht haben, welches ich von weitem sehen müßte. Ich könnte mich also rechtzeitig zurückziehen. Also bitte, mir das zu erlauben!"
„Sie kommen aber wieder zurück?"
„Jedenfalls."
„Gut! Also gehen Sie – oder, ah, ich bin nun doch Ihre Verbündete; darf ich mit?"
Er besann sich einen Augenblick und antwortete dann:
„Das ist gefährlich. Sie würden sich nicht so schnell zurückziehen können, wie es nötig ist."
„Was schadet das? Ob wir sie hier empfangen oder ob wir ihnen unterwegs entgegentreten, das bleibt sich gleich. Ich erbitte mir als ein Zeichen Ihres Vertrauens die Erlaubnis, Sie begleiten zu dürfen. Wollen Sie mir diese erste Bitte abschlagen?"
„Wenn Sie Ihrem Wunsch diese Form geben, so kann ich Ihnen die Erfüllung desselben allerdings nicht vorenthalten."
„Ich danke! Also, machen wir uns auf den Weg!"
Sie erhob sich und er auch.
„Aber vorsichtig sein!" sagte er. „Wollen erst lauschen. Aber, gnädige Baronesse, ich werde von meiner Laterne Gebrauch machen müssen!"
„Tun Sie das. Mich inkommodiert es nicht!"
„Begeben wir uns also in das Wohnzimmer."
Er nahm die Laterne aus der Tasche, öffnete sie und

leuchtete. Der Baronesse voranschreitend, trat er in das Wohnzimmer. Dort lehnte der Sonnenschirm noch an seiner Stelle.

„Hier ist der geheime Eingang“, sagte er, nach der Stelle zeigend und sich dabei rückwärts wendend.

Jetzt sah er Marion beim Schein der Laterne. Wie schön, wie wunderbar schön war sie! Sie hatte vorhin im Dunkel ihr Morgennegligé angelegt. So hatte er sie noch nicht gesehen.

„Also hier dieses Täfelwerk!“ sagte sie. „Wer hätte das geahnt! Wie öffnet man?“

„So!“

Er entfernte den Schirm und schob dann leise das Getäfel zur Seite. Sie bückte sich und griff nach der Laterne.

„Leuchten wir hinaus!“ sagte sie.

„O bitte, nein!“ entgegnete er. „Erst muß ich mich vergewissern, daß wir nicht überrascht werden.“

Er schloß die Laterne und kroch hinaus. Draußen lauschte er. Es war kein verdächtiger Laut zu hören. Er stieg im Finstern die Stufen hinab, immer weiter, bis er in den Haupteingang gelangte. Als er auch da nichts Verdächtiges bemerkte, war er überzugt, daß er es wagen könne, Maion mitzunehmen. Er kehrte also zurück.

Sie war unterdessen unruhig geworden.

„Wie lange Sie unterwegs sind“, sagte sie. „Ich begann bereits, sehr besorgt um Sie zu werden.“

„Ich wollte mich überzeugen, ob wir auf eine Begegnung gefaßt sein müssen.“

„Ist das der Fall?“

„Wenigstens jetzt noch nicht. Der Kapitän ist entweder bei Rallion, oder er hat das Unternehmen für morgen festgesetzt und befindet sich bereits in seinem Zimmer.“

„Also gehen wir.“

Sie folgte ihm mutig hinaus auf den engen Gang. Sie begannen ihre Wanderung. Damit sie den Weg deutlich erkennen möge, ging er, ihr leuchtend, nach ihr. Er hatte sie vor Augen. Sie kam ihm vor wie ein Wesen aus einer anderen Welt.

Sie gelangten hinunter in den Gang. Dort blieb er stehen, ließ das Licht der Laterne im Kreis gehen und sagte:

„Sie sehen diese Anzahl heimlicher Treppen. Die Wände dieses Hauses sind doppelt, und zwischen ihnen führen Stufen nach allen Zimmern. Hier rechts, diese Treppe, geht nach der Wohnung des Amerikaners, in der der Direktor ermordet wurde.“

„Da hinauf sind Sie damals gestiegen?"

„Ja."

Ihr Auge glitt aus dem Dunkel in den Lichtkreis zurück. Sie schauderte zusammen.

„Ein Mord! Gott, ich fürchte mich."

Marion stand neben Müller; sie schmiegte sich unter dem Einfluß des Gefühles, welches sie überkam, eng an ihn, so daß er ihre weichen, warmen Formen deutlich fühlte.

„Wollen wir zurückkehren?" fragte er.

„Nein", antwortete sie. „Es muß zwar schrecklich sein, in diesen finsteren Gängen überrascht und überfallen zu werden; aber ich will mich nicht fürchten; Sie sind ja bei mir! Was tun wir jetzt?"

„Das sicherste ist, das Zimmer des Kapitäns aufzusuchen, um zu sehen, ob er dort ist."

„Gut! Gehen wir! Wissen sie, wo es ist?"

„Ja. Bitte, hier links hinauf."

Sie stiegen empor, leise und langsam, er leuchtend voran, und sie, ihm folgend.

Als er endlich stehenblieb, legte er den Finger auf den Mund, zum Zeichen, daß sie nicht sprechen solle. Am Boden erblickte Marion ein Fachwerk, gerade wie bei ihrer eigenen Wohnung. Mehrere Stufen höher gab es ein kleines, rundes Loch in der Mauer. Da hinauf stieg Müller. Nach wenigen Augenblicken kam er herab und raunte ihr in das Ohr:

„Bitte, blicken Sie durch dieses Loch! Aber, um Gottes willen, ja nicht das mindeste Geräusch."

Sie stieg die Stufen empor. Vor dem Loch war eine Glastafel, in welche Figuren gemalt waren. Diese Tafel war in die Tapetenborde eingesetzt, so daß man sie im Zimmer nicht von den letzteren unterscheiden konnte. Zwischen den Figuren hindurch konnte man den Raum überblicken. Es war die Stube des Kapitäns. Marion sah ihn schreibend am Tisch sitzen. Sie stieg wieder herab.

„Er ist zurückgekehrt", flüsterte sie. „Ich habe also heute den Überfall wohl nicht zu erwarten?"

„Nun nicht mehr. Bitte, gehen wir!"

Sie kehrten auf demselben Weg wieder nach Marions Wohnung zurück. Nachdem Müller das Getäfel verschlossen hatte, sagte sie:

„Jetzt darf ich Licht anbrennen, und dann wollen wir beraten, was für morgen zu tun ist."

Er löschte seine Laterne aus. Sie brannte die Lampe an, und dann nahmen sie am Tisch Platz.

„Es ist doch eine entsetzliche Raffinesse, solche Gänge und Gucklöcher herzustellen", sagte sie. „Gibt es auch an meiner Wohnung ein solches Loch, Monsieur?"

„Ja", antwortete er. „Haben Sie es vorhin nicht beachtet?"

„Nein. Aber, so hat mich der Kapitän zu jeder Zeit beobachten können?"

„Gewiß!"

„Und ich habe nichts gewußt! Wie schrecklich! Wo ist es?"

„Da oben über der Uhr."

„Nicht im Schlafzimmer?"

„Nein. Dort gibt es kein solches verräterisches Loch."

„Das beruhigt mich. Von jetzt an also werde ich mich so einzurichten haben, daß ich stets ohne Schaden beobachtet werden kann. So hört man wohl auch, was gesprochen wird?"

„Jedes Wort."

„Das ist noch schlimmer. Nun erst begreife ich, wie der Kapitän alles, alles wissen konnte, so daß er fast allwissend zu sein schien. Gibt es auch bei Ihnen einen Eingang?"

„Nein, aber ein Beobachtungsloch."

„Wie haben Sie es entdeckt?"

„Gleich am ersten Tag meiner Anwesenheit. Ich befand mich ruhig in meinem Zimmer und hörte an der Wand ein Geräusch. Das hat den Kapitän verraten."

„So müssen also auch Sie stets auf der Hut sein."

„Gewiß, zumal er mir nicht traut. Doch, wir wollten ja von morgen sprechen."

„Ja. Sie meinen also, daß die beiden morgen kommen werden?"

„Ich glaube nicht, daß sie länger warten werden."

„Was soll ich tun? Wie soll ich sie empfangen?"

„Hm! Sie werden erschrecken, entdeckt zu sein, aber sie werden sich sofort fassen und irgendein Märchen ersinnen, um ihr Erscheinen plausibel zu machen."

„Sie meinen, Monsieur, daß man sich nicht an mir vergreifen wird?"

„Das wird man unterlassen. Der Streich kann ja nur dann gelingen, wenn man Sie im Schlaf antrifft, so daß man Sie betäuben kann, ehe Sie um Hilfe rufen."

„Ah! So werden sie ihre Absicht nicht eingestehen."

„Keinesfalls."

„Das glaube ich auch. Sie werden eine Ausrede erfinden. Und das genügt mir nicht. Ich möchte sie auf der Tat ertappen, so daß ich ihnen ihre Schlechtigkeit beweisen kann."

„Das ist das beste, auch meiner Ansicht nach."

„Aber, wie soll man das anfangen?"

„Es hat allerdings seine Schwierigkeit", sagte er.

Und nach einer Pause des Nachsinnens fuhr er fort:

„Die beiden werden mit Licht kommen, aber sie dürfen das nicht mit in Ihr Zimmer nehmen. Sie werden also ihr Werk im Dunkeln ausführen."

„Wahrscheinlich."

„Das bringt mich auf einen Gedanken. Ihre Zofe hat ungefähr dieselbe Figur wie Sie, gnädiges Fräulein . . ."

„Ah! Sie meinen?" fiel sie schnell ein.

„Wenn diese Zofe an Ihrer Stelle . . ."

Marion nickte ihm zustimmend zu.

„Gewiß, gewiß!" sagte sie. „Das könnte gehen."

„Das schwierige dabei ist, einen Grund zu finden, daß die Zofe in Ihrem Zimmer schlafen soll."

„Oh, einen Vorwand werde ich sicher finden, und wenn ich sagen sollte, daß es sich um einen Scherz handle."

„Wohl! So wird man also dieses Mädchen chloroformieren und fortschaffen."

„Man wird sie jedenfalls gleich wiederbringen, da man beim ersten Lichtstrahl, welcher auf die Arme fällt, den Irrtum doch sofort bemerken muß."

„Gewiß. Und wenn sie die Zofe wiederbringen, so ist das der richtige Augenblick, ihnen zu sagen, daß sie durchschaut sind. Sie können dann ihre Absicht nicht leugnen."

„Ja, ich werde beide niederschmettern, und an dieser Genugtuung, die ich nur Ihnen verdanke, sollen Sie auch teilnehmen."

„Ich soll zugegen sein?"

„Ja."

„Das wird wohl kaum zu bewerkstelligen sein."

„Warum?"

„Weil nur die Zofe allein sich hier befinden darf."

„Ich verstehe. Aber, bitte, kommen Sie einmal."

Sie ergriff das Licht und führte ihn nach dem Schlafgemach. Es gab da eine schmale Glastür, deren Fenster mit einer Gardine verhangen war.

„Sehen Sie diese Tür?" fragte sie.

„Gewiß!" lächelte er.

„Das ist mein Garderoberaum. Wir verbergen uns darin, Sie und ich."

„Hm! Wenn sie nun hineinblicken."

„Wir verschließen von innen."

„Das könnte auffallen!"

„O nein. Warum sollte das Verdacht erregen?"

„Auch würde die Zofe nicht einschlafen, wenn sie wüßte, daß wir uns in der Garderobe befinden."

„Sie wird nichts davon erfahren. Wir verbergen uns hier, bevor sie schlafen geht."

„Dann ist allerdings das Gelingen möglich. Wo aber treffen wir uns, gnädiges Fräulein?"

„Sie tun, als ob Sie schlafen gehen, kommen aber kurz nach zehn Uhr hierher zu mir, natürlich heimlich. Das übrige aber überlassen Sie mir. Ich werde das Arrangement schon zu treffen wissen."

„Gut, ich werde Ihnen gehorchen. Natürlich verhalten wir uns tagsüber so, als ob wir gar nichts ahnten."

„Das ist unumgänglich notwendig. Also Sie denken nicht, daß ich einen Besuch zu erwarten habe?"

„Auf keinen Fall. Ich werde für Sie wachen."

„Und ich sehe ein, daß meine Schuld Ihnen gegenüber immer größer wird. Welch ein Unglück für mich, wenn Sie nicht nach Ortry gekommen wären."

Sie reichte ihm beide Hände entgegen. Er ergriff dieselben. In seinen Augen glänzte es feucht.

„Gnädiges Fräulein, befehlen Sie, so gehe ich für Sie in den Tod!" sagte er mit zitternder Stimme.

„Nein, mein Lieber, nicht in den Tod!" antwortete sie. „Sie sind ein seltener Mann. Man sollte gar nicht meinen, daß Sie ein Gelehrter sind. Sie müssen leben, leben und glücklich sein!"

Ihr Busen hob sich unter einem tiefen Atemzug. Es war ihm, als ob er sie jetzt erringen könne, wenn er ein Wort zu ihr sage; aber wäre es edel gewesen, ihre Dankbarkeit in dieser Weise auszubeuten? Nein! Er schüttelte leise den Kopf und antwortete:

„Dank, gnädiges Fräulein. Ihre Worte sind mir mehr wert, als alle Reichtümer der Welt. Wollte Gott, ich könnte noch viel mehr für Sie tun, als was ich bisher für Sie tun durfte! Halten wir also treue Kameradschaft! Und gelingt es mir, die Ihnen drohende Gefahr abzuwenden, so bin ich mehr als reich belohnt."

Sie hatte sich halb abgewendet gehabt; jetzt drehte sie sich ihm wieder zu und sagte:

„Ja, Sie sind ebenso edel wie uneigennützig. Ich blicke bis in die Tiefe Ihres Herzens hinab. Also treue Kameradschaft. Gut, verlassen wir einander nicht! Aber jetzt, jetzt können wir uns wohl gute Nacht sagen?“

„Gewiß. Sie haben nichts zu befürchten.“

„Gut. Schlafen Sie wohl, mein lieber Kamerad! Suchen auch Sie Ruhe, denn morgen werden wir wohl auf den Schlaf verzichten müssen!“

Sie reichte ihm die Hand.

„Noch eins!“ bat er. „Darf ich einen Wunsch aussprechen?“

„Gewiß! Reden Sie!“

„Bitte, wagen Sie sich jetzt noch nicht ohne meine Begleitung in die geheimen Gänge! Sie werden die Gründe begreifen, welche mich zu dieser Bitte veranlassen.“

„Sie haben recht. Ich verspreche Ihnen, nichts zu tun, ohne es Ihnen vorher gemeldet zu haben.“

„Das beruhigt mich! Gute Nacht, gnädige Baronesse!“

„Gute Nacht, Monsieur!“

Er ging. Draußen, als er den Eingang verschlossen hatte, blieb er überlegend stehen.

„Hm!“ dachte er. „Gewiß ist gewiß! Ich werde die Riegel vorschieben. Ah, ich hätte das ja so auch tun müssen, denn ich habe sie ja vorgeschoben vorgefunden.“

Nun begab er sich zuletzt nochmals an das Zimmer des Kapitäns. Er kam gerade recht, um zu sehen, daß dieser sich zum Schlafengehen entkleidete.

„Schön“, dachte er. „So brauche ich nicht zu wachen. Es ist sicher, daß heute gegen Marion nichts unternommen wird.“

Jetzt nun suchte er die Treppe wieder auf, welche in das Gemach des Amerikaners führte. Dieser saß, als er bei ihm eintrat, am Tisch. Er hatte das Licht brennen.

„Endlich“, sagte Deephill. „Wie lange habe ich auf Sie warten müssen!“

„Ich konnte nicht eher.“

„Ich dachte bereits, daß Sie nicht kommen würden.“

„Oh, ich pflege mein Wort zu halten, hatte aber leider eine Abhaltung, die ich nicht vorhersehen konnte.“

„Bitte, nehmen Sie Platz. Hier sind Zigarren.“

Müller steckte sich eine an. Der Amerikaner sah ihm dabei zu und sagte dann:

„Wissen Sie, was Sie sind?"
„Nun?"
„Erstens mir ein Rätsel."
„Und zweitens?"
„Und zweitens ein außerordentlicher Mann."
„Danke, Master Deephill!"
„Was sie voraussahen, ist eingetroffen."
„Ich wußte es."
„Aber, erklären Sie mir, wie Sie das eben wissen konnten."
„Ich hatte es einfach berechnet."
„Aber doch nur auf Grund gewisser Beobachtungen und Erfahrungen, welche Sie hier bereits gemacht haben."
„Allerdings!"
„Ich möchte einmal ein wenig unbescheiden sein."
„Versuchen Sie es."
„Darf ich fragen, welche Erfahrungen es sind, die Sie in den Stand setzen, so genaue Berechnungen zu machen?"
„Ich möchte Ihnen antworten, Monsieur, darf aber nicht."
„Sie haben kein Vertrauen zu mir?"
„Vorsicht ist nicht gleichbedeutend mit Mangel an Vertrauen."
„Ich gebe das zu und muß mich also in Ihre Weigerung fügen. Es kommt mir hier verschiedenes unbegreiflich vor, eins aber ist mir sehr begreiflich, nämlich daß Sie es mit mir aufrichtig gemeint haben."
„Das ist allerdings der Fall. Sie glauben also nun meiner Warnung?"
„Vollständig! Ich halte diesen alten Kapitän Richemonte für einen Schurken."
„Damit werden Sie wohl keinen Irrtum begehen."
„Ich glaube ferner, daß er bei der Entgleisung des Zuges die Hand mit im Spiel hatte."
„Ich habe keine Veranlassung, das zu bestreiten."
„Ja, gewiß! Sie wissen jedenfalls weit mehr, als Sie sagen wollen. Aber für mich bleibt die Frage, wie man es dem Kapitän beweisen kann!"
„Das muß ich Ihnen überlassen."
„Die Täter sind entkommen, sonst würde man sie zum Geständnis zwingen."
„Vielleicht ergreift man sie noch."
„Darauf möchte ich nicht warten. Es gibt noch einen anderen Weg, die Urheberschaft Richemontes zu beweisen."
„Ich wäre neugierig, dies zu erfahren."

„Ich wurde gerettet durch einen Herrn, der sich mit im Coupé befand . . .“

„Ah, der Pflanzensammler.“

„Ja. Kennen Sie ihn?“

„Alle Welt kennt ihn.“

„Er hat die Täter im Wald belauscht.“

„Auch den Kapitän?“

„Nein. Aber aus dem, was er gehört hat, geht vielleicht die Mitschuld des Alten hervor.“

„Nun, so fragen sie ihn.“

„Der Mann ist leider nicht zu haben. Wie ich erfuhr, hat er den nächsten Zug zu einer Reise benutzt.“

„Jedenfalls kommt er wieder.“

„Ich hoffe es und bin also gezwungen, auf ihn zu warten. Bis dahin aber werde ich Sie ersuchen, mir Ihre Teilnahme nicht zu entziehen.“

„Ich stelle mich Ihnen zur Verfügung und bin, so weit es in meinen Kräften steht, zu Diensten bereit.“

„So sagen Sie mir aufrichtig, was ich von dem Kapitän zu befürchten habe.“

„Ich ziehe vor, Ihre eigene Meinung zu hören“, antwortete Müller vorsichtig.

„Nun, ich bin jetzt überzeugt, daß er sich in den Besitz meines Geldes setzen will.“

„Das glaube ich ebenfalls.“

„Und zwar durch ein Verbrechen.“

„Vermutlich!“

„Einen Mord?“

„Ich widerstreite Ihnen nicht.“

„So wäre es eigentlich am besten, ich entfernte mich einfach.“

„Einen besseren Rat kann auch ich Ihnen nicht geben.“

„Aber das widerstreitet meinem Charakter. Dieser alte Bösewicht soll sich in seiner eigenen Schlinge fangen.“

„Ich möchte Sie sehr zur Vorsicht mahnen.“

„Pah! Nun ich gewarnt bin, habe ich nichts mehr zu fürchten. Ich werde den Unbefangenen spielen.“

„Bis Sie der Gefangene werden!“

„Keine Sorge! Ich bin empört über ihn. Ich komme über die See herüber, um seiner Sache zu dienen, und aus Erkenntlichkeit dafür will er mich morden! Wenn dies keine Strafe verdient, dann braucht überhaupt nichts bestraft zu werden. Noch habe ich keinen Beweis gegen ihn in den Händen; ich werde mir aber solche Beweise verschaffen, selbst wenn ich dabei auf fremde Hilfe verzichten müßte."

„Wie wollen Sie das beginnen?"

„Indem ich ihm scheinbar vertraue."

„Glauben Sie wirklich, ihn täuschen zu können?"

„Ich kenne mich; ich werde es fertigbringen."

„Oh, er ist ein schlauer Fuchs!"

„Selbst der Fuchs geht ins Eisen! Ich werde ganz so tun, als ob ich auf seine Absichten eingehe."

„So sind Sie verloren."

„O nein! Ich brauche nur meine Anweisungen nicht zu unterschreiben, so bin ich sicher, daß mir nichts geschieht."

„Das scheint so; ich denke es auch; aber der Alte ist beinahe unberechenbar."

„Sie berechnen ihn doch auch und zwar mit Erfolg."

Müller zuckte die Achsel und antwortete:

„Es hat ein jeder seine eigene Weise im Rechnen; daher gelingt dem einen sehr leicht, worüber sich ein anderer vergebens den Kopf zerbricht."

Der Amerikaner zog die Brauen zusammen.

„Halten Sie mich vielleicht für einen Dummkopf?" fragte er.

„Nein, aber für einen heißblütigen Charakter. Es ist das ein Vorzug, kann aber auch leicht zum Schaden ausschlagen."

„Nun, zunächst bin ich noch im Vorteil: Ich habe meinen Verdacht, wovon der Alte gar nichts ahnt, ich habe ferner Ihre Warnung, welche Sie nicht ohne triftigen Grund ausgesprochen haben werden, und ich bin schließlich im Besitz des Geheimnisses, daß es hier verborgene Örtlichkeiten gibt."

„Dieser Besitz wird Ihnen nicht viel helfen."

„Ah pah! Ich werde den geheimen Gang, durch welchen der Alte zu mir kam, und durch welchen auch Sie gekommen sind, untersuchen!"

„Ich rate Ihnen sehr, dies zu unterlassen. Verlassen Sie das Schloß. Sie sind überall in Sicherheit, nur nicht hier!"

„Sie mögen recht haben; aber ich fühle mich gereizt, den Kampf mit diesem alten Spitzbuben unmittelbar zu führen. Können Sie mich über den verborgenen Gang aufklären?"

„Ich kenne diese Heimlichkeit selbst noch nicht vollständig."

„Ah, Sie bleiben zurückhaltend! Das tut mir leid. Ich sagte Ihnen bereits, welche Teilnahme ich Ihnen widme!"

„Ich bin Ihnen dankbar, Monsieur. Ich habe Ihnen bewiesen, daß diese Teilnahme eine gegenseitige ist."

„Gewiß! Aber wenn Sie ein wenig aufrichtiger sein wollten, würde ich mich viel glücklicher schätzen."

„Vielleicht ist mir dies später möglich. Sie wissen, daß ich nicht das bin, was ich zu sein scheine. Sie wissen, daß ich den Kapitän genau kenne, daß ich ihn beaufsichtige. Ich bitte Sie, auf meine Warnung zu hören und das Schloß baldigst zu verlassen."

„Das kann mir keinen Nutzen bringen. Sie wissen, daß ich an diese Gegend gebunden bin . . ."

„Das begreife ich nicht. Sie kommen, um mit dem Kapitän ein Geschäft abzuschließen; Sie sehen, daß er Sie betrügt, ja, daß er das Schlimmste sinnt – was ist es, was Sie an ihn binden könnte?"

„Ah, ihn meine ich nicht. Es gibt eine ganz andere Person, welche mich veranlaßt, in dieser Gegend zu bleiben. Ich nehme an, daß Sie erraten, wen ich meine. Habe ich nun einmal die Absicht, in dieser Gegend zu bleiben, warum denn nicht auch hier im Schloß?"

„Weil dies für Sie der gefährlichste Ort ist."

„O nein! In der Höhle des Löwen ist man oft sicherer, als außerhalb derselben. Der Kapitän kann mich finden, ob ich hier wohne oder in Thionville."

Müller erhob sich von seinem Sitz und sagte:

„Ich kann mir ein Recht, auf Ihre Entschlüsse und Bestimmungen einzuwirken, nicht anmaßen; ich habe es gut gemeint."

„Das sehe ich auch ein. Ich weiß, daß unsere Bekanntschaft zu jung ist, als daß Sie mir alles mitteilen könnten; ich strebe also darnach, mir Ihr Vertrauen zu erwerben, und dies wird mir leichter, wenn ich da wohne, wo auch Sie sich befinden – abermals ein Grund, in Ortry zu bleiben."

„Nun, so habe ich für jetzt nur eine Bitte."

„Sie ist Ihnen gewährt. Sprechen Sie!"

„Lassen Sie keinen Menschen ahnen, daß Sie von mir gewarnt worden sind."

„Ich werde schweigen."

„Und was auch passieren möge, verraten Sie nicht, daß ich den heimlichen Gang kenne und Sie mit Benutzung desselben hier besucht habe!"

„Auch das verspreche ich Ihnen, möchte aber allerdings gern eine Gegenbitte aussprechen."

„Lassen Sie hören!"

„Ich bemerke, daß Sie in einem Ton mit mir verkehren, wie es zwischen Personen gebräuchlich, welche sich Höflichkeit schulden, aber auch nichts weiter als Höflichkeit. Sie äußern zwar Teilnahme für mich, aber eine Teilnahme, wie man sie für einen jeden Menschen hat, der sich die Freundlichkeit seiner Mitbrüder nicht verscherzt hat. Ich sage Ihnen aufrichtig, daß mir dies nicht genügen kann."

Über Müllers Gesicht glitt ein sehr bezeichnendes Lächeln.

„Das klingt ja außerordentlich diktatorisch!" sagte er.

„Sehen Sie, bitte, von dem äußeren Klang ab! Ich strebe nach Ihrer Freundschaft; ich sehe ein, daß diese nicht im Sturm erobert werden kann, aber ebenso deutlich erkenne ich, daß irgend etwas zwischen uns liegt, was ich leider nicht zu bestimmen vermag. Es ist irgend etwas Unwägbares, irgend etwas nicht mit den Händen zu Greifendes, was aber trotzdem da ist und auch trotzdem seine Wirkung äußert. Ich würde Ihnen zum größten Dank verpflichtet sein, wenn Sie mir offen und ehrlich sagen wollten, was dieses unbestimmbare Hindernis eigentlich ist!"

„Ja, ja", nickte Müller bedächtig; „ich halte Sie für einen Südländer, und ich habe damit jedenfalls das Richtige getroffen. Man will über den Fluß hinüber, und so springt man mit beiden Beinen zugleich in das Wasser, ohne nur vorher zu überlegen, ob man schwimmen gelernt hat oder nicht!"

„Kann ich gegen meine Natur, gegen mein Temperament?"

„Nein, aber mäßigen kann man dieses Temperament! Doch, rechten wir nicht."

„Wollen Sie sagen, daß ich nicht recht habe?"

„Das behaupte ich nicht."

„Sie geben also zu, daß irgend etwas zwischen uns liegt, was eine herzliche Annäherung verhindert?"

„Ja, ich gebe es aufrichtig zu."

„Gott sei Dank! Darf ich nun aber auch dieses so fatale Hemmnis kennenlernen?"

„Sie werden es kennenlernen, seinerzeit; jetzt ist mir noch nicht erlaubt, es zu sagen."

„Liegt es in meiner Person?"

„Nein; diese wäre mir ja ganz und gar sympathisch, wie ich Ihnen offen gestehe."

„Oder in meinen Verhältnissen?"

„Nein, denn diese Verhältnisse sind mir unbekannt."

„Vielleicht in meinen Anschauungen und Intentionen?"

„Ja, das ist das richtige."
„Dann wird es mir nicht schwer werden, das, was Sie mir noch nicht mitteilen dürfen, zu erraten. Also es handelt sich um meine Anschauungen? Etwa um die religiösen?"
„Nein."
„Die politischen?"
Müller ließ ein leises Pfeifen hören, wiegte den Kopf hin und her und antwortete dann:
„Mein verehrtester Master Deephill, Sie sehen doch ein, daß ich Ihnen Ihre Fragen nicht weiterhin beantworten kann."
„Warum nicht?"
„Sehr einfach: Wenn ich Ihnen etwas nicht mitteilen darf, so ist es mir jedenfalls auch verboten, es Sie erraten zu lassen. Das eine wäre dann ganz genau so wie das andere."
„Gut, ich verstehe! Ich glaube aber, bereits beim Erraten zu sein und versichere Ihnen, über Ihre Worte nachzudenken."
„Tun Sie das. Ein gutes Nachdenken ist in keiner Lage überflüssig. Es sollte mich freuen, wenn unsere Bekanntschaft eine gewinnreiche für Sie werden könnte!"
„Das ist ja mein Wünschen und Sehnen. Ich habe gelitten, was Tausende nicht zu tragen vermöchten. Ich habe mich elend gefühlt, elend und verlassen, wie selten einer. Ich hatte ein Glück verloren, wie es größer keines geben konnte, und ich wanderte rast- und ruhelos, um es wiederzufinden. Jetzt ist es, als wolle mir nach langer Finsternis eine neue Morgenröte leuchten. Soll es eine Täuschung sein? Soll es für mich allein kein Sternchen geben, wo doch über dem Allerärmsten die Sonne Gottes leuchtet?"
Er hatte aus dem tiefsten Innern heraus gesprochen. Sein Blick hing fast wie mit Angst an Müllers Auge. Dieser war selbst tief gerührt. Er streckte ihm die Hand entgegen und antwortete:
„Warum sollten Sie verzagen? Ich bin gewiß, daß es auch für Sie noch einen Strahl des Lichtes gibt. Aber wenn Sie so sehr und so viel bitten, so sagen Sie mir, in welchem Land Ihr Weh seinen Anfang nahm!"
„Hier, in Frankreich."
„Warum kehren Sie zurück? Warum werfen Sie sich mit Gewalt der bösen Erinnerung in die Arme? Warum bringen Sie einem Land Opfer, dem Sie bereits das größte Opfer, Ihr Lebensglück, gebracht haben?"
Deephill blickte sinnend vor sich nieder.
„Es liegt in Ihrer Frage etwas mir Unverständliches", sagte er;

„aber obgleich ich es nicht verstehe, fühle ich doch, daß es ein Fingerzeig für mich sein soll, eine Mahnung, eine Warnung, der ich gern gehorchen möchte."

„Sie raten ganz richtig, Monsieur! Ich meine, Sie haben ein Herzensglück verloren. Suchen Sie sich jetzt ein solches, warum werfen Sie sich denn äußeren Eventualitäten in die Arme, von denen Sie ein Glück niemals zu erwarten haben? Wenn Sie jetzt dem König Schach bieten, so haben doch nicht Sie nötig, auch va banque zu spielen. Sie erfahren es an dem alten Kapitän, daß Sie dabei doch nur zugrunde gehen! Hier meine Hand! Ich fühle, daß ich Sie liebhaben könnte! Denken Sie über meine Worte nach und finden Sie das Richtige, so wird es sicherlich zu Ihrem Glück sein! Jetzt gute Nacht!"

„Gute Nacht!" wiederholte der Amerikaner mechanisch.

Sein Blick folgte Müller, wie dieser sich durch den geheimen Eingang entfernte und dann das Getäfel wieder in die rechte Lage brachte. So stand er eine ganze Weile. Endlich ging ein helles Leuchten über sein Gesicht.

„Es wird sicherlich zu Ihrem Glück sein!" wiederholte er. „Ah, sie liebt mich! Er hat mir ihr gesprochen. Sie liebt mich; er hat es erfahren. Ich werde glücklich sein – aber nur dann, wenn ich das Richtige finde! Was aber ist das? Was hat er damit gemeint? Ich muß mir ein jedes seiner Worte wiederholen. Er hat mit ganzer Überlegung gesprochen, und ein jedes seiner Worte hat Bedeutung. Er ist ein ganzer Mann, und ich muß erfahren, was er gemeint hat!"

Der nächste Tag verging ohne besondere Ereignisse. Müller hatte sich mit seinem Schüler zu beschäftigen, und am Nachmittag fuhr Marion nach Thionville, um ihre neue Freundin, Miß de Lissa, zu besuchen. Der alte Kapitän hatte sich nur während des Mittagessens sehen lassen und kam auch während des Abendbrots nur für wenige Augenblicke in den Speisesaal. Rallion, der Jüngere, hütete das Zimmer; sein Vater war abgereist.

So nahte die Zeit, in welcher man zur Ruhe zu gehen pflegt. Müller verschloß seine Wohnung und schlich sich nach derjenigen Marions.

Das schöne Mädchen hatte bereits auf ihn gewartet.

„Willkommen!" sagte sie. „Sind Sie mit allem versehen?"

„Ja."

„Die Laterne?"

„Ich habe sie mit."

„Waffen?"

„Zwei Revolver, also mehr als genug."

„So wollen wir uns auf unseren Beobachtungsposten zurückziehen. Kommen Sie!"

Sie verlöschte das Licht und führte ihn in die Garderobe, in welcher eine Kerze brannte. Sie verschloß die Tür hinter sich. Man konnte von hier aus durch die dünnen Gardinen alles bemerken, was im Schlafzimmer vor sich ging.

„So, setzen wir uns", sagte Marion. „Ich habe diese beiden Sessel selbst heimlich herbeigeschafft."

In der Nähe der Tür standen zwei solche nebeneinander, auf denen die beiden Platz nahmen.

„So! Nun kann es beginnen", meinte die Baronesse, nachdem sie das Licht ausgeblasen hatte.

„Wird die Zofe hier schlafen?"

„Ja. Ich habe freilich ein – ein gewisses Opfer bringen müssen."

„Das bedaure ich sehr."

„Es ging nicht anders; es gab keinen stichhaltigen Grund als nur diesen einzigen."

Sie sprach nicht weiter. Müller hätte diesen Grund sehr gern kennengelernt, unterließ aber jede Frage, da dies als zudringlich erschienen wäre. Doch sie fuhr freiwillig fort:

„Sie müssen nämlich wissen, daß ich ein sehr romantisch gestimmtes Wesen bin."

„Davon habe ich noch nichts bemerkt."

„O doch", lachte sie leise vor sich hin. „Denken sie sich: Ich habe über mein Herz verfügt!"

„O wehe!"

„Ich bin in dem glücklichen Besitze eines heimlich Angebeteten."

„Der Beneidenswerte!"

„Es ist mir aber verboten worden, ihm zu gehören."

„Das ist sehr traurig."

„Darum sehen wir uns auch nur heimlich."

„Wie rührend, aber unvorsichtig!"

„Auch heute erwartet er mich!"

„Der Ritter Toggenburg!"

„Ich fliege zu ihm!"

„Glückliche Schwalbe!"

„Aber die Baronin hat eine Ahnung. Sie könnte sich überzeugen wollen, daß ich anwesend bin, daß ich schlafe."

„Der Knoten löst sich mehr und mehr."

„So muß also die Zofe an meiner Stelle schlafen."

„Haben Sie ihr das alles gerade so gesagt?"

„O nein! Das würde mir eine Unmöglichkeit gewesen sein. Ich habe sehr, sehr wenig gesagt, sie aber viel erraten lassen. Hat sie ihre Phantasie zu sehr in Tätigkeit gesetzt, so ist das nun nicht meine Schuld."

„Sie wird übrigens sehr bald in Erfahrung bringen, weshalb sie veranlaßt wurde, Ihre Stelle einzunehmen. Ah! Sehen Sie? Die Zofe kommt!"

Die Genannte trat ein, mit einem Licht in der Hand. Sie sah sich um, verschloß die Tür des Wohnzimmers und machte es sich dann im Schlafzimmer bequem. Sie nahm einige Bücher aus dem Schrank und blätterte nach Bildern, bis sie müde zu werden schien. Dann entkleidete sie sich, verlöschte das Licht und legte sich schlafen.

Während der letzten zehn Minuten hatte Müller sich vom Stuhl erhoben und war an das Fenster getreten. Als das Licht verlöschte, kehrte er zu seinem Sitz zurück.

„Es ist bereits halb zwölf", flüsterte Marion. „Wann denken Sie, daß sie kommen?"

„Wer weiß es! Jedenfalls kommen sie nicht eher, als bis sie denken, daß Sie fest schlafen, gnädiges Fräulein."

„Das ist eine kleine Geduldsprobe für uns."

„Bitte, ruhen Sie immerhin. Ich werde wachen."

„Oh, meinen Sie, daß ich schlafen könnte? Nein. Ich bin in so gespannter Erwartung, daß es mir unmöglich wäre, auch nur zwei Augenblicke zu schlafen."

Von nun an schwiegen beide. Es verging Viertelstunde um Viertelstunde, bis die erste Stunde nahe war. Man hörte die Zofe leise schnarchen. Da zuckte Marion zusammen.

„Hören Sie?" flüsterte sie.

„Ja. Sie kommen. Sie haben an einen Stuhl gestoßen."

Beide lauschten mit angehaltenem Atem. Während der Zeit von einigen Minuten war nichts zu hören; dann aber vernahmen sie ein Geräusch, wie wenn Federbetten bewegt werden. Nachher waren Schritte zu vernehmen, auf welche jetzt nicht mehr die vorige Sorgfalt verwendet wurde. Dann wurde es wieder still.

„Es ist geschehen", sagte Marion leise.

„Sie werden ihren Irrtum bemerken und bald wiederkommen."

„Gott! Erst jetzt fühle ich so deutlich, welcher Gefahr ich entgangen bin. Monsieur, wie sehr, sehr danke ich Ihnen."

Er fühlte seine Hand ergriffen. Er faßte ihr Händchen und wagte es, dasselbe an seine Lippen zu ziehen. Sie duldete es. Er küßte diese schöne warme Hand wieder und immer wieder, und sie entzog sie ihm nicht. Er gab die Hand nicht wieder frei; er hielt sie fest zwischen seinen Händen, und sie widerstrebte auch jetzt noch nicht. Ja, nach einiger Zeit fühlte er eine Berührung seiner Schulter. Eine wahrhaft himmlische Wonne durchströmte seinen ganzen Körper. Ihr Köpfchen war auf seine Achsel niedergesunken, und da ließ sie es ruhig und vertrauensvoll liegen.

War sie ermüdet? War sie doch noch eingeschlafen? Er fragte es sich gar nicht. Er hatte gar keinen Raum für diese Frage; er war ja ganz erfüllt von der Wonne, die ihn durchflutete.

So saßen sie nun abermals Viertelstunde um Viertelstunde, ohne zu sprechen, ja sogar ohne sich zu bewegen, bis sich dann unten vom Hof herauf Pferdegetrappel hören ließ.

Die Baronin hatte sich nämlich gerade angeschickt, Nachttoilette zu machen, als sich der Kapitän bei ihr anmelden ließ. Erstaunt über einen so ungewöhnlichen Besuch, hatte sie ihn empfangen.

„Sind wir allein und unbelauscht?"

„Sie sehen, daß wir allein sind", antwortete sie. „Zu lauschen wagt bei mir kein Mensch."

„Dann habe ich Ihnen eine wichtige Neuigkeit mitzuteilen."

Sie war seine Freundin nicht; sie haßte ihn, und nur in ihrem Haß gegen andere waren sie einig. Darum vermutete sie auch jetzt nichts Gutes.

„Eine Neuigkeit?" fragte sei. „Ich glaube nicht, daß sie mich erfreuen wird."

„Sie irren. Es ist eine sehr gute Botschaft. Sie werden nämlich verreisen, Frau Baronin."

„Ich? Verreisen? Wann?"

„Noch während dieser Nacht."

„Was fällt Ihnen ein! Wohin?"

„Bis vor das Schloßtor."

Sie begann zornig zu werden.

„Herr Kapitän!" rief sie.

Er musterte sie mit überlegenem Blick und fragte:

„Was beliebt?"

„Soll ich etwa annehmen, daß ich der Gegenstand irgendeines Ihrer schlechten Witze sein soll?"

„Nein, obgleich es ein außerordentlich guter Spaß ist, den ich heute vorhabe. Sie sollen nämlich an Stelle Marions verreisen."

„Ich verstehe Sie nicht!"

„Ich bin es leider längst gewöhnt, bei Ihnen kein Verständnis zu finden. Dieses Mal aber wird es Ihnen hoffentlich nicht schwer werden, mich zu begreifen. Sie wissen, daß Marion sich weigert, dem Obersten Rallion ihre Hand zu geben . . ."

„Ich habe ihr leider nichts zu befehlen, würde ihren Widerstand aber schon zu brechen wissen."

„Wirklich? Was würden Sie tun?"

„Sie zwingen! Sehr einfach!"

Der Alte ließ ein kurzes, verächtliches Lachen hören und fragte:

„Darf ich wohl erfahren, welcher Art der Zwang sein würde, den Sie in Anwendung zu bringen gedächten?"

„Ich habe jetzt noch nicht an etwas Spezielles gedacht, bin aber sicher, daß ich ein passendes Mittel finden würde."

„Nun, während Sie noch gar nicht nachdenken, bin ich bereits beim Handeln. Ich werde Marion so lange bei Wasser und Brot einsperren, bis sie gefügig wird."

Diese Nachricht war der Baronin hoch willkommen.

„Das wäre allerdings das Klügste", sagte sie, „aber ich glaube nicht, daß Sie diesen guten Vorsatz auch wirklich zur Ausführung bringen!"

„Sie irren abermals. Heute nacht wird Marion eingesperrt."

„Wohin?"

„Das ist meine Sache. So viel ist aber gewiß, daß kein Mensch den Ort entdecken wird. Sie erhält ihre Freiheit nur als Rallions Verlobte wieder."

„Recht so! Aber, man wird sie vermissen!"

„Daß dies nicht geschehen wird, dafür haben eben Sie zu sorgen! Marion wird verreisen. Es ist eine Nachricht gekommen. Es wird angespannt, und ich bringe sie nach dem Bahnhof, ich selbst, nicht der Kutscher. An ihrer Statt aber steigen Sie ein. Man wird diese Verwechselung gar nicht bemerken, da es finster ist. Es genügt, daß eine Dame einsteigt. Sie nehmen den großen Schlüssel mit. Draußen lasse ich Sie absteigen, und Sie kehren mit Hilfe des Schlüssels möglichst unbemerkt in Ihre Wohnung zurück. Später komme ich natürlich ohne Marion vom Bahnhof."

Sie nickte ihm beistimmend zu.

„Gut ausgedacht!" sagte sie. „Aber wird Marion sich gutwillig einsperren lassen?"

„Das ist abermals meine Sache. Hat sie sich in meinen Befehl gefügt, so werde ich dafür sorgen, daß sie von ihrer Reise zurückkehrt. Sind Sie bereit zu helfen?"

„Gewiß! Wann werden Sie anspannen lassen?"

„Der Zug geht kurz nach vier Uhr. Sie werden um drei bereit sein müssen."

„Schön. Ich stehe ganz zu Ihrer Verfügung."

Man sah ihr die Freude an, welche sie über diesen Streich fühlte, der ihrer verhaßten Stieftochter gespielt werden sollte. Der Kapitän machte ihr eine ironisch-achtungsvolle Verbeugung und sagte:

„Ich bin Ihnen sehr verbunden, würde mich aber glücklich fühlen, wenn die Frau Baronin die Güte haben wollte, auch in anderen Angelegenheiten von so harmonischer Gesinnung mit mir zu sein."

Er ging und wartete bei sich, bis alles zur Ruhe war; sodann begab er sich durch den geheimen Gang zu Rallion, der ihn bereits mit Ungeduld erwartete. Der Gedanke, nun mit Sicherheit auf Marions Besitz rechnen zu können, ließ ihn das Verwerfliche der geplanten Tat vollständig übersehen.

„Endlich!" sagte er. „Ich dachte, Sie würden viel früher kommen, Herr Kapitän."

„Wir haben noch nichts versäumt. Vielleicht kommen wir sogar noch zu früh. Hier, nehmen Sie!"

Er gab dem Grafen ein Paar Filzschuhe, wie er selbst auch welche angezogen hatte.

„Wozu das?" fragte Rallion verwundert.

„Um das Geräusch unserer Schritte zu dämpfen. Es darf uns natürlich niemand hören. Ziehen Sie die Schuhe an, und dann wollen wir gehen."

Der Graf kam dieser Aufforderung nach und folgte dann dem Alten durch die geheime Tür hinaus nach den verborgenen Treppengängen. So gelangten sie beim Schein der Laterne, welche der Alte trug, nach dem Wohnzimmer Marions. Vor der Täfelung blieb der Alte halten, schloß die Blendlaterne und steckte sie ein.

„Jetzt nicht das geringste Geräusch!" sagte er. „Ich werde erst nachsehen, ob sie vielleicht noch wach ist."

„Wo befinden wir uns?" fragte der Oberst.

„Vor dem Wohnzimmer. Aus diesem geht es durch Portieren nach der Schlafstube. Warten Sie."

Er schob die Täfelung ganz leise zurück. Der Raum, in den er blickte, war vollständig dunkel. Er trat ein und schlich sich nach der Portiere. Auch das Schlafzimmer war ohne Licht. Er huschte lautlos nach dem Bett und horchte. Die leisen, regelmäßigen Atemzüge, welche er deutlich hörte, bewiesen ihm, daß der Schlaf seines Opfers ein fester sei. Er brachte das Chloroform in Anwendung. Dies nahm eine ziemliche Zeit in Anspruch, so daß der Graf ungeduldig wurde. Er sah und hörte nichts, und so lag ihm der Gedanke nahe, daß irgend etwas nicht in Ordnung sei. Endlich hörte er das leise Heranschleichen des Alten.

„Wo haben Sie nur gesteckt?“ flüsterte er diesem zu.

„Bei Marion natürlich! Denken Sie etwa, das Chloroform wirkt bereits nach einigen Sekunden?“

„Nein, aber mir scheint, es sind mehrere Viertelstunden vergangen. Ich dachte bereits, daß Ihnen etwas geschehen sei.“

„Pah! Mir geschieht nichts.“

„So ist alles in Ordnung?“

„Alles.“

„Dann will ich mit hinein ins Zimmer.“

„Halt, warten Sie noch. Wir müssen uns erst sagen, auf welche Weise wir das Mädchen fortschaffen.“

„Nun, tragen müssen wir es natürlich.“

„Das versteht sich ganz von selbst. Die Anwendung des Chloroforms ist nicht ganz ungefährlich. Darum habe ich mit der Dosis gespart. Es ist möglich, daß Marion unterwegs erwacht.“

„Das schadet nichts.“

„Mir nicht, aber Ihnen.“

„Wieso!“

„Wollen Sie etwa, daß sie bemerkt, wer es ist, dem sie ihre Gefangenschaft zu verdanken hat?“

„Hm. Sie haben recht. Sie soll wenigstens nicht wissen, daß ich auch bei dieser Ortsveränderung mitgewirkt habe.“

„Ja. Wir müssen Ihnen vorerst die Chance offenhalten, als ihr Retter aufzutreten. Darum dürfen wir während der kurzen Zeit kein Licht brennen.“

„Aber ich kenne die Örtlichkeit gar nicht, und es ist ja so finster, daß ich unbedingt Licht brauche.“

„Sie brauchen keins. Ich werde Ihnen genau sagen, wie wir zu gehen haben.“

„Aber Marion ist doch – hm.“

„Nun, was ist sie denn?“

„Entkleidet.“

„Das kann uns nicht stören. Die Kleider liegen auf dem Sofa; die nehmen Sie, während ich das Mädchen nehme. Ich binde

Marion ganz einfach in das Bettuch. Vorerst kann ich sie allein tragen. Später werden Sie freilich mit zuzugreifen haben. Jetzt vorwärts."

Sie schlichen sich nach dem Schlafzimmer, wo der Graf bald die zurückgelassenen Kleidungsstücke der Zofe fand. Er brauchte nicht lange zu warten, so raunte der Alte ihm zu:

„Fort. Ich habe sie."

Von der Möglichkeit, belauscht zu werden, hatten sie keine Ahnung. Draußen angekommen, schob der Alte die Täfelung mit dem Fuß zu, und dann stiegen sie langsam die Treppe hinab.

Es war das keineswegs leicht, da der Raum außerordentlich schmal war. Aber der Kapitän besaß trotz seines Alters so viel Körperkraft, daß ihm die Last, welche er trug, nicht übermäßig schwer wurde. Sie gelangten hinunter in den Hauptgang, da, wo die verborgenen Treppen ihren Ausgang nahmen.

„So", sagte der Alte. „Hier muß ich ein wenig ausruhen."

„Wohin denn?"

„Es geht jetzt stets zu ebener Erde fort. Gehen Sie hinter mir, und nehmen Sie ein wenig Fühlung, dann können Sie keinen einzigen Fehltritt tun."

Sie begannen nun die Wanderung, immer in das tiefe Dunkel hinein. Es wurden einige Türen geöffnet. Später fühlte der Graf hölzerne Wände, wie von aufeinanderstehenden Kisten zu seiner Rechten und Linken. Dann blieb der Alte halten.

„Am Ziel", sagte er.

„Schön! Das war ein verdammtes Avancieren. Wo befinden wir uns jetzt?"

„Das werden Sie nachher sehen."

„Ist Marion noch betäubt?"

„Ja! Sie hat sich noch nicht bewegt."

Er legte seine Last zu Boden und öffnete dann eine Tür. Sie drehte sich laut kreischend in den verrosteten Angeln.

„Das ist die Einzelhaftzelle", sagte er. „Fühlen Sie den Eingang?"

„Ja."

„Werfen Sie die Kleider hinein. Ich werde unsere Gefangene darauf betten."

Der Graf gehorchte diesem Gebot. Die Angeln kreischten wieder; mehrere Riegel wurden vorgeschoben, und dann nahm der Alte die Laterne heraus.

„So, jetzt sollen Sie sehen, wo Sie sich befinden", sagte er, indem er das Licht auf die Umgebung fallen ließ. Es war ganz dasselbe Gewölbe, in welchem Müller sich des Schlüssels bemächtigt hatte.

Dem Grafen war doch ein wenig bange um Marion geworden.

„Sie wird doch nicht etwa erstickt sein?“ sagte er.

„Nein. Sie atmete. Ich bin überzeugt, daß sie in kurzer Zeit zu sich kommen wird.“

„Ich möchte doch sehen, wie sie sich benimmt.“

„Das ist unmöglich. Übrigens können Sie sich leicht denken, wie freudig überrascht sie sein wird, sich in so sicherer Verwahrung zu befinden.“

„Hat sie Essen und Trinken?“

„Nein. Das würde ja ganz und gar gegen unsere Absichten sein.“

„Und wann gehe ich zu ihr?“

„Nicht vor morgen abend. Sie soll ihre jetzige Lage wenigstens vierundzwanzig Stunden lang empfinden. Ich werde übrigens dabeisein, wenn ich mich auch nicht sehen lasse. Kommen Sie jetzt, wir kehren zurück.“

Er führte Rallion denselben Weg zurück, auf welchem sie gekommen waren, und verriegelte dann die Täfelung von außen, um seinem Verbündeten die Möglichkeit eines selbständigen Handelns abzuschneiden. In seinem Zimmer angekommen, war er mit sich selbst sehr zufrieden.

„So“, sagte er zu sich, „was wird sie denken, wenn sie beim Erwachen bemerkt, wo sie sich befindet? Sie wird natürlich sofort ahnen, wer ihr diesen Streich gespielt hat. Das ist der Anfang der Strafe für den Widerstand, den sie mir zu leisten wagte.“

Jetzt nun endlich wechselte er den Anzug und begab sich zum Kutscher hinab, welchen er natürlich zu wecken hatte.

„Das Coupé heraus“, sagte er. „Die gnädige Baronesse wird verreisen.“

Der Mann war etwas verwundert und erkundigte sich:

„Nach dem Bahnhof, gnädiger Herr?“

„Ja. Ich fahre selbst. Du wirst schon hören, wenn ich zurückkehre.“

Der Kutscher führte den Befehl aus. Er schirrte die Pferde ein, spannte sie an und brannte auch die Wagenlaterne an. Der Alte brachte die Dame geführt. Sie war verschleiert. Der Kutscher zweifelte nicht im mindesten daran, daß es die Baronesse Marion sei. Er schloß das Tor auf und verschloß es dann hinter den Fortfahrenden wieder.

Dann kehrte er in seine Kammer zurück und brannte sich eine Pfeife an. Er konnte den nach Thionville führenden Weg von hier aus beobachten und mußte also an den Wagenlaternen die Wiederkehr des Alten bemerken. Davon aber, daß nach einiger Zeit die im Tor befindliche kleine Pforte leise geöffnet wurde, bemerkte er nichts. Die Baronin kehrte heimlich in ihre Wohnung zurück.

Am anderen Morgen sprach es sich sehr schnell herum, daß Baronesse Marion plötzlich habe verreisen müssen. Der Kapitän hielt es für ein Gebot der Klugheit, am Frühstückstisch zu erscheinen, um die Anwesenden mit der Abreise seiner Verwandten bekannt zu machen. Müller nahm die darauf bezügliche Bemerkung schweigend hin, konnte aber doch nicht umhin, einen erwartungsvollen Blick nach der Tür zu werfen.

Diese öffnete sich, als man soeben mit dem Frühstück begonnen hatte – Marion trat ein und grüßte ganz in herkömmlicher Weise.

Der Alte sprang bei ihrem Anblick vom Stuhl auf und starrte mit weit aufgerissenen Augen das Mädchen an.

„Marion. Alle Teufel!" entfuhr es ihm.

Sie schritt in ruhiger Haltung nach ihrem gewöhnlichen Platz und fragte verwundert:

„Was ist? Ist mein Erscheinen heute etwas so Auffälliges?"

„Ich denke – ah. Unbegreiflich."

„Was ist unbegreiflich?"

Da nahm Müller das Wort, indem er sagte:

„Der Herr Kapitän sagte uns soeben, daß Sie während der vergangenen Nacht ganz unerwartet zu einer plötzlichen Abreise gezwungen worden seien."

Da schüttelte Marion den Kopf und sagte im unbefangensten Ton:

„Da hat sich der Herr Kapitän sehr geirrt. Ich wüßte nicht, was mich jetzt zu einer Reise veranlassen könnte."

Der Kapitän vermochte sich das Erscheinen Marions nicht zu erklären. Ihr Verhalten zeigte auch keineswegs etwas Feindseliges. Er beschloß also, einstweilen zu schweigen. Aber als er nach eingenommenem Frühstück für kurze Zeit am Fenster stand und Marion unter irgendeinem Vorwand sich ihm näherte, richtete er seine Augen stechenden Blickes auf ihr Gesicht und sagte:

„Was ist das für ein Rätsel? Man sagte mir, daß du nach dem Bahnhof gebracht worden seiest."

„Von wem?"
„Darnach habe ich nicht gefragt. Auch erfuhr ich, daß du dich während der Nacht nicht in deinem Zimmer befunden habest."
„Wer sagte das?"
„Deine Zofe."
„Sie hatte recht. Ich war allerdings nicht in meiner Wohnung."
Der Kapitän öffnete die Augen womöglich noch weiter und fragte:
„Wo denn?"
„Interessiert dich das so sehr?"
„Natürlich. Man sagte mir, du seist verreist; du kommst trotzdem zum Frühstück; da muß ich allerdings sehr wißbegierig sein, wie das zusammenhängt."
„Das möchte ich selbst gern wissen. Ich bin nicht auf den Gedanken gekommen, zu verreisen."
„Aber wo befandest du dich?"
„In Sicherheit, Herr Kapitän!"
Diese Antwort war scheinbar ganz leichthin gegeben, aber es traf ihn dabei ein Blick, welcher ihm sagte, daß diese Worte eine tiefere Bedeutung hätten.
„In Sicherheit?" fragte er. „Ich begreife nicht, was du mit diesen Worten sagen willst. Ich denke, daß ein jeder hier in Ortry sich in Sicherheit befindet."
„Vielleicht sind andere nicht ganz derselben Meinung."
Sie wendete sich von ihm ab und verließ den Speisesaal. Darauf hatte die Baronin gewartet. Sie trat sofort zu dem Alten heran und fragte:
„Können Sie mir das erklären?"
„Nein", antwortete er.
Es war ihm anzusehen, daß er sich in außerordentlicher Verlegenheit befand.
„Sie haben aber doch mit ihr gesprochen. Sie haben sich natürlich erkundigen müssen."
„Freilich, freilich tat ich das."
„Was antwortete sie?"
„Sie wich mir aus."
Die Baronin räusperte sich und ließ ein Lächeln sehen, welches so ziemlich impertinent genannt werden konnte.
„Verehrtester Herr Kapitän", sagte sie, „ich beginne zu ahnen, daß Sie heute nacht einen Streich begangen haben, welcher keine große Bewunderung verdient."
„Danke für diese Kompliment", stieß er hervor.

„Es war jedenfalls ein verdientes. Sie haben sich überhaupt gestern nicht sehr lobenswert benommen."

Er wußte, daß sie ihn haßte, aber in dieser Weise hatte sie noch nicht mit ihm zu sprechen gewagt. Die anderen Anwesenden hatten sich entfernt; er befand sich mit der Baronin jetzt allein, darum brauchte er nicht übermäßig leise zu sprechen. Er richtete sich möglichst stolz empor und sagte:

„Welche Sprache erlauben Sie sich, gnädige Frau?"

„Eine sehr deutliche."

„Das aber verbitte ich mir. Was wollen Sie mit diesem ‚nicht sehr lobenswert benommen' bezeichnen?"

„Ihr gestriges Verhalten zu der Engländerin."

„Darf ich Sie bitten, deutlicher zu sein?"

„Sie waren beim Anblick dieser Dame vollständig konsterniert."

„Nur überrascht."

„Oh, ich dächte, es wäre etwas mehr gewesen, als eine bloße Überraschung. Sie waren nicht überrascht, erstaunt oder betreten, sondern förmlich erschrocken."

Er ließ ein überlegenes, spöttisches Lachen hören, musterte sie mit einem höhnischen Blick und antwortete:

„Sie sprechen wie ein Gelehrter. Das hätte ich einer Schäfers- oder Hirtentochter keineswegs zugetraut."

„Wohl ebensowenig, wie ich Ihnen eine solchen Mangel an Selbstbeherrschung zugetraut hätte. Die Engländerin scheint eine Ähnlichkeit mit einer Ihnen sehr bekannten Persönlichkeit zu besitzen."

„Allerdings."

„Und das brachte Sie so aus aller Fassung?"

„Pah! Es war mir nur auffallend."

„Ich hörte aber, daß Sie mit dieser Dame bereits in der Nähe des verunglückten Zuges gesprochen haben."

„Allerdings."

„Ohne daß Ihnen bereits da diese Ähnlichkeit aufgefallen ist?"

„Ich muß das freilich zugestehen. Es mag dies daran liegen, daß es zweierlei ist, eine Person am Tag oder bei täuschendem Lampenlicht zu erblicken."

„Mir aber dennoch unbegreiflich. Sie hielten sie für eine gewisse Margot. Trug nicht Ihre Schwester diesen Namen?"

„Ja. Aber was bezwecken Sie mit diesen Erkundigungen? Ich habe Ihnen noch niemals die Erlaubnis gegeben, mich in dieser Weise ins Verhör zu nehmen."

„Sie vergessen, daß wir jetzt Verbündete sind."
Er zuckte die Achseln, warf ihr einen Blick nur so von der Seite her zu und fragte:
„Glauben Sie das wirklich?"
„Natürlich. Nach dem, was ich gestern auf Ihren Antrieb tun mußte, habe ich jedenfalls Veranlassung, mich Ihre Verbündete zu nennen."
„Das waren Sie gestern, heute aber nicht mehr."
„Und dennoch bin ich es. Oder soll ich nicht fragen dürfen, wie Marions Erscheinen mit ihrer angeblichen Abreise ungefähr zusammenhängt?"
„Das weiß ich ja selbst nicht."
„Ich denke, sie ist Ihre Gefangene?"
„Ich dachte es auch; ich war überzeugt davon."
„Sie hat sich also selbst befreit?"
„Das habe ich bisher für ein Ding der Unmöglichkeit gehalten. Ich werde mir schleunigst Klarheit verschaffen."
Er ging, aber nicht nach seiner Wohnung, sondern nach derjenigen des Grafen Rallion. Er fand denselben im Bett liegend.
„Ah, Herr Kapitän!" meinte Rallion. „Das ist ein sehr unerwarteter Besuch."
„Wohl auch ein unwillkommener?"
Er warf dabei einen höchst mißtrauischen Blick auf den Grafen.
„Unwillkommen?" fragte dieser. „Was denken Sie? Zwar liege ich noch im Bett. Aber Sie erlauben mir, mich zu erheben. Ich wollte die heute nacht geopferte Ruhe nachholen."
„Wann gingen Sie schlafen?"
„Sofort nach unserer Verabschiedung."
„Sie haben geschlafen und bis jetzt das Bett nicht verlassen?"
„Keinen Augenblick. Aber warum diese Fragen? Sie kommen mir einigermaßen eigentümlich vor."
„Das glaube ich Ihnen. Sie scheinen ja ganz fieberhaft erpicht auf Ihre Rolle zu sein."
„Ich verstehe Sie nicht. Welche Rolle meinen Sie?"
„Die des Retters bei Marion."
„Da haben Sie recht. Ich kann den Abend kaum erwarten."
„Sie haben ihn nicht erwartet; ich weiß das bereits."
„Ich verstehe Sie nicht, mein bester Freund."
„O bitte. Wir wollen das Wort Freund nicht in Anwendung bringen. Ich mag es nicht zur Bezeichnung eines Mannes gebrauchen, auf den ich mich nicht verlassen kann."

„Donnerwetter! Sie werden immer mystischer."

„Und Sie zeigen eine Verstellungskunst, welche ich bei Ihnen bisher nicht gesucht habe."

Da richtete sich der Graf empor.

„Herr Kapitän", sagte er, „spielen Sie nicht Theater. Ich bemerke zu meinem Erstaunen, daß Sie irgend etwas gegen mich haben, obgleich ich mir keines Fehlers bewußt bin. Sagen Sie, was Sie mir vorzuwerfen haben."

„Daß Sie meinen Befehl übertreten haben."

„Befehl! Ah, ich möchte wissen, wer auf Ortry der Mann sein könnte, einen Grafen Rallion Befehle zu erteilen!"

„Ich."

„Ah pah! Eine Weisung können Sie mir erteilen, aber keinen Befehl. Doch, streiten wir uns nicht. Machen Sie es kurz. Was habe ich verbrochen?"

„Sie haben dort den geheimen Ausgang forciert."

„Forciert? Ich?"

„Ja, trotzdem ich die Täfelung verriegelt hatte."

„So, also das habe ich getan?"

„Ja, aber noch mehr."

„Noch mehr? Darf ich das erfahren?"

„Sie haben sich in die geheimen Gänge begeben."

„Darf ich fragen, zu welchem Zweck?"

„Um Marion zu befreien."

„So, so. Also das habe ich getan? Wirklich?"

„Wollen Sie es etwa leugnen?"

„Gewiß leugne ich es."

„Ich beweise es Ihnen aber."

„Das wird Ihnen wohl schwerlich gelingen."

„Sofort. Ich habe mit Marion gesprochen."

„In dem Gefängnis?"

„Nein, sondern im Speisesaal, beim Frühstück."

Jetzt sprang der Graf aus dem Bett, fuhr mit den Füßen in die Pantoffeln, griff zum Schlafrock und sagte:

„Da muß ich aufstehen; da kann ich freilich nicht liegenbleiben. Sie spielen ein wenig Komödie mit mir."

„Das fällt mir gar nicht ein. Sie haben mir da einen Streich gespielt, der unseren ganzen Bau über den Haufen wirft."

„Nun ist's genug! Jetzt darf ich nicht länger zuhören. Also Sie haben Marion wirklich gesehen?"

„Ja."

„Mit ihr gesprochen?"

„Ja."
„Am Frühstückstisch?"
„Ja."
„Das ist ja unmöglich, vollständig unmöglich!"
„Das ist sogar eine Wirklichkeit, welche Sie am allerbesten zu erklären vermögen."
„Sie machen mir also alle die Vorwürfe wirklich im Ernst?"
„Wollen Sie etwa glauben, daß ich zum Scherz aufgelegt bin, nachdem ich durch das Erscheinen Marions so blamiert wurde?"
Da faßte Rallion ihn bei der Schulter und rief:
„Kapitän, ich muß fast glauben, daß Ihr Kopf auf einem falschen Platz steht. Wer hat den Schlüssel zu den sämtlichen Türen, durch welche wir heute nacht kamen?"
„Ich."
„Und ich soll dann diese Türen geöffnet haben? Womit denn?"
„Natürlich auch mit Schlüsseln."
„Woher soll ich diese haben?"
Da stieß der Alte ein höhnisches Lachen aus und antwortete:
„Halten Sie mich denn wirklich für so eine Schwachkopf? Ich glaubte bis vorhin allerdings, die verlorenen Schlüssel hinter den Kisten suchen zu müssen, jetzt aber weiß ich, daß sie in Ihre Hände gelangt sind."
„Aber, Kapitän, Mensch, Freund. Sind Sie denn ganz und gar des Teufels? Ich habe keine Schlüssel!"
„Wirklich nicht?"
„Bei meiner Ehre. Und wenn ich sie hätte, was würden sie mir nützen? Ich kann doch nicht da hinaus!"
Er deutete dabei nach dem geheimen Ausgang.
„Sie sind nicht da hinaus?"
„Nein. Sie haben doch verriegelt."
„Schön. Wollen sehen."
Er trat zur Täfelung und untersuchte dieselbe. Er hatte vielleicht in seinem ganzen Leben kein so verblüfftes Gesicht sehen lassen, wie jetzt.
„Donnerwetter!" sagte er. „Es ist alles in Ordnung hier!"
„Nun, was weiter?"
„Ich dachte, Sie hätten die Täfelung aufgesprengt."
„Wie könnte ich mir so etwas beikommen lassen!"
„Dann ist mir die Geschichte geradezu unbegreiflich."
„Ich kann nicht nur die Geschichte, sondern auch Sie nicht begreifen, mein Lieber!"
Da schlug der Alte mit der Faust auf den Tisch und sagte:

„Soll ich dann etwa gar annehmen, daß ich geträumt habe? Sie waren ja dabei. Waren wir nicht heute nacht in Marions Zimmer?"
„Natürlich."
„Und haben sie nach dem Gewölbe gebracht?"
„Freilich."
„Und dort eingeriegelt?"
„Gewiß."
„Da denken Sie sich nun meinen Schreck, als ich sie vorhin in das Speiszimmer eintreten sah!"
„Verdammt! Wir sind doch nicht verhext!"
„Das keinesfalls."
„Aber wie kam sie frei?"
„Das weiß der Teufel!"
„Haben Sie sie denn nicht gefragt?"
„Konnte ich das? Sie verhielt sich ganz unbefangen, ganz so, als ob sie gar nichts wisse. Ein einziges Wort, welches sie sagte, könnte mich vermuten lassen, daß sie Komödie spielte."
„Vermutungen können uns nichts nützen. Wir müssen Gewißheit haben. Wir können beide beschwören, daß wir Marion geholt und da unten eingesperrt haben. Auf welche Weise sie entkommen ist, können wir nur erfahren, wenn wir ihr Gefängnis untersuchen."
„Ja. Ziehen Sie sich schnell an und kommen Sie. Ich habe Sie wirklich im Verdacht gehabt."
„Ich bin sehr unschuldig, mein Lieber; aber wir werden den Schuldigen entdecken."
„Ich hoffe es, und wehe ihm! Wer unsere Gefangene befreit hat, der muß in unsere Geheimnisse eingedrungen sein. Er wird auf alle Fälle unschädlich gemacht. Also, legen Sie Ihre Kleider an. Ich werde sogleich hier sein."
Er ging, öffnete aber bereits nach einigen Minuten von außen die Täfelung. Der Graf war eben mit seinem Anzug fertig geworden. Der Kapitän hatte die brennende Laterne bei sich. Sie begaben sich in den Gang hinab und eilten dann nach dem Ort, von welchem ihrer Meinung nach Marion entwichen war.

Sie fanden unterwegs nicht die leiseste Spur, daß ein menschliches Wesen hier gewesen sei. Als der Kapitän das Gewölbe öffnete, in dessen hinterem Teil sich das Gefängnis befand, war es ihm, als ob er ein Geräusch vernehme. Er blieb stehen, ergriff den Grafen beim Arm und fragte:

„Hören Sie etwas?"
„Ja. Man klopft."
„Das ist dahinten, wo wir Marion eingesperrt hatten."
„Es scheint so."
„Donnerwetter! Da kommt mir ein Gedanke, ein ganz und gar miserabler Gedanke."
„Mir auch."
„Ihnen auch? Ah, was denken Sie?"
„Wir haben eine Falsche eingesteckt."
„Es hat den Anschein ganz darnach. Aber wie könnte das möglich gewesen sein?"
„Das frage ich auch."
„Wir waren ja in Marions Zimmer!"
„Es war natürlich auch Marions Bett!"
„Ohne allen Zweifel."
„Wer sollte denn in diesem Zimmer und in diesem Bett geschlafen haben? Wer anders als eben Marion?"
„Natürlich!"
Sie sahen einander ganz ratlos an. Hinten ließ das Pochen nicht nach. Der Kapitän meinte endlich:
„Es ist und wird nicht anders. Wir haben eine Unrechte erwischt und hier eingeschlossen."
„Aber wie war das möglich?"
„Das wird sich sofort aufklären, sobald wir sehen, wer diese Unrechte eigentlich ist."
„Ich bin verteufelt begierig, das zu erfahren."
„Das wird sogleich geschehen. Wir müssen so tun, als ob wir von gar nichts wissen. Kommen Sie."
Je weiter sie nach hinten kamen, desto lauter wurde das Klopfen. Endlich hörten sie eine rufende Stimme. Während einer Pause, welche die Zofe machte, hörte sie die Schritte der beiden Männer.
„Macht auf!" rief sie. „Laßt mich heraus."
„Gleich, gleich!" antwortete der Kapitän.
Der Kapitän schob den Riegel zurück und öffnete. Die so unfreiwillig Gefangene trat ihnen entgegen. Sie hatte ihre Kleider angelegt. Ihr Gesicht war leichenblaß; man sah ihr die Angst, welche sie ausgestanden hatte, deutlich an. Der Alte leuchtete ihr in das Gesicht.
„Sakkerment, Sie sind es?" fragte er. „Wie kommen Sie denn in diesen Keller?"
„Mein Gott, ich weiß es nicht!" antwortete sie.

„Sie wissen es nicht? Das klingt ja fabelhaft! Sie müssen doch wissen, wann und wie Sie hierhergekommen sind?"
„Ich habe keine Ahnung davon, Herr Kapitän. O Gott, welche Angst ich ausgestanden habe!"
„Sie sind also nicht freiwillig hier?"
„Nein, nein! Ganz und gar nicht!"
„Das verstehe der Teufel, aber ich nicht! Was haben Sie denn eigentlich hier unten zu suchen? Wer hat Ihnen erlaubt, hier einzudringen?"
Sie schlug ganz bestürzt die Hände zusammen und antwortete:
„Herr Kapitän, ich bin unschuldig, vollkommen unschuldig!"
„Das kann kein Mensch glauben! Wer hat Sie denn hierherbegleitet?"
„Ich weiß es nicht."
„Hören Sie, wenn Sie nicht ein freiwilliges Geständnis ablegen, werde ich Mittel finden, Sie zum Sprechen zu bringen!"
Die arme Zofe zitterte vor Aufregung und Furcht.
„Ich schwöre Ihnen bei allen Heiligen, daß ich nicht einmal weiß, wo ich bin!" beteuerte sie.
„Aber erklären Sie mir doch Ihre Anwesenheit!"
„Das bin ich ja selbst nicht imstande! Ich ging gestern abend schlafen, und als ich erwachte, befand ich mich hier."
„Das klingt ganz wie ein Märchen, welches Sie sich ausgesonnen haben. Wo legten Sie sich schlafen?"
„Beim gnädigen Fräulein."
„Bei Baronesse Marion? Im Zimmer derselben?"
„Ja."
„Was! Sie haben im Bett des gnädigen Fräuleins geschlafen, und wo befand Marion sich inzwischen?"
„Das weiß ich nicht."
„Hat sie selbst Ihnen erlaubt, in ihrem Zimmer zu schlafen?"
„Sie hat es mir sogar befohlen."
„Weshalb?"
„Das weiß ich nicht."
„Sie muß doch einen Grund angegeben haben!"
Die Zofe wollte das, was Marion mit ihr gesprochen hatte, nicht verraten, darum antwortete sie:
„Ich bin die Dienerin und habe zu gehorchen, ohne nach Gründen zu fragen."
„Hm! So sind Sie das Opfer irgendeines dummen Spaßes geworden. Ich werde die Sache untersuchen und den Schuldigen

sehr streng bestrafen. Also Sie wissen nicht, wo Sie sich befinden?"

„Nein. Ich habe keine Ahnung davon."

„Nun, so wollen wir sehen, wie sich die Sache arrangieren läßt. Können Sie schweigen?"

„Oh, ich will gern kein Wort sagen, wenn ich nur wieder frei sein kann."

„Das letztere soll geschehen. Aber wenn ich erfahre, daß Sie einem einzigen Menschen erzählen, was geschehen ist, so haben Sie es mit mir zu tun! Verstanden?"

„Ich kann die heiligsten Eide geben, daß ich schweigen werde."

„Auch gegen die Baronesse?"

„Auch gegen diese."

„Aber Sie sind jedenfalls von ihr vermißt worden. Auf welche Weise werden Sie sich entschuldigen?"

„Das weiß ich noch nicht."

„Hm! Nicht wahr, Sie haben im nahen Dorf Ihre Eltern?"

„Ja."

„Nun, Sie haben heute früh gehört, daß Ihr Vater oder Ihre Mutter krank geworden sei und sind hingegangen. Sie kehren erst jetzt zurück. Verstanden?"

„Ja, das werde ich sagen."

„Und mir werden Sie alles wieder sagen, was Marion spricht – jedes Wort?"

„Sehr gern!"

„Nun ich will es glauben. Kommen Sie einmal her!"

Er zog sein Taschentuch hervor und verband ihr die Augen. „Haben Sie keine Angst, es geschieht Ihnen nichts", sagte er dabei. „Sie brauchen nicht zu sehen, welchen Weg wir gehen. Das ist die einzige Ursache, daß ich Ihnen die Augen verbinde. Kommen Sie jetzt! Ich führe Sie."

Er verriegelte die Tür und faßte die Zofe bei der Hand. Sein Weg führte ihn jetzt nach dem Gartenhäuschen, aus welchem er sie in das Freie brachte. Dort führte er sie zwischen den Büschen einige Male im Kreis und nahm ihr dann das Tuch wieder von den Augen weg.

„So", sagte er. „Jetzt sind Sie frei. Gehen Sie an Ihre Arbeit und schweigen Sie."

Sie entfernte sich, so schnell es nur möglich war. Der Graf war natürlich mit ihnen gegangen. An ihn wendete sich der alte Kapitän:

„Was sagen Sie dazu?"

„Eine Dummheit von uns, sogar eine sehr große.“
„Wieso?“
„Wir hätten uns überzeugen sollen, ob wir auch wirklich Marion hatten. Aber Sie bestanden ja darauf, kein Licht sehen zu lassen. Ich bin nicht schuld.“
„Ich auch nicht. Wer konnte ahnen, daß Marion auf die ganz und gar ungewöhnliche Idee kommt, die Zofe in ihrem Zimmer schlafen zu lassen!“
„Mir auch ganz unbegreiflich.“
„Oh, nicht nur unbegreiflich, sondern sogar verdächtig.“
„Verdächtig? Wieso?“
„Hm! Eine Baronesse pflegt ihr Lager nicht ohne ganz besondere Gründe ihrer Dienerin zu überlassen.“
„So ist es unsere Aufgabe, diese Gründe zu erfahren.“
„Das werden wir. Für jetzt freilich können wir nichts als nur Vermutungen hegen.“
„Ich habe keine Ahnung. Oder sollte Marion vielleicht eine Ahnung gehabt haben?“
„Wovon?“
„Von unserem Vorhaben.“
„Wie wäre das erklärlich?“
„Das weiß ich freilich nicht. Es wird Ihre Sache sein, das zu erfahren, lieber Kapitän.“
„Ich werde mich sofort erkundigen. Kommen Sie!“
„Wohin? Nach dem Schloß?“
„Ja. Natürlich.“
„Danke bestens! Ich habe keine Lust, mein zerfetztes Gesicht öffentlich sehen zu lassen, bevor es wenigstens einigermaßen wieder heil geworden ist.“
„Sie denken, wir kehren durch den unterirdischen Gang zurück.“
„Ja; ich bitte darum.“
„Gut; der Umweg ist ja nicht so groß.“
Sie verschwanden miteinander wieder im Gartenhäuschen.
Marion befand sich auf ihrem Zimmer, als die Zofe zurückkehrte. Als sie das Mädchen erblickte, wußte sie sofort, daß der alte Kapitän sich nach dem Gewölbe begeben hatte, um Erklärung zu suchen.
„Ich habe nach dir geklingelt und dich gesucht“, sagte sie im Ton des Vorwurfes.
„Verzeihung“, antwortete die Zofe. „Ich erhielt kurz nach meinem Erwachen heute morgen die Nachricht, daß meine Mutter unwohl sei.“

„So bist du jetzt zu Hause gewesen?“

„Ja.“

„Bis wann hast du hier geschlafen?“

„Bis ungefähr nach fünf Uhr.“

„Es ist gut. Du hast deine Pflicht als Kind tun müssen.“

Das Mädchen war außerordentlich froh, glimpflich davongekommen zu sein. Marion aber war weit entfernt, an die vorgebrachte Entschuldigung zu glauben. Nur befand sie sich über das einzuschlagende Verfahren im unklaren. Daher begab sie sich nach Müllers Wohnung. Es gelang ihr, unbemerkt dorthin zu kommen.

Müller saß an seinem Tisch und arbeitete. Er schrieb an einem fingierten militärischen Gutachten, welches er mit Hilfe seines Großvaters in die Hände des vermeintlichen Malers Haller zu spielen gedachte. Als Marion bei ihm eintrat, erhob er sich in sichtlicher Überraschung vom Stuhl.

„Sie, mein Fräulein?“ fragte er.

„Ja, ich. Ich muß mir Verhaltungsmaßregeln holen.“

„Wegen unseres Erlebnisses?“

„Ja.“

„Das ist gefährlich. Der Kapitän kann uns hier beobachten.“

„Kann er auch hören, was wir sprechen?“

„Deutlich vielleicht nicht.“

„Nun, so denke ich, daß wir es wagen können.“

„Wollen es versuchen. Bitte sich zu plazieren! Wir nehmen ein Buch in die Hand und geben uns den Anschein, als ob wir uns über den Inhalt desselben unterhalten.“

Er griff nach einem Buch, öffnete dasselbe und fragte, ohne das Auge von den Zeilen zu verwenden:

„Welche Verhaltungsmaßregeln meinten Sie, gnädiges Fräulein?“

„Betreffs der Zofe, welche soeben zurückgekehrt ist.“

„Ah, er hat sie befreit.“

„Das war leicht zu denken.“

„Was sagte sie?“

„Sie gab vor, bis nach fünf Uhr geschlafen zu haben. Dann hat sie die Nachricht erhalten, daß ihre Mutter, welche im nahen Dorf wohnt, erkrankt sei. Dorthin sei sie gegangen.“

„Diese Aussage ist ihr vom Kapitän eingegeben worden“

„Ganz gewiß.“

„Was haben Sie dazu gesagt?“

„Ich habe getan, als glaube ich es.“

„Das war vielleicht das richtige."

„Sie meinen also nicht, daß ich merken lasse, daß ich weiß, wo sie sich befunden hat?"

„Man möchte allerdings gern erfahren, welcher Art ihre Unterhaltung mit dem Kapitän gewesen ist; aber es ist jedenfalls für uns vorteilhafter, so zu tun, als ob wir gar nichts wissen."

„Auch wenn der Kapitän mich wieder fragt?"

„Er hat Sie bereits gefragt?"

„Ja. Er verlangte zu wissen, wo ich mich während dieser Nacht befunden habe."

„Welche Auskunft gaben Sie?"

„Ich antwortete: in Sicherheit."

„Das war ein wenig zweideutig. Es erlaubt ihm zu ahnen, daß Sie von seinem Plan gewußt haben."

„So war es wohl ein Fehler?"

„Nein. Er befindet sich doch im Zweifel, und das ist gut für uns. Ein Mensch, der nicht weiß, woran er ist, wird auch nicht wissen, wie er sich zu verhalten hat. Übrigens war der Augenblick, an welchem Sie eintraten, für mich ein geradezu unbezahlbarer."

„Für mich ebenso. Aber, nun befinde ich mich doch wohl noch ganz in derselben Gefahr!"

„Für die nächsten drei Tage nicht; dafür werde ich Sorge tragen, gnädiges Fräulein. Ich hoffe, daß Sie dieser meiner Versicherung Glauben schenken."

„Ganz gern, Monsieur. Ich habe Sie als einen Mann kennengelernt, welcher weiß, was er spricht. Jetzt aber muß ich mich zurückziehen. Ich möchte nicht weniger vorsichtig sein als Sie."

Sie reichte ihm die Hand, welche er an seine Lippen führte; dann entfernte sie sich. Das geschah gerade zur richtigen Zeit; denn kaum hatte sie ihr Zimmer erreicht, so trat der Kapitän bei ihr ein. Das war um so auffälliger, als es außerordentlich selten zu geschehen pflegte, daß er sich persönlich zu ihr bemühte.

Sein Blick flog scharf und forschend im Zimmer umher. Dann setzte er sich nieder und fixierte sie mit finsterem, unfreundlichen Blick. Sie blieb stehen und hielt seinen Blick ruhig aus, ohne mit der Wimper zu zucken.

„Du wunderst dich, mich hier zu sehen?" begann er.

„Beinahe", sagte sie.

„Es ist allerdings kein gutes Zeichen, wenn man gezwungen ist, denjenigen, welche zu gehorchen haben, nachzulaufen."

„Oh, ich denke, daß ich zu jeder Zeit zur Verfügung stehe!“

„Ganz das Gegenteil! Warum gingst du so schnell, als ich im Speisesaal mit dir zu sprechen hatte?“

„Weil ich glaubte, daß unsere Unterredung zu Ende sei.“

„Sie sollte erst beginnen.“

„Davon hatte ich freilich keine Ahnung. Der Gegenstand schien erschöpft zu sein.“

„Mitnichten. Ich wollte wissen, wo du dich während dieser Nacht befunden hast.“

„Wer sagt dir, daß ich nicht hier gewesen bin?“

„Ich habe erfahren, daß deine Zofe bei dir geschlafen hat!“

„Ah, du fragst die Zofe nach der Herrin aus? Das ist ein Verhalten, welches ich rügen muß. Nur im Bauernstand pflegt es vorzukommen, daß die Herrschaft sich auf diese Weise mit dem Gesinde ins Einvernehmen setzt.“

Seine Brauen zogen sich zusammen, und die Spitzen seines Schnurrbartes stiegen empor. Er zeigte die langen, gelben Zähne und stieß dann hervor:

„Was? Rügen? Rügen willst du mein Verhalten? Du?“

„Allerdings!“

„Mädchen, was fällt dir ein! Du überschätzest dich bedeutend. Du weiß nicht, mit wem du sprichst!“

„Ich kenne dich lange genug, um dies wissen zu können!“

„Und dennoch irrst du dich gewaltig. Du schlägst seit einiger Zeit einen Ton an, den ich mir sehr verbitten muß!“

„Weil du stets gewohnt warst, diesen Ton für dich als Monopol in Anspruch zu nehmen. Du sagst, daß ich mich überschätze? Vielleicht ist das bei dir in noch viel höherem Grade der Fall. Was hast du mir noch zu sagen?“

„Zunächst will ich wissen, wo du während der verflossenen Nacht gewesen bist.“

„Darüber bin ich dir nicht Rechenschaft schuldig.“

Da sprang er von seinem Sessel auf und rief:

„Donnerwetter! Das bietest du mir?“

„Ja“, antwortete sie ruhig.

„So? Ah! Schön! Weißt du, wer hier Herr und Meister ist?“

„Der Baron de Sainte-Marie, nicht aber der Kapitän Richemonte.“

„Ich bin der Vater des Barons, dein Großvater.“

„Beweise mir diese Verwandtschaft!“

Er war beinahe starr vor Erstaunen.

„Mädchen," knirschte er, „bist du verrückt?"
Sie wendete sich mit einer unbeschreiblichen Handbewegung ab und sagte:
„Brechen wir ab. Ich sehe, daß du nicht einmal weißt, in welcher Weise man mit einer Dame zu verkehren hat. Du gefällst dir seit einiger Zeit ganz in dem Betragen eines Plebejers, den man nur bemitleiden kann."
Da ergriff er sie beim Arm und sagte in einem Ton, welcher beinahe pfeifend erklang:
„Ja, ja, du bist verrückt, sonst könntest du so etwas nicht wagen. Aber ich bin der Mann, dich zu zähmen! Also du sagst nicht, wo du gewesen bist?"
„Nein."
„Dein Bräutigam will es wissen."
„Ich habe keinen Brätigam. Nimm deine Hand von meinem Arm!"
„Oh, nicht doch! Ich werde dich festhalten und sogar züchtigen, wenn du bei diesem Ton bleibst!"
„Gut, schlagen wir einen anderen Ton an!"
Ehe er es zu verhindern vermochte, ergriff sie den Glockenzug und läutete, daß man es fast durch alle Korridore zu hören vermochte. Man hörte sofort Türen öffnen.
„Ah, dieses Mal gelingt dir es noch", sagte er. „Ich will den Eklat vermeiden, darum gehe ich; das nächste Mal aber bin ich der Sieger. Richte dich darauf ein!"
Er ging.
„Es ist nichts. Packt euch zum Teufel!" herrschte er der durch das Läuten herbeigerufenen Dienerschaft entgegen.
Dann begab er sich nach seinem Zimmer, in einer Aufregung, welche er kaum zu bemeistern vermochte.
Unterdessen hatte Müller seine Arbeit beendet. Er war noch über dem Einsiegeln derselben, als sein Blick zufällig durch das Fenster fiel. Er gewahrte draußen an der Linde das mit dem Wachtmeister verabredete Zeichen.
„Fritz ist wieder da", sagte er erfreut. „Er hat mit mir zu sprechen. Das ist schön. Er kann mir gleich diese Arbeit nach der Post bringen."
Sein Auge glitt von der Linde nach dem Schloß zurück. Da gewahrte er einen Wagen, welcher sich dem Tor näherte. In demselben saßen Madelon und Nanon, die beiden Schwestern.
„Da kommen sie", dachte er. „Die Gegenwart von dieser Ma-

delon kann mir von Nachteil sein. Ich werde mich vorerst gar nicht von ihr sehen lassen."

Er wartete, bis die beiden ausgestiegen und in das Gebäude getreten waren; dann begab er sich durch den Park in den Wald. An der verabredeten Stelle trat ihm Fritz entgegen.

„Grüß Gott, Herr Doktor!" sagte er. „Ich komme, meine Wiederkehr pflichtschuldigst zu melden."

„Schön. Ich dachte, du würdest länger bleiben. Wie ist es dir ergangen?"

„Sehr gut, mit Abenteuern."

„Abenteuer? Das klingt verheißungsvoll. Komm und erzähle mir."

Sie schritten miteinander tiefer in den Wald hinein, und Fritz berichtete seine Erlebnisse. Am Schluß langte er in die Tasche und zog einige Papiere hervor.

„Hier sind die Notizen, welche ich mir in der Pulvermühle bei Schloß Malineau gemacht habe."

„Danke. Du denkst also, daß sie für uns wichtig sind?"

„Jedenfalls. Ich habe zum Beispiel daraus ersehen, daß es die letzte Pulverladung ist, welche der Kapitän empfängt."

„Das beweist, daß er mit seinem Arrangement fast zu Ende ist. Wir müssen uns also sputen."

„Gewiß. Ist er gesund?"

Der Sprecher blinzelte bei dieser Frage sehr bezeichnend mit den Augen.

„Ich habe nicht gehört, daß er sich unwohl fühlt."

„Dann haben Sie Ihr Versprechen gehalten."

„Natürlich. Ich wollte diese unterirdischen Gänge nicht vor deiner Rückkehr untersuchen. Nun aber werde ich nicht länger zögern. Der Alte soll schon heute die Tropfen erhalten."

„Ist das nicht schwierig?"

„Nein. Er pflegt sich nach Tisch ein Glas Absinth kommen zu lassen. Er erhält dabei immer ganz dasselbe Glas, welches auf dem Büfett steht. Die Tropfen sind ihm also gewiß."

„Ob sie wohl heute noch wirken werden?"

„Das werden wir erfahren. Komme nach elf Uhr wieder hierher an diese Stelle. Du wirst mich treffen."

Er kehrte nach dem Schloß zurück. Dort erfuhr er, daß der Kapitän heute, wie so oft, in seinem Zimmer speisen werde. Als Müller sich nach dem Speisesaal begab, tat er das um einige Minuten früher als gewöhnlich. Nanon und Madelon befanden sich bereits dort. Die erstere kam ihm freudig entgegen und sagte:

„Sie sehen, daß ich wieder eingetroffen bin, Herr Doktor. Hier meine Schwester, die Sie ja an der Unglücksstelle bereits gesehen haben."

Er und Madelon verbeugten sich sehr förmlich voreinander, ganz so, als ob sie sich im Leben noch nie begegnet seien. Aber im Laufe der Unterhaltung erhaschte sie einen passenden Augenblick und raunte ihm zu:

„Keine Sorge. Sie haben nichts zu befürchten."

Das beruhigte ihn. Nach der Tafel, während man sich noch unterhielt, befand er sich stets in der Nähe des Büfetts. Er nahm sich ein Glas Wein und benutzte diese Gelegenheit, diese vierzig Tropfen in das Glas des Alten fallen zu lassen.

Als dann der Diener eintrat, mit einem kleinen Präsentierteller in der Hand, wußte er, was dieser wollte. Er schänkte sich selbst einen Absinth ein und fragte dann wie so nebenbei:

„Ein Glas auch für den Herrn Kapitän?"

„Ja, Herr Doktor."

„Hier."

Der Diener nahm das Glas und entfernte sich mit demselben. Nun begann eine Zeit des Wartens für Müller. Er hörte, daß Marion nach Thionville sei, um ihre neue Freundin Harriet de Lissa zu besuchen. Auch der Amerikaner hatte das Schloß verlassen, vielleicht zu demselben Zweck. Der Abend war nahe; da entstand ein sehr bemerkbares Hin- und Herlaufen in den Korridoren, und dann verließ ein Reitknecht das Schloß, um im Galopp auf der Straße nach Thionville hinzufegen. Müller verließ sein Zimmer und erkundigte sich, was das zu bedeuten habe.

„Der Herr Kapitän ist plötzlich erkrankt", antwortete der Diener an den er sich gewendet hatte.

„Was fehlt ihm?"

„Er hat einen Krampfanfall."

„Heftig?"

„O nein. Aber er scheint nicht sprechen und sich auch kaum bewegen zu können."

„O weh! Das klingt ja ganz und gar gefährlich."

Da räusperte sich der Mann und sagte leise:

„Hm. Ich wollte, daß es gefährlich wäre!"

„Pst! Um Gottes willen!"

„Oh, Sie werden mich nicht verraten, Herr Doktor. Aber an dem Alten würden wir nur unseren Peiniger verlieren."

Nach angemessener Zeit kehrte der Diener zurück. Doktor Bertrand kam mit ihm und begab sich sogleich zu dem Patienten. Er untersuchte den letzteren und erklärte den Anfall für zwar heftig, aber keineswegs für gefährlich. Er blieb zum Abendessen da. Als er im Speisesaal erschien, wurde er mit Fragen bestürmt.

„Haben Sie keine Sorge“, antwortete er. „Es handelt sich um eine Krampfart, welche keineswegs gefährlich ist.“

„Aber er kann bereits nicht mehr sprechen“, sagte die Baronin, welche es für angezeigt hielt, eine Besorgnis zu zeigen, welche sie keineswegs empfand.

„Er wird die Sprache wiederfinden.“

„Und die Bewegung hat er verloren.“

„Er wird lernen, sich wieder zu bewegen. Ich kenne diese Krankheit sehr genau und kann Sie vollständig beruhigen. Der Herr Kapitän wird zwei Tage und zwei Nächte lang unbeweglich liegen und dann wie aus einem tiefen Schlaf erwachen. Ich gebe Ihnen mein Wort darauf.“

Er warf dabei auf Müller einen Blick, der diesem sagte, daß diese Worte besonders an ihn gerichtet seien, um ihn zu benachrichtigen, daß er von jetzt an zwei Tage lang freie Hand habe, nach Belieben zu schalten und zu walten.

Daher begab sich der Erzieher zu der angegebenen Zeit in den Wald, wo Fritz seiner bereits wartete.

„Guten Abend“, sagte der letztere. „Er hat die Tropfen, und sie haben sehr gut gewirkt.“

„Woher weißt du das?“

„Der Arzt wurde geholt; das genügt, um zu wissen, woran man ist. Wie steht es, Herr Doktor? Wann beginnen wir unsere Entdeckungsreise?“

„Sogleich.“

„Ah, das ist gut. Haben Sie alles mit?“

„Natürlich. Wir steigen in dem Gartenhäuschen ein.“

Das geschah. Sie gelangten unter das Häuschen, da, wo rechts sich der Gang nach dem Schloß zog und links eine verschlossene und verriegelte Tür zu sehen war.

Sie hatten die Laternen angebrannt, und Fritz blickte neugierig in den dunklen Gang hinein.

„Hier muß es nach dem Schloß gehen. Nicht?“ fragte er. „Schlagen wir diese Richtung ein?“

„Nein. Ich habe diesen Teil der Geheimnisse bereits studiert. Jetzt muß ich wissen, was sich hinter dieser Tür verbirgt.“

„Werden wir öffnen können?“

„Ich hoffe es. Wir haben ja die Hauptschlüssel.“

Er probierte, und wirklich, es ging. Sie sahen, nachdem sie geöffnet hatten, einen Gang vor sich, welcher ganz dieselbe Beschaffenheit wie derjenige hatte, der nach dem Schloß führte; sie schlossen die Tür hinter sich wieder zu und schritten dann langsam vorwärts.

Nach einiger Zeit bemerkten sie zur Seite eine Tür und dann wieder eine.

„Was mag da drinstecken?“ fragte Fritz.

„Das werden wir später erfahren.“

„Warum nicht jetzt?“

„Ich will mich vorerst nicht bei Details aufhalten. Ich muß vielmehr vor allen Dingen mich über die Lage, Natur und Richtung der Gänge unterrichten. Komm weiter.“

Sie erblickten mehrere Türen, ohne aber eine derselben zu öffnen. Nach einiger Zeit erreichten sie einen großen viereckigen Raum, in welchem der Gang durch einen zweiten rechtwinklig durchkreuzt wurde.

„Das ist's, was ich suche“, sagte Müller. „Wie es scheint, hat mich meine Ahnung nicht getäuscht.“

„Wegen der Richtung dieser Gänge?“

„Ja. Geradeaus kommen wir jedenfalls nach dem Waldloch, welches wir bereits kennen, rechts nach der Ruine, in welcher du fast ergriffen worden wärest, und links nach dem alten Turm, wo der Geist der toten Baronin sein Wesen treibt.“

„Wie gehen wir da?“

„Zunächst geradeaus.“

Sie taten das, konnten aber bereits nach kurzer Zeit stehenbleiben. Müller beleuchtete eine der hier befindlichen Türen und sagte:

„Die kommt mir bekannt vor. Hinter dieser Tür haben wir die Schlüssel gefunden oder vielmehr annektiert. Laß uns einmal sehen.“

Er schloß auf, und sie traten ein. Sie schritten zwischen den Kisten hindurch nach dem Hintergrund, wo Müller die dort befindliche Tür aufriegelte.

„Ja, ich irre mich nicht“, sagte er. „Hier liegen leere Säcke.“

„Sind sie leer? Wozu liegen sie dann hier?“

„Um Marion als Lager zu dienen.“

„Mademoiselle Marion? Sollte die hier liegen?“

„Ja. Der Kapitän wollte an ihr eine Gewalttat begehen, die ich aber verhindert habe. Ich werde dir noch davon erzählen. Wir wollen jetzt nach dem Kreuzgang zurückkehren.“

Als sie diesen erreichten, wendeten sie sich links. Auch dieser Gang war ganz genau wie der vorige – rechts und links Türen, welche sie aber jetzt noch nicht öffneten. Endlich standen sie vor einer Tür, welche ihnen gerade entgegenstand. Auch hier paßte einer der Schlüssel.

Als sie eintraten, sah Fritz sich um und sagte sogleich:

„Ja, Sie haben recht. Hier ist die Ruine."

„Kennst du dich aus?"

„Es ist der Saal, in welchem ich beinahe erwischt worden wäre. Ich irre mich nicht."

„So können wir zunächst wieder umkehren, um den vierten Gang zu untersuchen, welcher meines Erachtens nach dem alten Turm führt."

Als sie diesen Gang erreichten, fanden sie vorerst nichts, was ihn von den anderen unterschieden hätte. Bald aber zweigte sich nach rechts ein zweiter Stollen ab.

„Gehen wir da hinein?" fragte Fritz.

„Ja. Wenn mich meine Berechnung nicht täuscht, führt er nach der Richtung, in welcher der Steinbruch liegt. Wollen einmal sehen."

Sie hatten eine ziemliche Strecke zurückzulegen, ohne daß sie eine Tür bemerkten; dann war der Gang plötzlich verschüttet.

„Ah, das ist schade!" sagte Fritz. „Nun können wir nicht weiter."

„Ich möchte doch behaupten, daß wir uns gar nicht weit entfernt vom Steinbruch befinden. Doch laß uns nun den Hauptgang wieder verfolgen."

Sie kehrten zurück und schritten weiter in denselben hinein. Hier gab es wieder Türen rechts und links. Plötzlich blieb Fritz stehen, ergriff seinen Herrn am Arm und hielt ihn fest.

„Pst!" warnte er.

Sofort verschwand die Laterne in Müllers Tasche, so daß es vollständig dunkel war.

„Was gibt es?" fragte der letztere.

„Mir war es, als wenn jemand gesprochen hätte."

„Wo?"

„Da vorn, vor uns."

„Ich habe nichts gehört."

„Ich kann mich getäuscht haben, aber horchen wir."

Sie verhielten sich vollständig ruhig und bewegungslos. Wirklich, nach kurzer Zeit drangen Töne an ihr Ohr, welche nur von einer menschlichen Stimme hervorgebracht werden konnten und die von einem taktmäßigen Klopfen begleitet wurden.

„Hören Sie jetzt?“ fragte Fritz.

„Ja; sogar ganz deutlich. Laß uns vorsichtig weiterschleichen.“

Je weiter sie kamen, desto vernehmlicher wurde die Stimme. Zuletzt erblickten sie einen schmalen Lichtstreifen, welcher aus einer nicht ganz zugemachten Tür zu kommen schien.

„Das ist kein Mann, sondern ein weibliches Wesen“, bemerkte Fritz.

„Du hast recht; ich höre es auch. Kannst du ahnen, wer es vielleicht ist?“

„Nein.“

„Wir befinden uns jedenfalls in der Nähe des alten Turmes.“

„Ganz gewiß.“

„Nun, welches weibliche Wesen gibt es dort?“

„Sapperment! Liama?“

„Ich vermute, daß sie es ist.“

„Wenn das wäre! So hätten wir endlich den Geist greifbar in den Händen.“

„Laß uns weitergehen. Aber mache ja kein Geräusch.“

Sie erreichten die Türspalte. Müller blickte hinein. Er stand am Eingang eines ziemlich großen Gemaches, in welchem sich ein Bett, ein Tisch und ein Stuhl befanden. Eine sehr einfache Öllampe hing an einem Draht von der Decke herab und beleuchtete eine weißgekleidete weibliche Gestalt, welche am Boden saß und damit beschäftig war, Maiskörner auf einem Stein zu zerklopfen. Dieses Klopfen geschah im Takt und dazu erklangen aus dem Mund dieser Gestalt die Worte:

„Im Namen Gottes, des Allbarmherzigen! – Der Klopfende! Wer ist der Klopfende? Wer lehrt dich begreifen, was der Klopfende ist? An jenem Tag werden die Menschen sein wie umhergestreute Motten und die Berge wie verschiedenfarbige gekämmte Wolle. Der nun, dessen Waagschale mit guten Werken schwer beladen ist, der wird ein Leben in Vergnügen führen, und der, dessen Waagschale zu leicht befunden wird, dessen Wohnung wird der Abgrund der Hölle sein. Wer aber lehrt dich begreifen, was der Abgrund der Hölle ist? Es ist das glühendste Feuer!“

Diese Worte waren die einhundertunderste Sure des Korans, welche die mohammedanischen Frauen beim Klopfen der Fruchtkörner abzusingen pflegen.

Auch Fritz betrachtete die Arbeitende.

„Kennst du sie?" fragte Müller.

„Es ist dieselbe, welche uns erschien, als wir das Grab geöffnet hatten."

„Also Liama. Auch ich erkenne sie wieder."

„Welch eigentümliche Kleidung."

„Es ist diejenige der Beduinenfrauen."

„Dieses Weib muß einst schön, sehr schön gewesen sein."

„Ja; es besitzt die Züge Marions, seiner Tochter."

„Was tun wir, treten wir ein?"

„Wir erschrecken sie."

„Hm. Aber unbenutzt können wir diese Endeckung doch nicht lassen."

„Keineswegs. Gehen wir eine Strecke zurück. Dann kommen wir mit lauten Schritten näher."

Sie taten das; sobald ihre Schritte hörbar wurden, öffnete sich die Tür, und Liama erschien unter derselben.

„Kommst du heute schon wieder?" fragte sie. „Laß mich doch ruhig weinen und in Frieden beten."

„Salam aleikum – Friede sei mit dir!" antwortete Müller.

„Aleikum salam – mit dir sei Friede", entgegnete sie. „Aber wessen Stimme ist das? Ich habe sie noch nie gehört."

„Es ist die Stimme deines Erretters, welcher dich der Freiheit und dem Licht der Sonne wiedergeben will."

„Tritt näher!"

Sie trat in das erleuchtete Gemach zurück, und Müller folgte ihr. Fritz blieb noch draußen im Gang stehen. Sie betrachtete ihn aufmerksam und sagte dann:

„Deine Augen sind die Augen der Güte, und in deinem Gesicht steht geschrieben das Wort von der Wahrheit. Dein Herz kennt nicht die Täuschung, und dein Mund redet keine Lüge. Was bringst du mir?"

„Die Freiheit."

„Behalte sie für dich."

„Das Glück."

„Liama kann nie wieder glücklich sein."

„Die Seligkeit."

„Die Seligkeit wird Liama nicht hier auf Erden finden, sondern erst nach dem Tode. Bist du von ihm gesandt?"

„Wen meinst du?"

„Den alten Weißbart, dem alle gehorchen müssen."

„Nein, er ist es nicht, der mich sendet."

„Weiß er, daß du dich hier befindest?"
„Nein."
„So fliehe eilends von hier, sonst bist du verloren. Er ist voller Macht und Grausamkeit."
„Ich fürchte ihn nicht."
„Und ich ermahne dich, ihn zu fürchten, sonst wird er dich verschlingen, wie der Panther das unschuldige Lamm."
Sie winkte ihm, fortzugehen. Er aber trat näher und sagte:
„Du bist Liama, die Tochter der Beni Hassan?"
„Ich bin nicht Liama, sondern ihr Geist."
„Dein Vater war Menalek, der Scheich eures Stammes?"
„Er war es."
„Hast du gekannt Saadi, den Liebling Allahs und seines Propheten?"
Da richtete sich sich auf und antwortete:
„Ob ich ihn gekannt habe! Er war meine Seligkeit, und ich ging in die Hölle, um ihn zu retten."
„Er ist tot!"
„Nein, er lebt. Saadi kann nicht sterben."
„Und kennst du Marion, die Enkelin der Beni Hassan?"
„Marion? Ja, ich kenne sie!"
Sie faltete die Hände, blickte flehend zu Müller und fragte:
„Hast du sie gesehen?"
„Ja, ich sehe sie täglich."
„Spricht sie auch mit dir?"
„Wir sprechen oft, sehr oft miteinander."
„Kennt sie noch den Namen ihrer Mutter?"
„Sie kennt ihn und spricht ihn stündlich aus."
„Sie sollte sterben. Um sie zu retten, ist Liama ein Geist geworden. Liama lebt nicht mehr; sie ist tot. Aber ihre Tochter lebt und wird glücklich sein."
„Deine Tochter weiß, daß du nicht gestorben bist!"
„Um Allahs willen, sie darf es nicht erfahren!"
„Sie weiß es bereits."
„So soll sie es keinem Menschen sagen."
„Sie hat große Sehnsucht, dich zu sehen und mit dir zu sprechen."
„Ich darf nicht mit ihr sprechen. Ich habe geschworen beim höchsten Himmel und bei der tiefsten Hölle, meine Tochter nicht zu sprechen, nie wieder im ganzen Leben."
„Wem hast du es geschworen?"
„Malek Omar."

„Dem Mann mit dem grauen Bart?"

„Ja. Er hat das Leben meiner Tochter in seiner Hand. Sie soll nicht sterben, sondern leben bleiben."

„Kommen auch andere Männer zu dir?"

„Es kommen ihrer viele, und ich beschütze sie."

„Kennst du auch Abu Hassan, den Zauberer?"

„Ich kenne ihn. Er ist alt und grau geworden; ich habe ihn gesehen an meinem Grab."

Liama war jedenfalls ihrer Geisteskräfte nicht mehr vollständig Herr. Was Müller jetzt von ihr erfuhr, das gab ihm eine furchtbare Waffe gegen Richemonte in die Hand.

„Wie bist du in diese Höhle gekommen?" fragte er.

„Ich habe sie mir selbst gewählt."

„Man hat dich nicht gezwungen?"

„Nein. Ich bin tot und wohne unter meinem Grab."

„Willst du nicht leben, leben und glücklich sein?"

„Ich bin tot. Ich bin glücklich, wenn mein Kind lebt."

„Darf ich mir deine Wohnung betrachten?"

Er bemerkte nämlich eine Tür, welche weiterführte. Seine Frage brachte einen ganz unerwarteten Eindruck hervor. Sie sprang an die Tür, stellte sich vor dieselbe und rief:

„Zurück! Zurück! Wer diesen Eingang erzwingen will, der muß eines fürchterlichen Todes sterben und ich mit ihm!"

Müller ahnte, daß diese Tür die Verbindung mit dem Grab und dem Turm herstellte. Er hätte gar zu gern das Geheimnis kennengelernt, aber er hütete sich, dem armen Weib zu schaden. Darum sagte er in beruhigendem Ton:

„Ich will ihn nicht erzwingen. Ich fragte dich nur."

„Frage auch nicht! Ich darf dir nicht antworten, denn ich habe es geschworen. Verlaß mich! Ich will allein sein."

„Darf ich nicht wiederkommen?"

„Nein, jetzt nicht."

„Auch nicht später?"

„Vielleicht. Sage mir dann, was meine Tochter mit dir vom Geist ihrer Mutter spricht."

„Ich werde dir alles mitteilen."

„Aber laß es den mit dem grauen Bart nicht wissen!"

„Nein. Wirst du ihm sagen, daß ich hiergewesen bin?"

„Nein, denn sonst würde er dich erwürgen. Nun aber geh!"

„Allah sei mit dir!"

Sie schob ihn zur Tür hinaus und verriegelte sie dann von innen. Fritz war von ihr gar nicht gesehen worden. Die beiden

Männer tappten sich im Dunkeln fort, und Müller zog erst dann wieder die Laterne hervor, als sie endlich den Kreuzgang erreicht hatten. Auch hier erst begann er zu sprechen.

„Hast du alles gehört?“ fragte er.

„Alles!“

„Welch eine Entdeckung! Welche Waffe gegen den Kapitän gibt sie mir in die Hand!“

„Er ist verloren, sobald Sie wollen.“

„Ja, aber ich darf noch nicht wollen.“

„Warum nicht? Solches Ungeziefer muß man sofort vertilgen. Es leben zu lassen ist Sünde.“

„Und dennoch darf ich nicht – meines Vaters wegen.“

„Ihres Vaters wegen?“ fragte Fritz ganz erstaunt.

„Ja.“

„Der ist wohl jedenfalls tot.“

„Nein; er lebt.“

„Himmel! Wo sollte er sein?“

„Hier in diesen Gewölben.“

Der gute Fritz machte ein Gesicht, als ob er überzeugt sei, daß er jetzt seinen Verstand verlieren werde.

„Hier in diesen Gewölben? Kreuzmillionendonnerwetter! So muß er heraus, und zwar sofort! Wo steckt er denn? Die Schlüssel haben wir!“

„Noch kann ich das nicht sagen. Daß er hier ist, vermute ich, gewiß ist es noch nicht. Und befindet er sich hier, so sind wir ihm gerade in diesem Augenblick jedenfalls sehr nahe. Laß uns hier an diesem Ort einmal suchen, ob wir ein verborgenes Gefängnis zu entdecken vermögen.“

Er erinnerte sich genau der Worte, welche der kranke Baron im Speisesaal gesprochen hatte. Hier dieser Kreuzgang war der Mittelpunkt aller Gewölbe; hier mußte sich der Gesuchte befinden, wenn er sich überhaupt hier befand.

Die beiden forschten und boten allen ihren Scharfsinn auf, allein vergebens. Es war nichts zu entdecken.

„Wir haben ja noch keine einzige der vielen Türen geöffnet“, sagte Fritz. „Vielleicht ist er da irgendwo versteckt.“

„Das glaube ich nicht. Aber wissen müssen wir freilich, was sich hinter diesen Türen befindet. So wollen wir also einmal nachforschen.“

Sie gingen von Gang zu Gang, von Tür zu Tür. Diese letzteren waren alle mittelst der Schlüssel zu öffnen. Es gab da Raum an Raum, und alle die Räume waren mit Waffen und Munition angefüllt. Das machte auf die beiden Eindringlinge einen beinahe überwältigenden Eindruck.

Wie viele Menschenleben sollten durch diese Vorräte zugrunde gehen. Nein, das durfte nicht geschehen!

„Ehe ich zugebe, daß die Franzosen sich dieser Waffen bedienen können, würde ich den ganzen Kram in die Luft sprengen", sagte Fritz.

„Das ist auch meine Ansicht. So viel an mir liegt, sollen diese Gewehre und Munitionen keinem einzigen Deutschen Schaden machen. Aber weißt du, daß der Tag gleich anbrechen wird? Es ist Zeit, Schicht zu machen. Wir haben noch einen ganzen Tag, bevor der Alte wieder gesund sein wird."

„Er sollte liegenbleiben, liegenbleiben und tausendfache Schmerzen erdulden! Warum zeigen Sie ihn nicht an?"

„Weil ich meinen Vater suche, welcher vielleicht elend verhungern und verschmachten müßte, wenn der Kapitän gefänglich eingezogen würde."

„Ach so! Das begreife ich. Aber Liama? Was wird mit dieser?"

„Hm! Ich werde sie einstweilen lassen müssen, wo sie ist."

„Und auch niemandem etwas von ihr sagen?"

„Keinem Menschen."

„Aber doch wenigstens ihrer Tochter?"

„Auch dieser nicht. Ich würde voraussichtlich ihr und der Mutter schaden. Ehe ich handle, muß ich sämtliche Geheimnisse dieser unterirdischen Gewölbe kennen. Dann wird der ganze Bau des Alten in einem einzigen Augenblick zusammenbrechen. Wehe ihm, wenn ich einmal mit ihm abzurechnen beginne!"

Es vergingen einige Tage. Die Voraussage des Arztes zeigte sich als wohlbegründet. Nach zwei Tagen erwachte der Kapitän, fühlte sich doch aber so angegriffen, daß er sich noch gar nicht sehen ließ. Das äußere Leben ging seinen ruhigen Gang, scheinbar ohne eine Änderung hervorzubringen. Aber die tieferliegenden Pulse klopften heimlich, und da gab es denn stille Entwicklungen, von denen niemand etwas zu bemerken schien.

Marion verkehrte täglich mit Harriet de Lissa, und – der Amerikaner suchte ebensogern das Haus des Arztes auf. Er wurde mit unwiderstehlicher Gewalt von der vermeintlichen Engländerin angezogen, und es wollte ihm vorkommen, als ob sie seine Nähe nicht ungern empfinde.

So war er auch heute gekommen, sie zu sehen. Er hörte, daß sie sich im Garten befinde und begab sich dorthin. Er fand sie in einer offenen Weinlaube sitzen, welche ganz nahe an dem Zaun stand und erhielt die Erlaubnis, neben ihr Platz zu nehmen.

Er fühlte sich so glücklich in der Nähe des schönen Wesens, er dachte gar nicht daran, von seiner Liebe zu sprechen, denn es war ihm ganz so, als ob sie das auch ohne Worte bereits erfahren habe.

Da kam ein kurzes, sehr dickes Männchen hinter den Gartenzäunen langsam daher. Er trug einen riesigen Kalabreser auf dem Kopf und in den Händen eine Mappe und einen Feldstuhl.

Er schritt auf einem Rasenweg, und so mochte es kommen, daß man ihn nicht hörte. Es war der gute Herr Hieronymus Aurelius Schneffke, welcher soeben von Metz gekommen war.

Indem er so, halb in Gedanken versunken, dahinschritt, zuckte er plötzlich zusammen und blieb stehen. Er hatte ein halblautes, wohltönendes Lachen gehört.

„Donnerwetter!“ flüsterte er. „Dieses Lachen kenne ich.“

Er horchte. Ja, jetzt hörte er auch eine weibliche Stimme sprechen.

„Die Gouvernante ist's, die Gouvernante! Das ist so fest und gewiß wie Pudding. Aber wo ist sie?“

Er trat hart an den Gartenzaun und blickte durch das Stacket.

„Bei Gott! Dort sitzt sie in der Laube, so frisch und so schön wie Blüte und Sonnenschein. Und bei ihr sitzt – Mohrenelement! Wer ist das?“

Er betrachtete sich den Amerikaner genau und sagte dann: „Ja, es stimmt; es stimmt ganz genau! So ein charakteristisches Gesicht kann es nicht zweimal geben. Das ist das Original des Porträts in Schloß Malineau, nur älter als das Bild. Das ist der Herr von Bas-Montagne wie er leibt und lebt. Ich werde . . .“

Er wollte sich am Zaun ein wenig emporziehen, um besser sehen zu können; aber er war zu schwer. Es krachte – die beiden Latten, welche er mit den Händen gefaßt hatte, brachen ab, und der gute Hieronymus stürzte zur Erde nieder.

Der Amerikaner hatte das Prasseln gehört. Er eilte herbei, um den Übeltäter womöglich zu erwischen. Er kam gerade zur rechten Zeit, um zu bemerken, daß Schneffke sich wieder vom Boden erhob.

„Herr, was suchen Sie hier?“ fuhr er ihn an.

„Zaunlattenspitzen“, antwortete Schneffke.

„Und die brechen Sie sich ab?“

„Ja.“

„Zu welchem Zweck denn?“

„Um auf die Erde zu fallen. Das sehen Sie ja."

„Mann, Sie scheinen mir so eine Art von Strolch zu sein."

„Freilich! Und zwar von der allerschlechtesten Sorte."

„Donnerwetter! Wollen Sie sich über mich lustig machen?"

„Nicht übermäßig viel, denn Sie sehen mir wirklich gar nicht sehr lustig aus. Wie heißen Sie denn eigentlich?"

„Ah, das ist stark! Dieser Mensch kommt her, um Zaunlatten abzureißen und fragt mich nach meinem Namen! Wie ist denn der Ihrige, he?"

„Der meinige ist einigermaßen selten. Ich bin der Tiermaler Hieronymus Aurelius Schneffke aus Berlin."

„Schön! Was haben sie als Maler denn hier am Zaun zu schaffen?"

„Das habe ich Ihnen ja bereits gesagt. Aber nun bitte ich, auch Ihren Namen erfahren zu dürfen."

„Das finde ich nicht für nötig. Ich gebe meine Karte nur ganz anständigen Menschen."

„Und ich bin kein solcher?"

„Jedenfalls nicht! Sie haben mehr das Aussehen eines Bummlers als eines Malers, und daher ziehe ich es vor, meinen Namen als mein ausschließliches Eigentum zu betrachten."

„Daran tun Sie sehr recht, da Ihr Name nicht viel wert zu sein scheint. Wer einen guten Namen hat, braucht ihn nicht zu verschweigen."

Das war eine sehr kräftige Zurechtweisung. Sie traf den Amerikaner wie ein Dolchstoß.

„Herr, das wagen Sie, mir zu sagen!" rief er. „Soll ich etwa . . ."

Er hielt inne; ein warmes, weiches Händchen legte sich auf seine Schulter. Die Engländerin war herbeigekommen.

„Wen haben Sie da, Monsieur?" fragte sie.

„Oh, einen Menschen, der es gar nicht verdient, daß man, nun, daß man . . ."

Und abermals konnte er nicht ausreden, denn sie unterbrach ihn plötzlich:

„Wen sehe ich da! Das ist ja unser guter Herr Hieronymus Schneffke aus Berlin!"

Der Maler zog mit möglichster Grandezza den Hut, machte eine ehrerbietige Verbeugung und sagte im höflichsten Ton zu der vor ihm stehenden Engländerin:

„Ja, ich bin es noch, meine Gnädige, freue mich ungemein, Sie zu sehen."

Er betonte dabei das Wörtchen „noch“ so sehr, daß es auffallen mußte.
„Noch?“ fragte sie. „Wie meinen Sie das, mein hochgeehrter Herr Schneffke?“
„Es gibt Leute, welche das heute nicht mehr sind, was sie gestern waren.“
Sie lächelte und sagte:
„Ja, die Verhältnisse verändern sich oft plötzlich.“
„So daß aus armen Gouvernanten recht reiche und vornehme Damen werden.“
„Warum nicht! Aber, Herr Schneffke, lassen Sie sich gratulieren, daß Sie jenen Unglückszug versäumten.“
„Ich danke! Bei dem fortwährenden Pech, welches mir angeboren zu sein scheint, befände ich mich heute jedenfalls unter den ewig Seligen.“
„Haben Sie Ihr Ziel glücklich erreicht?“
„Ja, danke. Ich habe dort sogar ein Glück gefunden, welches ich kurz vorher anderwärts vergebens suchte.“
Sie ahnte sofort, was er meinte. Darum fragte sie in freudigem Ton:
„Verstehe ich Sie recht, so darf ich wohl von ganzem Herzen nochmals gratulieren?“
„Hm! Was meinen Sie, meine Gnädige?“
„Sie sind – verlobt.“
„Donnerwetter! Ja, Sie haben es erraten.“
„Ah, schön! Wie heißt sie?“
„Marie.“
„Ein hübscher, poetischer und auch frommer Name!“
„Ja, hübsch ist sie, poetisch ebenso und fromm auch. Sie hat so ziemlich meine elegante und auffallende Statur. Wir passen ausgezeichnet zueinander.“
Da stieß der Amerikaner, der sich nicht zu halten vermochte, ein lautes Lachen aus.
„Und das nennen Sie hübsch?“
„Ja; warum nicht?“ fragte Schneffke.
„Nun, betrachten Sie sich doch einmal genauer!“
Die Dame glaubte, daß sich der kleine Maler in Wirklichkeit beleidigt fühlen werde, darum sagte sie in bittendem Ton:
„Monsieur Deephill!“
Da horchte Schneffke auf.
„Was?“ fragte er. „Deephill heißt dieser Herr?“
„Ja.“

„Er hat mir seinen Namen verschwiegen. Es wäre jedenfalls klüger gewesen, ihn mir zu nennen, das werde ich ihm doch noch beweisen. Leben Sie wohl, gnädiges Fräulein!"

Er ging, ohne sich umzusehen. Aber als er dann um die Ecke gebogen war, blieb er einen Augenblick stehen und murmelte:

„Wunderbar! Höchst wunderbar! Diese Ähnlichkeit! Sollte er es wirklich sein! Das wäre ein Zufall oder eine Gottesschickung, wie es besser keine geben könnte! Deephill heißt auf Französisch Bas-Montagne und auf Deutsch Untersberg. Hier werde ich einmal den Herrgott spielen und diesen Leuten zeigen, was Hieronymus Aurelius Schneffke eigentlich für ein Kerl ist."

Nachdem Herr Hieronymus Aurelius Schneffke sein Renkontre mit Emma von Königsau und dem Amerikaner gehabt hatte, begab er sich in die Stadt, um in einem der dortigen Gasthöfe Logis zu nehmen. Er traf zufälligerweise gerade denjenigen, welchen Fritz Schneeberg zu besuchen pflegte, weil das Lokal seiner Wohnung gegenüberlag. Es war derselbe Gasthof, in welchem, als damals die Seiltänzerin verunglückte, die Künstler gewohnt hatten. Von dort aus war auch der Bajazzo mit der Kasse entflohen.

Als Schneffke eintrat, befand sich ein einziger Gast in dem Zimmer – Fritz. Er grüßte diesen und ließ sich ein Glas Wein geben. Nachdem er dasselbe erhalten hatte, entfernte sich die Kellnerin, und nun befanden sich die beiden allein. Der dicke Maler war ein abgesagter Feind der Langeweile, und daher machte er dem bisherigen Stillschweigen ein Ende, indem er die Unterhaltung begann:

„Haben wir uns nicht bereits gesehen?"

Fritz hatte ihn längst forschend betrachtet. Er nickte mit dem Kopf und antwortete:

„Bereits mehrere Male, denke ich."

„Mir scheint es auch so, aber ich weiß den Ort nicht mehr. Zunächst wohl hier in Thionville?"

„Ja."

„Wo denn da?"

„Auf dem Bahnhof."

„Ah! Kann mich nicht entsinnen!"

„Aber ich desto besser. Ich stand im Bahnwagen, und Sie versäumten den Zug. Nicht?"

„Ja, das ist wahr. Ich habe das angeborene Pech, die Züge zu versäumen. Es ist das nicht zu ändern."

„Man muß sich in solches Unglück ergeben!“ lachte Fritz. „Und dann habe ich Sie auch in Etain wieder gesehen.“

„Sapperment! Wann denn?“

„Es war des Abends. Sie hatten sich mit einem roten Tischtuch umwickelt. Daß Sie dabei nicht barfuß waren, will ich nicht beschwören.“

„So, so! Hm! Ja, ich kann barfuß gewesen sein. Es schwitzte mich an die Füße. Was sind Sie für ein Landsmann?“

„Ich stamme von drüben aus der Schweiz.“

„Ihr Metier?“

„Pflanzensammler.“

„Also Botanikus? Das ist kein übles Gewerbe. Man hat es da mit Pflanzen und Blumen zu tun, und das ist viel besser als mit Tieren oder gar Menschen.“

„Sie sind Menschenfeind?“

„Ja. Die ganze Menschheit ist nichts als ein riesiger Pudding, der sauer geworden und verdorben ist und in welchem allerlei Gewürm und Geschmeiß herumkrabbelt.“

„Danke.“

„Warum?“

„Weil ich nach ihrer Anschauung dann auch zu dem Gewürm und Geschmeiß gehöre.“

„Natürlich.“

„Sie wohl nicht?“

„Ich auch. Das versteht sich doch von selbst.“

„Dann gehören Sie aber wohl zu der dicksten Sorte von Würmern, wie es scheint.“

„Gewiß. Oder finden Sie mich einem Bandwurm ähnlich?“

„Ganz und gar nicht. Aber Sie haben mich nach meinen Verhältnissen gefragt. Darf ich auch wissen, was Sie sind?“

„Warum nicht? Ich bin Musikus.“

„Hm! Was spielen Sie für ein Instrument?“

„Die Maultrommel oder das Brummeisen.“

„Das ist jedenfalls das schwierigste und geistreichste Instrument.“

„Das ist gar nicht zu bezweifeln.“

„Und wo sind Sie her?“

„Ich bin ein geborener Ungar.“

„Ein Ungar? Hm! Sie haben aber in Deutschland gelebt?“

„Nein. Keinen Augenblick.“

„Das sollte mich wundern.“

„Warum?“

„Ich glaube, Sie in Deutschland gesehen zu haben."
„Sie irren sich. Ich kann dieses Deutschland mitsamt seinen Bewohnern nicht leiden."
„Möglich! Aber einen kenne ich doch, den Sie leiden können."
„Wer könnte das sein?"
„Ein gewisser Martin Tannert. Er ist Telegrafist."
„Alle Wetter! Kennen Sie den?"
„Ja. Sie kennen ihn auch."
„Wer sagt das?"
„Er selbst. Übrigens habe ich Sie oft gesehen. Ich bin Ihnen in Berlin wiederholt begegnet. Sind Sie nicht der dicke Maler, der einmal beinahe in der Spree ertrunken ist, weil er gewettet hatte, den Schornstein eines Dampfschiffes emporklettern zu wollen?"
„Pfui Teufel! Das Ding wissen Sie?"
„Ganz Berlin sprach doch damals davon."
„Na, meinetwegen! Übrigens habe ich damals diese verteufelte Wette gewonnen."
„Sind aber dann ins Wasser gestürzt."
„Daran war nur der Kapitän schuld, der die Sache übel genommen hatte. Ich wollte mich retirieren, gab nicht acht auf die Breite des Schiffes, stieß von rückwärts an die Barriere und stürzte kopfüber von hinten in das Wasser. Na, schwimmen kann ich; aber ich sah doch aus wie ein Pudding, als ich wieder auf das Trockene kam."
„Das läßt sich denken. Nun aber geben Sie wohl zu, in Berlin gewohnt zu haben?"
„Sie zwingen mich dazu."
„Und in Ungarn sind Sie nicht geboren?"
„Ich bezweifle es."
„Und Musikus sind Sie auch nicht?"
„Fällt mir gar nicht ein! Wer so dick ist wie ich, der wird sich wohl hüten, das bißchen Luft, welches er zu schnappen bekommt, so unsinnigerweise in eine Messingtute zu blasen."
„Und Ihr Deutschenhaß . . ."
„Ist auch nicht weit her."
„Schön. Einverstanden. Ich nehme an, daß Sie ein sehr guter Deutscher sind?"
„Das will ich mir auch ausgebeten haben. Wer das Gegenteil behaupten wollte, dem würde ich eine ins Gesicht malen, daß er einen Sperling für das Universum ansehen sollte."
„Nun, warum unterhalten Sie sich dann französisch?"
„Na, sprechen Sie etwa deutsch?"

„Ein klein wenig."

„Nun, so lassen Sie uns sehen, wie weit Sie mit diesem klein wenig reichen werden. Oder haben Sie etwa geflunkert, gerade so wie ich?"

„So wie Sie nicht. Ich bin wirklich Pflanzensammler."

„Aber ein Deutscher?"

„Ja."

„Hm! Wie heißen Sie denn eigentlich?"

„Schneeberg."

„Donnerwetter. Ist Ihr Vorname Fritz?"

„Ja."

„Da brate mir einer einen Storch; aber besonders die Beine recht knusperig! Herr Fritz Schneeberg, ich kenne dir."

„Wirklich?"

„Ja. Darf ich mich hinüber zu Ihnen setzen?"

„Natürlich. Kommen Sie, Landsmann. Trinken wir zusammen."

„Ja. Trinken wir zusammen, bis die Schwarte platzt."

„Das wird wohl bei Ihnen eher geschehen, als bei mir."

„Wieso?"

„Weil die Ihrige bereits über die Maßen angespannt ist."

„Na, es geht noch. Es ist auszuhalten. So! Doch klappen wir mit den Gläsern an. Ihre Gesundheit, Vetter!"

„Ihr Wohl! Aber – Vetter? Wieso?"

„Na, von unserer Urahne, der alten Eva, her! Ist's nicht so?"

„Das kann ich nun freilich nicht bestreiten", antwortete Fritz, der an dem munteren Dicken Gefallen fand.

„Also! Alle Menschen sind Vettern, und alle Deutschen sind Brüder. Noch einmal prosit!"

„Prosit! Aber, sprechen Sie nicht so laut!"

„Freilich, in diesem verdammten Franzosenland hat man vorsichtig zu sein. Wissen Sie, daß diese Kerle damit umgehen, auf die Deutschen loszuschlagen?"

Fritz machte ein erstauntes Gesicht und antwortete:

„Was Sie sagen! Unmöglich!"

Der Dicke blinzelte mit den Augen und sagte:

„Sie kleiner Schäker! Wollen Sie mich etwa dumm machen?"

„Ich Sie? Wieso?"

„Was ich Ihnen sagen will, wissen Sie besser als ich."

„Besser? Wieso?"

„Na, soll ich es Ihnen etwa an den Fingern herzählen?"

„Ich begreife Sie nicht."

„Gut, ich will mich nicht in Ihre Geheimnisse einschmuggeln. Aber ich will aufrichtiger sein als Sie und Ihnen eine Mitteilung machen, welche . . ."

Er blickte sich vorsichtig um.

„Was suchen Sie?" fragte Fritz.

„Sind wir hier sicher?"

„Ja."

„Ist jemand dort in dem Nebenzimmer?"

„Nein. Ich habe bereits nachgesehen."

„Nachgesehen? Ah, da erwische ich Sie ja! Wer in die Stuben guckt, ob er sicher sei, der hat Veranlassung, vorsichtig zu sein. Na, gut! Wenn Sie sich einen Pflanzensammler nennen, so sind Sie jedenfalls hier in dieser Gegend bekannt?"

„So leidlich."

„Kennen Sie Schloß Ortry?"

„Ja."

„Auch den alten Kerl, der da wohnt?"

„Sie meinen den alten Kapitän Richemonte?"

„Ja."

„Den kenne ich."

„Nun, der alte Knaster soll es faustdick hinter den Ohren haben, nämlich gegen die Deutschen."

„Ich weiß, daß er die Deutschen haßt."

„Der Mensch kauft sogar Pulver."

Fritz, welcher das ebensogut wußte, tat doch erstaunt:

„Pulver?" fragte er. „Wozu?"

„Na, gegen die Deutschen."

„Will er denn Krieg mit ihnen führen?"

„Hören Sie, alter Fritze, tun Sie doch nicht wie ein neugeborenes Kind."

„Aber wie kommen Sie denn eigentlich zu der Ansicht, daß gerade ich etwas wissen soll?"

„Ich bin überzeugt, daß Sie neben den Pflanzen noch etwas ganz anderes sammeln."

„Was denn?"

„Pah! Zanken wir uns nicht. Ich habe bereits gesagt, daß ich mich nicht in Ihre Geheimnisse drängen möchte."

„Aber fragen darf ich doch, wo Sie gehört haben, daß ich noch etwas anderes als Pflanzen sammle."

„Auf Schloß Malineau und Umgegend."

„Sie waren dort?"

„Ja. Aber davon später!"

„Nein, nicht später. Was wollten Sie dort?“
„Einen barbieren.“
„Witz!“
„Nein, Wirklichkeit! Ich wollte einen über die Ohren barbieren, nämlich einen gewissen Charles Berteu.“
„Sapperment!“
„Ja, da fahren Sie in die Luft vor Erstaunen!“
„Was haben Sie mit dem zu tun?“
„Vielerlei. Das ist meine Sache. Sie haben sich um meine Geheimnisse ebensowenig zu bekümmern, wie ich mich um die Ihrigen. Aber, da fällt mir ein! Haben Sie einen Bruder?“
„Nein.“
„So! Ich dachte!“
„Warum?“
„Weil ich einen Herrn gesehen habe, der Ihnen so ähnlich sieht, wie ich mir selber.“
„Wo?“
„In Tharandt. Er fuhr mit mir nach Dresden und dann weiter nach Berlin, wo er sich noch befindet.“
„Wer ist es?“
„Ein Maler. Er heißt Haller.“
„Aus Stuttgart?“
„Sapperment! Sie kennen ihn?“
„Nein. Ich weiß nur, daß es in Stuttgart einen Maler gibt, welcher Haller heißt.“
„So! Die Ähnlichkeit ist wirklich ungeheuer. Aber Brüder können Sie nicht sein, da Sie so verschiedene Namen haben.“
„Was war es denn, was Sie mir mitzuteilen hatten?“
„Ach so! Von wegen des Pulvers.“
„Welches der alte Kapitän kauft?“
„Ja. Er bekommt eine neue Ladung.“
„Wann?“
„Heute um Mitternacht.“
„Woher wissen Sie das?“
„Ich habe – hm, das gehört auch zu meinen Geheimnissen.“
„Aber warum sprechen Sie gerade zu mir davon?“
„Weil ich denke, daß Sie als Pflanzensammler sich auch für Pulver interessieren.“
„Sie sind ein eigentümlicher Kerl!“
„Das sagt schon mein Name.“
„Wie heißen Sie denn?“
„Hieronymus Aurelius Schneffke.“

„Allerdings, ein sehr poetischer Name."

„Finden Sie das auch? Ja, meine Eltern scheinen sich in einer sehr lyrischen Stimmung befunden zu haben, als sie mir diesen Namen gaben. Doch, um wieder auf unser Pulver zu kommen, so möchte ich dabeisein."

„Heute abend, wenn es gebracht wird?"

„Ja."

„Wozu?"

„Um die Geschichte zu vereiteln."

„Herr Schneffke, keine Unvorsichtigkeit, die man beinahe Vorwitz nennen möchte!"

„Unsinn! Haben Sie keine Sorge um mich! Aber es geht gar nicht anders; ich muß diesen Kerlen etwas auswischen. Ich habe einen Pik auf diese beiden Menschen!"

„Wen meinen Sie?"

„Diesen Charles Berteu und seinen Freund Ribeau."

„Bringen denn diese das Pulver?"

„Freilich."

„Kennen Sie den Ort, wo sie abladen werden?"

„Ich habe ihn erlauscht, kenne ihn aber nicht. Gibt es hier in der Nähe Steinbrüche?"

„Einen einzigen."

„Waren Sie bereits dort?"

„Öfters."

„Und Sie sind überzeugt, daß es keinen zweiten gibt?"

„Ja. Ist das so wichtig?"

„Das versteht sich."

„Warum?"

„Weil das Pulver in diesem Steinbruch abgeladen werden soll."

„Sapperment."

„Nicht wahr, das frappiert Sie?"

„Natürlich. Es soll also heimlich geschehen?"

„Wie es scheint. Aber ich werde ihnen diese Suppe versalzen."

„Inwiefern?"

„Ich belausche sie."

„Wozu?"

„Und mache dann Anzeige."

„Die würde gar nichts nützen."

„Was? Nichts nützen? Heimliche Pulvertransporte sind doch überall, also auch in Frankreich, verboten."

„Hier scheinen aber gegenwärtig andere Verhältnisse zu herrschen."

„Mag sein."
„Also mit einer Anzeige erreichen Sie nichts."
„So mache ich es anders."
„Wie denn?"
„Ich sprenge den ganzen Kram in die Luft!"
„Oho!"
„Ja, das bin ich imstande."
„Und dabei fliegen Sie selbst mit in die Luft."
„Fällt mir gar nicht ein! Es wird hier doch wohl so etwas wie Zündschnur zu kaufen sein."
„Ich warne Sie vor allen Unvorsichtigkeiten!"
„Aber soll ich es denn ruhig geschehen lassen, daß man hier eine Menge Pulver aufhäuft, um später uns Deutsche damit niederzuschießen?"
„Das ist allerdings nicht nötig; aber es lassen sich jedenfalls noch andere Mittel finden, als Anzeige und Zündschnur."
„Wissen Sie etwa eins?"
„Im Augenblick nicht. Ich werde nachdenken."
„Ja, Sie denken nach, und bis Sie in sechs oder acht Wochen ein Mittel gefunden haben, ist es längst zu spät."
„Acht Wochen brauche ich nicht. Man muß die Verhältnisse kennen; das heißt, man muß dabeisein; dann handelt man so, wie es dem Augenblick angemessen ist."
„Hm! Sie möchten hinaus nach dem Steinbruch?"
„Ja."
„Aber doch nicht ohne mich?"
Fritz warf einen forschenden Blick auf den Dicken, schüttelte den Kopf und antwortete:
„Ich kenne Sie nicht."
„Das heißt, Sie trauen mir nicht?"
„Nein, das nicht; aber ich weiß nicht, ob Sie der Mann sind, der bei so einer Gelegenheit zu gebrauchen ist."
„Alle Wetter! Hören Sie, Fritze, Sie kommen mir da ein wenig sonderbar vor. Wer hat es denn erlauscht, daß heute die Sendung stattfinden soll?"
„Nun, Sie."
„Schön! Die ganze Geschichte ist also mein Geheimnis, mein Eigentum. Und ich soll ausgeschlossen werden?"
„So habe ich das nicht gemeint."
„Aber Sie halten mich für einen Dummkopf. Habe ich es erst erlauscht, so bin ich doch wohl auch der Mann dazu, heute weiter zu lauschen. Nicht Sie haben mich mitzunehmen, sondern

ich bin der Mann, der zu entscheiden hat, ob auch Sie mitkommen dürfen. Verstanden, alter Schwede?"

„Was Sie da vorbringen, das klingt nicht ganz uneben, mein Lieber; aber ich muß Ihnen sagen ..."

„Nichts müssen Sie sagen!" fiel ihm der Dicke schnell in die Rede. „Ich bringe überhaupt niemals etwas Unebenes vor. Ich gehe heute abend nach dem Steinbruch. Will ich Sie mitnehmen, so ist das eine Gefälligkeit, die ich Ihnen erweise! Punktum!"

„Sapperment, gehen Sie los!"

„Na, gehen Sie mit los?"

„Heute abend?"

„Ja."

„Gut; ich gehe mit."

„Wo wohnen Sie?"

„Hier gegenüber."

„Schön! Wo treffen wir uns?"

„Hier. Das wird am besten sein. Wo logieren Sie?"

„Auch hier."

„So paßt es ja. Also ich werde nach neun Uhr kommen, um Sie abzuholen."

„Einverstanden. Aber es braucht niemand zu bemerken, daß wir etwas miteinander vorhaben."

„Das versteht sich ganz von selbst. Wenn ich hier eintrete, gehen Sie voran. Ich trinke nur ein einziges Glas Wein und komme dann nach."

„Wenn ich vorangehen soll, muß ich doch den Weg kennen."

„Das ist richtig. Sie wenden sich draußen von der Tür an rechts und biegen in die erste Gasse. Diese führt hinaus ins Freie. Man sieht von weitem eine Gruppe hoher Erlen. An ihnen geht ein schmaler Weg vorüber, grad nach dem Steinbruch."

„Schön! Das genügt."

„Die Sache ist vielleicht mit einiger Gefahr verbunden. Sind Sie im Besitz von Waffen?"

„Ich habe einen Revolver. Soll ich mir vielleicht noch ein Vierteldutzend Kanonen kaufen?"

„Ist nicht nötig. Ich bringe auch einen Revolver mit. Das wird genügen. Es ist ja doch nur für den Fall, daß wir bemerkt werden."

„Na, totschlagen würde man uns doch nicht!"

„Nehmen Sie die Sache nicht so leicht. Diese Franzosen lassen sich nicht ungestraft in die Karte blicken, und der alte Kapitän ist ganz der Mann darnach, einem das Lebenslicht auszublasen, ohne viele Umstände zu machen."

„So wird man sich darnach verhalten. Ich blase auch!"

„Waren Sie vielleicht Soldat, Herr Schneffke?"

Fritz musterte dabei die Gestalt des Dicken mit einem Blick, der erraten ließ, daß er ganz bestimmt ein Nein erwarte.

„Natürlich", antwortete der Maler.

„Was? Wirklich? Unmöglich!"

„Warum, he?"

„Bei diesem Körperumfang?"

„Pah, ich stehe bei der dicken Artillerie!"

„Sie spaßen."

„Fällt mir nicht ein! Ich war nicht nur Soldat, sondern ich bin es sogar noch."

„Bei welcher Truppe stehen Sie?"

„Bei der dicken Artillerie. Das habe ich Ihnen bereits gesagt, und das haben Sie sehr einfach zu glauben! Und nun noch etwas anderes: Sie standen im Wagen, als ich hier den Zug versäumte. Mit wem sind Sie gefahren?"

„Ich fuhr in Gesellschaft zweier Damen."

„Dachte es mir! Madelon und Nanon?"

„Ja."

„Haben Sie von mir gesprochen?"

„Sehr viel sogar!"

„Das glaube ich. Diese eine, nämlich die Nanon, kannte ich nicht; aber mit Madelon bin ich von Berlin bis nach Thionville gefahren. Ich hoffe, daß sie zu der Erkenntnis gekommen ist, daß es keinen besseren und aufmerksameren Reisebegleiter geben kann, als Herrn Hieronymus Aurelius Schneffke."

„Ja, davon ist sie überzeugt."

„Nicht wahr?"

„Gewiß, denn keiner hat so oft den Zug versäumt und keiner ist so oft auf die Nase gefallen, wie dieser Herr Schneffke."

„Donnerwetter! Sieht meine Nase etwa so aus, als ob ich so oft auf sie gefallen wäre?"

„Nein. Sie ist durch die dicken Backen geschützt worden. Aber, Scherz beiseite! Was haben Sie denn eigentlich in Schloß Malineau gewollt?"

„Davon vielleicht später. Aber was haben denn Sie für ein Abenteuer dort erlebt?"

„Davon auch später!" lachte Fritz.

Der Dicke drohte mit dem Finger und sagte:

„Es wurde davon gesprochen. Hören Sie, die Sache kommt mir höchst verdächtig vor!"

„Wieso?"

„Sie sind von Mademoiselle Nanon eingeladen worden, sie und ihre Schwester zu begleiten?"

„Ja."

„Also als Schutzgeist?"

„So ähnlich! Nun, man weiß ja, von welchem Geist eine junge Dame sich am liebsten beschützen läßt. Hat Mademoiselle etwa ein Auge auf Sie geworfen?"

„Hm!"

Der brave Fritz war bei der Frage des Dicken wirklich rot geworden. Dieser bemerkte es und sagte:

„Nanon ein Auge auf Sie, und Sie wohl alle beide Augen auf die Mademoiselle?"

„Hätten Sie etwas dagegen, wenn es so wäre?"

„Ja."

„Was denn?"

„Diese Traube hängt für Sie zu hoch, und wenn Sie klug sein wollen, so machen Sie es wie der Fuchs, welcher sagte: Sie ist mir zu sauer!"

„Sie sprechen in Rätseln!"

„Aber mit Überzeugung und nicht ohne Grund."

Jetzt wurde Fritz aufmerksam. Er fragte schnell:

„Darf ich Sie ersuchen, sich deutlicher zu erklären?"

„Ja, ersuchen dürfen Sie mich; aber ich werde mich hüten, es zu tun. Ich will Sie nur warnen. Unglückliche Liebe soll ein gar bitteres Abendessen sein. Ist Ihnen das alte Lied bekannt:

Wenn sich zwei Herzen scheiden,
Die sich dereinst geliebt,
Das ist ein großes Leiden,
Wie's größer keines gibt?"

„Ich habe es oft gesungen."

„Schön! Singen Sie es, so oft Sie wollen; aber erleben Sie es nicht! Wie schlimm das ist, das habe ich sehr, sehr oft an mir erfahren, mein Lieber!"

„So, sehr oft?"

„Ja, leider!"

„Und sind doch so dick dabei geworden."

„Das liegt weniger an der unglücklichen Liebe, als vielmehr an meiner glücklichen Konstitution. Die Körbe, welche ich bekommen habe, haben mich gemästet. Ich bin eben keine so ätherische Natur."

„Ich auch nicht."

„Ich warne Sie dennoch."

„Aber Sie müssen doch Gründe haben, anzunehmen, daß diese Traube für mich zu hoch hängt?"

„Die habe ich allerdings, und es sind sehr triftige."

„Bitte, sie mir mitzuteilen!"

„Später vielleicht. Jezt habe ich keine Zeit dazu."

„Kennen Sie denn Fräulein Nanon oder ihre Schwester?"

„Näher auch nicht."

„Aber ihre Verhältnisse?"

„Nein."

„Nun, es könnte doch nur einen einzigen Grund geben, und dieser müßte in den Verhältnissen liegen."

„Das geht mich weiter nichts an. Vielleicht sprechen wir näher darüber, denn ..."

Er hielt inne und machte sofort in französischer Sprache eine gleichgültige Bemerkung, denn der Wirt trat ein. Er richtete an diesen die Frage, ob er hier ein Zimmer erhalten könne, worauf der Wirt bejahend antwortete und sich mit ihm in ein Gespräch einließ.

Fritz sah ein, daß es jetzt unmöglich sei, die Unterhaltung, welche zuletzt so interessant für ihn geworden war, weiter fortzusetzen, und entfernte sich.

Der Maler erhielt sein Zimmer angewiesen, welches er aufsuchte, um seine Toilette ein wenig zu restaurieren. Dann unternahm er einen Ausflug hinaus vor die Stadt. Es lag ihm daran, den Steinbruch noch bei Tag zu finden, um heute abend mit dem Terrain vertraut zu sein.

Als er die Häuser hinter sich hatte, erblickte er die von dem Kräutermann bezeichnete Baumgruppe und fand auch den schmalen Fußweg, welcher an ihr vorüber nach dem Bruch führte. Dort angekommen, durchwanderte er denselben in allen Winkeln und setzte dann, da das Wetter einladend war, seinen Spaziergang noch weiter fort.

Er kam in den Wald und drang, ohne sich an die Wege zu halten, in denselben ein. In Gedanken versunken schritt er weiter und immer weiter, bis er plötzlich überrascht stehenblieb, denn gar nicht weit von sich hörte er eine allerliebste weibliche Stimme singen:

„Zieht im Herbst die Lerche fort,
Singt sie leis Ade.
Sag' mir noch ein liebend Wort,
Eh' ich von Dir geh!
Sieh die Träne, wie sie quillt;
Höre, was sie spricht!
Lieder hat die Lerche wohl,
Tränen hat sie nicht!"

„Nein, Tränen hat die Lerche nicht", murmelte Schneffke leise vor sich hin. „Sie hat auch gar keine Veranlassung dazu. Es kommt kein Exekutor, um sie auszupfänden; sie spielt auch nicht in der Lotterie, wobei sie über die Nieten weinen könnte, und der Schneider kann ihr auch nicht die Hosen verderben, daß sie vor Grimm darüber in eine Tränenflut ausbrechen möchte. Die Lerche ist viel glücklicher, als Hieronymus Aurelius Schneffke, denn – Sapperment, wer antwortet denn da?"

Von der anderen Seite her sang nämlich jetzt eine kräftige, männliche Stimme:

„Bei des Frühlings Wiederkehr
Kommt die Lerch' zurück,
Und Erinnerung bringt sie her,
Vom vergangenen Glück.
Brächte sie von Dir ein Wort,
Mir so hold, so licht!
Lieder hat die Lerche wohl,
Grüße hat sie nicht!"

„Hm, hm!" brummte Schneffke. „Das Ding ist höchst interessant! Da rechts singt sie und da links er. Beide singen deutsch, hier in Frankreich. Ich glaube, dieser Er und diese Sie geben sich hier ein Stelldichein und melden sich durch diese verblümte Lerche einander an. Wollen doch einmal sehen, wo sie zusammentreffen! Ich bin neugierig, ob sie da auch nur von der Lerche singen oder ob sie den Mund zu etwas Besserem brauchen. Ah, da knackt und knistert es!"

Er hörte, daß jemand in der Nähe vorüberging und folgte leise. Man hätte es bei seiner dicken Person gar nicht vorausgesetzt, daß er mit solcher Gewandtheit so unhörbar schleichen könne. Da hörte er die weibliche Stimme:

„Ah, Monsieur Schneeberg! Guten Tag!“

„Guten Tag, Mademoiselle!“ antwortete die männliche Stimme. „Wie wunderbar, daß wir uns hier treffen.“

„Wunderbar?“ dachte Schneffke. „Und dabei brüllen sie von ihrer Lerche, daß man es sechs Meilen weit hört!“

„Wollen Sie weiter, Mademoiselle?“ hörte der Maler fragen.

„Nein, ich suche nach Waldblumen.“

„Darf ich helfen?“

„Gern. Sie wissen ja, wo die schönsten stehen.“

„Oh, wo die beste und schönste jetzt steht, das weiß ich ganz genau, Mademoiselle.“

„Sapperment, ist der Mensch galant! Mit dieser etwas abgetragenen Redewendung will er ihr den Kopf verdrehen. Die Waldblume muß ich sehen.“

Er kroch weiter vorwärts und verstand die Worte:

„So lassen Sie uns suchen, aber nicht sofort; ich bin ermüdet und muß zuvor einige Minuten ruhen.“

„So nehmen Sie Platz! Hier!“

„Auf dem Sack?“

„Ja, bitte.“

„Aber ich werde Ihnen Ihre Pflanzen verderben.“

„Nein. Es sind nur Wachholderspitzen, Huflattig und Otterzungen; denen tut es nichts.“

„Donnerwetter“, brummte der Maler. „Ein Stelldichein mit Wachholderspitzen, Huflattig und Otterzungen! Das ist wirklich eine Neuigkeit. Und einen Sack hat der Kerl mit. Ob's etwa gar der Kräutermann ist? Werden sehen.“

Er schob sich durch das Buschwerk weiter und gewahrte nun eine kleine, tieferliegende Lichtung. Am schräg ablaufenden Rand derselben saß Fritz Schneeberg, und neben ihm hatte Nanon auf dem Kräutersack Platz genommen.

„Wie ist Ihnen die Reise bekommen?“ fragte er.

„Ich danke! Ausgezeichnet.“

„Aber Sie sehen blaß aus.“

„Ich schlief in letzter Nacht nicht gut. Das mag der Grund sein.“

„Sie müssen sich schonen, Monsieur Schneeberg! Es gibt Personen, die es sehr betrüben würde, Sie krank zu sehen.“

„Hm! Diese Personen sitzen neben ihm“, dachte Schneffke. „Das Mädchen ist gar nicht übel. Ich hätte diese Nanon nicht mit einer Traube, sondern vielmehr mit irgendeiner hübschen

Blume vergleichen sollen. Aber dennoch hängt sie ihm zu hoch. Ich werde horchen. Machen wir es uns also bequem.“

In der Nähe stand eine abgestorbene Birke, die sehr schief gesunken war. Schneffke schob sich an ihr empor. Sie bog sich durch seine Last noch tiefer, und so erhielt er eine Stellung, halb sitzend und halb auf dem elastischen Stamm liegend. Auf diese Weise kam sein Kopf in gleiche Höhe mit den Spitzen des Gesträuches, welches ihn von dem Paar trennte, und er konnte alles sehen und hören, ohne selbst bemerkt zu werden.

„Wie geht es auf dem Schloß?“ fragte Schneeberg.

„Gut. Der Kapitän war krank, so daß man Besorgnisse hegte; aber sein Zustand hat sich sehr gebessert.“

„Geht er aus?“

„Noch nicht. Madelon wollte mich begleiten, aber . . .“

Sie stockte, und eine leichte Röte breitete sich über ihr hübsches, allerliebstes Gesichtchen. Er blickte sie fragend an, und darum fuhr sie fort:

„Aber ich dachte, sie wäre von der weiten Reise zu sehr angegriffen, und so bat ich sie, zu bleiben.“

„Und doch sollten Sie sich nicht so allein in den Wald wagen.“

„Warum nicht?“

„Meinen Sie nicht selbst, daß es gefährlich ist?“

„Welche Gefahren sollte es hier geben?“

„Verschiedene. Im Walde verkehren Menschen, denen man nicht gern im Freien begegnet.“

„Oh, mir tut niemand etwas. Ich habe ja keinen beleidigt. Und dann denke ich immer, daß Sie . . .“

Sie hielt abermals inne; darum fragte er:

„Was ist es, was Sie von mir denken?“

„Sie sind so viel im Wald. Sobald ich unter die Bäume trete, ist es mir, als ob ich mich unter Ihrem speziellen Schutz befände und als ob Sie sofort da sein würden, wenn mir eine Fährlichkeit begegnete.“

Seine Augen leuchteten freudig auf. Er holte tief Atem und sagte dann:

„Ich bin nicht allgegenwärtig, Mademoiselle; aber Gott weiß, daß ich mein Leben hingeben würde, wenn es sich darum handelte, Sie in meinen Schutz zu nehmen.“

„Nicht übel gesagt“, dachte Schneffke. „Der Kerl besitzt so eine Art Geschick, sich in das Vertrauen anderer einzuschmuggeln.“

Sie gab Schneeberg die Hand und sagte:

„Sie Guter. Das habe ich ja während der letzten Tage erfahren; denn Sie wagten in der Pulvermühle das Leben, um uns aus der Gewalt dieses Berteu zu befreien.“

„Das war kein Wagnis, Mademoiselle.“

„O doch! Und ich kann Ihnen nicht dankbar sein. Ich habe geglaubt, in Beziehung auf das Dunkel, welches sich über Ihre Herkunft breitet, etwas tun zu können, aber leider ist die Dame, an die ich mich wendete, verreist.“

„Sorgen Sie sich nicht. Ich denke jetzt lieber an meine Zukunft, als meine Vergangenheit. Übrigens stehen Sie ja unter ganz gleichen Verhältnissen wie ich. Auch Sie kennen Ihren Vater nicht.“

„Ich werde ihn niemals kennenlernen.“

„Das dürfen Sie nicht sagen. Gottes Wege sind wunderbar, und er führet alles herrlich hinaus.“

Es entstand eine Pause. Die Birke, auf welcher Schneffke ritt, schaukelte elastisch auf und nieder; das genierte ihn aber nicht; er brummte vor sich hin:

„Ja, Gottes Wege sind wunderbar! Mich haben sie hier auf diesen birkenen Stamm geführt. Aber der Kerl hat wirklich gar nicht so unrecht, denn täuscht mich meine Vermutung nicht, so befindet sich ihr Vater hier in Thionville.“

Nach einer Weile nahm Nanon das unterbrochene Gespräch von neuem auf:

„Es steht zu erwarten, daß Ihre Eltern sehr vornehme Herrschaften sind, Herr Schneeberg.“

„Ich denke nicht daran.“

„Und doch müssen Sie daran denken! Auch ich denke daran.“

„Wirklich? Und was denken Sie da?“

„Ich denke, daß Sie die arme Nanon nicht mehr ansehen würden, wenn Sie Ihre Eltern gefunden hätten.“

„Nein, das dürfen Sie nicht denken. Ich habe da vielmehr Veranlassung, ähnliches zu vermuten.“

„Ähnliches? Was denn?“

„Wenn es Ihnen gelänge, Ihren Vater aufzufinden, so würde ich Ihnen wohl hier nie mehr begegnen.“

„Hier vielleicht nicht, aber doch an anderen Orten.“

„Aber Sie würden mich nicht bemerken.“

„Ich Sie nicht bemerken? Glauben Sie das im Ernst? Halten Sie mich denn für so gefühllos und undankbar, daß ich vergessen könnte, daß Sie mir sogar das Leben gerettet haben?“

„Ah“, dachte Schneffke. „Er hat ihr das Leben gerettet. Da kann aus diesem Techtelmechtel im Wald der allerschönste

Ernst in der Kirche werden. Ich werde noch weiter in die Höhe rutschen. Vielleicht sehe ich etwas."

„Bitte, schweigen wir davon", bat Fritz.

„Nein, Herr Schneeberg. Hier nehmen Sie meine Hand! Ich sage Ihnen, was auch geschehen möge – Herrgott!"

„Sapperment", fiel auch Schneeberg ein.

Es gab nämlich in diesem Augenblick einen lauten Krach, und im nächsten Moment kam ein Mensch zu ihnen herabgekugelt. Schneffke war zu hoch an der alten Birke emporgeklettert. Unter seinem Gewicht war sie gebrochen, und nun rollte er gerade bis vor die beiden hin.

„Wer ist das?" fragte Nanon ganz erschrocken.

„Ja, Monsieur, wer sind Sie?"

Schneffkes Gesicht hatte sich in die Schöße seines Rockes verwickelt, so daß es nicht zu sehen war. Er wickelte sich heraus und stand vom Boden auf.

„Ah, der Maultrommelbläser!" sagte Schneeberg in einem ziemlich zornigen Ton.

„Monsieur Schneffke", fügte Nanon hinzu.

Schneffke verbeugte sich höflich und antwortete:

„Ja, Mademoiselle, ich bin der Maler Hieronymus Aurelius Schneffke aus Berlin."

„Und noch immer sind Sie der alte Pechvogel", sagte Fritz.

„Warum soll ich nicht? Ich kann es ja haben, mein verehrter Herr Schneeberg."

„Aber was machen Sie denn hier?"

„Dieser Dame mein Kompliment, wie Sie sehen."

„Sind Sie eigens zu diesem Zweck hierhergekommen?"

„Eigentlich nicht."

„Was treibt Sie denn in den Wald?"

„Meine Liebe zur Natur."

„Aber was krachte denn dort so sehr?"

„Die Birke."

„Die Birke? Ah, sie ist gebrochen. Ich soll doch nicht etwa vermuten, daß – Herr Schneffke!"

„Was vermuten Sie denn?"

„Daß Sie auf diese Birke geklettert waren."

„Warum soll ich denn nicht?"

„Herr, was haben Sie zu klettern?"

„Klettern ist einmal meine Passion. Sie wissen ja, daß ich bereits auf den Schornstein eines Dampfschiffes geklettert bin, warum also nicht auch auf eine Birke?"

„Aber zu welchem Zweck kletterten Sie hinauf?“
„Ich suchte die Lerche.“
„Welche Lerche?“
„Welche Lieder hat, aber keine Grüße.“
„Herr, Sie haben gelauscht?“
„Fällt mir gar nicht ein.“
„Ich behaupte es dennoch.“
„Unsinn! Sie singen und schreien so sehr, daß man gar nicht zu lauschen braucht. Haben die Herrschaften vielleicht noch etwas zu fragen?“
„Nein. Nehmen Sie dort Ihren Hut, und dann machen Sie sich schleunigst von dannen.“
„Oho! Wenn ich nun mit Ihnen zu sprechen hätte.“
„Wir sind fertig.“
„Oder mit dieser Dame?“
„Ich wüßte nicht, was Sie ihr zu sagen hätten.“
„So weiß ich es desto besser!“
„Dann suchen Sie sie in ihrer Wohnung auf und nicht hier im Wald, Sie dicker Kletterspecht!“
„Schön! Ganz nach Befehl! Habe die Ehre, meine Herrschaften!“
Er hob seinen Hut auf, markierte eine tiefe Referenz und entfernte sich. Dabei murmelte er wohlgefällig vor sich hin:
„Der Kerl gefällt mir. Er hat wirklich etwas Vornehmes an sich. Wenn er andere Kleidung trüge, möchte man ihn für etwas Ordentliches halten.“
Schneffke folgte einem Waldweg. In seine Gedanken versunken, hörte er die Schritte nicht, welche ihm eilig entgegenkamen. Der Pfad machte eine scharfe Biegung, und da stieß er mit dem Mann zusammen, welcher in raschen Schritten von der entgegengesetzten Richtung herkam.
„Donnerwetter!“ rief er, sich den Kopf reibend.
„Mensch, passen Sie doch auf!“
Er sah sich den anderen an. Es war Deephill, der Amerikaner. Auch dieser erkannte ihn und sagte:
„Der Tiermaler aus Berlin.“
„Aufzuwarten, Monsieur.“
„Wie war doch gleich Ihr Name?“
„Hieronymus Aurelius Schneffke.“
„Schön. Wissen Sie, wie Sie eigentlich heißen müßten?“
„Wie denn?“
„Pechke anstatt Schneffke.“

„Warum?"

„Weil Sie stets Pech zu haben scheinen. Vorher brachen Sie uns die Latten weg, und ..."

„O bitte, das geschah mit größtem Vergnügen, Monsieur!" fiel der Maler ein.

„Aber uns hat es kein Vergnügen gemacht. Und jetzt stoßen Sie sich wieder Ihren Kopf an dem meinigen entzwei."

„Ist er wirklich kaputt?"

„Der Ihrige scheint schon längst kaputt zu sein. Und dabei ergehen Sie sich noch in impertinenten Redensarten."

„Wer? Ich?"

„Ja, Sie!"

„Wieso denn?"

„Nun, Sie wissen wohl gar nicht mehr, was Sie sagten, als Sie vom Zaun fortgingen?"

„Nein. Was sagte ich denn?"

„Daß ich alle Ursache hätte, Ihnen meinen Namen zu nennen."

„Das ist auch wirklich der Fall."

„Erklären Sie mir das."

„Es gibt zwei Ursachen. Die erste ist, daß Sie Ihren Namen nennen mußten, weil ich Ihnen den meinigen gesagt hatte, und die zweite ..."

„Nun, die zweite?"

„Die sage ich Ihnen später."

„Ist sie auch so impertinent wie die erste?"

„Nein, im Gegenteil."

„So sagen Sie mir dieselbe gleich jetzt."

„Fällt mir nicht ein."

„Warum nicht?"

„Ich werde erst dann wieder mit Ihnen sprechen, wenn ich sehe, daß Sie gelernt haben, in weniger anspruchsvoller Weise mit Ihren Nebenmenschen zu verkehren."

„Mensch!"

„Herr, Sie sind grob. Adieu!"

Der Dicke drängte ihn zur Seite und setzte seinen Weg fort. Der Amerikaner warf ihm einen wütenden Blick nach und murmelte grimmig:

„Ich könnte diesen Kerl ohrfeigen! Er ist ein Flegel! Aber Miß de Lissa hat recht. Ich bin zu hitzig, zu jähzornig. Ich muß ruhiger werden. Und ruhiger werde ich sein, damit dieses herrliche Mädchen mein Eigentum wird."

Er ging weiter. Er war mehrere Stunden bei der vermeintlichen Engländerin gewesen. Er trug ihr Bild im Herzen, und es schwebte vor seinen Augen. Er dachte nur an sie und nicht an den Weg. Er bog in Gedanken rechts ab und links ab, ganz ohne Plan, und wunderte sich dann, daß der Weg sich in den Büschen verlief.

Er blieb nun endlich stehen, um sich zu orientieren. Die Holzung war hier nicht sehr hoch, und so war es möglich, den Stand der Sonne zu erkennen. Aus diesem konnte der Amerikaner auf die Richtung schließen, welche er eingeschlagen hatte. Schon wollte er umkehren, als er sich ganz unerwartet anrufen hörte:

„Sie hier, Monsieur Deephill! Sind Sie vielleicht in die Irre gegangen?"

Der alte Kapitän stand hinter einem Baum und trat während dieser Worte hervor. Deephill war einigermaßen erschrocken, faßte sich aber schnell und antwortete:

„Allerdings habe ich mich verlaufen, Herr Kapitän."

„Darf ich fragen, woher Sie kommen?"

„Aus der Stadt."

„Und wohin Sie wollen?"

„Nach dem Schloß."

„Da haben Sie freilich nicht den kürzesten Weg eingeschlagen."

„Und doch wollte ich einen Richtweg gehen, bin aber in Gedanken von ihm abgekommen."

„So bitte, mir zu folgen!"

Er schritt voran, seine Augen glühten in einem freudigen Licht. Er galt noch für krank, hatte aber trotzdem sein Zimmer verriegelt und sich auf dem verborgenen Weg nach den unterirdischen Kellern begeben, um zu sehen, ob dort alles noch in Ordnung sei. Die dumpfe Luft hatte ihn heute noch beengt, und so war er einige Minuten in das Freie gegangen, um frisch Atem holen zu können. Dabei hatte er die Annäherung eines Menschen bemerkt und in diesem letzteren zu seinem Erstaunen den Amerikaner erkannt.

Er führte diesen noch weiter in den Wald hinein, bis sich alte Ruinen vor ihnen erhoben.

„Was ist das?" fragte Deephill.

„Das sind die Überreste eines Klosters."

„Warum gehen wir hierher?"

„Es ist der kürzeste Weg nach dem Schloß. Bitte, folgen Sie mir nur."

Sie betraten die Ruinen und stiegen den engen Treppengang

nach dem Versammlungssaal hinab. Hierbei führte der Alte, da es dunkel war, seinen Gast bei der Hand. Im Saal aber befand sich eine brennende Lampe.

„Eigentümlich", sagte der Amerikaner. „Diese Ruinen scheinen von Ihnen benutzt zu werden?"

„Allerdings. Ich werde Ihnen alles zeigen. Wir haben noch gar keine rechte Zeit gehabt, über unser Geschäft zu sprechen, und können diese Gelegenheit dazu benutzen. Vorher aber werden Sie mir wahrscheinlich eine Frage gestatten?"

„Gern."

„Sie waren wirklich in der Stadt?"

„Ja."

„Wollten wirklich nach dem Schloß?"

„Ja."

„Und haben sich also wirklich verlaufen?"

„Ja. Aber wozu diese Fragen? Glauben Sie, mich für einen Lügner halten zu dürfen?"

„Das nicht. Aber in meiner Lage muß ich sehr vorsichtig sein. Ist Ihnen jemand begegnet?"

„Nur einer."

„Wo? Im Wald?"

„Ja."

„Wer war er?"

„Ein fremder Maler, der hier wohl nur zum Zweck seiner Studien herumläuft."

„Weiter niemand?"

„Kein Mensch."

„Das ist gut. Kommen Sie!"

Er führte ihn nun von Gewölbe zu Gewölbe und zeigte ihm da alle aufgestapelten Vorräte. Deephill erstaunte über die große Menge derselben, hielt sich aber wohlweislich mit seiner Anerkennung in Reserve. Endlich blieb der Alte vor einem in einem Gewölbe stehenden Tisch halten und sagte:

„Nun Sie sich überzeugt haben, daß wir Ernst machen und daß wir auch vorbereitet sind, können wir wohl auch unsere Angelegenheit erledigen. Bitte, setzen Sie sich."

„Warum nicht oben im Schloß?"

„Weil ich derartiges stets hier expediere. Man ist hier am sichersten. Sie kennen diese Schrift?"

Er öffnete mittels eines Schlüssels den Tischkasten und zog aus demselben einen beschriebenen Bogen. Der Amerikaner las diesen, nickte zustimmend und sagte:

„Es ist unser Kontrakt."
„Sind Sie gewillt, denselben einzuhalten?"
„Gewiß."
„Und sind Sie gewillt, uns die betreffenden Summen zu überlassen?"
„Ich pflege Wort zu halten."
„Schön! Hoffentlich befinden Sie sich im Besitz des Geldes."
„Ich gebe Ihnen Anweisungen auf Paris; sie sind wie bares Geld."
„Einverstanden. Ich liebe es, jedes Geschäft glatt abzuschließen. Ich kann jetzt die Anweisungen erhalten?"
„Nach Unterschrift des Kontraktes."
„Gut, unterzeichnen wir!"
„Jetzt? Hier?"
„Ja."
„Wer soll unterzeichnen?"
„Sie und ich."
„Hm! Wird das genügen?"
„Gewiß. Ihre Unterschrift genügt mir vollständig."
„Das versteht sich ganz von selbst. Sie bedürfen meiner Unterschrift gar nicht, wenn Sie nur das Geld erhalten. Wer aber bietet mir Sicherheit für die Rückzahlung?"
„Ich!"
„Ob mir das wohl genügen wird?"
Der Alte zog die Spitzen seines Schnurrbartes breit, warf dem Sprecher einen Blick des Erstaunens zu und fragte:
„Halten Sie mich für einen Lump?"
„Nein, aber für einen Menschen."
„Was soll das heißen?"
„Sie sind den Wechselfällen des Lebens ausgesetzt. Überdies, haben Sie Vermögen?"
„Gewiß."
„Dann dürfte mir Ihre Unterschrift allerdings genügen. Sie sehen ein, daß man nicht leichtsinnig sein darf, wenn es sich um Millionen handelt!"
„Ich billige Ihre Vorsicht."
„Dann bitte ich, den Vermögensnachweis gütigst zu erbringen, Herr Kapitän."
Da brauste der Alte auf:
„Was? Ich soll Ihnen nachweisen, daß ich Vermögen besitze?"
„Ja. Ich muß sogar wissen, wieviel. Sie müssen für so viel bürgen können, als Sie von mir empfangen."

„Ja, für so viel kann ich es nicht!“

„Dann werde ich jetzt nicht unterzeichnen.“

„Ah! Wann denn?“

„Nachdem ich mit Graf Rallion gesprochen haben werde.“

„Sie wollen also nach Paris?“

„Ja.“

„Hm! Bleiben Sie hier; ich werde ihn telegrafisch herbeirufen.“

Deephill sah ein, daß es dem Alten nur darum zu tun war, Zeit zu gewinnen; darum antwortete er:

„Das dürfen Sie nicht. Der Graf hat Sie kaum verlassen und wird von den notwendigsten Geschäften in Paris festgehalten.“

„Er wird dennoch kommen, da es sich um eine solche Summe handelt.“

„Warum ihn aber belästigen, wenn ich Zeit habe, ihn in Paris aufzusuchen.“

„Weil ich der Schöpfer des Ganzen bin; weil bisher alles, selbst das Kleinste von mir arrangiert und abgeschlossen worden ist, und weil es infolgedessen ein Ehrenpunkt für mich ist, alles auch selbst zu beenden.“

„Ich bitte, geben Sie Sicherheit!“

„Monsieur, Ihre Sprache ist nicht diejenige, welche ich hier gewöhnt bin.“

„Und die ihrige ist nicht diejenige eines Geschäftsmannes!“

„Geschäft und immer wieder Geschäft! Ist die Begeisterung für die Sache des Vaterlandes gar nichts wert?“

„Sehr viel. Und dieser Kontrakt hat Sie bereits überzeugen müssen, daß ich dieser Begeisterung auch wirklich in hohem Maße Rechnung getragen habe.“

„Jetzt aber scheint sie erloschen zu sein.“

„Ein Wunder wäre es nicht.“

„Ah! Wie meinen Sie das?“

„Es gibt Verhältnisse und Personen, welche imstande sind, höchst abkühlend zu wirken.“

Er hatte diese Worte achselzuckend gesprochen. Der Kapitän erhob sich von seinem Stuhl, maß ihn mit stechenden Augen von oben bis zu den Füßen herab und fragte:

„Sie sprechen von hiesigen Verhältnissen?“

„Ja.“

„Und von hiesigen Personen?“

„Ja.“

„Ich bitte Sie, dieselben namhaft zu machen. Bin unter diesen Personen etwa auch ich gemeint?“

„Sie ganz allein."

„Alle Teufel! Und die Verhältnisse, welche Sie erwähnten? Wollen Sie dieselben bezeichnen?"

„Ich meine die verborgenen Gänge, Treppen und Türen in Schloß Ortry."

„Ich verstehe Sie nicht. Gerade diese verborgenen Lokale enthalten Vorräte, welche Sie überzeugen müssen, daß Sie für Ihr Geld nichts zu fürchten haben!"

„Ich meine nicht die Lokale unter, sondern die Treppen, Gänge und Türen in dem Schloß."

„Erklären Sie sich deutlicher."

„Die verborgenen Wege ermöglichen nächtliche Besuche, welche keineswegs angenehm sein können."

Der Alte drehte sich zur Seite und ließ ein leises Hüsteln vernehmen. Er fühlte sich getroffen und mußte sich Mühe geben, dies nicht merken zu lassen. Aber diese Mühe war vergebens; das las er in dem dunklen, festen Auge des Amerikaners, welches scharf auf ihm ruhte.

„Sapperment!" sagte er. „Haben Sie etwa nächtliche Besuche erhalten, Monsieur?"

„Leider."

„Ich werde dies genau untersuchen und auf das strengste bestrafen. Darauf können Sie sich verlassen."

„Ich verlasse mich weder auf das eine noch auf das andere."

„Wie? Sie zweifeln an der Wahrheit meiner Versicherung?"

„Vollständig!"

„Tod und Teufel! Das ist eine Beleidigung!"

„Ich sage nur das, was ich denke. Sie haben nichts zu untersuchen und werden auch niemanden bestrafen."

„Warum?"

„Pah! Wer bestraft sich selbst?"

„Sich selbst? Monsieur, reden Sie irre?"

„Keineswegs."

„Da bringen Sie also mich, mich selbst mit diesen nächtlichen Besuchen in Verbindung?"

„Das versteht sich ganz von selbst."

„Soll ich etwa bei Ihnen gewesen sein?"

„Ja."

„Wer sagt das? Wer behauptet das?"

„Ich!"

„Wer hat es Ihnen weisgemacht?"

„Meine Augen und Ohren!"

„Das heißt, Sie selbst wollen mich gesehen und gehört haben?"
„Ja."
„In Ihrem Zimmer?"
„In meinem Schlafzimmer."
„Des Nachts, also heimlich?"
„Heimlich."
„Sie haben geträumt! Wer kann des Nachts zu Ihnen! Riegeln Sie denn nicht zu?"
„Ich hatte allerdings den Riegel vorgeschoben."
„Also wie könnte ich bei Ihnen eindringen?"
„Mittelst der Tapetentür in der Ecke."
Den Alten überkam aufs neue ein kurzer, scharfer Husten. Er überwand ihn indes schnell und sagte:
„Ich kann nur wiederholen, daß Sie geträumt haben müssen. Was sollte ich denn bei Ihnen wollen?"
„Einsicht in meine Brieftasche nehmen."
„Monsieur, sind Sie denn ganz und gar des Teufels?"
„Nein, ganz und gar nicht."
Die beiden standen sich drohend gegenüber. Der alte Kapitän sah sich zwar ertappt und durchschaut, war sich aber seines Sieges sicher; das gab ihm ein überlegenes Auftreten. Und was den Amerikaner betrifft, so fürchtete er den Kapitän in diesem Augenblicke nicht im geringsten. Er meinte, daß das Gespräch höchstens in persönliche Tätlichkeiten auslaufen könne, und da fühlte er, der junge, gewandte Mann, sich dem Alten in bezug auf Geschicklichkeit und Körperkraft weit überlegen. Beide hielten die Augen mit feindseliger Schärfe aufeinandergerichtet.
„Was soll ich denn mit Ihrer Brieftasche beabsichtigt haben?" fragte der Kapitän.
„Sie haben in ihr das Geld geprüft."
„Zu welchem Zweck? Es ist mir ja sicher und genug, da wir den Kontrakt unterzeichnen werden!"
„Doch nicht so sicher, als Sie meinen. Für uns beide war es keineswegs gleichgültig, ob dieser Inhalt aus sofort zahlbaren Papieren bestand oder nicht."
„Für mich war es gleichgültig."
„Nein, sonst hätten Sie sich nicht überzeugt."
„Aber, ich bitte Sie! Sie haben wirklich geträumt. Ich gebe Ihnen mein Ehrenwort!"
Der Amerikaner zog die Schultern empor und schüttelte sich, als ob es ihn friere. Dann antwortete er:

„Ehrenwort! Pah! Das Ehrenwort eines Mannes, der sich in das Zimmer seines Gastes schleicht!“

Das stampfte der Alte mit dem Fuß auf und rief in drohendem Ton:

„Herr, ich muß Sie unbedingt ersuchen, auf Ihre Ausdrücke besser acht zu geben. Es steht ein Offizier vor Ihnen, der sich nicht beleidigen läßt und gerade nur, weil Sie sein Gast sind, bis jetzt bemüht gewesen ist, seine Indignation zu beherrschen. Ich will selbst noch in diesem Augenblick annehmen, daß Sie unter dem Einfluß einer Täuschung handeln und sprechen. Denn nur eine Halluzination kann es gewesen sein, das liegt klar auf der Hand.“

„Ich leide nicht an Halluzinationen.“

„Aber, bedenken Sie doch, daß ich Ihre Papiere nicht im Dunkeln zu rekognoszieren vermag.“

„Sie hatten Ihre Laterne mit.“

„Fieberphantasie! Wahrhaftig, Fieberphantasie. Wie kann ich mit Licht in Ihr Schlafzimmer eindringen und Ihre Brieftasche öffnen, da ich doch gewärtig sein muß, daß Sie in jedem Augenblick die Augen aufschlagen.“

„Sie glaubten, dafür gesorgt zu haben, daß ich sehr fest schlafen würde.“

„Ich? Wieso denn?“

„Durch den Schlaftrunk, den Sie mir gegeben hatten.“

„Ich Ihnen einen Schlaftrunk gegeben? Das kann nur ein Tollhäusler behaupten. In welcher Weise habe ich Ihnen diesen Trunk denn beigebracht?“

„Mit dem Glas Wein beim Abendessen.“

Der Alte vermochte nicht zu begreifen, wie Deephill das alles wissen könne. Er war ganz und gar bestürzt, ließ es sich aber nicht merken, sondern sagte scheinbar im ruhigsten Ton:

„Monsieur, ich will nicht aus den Augen lassen, daß Sie mein Gast sind, sonst . . .“

Der Amerikaner machte eine hastige, abwehrende Handbewegung und fiel ihm dabei in die Rede:

„Bitte, bitte, genieren Sie sich nicht. Sie haben mich nicht mehr als Ihren Gast zu betrachten, denn sobald wir diese Keller hinter uns haben, werde ich Schloß Ortry schleunigst verlassen. Ich kann unmöglich bei einem Mann wohnen bleiben, der mir nach dem Leben trachtet.“

Dem Alten wollte die Sprache versagen. Nur ganz mühsam stieß er hervor.

„Nach dem – Leben habe – ich Ihnen getrachtet?“

„Ja."
„Beweisen Sie das!"
„Warum etwas beweisen, was Sie selbst besser wissen als ich! Das ist unnötig."
„Aber, bin denn ich toll, oder sind Sie es?"
„Keiner von beiden. Ich sage die Wahrheit, und Sie spielen ein wenig Komödie."
„Mir will der Verstand stillstehen. Ich Ihnen nach dem Leben getrachtet? Selbst wenn das, was Sie bisher behaupteten, wahr wäre, liegt doch darin ganz und gar nichts Lebensgefährliches für Sie. Ich wäre dann in Ihr Zimmer gekommen, um zu sehen, welcher Art Ihre Papiere sind, nicht aber in der Absicht, Ihnen nach dem Leben zu trachten."
„Das gebe ich ja zu, aber ich meine nicht gerade dieses."
„Was denn sonst?"
„Die Entgleisung des Zuges."
Der Kapitän fuhr zurück, als ob er einen Abgrund vor sich sähe. Seine Hände durchstrichen die Luft, wie wenn sie nach einem festen Halt suchten.
„Nun, Sie wanken ja vor Schreck?" sagte Deephill.
„Ich? Vor Schreck? Fällt mir gar nicht ein. Wenn ich vor Ihnen zurückschrecke, so ist es nur aus Entsetzen über eine solche Anschuldigung, die eine geradezu teuflische ist. Was wollen Sie denn eigentlich mit Ihrer Erwähnung des Bahnunglückes behaupten?"
„Daß Sie dasselbe verschuldet haben!"
„Ich?"
„Ja."
„Mein Gott! Woher nehme ich nur die Kraft, das auszuhalten? Was kann mir denn an diesem Unglück liegen?"
„Scheinbar gar nichts, in Wirklichkeit aber sehr viel."
„Erklären Sie mir dieses Faktum."
„Sie wußten, mit welchem Zug ich kommen würde?"
„Ja. Sie hatten es mir gemeldet."
„Sie glaubten, ich würde das Geld bar bei mir führen, vielleicht in hohen englischen Banknoten."
„In welcher Art Sie die Summe besaßen, das konnte mir sehr gleichgültig sein."
„Warum veranlaßten Sie denn da die Entgleisung?"
„Ich weiß ja gar nichts von einer solchen Veranlassung."
„Auch nicht, daß Sie drei Männer beauftragten, das Unglück hervorzubringen?"

„Nein."
„Der eine sollte die Steine auf den Bahnkörper werfen, während die beiden anderen den Bahnwärter beschäftigten."
„Kein Wort weiß ich."
„Die letzteren sollten den Amerikaner unter den Toten hervorsuchen . . ."
„Schrecklich."
„Ihm, wenn er noch leben sollte, den Garaus machen . . ."
„Schweigen Sie. Das sind die Phantasien eines Tollhäuslers."
„Und das alles nur, um ihm die Brieftasche abzunehmen. Stimmt es, oder stimmt es nicht?"
„Monsieur, mir graut vor Ihnen. Ich habe noch niemals Angst gehabt, jetzt aber fühle ich Furcht vor Ihnen."
„Ganz natürlich."
„Verstehen Sie mich nicht falsch. Ich fürchte mich vor Ihnen, wie sich der Gesunde vor demjenigen fürchtet, der von einem tollen Hund gebissen worden ist."
„Beruhigen Sie sich. Ich beiße Sie nicht, wenigstens jetzt nicht und so wörtlich nicht. Aber Sie können sich denken, daß es mir nicht einfallen wird, weiter für eine Sache zu schwärmen, an deren Spitze ein solcher Satan steht."
„Monsieur, ich vermag nicht, Ihnen zu antworten."
„Und ich vermag nur, Ihnen zu sagen, daß ich Frankreich aufgebe, weil es solche Söhne hat."
„Aber wenn ich Ihnen nun beweise, daß Sie mich vollständig unrechtmäßigerweise beschuldigen?"
„Das vermögen Sie nicht."
„Sogar sehr leicht."
„Wie denn?"
„Gehen wir hinauf. Ich werde Ihnen die Beweise in Ihr Zimmer bringen."
„Ich halte das für ein leeres Versprechen, werde aber noch eine ganze Stunde auf Schloß Ortry verweilen, um Ihnen Zeit zu geben, Ihre Gegenbeweise zu bringen."
„Gut. Sie werden mir Ihre wahnsinnigen Beschuldigungen baldigst abbitten. Haben Sie vielleicht vorher noch etwas zu erwähnen?"
„Nein."
„So kommen Sie. Bitte."
Um wieder auf den Gang hinauszukommen, mußten sie natürlich dieselbe Tür benutzen, durch welche sie in das Gebäude

getreten waren. Der Amerikaner gab nicht acht auf die Richtung, in welcher diese lag. Das Dunkel täuscht, und er war von dem Gespräch zu sehr erregt. Er folgte dem Mann, welcher die Lampe genommen hatte und auf eine ganz andere Tür zuschritt. Er öffnete dieselbe, blieb stehen und sagte:

„Bitte, Monsieur. Ich muß wieder schließen."

Da verstand es sich ganz von selbst, daß Deephill voranging. Er hatte aber noch nicht zwei Schritte getan, so tat es hinter ihm einen lauten Schlag, es wurde dunkel, und Riegel rasselten. Er fuhr herum und zu der Tür zurück. Sie war hinter ihm verschlossen worden. Er tastete nach den drei anderen Seiten und gewahrte nun zu seinem Entsetzen, daß er sich in einer engen Zelle befand, aus welcher es keinen zweiten Ausgang gab.

„Halt!" schrie er, mit beiden Fäusten die Tür bearbeitend. „Was soll das heißen?"

„Daß Sie gefangen sind", antwortete der Alte draußen.

„Schurke!"

„Dummkopf!"

„Sie werden doch nichts erreichen."

„Alles, alles werde ich erreichen!" lachte der Alte höhnisch.

„Ich werde Sie bestrafen lassen."

„Durch wen?"

„Durch die Gerichte!"

„Wie wollen Sie zu den Gerichten kommen? Sie stecken ja hier fest."

„Man wird mich befreien."

„Pah. Ich möchte den sehen, der das fertigbringt. Es gibt nur einen einzigen Weg in die Freiheit zurück für Sie, mein geehrter Monsieur Deephill."

„Welchen?"

„Sie unterzeichnen Ihre Anweisungen. Sobald ich das Geld in den Händen habe, werden Sie frei."

„Nie!"

„Gut, so verschmachten Sie hier."

„Teufel!"

„Mag sein, daß ich ein Teufel bin. Sie erhalten weder zu essen noch zu trinken. Hunger tut weh und Durst noch mehr. Alle drei Tage komme ich, um einmal anzufragen. Sagen Sie ja, dann gut; sagen Sie nein, so mögen Sie mit Ihren Millionen verschmachten. Adieu, Monsieur, adieu, und viel Vergnügen."

Für den ersten Augenblick wollte Deephill an diesen satanischen Streich nicht glauben; bald aber leuchtete ihm ein, daß der Alte grausigen Ernst mache, und es wurde ihm entsetzlich angst. Er schrie und schlug an die Tür – umsonst. Der Kapitän entfernte sich und führte dabei ein halblautes Selbstgespräch.

„In die Falle gegangen, Gott sei Dank, oder vielmehr, dem Teufel sei Dank. Er kommt nicht wieder lebendig an das Tageslicht, mag er nun unterschreiben oder nicht. Aber wie ist er hinter das alles gekommen? Er weiß alles, alles. Unbegreiflich. Ich werde es doch zu erfahren wissen. Aber er ist so gefährlich, daß er für immer verschwinden muß. Seit einiger Zeit werden meine Pläne durchkreuzt; ich habe einen unsichtbaren, mir unbekannten Gegner, der mir in die Karten guckt. Wer mag das sein? Wehe ihm, wenn er in meine Hände fällt. Und das wird er auf jeden Fall!"

Am Abend wartete der Maler nicht vergeblich auf den Pflanzensammler. Sie taten so, wie es bestimmt worden war, und trafen draußen vor der Stadt zusammen.

„Aber Mann, wie kamen Sie denn heute nachmittag hinaus in den Wald?" fragte Fritz.

„Auf Schusters Rappen. Oder denken Sie vielleicht, ich habe mir eine Sekundärbahn hinauslegen lassen?"

„Was wollten Sie denn draußen?"

„Mich spazieren führen. Weiter nichts."

„So war es also Zufall, daß Sie mich trafen?"

„Ja. Der Zufall war schuld und Ihr doppelter Singsang von der berühmten Lerche, die keine Tränen und keine Grüße hat – das arme Vieh."

„Sie hätten daheim bleiben sollen."

„Warum?"

„Weil man nicht zu wissen braucht, daß Sie sich für diese Gegend interessieren. Und dabei ist Ihre Persönlichkeit eine so in die Augen fallende, daß . . ."

„Eine so von der Birke fallende, wollen Sie sagen?" fiel der Maler ein.

„Meinetwegen! Sind Sie von noch jemandem gesehen worden?"

„Ja; aber nur von einem."

„Wer war das?"

„Ein gewisser Deephill."

„Kennen Sie ihn?"

„Ich habe ihn nur ein einziges Mal gesehen, und zwar heute."

„Kennt er Sie?"

„Er weiß meinen Namen und daß ich Maler bin. Aber sprechen wir von etwas, was uns näher liegt."

„Wovon?"

„Von dieser allerliebsten Nanon."

„Liegt diese Ihnen so nahe?"

„Nicht ganz so nahe wie Ihnen, scheint es mir."

„So lassen wir es lieber sein. Wir wollen spionieren; wir dürfen also nicht selbst bemerkt werden. Nur das Notdürftigste wollen wir sprechen."

„Ganz wie Sie denken, mein allerwertester Mann für Wacholderspitzen, Huflattich und Otterzungen."

„Sie haben wahrhaftig alles gehört."

„Alles!"

„Schändlich!"

„Nein, im Gegenteil. Ich habe Ihnen dadurch bewiesen, daß ich für so eine Spionage, wie wir jetzt vorhaben, geradezu geboren bin."

„Und dabei doch vom Baum gefallen."

„Im Steinbruch gibt es keine Bäume. Aber er ist außerordentlich groß. Wohin verstecken wir uns?"

„Hinein natürlich nicht. Wir verbergen uns am Eingang hinter die Felsen. Wenn sie dann kommen, schleichen wir ihnen nach. Das ist das allerbeste. Ich wollte, der – wäre mit da. Hm."

„Der – wer denn?"

„Ich habe hier einen Freund, der für solche nächtliche Spaziergänge ein außerordentliches Geschick besitzt."

„Warum haben Sie ihn nicht mitgebracht?"

„Es war mir nicht möglich, ihn zu treffen."

Unter diesem Freund verstand er natürlich Doktor Müller, dessen Anwesenheit jetzt allerdings von Vorteil gewesen wäre. Doch da sie zu zweien begonnen hatten, so mußten sie es auch zu zweien ausführen.

Am Eingang des Steinbruches waren große Felsstücke aufgehäuft, hinter denen sie jetzt Posto faßten. Was sie sich zu sagen hatten, wurde nur flüsternd gesprochen. Die Zeit verging sehr langsam. Endlich hörten sie ein Geräusch, aber nicht von außen her, sondern im Steinbruch selbst. Es waren Schritte, welche näher kamen, und dann blieb eine hohe männliche Gestalt nicht weit von ihnen stehen. Dieser Mann erwartete jedenfalls den Pulvertransport, stieß ein wiederholtes, ungeduldiges Brummen aus und ging dann wieder zurück.

„Wer mag das gewesen sein?" flüsterte der Maler.

„Der alte Kapitän von Schloß Ortry."
„Er selbst! Das ist – halt. Hören Sie es?"
„Ja; das ist das Knarren von Achsen. Sie kommen."
Das Geräusch der Räder war immer deutlicher zu vernehmen, und endlich passierte ein mit vier Pferden bespannter Wagen an ihnen vorüber. Wenn Fritz vieleicht gedacht hatte, daß nur zwei Personen dabeisein würden, so hatte er sich geirrt; es waren mehrere.
„Sie fahren da rechts hinüber, jedenfalls bis ganz hinter in die Ecke", raunte der Pflanzensammler dem Maler zu. „Ich werde ihnen nachschleichen; besser aber ist es, Sie bleiben hier zurück."
„Ich zurückbleiben? Fällt mir gar nicht ein. Ein tapferer Kombattant der dicken Artillerie tut wacker mit, wenn es überhaupt etwas zu tun gibt."
„Nun, dann aber äußerst vorsichtig. Auf allen vieren."
„Auf allen Zehen und Fingern, macht gerade zwanzig."
Der Wagen war im Dunkeln bereits verschwunden, doch dauerte es gar nicht lange, so kamen sie ihm so nahe, daß sie ihn sehen konnten. Man hatte die Pferde abgespannt und zur Seite geschafft, den Wagen aber selbst so weit wie möglich in die Ecke geschoben, deren niedriger Teil mit grobsteinigem Schutt bedeckt und ausgefüllt war. Zwei Stimmen erklangen vom Wagen her. Fritz erkannte beide sofort; es war diejenige des Kapitäns und Charles Berteus. Der erstere sagte in seiner scharfen, gebieterischen Weise:
„Die letzte Sendung also. Wo ist der Zettel?"
„Hier."
Ein dünner Lichtschein leuchtete auf. Jedenfalls hatte der Alte eine Blendlaterne bei sich, mit deren Hilfe er den Inhalt des Lieferscheines besichtigte; dann meinte er:
„Es stimmt. Abladen also."
Ketten klirrten vom Wagen herab, und dann begann man die Fässer abzuladen.
„Es muß hier ein verborgener Eingang sein", flüsterte der Maler dem Pflanzensammler zu.
„Jedenfalls", antwortete dieser. „Ich werde einmal rekognoszieren."
„Wie? Sie wollen sich weiter vorschleichen?"
„Ja; das versteht sich ganz von selbst."
„Da mache ich natürlich mit."
„Nein; das wäre die größte Unvorsichtigkeit. Einer von uns

beiden genügt. Und überdies weiß ich nicht, ob Sie die Geschicklichkeit besitzen, sich unbemerkt hinzuschleichen."

„Na und ob! Im Anschleichen bin ich der reine Indianerhäuptling. Ich husche vorwärts wie eine Klapperschlange."

„Bei Ihrem Leibesumfang?"

„Je dicker desto besser. Wenn so ein fleischiger Kerl an etwas stößt, geht es bedeutend weicher und geräuschloser zu, als wenn so ein knochiger Gottlieb, wie Sie sind, mit den Steinen karamboliert."

„Das wollen wir lieber nicht untersuchen. Also bleiben und warten Sie hier, bis ich zurückkomme."

Er kroch leise vorwärts und war nach einigen Augenblicken nicht mehr zu sehen.

„Was sich dieser Mensch einbildet", dachte Schneffke. „Gescheiter als ich will er sein. Aber ich werde ihm beweisen, daß ich auch nicht von Dummdorf bin. Ich krieche ihm nach. Oder nein, ich beobachte diese Pulvergesellschaft ganz nach meiner eigenen Manier. Ich suche mir eine Stelle, von welcher aus ich alles höre und auch sehen kann, wo sich der Eingang in das Innere dieses Erdenschlundes befindet. Aber ganz nach Art und Weise der Indianer, ganz und gar nach Menschenfressermanier."

Er legte sich, so lang oder vielmehr so kurz er war, auf den Erdboden nieder und schob sich vorwärts. Als er in der Nähe des Wagens anlangte, bemerkte er einen felsigen Vorsprung, welcher sich nach und nach über der Ecke des Steinbruches erhob und von dem aus die Beobachtung am leichtesten ausgeführt werden konnte. Er schob sich auf diesen Vorsprung zu und kroch denselben hinan.

Es war dies nicht ganz ohne Schwierigkeit auszuführen, aber er gelangte doch unbemerkt hinauf.

Unten hatte man noch einige Laternen angebrannt, deren Schein alles zur Genüge beleuchtete. Der alte Kapitän zählte die Fässer und gab seine Weisungen.

„Jetzt sind wir mit Abladen fertig", sagte er. „Rollt nun die Fässer hinein."

„Ist das Loch breit genug gemacht?" fragte Berteu.

„Natürlich! Hier, überzeugt euch."

Er leuchtete nach der Öffnung, welche in die Erde führte.

„Halt", dachte der Maler. „Das ist der Eingang; den muß ich genau besehen."

Er schob sich bis zur Kante des Felsens vor, um besser sehen zu können, ließ aber dabei außer acht, daß der Stein dort von Wind und Wetter bröcklich geworden war. Als er den Kopf soweit wie möglich vorstreckte, um alles sehen zu können, bröckelte das Gestein los und rollte hinab. Die Untenstehenden hörten und fühlten das. Sie blickten in die Höhe. Schneffke wollte mit dem Kopf zurück, aber das geschah so jäh, daß das locker gewordene Gestein sich weiter unter ihm vom Felsen trennte.

„Donnerwetter!" sagte der Kapitän. „Da oben muß irgend jemand sein. Steigt einmal hinauf."

Schneffke versuchte, auf die Beine zu kommen, machte aber dadurch die Sache nur noch schlimmer. Er geriet ins Rutschen, und das ging um so schneller, je mehr er sich dagegen sträubte. Aus den Bröckchen, die hinuntergefallen waren, wurden Brokken, dann größere Steine, und endlich folgte der dicke Maler selbst. Er stürzte mit aller Wucht von dem Vorsprung herab und mitten unter die Männer hinein, so daß er zwei von ihnen mit zu Boden riß.

„Kreuzmohrenelement!" rief er. „Da liegt nun der ganze Pudding in der Sirupschüssel."

„Hölle und Teufel", fluchte der Kapitän. „Wer ist dieser Kerl? Haltet ihn fest!"

Sofort streckten sich zehn Hände oder vielmehr Fäuste nach Schneffke aus und hielten ihn gepackt.

„Sachte, sachte", warnte er. „Ich platze sonst wie eine Bombe."

„Platze du und der Teufel. Laßt ihn nicht los."

„Er hat uns belauscht", sagte Berteu. „Wir müssen uns seiner versichern. Wir müssen ihn binden."

„Habt ihr Stricke?" fragte Richemonte.

„Genug, hier am Wagen."

„So fesselt ihn."

Schneffke wurde vom Boden emporgerissen und im Nu mit Stricken gebunden.

„Halt!" sagte er. „Laß mir nur die Hände so lange frei, bis ich mich befühlt, wieviel Knochen mir entzweigebrochen sind."

„Das fehlte noch", antwortete Berteu. „Die Knochen, welche dir noch nicht gebrochen sind, schlagen wir entzwei, Bursche."

„Soll das etwa ein geistreicher Einfall sein?"

„Spotte nicht noch. Übrigens kommt mir diese Stimme und der ganze dicke Mensch bekannt vor. Her mit der Laterne. Leuchtet ihm doch einmal in das Gesicht. Dachte ich es doch. Dieser Maler ist es wahrhaftig."

„Ein Maler?" fragte der Kapitän. „Kennen Sie ihn?"

„Sehr gut sogar."
„Woher?"
„Er hat sich bei mir eingeschmuggelt, um in Malineau mit diesem verdammten Melac zu konspirieren."
„Ah, das genügt, um ihn zu kennen. Woher ist er denn?"
„Das weiß der Teufel. Man darf ihm nicht glauben. Ich halte ihn für einen deutschen Spion."
„Wenn er das ist, so soll es ihm schlecht bekommen."
Der Alte trat näher, um sich den Dicken genauer zu betrachten. Er schüttelte den Kopf und sagte:
„Sehr klug sieht dieser Mensch nicht aus. Wenn diese Deutschen keine anderen Spione engagieren, werden sie nicht sehr viel Erfolg haben. Dieser Fleischkoloß scheint mir höchst ungefährlich zu sein."
„Da irren Sie sich. Übrigens, was will er zu dieser Stunde hier im Steinbruch?"
„Ja, was wollen Sie hier?"
Diese Frage des Kapitäns war direkt an Schneffke gerichtet.
„Jetzt will ich nichts mehr", antwortete dieser.
„Was soll das heißen?"
„Ich wollte etwas, will aber jetzt nichts mehr."
„Was wollten Sie denn?"
„Diesen Steinbruch studieren."
„Wozu?"
„Geschäftssache."
„Unsinn! Glauben Sie nicht, uns etwas weismachen zu können. Welche Geschäfte könnten Sie hier haben?"
„Sie haben doch gehört, daß ich Maler bin."
„Nun ja."
„Ich kam heute nach Thionville und erkundigte mich nach den landschaftlichen Schönheiten dieser Gegend. Da wurde mir dieser Steinbruch als höchst pittoresk bezeichnet. Ich kam her, kroch herum, wurde müde. Ich hatte ein Glas Wein zuviel getrunken. Das übermannte mich, ich schlief da oben ein."
„Gut ausgedacht."
„Nicht ausgedacht, sondern die reine Wahrheit."
„Sie wollen bis jetzt geschlafen haben?"
„Ja. Ich wachte auf, hörte unter mir ein Geräusch und Stimmen und wollte herabblicken. Nun aber fing diese verteufelte Gegend an, sich unter mir zu bewegen, und ich stürzte da hinab. Habe ich Ihnen dabei wehe getan, so haben Sie den Trost, daß auch ich nicht glimpflich dabei weggekommen bin."

„Glauben Sie ihm nicht, Herr Kapitän“, warnte Berteu.

Der Kapitän faßte den Maler beim Arm und fragte:

„Sind Sie allein hier?“

„Nein.“

„Ah! Wer ist noch da?“

„Sie natürlich.“

„Donnerwetter! Glauben Sie etwa, daß ich Ihnen gestatten werde, sich über mich lustig zu machen? Ich meine, ob Sie ohne Gefährten hier sind.“

„Fällt mir gar nicht ein. Ich mache solche Rutschpartien am liebsten ganz allein. Geteiltes Vergnügen ist doch nur halbes Vergnügen.“

„Na, wenn Sie hierhergekommen sind, um sich ein Vergnügen zu machen, so werden wir Ihnen behilflich sein. Ich werde Sie nachher noch besser ins Verhör nehmen. Ihr beide hier, führt ihn hinein in den Gang, und ihr anderen durchsucht den Steinbruch. Besetzt aber vorher den Eingang, damit der, welcher vielleicht noch hier versteckt ist, nicht entwischen kann.“

Zwei Männer faßten Schneffke an und schoben ihn vor sich her, einem Loch zu, welches für ihn zwar hoch, aber kaum breit genug war. Er ließ es ohne Gegenwehr geschehen. Er sah ein, daß sie ihm überlegen waren und Widerstand nicht nur unnütz, sondern sogar gefährlich sein würde. Er dachte in diesem Augenblick weniger an sich selbst, als vielmehr an Fritz Schneeberg, der nun auch in die Gefahr kam, gefangen zu werden.

Das Loch erweiterte sich bald zu einem regelrechten, gewölbten Gang, in welchem er von den beiden Männern festgehalten wurde. Sie sprachen kein Wort, und er hütete sich sehr, ein Gespräch zu beginnen, da er ahnte, daß sie ihm eher Fauststöße als Antworten gegeben hätten.

Es verging weit über eine halbe Stunde. Dann kam der Kapitän herbei. Er schien mit Berteu noch weiter gesprochen zu haben und von diesem mißtrauischer gemacht worden zu sein, denn er maß den Maler mit einem höchst finsteren Blick und sagte:

„Sie waren wirklich allein im Steinbruch?“

„Ja.“

„Nein! Es war noch jemand mit Ihnen.“

„Davon weiß ich nichts.“

„Leugnen Sie nicht! Meine Leute haben einen laufen gehört, dem es gelungen ist, vor ihnen den Eingang zu erreichen.“

„Den möchte ich sehen!“

„Wer war es?“

„Wie soll ich wissen, wer sich außer Ihnen noch nächtlicherweile in diesem Loch herumtreibt.“

„Sie wollen also wirklich nicht gestehen?“

„Ich weiß nichts.“

„Gut! Wir werden Sie zum Sprechen bringen. Darauf können Sie sich verlassen. Sie haben uns belauscht. Was haben Sie von unserer Unterredung gehört?“

„Ich habe nur gehört, daß die Fässer hineingerollt werden sollen.“

„Wissen Sie, was in den Fässern ist?“

„Nein. Geht mich auch nichts an. Doch wohl Wein, der hier in den Keller kommen soll.“

„Allerdings. Aber dennoch werden wir Ihre werte Person in sicherm Gewahrsam behalten.“

„Wollen wir nicht seine Taschen aussuchen?“ fragte der eine der beiden Männer.

„Ist nicht nötig. Wir schließen ihn ein. Er ist uns sicher, ebenso auch alles, was er bei sich trägt. Wir haben jetzt keine Zeit. Wenn wir den Wein hereingeschafft haben, werden wir uns näher mit ihm beschäftigen. Kommt und bringt ihn mit.“

Er schritt voran, und sie folgten ihm mit dem Gefangenen tiefer, immer tiefer in den Gang hinein.